# 전두환
## 회고록

# 전두환 회고록

## 3

### 황야에 서다

1988–현재

자작
나무숲

# 제1장 **회상**

# 제2장 **너무 짧게 끝난 퇴임의 기쁨**

# 제6장 정치재판의 민낯

# 제7장 치욕으로 남은 법원 판결

## 제8장 항소심 법정에서 전개된 법리 논쟁

## 제9장 천형天刑 아닌 천형, 추징금

## 제10장 사라진 '전직 대통령 문화'의 꿈

11

육사에서 교육받을 수 있었다는 것은 국가로부터 받은 커다란 은혜였다. 나의 육사 생도 시절은 하루 24시간을 공부에, 훈련에, 독서에, 운동에 나눠 쓰며 충실하게 살 았던 시기였다. 4년 동안 나는 한 명의 군인으로 성장했을 뿐만 아니라 인간 전두환 으로서의 인격이 만들어졌다고 생각된다. 애국애민愛國愛民의 마음가짐과, 주어진 목표와 임무를 목숨을 걸고 완수한다는 소명의식을 체득할 수 있었다. 육사 시절은 나에게 추억으로만 남아 있는 것이 아니라 그 뒤 평생을 통해 나의 삶 자체가 되었다. 더구나 나는 그 시절 내 평생의 반려자인 아내를 만날 수 있었다.

# 제 1 장

## 회상

# 서재에 찾아든 어린 시절

■

## 합천 황강가의 추억

부산하고 떠들썩했던 하루였다. 연희동 옛집에 돌아온 첫날은 그렇게 지나갔다. 이웃 주민과 축하객들이 썰물 빠지듯 모두 돌아가자 잔칫집 같던 집안은 갑자기 조용해지며 적막감마저 느껴졌다. 그러나 이 낯선 느낌은 외로움이나 쓸쓸함보다는 오히려 안도감과 행복감으로 다가왔다. 무거운 짐을 지고 먼 길에 나섰다가 무사히 집으로 돌아온 느낌이었다.

7년 반을 비워뒀던 방에서 잠을 청했으나 쉽게 잠을 이룰 수 없던 나는 서재로 들어갔다. 퇴임을 앞두고 집을 수리하면서 마음먹고 마련한 그 공간은 제법 서재라고 이름 붙일만했다. 집안에 서재를 가져보는 건 평생 처음이었다. 연희동 집은 내가 백마부대 연대장으로 월남에 파견되어 있던 1971년, 아내가 건축비를 아끼겠다고 건축업자에게 맡기지 않고 직접 일꾼들과 씨름해가며 손수 짓다시피 한 집이었다. 외진 곳인데다 비만 오면 진흙탕이 되는 연희동 언덕의 그 값싼 터가 나는 마음에 들지 않았는데, 그 때문에 아내는 오래 낙심했었다. 내가 월남전에서 귀국하니 아내는 그 땅에 집을 지어놓고 나를 기다리고 있었다. 그래서 그 집은 나의 월남 참전 중 태어난 막내아들 재만과 나이가 같다.

청와대를 떠나 7년여 만에 돌아온 연희동 집. 품에 안긴 손녀 수현이가 낯선 듯 두리번거리고 있다.

지난 세월을 돌아보니 그저 모든 일이 감사했다. 조국이 자랑스럽고 국민이 고마웠다. 나를 무대 위로 불러내 큰 역할을 맡겨준 역사에 신세를 졌다고 생각한다. 나를 낳아주고 길러주신 부모님의 은혜가 새삼 가슴 깊이 느껴졌다. 당신의 아들이 대통령이 될 것이라는 생각은 꿈에도 해보지 못한 채 돌아가신 분들이다. 책상 한쪽에 놓인 빛바랜 액자 속에서 부모님이 나를 바라보고 계셨다. 부모님의 얼굴 위로 구김살 없이 뛰어놀던 고향의 풍경이 겹쳐지면서, 내가 겪어낸 인생 역정들이 생생히 펼쳐졌다.

나는 1931년 1월 18일 선고先考 완산 전全 씨 상相 자 우禹 자 어른과 선비

先妣 광산 김金 씨 점点 자 문文 자 두 분 사이에서 5남 4녀의 9남매 중 넷째로 태어났다. 나의 본관은 고려조 공민왕 때 중랑장中郎將을 지내다 개경지방에서 일어난 홍건적의 난을 평정한 공으로 문하시중에 이르고, 후에 완산백完山伯으로 봉해진 전집全潗을 시조로 하는 완산 전 씨完山 全氏다. 완산 전 씨는 백제의 개국공신인 환성군歡城君 전섭全聶을 시조로 하는 정선 전 씨旌善 全氏에서 분관한 것이다. 그러니까 완산 전 씨의 도시조都始祖는 환성군 섭聶 할아버지이고 그 어른의 30세손世孫인 집潗 할아버지는 중시조中始祖인 것이다. 나는 집潗 할아버지의 23세손이다.

대구 부모님 댁에서 찍은 가족사진(앞줄 가운데 앉아 계신 분이 부모님, 뒷줄 가운데 장남 재국을 안고 있는 나).

내가 태어난 곳은 경상남도 합천군 율곡면 내천리라는 외진 시골마을이다. 깊은 산골은 아니지만 마을 앞을 황강이 감싸고 있어 읍내로 나가려면 강을 건너 10리 길을 걸어가야 했다. 강물이 불어나 건널 수 없을 땐 바람골재라는 이름의 험한 산을 넘는 30리 길이었다. 이런 여건 때문인지 내천리는 개화의 흐름에서 많이 처져 있었다.

11대 대통령 취임 직후인 1980년 9월 5일 합천 선영을 참배한 후 생가를 찾았다.

나는 어린 시절을 이 내천리에서 보냈다. 내천리는 모두 해봐야 50여 호밖에 안 되는 작은 마을로, 경작할 농토가 많지 않아 산을 개간해 보리나 밀을 심고 얼마 안 되는 논에는 논농사를 지었다. 외진 시골마을의 삶에서 가난은 숙명과도 같았다. 어려운 환경에서도 내가 구김살 없이 자라날 수 있었던 건 가정의 화목을 가장 중요시해 자식들을 사랑으로 길러주신 부모님 덕분이었다. 나는 타고난 기질이기도 하겠지만 남들과 잘 어울리는 부지런한 소년이었다. 또 한 가지 감사한 일은 부모님의 자식들에 대한 교육열이 높아 다섯 살 때부터 천상재川上齋라는 동네 서당에서 한학을 배울 수 있었다는 것이다. 나의 아버지는 상당한 수준의 한학자셨다.

어린 시절의 추억이란 누구에게나 마찬가지겠지만, 내천리에서 보낸 나의 유년기는 늘 아련한 그리움으로 다가온다. 햇빛으로 반짝이던 황강변 모래밭에서 형이나 덩치 큰 동네 아이들과 씨름하던 모습이 제일 먼저 떠오른다. 어릴 때부터 운동을 좋아했던 나는 지는 것이 싫어 모래밭에 연상 자빠지면서도 이길 때까지 계속하자고 졸라대곤 했다.

### 일본 경찰에 쫓겨 만주로

가난하기는 했지만 화목하게 살아가던 우리 집안에 풍파가 닥친 것은 내가 아홉 살이 되던 1939년 가을이었다. 아버지가 일본 순사부장을 강둑 아래로 내던져버린 사건이 일어났고 그 일로 우리는 집안 대대로 살아온 내천리를 떠나 아무런 대책도 없이 낯선 만주땅으로 도피해야만 했다.

어릴 때부터 틈틈이 한학을 익힌데다 중후한 풍모를 지니고 있어 마을에서 선비 대접을 받던 아버지는 당시 마을 구장 일을 보고 계셨다. 그 시절 마을 주민 가운데는 글을 읽거나 쓸 줄 아는 사람이 많지 않아 아버지가 그 일을 맡을 수밖에 없었다. 그런데 그때는 중일전쟁을 일으킨 일제가 우리 땅을 전진병참기지로 삼아 전쟁물자를 사정없이 수탈하던 시절이라 아버지의 고민은 클 수밖에 없었다. 가난에 허덕이는 내천리 농가에서 수확한 벼는 물론, 군수품의 원료가 된다며 숟가락까지 거두어갔다. 나중에 알게 된 일이지만 외출이 잦으셨던 아버지는 당시 독립운동을 하던 한 단체에 관여하고 있었다 한다. 일본의 식민통치가 깊이 뿌리내려 위세를 떨치고 그에 비례해 일본에 대한 적개심과 원성 또한 고조되던 시기였다. 그러나 가족들은 물론 마을의 누구도 읍내로 일을 나가 늦은 시간에 돌아오던 아버지가 그런 일을 하고 계신다는 사실을 알지 못했다.

그때 내천리 농민들을 상대로 곡식과 전쟁물자를 공출하는 일을 총지휘하던 자가 있었다. 경찰 주재소 순사부장인 시오즈키 가쓰야라는 자로 그는 정한동이란 조선인 순사를 앞잡이로 부리고 있었다. 구장 일을 맡고 있던 아버지는 더 이상 나올 것 없는 가난한 마을사람들을 쥐어짜도록 강요하는 순사부장의 요구에 순종하지 않았고, 결국 그에게는 눈엣가시 같은 존재가 되었다. 주재소로 불려가 닦달을 당하는 일이 차츰 잦아지며 마을에는 아버지가 곧 잡혀갈 거라는 소문마저 떠돌았다. 출두명령서가 날아든 것도 바로 그즈음이었다.

그날도 일을 마치고 귀가하던 아버지는 좁은 산길에서 순사부장과 마주쳤다. 순사부장은 다짜고짜 허리춤의 포승줄을 풀어 아버지를 체포하려했고 힘이 쎄서 씨름도 곧잘 하셨던 아버지는 깊이 생각할 겨를도 없이 그의 허리춤을 잡고 번쩍 들어 강둑으로 밀쳐버렸다. 생각지도 못한 일이 순식간에 벌어진 것이다.

깊이 생각할 수도, 시간을 지체할 수도 없었다. 큰일은 이미 벌어졌고 아버지에게는 피신하는 일 외에는 달리 길이 없었다. 아버지는 당장 그날 밤 탈출하듯이 고향을 떠났다. 아버지는 그 황망한 가운데서도 마을 서당에서 훈장 일을 하던 숙부에게 가족을 돌봐줄 것을 부탁했다고 한다. 아버지는 외갓집에 들러 얼마간의 노잣돈을 마련한 뒤 그 길로 바로 대구로 나가 관여하던 단체에서 마련해준 준비물들을 갖고 압록강을 넘어 만주로 들어갔다.

내천리에 남아 있던 가족들도 서둘러 만주로 떠날 채비를 했다. 아버지가 언제 다시 고향으로 돌아올지 기약할 수 없기도 했지만, 우리에게도 더 이상 고향에서 버티고 살 수 없는 일이 생긴 것이다. 불안한 마음으로 하루하루를 보내고 있던 우리 집에 어느 날 시오즈키 가쓰야가 들이닥친 것이다. 강둑으로 떨어져 죽은 줄만 알았던 그는 머리엔 붕대를 감고 지팡이를 짚은 채 나타나 아버지를 찾아오라며 온갖 횡포를 부렸다. 해산을 앞둔 만삭의 어머니를 밀쳐 넘어뜨리기까지 했다. 순사부장의 패악질은 상당 기간 동안 계속되었던 것으로 기억된다.

그러던 어느 날 아버지로부터 소식이 왔다. 아버지와 함께 만주로 갔던 사촌형이 우리 가족을 위한 도강증渡江證과 노자를 갖고 도착했던 것이다. 하루라도 빨리 일본 순사부장의 행패에서 벗어나야 했던 우리는 만삭의 어머니가 걱정되었지만 지체하지 않고 다음 날 바로 떠나기로 결정했다. 실에서 아이를 낳는 한이 있더라도 순사부장의 마수에서 벗어나야 했던 것이다. 그런데 공교롭게도 떠나기로 한 바로 그날 아침, 어머니가 막내 동생을 출산하셨다. 산후조리를 해야 할 어머니를 남겨둔 채 우리만 떠날 수는 없었다. 하지만 자식들이라도 안전한 곳으로 서둘러 보내야 한다고 생각한 어머니는 큰댁에서 몸조리를 한 후 뒤따를 테니 염려하지 말라며 자식들의 등을 떠밀었다. 눈물로 어머니와 작별한 우리 6남매는 먼 길을 걷고 또 걸어 그날 저녁 대구에 도착했다. 어렸을 적부터 유난히 정이 많았던 나는 어머니가 뒤따라오시는 것만 같아 몇 번이나 뒤를 돌아보았는지 모른다. 그렇게 도착한 대구역에서 우리는 만주행 열차에 올랐다. 압록강을 건너고 장춘을 지나 사흘 만에 도착한 곳은 만주 길림성의 어느 작은 마을이었다. 마을을 둘러싼 성 같은 담장 안쪽에는 주로 중국인들이 살고 있었고, 그 바깥에는 우리처럼 조국을 떠나온 조선인들이 50여 호의 작은 마을을 이룬 채 살고 있었다. 마을 옆으로는 아름다운 이름의 송화강이 흐르고, 강 너머로는 황량한 갈대숲이 지평선까지 펼쳐져 있었다. 한겨울이 되자 송화 강은 꽁꽁 얼어붙었고 수정 빛 얼음 위로는 가혹한 눈보라가 휘몰아쳤다. 겨우 노잣돈만 마련해 황급히 피신해온 터라 모든 것이 부족했다. 살림살이는커녕 옷가지조차 제대로 챙겨오지 못한 낯선 땅에서의 겨울나기는 정말 힘겨운 것이었다. 죽지 못해 산다는 말처럼 막내를 데리고 합천에 홀로 남은 어머니와 낯선 곳에 이주한 우리 가족은 그 혹독한 겨울을 기적적으로 살아냈다.

낯선 이국땅, 거칠고 보잘것없는 곳에서 고향 마을에 감돌던 평화나 정겨움을 느낄 수 없었던 것은 어쩌면 당연한 일이었다. 힘들수록 자꾸 고향이 생각났다. 어린 나에게 내천리는 작은 우주였다. 내가 내천리를 떠나본 것은 합천 읍내에 한 번 갔을 때와 저중이란 곳으로 출가한 큰누님 댁을 방문한 것이 전부였다. 대대로 그곳에서 살면서 아버지는 내가 태어난 내천리 집은 물론 떠나오기 전까지 살았던 제법 규모가 갖춰진 집도 손수 지으셨다. 정자나무가 있던 그 정다운 집을 우리는 얼마나 좋아했던지… 나는 갑자기 뒤바뀐 이국의 낯선 생활에 선뜻 적응하기 어려웠다.
새해가 되고 얼었던 송화강이 풀리면서 어김없이 봄은 찾아왔다. 그리고 따스한 햇살이 퍼지던 그 봄의 어느 날, 어머니가 우리를 찾아오셨다. 마을에 도착한 어머니의 등에는 갓 두 달 된 어린 생명이 업혀 있었다. 남동생 경환이었다. 어머니와 함께하게 된 우리 가족은 비로소 다시 생명력을 얻은 듯 활기를 되찾았고 황량하기만 하던 마을이 내가 살아내야 할 터전으로 받아들여졌다. 모두 어머니의 힘이었다.

하지만 막상 봄이 오고 모든 가족이 모였지만 맨손으로 생계를 꾸려나가는 일은 고단하기만 했다. 아버지는 원래 글만 읽던 분이라 농사일이 서툴렀고, 어머니와 형제자매들도 누구나 한 몫을 하는 일꾼이 못 되었다. 살기 위해서는 가족 모두가 소매를 걷어붙이고 나서야만 했다. 우리는 날이 풀리는 대로 황무지 개간에 나섰다. 새벽부터 늦은 밤까지 온 가족이 달라붙어 땅을 갈고 흙을 골랐다. 잡초와 자갈투성이인 땅에 우리는 땀을 쏟아부었다. 힘들었다는 말로는 부족한 악전고투의 나날이었지만 그 외에는 살길이 없다는 깨달음이 우리 가족을 버티게 했다. 그리고 맞이한 그해 가을, 우리 가족은 너무도 행복했고 그 누구도 부럽지 않았다. 척박하기만 하던 땅에서 기대 이상의 수확을 얻게 되고, 작지만 집도 새로 마련할 수 있었다.

내가 만주에서 맞이한 그 해의 가을을 특히 잊지 못하는 이유가 있다. 난생 처음 학교에 가게 되었던 것이다. 어려운 집안 사정 때문에 학교에 간다는 말은 꺼내지도 못한 채 동네 서당에서 한학을 익힌 것이 전부였던 나는 열 살이라는 늦은 나이에 호란보통소학교에 입학하게 됐던 것이다. 그런데 막상 학교에 가보니 나만 그런 것이 아니었다. 적령기에 맞춰 입학한 학생도 있었지만 2~3년씩 늦게 들어온 학생이 더 많았다. 이미 장가를 간 학생도 있었다. 학교에 다니는 애들이 부러워 남몰래 속을 태우곤 했던 나는 집안일 도우랴 농사일 도우랴 눈코 뜰 새 없이 바빴지만, 그 시절 나는 공부를 할 수 있다는 것만으로도 행복했다.

### 다시 그리운 고국으로

우리 가족이 생각지도 못했던 객지 생활, 그것도 바다 건너 황량한 땅에 숨어들어와 살게 된 것은 결코 우리가 원했던 것도, 우리의 책임도 아니었다. 아버지가 극악한 일본 순사부장과 만나게 된 것이 불운이었다면 불운이었다. 마찬가지로 예기치 못했던 또 하나의 사건이 우리 가족으로 하여금 타국살이를 접고 다시 고국으로 돌아오게 했다. 그런데 아마 그 일이 없었다면 어쩌면 우리 가족은 지금까지 '중국 내 조선족'으로 살아왔을지도 모른다. 그렇게 생각하면 그 불운한 사건은 불운이 아니고 오히려 행운이었던 셈이다.

지겹도록 무덥던 여름은 지나가고 농사가 잘 돼 조선인 마을이 모처럼 여유로운 가을을 즐기던 어느 날 저녁이었다. 나는 같은 또래들과 학교 운동장에서 공을 차고 있었다. 그때 갑자기 사람들이 윗동네 쪽으로 몰려가는 것이 보였다. 공차기를 하고 있던 우리도 덩달아 달려갔다. 사람들이 몰려가는 곳엔 필시 무슨 구경거리가 있기 때문이었다. 윗동네에 다가가자 연기와 함께 불길이 솟는 것이 보였다. 젊은 장정들은 물론 부녀자들까지 물동이를 나르며 불을 끄느라 정신이 없었다. 그런데 그 순간 누구도 예상하지 못했던 일이 벌어졌다. 몇 덩어리의 불씨가 바람을 타고 우리가 사는 아랫마을로 옮겨갔던 것이다. 아랫마을 사람들은 불 끄는 일을 도우러 모두 윗마을로 가 있어 미처 아랫마을로 불이 옮겨 붙은 사실을 알아채지 못하고 있었다. 동네 전체가 불바다가 되어갈 즈음 그 기막힌 광경을 처음 목격한 사람은 외출했다 돌아오시던 아버지였다. 아버지는 정신없이 불속으로 뛰어들었지만 안방에 잠들어 있던 막내 동생 경환이를 간신히 구해낼 수 있었을 뿐이었다. 뒤늦게 소식을 듣고 달려온 마을 사람들은 자신들이 피땀 흘려 일궈온 모든 것이 잿더미로 변하는 것을 속수무책으로 지켜볼 수밖에 없었다. 비바람을 막아줄 집도, 수확해 쌓아놓았던 곡식도, 심지어 세간과 이부자리까지 깡그리 삼켜버린 대화재…. 아랫마을 사람들의 생활터전은 어이없게도 그렇게 삽시간에 잿더미로 변해버렸다. 그리고 그 폐허 위로 만주의 혹독한 겨울이 다시 찾아왔다. 우리 가족은 타다 남은 기둥 몇 개만이 을씨년스럽게 서 있는 집터에 짚을 깔고 그 겨울을 났다. 먹을 것이라고는 타다 남은 얼마간의 낟알이 전부였다. 아무리 오래 물에 담가두어도 지독한 탄내가 가시지 않던 그 새카만 곡식에 의지해 온 동네 사람이 목숨을 이어가야만 했다. 게다가 그 겨울에는 마적단마저 기승을 부렸다. 대화재, 마적떼, 기아에 혹한까지….

엎친 데 덮친다는 말처럼 우리 가족에게 연이어 닥쳐온 시련은 여기서 그치지 않았다. 우리 가족이 어디까지 견딜 수 있는지 시험이나 해보려는 듯 또 하나의 불행이 찾아온 것이다. 어머니가 눈이 안 보이게 된 것이다. 대화재로 엄청난 충격을 받으신 데다 멀건 곡식 국물마저 자식들에게 양보하느라 늘 굶주린 데서 온 극심한 영양실조가 원인이었다. 눈이 보이지 않게 된 어머니를 부둥켜안은 채 우리는 할 말을 잃었다. 어느 날 배가 고파 칭얼대는 막내에게 빈 젖을 빨리던 어머니는 가슴 깊은 곳으로부터 한 마디 말씀을 토해내셨다. "죽더라도 내 땅에 가서 죽고 싶다." 마치 유언처럼 들린 어머니의 그 한 마디는 우리 가족의 한 많은 만주 생활에 종지부를 찍게 했다.

악몽과도 같던 그해 겨울이 지나 봄이 되자 우리는 귀국 채비를 서둘렀다. 돈이 될 수 있는 것은 모두 내다 팔아 겨우 여비를 마련할 수 있었다. 1

년 3개월 전 우리를 만주로 실어다준 열차에 다시 몸을 실었다. 이번엔 남행이었다. 열차의 창밖으로는 아직 겨울을 벗어나지 못한 을씨년스런 풍경이 펼쳐지고 있었지만 우리 가족의 마음은 이미 봄의 훈풍을 느끼고 있었다. 고국으로 돌아간다는, 고향이 가까워지고 있다는 생각에 가슴이 설렜다. 우리 가족은 대구역에서 내렸고, 아버지는 고향에서 멀지 않은 그곳에서 또다시 텅 빈 손으로 새 터전을 닦아나가기로 결심을 하셨다. 몇 발자국 더 가면 고향 합천이었지만 갈 수가 없었다. 1941년 봄의 일이다.

대구에 도착해 짐을 푼 곳은 변두리 지역인 내당동의 허름한 여관이었다. 그리고 얼마 후 아버지는 가족을 위해 방 한 칸을 간신히 월세로 얻었다. 온 식구는 닥치는 대로 각자 일거리를 찾아 나섰다. 아버지는 막노동을 하러 나가셨고 당시 열 살이던 나도 약전골목에서 약 배달을 했다. 가장 급한 문제는 여러 식구가 당장 끼니를 이어가는 것이었다. 쌀밥은커녕 보리죽이나마 하루 두 번 먹을 수 있으면 다행이었다. 점심은 거르기 일쑤였고 학교는 꿈도 꿀 수 없는 상황이었다. 만주 호란보통소학교에서 시작했던 내 학업은 그렇게 기약 없이 중단됐다.

이듬해 우리는 월세방을 나와 대구 내당동 산비탈에 움막집을 지어 이사했다. 말이 집이지 기둥 몇 개 세우고 짚을 엮어 벽을 두른, 말하자면 짚을 외투처럼 입고 있던 그런 움막이었다. 자고 일어나면 털고 털어도 온몸에 짚이 묻어 있어 동네 아이들은 나를 '움막집 아이'라고 놀려댔다. 온 가족이 궂은일을 마다 않고 열심히 일해도 허기를 달래기조차 어려운 시절이었다. 곤궁했던 타향 생활을 끝내고 우리 땅에 돌아왔지만 우리 가족은 여전히 영세민이었고 나는 움막집 아이였다. 끼니를 이을 수도 없다 보니 내 몸은 수척했고 키도 제대로 자라지 못했다. 그 몸으로 물지게를 지고 하루에도 몇 차례씩 우물에서 산비탈의 집까지 먼 길을 오가며 물을 날랐다.

누가 시켜서 한 일은 아니었다. 완전한 실명이 되는 일은 면했지만 간신히 거동만 할 수 있게 된 어머니가 물동이를 머리에 이고 수없이 비탈길을 오르내리는 모습을 보고는 도저히 방안에 앉아 있을 수가 없었다. 물을 나른 후엔 지게를 바꿔지고 뒷산으로 가 땔나무를 해왔다. 그 모든 일을 나는 당연한 듯 내가 해야 할 일로 받아들였다. 물지게 지는 일, 땔감 해오는 일을 내가 맡아서 하게 되자 어머니는 시원치 않은 몸을 이끌고 하루 종일 채마밭에 나가 품을 팔았다. 품삯이라야 배추 몇 통, 무 몇 개가 전부였지만 그나마 그것도 자주 얻을 수 있는 게 아니었다. 어머니가 가져오신 그 채소들이 온 가족의 끼니가 되는 날도 많았다. 움막집 시절 우리의 허기를 메워준 것은 나물죽이었다. 배고프니까 먹기는 했지만 정말 질리도록 많이 먹었다. 그때 하도 물려서인지 우리 가족은 형편이 나아진 뒤에는 절대 밥을 국에 말아 먹지 않았다. 밥을 국에 말면 맛과 모양이 움막집 시절에 먹던 나물죽을 떠오르게 했기 때문이다.

내가 지금도 부모님께 감사하게 생각하는 것은 비참하다고 하면 한없이 비참한 어린 시절을 보냈음에도 내 성격과 생각이 비뚤어지지 않도록 나를 길러주신 점이다. 늘 배고프고 힘들었던 어린 시절이었지만 나는 내가 불행하다고 생각하지 않았던 것 같다. 어린 나이로 감당하기 힘든 물질적 궁핍을 부모님의 사랑과 가족 간의 유대감이 채워준 덕분이었다. 어렵고 힘든 상황에서도 남 탓을 하거나 비관적으로 생각하지 않고, 능동적인 자세로 대처해나갈 수 있는 나의 성격은 아마도 그 고단한 어린 시절을 지내오면서 형성된 것이 아닌가 생각된다.

## 열네 살에 다시 시작한 초등학교 생활

끼니도 채우기 어려운 생활을 이어가고 있을 무렵, 우리 가족은 흙벽돌 집이나마 그래도 집이라고 할 만한 공간을 마련할 수 있었다. 어떻게 구하셨는지 아버지가 내당동에 작은 땅을 매입한 덕분이다. 우리 가족은 팔을 걷어붙이고 집 짓는 일에 나섰다. 흙과 물을 날라 오는 사람, 작두로 잘게 썬 짚을 흙에 넣고 물을 부어 흙벽돌을 만드는 사람, 벽을 세우기 위해 흙벽돌을 한 장 한 장 쌓아올리는 사람까지…. 제법 모양이 만들어졌을 때 폭우가 쏟아져 흙벽돌로 쌓던 벽이 맥없이 무너져 내리는 일도 있었지만 아무도 낙담하거나 포기하지 않았다. 그럴 때마다 우리는 서로 용기를 내라고 격려하며, 열심히 흙벽돌을 만들고 쌓아올려 그해 늦가을 마침내 우리 가족의 보금자리를 완성시켰다.

그날 새 집에서 온 가족이 둘러앉아 첫 번째 저녁식사를 끝냈을 때, 아버지는 내게 꿈에도 잊을 수 없는 말씀을 해주셨다. "내년에는 학교에 보내주마." 다시 학교에 갈 수 있다니…. 나는 그 가슴 벅찼던 기쁨을 평생 잊을 수 없었다. 새 학기가 시작되려면 아직 시일이 남아 있었지만 나는 조급한 마음에 당장 다음날부터 아버지를 졸라 입학할 학교를 알아보고 다녔다. 그런데 당시의 사정은 학교에 가고 싶다고 모두가 갈 수 있는 게 아니었다. 의무교육제도가 없었던 때이기도 했지만 근본적으로 학교시설이 턱없이 부족했기 때문이다. 당시 대구에는 열 곳의 보통학교가 있었는데 이미 모두 정원이 차 있어 당장 편입할 수 없다는 것이었다. 하지만 정규 초등학교에 편입하지 못한다고 해서 공부를 포기할 수는 없었다. 자리가 날 때까지 공부를 할 수 있는 다른 곳이라도 다니게 해달라고 아버지를 졸랐다. 결국 집에서 제법 거리가 멀기는 했지만 금강학원이라는 곳을 알게 됐다. 그곳은 학교에 가지 못하는 학생들이 글을 배우는 공민학교 같은 곳이었다. 나에게 20리 가까운 통학 거리는 문제가 되지 않았다. 너무나 다니고 싶던 학교였고, 매일 새벽 신문배달할 때면 달려들던 무서운 개들과 마주치지 않아도 되었다. 당시 나는 새벽 신문배달 덕분에 달리기 실력도 늘어 칠성동 철로변의 금강학원까지 한 번도 지각한 적이 없다.

그곳에서 나는 빠른 학과 계획표를 만들어 적어도 두 해의 과정을 앞당기기로 마음먹었다. 고향 내천리에서 취학하지 못한 채 보낸 1년, 만주에서 돌아와 대구에서 굶주리며 보낸 1년까지… 2년에 걸친 공백을 따라잡겠다고 결심한 나는 밤낮없이 공부에 매달렸다. 어머니는 내가 공부에 너무 열중해 몸이라도 상할까봐 밤늦게까지 책보는 것을 말리셨다. 하지만 나는 '남포불' 심지를 잔뜩 낮춰놓고는 희미한 불빛 아래 공부를 하곤 했다. 학원 공부가 끝나면 나는 바로 집으로 돌아와 어머니 일을 도왔다. 당시 나는 어린 동생을 업고 돌봐야 할 때가 많았는데 동생을 업은 채로는 방바닥에 앉아서 공부를 할 수가 없어 선 채로 책을 보곤 했다. 그래서 널빤지를 구해와 고무줄에 묶어 천장에 매달아놓고는 그 위에 책을 올려놓고 공부하고는 했다.

그 시절 나는 한 가지 평범한 진리를 깨달을 수 있었다. 지성이면 감천이라는 말까지는 아니더라도, 일이건 공부건 열심히 하면 반드시 좋은 결과를 얻게 된다는 교훈이 그것이다. 그 후 내가 일생을 통해 배움이건 일이건 최선을 다해 노력하는 삶을 산 것은 나의 천성 때문이기도 하지만, 어린 시절 체험을 통해 얻은 교훈 덕이라고 생각한다. 나는 그러한 노력을 통해 환경과 여건 때문에 뒤처진 것을 따라잡고 모자란 것을 메워나갔다. 그 시절 그처럼 열심히 공부한 덕분에 나는 두 가지 보람을 얻을 수 있었다. 한 가지는 금강학원에 다닌 지 얼마 안 돼 4학년으로 월반할 수 있었던 일이고, 또 한 가지는 정규학교로 편입할 수 있게 된 일이었다. 금강학원에서 함께 공부하던 학우 가운데 천덕수千德壽라는 친구가 있었다. 친구라지만 나이가 나보다 두 살이나 위였다. 그 친구가 어느 날 나에게 다가오더니 꿈같은 얘기를 해주었다. "옆에서 지켜보니 너처럼 열심히 공부하는 애도 없더라. 너 같은 애는 이런 학원 말고 정규학교에 들어가 공부해야 할 것 같아. 우리 형 친구가 국민학교(현 초등학교) 선생님인데 혹시 그 학교에 들어갈 수 있는지 알아봐줄게." 그리고는 정말로 자신의 형 친구를 통해 희도국민학교에 들어가기 위한 편입시험을 볼 수 있도록 주선해주었다. 그동안 열심히 공부한 덕분인지 나는 그 친구와 함께 시험에 합격해 정식으로 희도국민학교 4학년 학생이 될 수 있었다. 1944년 4월의 일이었다. 나의 오늘이 있도록 도움을 주었던 그 천덕수라는 친구를 찾으려 훗날 무진 애를 썼지만 영영 소식을 알 수 없었다.

그런데 우연인지 아니면 이것도 인연이라고 할 수 있을지 모르겠지만 나중에 알고 보니 나와 집사람은 국민등학교 동창이었다. 희도국민학교는 6.25 이후 종로국민학교로 통합됐는데 집사람이 종로국민학교를 다녔던 것이다. 이 사실은 우리 두 사람도 미처 알지 못한 채 40여 년이 지나서야 우연히 알게 되었다. 내가 대통령을 퇴임한 뒤 한참 지나 대구를 방문하는 길에 옛일이 떠올라 내가 다녔던 초등학교를 수소문해봤더니 희도국민학교는 종로국민학교로 통합되고 현재는 없다는 것이었다. 그곳에라도 한번 가보자고 나섰는데 동행한 집사람이 바로 그 종로국민학교를 다녔냐고 하는 것이었다.

### 해방 정국과 대구공업중학교 시절

뒤늦은 공부에 열중하다 은인과도 같은 친구를 만나 정규 초등학교에 다닐 수 있게 된 나는 학교 다니는 재미에 푹 빠진 채 3년을 보냈다. 광복

후 2년이 흐른 1947년에야 초등학교를 졸업하고 그해 9월 대구공업중학교에 입학하게 되었다. 공립인 대구공업중학교는 기계, 전기, 토목, 화학, 건축 5개 과에서 261명의 학생을 모집했다. 해방된 조국이 새 나라의 기초를 세우고 발전해나가기 위해서는 젊은이들이 한 가지씩이라도 기술을 배워 산업을 일으켜야 한다는 선생님들의 말씀이 있었고, 또 식자들 사이에 그런 논의들이 있다고 어른들이 일러주었다. 나는 기계과를 지망했다. 2 대 1이 넘는 경쟁률이었지만 나는 내가 원하던 학과에 들어갈 수 있었다. 당시 또래 학생들보다 서너 살 늦은 열일곱 살이었다. 달성공원 변두리에 위치한 우리 집에서 학교까지는 약 10킬로미터 정도의 거리였다. 매일 왕복 20킬로미터 거리를 걸어서 통학하는 일이 힘들기는 했지만 나는 이전과 마찬가지로 하루도 거르거나 지각하는 일 없이 열심히 학교를 다녔다.

그러나 나의 바람과 달리 학교 분위기는 면학과는 거리가 멀었다. 해방 정국의 혼란 속에 중학교인 우리 학교 안에서도 좌익분자들의 선동과 폭력이 빈번하게 일어났다. 이념이라든가 정치체제에 민감하지 않은 학생들은 그러한 학교 분위기에 좌절감과 분노를 느낄 수밖에 없었고 그건 나 역시 마찬가지였다. 일부 교사와 상급생 가운데 좌익들은 수업 거부나 교사 추방 같은 과격한 선동 문구로 학생들을 혼란에 빠뜨렸다.

그러던 어느 날, 좌익계열의 조직 책임자가 화학수업이 진행 중이던 우리 교실에 들어와 수업 거부를 선동한 것이다. 교실 밖에선 좌익계열 고학년 간부 10여 명이 각목을 든 채 험악한 분위기를 조성하고 있었다. 일부 학생은 재빨리 교실 밖으로 도망쳤고 남은 학생들도 공포심에 숨을 죽이고 있었다. 그 상황이 나를 분노하게 했다. 나는 책상을 치면서 일어나 좌익 간부와 학생들을 향해 소리쳤다. "우리 부모님은 어려운 가운데 학비를 마련해 공부시키려고 우리를 학교에 보냈는데 공부는 하지 않고 이게 대체 무슨 짓이냐. 내가 책임을 질 테니 너희들은 걱정 말고 공부나 해라!" 당시의 학내 분위기는 단 1년이라도 상급 학생이면 어렵게 대해야 했다. 나 역시 상하급생 간의 위계질서는 존중하는 성격이었지만, 그 상황은 옳지 않다고 생각했기 때문에 저항했던 것이다. 나는 그들이 나를 해치려고 할 경우 당당히 맞설 충분한 신념과 자신감이 있었다. 말을 마친 나는 좌익 간부를 노려보았고 그는 나의 기세에 눌렸던지 선동을 멈추고 물러갔다. 그 이후 우리 기계과는 더 이상 좌익들의 선동과 위협에 휘둘리지 않고 수업을 진행할 수 있었다. 사실 나는 그 시절 특별히 이념 같은 문제를 깊이 생각해본 적은 없었지만 아버지가 하신 말씀들이 맞다고 믿고 있었다. 아버지는 "공산당 등 좌익들은 일을 하건 안 하건, 잘난 사람이건 못난 사람이건 모두가 잘 먹고 잘 살게 해준다지만 그건 있을 수 없는 일."이라고 하셨다. 아버지는 공산주의자들이 내세우는 말들이 거짓이라는 것을 이론적으로 설명하실 수는 없었지만 세상살이의 본질에 대해서는 오랜 인생 경험을 통해 꿰뚫고 계셨던 것이다. 돌아보면 사실 그동안 오랜 역사를 통해 수많은 선동가들이 비슷한 논리로 국민들을 현혹했지만 그 누구도 그런 허황된 약속은 이뤄주지 못했다.

대구공업학교에 다니는 동안 나는 운동에도 열중했다. 내가 가장 열의를 보였던 것은 축구였다. 2학년이 되고 학교에 축구부가 만들어졌을 때 나는 당연히 축구부에 들어갔다. 나의 포지션은 골키퍼였다. 또 1950년에는 미국 보스턴에서 개최된 마라톤 대회에서 우리나라 선수가 1, 2, 3등을 차지해 온 나라를 떠들썩하게 만들었다. 나도 그 일에 자극을 받아 한때 마라톤 연습도 열심히 했다. 공부와 운동 모두에 몰두해 있던 1950년 4월, 학제가 변경됐다. 당초 6년제였던 우리 학교가 3년제 대구공업중학교와 3

년제 대구공업고등학교로 개편되었던 것이다. 나는 대구공업중학교 3년 과정을 수료하고 대구공업고등학교로 진학했다. 대구공고는 그해 6월 20일 기계, 토목, 전기, 응용화학 4개 학과, 4학급으로 개교했는데 나는 기계과 1학년이 되었다.

# 운명 같은 선택, 군인의 길

■

## 육군사관학교와의 인연

나의 대구공고 시절은 6.25와 함께 시작되었다. 1950년 6월 25일은 내가 입학하고 닷새가 지나 반 편성이 겨우 끝났을 무렵이었다. 선전포고도 없는 기습남침에 미처 대비하지 못한 국군은 낙동강 전선까지 밀렸지만 그해 9월 15일 UN군의 인천상륙작전이 성공함으로써 국군과 UN군은 압록강까지 밀고 올라갈 수 있었다. 그러나 중공군이 개입하면서 전쟁의 양상과 전황戰況은 급변했다. 인해전술을 앞세운 중국군에 의해 연합군은 퇴각하지 않을 수 없었던 것이다. '1.4후퇴'였다. 연합군은 다시 낙동강 전선을 마지노선으로 삼아 필사적인 방어전을 펼치고 있었다. 정부는 한반도 최남단인 부산을 임시수도로 정해 피난살이 중이었으며 최전방인 낙동강 전선에서는 국군이 처절하게 싸우고 있었다. 최전선에서 쏴대는 포탄 소리는 내가 살고 있던 대구까지도 들려오고 있었다. 낙동강에서 밀리면 부산 앞바다밖에 갈 곳이 없는 상황이었다. 절체절명의 국가 운명은 젊은이들의 피를 끓게 했다. 패전과 같은 전황 앞에 젊은이들은 절망하거나 도피하지 않고 결연히 나서야 한다는 절박한 심정이 되고 있었다. 국토가 겨레의 피로 물들어가는 상황에서 학업은 사치라고 생각됐다. 1951년 기을, 대한민국의 피 끓는 젊은이들은 나라를 구하기 위해 총을 들어야 한다는 결의에 차 있었다. 전국의 많은 청년 학도들이 군번조차 받지 못한 채 나라를 지키겠다며 학도의용군이 되어 전장으로 나갔고, 나 역시 그러한 열기에 감응되어 있었다. 그 시절 청년학도들의 애국심을 일깨워주던 '양양가襄陽歌'의 가사가 지금도 입안에서 맴돈다.

"이 몸이 죽어서 나라가 선다면 아, 아, 이슬같이 죽겠노라…"

이 노래를 부를 때마다 내 몸속의 피도 끓어오르는 것처럼 느끼곤 했다. 그즈음 육군종합학교 보병간부후보생 모집 광고가 나붙었다. 나는 평소 전쟁 상황을 걱정하며 입대하는 문제에 관해 의견을 나누던 친구들과 함께 망설임 없이 지원했다. 부모님께는 미리 말씀드리지도 않았다. 합격 소식과 함께 입영통지서가 전달되자 그제야 부모님에게 말씀드렸다. 어머니는 군대에 가더라도 공부나 마치고 가라면서 만류하셨지만 나는 결심을 다잡으며 입영 날짜만 기다리고 있었다. 그런데 막상 입영을 위해 육군종합학교로 떠나야 하는 날 예기치 못한 사정에 부딪혔다. 입영할 때 반드시 가져가야 하는 합격증을 찾을 수 없던 것이다. 어쩔 수 없이 친구들만 먼저 보낼 수밖에 없었다. 다음날 어머니는 당신이 내 합격증을 빼내 태워버렸다고 털어놓으셨다. 내가 군대에 가기엔 아직 어리다는 것이었다. 그때는 형님(전기환全基煥)도 군에 입대한 상황이었는데 이미 고향 합천에서 어린 나이의 두 아들을 여읜 아픈 상처를 안고 살아오신 어머니로서는 장남과 차남이 동시에 전쟁 중 군대에 입대하는 것을 두고 볼 수 없었던 것이다. 어머니의 그런 마음을 헤아릴 수 없었던 나는 어머니가 원망스러워 며칠간

밥도 먹지 않았다. 나를 남겨두고 입영했던 내 친구들은 곧장 전선으로 투입됐는데 얼마 지나지 않아 낙동강 전투에서 모두 전사했다는 소식이 들려왔다. 낙동강 전투는 그토록 치열했던 것이다.

그로부터 한 달쯤 지났을 때였다. 대구 중앙로의 병사구사령부兵事區司令部 앞을 지나던 나는 게시판 앞에서 걸음을 멈추었다. 게시판에 붙어 있는 '육군사관학교 생도 1기 모집' 공고문이 내 시선을 붙잡았던 것이다. 불과 한 달 전에 헤어진 뒤 이제는 조국의 수호신이 된 친구들의 혼을 달래고 그 원수를 갚아줘야 한다는 절박한 심정이 되어 있던 나는 그 길로 지원 절차를 밟았다. 당시 육군사관학교는 정규 4년제로 개편된 후 첫 번째 사관생도를 모집하고 있었다. 육군사관학교의 정규 4년제 개편은 한국전쟁이 한창이던 당시 이승만 대통령이 밴 플리트 대장에게 미국의 '웨스트포인트'(West Point)와 똑같은 4년제 육군사관학교를 만들고 싶다는 간절한 희망을 밝혔고 미국 측이 그 요청을 받아들임으로써 이뤄진 것이다. 낙동강까지 밀려 내려와 최후 방어선을 치고 사투를 벌이고 있던 그 위급한 상황에서 4년제 군 간부 양성학교를 세우기로 한 결정은 이승만 대통령이니까 할 수 있었던 착상이요 용단이었다.

본격적으로 시험 준비를 시작한 나는 수험표를 어머니의 눈에 띄지 않게 책살뒤 속 깊이 감추어두었다. 드디어 시험 닐이 있다. 시험은 제1차 필기시험과 제2차 정밀신체검사로 나뉘어 실시되었는데 실제로는 세 관문을 거쳐야 했다. 그해 10월 말경 나는 도립병원에서 신체검사를 받았고 면접시험도 통과했다. 도청소재지 몇 군데를 지정해 실시된 필기시험은 몹시 어려워 사실 간부후보생 모집 때의 시험과는 비교조차 안 되었다. 예상대로 응시자는 엄청났다. 정규 4년제로 개편된 제1기인 생도 모집 정원은 200명이라고 했다. 그런데 내가 지원한 경북지구에서만도 200여 명이 몰려들었다. 전국의 지원자 수는 모두 1,400여 명으로 경쟁률이 무려 7 대 1이었다. 현역 장병들은 물론 대학생들도 다수 포함되어 있다고 했다. 4년제 육사 제1기에 대한 청년들의 관심과 기대가 그만큼 컸던 것이다.

11월 초, 나는 합격 통지서를 받았다. 제2차 시험에 관한 안내문도 포함되어 있었다. 보름 뒤 대구시 칠성동에 위치한 보충대로 집결하라는 내용이었다. 나는 수험표 때처럼 합격 통지서도 숨겨놓았다. 보름 뒤 보충대에 모인 제1차 필기시험 합격자는 모두 228명이었다. 정원은 200명이었지만 가입교假入校 기간 중 탈락자가 생길 것에 대비해 28명의 예비합격자를 뽑은 것이었다. 현역군인과 군속이 113명, 학생 97명, 공무원 4명, 기타 14명이었다. 지역별로는 경남이 41명으로 가장 많았고 경북이 29명, 전북 27명 그리고 나머지 지역이 10명 미만이었다. 보충대에서 1주일 동안 머물며 대구육군병원에서 정밀신체검사와 함께 적성검사도 받았다. 1주일 뒤 응시생들은 김종오金鍾五 육군본부 인사참모부장으로부터 최종 합격증을 교부받았다.

합격증을 손에 들었을 때 나의 기쁨은 이루 말할 수 없었다. 학교 정규 과정을 제대로 마치지 못한 나의 성적이란 매우 부족할 것이 분명했다. 그럼에도 불구하고 나는 많은 경쟁자를 물리치고 당당히 합격했기 때문이다. 대통령이 되고 난 후 나는 육사교장에게 내 육사 입교 시험 성적을 좀 알아봐줄 수 없느냐고 부탁했었다. 그런데 한참 시일이 지났는데도 육사교장에게선 아무런 보고가 없었다. 알고 보니 내 성적이 좋지 않았기 때문에 민망해서 보고를 미뤄왔던 것이다. 나의 독촉을 받고서야 알려준 성적은 228명 중 끝에서 두 번째였다. 예비 합격자를 뽑지 않았더라면 탈락했을, 참으로 식은땀이 나도록 아슬아슬한 석차였다.

나의 육사 합격은 정말로 내 인생에 있어 운명적 전환점이었다. 당시 나라 형편은 건국 후 불과 3년 만에 6.25라는 국가 최대의 위기를 맞아 대한민국의 존망이 걸린 전쟁을 치르고 있었다. 그런 참담한 상황에서 4년제 육사 제1기가 시작되었다는 것 그리고 정규교육을 제대로 받지 못한 내가 당당히 합격해 정규교육의 장으로 뛰어들 수 있었다는 것, 그 자체가 내 생애에 있어서는 크나큰 행운이었다.

## 육사생도 시절

228명의 합격자들은 정식 입교에 앞서 1952년의 새해 첫날부터 가입교 생활에 들어갔다. 피난지 진해의 작은 초등학교 교사를 빌려 사용하고 있던 옹색한 시설에서 20일 동안 우리는 숨 돌릴 틈도 없이 고된 기초군사훈련을 받았다. 앞으로 4년간 강도 높은 교육훈련 과정을 감당할 수 있는지 테스트 받는 것이었다. 결국 이 기간 동안 28명이 탈락하고 말았다. 혹독했던 기초군사훈련이 끝나고 정식 입교가 결정되자 처음으로 면회가 허락되었다. 전시였던 그 시절은 군인뿐 아니라 국민들 모두가 힘들던 때였지만 혹독한 훈련을 받는 군인에게 무엇보다 힘들었던 것이 바로 배고픔이었다. 그래서 그날의 면회 때 아버지가 찰떡을 지게꾼에게 지워가지고 오셨던 일이 오래도록 기억에 남아 있다. 아버지가 훈련생들에게 떡을 골고루 나누어주며 눈시울을 붉히시던 모습은 지금도 눈에 선하다.

훗날 들어 알게 된 일이지만, 그 찰떡에는 가슴 뭉클한 아버지의 깊은 사랑이 담겨 있었다. 나를 면회하러 대구 집을 떠나오실 때 아버지 손에는 먹을 것도 들려 있지 않았고, 수중에는 아들에게 쥐어줄 약간의 용돈과 차비 외에 여윳돈이 없었다. 빈손으로 면회를 올 수 없다고 생각하신 아버지는 진해 길거리에서 행인들을 불러 사주를 봐주고 얼마간 돈을 만들어 찰떡을 마련해 오셨던 것이다. 그때는 그러한 사정도 모르고 맛있게 먹기만 했는데, 체면을 중요하게 생각하시던 아버지가 먼지 나는 길바닥에 앉아

행인들에게 사주를 봐주시는 모습을 떠올리면 가슴이 저려온다.

육군사관학교의 첫 번째 4년제 생도인 제11기 입교식은 1952년 1월 20일 진해 육사 연병장에서 거행됐다. 이승만 대통령을 비롯해 신익희申翼熙 국회의장, 리지웨이 UN군 사령관, 밴 플리트 주한 미 8군 사령관, 그리고 주한 외교사절들도 참석했다. 전쟁의 한복판에서 4년제 사관생도의 첫 출범이 갖는 의미는 각별한 것이 아닐 수 없었다. 연병장에 도열해 있는 사관생도들을 지켜보는 참석자들의 눈빛에는 위기에 처한 나라를 구하고, 국군의 장래를 책임질 정예장교가 되려는 젊은이들에 대한 기대감이 넘쳐나는 듯했다. 치사를 하는 이승만 대통령의 목소리는 감격에 떨고 있었고 입교식에 참석한 학부모들의 눈가에는 이슬이 맺혔다.

육군사관학교의 교육과정은 '지智·인仁·용勇'의 교훈 아래 전인교육을 목표로 삼고 있어 총 5,561시간의 학과 강의는 전술학(1,961시간, 35%)뿐만 아니라 자연과학(2,268시간, 41%)과 인문과학(1,332시간, 24%)에도 큰 비중을 두고 있었다. 훈련이 엄격해 교육과정을 따라가기 벅찼지만 나라를 위해 몸 바칠 것을 각오한 생도들의 학구열은 누구에게도 밀리지 않았다. 육군사관학교의 새로운 역사를 만들어가고 있다는 사명감에 불타고 있었던 것이다.

미국 웨스트포인트의 커리큘럼을 그대로 옮겨온 교과과정과 모든 학과목에 대해 매일 시험을 치르는 일일시험제도(Daily System)로 생도들은 하루하루가 전쟁이었다. 하지만 그보다 더 참기 어려웠던 것은 열악한 생활환경이었다. 가난한 나라살림에 전쟁까지 치르고 있었으니 모든 물자가 다 부족할 수밖에 없었다. 식사는 밥과 김치 외에 반찬이라는 것은 명색뿐이고, 그나마 양이 부족해 언제나 배고픔을 느껴야 했다. 유난히 추운 겨울이었음에도 난방시설은 아예 없었고 드럼통에 담긴 얼음물을 떠다 세수를 해야 할 정도였다. 나라를 구하기 위해 스스로 선택한 길이라는 자기 인식, 4년제 생도 1기라는 자부심으로 추위와 기아를 이겨내야만 하는 고단한 시간이었다.

피난시절 진해의 육군사관학교 연병장.

나는 교번 152번으로 2중대 2분대 소속이었다. 나를 비롯한 우리 모두 는 어려운 여건 속에서의 훈련을 통해 인내를 배웠고 용기와 책임감도 체 득했다. 나는 누구 못지않게 생도 생활에 빨리 적응해갔다. 지독히 가난했 던 어린 시절부터 어렵게 공부하고 일을 해봤던 나는 어지간한 시련에는 이미 단련이 되어 있었다. 학생 때 운동선수로 활동할 만큼 동작은 민첩했 고 체력도 좋았다. 그러나 나는 입교시험 석차가 거의 꼴찌였을 만큼 학과 실력은 뒤떨어져 있었다. 초등학교, 중고등학교의 정규 교육과정에 있었던 2~3년의 공백으로 인한 기초학력 부실이 원인이었다.

나는 기억력과 암기력에서는 누구에게도 뒤떨어지지 않았다. 그러나 수학같이 기초부터 쌓아가야 하는 과목에서는 약점이 드러났다. 초중등 과정에서 제대로 배우지 못했으니 대학 과정의 수준을 이해하기 어려웠다. 특히 육사는 이학사 과정을 이수하도록 되어 있는 만큼 17개 일반과목 중 수학이 15퍼센트나 차지하고 있었다. 수학 공부는 암기만 해서는 안 되고, 이해를 해야만 풀 수 있기 때문에 자습시간에 김성진金聖鎭, 민석원閔錫源 등 수학을 잘하는 친구 옆자리로 옮겨 개인지도를 받고는 했다. 수업이 시작되기 전이면 늘 보던 쪽지시험은 특히 나를 괴롭혔다. 기초가 약했던 나는 교과서에 나오는 예제를 몽땅 외우고는 했는데, 응용문제가 나오면 외워둔 예제를 빽빽하게 적어서 내곤 했다. 교관에게 열심히 노력했다는 점만이라도 인정받고 싶었던 것이다. 어느 날 수학 교관인 오吳 중위가 나를 불러 "답안은 모범답안인데 문제하고 상관없는 답을 썼으니 다음부터는 문제를 좀 잘 읽고 풀도록 하라."고 충고까지 해주었다. 나는 수학의 기초가 부족할 수밖에 없었던 사정을 설명하고 "말미를 주면 열심히 해서 따라가겠다."고 약속했지만 그 약속을 지키기란 결코 쉽지 않았다.

일반 대학이라면 잠을 자지 않거나 수업이 없는 시간을 이용해 따로 공부해서라도 보충해나갈 수 있겠지만 육사에서는 그것이 제도적으로 불가능했다. 아침 기상시간부터 취침시간까지의 일과 중에 따로 시간을 낸다는 것은 원천적으로 허용되지 않았다. 그러니까 나만의 시간을 가지려면 취침시간에 자지 않는 방법밖에 없었다. 그런데 규칙상 그 시간에는 잠을 안 자고 다른 일을 할 수도 없게 되어 있었다. 잠을 자지 않을 경우 다음날의 고된 훈련과 수업을 감당해낼 수 없기 때문에 밤 10시에 잠자리에 들고 새벽 기상나팔과 함께 일어나야 하는 엄격한 규칙이 있었던 것이다. 만약 취침시간에 다른 일을 하다 발각되면 가차 없이 벌점이 부과되고 벌점이 쌓이면 퇴교당하도록 돼 있었다.

그렇다고 시험에 낙제 점수를 받고 그것이 누적되어 퇴교당할 수는 없는 일이었다. 어떻게 해서든 따로 시간을 내 공부를 보충할 방법을 찾아야만 했다. 하지만 아무리 고민해봐도 다른 길은 없었다. 취침시간에 잠을 안 자고 공부하는 길뿐이었다. 규칙상 취침시간에 다른 일을 할 수는 없지만, 화장실 가는 것만은 허용되었다. 춥고 냄새가 코를 찌르는 재래식 화장실이었지만 취침시간 이후 불을 켜고 책을 볼 수 있는 장소는 그곳이 유일했다. 혹시 다른 사람과 마주쳐도 용변 때문에 온 것으로 알테니 규칙 위반으로 적발될 염려도 적었다.

다른 생도들이 잠들기를 기다려 침대를 살며시 빠져나와 타월로 목덜미를 감싸고 비옷과 책을 든 채 화장실로 갔다. 신문지를 깐 위에 비옷을 덮어 악취를 막은 후 기상나팔이 울리기 30분 전까지 하루 두 시간씩 학과목을 보충했다. 어떤 날은 면회실로 사용되는 간이건물로 가서 공부했는데, 그곳엔 불이 켜져 있지 않았기 때문에 플래시를 가져가야 했고, 밖으로 불빛이 새나가지 않게 판초 우의를 뒤집어쓰고 공부해야 했다. 하루도 거르지 않았던 그 은밀한 보충학습 덕분에 내 성적은 꾸준히 향상됐다. 졸업 때까지 무려 4,000번도 넘는 시험을 치렀지만 낙제를 하거나 추가시험을 보는 일은 없었다. 학교생활에도 자신이 붙기 시작했음은 물론이다.

공부에 어느 정도 자신이 생기자 나는 커리큘럼과 직접 관련이 없는 여러 분야의 책들을 읽기 시작했다. 유소년 시절엔 책 읽을 시간이 부족하기도 했지만 책을 읽고 싶어도 읽을 만한 책을 구하기가 어려웠다. 참고서나 전문서적 같은 것은 더욱 손에 넣기 힘들었다. 육사 도서관에는 참으로 다양한 분야의 좋은 도서들을 구비해놓고 있어서 육사 시절 나는 원 없이 책을 읽을 수 있었다. 책을 읽고 공부하는 일이 그토록 즐거울 수 없었다. 아마도 내 생애에서 가장 공부에 몰두했던 시기가 바로 4년 동안의 육사 시절이 아닌가 한다.

육사생도 시절 나는 학과 공부와 독서에 열중하는 가운데 운동도 열심히 했다. 축구, 농구, 테니스, 탁구, 배드민턴, 권투 등 운동이라면 가리지 않고 좋아했지만 그중에서도 축구를 가장 좋아해 축구부 주장생도가 되었고 3군 사관학교 체육대회에 선수로 출전하기도 했다. 축구에 관한한 초등학교와 중학교 시절 그리고 육사 시절 나는 일관되게 등번호로 1번을 달았었다. 그 시절 전쟁을 치르고 있던 조국의 현실에서 군인이 되고자 하는 생각을 하지 않았다면 아마도 운동선수가 되었을지 모른다는 생각을 해본 적도 있었다.

육군사관학교 교육은 국가와 국민을 위한 민주주의 군대의 장교를 양성하는 데 초점이 맞춰져 있었다. 훗날 내가 대통령이 된 후 평화적 정부 이양의 전통을 세워놓겠다는 결심을 굳히고 어떠한 유혹에도 흔들리지 않고 단임 약속을 실천한 것도 육사에서의 배움과 결코 무관하지 않았다고 생각한다. 이승만 대통령 자신이, 양자로 들인 이강석李康石(당시 이기붕李起鵬 국회의장의 장남) 군을 육사에 보냈고, 박정희 대통령도 영식 지만志晩 군을 육사에 보냈다. 1950년대 교육계에 전설적 인물로 알려져 있고 서울고등학교 초대 교장과 경기고등학교 교장, 서울시 교육감을 지낸 김원규金元圭 선생 같은 분도 졸업을 앞둔 학생들에게 육사에 진학할 것을 적극 권유했다고 한다. 내가 육사에서 교육받을 수 있었다는 것은 나로서는 국가로부터 받은 커다란 은혜였다. 돌이켜보면 나의 육사생도 시절은 하루 24시간을 공부에, 훈련에, 독서에, 운동에 나눠 쓰며 충실하게, 꽉 차게 살았던 시기였다고 생각된다. 생도 시절 4년 동안 나는 한 명의 군인으로 성장했을 뿐만 아니라 인간 전두환으로서의 인격이 만들어졌다고 생각된다. 애국애민愛國愛民의 마음가짐과 주어진 목표와 임무를 목숨을 걸고 완수한다는 소명의식을 체득할 수 있었다. 육사 시절의 삶은 나에게 추억으로만 남아 있는 것이 아니라 그 뒤 평생을 살아온 나의 생애 전반에 고스란히 담겨 있다. 더구나 나는 생도 시절 나의 평생의 반려자인 집사람을 만날 수 있었다.

## 무작정 찾아간 참모장님 댁

육군사관학교 2학년이 되자 비로소 외출이 허락되었다. 모처럼 시내로 바람을 쐬러 나갔으나 갈 곳이 마땅치 않았다. 집이 진해인 생도들은 당연히 집으로 갔겠지만 나는 진해에 찾아갈만한 친척집조차 없었다. 지방 출신 생도들은 다 사정이 마찬가지였다. 같은 처지의 동기생 열두 명이 나만 쳐다보고 있었지만 나 또한 무슨 특별한 대책이 있을 리도 없었다. 외출에 동행했다고 해서 동기생들의 점심식사를 해결해줘야 할 책임 같은 것이 딱히 나에게 있는 것은 아니었다. 무엇보다도 나에게는 그럴만한 여유가 없었다. 그러나 나는 나와 함께 있는 사람들은 당연히 내가 챙겨주어야 한다고 생각하고 있었다. 그것이 나의 천성이었는지 모르지만 어쨌든 나는 어렸을 때나 젊은 시절 할 것 없이 한결같이 그렇게 살아왔던 것 같다. 그때 생각난 것이 바로 참모장님이었다. 참모장 이규동李圭東 대령은 박정희 대통령과 같은 육사 2기생 출신으로 대한민국 건국에 즈음하여 국군을 창설하는 데 참여한 창군 멤버 가운데 한 분이었다. 참모장님은 성품이 소탈하고 온화했다. 생도들의 어려움을 잘 이해해주었고 운동을 무척 좋아했다. 주장 생도였던 내가 축구부원들과 함께 운동장에 나가 연습할 때면 참모장님은 자주 찾아와 지도해주시곤 했다. 참모장님이 찾아와주시는 것만으로도 우리 축구부원들은 힘이 났다. 평소 나를 비롯한 축구부원들을 따뜻하고 자상한 눈길로 봐주던 분이니 폐를 끼치러 가도 박내하시지는 않을 거란 생각이 들었다. 동기생들에게 점심은 내가 책임지겠다고 큰소리쳤지만 혹시 안 계시면 어쩌나 하는 걱정도 들었다. 당시 참모장님은 관사가 따로 없어 진해 변두리 경화동에 조그만 집을 전세 내어 살고 계셨다.

집 앞에 도착해 벨을 누르니 어린 소녀가 문을 열고 나왔다. 바로 이어 인기척을 듣고 참모장님도 나오셨다. 열 명도 넘는 생도들을 보자 잠시 놀라셨지만 내가 염치 불구하고 "점심 좀 얻어먹으러 왔습니다."고 하자 들어오라며 문을 활짝 열어주셨다. 참모장 사모님은 이미 점심때가 지난 시간이었는데도 전혀 귀찮은 내색을 보이지 않고 불청객인 우리들에게 정성껏 밥상을 차려주셨다. 나오면서 내가 넉살좋게 "다음 주에 또 찾아 뵙겠습니다." 했더니 역시나 웃음 띤 얼굴로 "그렇게 하세요."라고 화답해주셨다. 훗날 장모님이 되려는 선연善緣이었을까. 지금 와서 하는 얘기가 아니라 나는 처음 뵀을 때부터 참모장 사모님이 그렇게 좋았다. 사모님도 평생 아들을 원하시다 마흔이 넘어 외아들을 얻으신 때문인지 그날 이후 나를 아들을 하나 더 얻으신 듯 각별히 대해주셨다. 사모님은 일요일이면 나와 내 친구들을 위해 별미를 만들어놓고 기다리셨다. 어쩌다 좀 늦기라도 하는 날이면 혹시 무슨 일이 있나 싶어 걱정했다는 말씀을 하셨을 정도였다. 참모장님 댁에 처음 갔을 때 "누구세요?" 하며 문을 열어준 사람이 참모장님의 장녀인 순자順子 양이었는데 이것이 집사람과의 첫 만남이라고 할 수는 없다. 그것은 만남이라고 할 수 없고 그저 알게 되었다고 해야 할 일이었다. 큰따님이라고 했지만 중학교 2학년짜리 소녀를 의식할 일은 없었다. 그날 이후에도 예고 없이 일요일에 찾아와 밥을 먹고 가는 생도를 귀찮아하지 않고 맞아주는 참모장님이 고맙고 편해 염치없이 자주 찾아갔던 것이고, 이순자 양은 그 집 식구 가운데 한 명이었을 뿐이다.

순자 양은 경기여자중학교 학생이었는데 그때에는 진해여중에서 공부하고 있었다. 국가고사로 치러진 중학교 입학시험을 통해 경기여중에 입학했는데 당시는 전란 상황이라 일단 거주 지역의 학교에 다닐 수 있게 '연합중학교' 체제로 운영되고 있었다. 나중에 서울이 수복된 뒤에는 원래 입학한 학교에 복교할 수 있도록 되어 있었던 것이다. 순자 양은 그때만 해도 마당에서 동생들과 고무줄놀이를 하며 뛰어놀다 나를 보면 으레 일요일마다 오는 손님으로 알고 반겨주곤 했다. 1953년 7월 27일 휴전협정의 조인으로 마침내 전쟁이 끝나자 진해에 있던 육군사관학교는 다음해인 1954년 6월 4일 서울 태릉으로 복귀했다. 육사의 진해 시대는 13기로 끝났고 14기생부터 태릉 시대가 되는 셈인 것이다. 그 당시 태릉은 행정구역상 경기도에 속해 있었다. 참모장님의 가족도 서울로 이사했고, 순자 양은 본교인 경기여자중학교로 복교했다.

## 졸업식장을 찾아준 여고생

1955년 9월 30일, 나는 육군사관학교를 졸업하고 육군 소위로 임관됐다. 졸업식과 임관식은 동시에 진행되었다. 졸업식장에는 참모장 내외분과 이순자 그녀도 참석했다. 참모장님이 참석하는 것은 당연했지만 사모님과 그녀가 참석한 깃은 니의 임관을 축하해주기 위한 것이었다. 나에게도 그녀에게도 그리고 참모장 내외분에게도 그것은 너무도 자연스런 일이 되어 있었다. 말하자면 참모장님 가족에게는 이미 내가 가족의 한 사람으로 여겨지고 있었던 것이다. 그녀에게도 변화가 있었다. 그녀는 경기여중을 졸업하고 경기여자고등학교에 입학한 직후였다. 그 시절에는 고등학교도 시험을 통해 입학생을 뽑았다.

1955년 9월, 육군사관학교 졸업 및 임관식에 순자 양은 어머니, 고모님과 함께 와주었다.

소위로 임관된 나는 초등군사반을 거친 뒤 장교로서의 첫 임지로 21사단에 배속돼 66연대 1중대의 소대장을 맡았다. 이 시절 나는 청년 장교로서의 기백을 갖고 하사관들의 문란해진 복무기강을 바로잡기 위해 노력했던 일들이 기억에 남아 있다. 그 후 중위로 진급하면서 사단 작전참모부 작전장교를 맡았다. 강원도 사창리 산골에 있다 보니 휴가가 아니면 서울로 나올 수가 없었고 또 휴가는 생각할 겨를도 없이 의욕에 넘쳐 밤낮을 모르고 뛰었다. 그렇게 나의 임관 첫해가 지나갔다.

해가 바뀌고 1956년의 어느 날, 모처럼 휴가를 얻은 나는 서울에 나와 청파동에 있는 참모장님 댁을 찾았다. 참으로 오랜만에 뵙는 것이었다. 참모장님 가족 모두가 반가워했다. 순자 그녀도 방에 있다가 나오면서 "아저씨!"라고 반겼다. 그런데 전과는 어딘가 다른 몸짓이 느껴졌다. 얼굴을 붉히면서 다가오던 걸음이 멈칫하는 것이었다. 그것은 단지 내가 눈에 익은 생도 복장이 아니고 중위 계급장을 단 낯선 장교의 모습이었기 때문만은 아니었을 것이다. 내가 더 이상 사관생도가 아니듯이 그녀도 이제는 어린 소녀가 아니었다. 경기여자고등학교 2학년, 이제 한 학년만 공부를 더 하면 대학에 진학할 예비 숙녀였다. 변화가 있었던 것은 그녀를 대하는 나의 태도도 마찬가지였다. 내 앞으로 다가오다 얼굴을 붉히며 멈칫한 그녀에게서 나는 이성을 느꼈다. 소리 없이 내리는 봄비가 대지를 적셔 새싹을 움트게 하듯 세월이 흐르면서 우리 두 사람의 가슴엔 자신도 모르게 사랑의 감정이 싹트고 있었던 것이다. 언제부터인지는 분명하지 않지만 참모장님 댁 방문이 뜸해지면서부터 그녀를 떠올리곤 했다. 내가 휴가를 받자마자 곧바로 참모장님 댁을 찾은 것은 나를 가족처럼 대해주시는 내외분에 대한 당연한 인사기도 했지만 순자 양 그녀를 만나보고픈 마음 때문이기도 했다.

### 함께 장래를 약속하다

중위로 진급한 후 나는 사단 작전참모부 작전장교와 광주보병학교 학생연대 구대장, 25사단 72연대 중대장을 거쳐 육사생도들의 교육 시범을 위해 태릉에 배속된 교도중대의 중대장직을 맡게 되었다. 임관 후 처음으로 서울의 부대에 배속된 것이다. 그녀와 같은 서울 하늘 아래에 산다는 것은 생각만 해도 행복했다. 하지만 두 사람 다 분주한 일과에 쫓기느라 만날 짬을 좀처럼 내지 못했다. 어느 날 나는 용기를 내 그녀를 밖으로 불러냈다. 참모장님 댁이 아닌 장소에서 그녀와 단둘이 만나는 것은 아마 그때가 처음이었을 것이다. 그 전까지는 수도 없이 마주 앉아 얘기도 나누고 밥도 같이 먹었지만 그것은 '만남'이라기보다는 가족들과 함께한, 말하자면 '동석同席'이었던 것이다. 그래서 그녀를 불러내는 데는 나로서는 용기가 필요했다. 나는 다소 긴장한 그녀에게 이렇게 말했던 것으로 기억한다.

"네가 공부를 마치고 나와 결혼할 수 있을 때까지 기다려도 되겠니?"

이 말이 프러포즈의 대사로서는 촌스러운 것인지 모르지만 나를 늘 아저씨라 부르던, 아직 여고생인 그녀에게 '사랑' 어쩌고 하는 말은 도저히 쑥스러워서 할 수가 없었다. 주로 중매로 혼사가 이뤄지던 그 시절에는 아마 그 정도로 애정을 고백하는 일도 많지 않았을 것이다. 나는 그녀가 내 뜻을 받아들인 것으로 알고 헤어졌다. 나중에 알게 된 일이지만 그녀는 나와 헤어져 집으로 돌아가서는 나하고 있었던 일을 어머니에게 자초지종 모두 말씀드렸던 모양이다. 나를 향한 그녀의 마음도 털어놓았다고 했다. 며칠 뒤 나는 그녀의 집을 찾았다. 마주 앉은 나에게 그녀의 어머니가 물었다.

"우리 순자가 클 때까지 기다려서 결혼하고 싶다고 했다면서?"

나는 무릎을 꿇고 앉아 고개를 푹 숙였다. 그리고는 겨우 들릴 정도의 작은 목소리로 "예."라고 대답했다. 나의 의사를 직접 확인한 그녀의 어머니는 나와 딸 사이에 오간 대화 내용을 남편인 이규동 장군에게 말씀드리면서 당신은 오케이라고 했던 모양이었다. 참모장님은 그 사이 장군으로 진급해 있었다. 이규동 장군 역시 나를 좋게 보고 계셨으므로 두 사람의 인연에 대해 긍정적으로 말씀하셨다는 것이다.

부모님들이 우리 두 사람 사이의 관계를 알게 된 후부터 우리는 밖에서 따로 만날 수 있었다. 그때만 해도 '데이트'란 말은 젊은 연인들 사이에서도 익숙하지 않았는데 우리의 데이트란 것은 함께 거리를 걷는 것이 전부였다. 외식은 물론 영화 구경이나 다방에 가서 커피 마시는 일조차 우리 형편에서는 사치였다. 나는 적은 봉급이나마 쪼개어 부모님께 용돈을 보내드리곤 했기 때문에 늘 여유가 없었다. 그녀는 나의 그런 사정을 잘 이해해주었다. 그녀는 내게 극장에 가자거나 무엇을 먹고 싶다든가 하는 얘기는 입 밖에 내지 않았다. 버스요금도 내게 부담시키지 않으려고 제법 먼 거리도 걷자고 했고, 점심값을 아끼려고 도시락을 준비해 오기도 했다. 나이는 어린 소녀였지만 마음 씀씀이는 어른스러웠다. 경제적 부담을 내게 지우지 않으려는 그녀의 노력은 매번 나를 깊이 감동시켰다. 헤어질 때면 순자 양은 나를 청량리역까지 바래다주었고 나는 다시 청파동행 버스가 있는 정류장까지 그녀를 데려다주었다. 이렇게 왔다 갔다 하기를 반복하다가 귀대 시간 때문에 더 이상 지체할 수 없게 되면 그때서야 헤어지곤 했다.

둘이 만나는 시간이 많아지기는 했지만 나는 군인으로서의 일에 열중했고, 순자 양 또한 공부를 소홀히 하지 않았다. 그녀는 고등학교 졸업반이 되자 의과대학으로 진학하기로 결심했다고 했다. 그런 결심을 하게 된 이유를 나에게 설명하지는 않았지만 나와의 결혼 생활에 대비하려는 뜻인 듯했다. 군인의 딸로 자라오면서 그녀는 군인가족으로 산다는 것이 경제적으로 얼마나 어려운 일인지 누구보다 잘 알고 있었다. 그때는 모두가 다 가난하고 어려운 시절이었지만 특히 군인은 장교라 하더라도 그 봉급으로는 겨우 생계를 유지할 수 있는 정도였다. 내가 평생 군인으로 지낼 거란 사실을 아는 그녀는 군인의 아내로서 가계家計를 책임지고 꾸려나가기 위해 의사가 되겠다고 생각했던 것 같다. 그녀는 나의 자존심을 건드리지 않기 위해 그런 생각을 명료하게 말하지는 않았지만 대화 중 언뜻언뜻 그런 뜻이 내비쳐졌다. 나는 그녀의 진로 결정과 관해 내 의견을 얘기하지는 않았다. 또 의학을 전공하겠다는데 반대할 이유도 없었다.

### 가난이라는 이름의 현실

1958년 봄, 그녀는 이화여자대학교 의과대학에 응시해 합격했다. 의과대학 신입생이 된 그녀는 공부에 여념이 없었고 나 또한 육군사관학교 교도중대장의 고된 일과가 끝나기 무섭게 영어회화 학원으로 달려가 미국 유학을 준비하고 있었다. 휴전 후 군은 엘리트 장교 양성을 위해 미국 특수전학교에 유학할 장교 선발 계획을 발표했던 것이다. 나는 그 소중한 기회를 놓치고 싶지 않았다. 그 사이 어쩌다 짬을 내서 만난다고 해도 특별한 데이트 계획이 있었던 것은 아니다. 만남이라고 해야 수업이 먼저 끝난 그녀가 학원 앞까지 찾아와 나를 기다리다 함께 동대문행 전차에 올라 얘기를 나누는 것이 전부였다. 그래도 아쉬움이 남으면 근처 빵집에 들러 얘기를 나누는 것이 고작이었다. 밀린 얘기를 나누다 마지막 버스를 놓쳐 태릉까지 먼 길을 걸어간 날도 있었다.

그해 여름의 어느 토요일이었다. 그날 나는 시간을 내 그녀를 만나러 갔다. 모처럼 중국집에 들러 자장면이라도 사주고 싶었다. 아버지의 임지인 2군사령부가 있는 대구로 가족들이 이사한 후 그녀는 혼자 효창동에 있는 이모님 댁에 신세를 지고 있었다. 효창동 이모님 댁에 도착했을 때 나는 놀라운 일을 목격했다. 그녀 혼자 무서운 고열과 통증 속에 신음하고 있었던 것이다. 나는 정신없이 그녀를 등에 업고 병원으로 달려갔다. 병원의 진단 결과 급성맹장염이 이미 복막염으로 악화된 상태였다. 그러나 입원보증비조차 가진 게 없던 나는 그녀를 입원시킬 수가 없었다. 당황한 내가 돈을 변통해보려고 이리 뛰고 저리 뛰는 사이 대구에 있던 그녀의 어머니가 달려와주셨고 다행히 수술을 받고 목숨을 구할 수 있었다. 그러나 그 일로 나는 큰 충격과 함께 마음에 상처를 입었다. 어머님이 제때에 달려와주시지 않았다면 어떤 일이 벌어졌을까. 결혼 후에 발생한 일이었다면 나는 그녀의 생명을 구할 수 있었을까. 암울한 생각이 내 뇌리에서 떠나지 않았다.

그러던 어느 날 나는 그녀를 병상에 남겨놓은 채 일동에 주둔하고 있던 25사단으로 달려갔다. 병상에 누워 있는 그녀에게 과일바구니 하나 사줄 돈이 없어 동료들에게 빌리려고 했던 것이다. 그러나 25사단은 바로 그 전날 기동훈련을 위해 부대 전체가 이동해버렸고 나는 빈손으로 돌아와야만 했다. 그때 나는 너무나 속이 상한 나머지 돌아오는 차비가 모자란 것도 깜빡 잊고 차에 올라버렸다. 차비도 없이 탔느냐는 안내양의 매몰찬 힐난에 나는 그만 차에서 내리고 말았다. 서울까지는 너무도 멀기만 한 깊은 산속이었다. 차가 지나갈 때마다 흙먼지를 뒤집어쓰며 산길을 걷고 또 걸었다. 그때 나는 그동안 내가 너무나 무모한 꿈을 꾸고 있었다는 사실을 깨닫기 시작했다. 결혼해 행복한 삶을 누리기는커녕 입원해 있는 사랑하는 사람에게 과일바구니 하나 사줄 능력도 없는 못난 애인, 그것이 나였다.

그날 밤 나는 무력감과 자괴감에 시달리느라 한숨도 잘 수 없었다. 오랜 고뇌 끝에 나는 독한 결심을 하고 말았다. 최소한의 행복도 보장해줄 수 없다면 나는 그녀 곁에서 떠나야 한다고 마음먹었던 것이다. 두 번 다시 생각할 여지가 없었다. 서울에 돌아오자마자 나는 즉시 실행에 옮겼다. 그녀에게 단호한 절교 편지를 쓴 것이다. 그리고는 그녀가 날 찾아올 수 없도록 강원도 화천군에 위치한 최전방 부대로 전근을 자원해 깊숙이 숨어버렸다. 단호한 마음의 실행이었지만 그녀가 받았을 상처를 생각하니 괴로움은 비수가 되어 가슴을 찔렀다. 하지만 나는 내가 택한 결정이 그녀를 위해 선택할 수 있는 최선의 길이고, 나를 친자식처럼 신뢰해주신 그녀의 부모님에 대한 최소한의 도리라고 마음을 다잡았다.

**방황의 끝**

그렇게 몇 달이 흘렀다. 부대 면회실에서 면회를 신청한 방문자가 있다며 연락이 왔다. 나는 방문자의 이름을 물었다. 순자 그녀였다. 나는 내 귀를 의심했다. 내가 그렇게 매몰차게 인연을 끊었는데… 자존심 강한 그녀가 그 먼 거리의 산골 전방부대로 나를 찾아온 것이다. 나는 서둘러 면회실로 내려갔다. 면회실에 마주 앉았을 때 나는 몇 달 사이에 극도로 수척해진 그녀를 보았다. 가슴이 철렁 내려앉았다. 그녀가 말했다.

"전방에서 큰 지뢰 폭발사건이 났다는 소식을 어머니에게서 전해 듣고 도저히 서울에 머물러 있을 수 없었어요."

그녀가 다시 내 앞에 있다는 사실만으로도 나는 이미 평정심을 잃고 있었다. 하지만 나는 당초 내가 왜 결별을 결심했는지를 다시 한 번 그녀에게 명료하게 밝혀둬야 한다고 다짐했다. 나는 그녀를 데리고 부대 뒷산으로 올라가 헤어지자는 결심이 오랜 고민 끝에 내린 결정인 만큼 어렵더라도 받아들여달라고 단호한 어조로 말했다.

그녀가 울었다. 그러면서 그렇게 할 수 없으니 여기까지 찾아온 것이 아니냐고 말했다. 나는 군인인 내 현실이 식구들의 생활을 책임질 수 없을 정도로 열악하다는 사실을 들려줬다. 나는 자칫 마음이 약해질까봐 우리의 앞날은 암담할 뿐이라고 거듭 그녀를 설득했다. 군인가족으로 살아온 그녀조차도 내가 알려주는 적나라한 현실에 충격을 받았는지 한동안 말을 잊지 못했다. 나는 계속 말을 이어갔지만 그녀는 물러서지 않았다. 오히려 자신을 위해 그처럼 고통스런 결심을 한 나의 사랑에 감동했다며 앞으로 어떤 고난도 이겨낼 자신이 있다고 했다. 냉혹한 현실 때문에 마음의 문을 닫았던 나였지만 그녀를 다시 만나고 나자 나는 번민에 휩싸였다. 내 절교 선언이 몇 달간 그녀를 얼마나 힘들게 했는지 나는 알게 됐고, 그 멀고 험한 최전방까지 나를 찾아온 그녀가 혼자 서울로 돌아가는 처연한 뒷모습도 바라봐야 했다. 그녀는 그렇게 사랑의 힘을 믿고 내 열악한 환경마저 기꺼이 감싸 안겠다고 했다. 그녀의 사랑을 확인할수록 나는 바로 그 이유 때문에라도 그녀를 놓아줘야만 한다는 생각으로 갈등하고 있었다.

서울로 돌아간 후 그녀는 마음의 병을 앓으며 더 야위어갔던 모양이다. 자신의 힘으로 내 결심을 바꾸어놓을 수 없다는 사실이 절망스러웠던 그녀는 결국 자신의 어머니에게 도움을 청하기로 했다. 그동안 나와의 사이에 있었던 일, 나하고 나눈 대화 내용 등을 모두 털어놓고 어머니가 한번 나서주기를 부탁한 것이다. 그런데 눈물을 흘리며 그녀의 얘기를 들어주던 어머니가 상상도 할 수 없던 말씀을 꺼냈다. 두 사람이 정혼定婚을 하자는 것이었다. 그녀의 부모님은 때가 되면 우리 두 사람이 부부의 인연을 맺을 수 있도록 하자고 이미 말씀을 나누기까지 했다는 것이다. 어머니의 말씀은 그녀로서도 정말 생각지 못한 일이었다. 그 말씀을 듣자 그녀는 일이 일거에 풀릴 수 있다는 희망을 갖게 됐다. 정혼을 해 두 사람의 관계를 분명히 해둘 수만 있다면 내가 더 이상 방황하지 않을 것이라고 어머니는 생각하셨다는 것이다. 나의 결심이 워낙 강해 생각을 돌리게 하는 일이 쉽지 않을 것이라고 그녀가 걱정하자 어머니는 자신이 나를 직접 만나 설득해보시겠다고까지 말씀하셨다는 것이다. 어머니의 그 말씀을 듣자마자 그녀는 마치 천군만마千軍萬馬를 얻은 기분이 되어 그 말을 전하기 위해 내 근무지로 달려왔다. 나는 그때 김포의 제1공수특전단 작전과의 공수교육장교로 근무하며 그해 창설된 공수부대 창설을 준비하고 있었다.

나는 그녀의 손에 이끌려 효창동 이모님 댁에 도착했다. 대구에서 상경해 나를 기다리고 있던 어머님은 내게는 너무도 익숙한 다정한 음성으로 말씀하셨다. 그녀와 나눈 얘기를 털어놓으며 "우리 순자를 다른 사람에게 시집보내고 싶은 마음은 조금도 없다."고 다짐하듯 강조하셨다. 나는 순자 양에게 설명했던 나의 심경을 간곡히 말씀드렸지만 어머님도 물러서지 않으셨다. 어머님은 이제 더 이상 길게 얘기할 필요가 없이 매듭을 짓자면서 이렇게 당부하셨다. "이제는 자네가 그만 마음을 잡고 일에 전념하는 것을 봐야 내 마음이 편하겠네." 그러자 곁에 있던 이모님도 한마디 거들었다. "그렇게 하게, 전 중위. 그래야 도리지."

어머님과 이모님께 간신히 감사의 말씀을 드리고 물러나왔다. 그 자리에서는 분명하게 표현하지 못했지만 두 분의 말씀을 듣고 있는 동안 내 마음속에 쌓아뒀던 완강한 성벽은 무너져내리고 있었다. 진심으로 사랑한다면서, 그녀에게 더 이상 고통과 상처를 주는 것은 현명한 선택이 아니라는 데 생각이 미쳤다. 우리가 가는 길 앞에 아무리 험한 난관이 있다 하더라도 우리에겐 젊음과 사랑이 있지 않은가. 가난과 고생이 예정된 장래라고 해서 반드시 불행할 것이라고 미리 주저앉을 필요는 없는 것이다. 내 옆엔 그녀가 있지 않은가. 집안의 어른들이 성원해주시고 계시지 않은가. 무엇이 두려운가. 더 이상 망설일 이유가 없는 것이다. 밖으로 나오니 마당에는 밝은 달빛이 쏟아지고 있었고 그녀가 환한 달무리에 싸인 듯 서 있었다. 나는 그녀의 손을 꼭 잡았다. 그 손을 통해 우리는 서로 많은 말을 하고 있었다. 사랑과 헌신과 인내의 다짐들이 오갔다. 얼마 후 양가 사이에 말씀들이 진행됐고 마침내 약혼일이 정해졌다. 길일은 1959년 1월 24일이었다.

### 약혼식이 결혼식으로

약혼식 날짜까지 잡히자 우리 둘은 마냥 행복했고 흥분으로 들뜨기까지 했다. 혹독한 마음고생을 겪은 뒤여서인지 청파동 이모님 댁에서 손을 맞잡았던 감동의 여운은 좀처럼 사라지지 않았다. 약혼식 때 입을 양복을 맞추고 예물시계도 마련했다. 우리는 날아갈 것 같은 기분이 되어 참으로 오랜만에 영화를 보기로 했다. 그날은 마침 봉급날이었다. 그런데 호사다마好事多魔라는 말은 사람들이 괜히 만들어낸 것은 아닌 것 같다. 모처럼 데이트에 나선 우리의 영화 관람이 혼삿길에 놓인 돌뿌리가 될 줄을 정말 몰랐다.

무슨 영화를 볼지 그녀에게 선택하라고 했다. 거리에 붙은 포스터를 살펴보던 그녀는 이태리 영화 '지붕'을 보자고 했다. 그 영화에 대한 자세한 정보는 몰랐지만 유명한 감독 비토리오 데 시카가 연출한 작품이어서 수준작일 거라고 했다. 주연은 가브리엘라 팔로타와 조르지오 리추지였는데 두 배우가 신인이어서 그런지 잉그리드 버그만, 로버트 테일러 정도만 알고 있던 나로서는 처음 듣는 이름이었다. 그 영화는 을지로 3가의 스카라 극장에서 상영하고 있었다. 그 시절 극장은 영화 필름을 국내에서는 처음 상영하는 개봉관(1류 극장), 이미 개봉한 필름을 다시 상영하는 재개봉관(2류 극장), 재상영했던 영화를 다시 트는 재재개봉관(3류 극장)으로 등급이 정해져 있었는데, 개봉관은 요금이 비싸서 우리 같은 사람은 가본 일이 손가락으로 셀 수 있을 정도였다.

영화의 줄거리는 매우 우울한 것이었다. 훗날 영화 애호가한테 들은 얘기로는 데 시카 감독 등이 대표하는 이태리의 네오리얼리즘 영화들은 주로 2차대전 이후 이태리 하층계급의 어두운 생활상을 사실적으로 묘사하는 사회성 강한 작품들이 많다는 것이다. 영화 '지붕'은 작품으로서의 평가는 차치하고, 한창 희망에 부풀어 있던 행복한 연인들의 가슴에 찬물을 끼얹는 듯한 영상들로 채워져 있었다. 사랑하는 한 쌍의 젊은 남녀가 숙명적 가난 때문에 결혼 후 맞게 되는 비극을 적나라하게 그려내고 있었다. 가난이라는 이유 때문에 사랑하는 사람과의 고통스런 이별을 결신했던 나에게는 영화 속 장면 하나하나가 가슴을 아프게 찔러왔다.

영화가 끝나고 불이 켜졌으나 나는 한동안 자리에서 일어날 수 없었다. 청춘의 아름다움, 꿈과 행복을, 가난의 굴레에 갇혀 허우적거리다가 모두 다 잃고 마는 저 장면… 아, 저것이 곧 맞이하게 될 우리의 내일은 아닐까?

객석이 텅 비워지고 나서야 우리는 겨우 영화관을 빠져나왔으나 누구의 입에서도 말이 나오지 않았다. 뒤통수를 강하게 얻어맞은 듯 정신이 멍해진 나는 그녀를 집까지 바래다줄 생각도 잊고 인사도 하는 둥 마는 둥 그 길로 부대로 돌아와버렸다. 귀대한 뒤에도 영화의 장면들이 떠오르며 나를 괴롭혔다. 그녀와 연락도 끊은 채 나 혼자 갈등하며 괴로워하고 있던 어느 날 밤, 그녀가 불쑥 부대로 찾아왔다. 그 영화 때문에 받은 충격이 나 못지 않게 컸던 것일까. 얼굴이 눈에 띄게 야위어 있었다. 할 말을 잃고 있던 나에게 그녀가 남의 일 얘기하듯이 불쑥 한마디 던졌다.

"부모님께서 우리 약혼식하기로 했던 내년 1월 24일에 결혼식을 올리라고 하세요."

어리둥절해하는 나에게 그녀는 그러한 결정을 내리게 된 자초지종을 들려주었다.

그날 영화관에서 나온 뒤 작별인사도 없이 어깨가 축 처져 부대로 돌아가는 나를 보며 처음에는 원망스러운 생각이 들었다고 했다. '남자가 영화한 편에 이 무슨 일인지. 평소 성격은 그렇지 않으면서 왜 그처럼 자꾸 안으로만 파고들고, 자꾸만 밑으로 가라앉기만 하는지' 그러나 그렇게 한탄만 한다고 해결될 일은 아니라는 데 생각이 미쳤다고 했다. 대책 없는 나를 쳐다보고만 있을 수도 없고, 앞으로 또 언제, 어디서 예상치 못한 제2, 제3의 '지붕' 사건이 기다리고 있다가 상처받기 쉬운 나를 흔들어댈지 알수 없는 일이 아닌가. 이런 방황과 회의가 반복된다면 결국 우리는 헤어지게 되는 것은 아닐까. 의대 공부가 끝나는 6년 후까지 기다리는 일이 6년간의 기나긴 괴로움을 뜻하는 것이라면 그 6년 후의 내조가 대체 무슨 소용이겠는가. 학업이냐 결혼이냐, 선택의 기로에서 갈등하던 그녀는 주저 없이 사랑을 선택했고 어머님을 만나 설득했다는 것이었다.

사실 그녀에게 결혼이냐 의학 공부냐 하는 것은 애초에 양자택일의 문제가 아니었다. 의과대학에 들어가 의사가 되기로 마음을 정한 것은 전적으로 나와 미래를 함께하기 위한 것이었다. 나의 아내가 되기로 결심한 그녀는 가난한 군인가족의 생활을 책임지기 위해서는 안정적 수입을 기대할 수 있는 직업을 가져야 한다고 생각했던 것이다.

　나와 결혼하기 위해 이제 갓 시작한 대학 공부를 포기하기로 결심했다는 얘기에 나는 가슴이 먹먹해졌다. 나는 그녀에게 다시는 헤어진다거나 하는 못난 생각 따윈 하지 않을 테니 대학을 자퇴하겠다는 그런 생각만은 하지 말라고 간청했다. 결혼을 하더라도 공부하는 데 지장이 없도록 하겠다고 다짐하기도 했다. 그러나 그녀는 나를 잃는다면 공부가 다 무슨 소용이냐며 사래질을 쳤다. 그리고 당시 이화여대는 기혼자의 입학을 허가하지 않았고 재학 중 결혼하게 될 경우 자퇴해야 하는 교칙이 엄격해 어차피 결혼과 학업 가운데 하나를 선택할 수밖에 없다고 했다.

　그녀는 이미 결혼에 대비해 요리학원을 다녔다고 하면서 결혼 후에는 살림에 보탬이 될 수 있는 일이면 무엇이든 배워 내가 집안일을 걱정하지 않도록 하겠다는 계획도 들려줬다. 나는 그녀에게 감동했다. 그녀가 그처럼 강단 있는 결정력과 야무진 생활력을 지니고 있는 줄은 몰랐다. 나는 앞으로 평생 그녀를 사랑하고, 존중하고, 아끼며 살아가겠다고 나 스스로에게 맹세했다. 그러나 그 자리에서는 "결혼한 다음, 기혼자도 다닐 수 있는 다른 대학에 전학할 수 있도록 합시다."는 말을 했을 뿐이었다. 나는 여덟 살이나 어린, 지금까지 '너' 또는 '순자'라고 부르던 그녀에게 나도 모르게 말을 높이고 있었다. 내 말을 듣자 그녀는 비로소 긴장했던 얼굴에 웃음을 보이며 말했다.

"결혼식 날은 음력 12월 16일, 양력으로는 1월 24일이에요. 장소는 대구의 제일예식장이구요. 필요한 준비는 제가 다 할 테니 날짜만 잊지 마세요."

그녀는 그렇게 내가 평생 잊지 못할 한마디를 남기고 홀로 어둠 속으로 사라져갔다.

### 흰 눈에 덮인 불국사의 아침

결혼식 날인 1959년 1월 24일, 소한小寒 추위는 지났다고 해도 엄동의 계절이지만 이날의 날씨는 마치 봄날 같았다. 경북고등학교 옆 제일예식장에서 거행된 예식의 주례는 최영희崔榮喜 2군사령관이 맡아주셨다. 최영희 장군은 당시 2군사령부에 근무하시던 장인어른의 상관이었는데 훗날 육군참모총장과 국방장관까지 지낸 분이다. 생도시절 '5성회'라는 친목모임을 만들어 어울렸던 동기생들은 모두 빠짐없이 참석했다. 나와 같은 2중대에 속해 있던 막역한 친구 노태우 중위는 '우인 대표'로 축사를 해주었다. 피로연 때에는 최성택 중위가 바이올린으로 축가를 연주해주었고, 노태우 중위는 휘파람 실력을 보여주었다.

결혼식이 끝나고 늦은 저녁, 우리는 장인어른께서 예약해놓은 경주 철도호텔로 신혼여행을 떠났다. 이튿날 아침 창문을 여니 밤새 내린 함박눈에 덮인 불국사는 그야말로 별천지였다. 찾아오는 사람 하나 없는 그 아름다운 곳에서 그녀와 함께 마음껏 카메라의 셔터를 눌러댔다. 그러나 내가 있는 솜씨 없는 솜씨를 다 발휘해가며 열심히 찍어댄 그 장면들은 단 한 장의 사진으로도 남아 있지 않다. 그때까지 한 번도 카메라를 다뤄본 적이 없는 내가 필름을 되감기도 전에 카메라의 뚜껑을 열어버리는 바람에 그만 빛이 들어가버렸기 때문이다. 평생 기념이 될 소중한 사진들을 모두 망쳐버리고 만 것이다. 사진사한테 찍은 사진조차 없었다면 신혼여행 때의 모습은 머릿속에만 남을 뻔했다.

부부로서 첫 걸음을 내딛는
신랑 신부 행진.

신혼여행지였던 불국사 다보탑 앞에서.

신혼여행에서 돌아와 처갓집에서 사흘간 묵은 뒤 나는 그녀와 함께 대구 봉덕동 우리 집으로 갔다. 부관학교를 졸업하면 내 임지를 따라 서울로 상경해야 하니 그 이전에 짧은 기간만이라도 시부모님을 모시고 함께 살아보겠다는 것이 그녀의 바람이었다. 짧은 시집살이였지만 시부모의 사랑을 받으며 정이 들었던 그녀는 서울로 떠나는 날 부모님께 절을 올리며 눈물을 쏟았다. 나도 임지를 따라 부모님 곁을 떠나려니 걱정이 되어 쉽게 발길이 떨어지지 않았다.

　세상의 어머니들이 다 그렇지만 내 어머니에게 있어 자식, 특히 아들은 자신의 목숨과 같은 존재였다. 실제로 목숨과 바꾸다시피 하며 얻은 아들들이었기 때문이다. 어머니의 아들에 대한 집념과 사랑은 고향 마을에서도 유명했다. 아들을 얻기 위해 어머니가 주저 없이 감행한 희생은 이웃 사람들과 친척들 사이에서 전설처럼 전해져 내려오고 있다. 나를 낳기 전 어머니는 5남매를 낳으셨지만 아들 둘을 어이없이 잃으시고 딸만 셋을 키우고 있었다. 그러던 어느 날 탁발 나온 스님이 있었는데 시주를 받아들고 나가다 말고 어머니에게 "앞니가 잘못 나 있어 아들을 낳아도 지니지 못한다."는 이야기를 해주셨다는 것이다. 아들을 지니지 못한다는 그 주문呪文 같은 말을 듣고 어머니는 동네 머슴을 불러 그 자리에서 당장 자신의 앞니두 개를 빼버렸다는 것이다. 그런 어머니를 독한 사람이라고 몰아붙이는 동네 사람도 있었고, 유별나다고 질책하는 사람도 많았지만 아들을 못 낳는 것도, 낳은 아들을 건사하지 못하는 일도 칠거지악七去之惡으로 간주되던 그 시절, 얼마나 절박했으면 어머니가 그런 엄청난 일을 감행했을까. 생니를 빼고 얼굴이 온통 부어 생명을 잃을 뻔했던 어머니, 그 이후 남아 있던 치아마저 흔들려 모두 뽑아버려 합죽이가 된 어머니, 그런 어머니를 평생 사랑으로 감싸주신 아버지. 부모님 슬하를 떠나며 나는 그녀가 쏟은 눈물만큼 많은 눈물을 가슴속으로 삼키고 있었다.

## 8년간의 처가살이

지금도 우리 내외가 처음 신혼살림을 시작했던 대구 봉덕동의 부모님 댁을 떠나 야간열차에 몸을 싣고 서울로 상경하던 당시를 떠올리면 처량하기 짝이 없던 그때의 모습이 생각난다. 당시 나는 대구의 부관학교에서 받고 있던 군사영어반 과정이 끝나는 대로 서울로 올라가야 했다. 그러나 서울에는 우리가 거처할 곳이 없었다. 단칸방조차 얻을 돈이 없었던 것이다. 어디 털어놓고 사정할 데도 없어 숨죽이며 고민에 싸여 있던 우리를 구제해준 것은 이번에도 장모님이셨다. 효창동의 이모님 댁에 우리가 거처할 수 있도록 부탁해놓으신 것이다. 막막하기만 했던 우리는 이모님 댁에 가서 신세를 질 수밖에 없었다. 패기만만해야 할 29세의 청년장교로서 최소한의 염치나 체면을 생각하면 도저히 할 짓이 아니었다. 갓 결혼한 어린 아내까지 거느리고 처이모님 댁에 신세를 져야만 하는 내 모습을 생각하자 부끄러운 심정이 홍수처럼 차올랐다. 기차 창밖을 내다보자 여명 속에 주택가에서 흘러나오는 불빛들이 쏟아져 들어왔다. 지난 연말 보았던 '지붕'이라는 영화의 장면들이 떠올랐다. 내 기분을 눈치챘는지 그녀가 말했다. "함께 노력하면 우리도 언젠가는 저런 불빛을 지닌 우리만의 보금자리를 가질 수 있겠지요."

열차가 종착역인 서울역에 도착한 시간은 야속하게도 새벽 4시였다. 효창동까지 길지만 우리는 이모님 댁으로 바로 가지 않고 누가 먼저랄 것도 없이 발길을 돌려 근처에 있는 효창공원으로 갔다. 도저히 이모부님 내외의 새벽 단잠을 깨울 수는 없었던 것이다. 그 시절 공원엔 벤치도 없었다. 우리는 우리의 전 재산인 트렁크 두 개를 세워놓고 그 위에 걸터앉아 날이 밝기를 기다렸다. "초인종을 누르면 이모님은 과연 우리를 반겨주시기나 하실까?" 이런저런 생각을 하며 초조하게 날이 밝기를 기다리던 그날 새벽은 유난히 길었다. 날이 밝자 우리는 이모님 댁으로 갔다. 긴장된 심정으로 초인종을 눌렀을 때 이모님은 버선발로 달려 나와 우리를 반갑게 맞이해주셨다. 우리는 이모님 내외의 사랑을 받으며 몇 주간 그 댁에 머물렀다.

본격적인 처가살이는 장인어른께서 서울로 올라오시고 나서부터였다. 장군으로 진급한 장인은 육군본부 경리감으로 발령이 난 것이다. 장인어른은 서울 가회동에 전셋집을 얻었다. 그리고 함께 살자며 우리 내외를 불러주셨다. 나의 처가살이는 그렇게 시작되었다. "겉보리 서 말이라도 있으면 처가살이는 하지 말라."는 속담이 있다. 나는 8년 동안 처가살이를 했다. 그 견디기 어렵다는 처가살이를 8년이나 할 수 있었던 것은 오로지 나를 친자식처럼 아끼고 후원해주신 장인, 장모님의 배려 때문이었다. 특히 장인어른은 하나뿐인 욕실을 사용하는 데 내가 불편을 느끼지 않도록 이른 새벽에 일어나 먼저 욕실을 사용한 뒤 말끔히 청소까지 해주시곤 했다. 사위가 처가살이를 하는 것이 아니라 마치 처가 식구가 시집간 딸에게 얹혀사는 듯이 사위인 나에게 신경을 써주셨다.

### 두 차례의 미국 연수

꿈결 같은 신혼생활이 다섯 달쯤 흐른 1959년 6월, 나에겐 또 하나의 기쁜 소식이 기다리고 있었다. 미국 유학 요원으로 선발됐다는 통지를 받은 것이다. 그해 6월 13일부터 11월 25일까지 약 5개월 동안 나는 미국 노스캐롤라이나 주의 포트 브랙(Fort Bragg) 기지에 있는 심리전 학교에서 심리전 과정을 이수했다. 2차 세계대전 이후 공산주의와의 전쟁에서는 정규전 못지않게 심리전과 게릴라전 등 '비정규전(unconventional warfare)'의 중요성이 강조되어 왔고, 미 육군 심리전 학교는 심리전 전문 훈련기관으로는 최고의 권위를 지니고 있었다. 이 과정을 이수한 군인은 '포트 브래거'(Fort

Bragger)라 불리며 자부심을 갖고 있었다. 북한의 어떠한 특수부대라도 제압할 수 있는 특전장교가 되기를 다짐하던 나로서는 반드시 거치고 싶은 과정이었다. 교육을 마치고 귀국한 나는 제1공수특전단 주임보좌관으로 근무했다. 부대에서 점프 훈련이 있을 때면 한 번도 빠지지 않고 예외 없이 참가했다. 데스크에만 머물면 실전 감각이 떨어지게 마련인 것이다. 또 야전의 군인이라면 그러한 훈련을 통해 긴장감을 유지할 필요가 있었다. 나는 곧 제1공수특전단 작전참모가 되었다.

1960년 3월 15일 나는 부대원들과 함께 오키나와에서 실시된 한미합동 군사훈련에 참가했다. 그즈음 이른바 '3.15 부정선거'로 온 나라가 들끓고 있었다. 한 달 후엔 4·19학생의거가 일어났다. 국가의 정치사회적 혼란이 가라앉지 않는 가운데 나에게는 또 한 차례 미국 유학의 기회가 찾아왔다. 미 군사고문단에서 미 육군보병학교의 '레인저 과정'(Ranger Course)에 한국군 장교를 유학 보낼 계획을 검토하고 있다는 소식을 듣게 된 것이다. 나는 미 군사고문단의 책임장교를 만나 한국군에서는 아직 미개척 상태인 특수전 전문 장교들을 육성해야 할 필요성을 강조했다. 나는 특수전 전문가야말로 당시 우리나라의 상황에 가장 절실히 필요로 하는 전사라고 확신하고 있었다. 아무리 교육과정이 위험하다 해도 꼭 체험해보고 싶었던 것이다. 엄격한 심사를 거쳐 나를 포함한 8명의 장교가 선발됐다. 1960년 7월 4일, 우리는 미 해군 수송기를 타고 미국 조지아 주의 포트 베닝(Fort Benning) 기지를 향해 출발했다. 레인저부대의 임무에 대해 미국 육군본부의 레인저 교범은 '어떤 상황에서도 지상-공중-수상을 통해 부여된 임무를 완수하는 기동타격대(Primary Strike Force)로서의 역할이 최우선'이라고 규정하고 있다. 레인저 과정은 강도 높은 훈련 때문에 미국 군인들 사이에서도 '지옥훈련'이라는 악명이 붙어 있었는데 그 악명이 곧 그 학교의 능력이고 명예였다.

미국에 도착하자 우리는 조지아 주 현지에서 다시 반복되는 적성검사를 받았다. 국내에서 '레인저 과정'의 규정에 따라 엄격한 선발시험을 거쳤지만 그것이 끝이 아니었다. 서울에서 함께 출발한 8명의 장교 중 나와 최세창崔世昌, 장기오張基梧, 차지철車智澈 대위 등 4명은 이 검사를 통과했지만 다른 4명은 아쉽게 탈락했다.

레인저 교육과정은 크게 4단계로 나뉘어 있었다. 첫 단계는 미 보병학교 구내에서 2주간 기초적인 이론과 그 이론에 따른 실습을 받는 과정이었다. 군대의 훈련 중 가장 고된 훈련인 유격훈련을 감당해낼 수 있는 철저한 준비와 정신무장을 이 기간에 심어주는 것이었다. 첫 단계에서의 훈련의 종류는 여러 가지였다. 예를 들면 모래주머니를 발목에 감고 구보로 언덕을 오르는 훈련, 장애물 통과 훈련, 철봉에 매달려 있기, 몽키 바에 매달려 건너기 그리고 추위와 더위를 이겨내는 등 인간 체력의 한계를 시험하는 훈련이 매일같이 계속되었다. 그야말로 지옥훈련이었다. 동양권 나라에서 온 장교들은 함께 훈련받는 미군 장교들에 비해 훨씬 큰 어려움을 느꼈다. 우선 모든 훈련시설이 몸집이 크고 체력이 월등하게 강한 미국인을 기준으로 만들어져 있었다. 장비도 동양인이 사용하기에는 큰 것이 대부분이었기 때문이었다. 이런 핸디캡을 오로지 정신력으로 극복해나가면서 한국군 장교의 나약함을 보이지 않기 위해 이를 악물고 훈련에 임해야 했다.

보병학교에서 기초훈련 단계를 마친 후 우리는 2단계 훈련에 들어갔다. 2단계는 플로리다로 옮겨져 시행되는 늪지 훈련(Florida Swamp Step)이었다.

미 육군 보병학교 연수 시절 이춘을 ㅣㅏ가며(가운데가 ㅣㅏ).

함께 훈련 중인 각국 장교들(뒷줄 가운데가 나).

레인저 코스 수료 기념사진(가운뎃줄 맨 왼쪽이 나).

플로리다에는 아프리카의 오지나 베트남의 밀림지대와 같이 사람의 발길이 닿지 않는 늪지들이 많았다. 그 늪지대에는 악어도 출몰하지만 우리는 실탄으로 무장하고 있어 화약 냄새를 싫어하는 악어가 실제로 사람들에게 접근하지는 않는다고 했다. 밤 8시경부터 새벽 4시까지 계속되는 야간훈련이었다. 깊은 밤 한 소대가 일단一團이 되어 완전무장을 한 채 넓고 위험한 늪지를 건너는 훈련이다. 2단계 과정 중 야간 도강 훈련이 가장 힘들었다. 야간 도강夜間渡江을 할 때는 두 사람을 한 조로 편성했다. 한 명은 미군, 다른 한 명은 외국군 장교로 짝을 지었다. 또 반드시 키가 큰 사람과 작은 사람을 짝으로 맞추어 편성했는데, 그것은 두 사람을 끈으로 연결시켜 서로 멀리 떨어지지 않게 하는 것과 동시에 만약 키가 작은 사람이 수심이 깊은 곳에 빠지게 되면 키가 큰 다른 사람이 끈을 잡아당겨 물 위로 솟아오르게 하기 위해서였다. 더욱 고단한 것은 한 조로 구성된 두 사람에게 한 정의 기관총을 배급해줘 그것을 목적지까지 두 사람의 공동책임하에 운반하도록 했다. 기관총을 메는 것은 두 사람이 서로 양해만 된다면 누가 메고 가도 상관이 없었다. 하지만 그 무거운 기관총을 한 사람이 계속 메고 간다는 것은 너무 힘이 들기 때문에 물속에서는 대체로 15분 간격으로 교대로 메고 가도록 하는 지침이 있었다.

늪의 바닥은 얕은 곳과 깊은 곳이 불규칙적으로 이어져 있어 아무리 수영을 잘하고 운동신경이 발달한 사람이라고 할지라도 완전무장을 하고 거기에다 그 무거운 기관총을 메고 있다 보면 허우적거리기 마련이었다. 그럴 땐 별 수 없이 그 탁하고 더러운 늪의 물을 마시게 되는 것이다. 훈련 중 나도 몇 차례나 그 늪의 검은 물을 삼킬 수밖에 없었다.

그런데 이 2단계 늪지 훈련 때 차지철車智澈 대위의 조에서 사고가 생겼다. 차 대위가 한 팀이던 미군 장교를 두들겨 팬 것이다. 폭행의 원인을 제공한 것은 미군 장교였다. 15분마다 교대해가며 들기로 돼 있는 기관총을 제때 교대해주지 않은 것이다. 그러니 키가 작은 차 대위는 무거운 기관총을 메고 걷다가 수심 깊은 데서는 계속 물에 빠져 고생고생하며 강을 건너야 했다. 그런데 이 미군 장교가 목표지점에 거의 다 도착을 하니 그제야 교대하자고 했다는 것이다. 분통이 터진 차지철이 그 미군 장교한테 태권도 유단자의 실력을 보여준 것이었다. 하지만 원인이야 어찌됐건 장교 간에 폭행사건이 일어났으니 중징계감이었다. 상대가 잘못했다 하더라도 먼저 폭력을 행사한 사람이 벌을 받게 되는 거였다. 헬리콥터가 날아와 차 대위를 태우고 갔는데 얼마 안 있어 다시 헬리콥터가 오더니 나보고 함께 가자고 했다. 징계위원회에서 나를 불렀다는 것이다. 외국군 장교 대표로서 의견을 말하라는 거였다. 나는 미국 특수전 학교 심리전 과정을 이수한 경험이 있어 미군 장교들의 병영문화에는 어느 정도 익숙해 있었다. 나는 영어를 그리 유창하게 구사하지는 못했지만 "미군 장교가 먼저 장교답지 못한 행동을 했다. 우리 한국군 장교는 미군 장교들에 비해 여러 가지 핸디캡을 안고 훈련받고 있는데 그러한 사정을 배려해줘야 하고, 차별대우를 받고 있다는 생각을 하지 않게 해달라."면서 선처를 부탁했다. 다행히 나의 변호가 효과가 있었던지 차지철은 퇴교당할 수도 있는 위기를 모면하고 훈련과정을 끝까지 수료할 수 있었다.

훈련의 제3단계는 조지아 주에서 강행된 산악훈련이었다. 가상 적지로 내던져진 유격조에게 주어진 모든 여건은 전쟁시 적지에서의 조건과 하나도 다를 바가 없었다. 어떤 악조건 속에서도 위험을 극복할 수 있도록 자신을 연마함으로써 정찰이나 지휘에 필요한 세부계획을 수립하고 실행해 그 성패 여부를 검토 분석함으로써 고도의 리더십을 몸에 배게 하는 것이 제3단계 훈련의 목적이었다.

마지막 제4단계는 악조건하에서의 생존훈련이었다. 우리는 어떠한 풀이나 나무도 없는 산지, 황야, 사막 같은 곳에 내던져졌다. 굶어죽지 않기 위해 우리는 어떤 수단이라도 사용해 그 극한상황을 뛰어넘어야만 했다. 뱀, 들쥐 따위는 고급식품이었다. 그것마저도 흔하지 않은 완전한 불모지대였다. 풀 몇 포기를 발견하면 아무 풀이나 뜯어 먹고 살아남아야 했다. 황야의 풀들이 독초인지 아닌지를 가려내는 방법도 그때 본능적으로 익히게 되었다. 벌레가 먹은 자국이 있는 풀은 인간에게도 해롭지 않을 것으로 판단했다. 물이 없는 곳에서는 초목의 껍질 속에 있는 물을 빨아 마시곤 했다.

모든 단계의 훈련은 분대 단위로 이루어졌고 훈련기간 동안의 정찰대장은 차례로 돌아가면서 맡았다. 그렇게 해서 위기에 놓인 분대가 가져야 할 규율과 명령체계를 익히는 것이다. 또 우리가 갖고 있는 최소한의 장비도 무슨 일에 어떻게 변용되고 사용될 것인지를 찾아내 새로운 용도를 개발해내야 했다. 그밖에 우리가 가지고 있는 모든 능력이 발굴되었다. 더욱 중요한 것은 그 초인적 훈련을 통해 나는 내 인내심의 한계, 의지의 한계 등도 분명히 알게 되었다. 평소에는 인간이 도저히 생존해낼 수 없을 것이라고 믿었던 그런 지옥과 같은 상황에서도 노력여하에 따라서는 내면의 초인 超人을 끄집어내 살아남을 수 있다는 가능성과 자신감도 가질 수 있게 되었다. 우리 네 사람은 8주일 동안 중단 없이 계속된 생지옥과도 같은 고된 훈련을 어렵게 견뎌냈다. 그렇게 해서 우리는 대한민국 최초로 특수전 교육을 마친 군인들이 되었다. 이후에도 우리 육군은 미 보병학교의 레인저 과정에 장교들을 보냈는데 그 수는 많지 않았다.

이후 우리는 4주일 코스인 패스파인더(pathfinder) 과정을 추가로 이수했다. 패스파인더는 길잡이라는 뜻 그대로 대규모 공수작전 때 본대에 앞서 투입돼 본대가 정확한 지점에 안전하게 강하할 수 있도록 유도하는 임무를 수행하는 것이다. 8~12명으로 구성된 팀이 적지에 먼저 투입되어 본대의 강하 지점은 물론 적의 타격 목표에 유레카(음향송수신기)와 유도등을 설치하는 등 매우 위험한 특수임무를 수행해야 한다. 그런 만큼 패스파인더는 공수부대원들 가운데서도 우수한 요원들만 선발해 별도의 훈련을 받게 한다. 우리는 이러한 고강도의 훈련과정을 모두 마치고 일당백의 명실상부한 특수전 전문가가 되어 당당히 귀국길에 올랐다. 1960년 12월 16일의 일이었다.

### 공수부대와 나
5개월간의 미국 특수전 훈련을 마치고 귀국한 나는 곧바로 제1공수특전단으로 돌아왔다. 공수특전단은 내 마음의 고향이나 다름없는 곳이었다. 1

년 반 전인 1958년 4월 1일, 나는 제1전투단에 공수부대를 창설하기 위한 준비요원으로 파견되었다. 그때 니는 논산훈련소에 배치되어 있었는데 공수특전대가 창설된다는 소식을 듣고 주저 없이 지원했던 것이다. 그때만 해도 공수부대는 전투병과의 장교들에게조차 다소 생소한 부대였다. 나는 육사생도 시절부터 보다 특별한 보병장교가 되겠다는 각오를 다지고 있었다. 군인은 항상 위험한 상황 속에서 임무를 수행해야 한다는 각오와 준비를 하고 있어야 하고, 그러기 위해서는 훈련을 통해 강인한 정신력과 전투 능력을 갖추고 있어야 한다고 믿고 있었다. 공수부대는 나의 그러한 믿음과 목표를 실행해나갈 수 있는 최적의 부대였다. 실전보다 더 고된 훈련, 높은 하늘에서 조국을 위해 생명을 던지는 듯한 낙하훈련 등 초인적 훈련을 통해 군인으로서 자부심과 긍지를 생생히 느낄 수 있는 곳이 바로 공수부대였던 것이다. 나는 스스로 가치 있다고 믿는 일에 나를 내던질 수 있어야 한다고 굳게 믿고 있었다. 내가 두 차례의 미국 훈련과정에 열성적으로 참여한 이유도 바로 공수부대야말로 나의 도전 정신과 열정을 불사를 수 있는 곳이라고 믿었기 때문이었다.

두 차례의 미국 유학을 통해 고도의 특수전 훈련을 마치고 공수부대로 돌아온 나는 하루 24시간이 모자랄 정도로 바쁘게 뛰어다녔다. 그러나 이 시기에 개인적으로는 집안일로 어려움을 겪어야만 했다. 미국을 떠나 공항에 도착한 날 마중 나온 집사람은 친정 부모님과 함께 살던 가회동 집이 아닌 낯선 동네로 가고 있었다. 집사람은 평소처럼 차분한 목소리로 그저 "이사했다."고만 말했다. 그런데 집사람과 함께 도착한 곳은 원효로 비탈진 곳의 허름한 한옥이었다. 집안으로 들어가 보니 우리 내외와 아들 재국까지 셋이서 거처할 방은 창문도 없이 미닫이 문짝만 달려 있는 문간방이었다. 방안에 세간이라곤 서랍장 한 개만 달랑 놓여 있을 뿐이었다. 도대체 내가 미국에서 훈련을 받는 동안 처갓집에 무슨 일이 있었던 것인가.

　내가 미국으로 떠난 지 얼마 안 있어 국회의원 총선거가 실시되었다. '7.29총선'이었다. 4.19 이후 개헌으로 양원제가 채택되어 민의원民議院과 참의원參議院 의원을 따로 선출했다. 장인어른은 그해 6월 9일 육군준장으로 예편하신 후 고향인 경북 성주에서 민의원에 출마하셨다. 평생 군인 생활만 하셨고 정치권과 선거판의 생리를 몰랐던 장인어른은 온갖 고생만 하고 차점으로 낙선의 고배를 마셨던 것이다. 낙선의 후유증은 너무도 컸다. 장인어른은 빚더미에 올라앉게 되었고 선거 빚을 갚기 위해 갖고 있던 가재도구까지 모두 팔아야 했다. 전셋집을 전전하던 생활을 청산하고 내 집을 마련하려는 일념으로 어렵게 마련한 이태원 땅마저 팔려고 내놓았지만 사겠다는 사람이 나서지 않자 마침내 세간을 몽땅 팔고 산비탈에 위치한 누추한 한옥으로 옮겨왔던 것이다.


　집사람은 미국 유학 중인 내게 장인어른이 출마했다는 사실은 물론 낙선을 했고, 그 후유증으로 엄청난 곤경에 놓이게 된 그런 사정들을 일체 알리지 않았다. 그날 밤 집사람으로부터 그동안의 일을 자세히 듣고 나자 나는 심한 죄책감에 사로잡혔다. 장인 장모님을 비롯해 모든 식구들이 그토록 모진 고생을 하고 있었는데 사위라는 사람이 까맣게 모르고 있었다니…. 얘기를 다 듣고 나자 나는 그길로 바로 두 분이 계신 방으로 건너갔다. 그리고는 내기 가지고 있던 재산을 다 내놓았다. 재산이래야 그동안 우리 내외가 처갓집에서 살면서 월급을 거의 모두 넣다시피 하며 모은 저금통장 한 개와 미국 유학 동안 식비를 아껴 모은 미화 500달러가 전부였다. 단칸방이라도 얻어 독립하기 위해 외식 한 번 못하며 꼬박꼬박 모은 돈을 장인어른께 모두 드렸지만 나는 다시 빈털터리가 되었다는 허탈감보다는 오히려 감사한 마음이 들었다. 나 때문에 학업을 포기하고 새로운 운명에 응해준 집사람 그리고 나를 친자식 이상으로 아끼고 보살펴주신 두 분께 남편이자 사위로서 처음으로 작은 도움이나마 드릴 수 있다는 사실이 고마울 뿐이었다. 그간 신세진 데 대한 보답이라는 생각은 추호도 없었다. 나와 장인 장모님과의 관계는 신세를 지고 신세를 갚는 그런 사이가 아니었다. 우리는 이미 한 가족이 되어 있었던 것이다.

## 박정희 장군과의 첫 만남

1961년 봄, 나는 ROTC(학군단) 교관요원으로 선발돼 서울대학교 문리대에 파견 발령을 받았다. ROTC 교관이 하는 일은 군사교육 훈련이지만, 그 대상이 대학생인 만큼 우수하고 경력 좋은 사람들을 중심으로 선발됐다. 나는 당시 젊은 장교 중에는 아주 좋은 경력을 갖고 있었다. 두 차례 미국에 유학을 가서 심리전 과정, 특수전 교육을 이수했고 레인저 훈련도 받았다. 공수부대에 복귀해서는 점프 경력도 많이 쌓았다. 우리나라에 ROTC 제도가 도입된 건 그때가 처음이다보니 백지상태에서 미국의 제도를 참고 삼아 교재도 만들고, 강의시간표도 짜야 했다. 이런 교육 준비기간을 거쳐 본격적인 교육훈련이 채 시작되기도 전에 5.16이 터졌던 것이다.

1961년 5월 16일 새벽 4시경 나는 누군가 대문을 두드리는 소리에 잠이 깼다. 육사 동기생 이동남 대위였다. 이 대위는 우리 가족이 신세지고 있던 원효로 처갓집에서 멀지 않은 곳에 살고 있어 가끔 왕래를 하곤 했다. 그는 나를 보자 첫 마디에 "혁명이 났다!"고 외쳤다. 박정희 장군이란 분이 주동해 혁명을 일으켰다는 것이다. 육군본부 정보참모부에 근무하고 있던 이 대위는 그날 새벽 비상이 걸렸다는 연락을 받는 순간 혁명이 일어난 것임을 알았다고 했다. 정보참모부 장교라 남들보다 정보가 빨랐기 때문이기도 하지만, 훗날 들은 얘기로 이 대위는 이미 전부터 어떤 낌새를 느끼고 있었다는 것이다.

거사의 주동인물은 정보참모부 출신 장교들이었다. 박정희 장군은 영관 장교 때 정보참모부에 근무했었고, 김종필金鍾泌 씨와 박종규朴鐘圭 씨도 정보참모부 출신이었다. 이동남 대위는 혁명세력에 참여하지는 못했지만 주동인물들의 동향에서 그들이 어떤 일을 모색하고 있다는 사실을 직감할 수 있었던 것이다. 이 대위는 육본에 내려진 비상령은 그들이 행동을 개시했음을 알려주는 것이고 그것은 곧 혁명이라고 자신 있게 말했다. 이 대위의 말을 듣고 나 역시 첫마디에 "혁명 찬성!"이라고 했다.

라디오를 켜니 새벽 5시부터 군사혁명위원회의 이름으로 발표된 혁명공약이 방송되고 있었다. 나는 볼륨을 높이고 귀를 기울였다. "반공을 국시國是의 제일의第一義로 삼고 … 반공태세를 재정비 강화한다." "사회의 모든 부패와 구악舊惡을 일소하고…" "절망과 기아선상에서 허덕이는 민생고를 시급히 해결하고…" 한 마디 한 마디가 가슴에 박혔다. 아나운서의 입을 통해 나오는 그 말들은 어쩌면 내 가슴에서 터져 나오는 외침인 듯 느껴졌다. 국민의 입을 한데 모은 함성처럼 들리기도 했다.

5.16 당시 윤보선 대통령이 군사혁명의 소식을 듣고 "올 것이 왔다."고 말했다는 보도들이 있었다. 훗날 사실이 아니라는 해명도 있었지만 어쨌든 그날 "… 은인자중隱忍自重하던 군부는 드디어 오늘 아침 미명을 기해…" 이렇게 이어지던 군사혁명위원회의 성명을 듣는 순간 국민들이 느끼는 감정은 크게 다르지 않았을 터였다. 남북한 학생끼리 회담을 해야 한다며 "가자 북으로! 오라 남으로!"라는 구호를 외쳐대던 철없는 학생들, 북한 주민들보다 못한 우리의 생활 형편, 허구한 날 정쟁으로 여념 없는 정치인들, 시위대

가 국회 본회의장에 난입하고 국민학생들까지 가두시위에 나서는 이런 혼란 속에서 어떻게 나라를 지탱해갈 수 있겠는가. 먹고 살기도 어려운 이 세월을 언제까지 견뎌야 하는가 하는 불안과 불만, 절망감이 사회 저변에 깊이 깔려 있었다.

그 시절에는 나라 형편이 워낙 어려우니 군 장교들도 서로 만나면 북한의 도발 위협 같은 안보·국방 문제나 정치 상황에 관한 얘기보다는 먹고사는 걱정들을 앞세우고는 했다. 대위였던 나의 봉급은 4만 환밖에 안 됐다. 당시 쌀 한 가마 값이 5만 환이었으니까 내 봉급으로는 쌀 한 가마니도 살 수 없었다. 그러니 각자 나름대로 요령껏, 재주껏 살아갈 수밖에 없었다. 그 '요령껏, 재주껏'이라는 말은 결국 떳떳하지 않은 수단을 부린다는 것이었다. 크건 작건 부패라는 것이 일반화되다시피 했던 그 시절, 봉급만 가지고는 도저히 살 수 없었음에도 요령껏 어찌어찌 모두 안 죽고 살아내고 있었다. 그럴수록 보다 나은 생활, 사람다운 삶에 대한 동경은 절실한 것이었다. 지금 와서 생각하면 당시 상황에서 생존해나갈 수 있었다는 것이 기적처럼 느껴진다.

어쨌든 장교조차 이렇게 하루 세 끼를 신경 써야 하는 형편이다 보니 병영兵營의 저변엔 절벽 같은 절망감이 깔려 있었다. "애국도 충성도 우선 먹고 살아야 할 수 있는 것 아닌가!" 하는 불만이 팽배한 것이다. 우리 군에서도 노골적으로 "혁명이다!"라고 말하지는 않았어도 무슨 수가 나긴 나야겠다는 생각들은 갖고 있었다. 그런 바람은 박봉의 공무원들도, 일반 국민들도 마찬가지였다. 최저생활도 보장되지 않는 현실을 어떻게든 돌파해야 한다는 공감대가 형성되어 있던 당시는 바로 혁명이 일어날 수밖에 없는 그런 분위기였다. 아니, 혁명을 기다리고 있었다는 게 오히려 당시의 사회 분위기를 더 정확히 표현하는 말일 것이다. 시국을 걱정하던 사람들은 이미 혁명의 전조前兆를 읽고 있었고, 젊은 장교인 우리들 귀에도 그런 풍문들이 들려오고 있었다. 그리고 미명을 밀어내며 새벽이 오듯, 그렇게 5.16혁명이 찾아온 것이다.

그날 이 대위한테서 군이 들고일어났다는 소식을 듣자마자 내가 대뜸 "혁명 찬성!"이라고 외치고, 대위에 불과한 신분으로 혼자 박정희 장군을 찾아가 '혁명 지지'의 뜻을 단호히 말했을 때, 나의 그 절규는 당시의 시대 상황에서 '혁명'은 일어나야 하고 반드시 일어날 수밖에 없다는 신념을 토해낸 것이다. 그 즈음 내 머릿속에 이 나라는 군인이 통치해야 한다는 생각 같은 것은 물론 없었다. 군이 궐기해 정권을 잡게 되면 나라를 통치해 혁명의 목표를 달성한다거나 구체제를 타파하고 문민통치로 복귀시켜야 한다거나 하는 문제들 또한 생각해본 일이 없었다. 혁명공약 6항에서는 민정이양을 다짐하고 있었지만 나는 그러한 공약 내용에 대해 솔직히 관심이 없었다. 안보를 강화하고, 민생을 살리고, 부패를 몰아내 나라를 구하려면 뭔가 혁명적인 변화가 있어야 한다는 생각이 절박했던 것뿐이었다.

나중에 들기로 김종필 씨 등 5.16을 기획한 사람들은 1950년대 초 이집트의 군사혁명을 주도한 나기브 장군, 나세르 장군의 '자유장교단'에 관해 연구했었다고 한다. 5.16 주도세력이 아니더라도 그 시절 장교 사회에서는 이집트의 군사혁명이 술자리 등에서 화제에 오르곤 했다. 그러나 그러한 관심은 모두 '혁명'에 초점이 맞춰진 것이지 '군의 집권'에 주목했던 건 아니었다고 생각한다. 앞에서 얘기했듯이 우리 육사 출신들도 만나기만 하면 "세상이 바뀌어야 한다."는 말을 했다. 그러나 그 말들 속에 '혁명'이라는 목표는 보였지만, '군사통치'의 욕구는 드러나 있지 않았다. "군이 혁명을 해야 한다."는 것과 "군이 통치해야 한다."는 것은 그 말이 그 말 아니냐고 따져 물었을 때, 그 말뜻의 차이를 명쾌히 설명할 수는 없었을지 모른다. 그러나 우리들 특히 정규 육사 출신들은 혁명의 목표, 혁명이 가져올 미래에 대한 꿈과 열망을 토로했던 것이지 군인이 정치 일선에 나서야 한다는 생각을 갖고 있지 않았던 것은 분명했다.

뒤에서 언급하겠지만 박정희 장군의 최고회의에 참여했던 나는 1963년의 민정이양을 앞둔 시점에 전역한 후 국회의원에 출마하라는 박 의장의 권유를 뿌리치고 그대로 군에 남았다. 그때 박 장군의 '권유'는 사실상 '지시'였음에도 나는 "그렇게 안 봤는데 이제 보니 형편없구만!"이라는 핀잔까지 들으면서까지 정치인으로 나서지 않았다. 나의 그런 선택은 군 출신들이 예편하자마자 바로 정부나 정계에 들어가면 사실상의 군정 연장 아니냐 하고 생각했거나, 군이 정치를 하면 안 된다거나 하는 생각 때문은 아니었다. 단지 나는 계속 군인의 길을 걷고 싶었을 뿐이었다. 그 당시 나뿐만 아니라 정규 육사 출신들은 모두 군으로 돌아갔다. 최고회의에는 나 말고도 동기생인 손영길孫永吉, 최성택崔性澤 등이 같이 근무했는데 그들이 정치 참여의 기회가 주어졌음에도 불구하고 군에 복귀한 것인지의 여부는 알 수 없지만, 어쨌든 그때 정규 육사 출신 가운데 바로 정부나 정치에 뛰어든 사람은 없었다. 그것이 계급이 낮았다거나 경력이 부족해 기회가 없었기 때문이라고 생각하지는 않는다. 차지철 씨 같은 경우 계급은 같은 대위였지만 군인으로서의 출발은 우리 동기생들보다 늦었다. 박종규 소령도 군 경력이 우리와 큰 차이가 없었다.

4년제 정규 교육 첫 번째 생도인 우리 11기는 일본군 출신의 군 선배나 또는 일본군 출신 선배들한테서 교육훈련을 받은 선배 장교들과는 다른 환경에서, 다른 내용의 교육을 받으며 군인으로 키워졌다. 육군사관학교가 4년제 과정을 채택하게 되었을 때 하나에서 열까지 모두 미국 웨스트포인트를 참고했다. 커리큘럼도 베끼다시피 했다. 학과 수업은 물론 군사훈련, 내무생활까지 웨스트포인트의 규정들을 그대로 따라했다. 실제 웨스트포인트 출신 미군 장교들이 고문으로 와 미국식 교육을 시켰다. '직각보행'은 그렇다 치고, 식사 문화가 다른 우리에게 '직각식사'까지 하게 했다. 빵과 고기야 포크와 나이프를 든 팔꿈치를 직각으로 움직여서 먹을 수 있지만, 같은 동작으로 국물을 떠먹고 김치를 집어먹을 수는 없는 노릇이다. 어쨌든 그 당시 우리는 그만큼 철저히 미국식 교육을 받았다. 미국식 교육에는 당연히 자유민주주의의 이념이 녹아 있었다. 사관학교는 일반 사회와는 다른 특수한 규율과 질서가 적용되는 조직이지만, 각개인의 인권과 자유 및 평등이 존중되고 토론을 통해 합의를 도출해내는 자유민주주의적 문화를 익힐 수 있었다.

## 5.16혁명 지지 행진

그날 아침 일찍 나는 서울대 ROTC 사무실로 출근하지 않고 이동남 대위와 함께 혁명세력이 진주해 있다는 육군본부로 갔다. 도착해보니 왼팔에 '혁명군'이란 완장을 찬 군인들이 정문을 지키고 있었다. 육본에서 만난 박종규 소령은 내가 "혁명을 지지하러 왔다."고 하자 박정희 장군에게 데려가 소개시켜줬다. 박종규 소령이 그 긴박한 상황 가운데 한 번도 만난 적이 없던 나를 혁명 지도자와 직접 만나게 해준 데는 까닭이 있었다. 박 소령은 나보다 한 해 먼저 미국으로 유학해 레인저 훈련 과정을 수료한 선배였다. 당시 그 레인저 과정을 수료한 사람은 군 전체를 통틀어 몇 명 없어 만나본 적이 없음에도 서로 이미 잘 알고 있었다. 만나자마자 서로 "당신이 전두환 대위냐, 얘기 많이 들었다." "반갑습니다, 선배님." 이렇게 인사를 나눌 수 있었던 것이다. 또 당시 나는 육군사관학교 동창회 서울지구회장을 맡고 있었는데 서울지구동창회는 실질적으로 동창회 본부인 셈이었다. 박 소령은 그러한 사실을 들어 알고 있었기 때문에 그날 처음 만났음에도 내가 신뢰할 수 있고 쓸모가 있다고 생각해 박 장군한테 데려갔던 것 같다.

그때 육군참모총장 비서실장실에 있던 박정희 장군은 나에 대해 조금은 알고 있었다. 내가 이전에 박 장군의 부관이 될 뻔한 일이 있었기 때문이다. 박 장군과 나의 장인어른은 육사 동기생이었다. 장인은 박 장군이 부관을 구한다는 얘기를 듣고는 나를 추천하겠다고 하셨다. 박 장군이 훌륭한 분이니 내가 부관이 되어 모시며 군인으로서, 한 인간으로서 성장해나가길 바랐던 것이다. 하지만 일단 부관이 되면 밤낮으로 따라다니며 모셔야 되니 개인시간을 희생해야 하고 또 가정에도 소홀해질 수밖에 없는 일이었다. 신혼이었던 나는 장인어른께 못하겠다고 고사했다. 그러자 장인어른은 내 의견을 물어 나대신 동기생인 노태우 대위를 추천했다. 그런데 결국은 다른 동기생인 손영길 대위가 박 장군 부관으로 갔다.

박정희 장군은 내가 "전두환 대위입니다. 제 장인어른이 이규동李圭東 장군입니다."라고 인사드리자 "그래?" 하시고는 별 말씀이 없으셨다. 그래서 내가 다시 말씀드렸다. "저는 혁명을 지지하기 위해 왔습니다. 저 개인적으로만 지지하는 것이 아니라 혁명의 성공을 위해 육사 동창회에서 혁명 지지 의견을 내는 것이 중요하다고 생각됩니다. 제가 하고 싶은 것은 우리 육군사관생도들이 혁명을 지지하는 시가행진을 하도록 주도해보는 것입니다."라고 말씀드렸다. 박 장군은 내 제의를 기쁘게 받아주시면서 혁명군 완장도 하나 채워주셨다. 나는 그 자리에서 바로 '혁명군'이 된 셈이다.

군사혁명위원회는 육군사관학교에 가서 혁명 지지자들을 동원하는 일에 쓰라며 나한테 지프차도 한 대 내줬다. 마침 정보참모부에 내 후배가 한 사람 있어 함께 육군사관학교로 갔다. 육사에 도착하자 바로 생도대 휴게실로 가서 동기생들부터 만났는데 박정희 장군을 찾아갔던 일과 사관생도들의 혁명 지지 행진을 추진하려는 취지를 설명하자 반대 의견도 없지는 않았지만 대다수의 생도들이 찬성의 뜻을 밝혀주었다. 그런데 막상 생도들의 시가행진을 이끌어내는 데에는 꽤 많은 시간이 걸렸다. 운 좋게도 교장 부관인 한종소 대위의 주선으로 강영훈姜英勳 교장을 만나 생도들이 혁명 지지의 뜻을 밝히는 문제를 의논드렸는데, 강영훈 교장은 자신이 직접 육본에 가서 알아본 뒤 결정하겠다며 찬성해주지 않았다. 나는 강영훈 교장의 속뜻을 헤아리기 어려웠고, 무엇보다도 더 이상 머뭇거릴 시간이 없어 서둘러 생도대장을 찾아갔다. 나는 박정희 장군의 지시를 받고 왔다면서 육사생도들의 혁명 지지 시가행진이 공군사관학교나 해군사관학교보다 먼저 이뤄져야 한다고 역설했다. 우여곡절이 있었지만 결국은 혁명 지지 시가행진을 하자는 쪽으로 의견이 모아졌다. "우리가 혁명을 지지한다는 것은 총 들고 궐기하자는 것이 아닌 만큼 뜻이 같은 생도들과 함께 시가행진을 하면서 지지한다는 우리의 의사를 국민들에게 알리자." 이렇게 합의가 된 것이었다. 시가행진이 성사되기까지 복잡하게 얽히고설킨 얘기들을 다 하자면 책 한 권을 쓸 만큼 많은 일이 있었다. 그러나 어쨌든 내가 목적하던 일은 결국 이루어졌다.

사실 5.16혁명 당시 박정희 장군에 대해서는 과거의 좌익 경력 때문에 사상적으로 문제가 좀 있다는 얘기들이 있었다. 미국 정부와 주한 미 8군에서는 처음부터 이 혁명을 지지하지 않았고 UN군 매그루더 사령관은 군사혁명 반대 성명을 발표하기까지 했던 점으로 봐서 미국 측에선 박 장군의 과거 경력 때문에 이 혁명세력의 성향에 의구심을 갖고 있었던 것 같다.

바로 그러한 상황에서 육사생도들이 적극적인 시가행진을 결정한 것이다. 5월 18일 육사가 있는 태릉에 집결해서 모두 함께 버스를 타고 동대문까지 나와 동대문-종로-광화문-시청 앞까지 시가행진을 했다. 육사생도들이 시청 앞 광장에 모이자 사열대를 갖다놓고 그 위에 박정희 장군이 등단했다. 박 장군은 선글라스에 권총을 차고 있었고 박종규 소령, 차지철 대위가 그 바로 옆에 호위하듯 서 있었다. 그때 그 광경은 아직도 5.16혁명의 상징적인 장면으로 남아 있다.

육사생도들의 혁명 지지 시가행진은 성공적이었다. 그 일이 계기가 되어 공군사관학교, 해군사관학교의 혁명 지지 행진도 이어졌다. 진해에 있는 해사는 부산으로 나가 행진을 했고, 공사는 우리보다 며칠 후 서울에서 행진을 했다. 우리가 주도했던 육사의 혁명 지지 행진이 그때까지만 해도 불확실하고 유동적이었던 기류를 결정적으로 확산시켜놓았다고 자신있게 말할 수 있다.

나는 단지 젊은 장교들의 심정을 대변했을 뿐이다. 뒷자리에 앉아 습관적으로 불만을 토로하고 세상을 개탄하는 것만으로는 현실을 바꿀 수 없다고 생각했기 때문이다. 거사가 과연 성공할지 실패할지 알 길 없는 그 가슴 떨리는 혁명의 시각에 그렇게 혁명의 성공을 도움으로써, 목숨을 건 혁명 주체세력 당신들의 선택은 옳았다고 말하고 싶었던 것이다. 박 장군은 혁명을 지지한다고 찾아간 젊은 장교인 나에게 혁명의 이유, 혁명의 목표 같은 것을 설명하지는 않았다. 내가 먼저 그 혁명을 지지한다고 말했으니 그럴 필요가 없었을 것이다.

1961.5.18 시청앞 광장을
통과하고 있는 육사 생도들의
5.16혁명 지지 시가행진.

또 우리 육사 동문들도 그때까지는 모이기만 하면 술을 마시면서 세상 이래가지고는 못 산다, 현실과 이상은 너무 멀다, 뭔가 획기적인 변화가 일어나야 하는 것 아니냐고 떠들기만 했다. 사실 행동으로 옮기지는 못하면서, 용기 있는 누군가가 목숨 걸고 혁명을 일으켜주기를 간절히 기다려왔던 것이다. 그런 상황 덕에 내가 그날 아침 박 장군을 찾아가서 "각하께서 혁명하신 것, 저 개인적으로는 전적으로 지지합니다. 많은 사관학교 출신 젊은 장교들도 혁명을 지지할 것입니다."라고 뜨거운 심정으로 말할 수 있었다. 혁명이 지닌 힘찬 동력과 혁명이 가져올 새로운 미래에 대한 희망으로 우리의 가슴은 고동쳤던 것이다.

그런데 육사생도의 혁명 지지 행진을 주도했던 나는 막상 그날 혁명의 주역들이 있는 단상 근처에 있지 못했다. 사열식이 막 시작되는 순간 박종규 소령이 혁명위원회 사무실을 좀 지켜달라는 부탁을 해왔기 때문이다. 나는 육군본부에서 시청 옆 국회의사당 건물(지금의 시의회 청사)로 옮겨진 군사혁명위원회 사무실에서 걸려오는 전화를 받는 등 바쁘게 일을 하면서 행사가 끝나기를 기다리고 있었다.

### 국회의원 출마 권유

군사혁명위원회는 곧이어 국가재건최고회의로 개편되었고, 나는 박정희 최고회의의장의 민원비서관으로 발령받아 일했다. 최고회의가 혁명기의 최고 권력기관인 것은 틀림없지만 나에게는 어디까지나 임시 근무처였다. 나는 내가 평생 있어야 할 곳은 야전이라고 믿고 있었다. 사관학교에 들어가던 때 나는 일생을 군인으로 살다 군인으로 죽겠다고 굳게 다짐했었다. 그리고 나는 그때까지도 초심을 잃지 않고 있었던 것이다. 나는 민정이양을 위한 총선이 임박했을 때 최고회의를 떠나 OAC(고등군사반) 과정의 교육을 받으러 가기로 결심했다. 계속 군인의 길을 가려면 그 과정을 거쳐야 했던 것이다.

이임 준비를 하고 있던 어느 날이었다. 박 의장이 나를 부르시더니 군으로 돌아갈 것 없이 예편해서 국회의원으로 출마하라고 말씀하셨다. 나는 전혀 생각지도 못했던 일이었기 때문에 "저는 정치한다는 것은 생각해본 적도 없습니다. 뿐만 아니라 지역에 조직도 없고, 자금도 없고 아무런 준비가 되어 있지 않습니다."며 고사했다. 그러자 박 의장은 "그런 것들은 걱정할 것 없다. 내가 알아서 다 도와줄 테니 출마 준비를 하라."고 말씀하셨고, 나는 다시 "저는 군이 좋습니다. 훌륭한 군인이 되려고 사관학교에 들어왔으니 군으로 돌아가겠습니다."라고 말씀드렸다. 그러자 박 의장은 "군인으로 있어야만 나라에 충성할 수 있는 것이 아니지 않느냐. 정치를 하면서도 얼마든지 국가에 충성할 수 있다."고 국회의원 출마를 계속 강한 어조로 권유하시는 것이었다.

나는 더 이상 그 어른의 뜻을 정면으로 거역하기도 어렵고 마땅히 끌어낼 이유도 찾지 못해서 엉겁결에 "그럼 집에 가서 집사람과 의논해보겠습니다."라고 말씀드렸다. 그러자 그 어른은 벌컥 화를 내며 "나는 전 대위를 그렇게 안 봤는데 이제 보니 형편없구먼. 아니, 그런 일을 집에 가서 안사람과 상의하겠단 말인가. 그래, 그럼 이제 알았으니 그만 가봐." 그렇게 말문을 닫아버리셨다. 그 어른은 평소 가정적인 분이셨고 부하들의 아내나 가족에 대해서도 배려가 깊으신 분이었다. 그러나 남자가 집에 가서 의논할 일이 따로 있고, 밖에서 할 일이 따로 있다고 생각하셨던 것 같다.

그렇게 쫓겨나오다시피 내 방으로 돌아오니 억울하기도 하고 야속하다는 생각도 들었다. 내가 달리 부귀영화를 탐해 그 길을 고집한 것도 아니고, 원래 목표했던 대로 군인으로 남아 국기에 충성하겠다는데 그 뜻을 그렇게 몰라주시다니. 5.16혁명이 성공할 수 있도록 내 나름대로 애썼고 당신 곁에서 열심히 모시고 임무수행을 해왔는데 저렇게 섭섭한 말씀을 하시나 싶어 그날 밤 잠을 이룰 수 없었다. 어쨌든 다음날 나는 우리 민원비서실 직원들과 송별 모임을 갖기 위해 출근해야 했다. 저녁에 술자리를 가지려고 했는데 기분도 언짢고 해서 점심으로 대체할 생각이었다. 그랬는데 박 의장이 나를 다시 불러들이신 후 밝은 표정으로 이렇게 말씀하셨다. "그래, 내가 다시 생각해보니 전 대위 말도 맞아. 군으로 돌아가서 정통 코스를 밟아가면서 훌륭한 지휘관이 되는 것도 나라에 충성하는 길이지. 어제 내가 뭐라고 야단친 것 미안한데, 마음에 두지 말게."

그때 그 어른이 왜 나한테 그처럼 국회의원 출마를 강력하게 권유하셨던 건지 훗날 생각해봤다. 당시 사람들은 국회의원이 되는 것을 큰 출세로 알고 있었고, 최고회의에 있던 사람들을 비롯해 많은 군 출신들이 옷을 벗고 국회의원에 출마했다. 우리 같은 위관급 장교 출신인 차지철 대위도 소령으로 예편하면서 국회의원이 됐다. 박 의장은 내가 정규 4년제 육사의 첫 번째 졸업생이고 하니 상징적으로라도 나 같은 사람을 한 명쯤 국회에 진출시켜야겠다고 생각하셨던 것으로 짐작된다. 아마 그 뒤까지의 중장기적인 정국 운영 구상과도 관련 있는 일인지는 알 수 없지만, 어쨌든 차지철을 그 뒤 국회의 상임위원장도 시키고 경호실장까지 맡기면서 중용했던 것을 보면 나를 정치인으로 키워 어떤 역할을 맡기려고 하신 게 아닐까 그런 생각도 들었다.

고등군사반 과정은 광주에 있는 전투병과교육사령부에서 받게 되는데 박 의장은 광주에 순시차 내려오시면 소령 계급장에 피교육생 신분에 불과한 나를 잊지 않고 찾아서 격려해주시곤 했다. 지방 순시를 내려오면 바쁜 일정이 기다리고 있기 마련이다. 공식행사도 있고 현지 기관장들이나 유지, 군 지휘관들을 접견해야 하는 빡빡한 일정인데도 꼭 나를 따로 부르셨다. 나를 찾으셔서 가보면 선 채로 맥주 한 컵을 따라주시면서 짧게나마 격려 말씀을 해주셨다.

박 장군은 대통령이 되신 이후에도 나와의 인연의 끈을 놓지 않으시고 각별한 사랑과 보살핌을 베풀어주셨다. 나는 청와대 방호부대인 30대대장 시절에 발생한 1.21사태 때 자칫 위험한 상황을 맞게 되었을지 모를 박 대통령의 안전을 지켜드렸기 때문인지 박 대통령은 물론 육영수 여사도 나에게 각별한 신임과 애정을 표현해주시곤 했다. 공수여단장으로 5년이나 장기근무한 뒤에 사단장으로 나가야 할 때 내게 경호실 차장보를 맡겨 청와대로 불러들이셨다. 하여튼 혁명의 날 아침 그렇게 맺어진 박정희 장군과의 인연은 그 어른이 통한의 죽음을 당할 때까지 혈연보다 더 굵고 질긴 줄로 이어져왔다. 박 대통령은 최고회의 시절부터 항상 나를 곁에 두고 싶어 하시는 마음을 느낄 수 있었다.

### 공수특전단의 기틀을 만들다

광주로 내려가 육군보병학교 고등군사반 교육을 마친 나는 전혀 생각하지도 않았던 중앙정보부 인사과장으로 보직 발령을 받았다. 전방부대 대대장으로 가게 돼 박정희 의장에게 인사드리러 갔는데 마침 그 자리에 와 있던 김용순金容珣 신임 중앙정보부장이 박 의장에게 나를 데리고 가겠다고 말씀드려 승낙을 받아낸 것이다. 나는 그때 김용순 장군이 중앙정보부장으로 가게 됐다는 사실을 모르고 있었기 때문에 나를 '데려가겠다'는 김

장군의 말이 무슨 뜻인지 알 수도 없었다. 그렇게 부임하게 된 중앙정보부에는 채 반 년도 있지 못했다. 나는 소령으로 진급되면서 육군본부 인사참모부로 자리를 옮겼고 1년도 못 되어 다시 육군대학에 입학했다. 육군대학을 졸업하면서 바로 제1공수특전단으로 배속 받았고 대대장 대리직을 맡게 되었다. 1공수는 창단 때 창설요원으로 근무했던 곳이어서 내가 가장 가기를 바랐던 부대였다. 이곳에 배속을 받자 나는 고기가 물을 만난 듯 의욕에 넘쳐 활기차게 일했다.

공수특전단 장병들에게 가장 중요한 일은 낙하훈련이었다. 낙하산을 이용해 비행기나 헬기에서 뛰어내리는 훈련인데 주로 김포평야와 한강 여의도 백사장 상공에서 실시되었다. 낙하는 힘든 훈련일 뿐만 아니라 위험한 훈련이었다. 순간의 부주의로 생명을 잃거나 치명적 부상을 당하기도 한다. 그래서 장병들은 훈련 때 언제나 긴장하기 마련이다. 낙하훈련 때는 항상 대대장인 내가 가장 먼저 뛰어내렸다. 그것은 부하들에게 시범을 보임으로써 교육적인 효과를 얻고자 하는 뜻이기도 하지만 무엇보다도 부하들의 두려움을 덜어주고 긴장감을 풀어주기 위한 것이었다.

1966년 11월 1일 나는 중령으로 진급했다. 제1공수특전단의 부단장이 된 것이다. 나는 모든 훈련에 앞장서 솔선수범하면서 부하들을 엄격하게 훈련시켰다. 몸을 아끼지 않는 나의 철저함 때문에 부대의 군기는 엄격했고 단결력도 강했으며 훈련 중 사고는 거의 없었다. 나는 공수특전단을 국군 최정예부대로 육성하기 위해 혼신의 노력을 기울였다. 공수특전단에서 근무하는 동안 나는 점프 훈련이 있는 날이면 언제나 집사람의 경대 위에 나의 신분증을 두고 출근하곤 했다. 그것은 위험한 낙하훈련에 임하면서 나라를 위해 모든 것을 버린다는 나 스스로에 대한 다짐의 몸짓이었다. 나는 출근하기 위해 집을 나설 때 집사람에게 "나, 다녀오리다." 하는 말을 결코 하지 않았다. 군인이 임지로 가는 길은 다시는 돌아올 수 없는 길이 될 수도 있기 때문이다. 돌아온다는 기약을 할 수 없으면서 "다녀오겠다."는 말을 남겨놓을 수는 없다고 생각했었다.

중령이 되고 나서야 나는 용산구 보광동에 내 생애 처음으로 17평짜리 집을 마련했다. 장인어른이 그동안 그렇게도 팔리지 않아 애를 먹이던 이태원 땅이 팔렸다고 하시면서 선뜻 목돈을 도와주신 덕분이었다. 집사람이 적은 봉급이나마 한 푼을 아껴 쓰며 악착같이 저축을 늘린 것도 집을 장만하는 데 보탬이 되었다. 내가 처가살이를 끝내고 늦은 독립을 할 수 있었던 그 시절 우리 가족은 다섯 살이 된 장남 재국宰國, 세 살짜리 맏딸 효선孝善, 갓 돌을 지난 차남 재용在庸이까지 다섯 식구로 불어나 있었다. 보광동에 집을 마련해 독립해 나오던 때를 생각하면 지금도 가슴 한편에 통증이 느껴진다. 생전 처음으로 부모님을 우리 집에 모시고 살 수 있게 된 기쁨도 잠시, 아버지께서 병마로 고통을 겪으시다 그곳에서 돌아가셨던 것이다.

우리 다섯 식구 살기에도 비좁은 17평짜리 집에 대구의 부모님을 모셔와 함께 살자고 집사람에게 말하는 것은 나로서는 염치없는 일이었다. 하지만 부모님을 모시고 싶다는 나의 바람은 절실했다. 딱히 이유는 없었다. 그것은 가난 속에서 속절없이 늙어가고 있는 내 부모님에 대한 깊은 연민이었고, 한 번이라도 부모님을 모시며 살고 싶다는 갈망이었다. 아버지는 그때 이미 칠순을 앞두고 계셨고 건강도 좋지 않으셨다. 집사람에게 솔직한 심정을 토로했다.

"내가 집장만을 하고 나니, 자식들을 위해 모든 것을 희생하시고 지금 대구에서 가난과 적적함을 참으며 살고 계시는 부모님의 모습이 생각나 도무지 잠을 이룰 수 없었소. 도저히 나 혼자만 행복할 수가 없소. 부모님을 모시고 싶소. 허락해준다면 그런 기회를 준 고마움을 잊지 않고 평생을 통해 당신에게 갚아가도록 하겠소."

당장 커가는 아이들의 양육비를 걱정해야 했던 집사람은 처음에는 내키지 않는 듯한 반응을 보였다. 하지만 곧 나의 심정이 절절하다는 것을 느꼈는지 나의 결정을 따르겠다고 했다. 바로 다음날 나는 집사람과 함께 대구로 내려갔다. 봉덕동 집 문을 밀고 들어가 부모님께 "모시러 왔습니다."라고 말할 수 있었을 때 나는 뛸 듯이 기뻤다. 그러나 병색이 완연한 아버지의 모습을 보는 순간 좋지 않은 예감에 나는 가슴이 철렁 내려앉았다. 우리는 지체하지 않고 부모님을 모시고 서울로 올라왔다. 간 전문의의 진찰을 받고 원자력병원에서 조직검사 등 정밀진단도 받았다. 결과는 청천벽력과도 같은 것이었다. 암이 벌써 간 전체로 퍼져 수술을 할 수 없는 지경이니 집으로 모시라고 하면서 서너 달 정도 더 사실 수 있을 것 같다고 했다.

소리죽여 오열하며 뼈만 앙상해진 아버지를 등에 업고 집으로 돌아오면서 나는 아버지를 그 지경으로 만든 가난을 원망했다. 아니, 그보다 나 자신의 무능을 자책하고 또 자책했다. 집사람과 형제들의 헌신적인 간병 덕분이었는지 서너 달밖에 못 사실 거라던 아버지는 일곱 달 반을 우리 곁에 더 머물러주셨다. 그 기간 동안 집사람은 아버님을 위해 죽을 쑤고, 약을 달이고, 대구와 고향에서 문병 오는 많은 친척들을 수발하는 일까지 불평 없이 해냈다. 세상과 자녀들을 하직하시던 1967년 3월 2일, 아버지의 연세는 겨우 69세였다.

제1공수특전단 부단장 신분으로 서독을 방문 중이던 나는 임종도, 장례식도 지켜보지 못했다. 내가 다시 아버지를 만날 수 있었던 것은 당신께서 생전에 손수 마련해 놓으셨던 고향땅, 친구들과 씨름판을 벌이던 황강의 모랫벌과 참외 서리하던 텃밭이 내려다보이는 그곳, 젊은 시절 시내에 출타하기 위해 시외버스를 기다리며 담배 한대 피워 물던 참으로 아름다운 그곳에 묻히신 후였다.

## 1.21 청와대 습격 사건

1967년 8월 11일, 나는 제1공수특전단 부단장직에서 수도경비사령부 제30대대 대대장으로 전임됐다. 방패부대라 불리는 제30대대는 청와대 외곽을 경비하는 대통령 근위부대로서 청와대가 공격을 받게 되는 경우 마지막 방어선을 지키는 부대였다. 본부는 경복궁 내 서쪽에 위치해 있었다. 나는 부대 임무의 중요성을 알고 있었으므로 늘 긴장상태에 있었고 휴일에도 부대에서 자는 날이 많았다.

부임한 이후 나는 청와대의 외곽부터 정밀 답사했다. 그곳은 특정지역이어서 대통령 경호실의 허가를 받아야 했다. 청와대의 뒷산을 세밀히 점검한 결과 나는 취약점을 발견했다. 만약 남파 간첩이나 불순분자가 청와대 뒤쪽에서 침입해올 경우 속수무책으로 당할 수밖에 없는 구조였기 때문이다. 길이라고는 작은 트럭 한 대가 겨우 오갈 수 있는 좁은 보급로가 고작이었다. 그 빈약한 길로는 짧은 시간 내에 병력을 이동하는 일은 고사하고 평상시 제대로 순찰을 돌기에도 미흡했다. 만약 그쪽에서 청와대로 잠입하려는 침입자를 발견해도 대통령 경호실이나 30대대의 병력이 출동하는 데만도 상당한 시간이 걸릴 수밖에 없는 여건이었다. 또한 병력이 도착했다 할지라도 어두운 밤에 그 험악한 지대에서 체포 또는 퇴치 작전을 수행하기란 극히 어려운 상태였다.

우선 침입이 용이한 곳을 차단하고 경계태세를 강화했다. 그러나 야간에 작전을 수행해야 할 사태가 발생한다면 그때는 대체 어떻게 한단 말인가. 솔직히 아무런 대책이 없었다. 깊은 고심 끝에 부대 창고에 고물 취급을 받으며 방치된 박격포 6문이 있다는 데에 생각이 미쳤다. 그 박격포로 조명탄을 발사하면 주변을 밝힐 수 있었다. 그러나 그렇게 하기 위해서는 현장에 박격포를 설치해야 하는데 그 일은 내 결심만으로 되는 일이 아니었다. 서울 한복판에, 그것도 대통령 관저인 청와대를 향해 중화기인 박격포를 설치한다는 것은 여러 면에서 매우 조심스러운 일이었던 것이다. 하지만 단 1퍼센트라도 침입 가능성이 있다면 그것에 대비하는 것이 경비 책임을 맡은 나의 책무다.

나는 이러한 사실을 박종규 경호실장에게 먼저 보고하고 박 대통령의 승인을 받아달라고 요청했다. 며칠 후 박 실장이 대통령의 승낙을 받았다고 연락을 해왔다. 박 실장에 따르면 박 대통령은 그런 문제점이 있으면 왜 진작 조치하지 않았느냐고 지적했다는 것이다. 박 대통령은 노련한 포병 출신이었다. 청와대의 승낙을 받은 나는 곧바로 박격포 발사대를 설치했다. 6문 중 3문은 자하문 방향으로, 3문은 삼청동 방향으로 조준했다. 박격포의 배치가 끝나자 조명탄 발사 시간을 상황 전달 시각으로부터 60초 이내로 단축하기 위한 훈련을 실시했다. 내무반에는 긴급사태시 출동 명령을 전달할 방송시설을 갖추었다. 또 사격수는 취침할 때 옷을 철모 속에 넣어두었다가 출동 명령이 떨어지면 바로 철모만 들고 박격포로 달려가 사격 임무를 완수한 후 옷을 입도록 훈련을 시켰다. 그러나 나를 비롯한 우리 부대원 누구도 청와대 하늘 위로 그 조명탄을 실제로 쏘아 올릴 상황이 벌어지리라고는 상상조차 하지 못했다.

30대대장으로 부임한 지 5개월이 지난 1968년 1월 18일, 아무도 예상하지 못했던 사건이 벌어졌다. 31명의 북한군 무장특공조가 청와대를 습격하기 위해 군사분계선을 넘어왔던 것이다. 이 특공조는 북한 124군부대 6기지 서울담당조였는데 그들의 최종 목표는 대한민국 대통령을 암살하는 것이었다. 124군부대는 선발 조건부터 초인적인 부대였다. 25킬로그램의 장비를 휴대한 채 시간당 10킬로미터의 속도로 산악행군을 할 수 있는 능력을 갖춘 정예요원만을 뽑아 1년간 청와대 기습과 대통령 암살을 위한 강도 높은 특수훈련을 거쳐 키워낸 요원들이었다. 군사분계선 철책을 넘을 때 이들은 권총, 기관단총, 대전차 수류탄, 일반 수류탄으로 겹겹이 무장하고 있었다. 그들이 휴대한 실탄만도 3만여 발에 달했다.

　휴전선 철책을 뚫은 바로 다음날 새벽, 이미 임진강을 건너 파수 파병산에 도착한 그들은 육군 25사단 마크가 선명한 국군 복장으로 갈아입고 있었다. 1사단 구역 철책선이 뚫렸다는 사실은 곧바로 발견됐고 전 군에는 비상경계령이 내려졌다. 때마침 파주군 소재 파평산으로 땔나무를 하러 간 네 명의 나무꾼이 수상한 자들을 발견해 군 당국에 신고했다. 군에서는 바로 그들의 침투 예상로를 겹겹이 차단하며 수색에 들어갔지만 이미 그들의 행방은 묘연했다. 우리 군이 예상했던 것보다 그들의 행군 속도가 엄청나게 빨라 이미 지나간 뒤에 수색작업이 펼쳐졌던 것이다.

　수색 끝에 무장공비들이 발견되지 않자 군은 그들이 다시 북한으로 복귀한 것으로 판단하고 비상경계령을 해제하고 말았다. 그로 인해 그들이 바로 자하문 고개를 넘어 청와대 경계까지 아무런 제지도 받지 않고 접근할 수 있었던 것이다. 나는 만에 하나 북한의 게릴라가 청와대 기습을 노린다면 청와대 뒷산으로 올 것으로 예상하고 대비한 것인데 북한의 124군부대가 대담하게도 국군 복장으로 위장한 채 청와대와 담을 맞대고 있는 칠궁 지역까지 접근해왔던 것이다. 이들은 토요일인 20일 밤 북한산까지 진출한 뒤 비봉 아래 바위굴에 몸을 숨긴 채 하루를 보내고 일요일인 21일 야음을 타 청와대로 내려온 것이다.

국군 복장을 한 31명의 일행이 자하문에 나타나자 바로 불시검문에 걸렸다. 하지만 충분히 대비를 해온 그들은 야외훈련을 마치고 귀대하는 방첩부대원이라고 속인 채 계속 청와대를 향해 내려올 수 있었다. 청와대를 불과 수백 미터 앞둔 청운동에 이르렀을 때 그들을 불러 세운 사람이 있었다. 종로 경찰서장 최규식崔圭植 총경이었다. 자칭 방첩대원이라며 자하문 고개를 통과한 사람들이 아무래도 수상하다는 보고를 받고 현장에 출동했던 것이다. 최 총경이 증명서를 요구하자 대답 대신 총성이 울렸다. 최 총경은 현장에서 순직했다. 22시 10분경의 일이었다.

1.21사태 당시 북한 특수부대의 총격으로 순직한 최규식 경무관.

그날은 마침 일요일이었고 비상근무령도 해제한 상태였다. 하지만 수요일을 휴일로 하고 일요일에는 정상근무를 하고 있던 우리 대대는 비상근무령의 해제와는 관계없이 부대원 전원이 만약의 상황에 대비해 준비해두었던 특수훈련을 실시하며 대기 중이었다. 초저녁 무렵, 나는 잠시 집에 들렀다가 그동안 부단한 특별훈련으로 고생이 많았던 부하들을 위해 간식을 챙겨서 돌아왔다. 막 음식을 차려놓고 함께 나누어 먹으려던 순간이었다. 갑자기 총소리가 들리고는 무장공비가 청와대 옆에 나타났다는 급보가 날아들었다. 나는 지체 없이 조명탄 발사 명령을 내렸다. 때마침 부대원들은 내가 비상대기 상태에서 외출했다 귀대하니까 으레 박격포 발사 훈련이 있을 거라고 예상하며 비상대기 상태에 있었다. 조명탄 발사 명령이 떨어진 지 30초도 안 돼 제1탄이 발사되고 뒤따라 2탄, 3탄이 연달아 발사됐다.

나는 즉각 1중대를 출동시켰다. 1중대장은 나의 대통령 재임시 경호실장을 지낸 안현태安賢泰 대위였다. 이어서 2, 3중대도 연달아 출동시켰다. 조명탄을 계속 쏘아 올리자 청와대 주변은 대낮같이 밝아졌다. 그런데 그중한 발이 낙탄落彈이 되어 국립과학연구소 앞 무장공비와 종로경찰서장의 접전지역에 떨어져 내렸다. 원래 박격포는 2킬로미터까지 날아가는데 워낙오래된 포탄이다 보니 사거리를 다 날아가지 못한 채 특공대 일당의 바로앞에 떨어지며 폭발한 것이다. 조명탄이 바로 앞에서 터지자 특공대원들은 자신들의 위치가 완전히 노출돼 포위 공격을 받고 있는 것으로 알고 혼비백산한 채 흩어져 달아나기 시작했다. 결국 북한 무장 특공대원들은 모두 사살되고 한 사람(김신조金新朝)이 체포되면서 소탕작전은 끝이 났다. 북한 124군부대 특공대의 청와대 기습과 30대대의 대응 작전은 마치 한 편의워게임(wargame)이 시나리오대로 진행된 듯 보였지만, 국가 안보가 뿌리째흔들릴 수도 있는 위기일발의 상황이었다. 6.25 때 전공戰功을 세운 뒤 퇴역해 창고에서 잠들어 있던 박격포 6문과 임무 완수를 위해 완벽하게 깨어 있던 수도경비사령부 30대대가 긴박한 상황에서 국가원수를 구하고 나라를 지켜낸 것이다. 그해 10월 1일 국군의 날, 나는 1.21사태 당시의 공을 인정받아 보국훈장 삼일장을 수여받았다. 또 한 달 후인 11월 1일에는 대령으로 진급되는 영광도 얻었다. 내 나이 42세였다. 박격포를 배치해놓겠다는 착상, 강도 높은 훈련, 비상태세 유지 덕분에 북한 특공대의 기습을 격퇴할 수 있었다. 행운이라면 행운일 수도 있는 그날의 사건이 무사히 마무리된 데 감사할 따름이다.

30대대를 찾아주신 박정희 대통령과 육영수 여사.

30대대를 찾은 육사 후배들을 격려.

## 파월 29연대장

1970년 11월 22일, 나는 보병 9사단 29연대장으로 보임됐다. 4년제 정규 육사 출신으로 연대장직에 진출한 것은 내가 처음이었다. 백마부대 보병 9사단은 월남에 파견되어 있었다. 월남전에 가서 실전 경험을 쌓을 수 있기를 오래 전부터 바라온 나의 소원이 이뤄지게 된 것이다.

나는 백마부대 연대장으로 월남에 파견되기 3년 전에 이미 월남 전선을 시찰한 경험이 있다. 수도경비사령부 제30대대장으로 자리를 옮기기 직전인 1967년, 서독을 시찰하고 귀국하는 길에 월남 전선을 돌아볼 기회가 생긴 것이다. 우리 국군은 1964년 8월 2일 통킹만 사건이 일어난 지 한 달 후인 9월 11일 파병함으로써 국제전의 양상을 띠게 된 월남전에 참전하고 있었다. 나는 자유진영과 공산진영 간의 대리전을 치르고 있는 월남 전선에서 자유진영의 승리를 위해 싸우고 싶었다. 월남전 파병은 나에게 소중한

실전 경험이 될 것이기도 했다. 그러나 나의 그와 같은 소망은 귀국 후 육군
참모총장 수석부관에 보임됨으로써 1년 늦게 이뤄진 것이다.

내가 부임한 29연대는 9사단 본부가 주둔하고 있는 칸호아 성當의 닌호
아에 있었다. 박쥐부대로 통칭되는 29연대는 적진 속으로 침투해 들어가
적을 소탕하는 것이 임무인 기습부대였다. 닌호아 지역엔 베트콩 위원회의
강력한 하부조직이 있었는데 혼쥬 지역 일대에서 준동하고 있었다. 이곳으
로부터 적군의 병력과 장비가 보충되고 있었던 것이다. 적군은 서부 혼쥬
일대에서 닌호아시와 주요 도로를 위협하고 있어 백마부대 제9사단사령부
도 그 위험 속에 놓여 있었다. 나는 우선 우리의 배후를 위협하고 있는 적
을 섬멸하기 위한 작전을 펴기로 했다. '박쥐 25호 작전'이었다.

작전의 디데이는(D-day)는 건기인 1971년 1월 30일이었다. 나는 이 작전
에서 미국 포트 베닝에서 배웠던 특수전의 전술을 응용하기로 했다. 작전
에 들어가기 전 장병들에게 구체적인 행동요령을 설명해주었다. 적이 준동
하는 지역에 들어가 싸우는 만큼 전투 중 자칫 고립되거나 낙오되는 경우
가 발생할 우려가 있었다. 전과를 올리는 일도 중요하지만 나는 병사들의
안전을 우선시했다.

"만일 작전 시행 중 낙오되었을 경우에는 상공 위에 헬리콥터가 날고 있
을 테니 반드시 위를 잘 살펴라. 헬리콥터가 포착되거든 발견되기 쉽도록
초원으로 나오든가 신호탄을 발사하라. 아니면 불을 피워 자신의 위치를
알리도록 하라. 길을 찾을 수 없을 때 당황해 헤매다보면 탈진하게 되니 매
복한 채로 기다려라. 만약 이동이 불가피한 경우는 대담한 심정으로 발길
이 닿지 않는 밀림을 뚫으면서 적에게 납치되지 않도록 하라."

드디어 '박쥐 25호 작전'이 개시됐다. 작전은 9일 만에 성공리에 끝났다. 적군 사살 31명에 포로 1명, 용의자 23명을 잡았으며 소화기 5정, 공용화기 13문 그리고 실탄 및 포탄 3만여 발을 노획했다. 우리 부대에서는 1명의 실종자가 발생했다. 그 밖의 피해는 1명 부상뿐이었으나 생사를 알 수 없는 병사가 생긴 것은 나로서는 뼈아픈 손실이었다. 나는 본 작전을 미루고 먼저 실종된 병사를 찾기 위해 수색작전을 전개했으나 발견되지 않았다. 그런데 사흘 후 그 실종 병사가 스스로 걸어서 귀환했다. 그는 치열한 전투를 치른 뒤 탈진 상태에서 잠깐 휴식을 취하던 중 그만 잠이 들었고 잠에서 깨어보니 혼자 낙오되었다는 것이다. 나는 우선 그 병사를 충분히 쉬게 한 다음 자기 혼자 힘으로 복귀한 경위를 차트로 만들어 새로 배속되어 오는 장병들에게 그의 체험을 가르치게 했다. 그가 부대에서 낙오됐다가 복귀한 체험은 부대원들에게 생생한 실전 교범이 되어주었다.

박쥐 25호 작전을 위해 헬기로 출동하는 장병들을 지켜보고 있다.

'박쥐 25호 작전'이 성공하고 한 달이 지난 후인 1971년 2월부터 사단 규모의 '독수리 71-1호 작전'이 20일간 전개되었다. 쑤이까이 지역과 망망계곡 지역에서 준동하고 있는 적을 섬멸하기 위한 그 작전에서 나는 평생 잊지 못할 비통한 일을 당했다. 작전이 종료될 즈음이던 3월 7일 불행하게도 병력 손실을 입게 된 것이다. 3대대 12중대는 그날 새벽 적지를 교란하기 위해 계속 전진하던 중 잠시 휴식을 취하게 되었다. 주변은 숲이 무성한 고지대로 열대성 활엽수와 떨기나무가 치솟아 있었다. 그곳은 원래 베트콩의 소굴과 인접한 지역인데 지형에 익숙하지 못한 중대장이 휴식처로 잘못 자리잡은 것이다. 휴식을 취하려는 순간 사방에서 B-40 바주카포가 터지고 수류탄이 날아들었다. 소총 소리가 고막을 찢는 가운데 중대는 곧바로 응전했다. 치열한 접전이 한 시간쯤 계속되었고 마침내 적은 잠잠해졌다. 적은 여러 구의 시체를 남겨둔 채 달아났던 것이다. 이 전투에서 12중대 중대원 176명 가운데 9명이 전사하고 10여 명이 부상했다. 그 보고를 받고 나는 내 소임을 다하지 못함으로써 부하를 잃어버렸다는 자책감으로 한동안 우울한 시간을 보냈다.

　다음 작전을 준비하며 우리 부대와 나는 결의를 새로이 했다. '강한 훈련만이 우리가 전쟁에서 승리하는 길이다' '용자勇者는 살고 겁자怯者는 죽는다' '전우를 아끼자'는 통솔방침 아래 강훈을 계속한 것이다. 나는 내가 미국 포트 베닝에서 받았던 레인저 특수전 훈련 방식을 모든 연대 장병들에게 전수시켰다. 그 결과 몇 달이 안 되어 우리 연대는 어떠한 특공작전도 수행할 수 있는 전투력을 갖추게 되었고 병사들의 눈빛에서는 전의가 불타고 있었다.

박쥐 26호 작전 수행을 위해 헬기를 타고 출동하는 부대원들을 전송.

그해 6월 22일 우리 부대는 '박쥐 26호 작전'에 들어갔다. 월남에서 그 시기는 우기雨期다. 오전에는 대체로 맑다가 오후가 되면 어김없이 강수량을 가늠할 수 없을 정도로 엄청난 폭우가 쏟아졌다. 그 폭우 속에서 수행된 작전은 무려 25일 동안 밤낮없이 계속되었다. 작전지역은 '박쥐 25호'를 치러냈던 혼쥬였다. 그곳에서 펼쳐진 야심 찬 두 번째 작전에서 우리 연대는 혁혁한 공을 세웠다. 227명의 적을 사살했고 소화기 115정, 공용화기 3문, 수류탄 42개, 실탄 2,191발, 포탄 20발을 노획했다.

그로부터 한 달 후인 8월 '박쥐 27호 작전'을 수행했다. 그 작전의 목표는 베트콩의 거대 탄약고를 폭파하는 것이었다. 작전 기간은 14일이었다. 우리는 목표대로 베트콩의 탄약고를 완벽하게 폭파했다. 나는 그 전투를 직접 진두지휘했는데 작전이 끝날 때까지 보름 동안 면도조차 하지 못했다. 다른 장병들도 마찬가지였다. 적군의 탄약 창고를 폭파하고 로켓포의 일종인 P40포와 각종 무기까지 노획하는 전과를 거뒀다. 이 작전을 끝내고 개선하는 날 우리 부대는 색다른 전리품까지 챙겨올 수 있었다. 베트콩 들이 사육하고 있던 멧돼지 50여 마리를 생포한 것이다. 부대로 돌아와 우리 연대는 그 멧돼지 요리로 승리의 축하파티를 열었다. 인접부대에도 20여 마리를 나누어주었다. 그 후에도 우리 연대는 내가 연대장으로 있는 동안 크고 작은 10여 차례의 치열한 전투들을 치렀다. 용맹스럽고 잘 훈련된 우리 부대원들은 전투 때마다 연전연승을 거두었다. 당시의 부하들이 너무도 자랑스럽고 고마웠다.

월남에서 연대 병력을 지휘하며 전투를 치러야 했던 나는 부하들에게 다음과 같은 지휘통솔 방침을 숙지시켰다.

•먼저 적을 발견하고 먼저 공격해라 •졸면 죽는다(경계 철저) •술을 삼가라 •여자를 멀리하라 •물욕을 버려라 •전우를 소중히 여겨라

나는 훈련할 때는 언제나 앞장을 섰고, 연대 단위의 작전을 수행할 때에는 전투를 진두지휘했다. 모든 훈련과 전투에 예외 없이 선두에 서 있던 나는 부하들의 전폭적인 신뢰를 모았고, 부대원들의 강철 같은 결속을 가져왔다. 박쥐부대를 최강부대로 만드는 저력이 되었던 것이다.

월남에 파견된 지 1년이 되던 1971년 11월, 나는 귀국 명령을 받았다. '박쥐 26호 작전'을 승리로 이끈 공로로 을지무공훈장을 받았다. 화랑무공훈장, 충무무공훈장에 이어 세 번째 훈장이었다. 우리 연대 장병 중 163명이 훈장과 포장을 받았다. 내가 지휘했던 보병 9사단 29연대는 월남에 파병된 한국군 중 최강 정예부대로 평가받은 셈이다.

내가 월남 전선에서 귀국한 지 3년 5개월이 지난 1975년 4월 30일 월남

이 패망함으로써 무려 20년간 이어진 미궁 같은 전쟁이 끝났다. 월남의 패망 소식을 들었을 때 나의 심경은 착잡했다. 월남은 전투에 패배해 망한 것이 아니라 내부가 무너져 내려 붕괴된 것이기 때문이다. 전쟁의 와중에도 반정부 데모는 끊이지 않았고, 정치 지도자들의 부패로 민심은 이반되어 있었다. 낮에는 순박한 농민이던 농촌 지역 주민들이 밤에는 베트콩 전사로 변신하는 모습을 현장에서 생생하게 지켜보았다.

부상 장병을 위문하고 작전의 투입되는 부대원들의 임무와 장비 점검.

수색 정찰을 위해 출동하는 부대원들을 격려해주다.

## 마침내 별을 달다

월남에 파병되어 성공적으로 임무를 완수하고 돌아온 나에게 육군본부는 제1공수특전단 단장 자리를 마련해주었다. 귀국한 지 불과 1주일 후인 1971년 11월 15일의 일이었다. 공수특전단 단장 부임을 명받자 나는 의욕과 사명감으로 가슴이 부풀어 올랐다. 1공수는 내가 훌륭한 장교가 되겠다고 부단히 꿈을 키워온 곳이자 어느 부대보다도 정이 많이 들었던 곳이었다. 나의 왼쪽 어깨에는 레인저 탭(Ranger Tap)을 부착하고, 상의 오른쪽 포켓에는 횃불마크의 패스파인더 탭(Pathfinder Tap)을 달았다. 대한민국 군인으로서는 가장 힘든 훈련과정을 거쳤다는 자부심은 가장 훌륭한 특전용사가 되겠다는 다짐, 대한민국 군부대 가운데 가장 강한 부대로 만들겠다는 의욕의 원천이 되었다. 이제 고향 같은 그 부대에 돌아와 단장이 되었으니 제1공수특전단을 북한의 124군부대를 능가하는 특공부대로 만들어 내겠다는 결의를 새로이 했다.

그런데 막상 단장으로 부임해 보니 놀랍게도 부대의 기강은 형편없이 해이해져 있었다. 특전용사의 생명과도 같은 기상과 용맹성은 실종되어 있었고 도박에 빠져 있는 사람까지 눈에 띄었다. 나는 우선 부대원들의 생활리듬을 변화시켜야 할 필요성을 느꼈다. 모든 장병들에게 1주일에 2회씩 10킬로미터 구보를 시켰다. 강도 높은 훈련을 실시해 그들의 몸과 마음이 다른 일에 쏠리게 할 여유를 주지 않기 위해서였다. 나는 물론 그 대열의 선두에서 뛰었다. 훈련시간 외엔 정신교육을 통해 도박 등 개인의 타락과 패가망신의 원인이 될 수 있는 일들에 대해 깨닫도록 했다. 교양서적을 비롯해 다양한 책들을 비치해 독서를 장려하고 생활화하도록 만들었다. 오래지 않아 성과가 나타나기 시작했다.

단장으로 부임한지 1년이 지났을 무렵부터 부대의 기풍이 본격적으로 일신되고 부대원들의 눈빛에는 생기가 넘쳐났다. 부대 내의 도박 풍조도 사라져버렸다. 그간의 노력이 보람으로 나타났던 것이다. 이와 동시에 나에겐 또 하나의 기쁜 소식이 기다리고 있었다. 1973년 1월 1일부로 장군이 된 것이다. 1955년 소위로 임관되었으니 18년 만에 맞이한 경사였다. 동기생 가운데 나를 포함하여 4명만이 별을 달았다.

나는 지휘방침을 '충성, 명예, 단결'의 세 가지로 정하고 부하 장병들에게 이 세 가지 정신을 체질화하도록 했다. 나는 리더십의 요체는 사랑과 솔선수범이라고 믿었다. 나는 '안 되면 되게 하라'는 슬로건을 내걸고 모든 일에 앞장섰다. 낙하산을 등에 메고 점프를 할 때면 나는 1호기에서 제일 먼저 뛰어내렸다. 비록 내가 별을 단 장군이 되었고 특전단장 신분이 되었지만 앞장서서 훈련에 동참하는 모습을 보여줌으로써 우리가 임무를 수행할 때에는 모두가 똑같은 공수부대원이란 사실을 일깨워주려고 했던 것이다.

아침마다 부대 식당을 순시하며 병사들의 식사가 부실하지 않은지 점검했다. 부대원들이 장기간 산악훈련을 할 때에는 꼭 현장을 방문해 격려해주었다. 부대 가까운 곳에 아파트를 지어주고 장학금을 지원해주는 등 장병 가족들의 복지에도 힘을 기울였다. 작전과 훈련 때문에 가족과 같이 보내는 시간이 적은 가장의 처지를 이해하고 1공수여단 가족인 것을 자랑스럽게 여기도록 돕고 싶었던 것이다. 겨울이면 주변 논에 물을 부어 얼린 후 장병들과 가족들이 스케이트를 탈 수 있도록 해주었고 부대 내 교회에 유치원을 만들어 자녀들을 돌봐주었다. 부대 안팎에서 개최되는 특별한 행사에는 가급적 장교와 하사관들의 가족들을 초대해 견학하도록 했다. 가족들의 소외감을 덜어줌과 동시에 부대원들에게도 가족의 소중함을 인식시켜줄 것으로 기대했기 때문이다. 이 모든 나의 노력은 공수부대 요원들이 안심하고 근무와 훈련에 매진하게 함으로써 대한민국의 특수부대를 북한의 124군부대나 특수 8군단과 싸워 이길 수 있는 강한 부대로 만들어야겠다는 나의 소망과 사명감에서 우러나왔다.

나의 그와 같은 결의는 '1.21사태'의 교훈에서 비롯된 것이었다. 그 당시 나는 수경사 30대대장으로서 만일의 상황에 대비한 만반의 준비를 해놓음으로써 북한의 특공대를 격퇴할 수 있었지만 북한의 특수부대요원 31명이 군사분계선을 넘어 청와대 바로 앞까지 잠입할 수 있었다는 사실은 나에게 엄청난 충격으로 남아 있었다.

낙하훈련 때는 1호기를 타고 가 항상 가장 먼저 점프를 했다.

한미 합동 특수전 훈련장을 찾아온 주한미군 사령관 스틸웰 대장을 안내하다.

그때 나는 하나의 굳은 집념을 가슴속에 새겨놓았다. 북에서 또다시 도발을 감행해 온다면 언제든지 평양으로 날아가 특정지역의 목표물을 산산이 파괴하고 돌아올 수 있는 그런 능력을 가진 부대를 만들자고 다짐했던 것이다. 우리 국군 역사에 기념비적인 기록으로 남아 있는 '천리행군'은 그런 목표를 위해 개발된 것이다. 우리 지역은 물론 북한의 지형, 침입 경로와 수단, 목표물, 휴대장비 등을 과학적으로 치밀하게 연구하기 시작했다. 그리고 가상훈련을 통해 고난도의 훈련을 끊임없이 반복한 결과 특전부대 요원들은 천리를 행군할 수 있는 능력을 지니게 되었을 뿐 아니라 산림이 울창한 산악이나 깊은 물속을 가리지 않고 낙하산을 타고 뛰어내릴 수 있는 능력을 가지게 됨으로써 천하무적의 특공요원이 되었던 것이다.

### '하나회'를 둘러싼 오해와 진실

장군으로 진급이 되어 나 자신은 물론 우리 공수여단 부대원 모두의 사기가 크게 올라 있던 1973년 봄, 군 내부에서 터진 뜻밖의 사건이 나에게 도 여파가 미치게 되었다. 이른바 '윤필용 사건'이었다. 윤필용 수경사령관 이 사석에서 박정희 대통령이 노쇠했으니 물러나게 하고 이후락李厚洛 중앙 정보부장이 후계자가 되어야 한다고 말한 사실이 박 대통령의 귀에 들어가 윤 장군과 그 주변 인물들이 구속된 사건이다.

자신의 건강과 후계 문제가 거론됐다는 사실에 심기가 상한 박 대통령 은 강창성姜昌成 보안사령관에게 윤필용 장군에 대한 조사를 지시했다. 윤 장군과 육사 8기 동기생이자 라이벌 관계였던 강창성 보안사령관은 윤 장 군과 함께 근무한 경력이 있는 장교들을 모두 수사했는데 유독 하나회 회 원들이 많았다. 당시 3차에 걸쳐 조사를 받은 하나회 회원들은 회장이었던 나를 포함해 육사 11기부터 20기까지의 선두주자들이었다.

강창성 사령관은 약 3주에 걸친 수사를 마친 후 청와대로 들어가 박 대 통령에게 보고를 했다. 이 자리에는 박종규朴鐘圭 경호실장과 김정렴金正濂 비서실장도 동석했다고 한다. 보고를 다 들은 박 대통령은 노기를 띠고 이 후락 정보부장까지 구속하라고 했다는 것이다. 강 보안사령관은 수사를 확 대하지 않도록 건의를 하고 또 "각하의 측근이 모반했다는 인상을 주면 정 치에 어려움이 따르게 될 것이니 이 사건은 일반 형사사건으로 처리하고 그렇게 발표해야 한다."고 건의해 관계된 사람들을 수뢰, 직권남용 등의 죄 명으로 처리하게 되었다고 했다.

박 대통령은 보안사에서 올린 하나회 핵심 장교 50여 명의 명단을 놓고 직접 ○, ×, △ 표시를 하면서 구속, 예편, 감시 등으로 분류했다고 한다. 이 처벌 대상자 명단에서 나와 노태우, 최성택, 정호용, 박준병 등에 대해서는 박 대통령이 직접 ×표를 해서 제외시켰다고 한다. 그 후 강창성 보안사령관은 1973년 8월에도 나와 노태우 등에 대해 철저한 재조사를 위한 건의서를 올렸으나 박 대통령은 이를 재가하지 않았다. 이러한 사실들은 훗날 강 사령관이 재가 문서를 직접 나에게 보여주며 얘기해서 알게 된 사실들이다.

윤필용 장군에 대한 사법처리가 마무리되자 군 안팎에서는 강창성 사령관이 자신의 라이벌인 윤 장군을 제거하기 위해 지나치게 가혹한 수사를 했으며 그 추종세력을 발본색원한다는 명분하에 중추 역할을 해온 군 간부들을 너무 많이 다치게 해 박 대통령의 심기를 불편하게 했다는 얘기들이 나돌았다. 얼마 후 박 대통령은 태릉 골프장에서 박종규 경호실장, 최우근崔宇根 육사교장, 강창성 보안사령관과 골프를 치면서 강 사령관에게"며칠 전 몇몇 장군이 찾아와서 강 장군 때문에 경상도 장군의 씨가 마른다고 불평하더라."고 했다는 것이다. 강창성 사령관은 그 후 3관구사령관으로 보직변경이 되었는데 사실상 좌천이었다.

조선시대의 사화士禍를 떠올리게 하는 이 사건은 당시 군을 발칵 뒤집어 놓았고 정치권에까지 큰 파문이 일었다. 나는 사건의 발단이 된 그 일과 관련이 없을 뿐 아니라 사건이 터지기 전에는 그런 일이 있었는지도 알지 못하고 있었다. 따라서 실제 윤필용 장군이 그런 말을 했었는지 등에 관해서는 내가 잘 알지 못해 상세히 언급할 입장이 아니다. 다만 그 조사 과정에서 내가 회장으로 있던 하나회가 논란의 표적이 되었던 만큼, 하나회가 만들어진 과정과 모임의 성격 등에 관해서 밝혀둘 필요가 있다고 생각한다.

내가 합격통지서를 받고 경남 진해의 육군사관학교로 갔던 첫 소집일

날 그곳에 모인 사람들을 살펴보니 입고 있는 옷이나 모습들이 그야말로 각양각색이었다. 고등학교 교복 차림에 여드름투성이 소년이 있는가 하면 제법 오래 군대 밥을 먹은듯한 하사관 복장의 군인들도 많았다. 아무리 둘러봐도 알만한 사람은 없었다. 합격자가 여러 명인 학교는 같은 학교 출신끼리 어울렸지만 대구공고 출신은 나 혼자인 듯했다. 말 붙일만한 사람도 없었다. 자연스럽게 각자 이리저리 알만한 인연들을 찾아 서로 어울릴 수밖에 없었다. 내가 제일 먼저 교분을 맺게 된 사람은 같은 대구에서 온 노태우와 김복동金復東이었다. 이들과는 첫 번째 소집이 있던 날부터 알게 됐다. 이 두 사람은 나와 같은 중대에 속해 있었는데 나는 2구대, 노태우는 3구대, 김복동은 1구대에 속해 있었다.

당시에는 식사량이 부족하다 보니 PX에서 파는 빵으로 허기를 채우곤 했다. 그런데 그 빵마저 양이 많지 않아 순식간에 다 팔리는 경우가 많았다. 그러니 빨리 달려가야 빵을 살 수 있었고, 먼저 간 사람이 친한 사람의 몫까지 챙겼다. 걸음이 빠른 나는 PX에 먼저 달려가 노태우와 김복동의 빵까지 챙겨서 그들에게 건네주곤 했다. 육사에 정식으로 입교한 뒤 나는 노태우, 김복동과는 동기생으로서의 단순한 우의 이상의 깊은 관계를 맺게 되었다. 우리들의 대화 주제는 생도생활과 관련한 일상적인 화제를 벗어나 국가, 군, 충성, 역사 등에까지 미쳤다. 대화를 나누는 가운데 우리들은 서로의 국가관과 역사관이 일치해가고 있는 것을 알게 되었고 앞으로 힘을 합쳐 국가와 민족을 위해 헌신하자는 데 뜻을 같이하게 되었다. 삼국지에 나오는 '도원결의'를 머리에 그렸던 것이 아니었나 싶다. 나중에 최성택과 박병하 두 사람이 합류해 다섯 사람이 되자 우리는 '오성회五星會'라는 이름을 붙였다. 나는 '용성勇星' 노태우는 '관성冠星' 등 다섯 명이 각자 '○성星'이라는 별호를 만들었는데 그런 별호 때문에 '5성회'라고 한 것이 아니었다. 그 의미는 모두 5성 장군의 꿈을 갖자는 뜻이었다. 그래서 나중에 백운택白

雲澤과 손영길孫永吉이 합류해 7명이 됐지만 '7성회'라고 하지는 않았던 것이다. 이후 정호용, 권익현權翊鉉, 노정기盧正基 등이 새로 참여하면서 우리 모임은 모두 열 명으로 늘어나게 되었다.

3학년이 되자 육군사관학교가 경남 진해에서 서울 태릉으로 옮겨오게 되었다. 우리는 주말에 외박을 나갈 때면 을지로에 있는 최성택의 집에 모여 진지한 토론을 벌이곤 했다. '내일의 한국을 위해 우리는 어떤 역할을 해야 하는가' '1차, 2차 세계대전은 왜 일어났는가?' 등이 토론의 주제가 되기도 했다. 토론은 종종 새벽 2시를 넘도록 계속되는 일도 있었다.

이 모임에서는 내가 나이가 제일 많았기 때문에 자연히 리더 역할을 맡게 되었다. 처음 오성회라고 이름 붙인 이후 또 다른 명칭을 붙이지 않았지만 훗날 이 모임은 하나회의 모태가 됐다. 당시 동기생들 사이에는 우리 외에도 몇 개의 모임이 더 있었다. 서울, 호남, 이북 출신들이 각각 출신지별로 모여 만든 모임이 있었고 그밖에 특별한 그룹으로는 김석원金錫源 장군의 아들인 김영국 생도가 주도한 경기고 출신-럭비부 중심의 그룹, 반공청년단의 원로를 아버지로 둔 이효李曉 생도를 중심으로 한 그룹 등이 있었던 것으로 기억된다.

내가 주도하던 '오성회'는 점차 후배 생도들에게까지 그 참여 범위가 넓어지면서 보다 친밀하고 돈독한 관계의 애국결사愛國結社의 모양을 갖추게 되었다. '민족도 하나, 나라도 하나, 충성을 바칠 곳도 하나'라는 뜻을 담아 명칭도 '하나회'로 바뀌었다. 어려운 군생활의 여건 속에 개인적인 문제보다는 보다 큰 뜻을 품으며 나라와 민족을 생각하자는 서로서로에 대한 다짐이 취지였던 모임이었다.

하나회의 성격과 관련해 세간의 오해가 있는데 그것은 하나회가 '정치군인들'의 사조직으로 진급과 보직에서 끼리끼리 특혜를 주고받았다는 주장이다. 하나회 회원들이 상대적으로 진급이 빠른 경우가 많았던 것은 사실이다. 그러나 분명히 얘기할 수 있는 것은 하나회 회원이었기 때문에 진급이 빨랐던 것이 아니고, 각자 충실히 근무한 것을 인정 받아 진급이 빨랐다는 점이다. 또 한 가지 오해는 영남 출신 장교들만의 비밀 서클이었다는 주장이다. 앞에서 언급했듯이 처음에는 자연스럽게 같은 고향 출신들이 어울리게 됐던 거지만 이후에는 호남을 비롯해 출신지역을 따지지 않고 가입시켰다. 영남 출신 회원의 숫자가 많았던 것은 입교할 당시 지원자들의 숫자가 경남 41명, 경북 29명, 전북 27명, 나머지 10명인 것을 보면 알 수 있듯이 생도들의 출신지역 비율에 있어 영남 출신이 다른 지역에 비해 월등히 많았기 때문일 것이다.

### 지휘관의 꽃, 사단장

1976년 6월 14일, 나는 경호실 작전차장보로 발령을 받았다. 제1공수특전단장으로 근무한 지 4년 반이 지난 시점이었다. 그로부터 반년이 지난 이듬해 1977년 2월 1일 나는 소장으로 진급됐다. 육군사관학교 11기 졸업생 156명 가운데 나를 포함해 손영길, 김복동 등 세 사람만이 가장 먼저 소장으로 진급되었다. 그리고 1년 후인 1978년 1월 23일, 나는 드디어 지휘관의 꽃이라 불리는 사단장으로 부임하게 되었다. 내가 '드디어'라고 표현한 것은 나의 사단장 진출이 예상했던 것보다 1년 늦게 이루어졌기 때문이다. 준장에서 소장으로 진급하면 바로 사단장으로 나가는 것이 당시의 관례였다. 소장으로 진급한 뒤에 보직 변경 없이 그 자리에서 1년이나 더 근무하는 일은 아주 이례적인 일이었다. 그런데 박 대통령께서 내가 소장 진급한 지 1년이 지난 뒤에야 사단장으로 내보내주신 것이다.

박지만 생도 면회를 위해 육사를
방문한 박 대통령을 수행.

보병 제1사단은 대한민국 육군사단 가운데 제일 먼저 창설된 부대로서 6.25전쟁 때 유엔군의 선봉에 서서 가장 먼저 평양에 입성한 기록을 가지고 있고, 베티고지 전투 등 국군의 전사戰史에 길이 남을 큰 전투에서 단 한 번도 북한군에게 패배한 일이 없는 아주 명예로운 부대였다. 또한 1사단은 대한민국의 수도인 서울의 중심에서 불과 33.8킬로미터의 거리에서 적과 대치하고 있는 최전방부대로 대한민국 정부와 서울시민의 안전을 수호해야 할 임무를 부여받고 있었다.

나는 사단장으로 부임한 후 100일간 외출도 하지 않은 채 사단사령부 내에 머물며 부대의 전반적인 상황을 파악해나갔다. 사단 작전지역의 지도를 벽에 붙여두고 다양한 지형지물을 익혔다. 산의 높이, 강의 깊이와 넓이 그리고 유속流速, 그 위에 설치된 다리의 길이와 넓이까지 낱낱이 숙지했다. 한편 앞으로 함께 일하게 될 중대장급 이상의 지휘관과 참모들의 이름과 직책, 인적사항들을 꼼꼼히 파악했다.

나는 우선 장병들에게 우리 부대에 부여된 임무의 막중함을 강조하고 1사단이 대한민국 육군에서 차지하는 상징적인 가치와 의미를 일깨워줌으로써 자부심을 불어넣었다. 아울러 나는 우리 부대를 스스로 '천하제일 사단'이라 부르게 함으로써 사기를 드높이고 장병 각자가 긍지를 느낄 수 있도록 했다. 전역하는 장병들을 위해서는 문산역에 나가 환송식을 베풀어주었다.

내가 1사단장에 부임한 1978년 1월 23일은 1.21사태가 일어난 지 꼭 10년하고 이틀째 되는 날이었다. 나는 늘 1.21사태의 교훈을 깊이 인식하고 있었다. 북한의 특수부대 요원들이 휴전선을 침범해 1사단 지역의 철책선을 뚫었고, 다음날 새벽에는 임진강 너머 파주 지역 파평산에 도착해 숨어있을 수 있었던 상황을 뼈아프게 되새겨봤다. 1사단은 광범위한 면적에 걸쳐 적군과 직접 대치하고 있었고 지역 내에는 간첩 루트로 종종 이용되는 임진강이 흐르고 있어 한시도 긴장감을 늦춰서는 안 되는 지역이었다. 나는 특별한 사정이 없는 한 매일 철책선의 모든 초소에 직접 들러 장병들을 격려했다. 갈 수 없는 초소에는 직접 전화를 걸어 기억해둔 중대장이나 소대장의 이름을 일일이 불러주며 이상 유무를 확인하고 격려해주었다.

하지만 사단장이 아무리 부지런하게 돌아다녀도 그 넓은 지역을 완벽하게 순찰하고 격려한다는 것이 어렵다는 사실을 깨달은 나는 보다 근본적인 대책 두 가지를 강구하기로 했다. 그 하나는 1.21사태 당시 북한 특수부대가 침투해온 루트가 바로 제1사단 지역이었다는 점에 비추어 방어진지와 차단벽을 GOP(general outpost, 일반전초) 내에 설치해줄 것을 상부에 건의한 것이었다. 전략적 방어방벽이라는 개념은 북한의 남침 도발을 초전에 GOP 내에서 저지하고 제압하기 위해 방어방벽은 물론 GOP 축성진지, 철책선 이전 공사 등을 추진해 완벽한 방어진지를 구축한다는 것이었다. 그렇게 함으로써 취약지점을 통한 적의 침투를 막고 혹시 침투 상황이 발생한다 해도 우리 사단 병력이 보호된 상태에서 공격할 수 있도록 하기 위한 방책이었다. 다행히 최초로 창안된 나의 이 아이디어가 받아들여져 겨울이 닥치기기 전에 시설을 완공할 수 있었다.

두 번째 방안은 사단 장병들에게 파격적인 포상을 내거는 것이었다. 사단 지역에 들어온 간첩을 생포하거나 사살하는 장병에게는 고향까지 헬기를 이용해 특별휴가를 보내주고 사단장 연봉에 해당하는 특별상여금을 지급한다는 내용이었다. 고립된 비무장지대의 GOP에서 근무하다보면 수상한 인기척이 들려왔을 때, 간첩을 생포하거나 사살해야겠다는 생각보다는 본능적인 두려움을 느낄 수밖에 없을 거라는 점을 염두에 둔 조치였다. 반드시 간첩을 잡겠다는 의지보다는 간첩이 내가 있는 초소를 비켜가주기를 바라는 심정이 될 수도 있기 때문이다. 그러한 상황에서 임무를 완수하기 위해서는 먼저 두려움을 이겨낼 수 있는 힘이 주어져야 하는데, 고향에 두고 온 애인이나 부모님을 만날 수 있다고 생각하면 없던 용기도 낼 수 있을 것 아닌가. 이 방안이 알려지자 부대 곳곳은 간첩을 잡겠다는 열기로 불타올랐다. 장병들 사이에서는 "간첩아, 제발 다른 곳으로 침투하지 말고 내가 있는 초소로 와다오." 하는 기도 소리가 들린다는 농담이 오갈 정도였다.

GOP에 설치한 차단벽의 모습

작전에 투입되는 대원들을 꼼꼼히 챙기며 격려했다.

사단장으로 부임하자 나는 100일간 외출도 하지 않는 '100일 작전'에 들어가 사단지역 구석구석을 다니며 점검했다.

어느 날 한 장교가 사단장 관사로 나를 찾아왔다. GOP 근무를 무사히 마치고 다른 곳으로 발령이 난 젊은 장교였다. 그는 부하들과 함께 철통같은 경계태세를 유지한 후 간첩이 나타나기만을 기다렸는데 미처 간첩을 잡기 전에 전출 발령이 났으니 GOP 근무기간을 연장해달라는 소청을 드리러 왔다는 것이었다. "간첩을 꼭 잡아보고 싶으니 GOP로 다시 보내달라."고 호소하던 그 젊은 장교의 모습이 아직도 기억에 남아 있다.

부임 후 제대로 집에도 가지 못하고 부대 기강을 잡느라 여념이 없던 3월의 어느 날, 집사람이 어머니를 모시고 부대로 찾아왔다. 어머니가 아들이 보고 싶다고 하셔서 직접 모시고 왔다고 했다. 말은 그렇게 했지만 집사람도 어머니 못지않게 사단장으로 근무하는 나의 모습을 직접 보고 싶은 생각이 간절했던 것 같다. 그 후 병환이 있던 어머니는 제법 긴 시간의 자

전두환 회고록 3권. 황야에 서다

동차 여행이 무리였던지 연희동 집에 돌아가시자마자 자리보존하고 누워 그만 일어나지 못하셨다. 가난 때문에 고생만 하셨고, 이제 좀 살기가 나아져 모실만해지자 늘 병치레를 하신 어머니. 나는 어머니를 생각하면 늘 가슴이 미어졌다. 집사람이 침실 옆 안방에 모셔놓고 기침하실 때마다 뛰어가 살펴드리고 있지만 심한 기침으로 편한 잠도 못 주무신다는 말을 들을 때마다 그저 가슴이 아플 뿐이었다. 그런 어머니가 돌아가셨다. 내가 정신전력학교에 입교하기 위해 모처럼 집에 들렀을 때만 해도 현관까지 나와 배웅을 해주시던 어머니께서 거짓말처럼 돌아가신 것이다.

어머니의 임종은 아버지의 임종 때처럼 집사람 혼자서 맞았다. 그나마 마음의 위로가 된 것이 있었다면 어머니가 소반 위에 정한수 한 사발 떠놓고 늘 기도하시던 대로 음력 삼월 삼짇날, 강남 갔던 제비도 돌아온다는 아주 좋은 절기에 돌아가셨다는 사실이다. 아버지께서 먼저 가 기다리고 계신 내천리로 어머니를 모셔다드리고 돌아오는 산 어귀는 온통 진달래 꽃밭이었다.

### 제3땅굴을 찾아내다

사단장으로 부임한 후 내가 집념을 가지고 추진한 작업은 GOP 내의 방어진지 및 차단벽 설치와 땅굴 탐색이라는 과제였다. 방어방벽 설치작업은 순조롭게 추진돼 부임한 첫해 겨울이 되기 전에 완공됐지만 땅굴 탐색작업은 별다른 진전이 없었다. 당시는 북한에서 귀순한 김부성金富成 씨가 땅굴 굴착 사실을 제보한 지 이미 4년이 경과하고 있는 시점이었고 땅굴 탐색을 위해 뚫어놓은 시추공만도 107개나 되었다. 나의 전임 사단장 때부터 시작된 땅굴 탐색작업은 뚜렷한 성과를 거두지 못하고 있었던 것이다. 땅굴을 찾는 일이 모래밭에서 바늘을 찾는 것만큼이나 어려운 일이라고 했지만,

나는 북한의 그간의 행적에 비춰볼 때 김부성 씨의 제보가 신뢰할 수 있는 내용이라고 믿고 있었다. 반드시 찾겠다는 집념을 갖고 노력하면 언젠가는 발견할 수 있을 것이라는 믿음으로 탐색작업에 전력을 기울였다.

북한에서 측량기사로 일했던 김부성 씨가 귀순한 후 북한이 파놓은 땅굴이 모두 8개나 된다는 폭로 기자회견을 한 것은 1974년 9월 5일의 일이었다. 자신이 직접 땅굴 굴착작업에 참여했다고 밝힌 그는 임진강 북쪽 송악 OP에서 자신의 손가락으로 개성 동쪽 214고지를 가리키며 북한이 1사단 지역으로 땅굴을 파내려오고 있다고 폭로한 것이다. 북한은 2년 전부터 땅굴 작업을 계속해오고 있는데 이미 군사분계선을 돌파했을 것이고 땅굴 출구는 김포나 문산지역이 될 것이라는 내용도 포함돼 있었다.

그의 제보대로 만약 높이 2미터, 너비 2미터의 땅굴이 휴전선 이남까지 뚫려 있다면 그 땅굴을 통해 한 시간에 1만 명의 북한 병력이 남하하는 일이 가능하다는 계산이 나왔다. 완전무장한 병사들이 3열로 행군할 수 있으며 최소 76.2밀리미터의 포대까지도 끌고 올 수 있는 규모였다. 북한이 그 땅굴을 이용해 특수부대를 대량 침투시켜 후방 봉기를 획책한다면 군사분계선에 접해 있는 전방부대에 대한 배후공격이 가능해짐으로써 전방부대는 고립되게 된다. 이처럼 대규모 병력의 침투가 아니더라도 땅굴은 간첩들이 수시로 들락거릴 수 있는 통로가 되는 것이다.

김부성 씨의 폭로 내용이 신뢰할만한 것으로 판단되자 나의 전임 사단장들은 김 씨로부터 설계도를 제공받아 땅굴이 있을 것으로 추정되는 장소 주변을 샅샅이 탐사했고, 의심되는 지점에 대한 굴착작업을 시행했다. 그러나 3년에 걸친 집중적인 탐색에도 땅굴은 발견되지 않았다. 그러자 땅굴에 대한 제보 자체를 의심하는 분위기마저 조성되었다.

땅굴이 있는 곳으로 추정되는 지점에서 시추를 하자 가스가 분출하고 있다.

내가 사단장이 되어 장병들과 함께 땅굴 탐색작업에 몰두한 지 5개월쯤 된 1978년 6월 10일, 주목할만한 보고가 들어왔다. 우리 GP(Guard Post, 비무장지대 철책선 안에 있는 초소)가 있는 지역에서 폭발음이 들렸고, 그 부근에서 연기 같은 것이 피어오르는 현상이 목격되었다는 것이다. 외부 회의에 참석 중 보고를 받은 나는 보다 상세한 내용을 파악한 뒤 곧바로 육군본부에 보고했다. 주요 보고 내용은 다음과 같았다.

그날 새벽 3시 30분경 비무장지대 내의 GP에서 매복 근무 중이던 김을수 중사는 어디선가 쾅! 하는 폭발음을 듣게 되었다. 즉시 소리가 들려온 곳 주변을 야간 투시경으로 살피기 시작했다. 그러자 땅 위로 피어오르는 한 줄기의 연기 같은 것을 발견할 수 있었다. 약 20초가량 솟아오르다 그치는 기이한 현상을 이상하게 생각한 김 중사는 연기가 보이는 위치에 렌즈를 그대로 고정시켜둔 채 소대장에게 그 사실을 보고했다. 날이 밝기 무섭게 현장을 찾은 소대장 일행은 그곳에서 우리 부대가 땅굴을 찾기 위해 굴착했던 구멍을 발견했는데 뚜껑을 씌워놓은 구멍에서 작은 돌멩이와 함께 물이 뿜어져 나온 흔적을 찾아냈다. 전임 사단장 때 굴착했던 27번 시추공이었다. 지하 80미터까지 파내려갔지만 아무런 징후도 발견하지 못해 포기했던 바로 그곳이었다. .

우리 사단은 그토록 오랜 기간 심혈을 기울여 찾던 땅굴이 마침내 발견되었다고 흥분 상태에 빠졌고, 보고를 받은 육군본부도 헬기로 땅굴 조사단을 보내는 등 발 빠른 조처를 취했다. 그러나 땅굴 조사단이 현장을 살펴보고 내린 결론은 땅굴로 보기에는 회의적이라는 것이었다. 지층의 일시적인 변화나 땅속에 축적된 메탄가스의 자연폭발현상으로도 생길 수 있는 그런 현상만 가지고 적의 지하 땅굴이라고 판단할 수 없다는 것이다.

제3땅굴을 발견한 공로로 부대 표창과 5.16민족상을 받았다.

하지만 나는 그 결론에 승복할 수 없었다. 전문가인 그들의 주장에 과학적인 반론을 제기할 수는 없었지만 구체적인 김 씨의 제보가 신뢰할만한 것이었고, 북한의 그간 행태로 볼 때 틀림없이 땅굴이 존재한다고 믿었기 때문이다. 김 씨의 제보를 비롯해 여러 정보에 따르면 김일성은 이미 1970년 9월 25일 이른바 '9.25 전투명령'을 내려 모든 전선에 걸쳐 남침용 땅굴을 파기 시작했다고 하지 않는가. 또 이미 1974년 11월과 1975년 3월 제1땅굴과 제2땅굴이 발견됨으로써 김일성이 땅굴 파기에 집착하고 있다는 사실은 입증된 바 있다. 뿐만 아니라 나는 예하 지휘관들의 판단이 옳다고 신뢰하고 있었다.

나는 지체하지 않고 상급부대에 다시 시추해줄 것을 건의하는 한편 미군에게도 협조를 요청했다. 결국 재시추가 이루어졌다. 재시추를 시작한 지 9일째 되던 때의 일이었다. 시추를 하던 파이프 한 곳에서 가스가 분출되며 그 속으로 물이 끝없이 빨려 들어갔다. 특수카메라를 넣어 촬영한 결과 귀퉁이에 20미터 정도 물려 있는 땅굴임이 확인된 것이다. 더구나 처음 물줄기가 솟아오른 27번 시추공 이외에도 특이한 징후가 나타난 곳이 세 군데나 돼 땅굴의 진행 방향도 짐작할 수 있었다.

그런데 아직 기뻐하기에는 일렀다. 지하에는 자연적인 동굴도 얼마든지 있기 때문에 확인된 그 땅굴이 천연동굴이 아니고 북한이 파내려온 남침용 땅굴임을 밝히고 그 구조와 규모를 확인하기 위해서는 역갱도逆坑道 작업을 해야만 했다. 그리고 그 작업은 매우 은밀하게 진행시켜야 했다. 그것이 북한의 땅굴이 맞을 경우 우리의 움직임을 알아차리면 증거를 은폐하기 위해 땅굴을 폭파해버릴지도 모르기 때문이었다.

첫 발견으로부터 25일 후인 7월 4일, 역갱도 공사의 굴착지점이 선정되고 한미 양국군의 작업반과 현대건설의 기술진이 투입되어 본격적인 작업이 시작되었다. 파내려가야 할 역갱도의 길이는 281미터였고 경사도는 14.25도였다. 그런데 화강암을 뚫어야 하는 굴착작업은 조급한 마음만큼 잘 진전되지 않았다. 하루 3~4미터 정도 굴착하는 것이 고작이었다. 반대편의 땅굴에 이르려면 적어도 넉 달은 걸려야만 할 만큼 힘든 공사였다. 게다가 땅굴을 겨우 몇 미터 앞두고 갑자기 물이 쏟아져 들어오기 시작했다. 엄청난 양의 지하수였다. 역갱도 작업은 화강암은 물론 지하수와의 싸움이었던 셈이다. 우리 군이 보유한 모든 양수기가 제1사단 땅굴 작업장으로 총동원되었고 미군부대의 양수기까지 합세했다. 30마력이 넘는 스물다섯 대의 양수기가 지하수를 쉴 새 없이 빨아올렸다. 땅 밑 공간의 엄청난 물을 지상으로 퍼올려야만 하는 것은 예삿일이 아니었다. 끌어올린 지하수의 양은 시간당 무려 60톤에 달했다. 그렇게 지하수를 퍼내는 마지막 작업이 진행되던 중이었다. 공사를 시작한 지 81일 만인 10월 15일, 굴착기가 마지막 벽을 허물어뜨리자 마침내 거대한 땅굴이 모습을 드러냈다. 드디어 제3땅굴이 발견된 것이었다.

북한의 땅굴을 확인했다는 보고가 올라가자 상부에서는 10월 27일 오전 1시를 기해 국내외 보도진과 중립국 감시위원단에게 공개하기로 했으니 그때까지 모든 준비를 완료하라는 지시가 내려왔다. 나는 서두르지 않을 수 없었다. 땅굴을 내외신 기자들에 공개하기 위해서는 현장에 고여 있는 엄청난 양의 지하수를 처리해야 하는데 그 일이 이만저만 어려운 일이 아니었다. 무슨 일이 있어도 발표 예정일까지 배수작업을 완료해야 한다는 목표를 세우고 모래주머니로 방벽을 만들면서 전진해나갔다. 끊임없이 솟아나는 지하수는 가슴 높이까지 차올랐지만 작업은 계속되었다. 필요한 모래주머니는 계급의 구별 없이 모든 장병들이 동참해 릴레이식으로 날랐다. 그렇게 다섯 시간이 넘는 작업을 계속했을 때였다. 고맙게도 땅굴 방벽 남쪽의 수위가 조금씩 줄어들기 시작하더니 땅굴이 그 모습을 드러냈다. 북한이 군사분계선을 넘어 남쪽으로 남침용 땅굴을 파내려왔다는 확실한 증거가 온 천하에 공개된 것이다. 제3땅굴로 명명된 그곳은 판문점의 남쪽으로 4킬로미터, 군사분계선으로부터 435미터 남쪽에 위치한 지점이었다. 너비 2미터, 높이 2미터, 깊이 지하 73미터, 길이 1.6킬로미터에 달하는 암석층으로 된 아치형 구조물이었다. 이 규모의 땅굴로는 한 시간에 3만 명의 병력이 침투할 수 있고, 야포를 비롯한 중화기도 운반할 수 있다. 무엇보다는 충격적이었던 것은 제3땅굴로부터 대한민국 수도인 서울까지의 거리가 겨우 44킬로미터에 불과하다는 사실이었다.

제3땅굴을 발견했다는 발표가 나가자 북한은 예상했던 대로 그 땅굴은 남쪽에서 파 올라온 것이라고 억지를 부렸다. 우리는 즉각 다음과 같은 증거를 제시하며 반박했다.

첫째, 땅굴 굴착에 사용된 장비가 우리의 것과는 다른 북한의 장비임이 입증됐다. 군데군데 땅굴의 벽면에 남겨져 있는 굴착공의 지름은 2.5인치인데, 우리나라의 기술진들이 사용하고 있는 굴착공의 지름은 4인치였다.

둘째, 땅굴은 북쪽에서 남쪽으로 올수록 1,000분의 3 정도로 경사가 높아지고 있었다. 작업 중 솟아나는 막대한 양의 지하수를 처리하기 위해 그만큼의 경사로 땅굴을 파지 않으면 안 되었던 것이다.

셋째, 움직일 수 없는 가장 명확한 증거는 그 땅굴의 진행이 북에서 시작되어 남으로 와서 멈추어져 있다는 사실이다.

전두환 회고록 3권. 황야에 서다

제3땅굴 발견 후 현장을 방문한 박정희 대통령에게 상황 보고 중.

　명백한 증거 앞에 할 말이 없게 된 북한은 '땅굴을 발견해놓고도 넉 달이 지난 후에야 발표한 이유가 무엇이냐?'며 엉뚱한 트집을 잡다 더 이상 먹혀들지 않자 결국 입을 다물고 말았다.

　제3땅굴 발견의 단초가 된 27번 시추공은 전임 사단장 때 이미 뚫었던 곳이었다. 나중에 밝혀진 바로는 당시 굴착한 파이프가 땅굴로부터 겨우 한 뼘의 오차가 생겼었다는 것이다. 27번 시추공 부근의 통로가 좁다고 생각한 북한군이 좀더 넓힐 셈으로 심야에 폭약을 터트렸던 것인데 그 폭파로 인해 제27번 파이프에 채워져 있는 물줄기가 뿜어져 올라온 것이니 우리에게는 참으로 기적 같은 행운인 것이다. 물론 그러한 행운도 그 작은 움직임도 놓치지 않기 위해 눈에 불을 켜고 감시해온 병사들이 있었기에 가능했던 것이다. 칠흑 같은 새벽 3시 30분, 돌연한 폭음에도 놀라지 않고 침착하게 그 폭음이 들려온 장소를 찾아 희미한 연기를 발견해내고, 신속하게 상부로 보고한 한 병사의 행동이 기적을 만들어낸 것이다. 아울러 밤낮없이 역갱도 굴착공사에 몰두했던 관계자들, 갱도 관통작업을 위해 일렬로 서서 모래주머니를 나른 1사단 모든 장병들의 땀의 결실이었다. 제1사단은 제3땅굴의 발견으로 창단 이래 최초로 대통령께서 수여하는 부대 표창을 받았다.

## 보안사령관이라는 파격 인사

1사단장으로 부임한 첫해는 방어방벽 공사와 제3땅굴 발견 등으로 그야말로 눈코 뜰 새 없이 바쁜 가운데 지나갔다. 사단장 2년차인 1979년을 맞아 나는, 하늘을 찌를 듯 드높아진 장병들의 사기를 전투력 강화로 이어가기 위한 방안들을 강구하고 있었다. 사단장을 2년 하면 자리를 옮기는 것이 관례였던 만큼 나는 1979년 한 해 동안 1사단을 명실상부한 '천하제일 제1사단'으로 만들어놓고 떠나야겠다고 다짐하고 있었다. 그런데 뜻밖에도 1년 2개월 만에 1사단을 떠나야 했다. 박정희 대통령께서 3월 5일자로 나를 국군보안사령관직에 임명한 것이다.

나의 국군보안사령관 발령이 군인으로서의 내 앞길을, 나의 인생행로를 상상도 할 수 없는 방향으로 뒤바꿔놓을 줄은 나는 물론 박 대통령 그 어른도 짐작조차 하지 못했을 터였다. 사단장으로 나간 소장을 1년 만에 보직을 변경시킨 경우는 거의 전례가 없었다. 더욱이 관례적으로 육군 중장이 맡아온 보안사령관직을 소장인 나에게 맡긴 것은 파격이었다. 보안사령관은 군단장, 수경사령관 등을 거친 다음에나 맡을 수 있는 보직이었다. 나에 대한 박 대통령의 인사발령이 관례를 벗어난 이례적이고 파격적이었던 일은 이번만이 아니었다. 앞서 언급했지만 공수1여단장직을 5년 가까이 하게 했고, 사단장으로 나가야 될 시기에는 청와대로 불러들였으며, 소장으로 진급시킨 뒤에도 1년 동안이나 보직을 변경시켜주지 않았다. 그리고 이번에는 중장이 맡아야 할 자리에 소장인 나를 데려다놓은 것이다. 박 대통령으로서는 생각이 있어 취한 일이었겠지만, 나는 박 대통령의 이러한 파격적인 인사발령이 무엇을 의미하는지, 나의 운명을 어떻게 바꾸어놓을 것인지에 대한 어떠한 예감도 갖지 못한 채 1979년 3월 5일 보안사령관으로 부임하고 있었다.

10.26사건이 터지고 내가 합동수사본부장이 되어 그 어른의 죽음에 얽힌 배신과 역모의 진상을 파헤치고 단죄해야 할 책임이 나에게 지워졌다는 사실을 깨달았을 때 나는 속으로 "아, 이 어른이 당신의 최후와 그 뒷수습을 나에게 맡기려고 그렇게 일찍 보안사령관에 임명하신 것이구나!" 하는 생각에 인연의 무서움을 느끼기도 했다. 하지만 보안사령관에 임명되던 당시에는 그 어른이 가급적 나를 가까이에 두려고 하신다는 느낌만을 갖고 있었다. 사실 1사단장으로 나간 지 1년 만에 보안사령관에 임명되리라는 것은 전혀 예상할 수 없는 일이었다. 그때까지의 관례에 따르면 나는 아직 계급과 경력이 한참 모자랐기 때문이다.

보안사령관에 대한 인사 추천권자인 노재현盧載鉉 국방부장관은 훗날 내가 보안사령관에 임명된 경위를 자세히 들려주었다. 원래 보안사령관은 국방장관 직속인 만큼 육군참모총장은 그 인사에 관여할 수 없고 추천권자인 국방장관과 중앙정보부장, 경호실장이 각자 사람을 천거하는 식으로 인사가 이루어져왔다. 그때에도 중앙정보부의 김재규 부장은 문홍구文洪球 수도군단장(중장)을 시키려 했고, 경호실의 차지철 실장은 이재전李在田 경호실 차장(중장)을 마음에 두고 있었지만 노재현 장관이 나를 박 대통령에게 추천해 소장 계급의 내가 그 자리로 가게 된 것이었다. 노 장관은 내가 박 대통령의 각별한 신임을 받고 있고 제3땅굴까지 찾아낸 공로가 있으니까 나를 추천하면 성사가 될 것이라고 생각했다는 것이다.

어쨌든 박 대통령께서 나를 보안사령관으로 낙점하셨을 때에는 어떤 기대가 있을 것이라고 생각됐다. 나는 부임하자마자 신속히 업무파악을 하면서 보고를 준비했다. 보안사령부의 주요기능 가운데 하나가 정보업무인데 부임해보니 일반 정보를 취급하는 것이 금지돼 있었다. 일반 정보도 제대로 다뤄야 정보기관으로서 균형 잡히고 질적으로 우수한 정보분석이 가능하다. 그래서 과거에도 보안사령부가 군사정보를 비롯 일반 정보까지 모두 취급했던 것이다. 그런데 김재규 정보부장이 보안사령관으로 재직할 때 보안사와 중앙정보부의 보고 내용이 가끔 차이가 있다는 것을 경험으로 알고 있었기 때문인지 자신이 정보부장이 되자 보안사는 일반 정보를 취급할 수 없도록 만들어놓았다.

결국 중앙정보부에서 경찰이 수집한 정보를 포함한 모든 정보를 독점하고 자기들 마음대로 좌지우지할 수 있었던 것이다. 정보라는 것이 이 사람의 정보도 있고 저 사람의 정보도 있어야 정확하게 판단할 수 있는 것이지 한 곳의 정보만 보고받게 되면 정보의 객관성, 진실성, 정확성 면에서 그 질이 저하될 수밖에 없다. 정보기관들이 서로 경쟁하고 감시도 하면서 질 좋고 정확한 정보를 보고해야 대통령도 다시 확인해보고 크로스 체크가 가능해 균형을 이루는 법이다. 사실 정보기관들은 다른 정보기관 책임자들을 서로 잘 감시해야 한다. 한 정보기관이 정보를 독식하면 그 책임자가 그 정보들을 자기 의도대로 조작해버릴 수도 있고 그 결과 그 사람이 세상을 마음대로 휘두를 수 있는 것이다. 박 대통령이 김재규를 정보부장에 임명한 것이 1976년 12월이니까 적어도 2년 이상 보안사령부의 일반 정보를 차

단시킨 채 정보를 독식해온 셈이었다.

그래서 그 해 5월 대통령께 업무보고를 하러 간 자리에서 "보안사가 전에 했던 대로 일반 정보도 취급할 수 있도록 해주십시오."라고 했더니 "그 문제는 정보부장이 건의해서 그렇게 된 것이니 정보부장과 상의해보라."고 하셨다. 나는 대통령 독대를 끝내고 나오면서 김계원 비서실장, 차지철 경호실장을 차례로 찾아가 대통령께 보고드린 내용을 설명하고 협조를 요청했는데, 두 사람 다 아무런 이의 없이 받아줬다. 그런 다음 김재규 부장도 찾아갔는데 내가 대통령께 말씀드린 내용과 대통령의 말씀을 다 설명했더니 김 부장 역시 흔쾌히 받아주었다.

그런데 일반 정보를 다시 다루게 되면서 당시 정국을 분석해보니 위태로운 일들이 벌어지고 있나는 것을 바로 알 수 있었다. 특히 김재규 정보부장과 차지철 경호실장 사이에 주도권을 놓고 벌어지고 있는 갈등과 권력투쟁은 매우 심각한 상황이었다. 차지철 실장이 당시 모든 주도권을 다 잡고 있어 그 폐해가 아주 심각했다. 김재규 부장이 "차지철을 쳐내야 한다."는 명분을 걸고 거사하면 군의 지지를 받을 수 있는 그런 분위기였는데, 박 대통령은 그러한 상황을 잘 모르고 계신 것 같았다. 그런 부분들까지도 보고하고 직언하는 게 보안사령관의 중요한 임무였기에 나는 그런 실상들을 정밀하게 조사하고 자료를 정리해 대통령께 보고 드리려고 대통령과의 면담 날짜도 받아놓았었다. 그 날짜가 바로 10.26 사흘 후인 10월 29일이었던 것이다.

그 보고서를 준비하면서 나는 보안사령관을 그만두는 한이 있어도, 또 혹시 훗날 어떤 불이익을 당하더라도 반드시 직언해야 한다는 비장한 심정이었다. 내가 개인적으로는 그 두 사람과 친한 사이였음에도 보안사령관의 위치에서는 반드시 해야 할 일이었다. 대통령을 최측근에서 보좌하는 그 두 사람 간에 벌어지는 다툼은 대통령의 국가 통치에 엄청난 장애요인이 된다고 판단했다. 물론 당시 나만 그런 생각을 한 것은 아니었을 것이다. 하지만 나는 새도 떨어뜨린다는 경호실장과 정보부장의 권력 다툼에 관해 감히 아무도 진언하는 용기를 내지 못한 것이었다. 나는 보안사령관직을 걸고 부산 소요사태 현장조사 보고서와 함께 그 두 사람에 관한 보고서를 작성했다.

그 보고서는 내용이 내용이니만큼 허화평 비서실장에게 혼자 극비로 만들도록 지시하고 보안을 철저히 지키도록 단단히 일러두었다. 보고서를 만드는 것도 여간 신경이 쓰이는 일이 아니었지만 대통령을 독대해서 보고 드리는 기회를 잡는 일도 쉬운 일은 아니었다. 대통령의 신임을 독차지하려고 했던 차지철은 당연히 대통령에 대한 보고라인을 통제하고 있었다. 대통령에게 올라가는 모든 보고문서는 경호실장실을 거치도록 해놓고 있었다. 중앙정보부나 보안사 등 정보수사기관의 독대 보고에 대해서는 특히 신경을 곤두세우고 있었다. 나는 차지철 경호실장의 경질까지 언급한 보고서 진본 대신 통상적인 내용의 요약 보고서를 따로 만들어서 미리 보냈다. 하지만 10월 29일의 독대는 결국 이뤄지지 못했다. 대신 보안사령관에 임명된 그해 5월 부임인사를 겸해 첫 보고를 올리던 박 대통령과의 독대가 생전에 뵈었던 마지막 자리가 되었다.

"나는 1963년 민정이양을 앞둔 시점에 전역한 후 국회의원에 출마하라는 박정희 의장의 권유를 뿌리치고 그대로 군에 남았다. 당시 박 의장의 '권유'는 사실상 '지시'였음에노 나는 성지인으로 나서지 않았다. 단지 나는 계속 군인의 길을 걷고 싶었을 뿐이었다."

후보 단일화에 실패함으로써 여당 후보의 당선을 도와줬다는 비난에 얼굴을 못 들던 김영삼, 김대중, 김종필 등 3김 씨는 당당한 모습으로 등원했다. 노태우 정권의 공천 실패가 여소야대 국회를 만들고 이들을 기사회생시킨 것이다. 3개 야당이 힘을 합치면 못할 것이 없게 되었다. 국회가 개원하자 이들은 곧바로 5공 특위와 광주 특위를 구성하기 위한 특별법을 통과시켰다. 5공 문제를 무기삼아 노태우 정권을 몰아붙이자는 데 의기투합했던 것이다. 노태우 대통령은 거부권으로 공세를 막아보려 했으나, 이것은 오히려 야당을 자극해 여야 간에 대립과 갈등을 더욱 심화시키는 결과를 초래했을 뿐이었다. 결국 국회는 6월 27일 5공 특위와 광주 특위를 구성했다.

제2장

# 너무 짧게 끝난
# 퇴임의 기쁨

# 퇴임과 동시에 시작된 '5공 청산'

■

## 청와대 주변의 수상한 움직임

정든 연희동 집으로 돌아온 뒤 내가 한 사람의 가장家長, 한 사람의 시민으로서의 생활에 적응해나가는 데는 특별히 어려운 일이 없었다. 하루의 일과가 크게 달라졌다고 할 것도 없었다. 나의 일상을 챙기며 도와주는 사람들 모두 그대로였고, 방문객들 대부분도 지난 시절 청와대와 정부, 당에서 함께 일하던 동지와 부하들이었다. 달라진 것이라고는 행사 참석을 위해 부지런히 집을 나서지 않아도 된다는 것과 하루의 일정표 외에는 살펴봐야 할 보고서나 재가 문서 같은 서류가 없다는 사실 정도였다. 아침이되면 습관처럼 넥타이를 맨 정장 차림으로 갈아입었지만 의전에 신경 써야 할 일도 없었다. 이러한 일상의 변화가 다소 낯설었으나, 긴장과 구속에서 벗어났다는 해방감으로 한결 마음이 편했다. 무엇보다 민주정의당이 그치열했던 선거전에서 승리함으로써 정권 재창출에 성공했고, 40년 가까운 세월 동안 고락을 함께한 평생 동지 노태우가 후임 대통령이 되었으니 걱정할 일은 없어 보였다.

대통령직이라는 엄청난 무게의 짐을 내려놓은 지 일주일쯤 지난 3월 초, 나는 모처럼 홀가분한 기분으로 가족과 오붓한 시간을 갖기 위해 제주도로 여행을 떠났다. 청와대 시절에도 대통령 휴양시설에서 가족과 지낼 기회가 종종 있었지만, 사실 그때는 갇혀 지낸다는 느낌이 없지 않았다. 자유롭게 떠나는 가족 동반 제주도 여행은 가벼운 흥분감마저 자아내게 했다. 학창시절 수학여행이라는 건 꿈도 꿔보지 못했던 나로서는 수학여행을 떠날 때의 기분이 이렇지 않을까 하는 생각이 들기도 했다.

돌이켜보니 그 3월은 내가 보안사령관에 임명되었던 1979년 3월로부터 꼭 9년이 흐른 시점이었다. 보안사령관 부임은 내 인생에 있어서 운명과도 같은 변곡점이었다. 운명은 나를 역사의 전면으로 불러냈고 이후 9년 동안 때로는 격랑에 휩쓸리고, 때로는 격랑을 일으키며 오늘에 이른 것이다. 그리고 지금 나는 오랜만에 모처럼 안온한 기분에 젖어 가족여행을 즐기고 있는 것이다. 열흘쯤 후에는 미국 방문이 예정되어 있었다. 2월 25일 노태우 대통령의 취임식에 참석했던 베이커 미 재무장관은 그날 오후 나를 찾아와 레이건 대통령의 초청 의사를 전달했다. 미국의 대통령이 퇴임한 외국의 국가원수를 공식 초청하는 일은 매우 이례적이라는 말도 덧붙였다. 나는 재임 중 레이건 대통령과 한미동맹관계를 확고히 다져놓은 외교적 성과와 아울러 특별한 개인적 친분을 되새기며 흔쾌히 수락했다. 1981년 2월 첫 대면 때 내가 국민에게 약속한 '평화적 정권 교체와 민주주의 발전'을 다짐했던 사실을 기억하고 있던 레이건 대통령이, 나에 대한 신뢰와 감사의 뜻을 방미 초청으로 표시한 것이라고 생각됐다.

그러나 모처럼 느껴보는 여유로움, 행복감은 그리 오래 가지 못했다. 대통령선거가 끝나자마자 시작된 5공화국에 대한 좋지 않은 이야기들이 날이 갈수록 증폭되었기 때문이다. 언론보도 등을 통해 가장 먼저 제기된 문제는 국가원로자문회의 문제였고 뒤이어 나온 얘기는 내 동생 전경환과 관련된 비리 의혹이었다. 각종 언론매체들은 새마을운동본부의 문제점들을 경쟁적으로 보도하고 있었다. 당장은 내 동생을 겨냥하고 있지만, 종내는 그 화살이 나를 향해 날아올 것이라고들 했다. 나와 5공화국에 대한 정치보복 공격이 격화될 것이라는 우려 섞인 얘기들 또한 들려왔다. 대선에서 패하고 절치부심 중인 야당은 13대 국회의원 총선을 통해 설욕한다는 전략 아래, 노태우 대통령이 이끄는 정부와 민정당을 공략하기 위한 수단으로 나와 5공화국 공격에 당력을 집중하기로 했다는 것이다. 게다가 나로서는 믿고 싶지 않았지만 그런 공격 자료들이 권력 핵심으로부터 흘러나온다는 소문이 있다고 했다. 관계당국이 아니면 알 수 없는 자료들이 언론에 보도되고 있다는 것이다.

노태우 측에서 나와 5공화국을 격하하려 한다는 것은 이미 13대 대선 기간 중에 그 기미를 감지할 수 있었다. 나는 선거운동 기간 중 노태우 후보의 연희동 집을 몇 차례 방문했다. 노태우 후보의 지원 요청을 받고 간 적도 있지만, 주로 내가 스스로 격려차 찾아갔다. 선거전이 한창 달아오르고 있던 1987년 11월 말경이었다. 노태우 후보가 나의 친인척들과 관련된 비리 문제를 공격하는 야당 후보들에 대응하기 위해 자신도 그 문제를 거론하지 않을 수 없다는 고충을 털어놨다. 나는 주저 없이 얘기했다. "선거에 도움이 된다면 무슨 말이든 다 해라. 내가 열 번 스무 번 죽어도 좋으니 신경 쓰지 않아도 된다. 무엇보다 당선되는 것이 중요하니 나를 밟고 지나가더라도 이겨야 한다."고 격려하기도 했다. 며칠 뒤 김윤환金潤煥 비서실장이 노태우 후보의 TV 연설문 원고를 가져와 보고를 했다. 노 후보의 연설문 문안은 내가 보자고 한 일도 없고, 또 나에게 보고할 필요도 없었다. 그런데 김 실장은 공약사항 가운데 '권력형 비리는 성역 없이 수사한다'는 내용이 포함되어 있다면서 나의 반응을 살피는 듯했다. 후보의 연설 내용을 일일이 살펴보거나 간섭할 이유가 없는 것이어서 나는 "득표 전략상 필요하면 무슨 얘기든 다 해도 좋다."고 했다.

그런데 12월 4일 KBS를 통해 그 연설이 방송된 다음날, 김 비서실장이 보고할 게 있다고 했다. 연설문 문안에 "부정부패를 척결하는 데 있어서는 국가원수를 포함한 어느 누구도…"라는 대목이 있기에 굳이 '국가원수'라는 말을 넣을 필요가 있느냐고 노태우 후보 측에 이의를 제기했고, 또 "저의 집사람 역시 집안일을 살피는 전통적인 한국의 조용한 아내와 어머니로 있게 하겠다."는 대목도 있어 빼는 게 좋겠다고 했는데 그대로 방송이 됐다면서 죄송하다고 했다. 나는 개의치 않는다고 하고 넘어갔다. 노태우 후보는 그 뒤 유세장에서의 연설에서도 같은 공약을 발표했을 것이지만 나는 그 문제에 관해 더 이상 관심을 두지 않았다.


노태우, 김옥숙金玉淑 내외를 중심으로 한 6공 내부에서 나를 노태우와 차별화시키려는 의도가 있다는 것이 분명해 보였다. 노태우를 '보통 사람'이라고 강조하는 것은 상대적으로 내가 '권위주의적인 사람'이라는 의미였고, '부정부패를 척결' '국가원수를 포함한 어느 누구도' 같은 말은 내 주변이 부정부패로 얼룩져 있을 것이라는 의혹을 내비친 것이었다. '저의 집사람 역시 전통적인 한국의 조용한 아내와 어머니'라고 한 것은 내 아내가 조용한 아내가 아니었다고 말하고 싶은 것이었다. 선거 과정에서 나온 그런 말들이 득표 전략상 필요한 것일 수 있었고, 노태우 측도 그렇게 설명하고 있었다. 나는 선거 연설과 공약사항의 표현 하나하나에 신경 쓸 일이 없었다. 냉정히 얘기하자면 선거에 나온 후보가 무슨 말을 하건 그것이 법에 저촉되지 않는 한, 그 사람의 자유일 터였다. 그 누구를 부정하건, 차별화하건 그것이 잘못이라고 할 수도 없는 일이었다. 30여 년간 이어져온 나와 노태우의 특별한 관계, 노태우 후보가 내가 창당한 민정당의 공천을 받아 출마했다는 사실, 새로 출범하는 6공화국의 뿌리가 5공화국이라는 점 등을 접어두면 그보다 더한 말들을 한다고 해도 괘념할 일이 아니었다.

그런데 노태우 대표가 당선자 신분이 된 뒤부터는 단순히 차별화하거나 나의 영향력을 약화시키려는 데 그치지 않고 야당과 이심전심으로 나를 폄하하고 공격함으로써 6공을 5공과 확실히 단절하려는 움직임이 나타나고 있었다. 국가원로자문회의를 둘러싼 논란과 새마을운동본부의 비리 의혹을 들고 나온 것은 그 시작이었다. 그 후 6공 기간 내내 계속된 '5공 청산' 정국은 각본에 따른 명실상부한 '5·6공 단절' 드라마였다. 그리고 그 시점에서는 미처 깨닫지 못했지만, 그 드라마가 연출되게 된 데에는 오랜 세월 줄곧 나의 그늘에서 지내오며 콤플렉스가 쌓인 노태우, 김옥숙 내외의 보상심리가 작용하고 있었다. 특히 홀로 한강변에 나가 눈물을 훔쳐야 했던 2인자 시절의 설움과 야속함은 언젠가는 반드시 보상을 받아야 했을 터였다. 그런데 대통령과 대통령 영부인이 됨으로써 그 기회가 온 것이다. 그들 주위에는 그 같은 심리를 자극하고 이용함으로써 노태우 부부의 총애를 얻고 자신들의 입지를 구축하려는 참모들이 모여 있었다. 나와 5공화국을 저 멀리 떼어놓으려는 생각은 6공 핵심의 가슴속에서 진즉부터 자라나고 있었던 것이다.

나는 노태우 후보가 중앙선거관리위원회로부터 공식으로 당선증을 받은 뒤 아내와 함께 그의 집을 찾아갔다. 당선을 축하하고 선거기간 중의 노고를 위로하기 위해서였다. 그 이틀 후에 나는 다시 노 당선자 집을 방문했다. 나를 비롯해서 권익현, 정호용 등 육사 11기 동기생 몇몇이 부부동반으로 모여 축하 모임을 가진 것이다. 그 자리의 주인공은 물론 당선자 내외였고, 참석자들은 노태우 대통령의 탄생을 다함께 기뻐하며 축하와 기대의 덕담들을 건넸다. 노태우 당선자 내외는 나와 다른 동지들에게 감사하다는 인사말을 빼놓지 않았지만 다분히 형식적이고 의례적인 것으로만 느껴졌다. 그의 말에 진심이 실려 있지 않은 듯 여겨진 것은 그 뒤에 이어진 말 때문이었다. 노 후보가 승리할 수 있었던 것은 순전히 후보 자신이 훌륭하고 국민적 인기가 있었기 때문이었고, 나와 민정당은 도움이 되지 않았다고 했다. 오히려 득표에 마이너스 요인이어서 거리를 두지 않을 수 없었다는 것이다. 그러면서 체육관에서 치른 간접선거를 통해 대통령이 된 나와 국민이 직접 뽑아준 자신은 그 위상이 다르다는 얘기까지 했다.

그 말이 틀린 얘기라고 할 수는 없었다. 그즈음 그런 여론조사가 있었는지는 알 수 없지만 노태우 개인의 인기가 나나 민정당의 인기보다 높았다는 건 사실일 터였다. 6.29선언의 감동이 아직 국민들 가슴속에 남아 있었고, 노태우는 바로 그 감동의 드라마를 자아낸 주인공이었다. 반면에 나는 노태우가 밟고 지나간 극복의 대상이었을 뿐이었다. 선거기간 중 나는 노 후보에게 얼마든지 나를 밟고 가라고 했고, 그는 나와의 차별화 전략을 십분 활용했다. 그것이 승리의 한 요인이 된 것이 분명한 만큼 노 후보의 인기가 좋아서 당선될 수 있었다는 말은 옳았다. 그러나 노태우 부부가 적어도 우리 내외 앞에서만큼은 큰 소리로 떠들 일이 아니었다. 선거기간 중 물심양면으로 도와준 일은 차치하고라도, 6.29선언을 기획하고 연출해 그 영광을 몽땅 자신에게 안겨준 사실을 생각한다면, 나로 인해 선거에 어려움이 많았다는 얘기는 내가 없는 자리에서나 할 일이었다.

그런 얘기들을 들으면서도 나는 노태우 당선자의 태도를 불쾌하게 받아들이려 하지는 않았다. 치열했던 선거전의 흥분이 채 가라앉지 않은 상태였고, 당선의 기쁨에 들떠서 하는 소리 정도로 여겼을 뿐이었다. 나는 아직 두 달 남짓 남은 임기 만료일까지 6.29선언을 통해 국민들과 약속한 모든 민주화 조치들을 실행에 옮겨야 했고, 노태우 당선자는 또 그 나름으로 취임 준비와 국정 구상 등으로 바쁠 터였다. 각자가 서로의 소임과 권한을 존중하면서 자기 할 일을 해도 바쁜 시기에 불협화음을 내선 안 된다고 생각했다. 그런데 그로부터 열흘 정도 지났을 무렵 나의 군 인사에 대해 노태우 당선자 측에서 못마땅해한다는 소리가 들려왔다.

나는 그해 12월 26일 군 고위 장성급에 대한 인사를 단행했다. 합참의장의 2년 임기가 만료돼 인사 요인이 생긴 데 따른 정기 인사였다. 합참의장에 최세창崔世昌(13기) 3군사령관을 임명하고, 그 후임에 고명승高明昇(15기) 보안사령관, 보안사령관에는 최평욱崔坪旭(16기) 7군단장, 수방사령관에는 김진영金振永(17기) 장군을 각각 임명했다. 박희도朴熙道 참모총장(12기)과 민병돈閔丙敦(15기) 특전사령관은 임기가 남아 있어 이동하지 않았다. 그런데 노태우 당선자 측에서 이들 두고 다른 뜻이 있는 게 아니냐는 의문을 제기한다는 것이었다. 대통령의 임기가 두 달밖에 남지 않았다고 해서, 인사 요인이 생긴 군 인사를 미루어야 한다는 주장은 무리한 얘기다. 대장, 중장 등 고위 장성이 맡고 있는 군 요직의 임기가 만료됐는데 후임을 임명하지 않고 뒤로 미루게 되면, 연쇄적으로 인사가 적체되어 혼란이 일어나고 그러다 보면 계급정년에 걸려 예편해야 하는 불행한 경우도 생길 수 있는 것이다. 그 인사가 내가 퇴임 후에도 군에 대한 영향력을 유지하기 위해 심복들을 요소요소에 배치한 것이라는 오해는 노태우 측근 가운데서도 군을 잘 모르는 사람들이 하는 얘기였을 것이다. 인사 대상자들은 모두 새로운 보직에 적임자였다. 내가 아닌 다른 누가 인사를 했더라도 인사 대상자들의 경력과 능력들을 잘 안다면 인사 내용은 달라지지 않았을 것이다. 군 내부에서도 그 인사가 잘못됐다는 지적은 전혀 없었다. 군 고위 장성들 가운데 '전두환 직계' 따로 있고, '노태우 직계'가 따로 있다는 얘기는 최소한 당시에는 들어보지 못했다. 어쨌든 나는 그 일을 겪으며, 노태우 당선자 측근들이 내가 퇴임 후 일정 부분 영향력을 유지하려고 하지 않을까 신경을 곤두세우고 있음을 느끼게 되었다.

### 단절의 시작

퇴임 후 나의 영향력 행사 문제와 관련된 노 당선자 측의 우려가 표면화된 또 한 가지 사례가 국가원로자문회의의 문제였다. 이 기구는 내가 대통령 재임 때 있었던 국정자문회의를 명칭을 바꾸면서 인원을 늘리고 기능을 다소 강화한 대통령 자문기구이며 1987년 여야가 협상을 통해 마련한 직선제 헌법에도 명시된 헌법기구였다. 기능이 강화됐다고 하지만 기본적으로 대통령이 자문을 요청하는 경우 의견을 내는 것이 주요 기능이어서 권력 행사와는 거리가 먼 자문기구에 불과했다. 현직 대통령이 활용하지 않으면 유명무실해지게 되어 있었다. 나의 퇴임 직전 통과된 국가원로자문회의법은 원로회의의 건의에 대해 정부가 검토결과를 통보하도록 하는 조항 등이 규정되어 있었다. 하지만 국민의 민원사항에 대해서도 관계당국이 성실하게 답변해야 하는 것이 당연한 일인 만큼 이 조항을 놓고 원로회의에 대단한 권한을 부여했다는 등의 비판을 하는 것은 비판을 위한 비판에 지나지 않는 것이었다. 국정자문회의 때보다 인원이 많이 늘어난 것은 사실이었다. 그러나 국정자문회의는 대통령 비서실에서 사무처 직원들을 지원해주었지만, 헌법상 독립기구가 된 원로회의는 비서, 운전기사, 경비원, 청소원 등 보조 인력까지 모두 새로 채용해야 하는 만큼 인원이 늘어날 수밖에 없었던 것이다.

국가원로자문회의의 의장은 직전直前 대통령이 맡게 되어 있어서 내가 퇴임과 동시에 의장이 되고, 5년 후에는 노태우 대통령이 그 자리에 오게 되는 것이었다. 나의 전임인 최규하 전 대통령도 물론 참여하게 되고 단임제인 우리의 대통령들이 5년마다 새로 원로회의에 참여하게 되면 원로회의를 중심으로 새로운 '대통령 문화'가 이뤄지게 될 것이라는 기대가 있었다. 전직 대통령들의 통치 경험과 재임기간 중 구축된 각국 국가원수들과의 친분을 활용해 현직 대통령에게 도움을 줄 수도 있는 것이다. 정파가 다른 대통령의 당선으로 인해 정권이 바뀌더라도 전직 대통령들과 국가 지도자급 인사들로 구성된 국가원로자문회의가 잘 기능하면 국민의 화합과 국론의 조정·통일을 기하게 됨으로써 현직 대통령의 국정수행에도 힘을 보탤 수 있는 것이다.

그런데 노 대통령 측은 국가원로자문회의에 대해 과민한 반응을 나타냈다. 그들은 국가원로자문회의법과 그 시행령이 국무회의와 국회에서 심의되는 과정에서부터 그 내용을 언론에 흘려 비판적 보도를 이끌어내더니 내가 퇴임하자 기다렸다는 듯이 이른바 '언론플레이'를 펴나갔다. 내가 퇴임 후 일주일 뒤 가족들과 제주도로 여행을 떠나 서울을 비운 사이 각 신문과 방송에서는 원로회의가 헌법을 크게 훼손이라도 한 것처럼 비판적 보도를 쏟아내고 있었다. 내가 레이건 대통령의 초청으로 미국을 방문했을 때도 언론매체들은 내 동생이 회장으로 있던 새마을운동본부의 비리를 집중 보도하면서 원로회의 문제까지 함께 계속 물고 늘어졌다. 결국 내가 미국에 머무는 동안 동생이 새마을운동본부와 관련된 비리 혐의로 구속되자 나는 미국에서의 일정을 중단하고 급히 귀국했다. 귀국 행 비행기에는 노 대통령의 부탁을 받고 서울에서 급히 달려온 박태준朴泰俊 포항제철 회장이 동승했다. 나의 사돈이기도 한 박 회장은 노태우 대통령의 메시지를 갖고 있었다. 박 회장은 내 동생의 비리 관련 자료들을 보여주며 동생을 구속하지 않을 수 없었던 이유에 대해 설명하고 아울러 나에게 국가원로자문회의 의장직 사퇴를 종용했다. 서울에 돌아온 나는 4월 13일 기자회견을 갖고 국가원로자문회의 의장직과 민정당 명예총재직 등 모든 공직에서 물러났다.

나는 대통령 취임 초부터 기회 있을 때마다 "대통령 임기에서 단 하루도 더도 덜도 안 하겠다."는 말을 헤아릴 수도 없이 되풀이해 강조했다. 이 말은 내 임기가 끝나는 날까지 나의 임무를 철저히 수행하고 권한을 100퍼센트 행사한다는 뜻이기도 했고, 한편으로는 임기가 끝나면 대통령으로서의 소임에서 완전히 벗어나며 모든 권한을 내려놓는다는 뜻이었다. 내가 임기를 두 달이나 남긴 시점에서 군 고위 장성 인사를 단행한 것은 당연히 해야 할 일을 한 것이고, 국가원로자문회의 의장직을 맡으려고 하는 것이 현직 대통령을 수렴청정垂簾聽政하려 한다거나, 상왕上王 노릇을 하려고 하는 의도에서 비롯된 것이라는 오해를 받자 바로 사퇴한 것도 그러한 나의 다짐이 있었기 때문이었다.

노태우 대통령 정부가 출범한 1988년은 한 마디로 '5공 청산의 해'였다. 6공화국의 시대가 열렸으나 6공은 간데없고, '5공 청산'으로 해가 뜨고, '5공 청산'으로 날이 저물었다. 시간은 현재도 아니고 미래도 아닌, 오로지 5공화국에 머물러 있었다. 기적과도 같은 급속한 성장 발전을 이루어 세계로 하여금 "한국인이 달려온다!"는 감탄을 자아내게 했던 우리나라가 과거의 족쇄에 갇혀 있었던 것이다.

'5공 청산'을 단지 5·6공 간의 권력 갈등이나 야당의 정치보복이라는 측면에서만 볼 일은 아니었다. 시대가 바뀌는 계제에 지난 시대를 정리하고 가야 한다는 주장은 분명히 명분 있는 문제 제기다. 또 역사가 진행되고 발전해가는 데 따라 새로운 시대적 과제가 제기되기도 하고, 국민적 요구가 나타나는 것이다. 국가의 최고 규범인 헌법을 대폭 개정했고, 그에 따라 새로운 질서가 형성되는 시기인 만큼 과거와의 차별화도 불가피한 측면이 있다. 여야 간의 정권교체가 아니더라도, 어떤 정부이건 새로 들어선 정부는 으레 '개혁'을 말하게 마련이다. '5공 청산'이 5공화국에 대한 전면 부정이 아니고 '5공화국에서의 비리 청산'을 의미하는 것이라면 그 명분 앞에 누구도 이의를 달 수 없을 것이다.

'5공 청산'이라는 말은 처음 '5공화국에서의 비리 청산'이란 의미로 사용되었다. 5공 시절에 있었던 부정부패와 비리를 찾아내 적절한 방법으로 처리한다는 의미였을 터였다. '청산'은 원래 채권과 채무, 공功과 과過를 가려서 정리한다는 뜻이다. 어느 한쪽만 다뤄서는 정리가 될 수 없고 청산도 되지 않는 것이다. 그러나 어느 시점부터 '5공 비리 청산'이 '5공 청산'이라는 말로 굳어져버렸다. 처음부터 공功은 아예 거론조차 되지 않고 과過만 도마에 올랐다. 그 용어가 고정관념화하면서 '비리'가 청산되는 것이 아니라 '5공 자체'가 청산되어야 할 대상이 된 것이다. 어느새 '5공 청산'은 피해 갈 수 없는 정치적 과제, 사회적 의제로 등장하게 되었다. 뿐만 아니라 시간이 지나면서 정쟁의 수단, 정치보복의 구실로 변질되어갔고, 막판에는 6공 핵심세력 간의 권력투쟁으로 비화되기까지 했던 것이다.

대한민국 정부 수립 40주년이 된 그해까지 집권자가 정상적으로 임기를 마치고 퇴임함으로써 정부가 바뀐 경우는 단 한 번도 없었다. 새삼스러운 얘기지만 나의 퇴임은 헌정 사상 최초의 평화적 정부 이양이었다. 6.29선언의 내용과 그 실천은 가히 혁명적이라고 할 수 있는 것이었지만, 혁명은 아니었다. 헌정이 중단되거나 정부가 붕괴되는 일도 없었다. 내가 임기 도중에 물러난 것도 물론 아니다. 6.29선언은 집권하고 있던 나의 결단에 의한 것이었던 만큼 나는 그로부터 8개월간의 남은 임기 동안 정상적으로 대통령의 임무를 수행했던 것이다. 6.29선언이 천명하고 있던 모든 '민주화 조치'도 나의 정부, 5공화국 정부가 실행했다. 정당 차원에서 해야 할 일은 민정당과 야당이 협상을 통해 이뤄냈지만, 많은 일들이 대통령이 해야 하는 조치들이었고, 그 일들은 모두 나의 결단과 지시에 따라 실시되었다. 5공화국이 '청산'되어야 할 이유도, 근거도 없는 것이다.

6공화국 정부는 5공화국 헌법을 개정한 새로운 헌법에 따라 출범한 정부인만큼 '5공의 연장'이 아니라고 하는 것은 맞는 말이다. 다시 말해 노태우 정부는 5공화국 2기 정부가 아니고 6공화국 정부인 것이다. 그러나 헌정의 연속성이라는 면에서 볼 때 5공을 부정하고는 6공이 성립될 수 없다. 더욱이 노태우 대통령은 5공의 집권 여당인 민정당의 총재이며 민정당의 추천으로 후보가 되어 당선된 만큼 민정당의 대통령인 것이다. 민정당의 인기가 없어 선거기간 중 가급적 민정당 후보라는 점을 부각시키지 않았다고 하지만, 이는 떳떳하지도 못한 눈가림식의 말장난에 지나지 않는다. 민정당의 후보인 노태우는 순전히 개인적 인기에 의해 당선된 것이며, 국민은 5공화국이 청산되어야 한다고 생각했다거나, 민정당을 지지하지 않았다고 하는 주장은 사실과도 다르고 사리에도 맞지 않는 억지일 뿐이다.

사리가 그렇다고 해도, 정치는 어디까지나 현실이었다. 노태우 정부의 핵심은 대통령 권력의 독점을 위해서는 나의 영향력을 말살해야 하고, 그 전략으로 '5공 청산'을 통해 '5·6공 단절'을 이뤄내겠다는 집념을 다지고 있었던 것이다. 야당들 또한 목적은 다르지만 5공 청산을 도마 위에 올려놓자는 데에는 뜻이 일치했다. 아직 일도 시작하지 않은 노태우 정부에게서는 공격의 소재를 찾을 수 없는 만큼 '5공 청산'을 내세워 5공의 연장선상에 있는 6공을 최대한 괴롭히자는 것이었다. 특히 이른바 '3김 씨'로 불리는 김대중, 김영삼, 김종필 씨는 가슴속 깊이 품고 있던 나에 대한 보복심리가 발동하게 되는 계기를 만난 것이다. 앞에서도 언급했지만, 작가 이병주 씨는 『대통령들의 초상』이라는 책에서 이 대목에 관해 이렇게 썼다. "(3김 씨는)… 만일 전두환이 존재하지 않았더라면, 또는 그가 등장하지 않았더라면, 그자가 설쳐대지만 않았더라면, 우리가 정권을 잡을 수 있었을 것이란 환상을 쉽게 떨쳐버리지 못한다. 이러한 아쉬움이 증오의 밀도를 짙게 하고 적의敵意를 증폭한다…."

사실 야당의 입장에서 보면 '반反군사 정부'라는 뿌리 깊은 적대감을 깔고 노태우 정부를 궁지로 몰아넣을 수 있는 절호의 기회를 만난 것이다. 물론 그들에게 굿판을 벌일 마당을 마련해준 것은 노태우 정부였다. 여기에 언론과 대학가까지 합세하게 되니까 나라가 온통 5공 청산의 회오리에 휩쓸리지 않을 수 없었다. 5공 시절 해직되었다가 6.29선언 이후 복직한 언론인들이 5공에 대해 절치부심하고 있었고, 언론기관 통폐합에 따라 피해를 입었다고 생각하는 언론사들 또한 경쟁적으로 5공 공격에 나섰다. 우리나라 언론의 부정적 특성으로 지적되는 하이에나 근성과 부화뇌동하는 경박한 행태를 여지없이 드러냈다. 그런가 하면 학원가는 훗날 이른바 '386세대'라고 불리는 세력이 장악하고 있었다. 이들은 1980년대를 거치면서 학습을 통해 1948년 이후의 대한민국의 역사를 통째로 부정하는 의식으로 무장되어 있었다. 이병주 씨가 "(이들이)… 언젠가는 보복할 날이 있을 것이라는 집념을 가꾸게 되었다는 것은 상상하기 어려운 일이 아니다…."고 했듯이 노 대통령의 핵심 측근, 야당, 언론, 대학가 등은 서로 속셈은 달랐지만, 나와 5공을 철저히 분쇄해버리자는 공통의 목표를 향해 전의戰意를 불태우고 있었던 것이다. 이병주 씨의 글은 "… 이런 정황인데다 전두환은 박정희 정권에 대한 미움까지를 감당해야 했다…."고도 썼다. 미국 방문 때 만난 닉슨 전 미국 대통령이 나에게 "이제 무장이 해제된 채 광야에 홀로 섰으니 야수들이 달려들 것."이라고 예언했던 일이 떠올랐다. '5공 청산' 정국은 이미 일찍부터 예정되어 있었던 것이다.

## 청와대의 언론플레이

이른바 '5공 비리' 정국의 신호탄이 되었던 새마을운동본부의 비리 의혹은 내가 대통령으로 재임하는 동안에도 간헐적으로 제기되었다. 관계당국의 보고서에 포함돼 있기도 했지만 비서실에서도 시중의 소문을 보고했다. 나는 그때마다 조사를 시키거나 동생을 불러 사실을 확인한 후 잘못을 시정 조치하도록 했다. 사실로 밝혀진 의혹이 있기도 했지만 대부분은 소문에 불과한 것이었다. 동생이 외제차를 타고 다닌다는 소문이 있다고 해서 내가 불시에 직접 동생 집을 찾아가 차고를 열어본 적도 있었다. 그 후로도 동생을 둘러싼 의혹 제기가 그치지 않아 퇴임하기 전인 1987년 여름에는 감사원을 시켜 감사를 진행했고, 아울러 회장직에서 사퇴시킨 후 미국으로 보내버렸다.

대통령선거 과정에서 나의 친인척 비리를 척결하겠다는 공약을 내걸었던 6공 측은 노태우 정부가 출범하자마자 곧바로 동생을 겨냥한 대대적인 언론플레이를 통한 여론몰이를 시작했다. 6공의 '5공 청산' 의지를 보여주는 상징적 사건으로 선택한 것이다. 동생에 대한 여론의 비판이 거세지고 있는 가운데 3월 18일 정보기관 관계자가 은밀히 동생에게 출국을 유도했다. 세상이 시끄러우니 여론이 가라앉을 때까지 잠시 외국에 나가 있으라고 했다는 것이다. 동생은 자신의 비밀 출국이 해외 도피로 여겨져 상황을 악화시킬 것이라는 점은 생각하지 못하고, 그것이 정부의 요구라는 말에 당장 그날 저녁 서둘러 일본행 비행기에 올랐다. 공항에는 당국의 귀띔을 받은 기자가 그 장면을 지켜보고 있었고, 다음날 조간신문에 대대적으로 보도되었다. 당연히 여론은 들끓었고, 야당은 당장 구속해야 한다고 목소리를 높였다.

뒤늦게 동생의 비밀 출국 소식을 보고받은 나는 안현태 전 경호실장에게 관계당국의 협조를 받아 당장 데려오도록 하라고 지시했다. 동생은 이틀 만인 20일 김해공항을 통해 황급히 돌아왔고, 노태우 정부는 기다렸다는 듯이 구속수사가 불가피하다는 쪽으로 상황을 몰고갔다. 며칠 뒤 나는 이미 받아놓은 레이건 대통령의 방미 초청 계획에 따라 출국해야 했다. 내가 미국에 머물고 있던 3월 29일, 동생은 검찰에 연행됐고 31일 새벽 2시 수갑을 찬 모습으로 구치소에 입감됐다. 나는 노태우 대통령에게 전화를 걸어 동생 문제를 재임 중에 해결하지 못한 데 대해 미안하다는 뜻을 전했다. 동생에 대한 수사와 관련해서 외신은 "전두환 전 대통령을 직접 공격하지 않으면서 그의 정치적 날개를 잘라버리려는 노력의 일환…"이라고 보도했다는 보고를 받았다.

하지만 '5공 청산'이 그것으로 그칠 일은 아니었다. 나의 친인척들과 관련된 새로운 비리 의혹들은 하루가 멀다 하고 신문 지면과 방송, 뉴스를 채우고 있었다. 거기에 더해 노드롭 사건, 일해재단 모금, 골프장 인허가 문제 등 나와 직접 관련된 의혹들과 아내가 관여했던 새세대심장재단과 새세대육영회 등에 대한 의혹들도 제기됐다. 각종 언론매체는 의혹만 제기하는 데 그치는 게 아니라 황당한 소문들까지 여과 없이 보도했다. 정부 당국마저 무책임한 여론몰이에 휘둘리고 있었다. 연희동 집에서 김포공항으로 통하는 비밀 지하통로가 있다는 소문도 퍼졌고, 내가 여수항을 통해 밀항을 꾀하고 있다거나, 한미 1군단 지역으로 피신을 기도하고 있다는 등의 삐라가 살포되기도 했다.

내가 미국에 호텔, 골프장, 목장 등 10여 건의 재산을 빼돌려놓았다며 그 목록이라는 것이 보도되고 호주에도 숨겨놓은 재산이 있다는 유언비어가 나돌기도 했다. 노태우 대통령이 호주를 공식 방문하면서 호주 내에 내가 숨겨놓은 재산이 있는지 찾아달라고 호주 정부에 공식으로 요청했다는 언론보도까지 있었다. 아무리 '5공 청산'이 당면한 국가적 과제였다고 하더라도 참으로 국가의 체면이나 위신을 생각하지 못한 국치적國恥的 처사였다. 그 후 호주 정부가 사실무근임을 문서로 통보해왔는데 그 사실은 일절 보도되지 않았다.

## 공천 실패로 인한 여소야대 정국

대통령선거가 실시되기 전 여야는 협상을 통해 6공화국 출범과 함께 시작될 13대 국회의원 총선 시기에 관해 "대선에서 여당이 이기면 2월에, 야당이 이기면 4월에 실시한다."는 데 합의해놓고 있었다. 법적으로는 4월 28일 이전까지 치르게 되어 있었고 노태우 후보가 대통령으로 당선됐으니 총선은 2월에 치러야 했던 것이다. 출마를 준비하고 있던 여야 각 당의 국회의원 예비후보들은 1988년 새해 벽두부터 지역에서 사무실을 내며 움직이고 있었다. 민정당 사무국은 당초 계획했던 일정에 따라 공천신청서 접수를 시작했다. 그러나 당 지도부는 공천 신청만 받아놓고는 심사위원회를 구성할 기미조차 보이지 않았다. 선거법 협상이 끝나지 않았다는 것이 그 이유였다. 그러나 그 말은 겉으로 내세우는 핑계일 뿐이고, 실제로는 노태우 당선자가 대통령에 취임한 뒤 실시하려는 속셈 때문이었다.

그즈음 노태우 당선자 측의 생각은 오로지 민정당과 6공화국 정부에서 나의 색깔을 철저히 지우고 노태우 일색으로 만들려는 데 모아지고 있었다. 그러기 위해서는 국회의원 후보 공천 과정에서 나의 영향력을 최대한 배제해야 하고, 그러자면 명실상부하게 내가 퇴장한 뒤인 2월 25일 이후에 공천심사가 이뤄져야 하는 것이다. 만일 당초 예정대로 조기 총선 일정이 확정돼 1월에 후보 공천이 이뤄진다면 내가 일정 부분 지분을 차지하려고 할 것이고 노태우 당선자 측의 공천권 행사가 그만큼 제약을 받게 된다고 판단했을 것이다.

노태우 당선자 주위에 있는 사람들의 생각이 모두 그랬던 것은 아니었다. 나의 비서실장이었지만 '노태우 대통령 만들기'에 앞장섰던 김윤환은 노 당선자 측이 공천권 독점에 연연하는 데 대해, 누구의 도움을 받아 공천이 되었건 일단 여당 국회의원이 되면 모두 당 총재이자 최고 권력자인 대통령의 사람이 되기 마련이라면서 조기 총선을 설득했다. 안무혁 안기부장도 총선 시기를 늦추려는 이유가 공천권 지분 때문이라면 "전 대통령에게 말씀드려서 공천권의 90퍼센트를 노태우 당선자에게 준다는 각서를 받아오겠다."고까지 했다는 것이다. 나는 그런 얘기들을 보고받고 김 실장과 안 부장에게 노태우 당선자가 공천권을 독점적으로 행사할 수 있도록 약속한다는 뜻을 전하라고 했다.

대통령선거 승리의 여세를 몰아 조기에 총선을 치러야 한다는 것은 선거 전략의 상식이었다. 대통령선거 직후 김대중, 김영삼 양 김 씨는 후보 단일화 실패로 정권 교체의 기회를 놓치게 되었다는 지지자들의 비난에 직면하고 있었다. 두 김 씨는 서로 그 책임을 상대편에 미루면서 반목하고 있어 야권은 지리멸렬 상태에 놓여 있었다. 선거 패배의 후유증을 겪고 있는 야권이 지지세력을 재집결시킬 시간적 여유를 주지 않고 2월에 총선거를 실시하게 되면 민정당은 대통령선거 승리의 여세를 몰아 쉽게 승리할 수 있는 여건이었다. 또 시간이 흘러 대통령선거 때의 분위기가 가라앉게 되면 국민들 사이에 견제 심리가 나타나 대통령은 여당 후보를 뽑아줬으니 국회의원은 야당을 뽑자는 여론이 형성될 수도 있는 것이다. 국회의원 총선거를 어차피 4월 28일 이전까지는 실시해야 한다면 여권의 입장에서는 대학이 개강하는 봄철이 되기 전에 치르는 것이 유리하다는 건 정치인이 아니더라도 알 수 있는 이치였다. 1960년대 이후 20여 년간 매년 3~4월은 연례행사처럼 학원소요가 일어났고 그러한 분위기에서 치르는 선거는 집권 여당에 불리하기 마련이었다.

나는 1988년 초에 총선 일자를 2월 9일로 하는 방안을 제시했었다. 청와대 참모들은 물론 민정당 사람들 중에도 조기에 총선을 치른다는 데 이견을 말하는 사람은 없었다. 김윤환 비서실장이나 안무혁安武赫 안기부장이 노 당선자 측에 조기 총선을 설득한 것도 나의 지시 때문이 아니라 자신들의 판단에 따른 것이었다. 공천권은 전적으로 당 총재에게 일임한다는 뜻을 비서실장과 안기부장을 통해 분명히 밝혀두었지만, 조기 총선에 반대하는 노태우 당선자 측은 야당과의 선거법 협상이 끝나지 않았다는 이유로 선거 시기 결정을 계속 뒤로 미루고 있었다.

뿐만 아니라 한 선거구에서 1~4명씩 뽑는 중선거구제가 당론이었음에도 불구하고 1구 1인의 소선거구제로 선거법을 타결지었다. 새 선거법은 내가 퇴임한 뒤인 3월 8일 국회를 통과했다. 노 당선자 측이 야당과의 협상에서 소선거구제에 합의한 것은 종전과 같은 1구 2인의 중선거구제에서는 지역구 후보를 90여 명밖에 공천할 수 없지만 1구 1인의 소선거구에서는 200

명 이상의 후보를 낼 수 있으므로 자신의 의중에 있는 사람을 보다 많이 국회의원으로 만들 수 있다는 계산을 했을 것이다.

노 당선자 측의 이러한 결정은 두 가지 점에서 잘못 판단하고 있던 것이다. 첫째는 내가 공천권을 전적으로 당선자 측에 일임한다고 약속했다 하더라도, 나의 임기가 남아 있는 시기에 공천심사를 하게 되면 나의 영향력이 미치게 될 것으로 우려했던 것이다. 또 한 가지 노 당선자 측이 잘못 판단한 일은 근거 없는 지나친 자신감이었다. 양 김 씨와 그 추종세력들은 수십 년간 어려운 여건 속에서 숱한 선거 경험을 쌓아온, 선거에 관한 한 최고의 베테랑들이었다. 오랜 기간 지역에서 기반을 닦아왔을 뿐만 아니라 자신의 정치생명이 걸린 국회의원 선거에는 모든 것을 걸고 전력투구할 것인 만큼 결코 쉽지 않을 수밖에 없었다. 더욱이 한 선거구에서 2명씩 뽑았기 때문에 2등만 하더라도 당선될 수 있었던 중선거구제도에 익숙해 있던 민정당으로서는 1구 1인의 소선거구제에서는 어려운 싸움이 될 것을 각오해야 했다. 그런데 노 당선자 측은 대통령선거의 승리에 도취한 나머지 근거 없이 낙관하며 자만에 빠져 있었다. 심지어 너무 많이 당선되면 오히려 정치적 부담이 될 수도 있으므로 당선자를 적정선으로 조정할 필요가 있다는 황당한 얘기까지 하고 있었다. 노태우 대통령은 공천 결과 발표 하루 전인 3월 17일 권익현權翊鉉 전 대표의 탈락 소식을 듣고 청와대로 달려간 채문식蔡汶植 대표가 중진의원들을 대거 탈락시켜서는 선거 치르기가 어렵다고 하자 "충분히 많이 당선될 테니 걱정하지 말라."고 했다는 것이다.

2월에 총선을 치르자는 것이 여권의 전반적인 생각이었지만, 노 당선자는 고집을 굽히지 않고 선거일을 4월 26일로 확정했다. 아울러 선거 날짜에 맞춰 공천 작업이 진행되었다. 결과를 보니 우려했던 일이 현실화했다. 상황을 지나치게 낙관하고 있고, 자기 의중의 사람들 중심으로 챙겼다는 사실을 한눈에 알 수 있었다. 누가 봐도 당선 가능성이나 자질 등은 고려하지 않고 논공행상에 치우친 인선이었다. 박철언의 사조직이었던 '월계수회' 중심의 공천 결과였다. 권익현權翊鉉, 권정달權正達, 윤길중尹吉重, 봉두완奉斗玩, 정석모鄭石謨, 이상익李相翊, 박경석朴敬錫, 김상구金相球, 홍성우洪性宇, 이찬혁李贊赫 등 민정당의 활동에 크게 기여하고 공로가 많은 사람들이 나와 가깝다는 이유로 또는 노 당선자 측의 눈 밖에 났다는 이유로 대거 배제됐다. 지역구가 두배 이상 늘어났음에도 불구하고 89명의 현역 지역구 의원 가운데 27명이 낙천됐다. 또 전국구 후보 명단에 이재형李載瀅 전 당대표, 노신영盧信永 전 총리 등의 이름이 없었다. 공천자 명단이 발표된 3월 18일은 금요일이어서 이날 신문들은 '금요일의 대학살'이라는 제목을 달았다. 반면에 월계수회의 박철언, 나창주羅昌柱, 강재섭姜在涉, 이재황李在晃, 박승재朴承載 등이 공천되었다. 민정당 내에 공천심사위원회가 구성되어서 활동했지만 중요한 결정은 모두 청와대에서 내려왔다. 당 대표를 지낸 권익현의 공천 탈락 사실을 공천심사위원장인 채문식蔡汶植 대표도 마지막 순간까지 모르고 있었을 정도였다. 13대 국회 민정당 후보 공천의 주제는 한마디로 '전두환 그림자 지우기' '월계수회 깃발 달기'였다. 5공세력을 지워버린 자리를 선거기간 중 노태우 친위대 행세를 한 월계수회 세력이 차지한 것이었다. '노태우 대통령 만들기'의 공신 가운데 박철언, 최병렬崔秉烈, 현홍주玄鴻柱, 이병기李丙琪 등 측근들은 대통령 친위세력을 형성해가는 과정에서부터, 나를 '믿고 올라시기만' 해서는 안 되고 '짓밟고 올라서야만' 누태우가 명실상부한 최고 권력자로서의 권한을 온전히 장악하고 행사할 수 있다고 확신하고 있었다. 하늘에 태양이 둘이 있을 수 없듯이, 동녘 하늘에 오늘의 해가 뜨기 위해서는 어제의 해는 서쪽 산마루로 자취를 감추어야 한다는 것이다. 나는 잘 몰랐던 권력의 그런 속성을 그들은 속속들이 꿰뚫고 있었던 것 같다.

노 당선자는 발표 전날 내 비서실장이었던 김윤환 정무장관을 보내 공천 결과를 알려주었다. 나는 담담히 받아들였다. 군 시절 지휘권의 인수인계가 이루어진 뒤에는 후임 지휘관의 지휘권에 대해 털끝만큼도 관여하거나 영향을 주지 않는다는 것이 나의 신조였다. 그것은 나 개인의 신조였을 뿐만 아니라 군 지휘권 인수인계의 철칙이었다. 다만 공천 과정에서 나는 내 고향인 합천 한 곳에만 관심을 보였을 뿐이다. 그것도 영향을 주려는 의도가 아니었고, 그때 동생 전경환이 사무실까지 차려놓고 출마를 준비 중이어서 그것이 내 뜻이 아니라는 점을 밝혀두었던 것뿐이다.

어쨌든 여기까지는 좋았을 수도 있었다. '전두환 지우기' '월계수회 띄우기'를 통해 노태우 정부가 총선에서 승리를 거두고 그 후 정국 운영도 자신들의 목표와 의도대로 끌고 갈 수 있었다면 누가 시비를 걸 일도 없고 그럴 수도 없을 터였다. 그런데 앞에서 지적했지만, 노태우 대통령 측은 자만심에 빠져 마음 내키는 대로 공천을 해도 압승할 것이라고 상황을 오판하고 있었다. 그 결과 선거에서의 패배로 여소야대與小野大가 됨으로써 노태우 정부는 집권 초기부터 야당에 발목이 잡히는 상황을 자초한 것이다.

어느 정당이든 국회의원 후보를 공천함에 있어 당선 가능성만을 기준으로 삼을 수는 없다. 당성黨性이나 당에 대한 기여도, 청렴도, 지역사회에 대한 공헌도, 의정활동 성과와 전문성 등 여러 가지 측면에서 평가해야 한다. 경우에 따라서는 '물갈이'의 필요성 때문에 현역들을 대폭 교체하고 신인 중심으로 사람을 뽑을 수도 있다. 그러나 어느 경우에 있어서도 당선 가능성이 없는 사람을 단지 특정 계파라고 해서 공천한다면 패배는 예정된 것이나 마찬가지인 것이다. 청와대가 공천심사에서 당선 가능성을 전혀 무시한 것은 아니었겠지만 '전두환 지우기' '월계수회 띄우기'에 더욱 집착하다

보니 이처럼 비합리적인 공천심사 결과 당선 가능성이 희박한 사람들이 다수 포함되었던 것이다. 심지어 여론조사에서 6명의 대상자 중 지지도 1위에서 5위까지의 후보자는 누구를 공천해도 당선이 가능하지만 지지도 6위인 한 사람만은 당선이 어렵다는 조사 결과가 나와 있는데도 굳이 지지도 꼴찌인 사람을 공천한 사례도 있었다. 그 사람은 물론 낙선했다.

노 대통령 측은 영남을 비롯한 친여 지역에서는 민정당의 간판만 달고 있으면 당선은 맡아놓은 것으로 생각했던 것 같다. 특히 1구 1인제의 소선거구 제도하에서는 야당표가 분산될 것이기 때문에 민정당에 절대 유리하다고 본 것이다. 청와대와 민정당 지도부는 224개 지역구 가운데 3분의 2에 해당하는 150개 내외의 지역에서 승리할 것으로 전망했다. 선거 직전의 최종 보고는 148석 확보였다는 것이다. 노태우 대통령은 선거기간 중 여러 차례 당선 예상자를 보고 받았는데 언제나 3분의 2 내외의 압승을 보고받았다고 그의 회고록에서 실토하고 있다.

당시 정보기관에서는 당선 가능자 수를 정확히 예측하고 있었다. 최하 85석에서 최고 92석이라고 보고했다. 또 후보자 가운데 당선 가능성이 희박함에도 당선을 확신하고, 지역구를 벗어나 서울의 사우나나 골프장에서 시간을 보내고 있는 사람의 명단까지 제시했다고 한다. 청와대와 민정당 지도부는 경찰과 정보기관의 이러한 자료에 대해 오히려 "무슨 근거로 이런 엉터리 보고를 해서 당의 사기를 꺾으려고 하느냐!"면서 화를 냈다고 한다. 그리고 노태우 대통령에게는 심기를 상하게 한다고 하여 보고도 하지 않았고 오히려 150석을 넘어 너무 많이 당선이 될까봐 걱정하고 있다는 말까지 언론에 털어놓고 있었다.

마침내 선거전이 시작되자 야 3당은 나와 5공화국에 대한 공격에 초점을 맞췄다. 6공화국이 5공화국을 모태로 탄생한 정권인 만큼 5공 정권의 연장에 불과하다고 몰아세웠다. 5공과 6공을 싸잡아 민정당 정권에 대한 공세가 가열되자 정부와 여당은 5·6공의 차별화를 통해 공격을 피해나가려고 했다. 노태우 정부는 결국 4월 1일 광주사태를 '민주화를 위한 학생과 시민들의 노력의 일환'으로 규정하면서 공개적으로 유감을 표시하고 희생자들에 대한 보상을 약속했다. 정부가 광주사태에 대한 책임을 처음으로 시인한 것이다. 그러나 이 같은 조치가 노태우 정권에 대한 반감을 가라앉히기는커녕 오히려 반정부 세력의 입지를 강화시켜 격렬한 시위를 촉발시켰을 뿐이었다. 격렬한 학원소요는 선거 분위기와 맞물려 과격한 정치 집회로 확대됐고 전국은 점점 통제불능 상태가 되었다. 그것은 야당 붐 조성에 결정적 역할을 하기도 했다.

결국 17년 만에 소선거구제로 치러진 선거의 결과는 참담했다. 집권당인 민정당이 지역구 87석에 전국구 38석으로 총 125석을 획득했다. 이는 총 의석 299석의 41퍼센트로 과반에도 훨씬 못 미치는 참패를 거둔 것이다. 김대중 씨가 이끄는 평민당은 호남지역을 석권해 지역구와 전국구를 합쳐 70석을 차지했다. 김영삼 씨의 민주당이 60석, 김종필 씨의 공화당이 35석을 각각 차지했다. 야당의 득표율이 66.04퍼센트인데 비해 여당은 겨우 그 절반인 33.96%에 머물렀다. 의석수에 있어서도 야당 172석, 여당이 125석으로 야당이 여당의 1.4배에 달하는 대승을 거둔 것이었다. 집권 여당이 국회에서 과반수의 의석을 확보하지 못한 것은 30여 년 만에 처음 있는 일이었다.

참담한 결과로 나타난 선거 패배의 원인은 누가 봐도 공천 실패에 있었다. 그러나 선거 참패에 책임을 지려는 움직임은 없었다. 얼마 뒤, 공천 작업에서 곁돌기만 한 당 간부들만 애꿎게 물러났고 막상 공천을 좌지우지한 월계수회의 박철언과 최병렬 등은 건재했다. 상황을 오판한 최고 책임자가 노태우 대통령 자신이었으니 누구에게 책임을 물을 수도 없었을 터였다. 노 대통령은 "하늘의 뜻으로 알고 받아들이자."는 맥빠진 위로의 말을 내놓았을 뿐이다. 청와대 당국자는 "황금분할黃金分割과 같은 절묘한 의석 분포가 이루어졌다."는 어이없는 논평을 내놓기도 했다. 납득하기 어려운 공천에 이의를 제기하며 어려운 선거가 될 것이라고 경고했던 안무혁 안기부장은 선거 결과가 나온 지 며칠 후 노태우 대통령을 찾아가 박철언 등 노태우 대통령 인척들의 문제점을 지적하며 사표를 던지고 나왔다고 했다.

13대 총선의 결과는 정국 지형에 변화를 몰고 왔다. 대통령선거 패배 이후 야권통합을 위한 사퇴 압력에 밀려 총재직에서 물러나야 했던 김대중 씨는 총선에서 제1야당의 당수로 부상했다. 총선이 끝난 11일 만인 5월 7일 전당대회에서 평민당 총재로 복귀할 수 있었던 것이다. 김영삼 씨도 마찬가지였다. 야권통합의 명분으로 총재직을 자진사퇴했던 김영삼 씨도 5월 12일 역시 94일 만에 전당대회에서 민주당 총재에 복귀했다. 4.26 총선은 양 김 씨가 야권의 지휘봉을 다시 잡는 전환점이 됐다. 특히 대선에서 2위를 차지했던 김영삼 씨는 평민당에 제1야당의 위치를 내줌으로써 두 사람의 묘한 경쟁심리는 누가 더 격렬하게 정부와 여당을 공격하느냐 하는 경쟁을 유발했다. 두 사람은 대선 패배에 대한 감정적 앙금을 집권 민정당을 향해 동시에 쏟아냄으로써 정치적 효과를 극대화하려 했다. 결국 노태우 정부는 출범한 지 4개월도 안 돼 정국 운영의 주도권을 잃고 야당에 끌려 다녀야 하는 신세가 되었다.

## '5공특위'와 '광주특위'

13대 국회가 1988년 5월 개원되었다. 대통령선거에서 후보 단일화에 실패함으로써 여당 후보의 당선을 도와줬다는 비난에 얼굴을 못 들었던 김영삼, 김대중, 김종필 3김 씨는 당당한 모습으로 등원했다. 노태우 정권의 공천 실패가 여소야대 국회를 만들며 이들을 기사회생시킨 것이다. 3개 야당이 힘을 합치면 못할 것이 없게 되었다. 국회가 개원하자 이들은 곧바로 5공특위와 광주특위를 구성하기 위한 특별법을 통과시켰다. 5공 문제를 무기삼아 노태우 정권을 몰아붙이자는 데 의기투합했던 것이다. 노태우 대통령은 거부권을 행사함으로써 야당의 공세를 막아보려 했으나, 이것은 오히려 야당을 자극해 여야 간에 대립과 갈등을 더욱 심화시키는 결과를 초래했을 뿐이었다. 결국 국회는 6월 27일 5공특위와 광주특위를 구성했다.

다음날인 6월 28일 윤길중 민정당 대표는 국회 대표연설에서 5공화국 문제를 감정적, 보복적 차원에서 다루는 것은 소리小利를 탐하다가 대의大義를 저버리는 어리석음을 범하는 것이 된다며, 국가 전체의 대외적 모습과 헌정 발전이라는 측면에서 다뤄줄 것을 호소했지만 소수 여당의 힘 빠진 외침, 그 이상은 되지 못했다. 7월에 접어들어 5공 특위가 첫 간사회의를 열고 활동을 시작하자, 여당은 올림픽 때까지 정치 휴전을 하자고 제의했다. 여야 각 당은 7월 29일 5공특위에서 다룰 '비리非理 사안'을 각각 발표했다. 민정당 18건, 민주당 56건, 평민당 20건 등 총 100건 가까이 되었다.

여당의 휴전 제의에도 불구하고 5공특위는 8월 들어서도 활동을 멈추지 않았다. 11일과 12일에는 합천에 있는 나의 선영을 비롯해 전남지사 공관의 대통령 전용 시설과 일해연구소 등을 현지 조사했다. 8월 22일이 되자 노태우 대통령도 3개 야당의 대표와 연쇄적으로 회담을 가졌고, 윤길중 대표는 '5공 청산'을 위해 '사과-헌납-낙향'이라는 방안을 마련해 나와 협의를 한 후 야당과도 협의를 하겠다고 밝혔다. 민정당도 9월 7일부터 이틀간 소속 의원 세미나를 열고 '5공 단절' 논의를 공식화했다. 민정당은 세미나에서 제시된 내용대로 내가 스스로 결단해주기를 촉구하기로 하고 내가 불응하면 당에서 대표단을 파견해서 정식으로 요구하기로 했다. 민정당의 건의를 받은 노태우 대통령은 9월 10일 민정당 중진위원들과의 오찬 자리에서 "역사의 단절은 부적절하다."고 전제한 후 "부정적 요소는 단호히 청산해나가야 한다."고 강조했다.

우리나라의 당면 과제는 5공 청산밖에 없다는 듯이 정치권과 언론이 온통 이 문제에 골몰하고 있었으나 당시 국민의 생각은 달랐다. 조선일보와 한국갤럽이 공동으로 실시한 여론조사 결과 가장 시급한 문제로 정치 안정과 사회 안정이 1위와 2위로 꼽혔고, 5공 청산 문제는 3위에 그쳤다. 노태우 정권이 최우선 과제로 내세웠던 민주 개혁 문제는 9위였다.

# 망명을 거부한 결말, 유폐幽閉

■

### 노태우 정권의 해외 망명 공작

앞에서도 언급했지만, 6공의 출범을 계기로 5공화국에 대한 정리작업이 한 번은 거쳐야 할 통과의례였을 거라는 점에 대해서는 이의를 달 생각이 없다. 또 누구의 잘못 때문이건 결과적으로 여소야대가 된 만큼 노태우 정권이 야당이 주도하는 '5공 청산' 정국으로부터 나를 보호해줄 힘이 없었다는 점도 이해해줄 수 있다. 그러나 내가 지금 이 순간까지도 도저히 용서할 수 없다고 생각하는 것은 나를 해외로 쫓아내려고 공작한 일이다. 노 대통령의 입장에서는 나와 5공 문제를 처리하는 데 가장 좋은 방안은 내가 해외로 나가주는 것일 터였다. 내가 없어져버리면 자신이 권력을 100퍼센트 독점적으로 장악할 수 있을 뿐만 아니라, 야당이 자신을 공격하는 데 요긴한 빌미가 없어져버리는 것이기 때문이다.

나의 친인척과 관련한 갖가지 비리 의혹이 소나기 쏟아지듯 언론에 보도된 데 이어, 4~5월경부터 시중에는 내가 해외 도피를 꾀하고 있다는 소문이 급속히 퍼지고 있었고 삐라들이 살포되기도 했다. 소문의 내용은 황당했지만 소문이 퍼지고 삐라가 뿌려지는 정황은 어떤 의도하에 조직적으로 이루어진다는 의심을 갖게 했다. 지나친 피해의식일지 모르지만 그런 소문은 나로 하여금 소문의 내용대로 행동하도록 암시를 주려는 것으로 생각되었다. 내가 정치적 공격의 표적이 되고 있는 상황에서 해외로 나간다는 것은, 정치적 자살을 의미하는 것이었다. 그뿐 아니라 헌정 사상 최초로 평화적 정권 이양의 선례를 만들며 퇴임한 전직 대통령이 해외로 망명한다는 것은, 나 개인의 치욕에 그치지 않고 국가적 수치요 헌정사의 퇴행이었다.

1988년 6월 14일 민정기閔正基 비서관이 기자들을 만나 나의 해외 망명설을 강력히 부인했다. 다음날 조간들은 '측근'의 말을 인용하며 머리기사로 "감옥에 가는 한이 있어도 망명은 안 한다고 했다."고 대대적으로 보도했다. 민 비서관은 그 며칠 전 외신이 크게 보도한 노드롭 관련 의혹 기사에 대해 해명하기 위해 기자들을 만났는데, 기자들의 질문은 해외 망명설에 집중되었던 것이다. 민 비서관은 내가 대통령으로 재임하는 동안 공보비서관으로 근무했고, 내가 퇴임한 후에도 계속 청와대에 남아 있다가 6월 10일 나의 비서진에 합류한 것이었다. 그때까지 나는 누구에게도 망명설에 관해 언급한 일이 없었고, 뿐만 아니라 민 비서관도 기자들을 만나기 전에 망명설에 관해 나로부터 얘기를 들은 일이 없었다. 민 비서관의 발언이 나를 대변한 것으로 받아들여졌는지 시중에 나돌던 소문들은 한동안 잦아드는 듯했다.

나를 외국으로 쫓아내려는 노태우 정부의 기도는 올림픽 기간 동안 잠잠해 있다가 국회의 5공특위, 광주특위가 다시 활동을 본격화하자 보다 노골적으로 드러났다. 10월 2일 박세직朴世直 올림픽조직위원장은 안현태 安賢泰 전 경호실장에게 전화를 걸어 시립대학교 총장인 C씨를 만나보라고 했다. C총장은 그 자리에 정체를 알 수 없는 외국인을 데리고 나왔다. 그 외국인은 내가 갑자기 쓰러져 입원한 뒤 치료를 이유로 외국에 나가도록 한다는 구체적인 해외 망명 계획을 설명했다. 나중에 안기부장이 된 박세직이 '레만호 계획'이라고 털어놓았던 공작이었다. 스위스로 가라는 것이었다. 만에 하나 내가 그들의 요구를 받아들였다면, 미리 스위스 은행으로 거액의 비밀 자금을 빼돌려놨다고 몰아붙일 터였다. 안 실장은 일언지하에 거절했다. "전두환 전 대통령께서는 어떠한 박해나 모욕을 당하더라도 이 땅에서 당하지 그것을 모면하려고 외국으로 도망칠 분이 아니다. 정 외국으로 보내려면 목숨을 빼앗아 시신을 싣고 나가라."고 극단적인 표현을 써가며 두 번 다시 그런 말을 꺼내지 못하게 쐐기를 박았다고 했다.

하지만 6공 측의 집념은 끈질겼다. 국회 5공특위가 청문회를 시작하면서 '낙향' '은둔'을 압박해오던 11월 11일 언론은 '정부여당은 전두환 전 대통령에게 장기 외유를 권유할 방침'이라고 보도하고 있었다. 그런데 바로 그날 합천의 나의 생가가 방화에 의한 화재로 지붕을 비롯한 가옥 일부가 불에 탔다. 낙향, 은둔이 기정사실화되어 가는 상황에서 나의 생가에 불을 질렀다는 것은 나를 고향으로도 갈 수 없게 만들자는 의도였을 것이 분명했다. 나는 어차피 고향 생가에서는 살 수 없었던 형편이고, 당시에는 백담사에 간다는 것도 고려하지 않는 시점이었던 만큼 결국 '낙향'도 불가능하게 만들어 해외로 갈 수밖에 없도록 만드는 외통수를 노렸던 것으로 생각되는 것이다.

내가 6공 측의 집요한 망명 권유를 거부하고 백담사에 들어가자, 한동안은 더 이상 망명이 거론되지 않았다. 그러나 백담사 유폐 생활이 길어지면서 나를 언제까지 절에 머물도록 할 수는 없고, 그렇다고 연희동으로 돌아가게 할 수도 없다고 판단한 건지 또다시 나를 망명으로 유도하려는 움직임을 보였다. 1989년 4월 나와 최규하 전 대통령의 국회 특위 출석 문제로 각각 입장이 다른 여당, 야당, 백담사, 최규하 전 대통령이 밀고 당기고 하는 가운데 6공 측은 또다시 언론을 통해 "전두환 전 대통령이 국회 증언 후 장기 해외여행을 하도록 하는 방안을 검토하고 있다."는 관측기구를 띄웠다. 나의 태도가 완강하다는 것을 알고 있으니 앞에 와서 얘기하지는 못하고 나의 반응을 한 번 더 떠보려는 것이었다. 이런 보도들이 나돌고 있는 가운데 백일기도 회향을 하루 앞둔 5월 15일 백담사를 찾아온 박근朴槿 전 UN 대사가 외국에 나가 여생을 보낼 의향은 없느냐고 물었다. 그때 신문사 논설위원을 하고 있던 박근 대사가 6공 측의 부탁을 받고 그런 권유를 한 것은 아닐 터였다. 나는 "지옥 같은 생활을 할지언정 절대로 이 땅을 떠나지 않는다."고 못 박았다.

그런데 두 달 뒤인 7월 초 서경원徐敬元 의원의 밀입북 사건으로 공안정국이 조성되는 시기에 청와대 측은 또다시 나의 '장기 해외여행'을 공작했다는 사실이 8월 초 언론에 보도되었다. 문익환文益煥과 임수경林秀卿의 잇따른 밀입북 사건에 이어 7월에는 서경원 의원이 그 전해에 밀입북했던 사실이 밝혀져 큰 물의를 빚고 있었다. 사회에 큰 충격을 안겨준 밀입북 사건들로 국민의 관심이 공안 문제에 쏠려 있는 사이 나를 해외로 보낸다는 공작을 했다는 것이다. 말이 해외여행이지 나로서는 망명이고 노태우 대통령 측으로서는 추방인 것이다. '출국 권유는 청와대 쪽 희망'이라는 표제의 기사에 대해 민정당은 즉각 부인하고 나섰지만, 청와대에서는 "해외에라도 나가줬으면 좋겠는데 저렇게 버티고 있다." "해외에 나가라고 해도 막무가내여서 죽겠다."고 했다는 것이다. 8월 9일 언론은 청와대 당국자의 말을 빌려 "1988년 말부터 전두환 전 대통령에게 해외어행을 권유해온 것은 사실."이라고 보도했다.

평민당과 민주당 등 야당은 즉각 성명을 내고 "노태우 정부가 그 같은 시도에 성공한다 해도 여권의 5공세력을 완전히 와해시키는 부분적인 득得보다는 실失을 더 크게 감수하지 않으면 안 될 것."이라고 비난했다. 이 성명에서 보듯이 야당들조차 노태우 대통령 측이 집요하게 나를 외국으로 내보내려고 하는 의도가 5공세력의 와해에 있다고 보고 있는 것이었다. 내가 국내에 버티고 있는 한 (그곳이 깊은 산골이든 감옥이든) 어떤 계기가 생기면 5공세력이 다시 재기할 수 있고 그때 내가 그 구심점이 될 것이라는 점을 우려하고 있는 것이었다. 일단 내가 망명의 길을 택하면 다시는 국내로 들어오지 못할 것이라고 판단했던 것 같다.

1989년 12월 31일 나의 국회 증언은 '5공 청산 정국'의 종결을 의미했다. 여야가 영수회담을 통해 '대합의'를 이룬 내용이었다. 내가 다시 백담사로 돌아왔지만 노 대통령 측으로서는 나를 언제까지 그곳에 머물게 할 수는 없었다. 나의 거처를 옮기는 문제가 다시 6공 청와대의 당면 과제가 된 것이다. 국회 증언을 마치고 백담사로 돌아온 지 한 달도 지나지 않은 1990년 1월, 일본의 『산케이 신문』은 한국 소식통의 말을 인용하면서 "1990년 상반기 중 영국 망명을 추진한다."고 보도했다. 그해 가을이 지나고 내가 백담사를 떠날 때가 임박했다는 보도가 나오는 가운데 노태우 대통령의 처남인 김복동金復東 씨는 미국 여행 중 "전두환 전 대통령은 해외 망명이 불가피하다."고 말함으로써 나를 외국으로 쫓아내고 싶어 하는 생각을 끝내 포기하지 않고 있음을 드러냈다.

## 올림픽 개회식 참석을 포기하다

'5공 청산' 정국을 종결시키기 위해서는 나의 국회 출석 증언이 불가피하다는 야당 측의 끈질긴 요구로 정국이 시끄러운 가운데 88서울올림픽 개최의 날이 다가오고 있었다. 개회식은 9월 17일로 예정되어 있었다. 1980년 대통령에 취임한 직후 1988년의 올림픽을 서울에 유치한다는 방침을 굳히고, 일본의 나고야와 치열하게 경합했던 유치운동을 진두지휘했던 나, 유치에 성공한 후 정부의 모든 정책을 올림픽 준비 사업과 연결시켰다고 할 만큼 그 준비에 심혈을 기울였던 나는 그 개회식만큼은 꼭 직접 보고 싶었다. 나의 올림픽 유치 결심이 옳았던 것인지, 그 동안의 준비작업이 제대로 된 것인지, 기대했던 성과를 거두고 있는지를 직접 내 눈으로 보면서 확인하고 싶었던 것이다. 나의 이런 희망은 누가 봐도 무리 없는 바람이었다. 올림픽 유치와 준비 과정에 공헌했다는 사실을 접어둔다 하더라도, 나는 전직 대통령이라는 이유만으로도 당연히 개회식에 초청을 받을 위치에 있었다.

그런데 6공 청와대에서는 나의 올림픽 개회식 참석을 바라지 않는다는 얘기가 들려왔다. 사람을 보내와 그런 뜻을 전하는 것이 아니라 이번에도 또 '언론플레이'라는 것을 하고 있었다. 개회식을 한 달 남짓 앞둔 8월 20일경, 신문에 여권 소식통을 인용하면서 "전두환 전 대통령은 올림픽 개회식에 불참키로 한 것으로 안다."는 기사가 보도되었다. 나에게 물어보지도, 알아보지도 않고 나의 의사를 제멋대로 단정해서 말하고 있는 것이었다. '화합과 전진'이라는 모토 아래 평화와 우정의 한마당 축제로 열리는 개회식인데, 혹시라도 나의 참석에 반대하는 사람들이 소란이라도 피우면 축제 분위기를 망치게 될지 모른다는 우려 때문이라고 했다. 나를 반대하는 사람들이 소란을 피울 것이라는 그 어떤 기미조차 당시에는 드러나지 않았었다. 그러한 언론플레이는 아마도 나의 참석을 반대한다는 목소리가 나오기를 유도하는 여론 조작이 분명했다. 그런 보도가 나오자 김대중 씨는 평민당 대변인(이상수李相洙)을 통해 나의 올림픽 개회식 참석 문제에 대해 "우리가 그것까지 막을 필요는 없지 않으냐 … 전직 대통령에 대한 예우를 해주는 것이 도리…."라고 논평했다. 6공 청와대의 옹졸함을 우회적으로 지적한 것이다.

개회식을 일주일 앞둔 9월 10일 박세직 올림픽조직위원장이 초청장을 가지고 왔다. 정중한 말로 개회식에 참석해달라고 공식 초청한 것이다. 나는 담담하게 얘기했다.

"올림픽의 성공적 개최가 당면한 국가적 지상 과제이고 국민적 여망이라는 사실에 비춰볼 때 내가 대회 현장을 직접 참관하느냐 않느냐 하는 문제로 잡음이 일고 있는 것은 결코 내가 원하는 바가 아니다. 그러한 까닭으로 해서 나는 개회식 참석 요청을 정중히 사양한다."

박세직 위원장은 더 이상 아무 말도 하지 않았다. 하지 않은 것이 아니라, 아마도 하지 못한 것일 터였다. 붉어진 눈시울을 보이지 않으려고 고개를 들지 못하는 박 위원장을 빨리 보내줘야겠다는 생각이 들어 나는 바로 자리에서 일어나며 "바쁜 일이 많을 텐데 어서 가라."고 했다. 응접실을 나온 박 위원장은 비서실에서 아무 말 없이 한참을 앉아 있다가 갔다고 했다. 그날 오후 노태우 대통령이 전화를 걸어왔다. 개회식에 참석하지 않기로 한 데 대해 유감스럽다고 했다.

9월 17일 역사적인 서울올림픽이 개막되었다. 나는 집에서 TV를 통해 개회식 광경을 지켜봤다. 단상 로열박스에는 노태우 대통령은 물론 서울올

림픽을 히틀러의 베를린올림픽에 빗대며 빈정거렸던 김영삼 씨의 모습도
보였다. 내가 당연히 개회식에 참석할 것으로 알고 수행하려고 했던 몇몇
나의 측근들은 속이 상해 TV도 보지 않았다고 했다.

올림픽이 끝난 후 연희동 집으로 찾아온 사마란치 IOC위원장이 서울올림픽의
성공을 축하해주었다.

올림픽 경기가 진행되는 동안 TV로 중계방송을 보며 그래도 나는 행복했다. 우리나라가 160개 참가국 중에서 당당히 4위를 차지했기 때문이었다. 그리고 무엇보다 북한의 테러가 있을까봐 노심초사했는데 행사가 무사히 끝나서 기뻤다. 올림픽이 끝난 후 사마란치 IOC 위원장이 우리 집을 방문해 서울올림픽의 성공을 축하하고, 그동안 올림픽의 성공적 개최를 위해 노력해준 데 대해 감사를 표했다. 서울올림픽은 참가국 수와 선수단 규모에서 올림픽 역사상 가장 큰 대회였고 가장 성공적인 대회였다는 치하도 했다.

개회식 입장권은 아마도 요금이 비쌌을 것이고 또 숫자가 제한되어 있어 개회식에 참석할 수 있었던 사람은 많지 않았을 것이다. 그러나 아예 원천적으로 참석할 생각을 할 수 없었던 국민은 내가 유일했을 것이다. 올림픽 폐막 후 소설가 이문열李文烈 씨는 신문에 기고한 글에서 그 어떤 이유가 있었건 올림픽 개회식에 내가 참석하도록 했어야 한다고 썼다.

## 정치권이 강요한 '사과 - 재산 헌납 - 낙향'

16일간의 올림픽대회가 끝나자 검찰 중수부도 5공 비리 의혹 가운데 내사를 끝낸 사건 관계자들에 대한 소환 조사에 착수했다. 국회는 16년 만에 부활된 국정감사를 통해 몇 달 동안 언론매체에 오르내렸던 모든 비리 의혹들을 다시 도마 위에 올렸다. 국정감사 기간 동안 미국을 다녀온 노태우 대통령도 국정감사가 끝난 3일 후인 10월 27일 민정당 대표와 국무총리 등이 참석한 긴급 고위당정회의를 소집한 후 "과거의 잘못된 일을 은폐하려 하거나 적당히 넘기려 하지 말고 능동적으로 밝히고, 처리할 것은 명쾌하게 처리하라."고 지시했다. 노태우 대통령이 '5공 청산, 5공 단절'의 확고한 의지를 천명함에 따라 나에게 '사과-재산 헌납-낙향' 방안을 수용하도록 설득할 임무를 지게 된 당과 정부의 고위 인사들이 바빠졌다. 노태우 대통령이 직접 나서지 않는 상황에서 나를 설득하러 나선다는 것은 그들에게는 마치 고양이에게 방울 달기와 같은 어려운 임무였다. 자의였는지 타의였는지 알 수 없지만 그 일을 위해 제일 먼저 나타난 사람은 이원조李源祚 의원이었다. 이원조 의원은 노태우, 김복동 씨 등과 경북고등학교 동문이었을 뿐만 아니라 그들과 포커판에서 곧잘 어울리는 고정 멤버였다. 이원조 씨는 연희동 나의 집 바로 이웃에 살았다. 어렵게 말을 꺼낸 그는 나에게 고향인 경남 합천으로 내려가는 것이 좋겠다고 했다. 나는 기분이 나빠 다시는 나의 집 근처에 얼씬거리지도 말라고 혼을 내서 보냈다. 그럼에도 그는 부지런히 우리 집을 들락거리면서 내 측근들을 붙잡고 통사정을 했다.

진전이 없자 이번에는 당에서 나섰다. 노태우 대통령이 아시아 태평양 지역 국가 순방을 위해 11월 3일 출국하자 바로 그 다음날 윤길중 민정당 대표가 아침 일찍부터 나를 찾아왔다. 그는 내게 연희동을 떠나 수양하는 것이 좋겠다고 했다. 내가 "노태우 대통령의 지시를 받고 왔나. 연희동을 떠나라는 것은 노 대통령의 뜻인가?"라고 묻자 윤 대표는 자신이 자진해서 온 것이고 낙향하라는 것도 자기의 의견이라고 했다. 나는 "그 문제는 내가 노 대통령과 직접 얘기를 해서 해결할 일."이라고 못 박고는 돌려보냈다. 윤 대표가 왔다 간 다음날인 5일에는 정호용 의원이 나타났다. 그는 당시 다음번 당 대표를 노리고 있다는 소문이 돌고 있었다. 나와 노 대통령하고는 육사 동기생으로서 친구지간인 정 의원은 "인생은 어차피 빈손으로 왔다가 빈손으로 가는 거다. 대통령까지 지냈으니 모든 것을 훌훌 털고 연희동을 떠나는 게 좋겠다. 여기 있으면 자꾸 학생들 데모의 표적이 되니 시골에 내려가든지…."라면서 나를 설득하려고 했다.

정 의원을 돌려보낸 이틀 뒤인 7일에는 역시 육사 동기생이자 친구인 권익현 전 민정당 대표가 찾아왔다. 노 대통령이 순방외교를 떠나면서 자신의 뜻을 대신 전할 수 있는 사람들에게 나를 찾아가 설득하라고 지시해놓았기 때문일 것이다. 이들 설득 사절들이 차례차례 나를 방문하는 것과 때를 맞춰 언론매체들은 "청와대와 민정당은 더 이상 멈칫거리지 않고 전두환 전 대통령이 5공 청산 문제를 스스로 해결하도록 유도하는 작업을 조직적 공개적으로 진행하고 있다."는 요지로 보도하고 있었다. 뿐만 아니라 여권 고위 소식통의 말을 빌려 사과 및 낙향으로는 미흡하고 재산을 헌납해야 하며, 헌납할 재산은 정치자금 잉여분은 물론 1983년 재산등록 이후 증식된 재산도 포함돼야 한다고 했다.

설득 사절들의 잇단 방문과 언론플레이를 통한 압박에도 불구하고 내가 자신들의 뜻대로 따라주지 않자 6공 핵심은 검찰과 국세청을 동원하기 시작했다. 정호용 의원이 다녀간 이틀 뒤인 11월 7일 먼저 나의 4촌 동생(전순환全淳煥)을 구속하면서 처남(이창석李昌錫) 회사에 세무사찰을 시작했다. 형님(전기환全基煥)을 비롯한 친인척들을 무더기로 사법처리하기로 했다는 얘기도 들렸다.

11월 8일 저녁 나는 6공 핵심인 청와대의 최병렬(정무수석), 박철언(정책보좌관) 그리고 민정당의 박준병(사무총장), 김윤환(원내총무) 네 사람을 연희동으로 불렀다. 6공 핵심 측근인 그들을 마주하게 되자 나는 그동안 5공 단절, 올림픽 개회식 참석 문제 등과 관련해 언론플레이를 통해 나에 대한 부정적 여론을 증폭시켜온 사실들이 생각나 섭섭한 마음을 그대로 털어놓았다. 6.29선언과 관련한 비화, 정치자금 문제 등 그동안 일절 공개되지 않은 비밀스런 얘기까지 언급하면서, 그 자리에 배석했던 민정기 비서관에게 필요할 경우 공개할 수 있도록 발표문안으로 만들어놓으라고 지시했다. 훗날 언론이 '폭탄선언'이라고 보도하곤 했던 그 내용이었다. 그 말을 듣는 순간 6공 핵심 측근인 그들은 잔뜩 긴장한 표정을 지었다. 그들이 돌아간 후 나는 곧바로 민 비서관에게 기록은 갖고 있되 발표문 작성은 하지 말라고 다시 지시했다. 나는 그 네 사람을 부를 때 저녁을 같이하자고 했지만 얘기를 하다보니 때도 지났고, 같이 식사를 할 분위기도 아니어서 이렇게 한 마디 덧붙이고 돌려보냈다.

"노 대통령이 잘 되고 나라가 잘 되는 일이라면 어떤 희생도 감수하겠다. 그러나 노태우가 말 한 마디 없이 그렇게 해서는 안 된다. 30여 년간 고락을 같이 했는데 두 사람 사이가 원수가 되지 않기를 바란다."

내 말을 받아 박철언은 친인척 구속이 불가피한 점을 이해해주기를 호소하면서 노태우 대통령과의 회동을 주선하겠다고 했다.

그런 일이 있은 지 4일 후인 11월 12일 친형(전기환)과 4촌동생(전우환全禹煥), 동서(홍순두洪淳斗)가 각각 구속되었다. 노 대통령이 동남아 순방을 마치고 귀국하던 14일에는 처남(이창석)이 검찰에 불려갔고 다음날 저녁 바로 구속됐다. 검찰이 비리 혐의가 있어 구속할 필요가 있다고 판단해 영장을 청구하고 법원으로부터 영장을 발부받아 구속하는 것은 정당한 법절차의 집행인만큼 시비할 일이 아닐 것이다. 그런데 내가 노 대통령을 섭섭하게 생각하는 것은 나에게 약속을 해놓고는 지키지 않은 사실 때문이다.

노태우 대통령이 순방외교를 위해 출국하기 전날인 11월 2일 밤, 아내가 김옥숙 여사에게 전화를 걸어 검찰이 나의 친인척에 대해 무리한 수사를 하는 것 같다며 수사 상황을 알아봐달라고 했다. 그러자 노태우 대통령이 곧바로 나에게 전화를 걸어와 위로의 말을 하면서 "형님(전기환)은 걱정 안 해도 되니 너무 걱정하지 말라."고 했다. 또 그 시간 김옥숙 여사도 나의 형수님에게 전화를 걸어 걱정 말라고 했다는 것이다. 그렇게 약속해놓고는 자신이 해외에 나가 있는 동안 구속해버렸다.

노태우 대통령은 11월 14일 귀국한 후 배명인裵命仁 안기부장, 홍성철洪性澈 비서실장 등으로부터 보고를 받고는 그날 저녁 당장 나에게 전화를 걸어 왔다. 나는 그날 배신감으로 감정이 몹시 격앙되어 있던 터라 대통령의 전화였지만 받지 않았다. 그러자 바로 다음날 이원조 의원이 찾아왔다. 그동안 만나주지 않았는데 노 대통령이 보내서 왔다고 해서 만났다. 오해가 생긴 것 같은데 노태우 대통령과 말씀을 나누면 풀릴 것이라며 통화에 응하기를 간청했다.

노 대통령과의 통화는 15일 밤늦은 시간인 11시쯤 이뤄졌다. 통화가 30분이나 이어진 것은 노 대통령이 그간의 경과에 대해 길게 해명하고 사과했기 때문이었다. 이날 통화시간 내내 그는 대통령이 되기 전과 마찬가지로 나에게 겸손하고 낮은 자세로 얘기했다. "같이 죽고 같이 살아야 되는 것 아닌가. 각하가 희생되면 제가 희생되는 것."이라는 말도 했다. 노태우 대통령과 긴 시간 통화를 하고 나니 그간 섭섭하던 마음이 많이 풀렸다. 전화에서도 그런 얘기를 했지만 공멸을 피하기 위해서는 결국 6공 청와대의 요구를 수용할 수밖에 없겠다는 생각이 들었다.

그런데 대책을 생각해낼 수 없는 문제가 있었다. 연희동 집을 떠나라는 요구였다. 연희동 집은 앞에서도 언급했듯이 1969년에 집사람이 대지를 사서 내가 월남에 파병되어 있던 1971년에 직접 지은 집인 만큼 '5공 비리'와는 전혀 관련이 없는 재산이다. 더욱이 막내아들(재만宰滿)은 당시 대학입시 준비를 하던 중이어서 서울을 떠나는 우리 부부가 데려갈 수도 없는 처지였다.

노태우 대통령과 통화한 다음날인 11월 16일, 이원조 의원이 다시 찾아와서 나의 최종 결심을 촉구했다. 연희동을 떠나 있는 기간이 잠시뿐이라는 것, 더 이상의 친인척 구속은 자신이 나서서라도 막겠다는 등의 말을 하며 재촉했다. 나는 노 대통령과의 통화에서 한 말도 있고, 더 이상 끌어봐야 뾰족한 대책이 생길 형편도 아니어서 11월 17일 밤 청와대의 방침을 수용하겠다는 최종 의사를 공식적으로 전달했다. 발표 시기는 광주특위의 1차 청문회가 열리는 18일의 상황을 본 뒤 그 다음주 월요일인 21일쯤 될 것이라고 통보했다.

이 통보를 계기로 나와 청와대 양측이 실무협의에 들어갔다. 나의 측근 중에서는 장세동 전 안기부장, 안현태 전 경호실장, 이양우 전 사정수석, 그리고 6공 측에서는 청와대의 최병렬 정무수석, 박철언 정책보좌관과 이원조 의원이 만나 협상을 시작했다. 이때 양측은 협상 타결을 위한 기본 전제 조건에는 서로 이견이 없었다. 즉 5공 측은 6공 청와대의 요구인 '사과-재산 헌납-낙향' 등 3개항을 받아들이고, 6공 청와대는 '5공 청산의 종결'을 확실히 보장하는 것이었다. 종결이란 곧 정치적 사법적 처리의 종결을 의미했다. 더 이상 사법처리되는 일이 없어야 하며 정치적으로는 내가 국회 청문회의 증언대에 서는 일이 없도록 한다는 것이었다.

청와대가 요구한 3개항 가운데 국민에게 사과하는 문제는 연희동을 떠나는 날 기자회견을 통해 사과문을 발표하고 이 장면을 TV로 생중계하는 것으로 결론을 냈다. 실무협상 진행상황을 보고받은 나는 사과 문안의 작성을 민정기 비서관에게 맡겼다. 이왕 사과하기로 한 만큼 억울한 마음을 토로하거나 변명을 한다는 느낌을 주지 않도록 하라고 지침을 주었다. 그런데 막상 연설문을 준비하던 민정기 비서관이 도저히 그런 내용으로는 쓸 수 없다고 버텼다. 평생을 나라를 위해 헌신했고 대통령 재임 중 획기적인 업적을 많이 남겼는데, 어떻게 지금까지 살아온 삶이 모두 잘못된 것이라고 해야 하느냐는 것이었다. 민 비서관의 말이 틀린 얘기도 아니었고, 또 오랜 기간 나를 보필해온 그의 심정도 모르는 게 아니었지만, 나는 "지금은 잘잘못을 따질 계제가 아니다. 오늘의 상황이 빚어진 데 대해서는 어쨌든 나의 책임이 큰 만큼 국민 앞에 엎드려 사죄하고 어디로든 떠나 자숙의 시간을 보내야 한다."고 타일렀다.

사과문은 아홉 차례의 수정 보완을 거쳐 백담사로 떠나는 11월 23일 새벽녘이 되어서야 완성됐다. 그 하루 전인 22일 저녁 작가 이병주李炳注 씨가 찾아왔다. 부산에 있다가 내가 23일 연희동 집을 떠난다는 뉴스를 듣고는 급히 올라왔다는 것이다. 나는 사과문 원고를 건네주며, 문안이 완성되기까지 진통이 있었다는 얘기와 함께 내용을 검토해달라고 부탁했다. 원고를 훑어본 이병주 씨는 민 비서관이 했던 말과 똑같은 얘기를 했다. 무엇을 그렇게 잘못했다고 사과 일변도의 얘기만 하느냐, 내용이 너무 처연凄然하다, 할 말은 해야 하는 것 아니냐고 했다. 나는 민 비서관에게 했던 얘기를 반복할 수밖에 없었다. 이병주 씨는 민 비서관에게 20여 대목의 자구를 수정하면 좋겠다는 메모를 남겼고, 그 과정을 거쳐 23일 아침 최종본이 나에게 보고되었다.

두 번째 요구사항인 '재산 헌납' 문제 가운데 정치자금은 국가원로자문회의 의장으로서 사용하기 위해 가지고 있던 자금 가운데 89억 원을 헌납하기로 했다. 그러나 6공 청와대 측은 최소한 100억 원 이상은 돼야 국민이 납득할 수 있을 것이라며 청와대가 50억 원을 보태겠다고 했다. 나의 참모들은 반대했지만 나는 그냥 받아들이라고 했다. 6공 측은 연희동 집을 비롯한 기타 재산도 헌납 목록에 포함시켜야 한다고 주장했는데, 대통령이 되기 훨씬 전부터 살던 집까지 빼앗아가면 가족들은 어디서 살라는 것이냐는 항의를 받자 발표문에 다음과 같이 표현하는 것으로 타협을 봤다. 6공 측이 제시한 표현은 "… 정부가 국민의 뜻에 따라 처리해주기 바란다…."는 것이었다. '국민의 뜻에 따라'는 '법에 따라'로 유추해석되니까 '법적으로 하자가 없으면 당연히 되돌려준다'는 것이었다. 연희동 집이 즉시 헌납해야 할 재산 목록에서 제외됨에 따라 고등학교 2학년인 막내아들이 출가한 나의 딸(효선孝善) 내외와 함께 살 수 있게 되었다.

세 번째 요구사항인 '낙향'은 사찰에 은둔하는 것으로 낙착되었다. 6공 핵심에서는 고향 합천으로 갈 것을 원했지만, 내가 고향을 떠나온 지 반세기 가까운 세월이 흘렀을 뿐만 아니라 그곳엔 내가 거처할만한 집도 없었다. 생가가 있었지만 글자 그대로 초가삼간이었고 그나마 얼마 전 방화사건까지 발생해 내가 그곳에 가서 살 수 없는 환경이라는 것은 6공 측에서 더 잘 알고 있었다. 일단 연희동 집을 떠나기로 결심하자 나는 새로운 거처로는 서울서 멀리 떨어진 외진 사찰이 좋겠다고 생각됐다. 나는 손삼수孫杉秀 비서관에게 조계종의 서의현徐義鉉 총무원장을 만나 그러한 조건에 맞는 적당한 절을 찾아줄 것을 부탁해보라고 지시했다. 서의현 총무원장이 추천한 절이 바로 백담사였다.

### 망명과 낙향 대신 선택한 한사寒寺 유폐

연희동을 떠나 새로 거처할 장소까지 최종 결정되자 허탈한 기분이 들면서 한편으로는 마음이 편해짐을 느낄 수 있었다. 나의 측근들은 현장을 다녀온 손삼수 비서관으로부터 백담사가 첩첩산중인데다 주거시설이 너무 열악하다는 얘기를 전해 듣고 걱정스런 표정이었다. 나는 기왕 서울을 떠나 은둔하기로 한 이상 사람이 찾아오기 어려운 곳이니 오히려 잘된 일 아니냐고 했다. 정든 집을 떠나 낯선 곳으로 가는 것인데 시설이 좋다 해서 몸과 마음이 더 편할 리도 없고, 나쁘다고 한들 사람 사는 곳이 아니겠느냐고 달랬다.

나는 그때까지 백담사라는 절은 이름조차 들어본 일이 없었고, 물론 가본 적도 없었다. 아무런 인연도 없는 그곳에 이제 우리 내외가 한동안 몸을 의탁하게 된 것이다. 그런데 백담사와 나는 이미 한 가닥 인연의 끈이 이어져 있었다는 사실을 뒷날 알게 되었다. 내가 대통령 재임 중이던 1985년경 나의 형수님은 평소 잘 알고 지내는 서석 보살이라는 분한테서 한 절의 대웅전 불사에 보시를 하지 않겠느냐는 부탁을 받고 얼마간 보시를 했다고 했다. 잘 모르는 절이었지만 아는 보살의 부탁이라 보시를 한 것이었다. 그러면서 대웅전의 주춧돌에 새기게 되는 시주 이름으로 내 이름을 댔다는 것이다. 그러니까 백담사 대웅전의 어느 기둥 밑 주춧돌에는 나의 이름이 씌어 있는 것이다. 형수님은 내가 유폐되어 간 곳이 백담사라는 것을 알게 되자 '인연'의 힘에 경악할 수밖에 없었다고 했다. 내가 지난날 절에서 묵었던 것은 공수부대에 있을 때 훈련을 나가 무주 덕유산의 안국사에서 하룻밤 지낸 일이 있을 뿐이었다.

연희동을 떠나기 전날 밤 아내는 안방에서 짐을 챙기고 나는 응접실에서 다음날 발표할 대국민 사과문을 읽고 있었다. 옆에서 이를 지켜보던 딸이 나중에 노태우 대통령이 용서를 빌러 오면 용서하겠냐고 물었다. 아마 용서해서는 안 된다는 생각을 그렇게 표현했을 것이다. 나는 딸아이로부터

전두환 회고록 3권. 황야에 서다

그런 질문을 받는 현실이 부끄러워 아무런 대답도 하지 못했다. 그날 나와 우리 가족들은 거의 뜬 눈으로 밤을 보냈다.

백담사로 떠나기 전 대국민 사과 성명을 연희동 사저 응접실에서 발표.

11월 23일 날이 밝았다. 아침 9시 30분, 나는 응접실에서 '국민 여러분께 드리는 말씀'이라고 제목을 붙인 사과문을 읽어 내려갔다. 27분간 계속된 사과문 낭독 모습은 TV로 생중계됐다. 언론매체들은 내가 담담한 목소리로 사과문을 읽어 나갔으나, 가난했던 어린 시절을 언급하면서 '움막집 아이' '바로 밑의 동생이… 병원 한 번 데려가보지 못한 채 어린 제 품에 안겨 숨을 거두는 모습'이라는 대목에서는 울먹이며 잠시 말을 이어가지 못했다고 보도했다. 기자회견을 마친 뒤 백담사로 떠나기 위해 옷을 갈아입고 계단을 내려왔다. 군 시절 나의 부관이었던 손삼수 비서관이 계단 밑에 엎드린 채 길을 막고는 "차라리 제가 감옥에 가겠습니다."라며 통곡을 했다. 나는 그의 손을 잡아 일으켰다. 주위에 있던 측근, 비서관, 경호관들도 모두 눈물을 훔쳤다. 대문 앞에는 얼마 전 나를 찾아와 집을 내놓고 합천으로 가라고 요구했던 유길중 민정당 대표의 부인과 이웃 주민들이 나와 있다가 집사람의 손을 붙잡고 울음을 터뜨렸다. 차가 움직이자 집사람은 두 손으로 얼굴을 감싸 안고 참았던 울음을 터뜨렸다. 나는 말없이 집사람의 어깨를 보듬어주었다.

연희동 집을 떠난 우리 일행은 곧바로 백담사로 향했다. 그때까지 우리의 행선지는 공개되지 않고 있었다. 우리 일행이 탄 승용차는 따라붙는 취재진 차량을 따돌리기 위해 중간중간 우회해야 했다. 남양주, 양평, 홍천을 거치는 빠른 코스를 피해 경부고속도로를 타고 남쪽으로 달렸다. 다시 영동고속도로로 접어들었다가 거꾸로 홍천으로 거슬러 올라가 백담사로 향했다.

백담사에 도착한 것은 오후 3시 20분경이었다. 점심은 차 안에서 김밥으로 대신했다. 산에는 며칠 전 내린 눈이 수북이 쌓여 있었다. 낯선 그곳에는 이미 영하 20도를 오르내리는 매서운 겨울이 찾아와 있었던 것이다. 산문山門 앞에는 스님 몇 분이 고독한 산사를 배경으로 나를 기다리고 있었다. "어서 오십시오." 김도후金度吼 주지스님이 말했다. "안녕하십니까, 신세 좀 지겠습니다." 나는 정중히 답례를 했다. 다시 도후 스님이 "피곤한 심신을 부처님 품안에서 풀고, 마음의 평안을 찾아서 돌아가시기 바랍니다."고 말한 후 우리 내외를 법당으로 안내했다. 서툰 대로 부처님께 예를 올렸다. 그런 뒤 요사채에 마련된 거처할 방으로 가 여장이라고 할 것도 없는 몇 가지 짐을 풀었다. 주지 스님은 거처가 낡고 비좁은 데 대해 몹시 미안해했다.

경내가 넓지 않다는 것을 첫눈에 알 수 있었지만 절 모습이 궁금해서

전두환 회고록 3권. 황야에 서다

우리 내외는 두툼한 방한복으로 갈아입고 대웅전 앞마당으로 나왔다. 모여 있던 20여 명의 기자들이 다가왔다. 낯익은 얼굴도 보여서 인사를 나누고 있는데 외국인 기자가 먼저 앞으로 나와 사진을 찍으려 했다. 나는 "이런 장면은 한국 기자가 먼저 찍어야 되는 것 아닌가?" 하자 기자들이 웃음을 터뜨렸고 우리 내외도 따라 웃었다. 다음날 신문들은 우리가 웃는 모습의 사진을 실으면서 "절로 쫓겨 가서도 반성할 줄 모르고 웃고 있다."고 썼다. 우리가 웃고 있는 것이 웃는 것이 아님을 그들도 모르지는 않았을 것이다.

우리의 행선지가 백담사라는 것은 비밀에 붙여져 있어 내 주변에서도 극소수의 사람만 알고 있었다. 백담사로 오면서도 취재진 차량을 따돌렸기 때문에 그곳까지 쫓아온 기자들은 없었다. 하지만 우리가 도착했을 때 그곳엔 이미 기자들이 도착해 우리 일행을 기다리고 있었다. 누군가 알려주었을 것이었다. 황망하게 쫓겨 다니는 우리 모습에 여유와 너그러움이 있을 수는 없었다. 그러한 처지의 우리 내외를 언론에 노출시키려는 의도를 이해하기 어려웠다. 열악한 생활환경보다도 우리 내외를 옥죄고 있는 권력 핵심의 곱지 않은 심사가 유폐 생활의 첫날부터 나를 우울하게 만들었다.

70일이 지나자 그동안 우리 내외를 괴롭히던 증세가 말끔히 사라지면서 거짓말처럼 마음이 평온해졌다. 매일 계속되는 기도로 체질이 바뀌고 산사 생활에 적응도 되면서 나는 스스로 반쯤은 스님이 된 것 같다는 생각이 들었다. 오랜만에 나를 만난 사람들은 내 얼굴이 맑아지고 빛이 난다고 했다. 염불도 어느 정도 할 줄 알게 됐다. 부처님의 가르침이 내 가슴 깊이 새겨지고 있었던 것이다. 고마운 일이었다. 사람이 겪게 되는 모든 일은 그 원인이 모두 자신에게 있다는 진리를 받아들이게 되었다. 우리 내외가 백담사에 오게 된 것도 모두 우리 자신에게 책임이 있는 것이지 남의 탓 때문일 수는 없었다.

제 3 장

# 백담사百潭寺에서의 769일

# 가장 외진 절, 백담사

.

## 수돗물도 전기도 없는 생활

21세기를 10년 남짓 앞둔 시점이었지만 백담사의 생활환경은 19세기에 머물러 있었다. 올림픽을 앞두고 모든 관광지의 화장실을 현대식으로 개조하라는 정부 방침에 따라 웬만한 사찰의 화장실은 수세식으로 바뀌었지만 전기가 들어오지 않는 백담사는 재래식 화장실을 그때까지도 사용하고 있었다.

우리 내외가 거처할 요사채의 방은 두 평쯤 되는 작은 공간이었다. 창문도 없는 그 조그마한 방은 두 사람이 눕고 나면 윗목에 책상 하나를 겨우 놓을 수 있었다. 방을 덥히기 위해 툇마루를 들치고 아궁이에 군불을 때자 매운 연기가 방 안으로 한가득 몰려들어왔다. 겨울에는 머물 사람이 없어 구들장이 내려앉은 것을 고치지 않고 두었던 것인데 갑자기 우리 일행이 들이닥친 것이었다. 뒷문을 봉해 연기가 들어오는 것을 막고 담요로 앞문마저 가리자 방안이 온통 캄캄해졌다. 촛불을 켜 어둠을 몰아내려 했지만 역부족이었다. 우리 내외에게 그런 방밖에 내줄 수 없었던 당시의 심경을 도후 주지스님은 훗날 "필설로는 표현할 길이 없었다."고 토로했다.

두 평 반짜리 방에는 따로 옷장조차 마련할 수가 없었다.

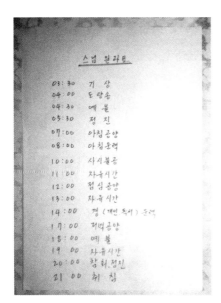

벽에다 '스님 일과표'를 붙여놓고
스님과 똑같은 생활을 했다.

밤이 되어 요를 펴고 누웠지만 잠이 올 리 없었다. 밤새 뒤척이다 새벽녘에 눈을 좀 붙이려 하니 어김없이 목탁소리가 들려왔다. 새벽寅時 기도를 알리는 도량송道場誦이었다. 잠을 깨우는 도량송부터 처마 밑에서 울리는 풍경소리까지… 아니, 백담계곡에 흐르는 물소리부터 대청봉에서 내려쳐오는 바람소리까지 어느 것 하나 나의 신경을 흔들어놓지 않는 것이 없었다. 그렇게 잠 못 이루는 사흘간의 불면의 밤을 보낸 후 나는 새벽예불에 참석했다. 절에 왔으니 절의 법을 따르자고 생각했던 것이다. 새벽 3시가 되면 어김없이 일어나 아랫목에 놓아둔 양재기 물에 수건을 적셔 몸을 닦고 법당에 나갔다. 아무것도 모른 채 참석하는 새벽예불은 그야말로 고역이었다. 천근같은 몸을 이끌고 영하 20도 추위에 꽁꽁 얼어 있는 법당에 들어가 앉았다. 아무리 내의를 겹겹이 껴입어도 냉기가 사정없이 온몸으로 파고들었다. 새벽예불 내내 뼛속까지 얼어붙는 고통이 스며들었다. 목탁소리도, 염불소리도 내 귀에는 들어오지 않았다. 법당에서 절을 하다 보면 추위에 무릎이 시리다가 나중에는 신경이 마비되는 듯했다. 백담사 생활이 아직 몸에 익지 않은 어느 날, 나는 새벽예불을 마친 후 일어나질 못했다. 주위의 부축을 받고 겨우 일어난 나는 손발 끝은 물론 내장까지 얼어버린 것 같았다.

내가 백담사로 떠난 3일 후 노태우 대통령이 '시국과 관련하여 국민 여러분께 드리는 말씀'이라는 담화를 발표하고 나에 대한 정치적 사면을 호소했지만 국회의 5공특위와 광주특위는 활동을 멈추지 않고 있었다.

백담사에 온 뒤 서울 자비사의 박삼중朴三中 스님, 극동방송 사장인 김장환金章煥 목사님 그리고 새해 들어 1월 18일에는 법정法頂 스님이, 1월 25일에는 지학순池學淳 주교가 찾아와서 위로와 기도를 해주고 갔지만 마음속 울분은 가라앉지 않았다. 예불에 참석하며 애써 마음을 달래보려 했지만 들려오는 소식은 광주특위가 나와 최규하 전 대통령을 청문회에 증인으로 채택했다는 등 화를 돋우는 내용뿐이었기 때문이다.

캄캄한 한밤중에 화장실을 가야 할 일이 생기면 200미터 넘게 떨어져 있는 일주문 옆 재래식 화장실까지 플래시에 의존해 오가야 했다. 집사람이 살쾡이 울음소리에 놀라 혼자 갈 수 없다고 쩔쩔 맬 때에도 나는 어쩔 수 없이 매번 함께 가줘야 했다. 나를 경호하고 있던 경호원들은 청와대 경호실 소속이고 내가 1사단장 때 참모장이었던 경호실장 이현우李賢雨도 내가 노 대통령에게 경호실장으로 추천한 사람이었다. 그런데 나를 경호하는 경호팀이 청와대 당국에 차량 지원과 전기를 가설해줄 것을 요청했지만 들은 척도 하지 않는다는 것이었다. 한 나라의 대통령을 지낸 사람에게 이럴 수는 없나는 생각이 들었다.

그렇게 지내던 어느 날 불현듯 나는 이렇게 절에 오게 된 것도 인연이니 백일기도를 한번 해보면 어떨까 하는 생각을 하게 되었다. 그러자 이상하게도 백담사 생활을 시작하고 며칠 안 되어 찾아오신 서암西庵 큰스님이 내게 해주셨던 말씀이 생각났다. '누릴 것 다 누려본 대통령 내외께서 이 깊은 절까지 찾아와 수도하시게 된 걸 보면 전생에 복을 지어도 무척 많이 지으신 모양'이라고 했던 말씀이다. 큰스님의 그 말씀에 큰 울림이 있었던 것인지, 나는 아내와 함께 백일기도를 시작하기로 결심했다. 큰스님의 말씀대로 어떤 인연의 끈에 매달려 알지도 못하는 이곳 백담사까지 오게 되었는지는 알 수 없지만 나의 생을 되돌아보며 기도를 하면 마음이 좀 풀리지 않을까 하는 생각을 하게 된 것이다.

## 백일기도와 탄허呑虛 스님

백일기도는 주지스님과 의논해 음력 정월초하루인 2월 6일부터 시작하기로 했다. 백일기도 제목을 정해야 했을 때 나는 대통령 재임 중 만난 탄허呑虛 스님이 내게 하셨던 말씀이 떠올랐다. "우리나라는 역사적으로 변란과 병화兵禍가 많아 억울하게 죽은 영혼들이 많다. 이 원혼들을 달래줄 의식을 지낼 필요가 있다."고 하셨던 것이다. 내가 탄허 스님을 만날 수 있는 계기가 많지는 않았지만, 스님은 국민 모두에게 특별히 두루두루 마음을 쓰고 베풀어주는 지도자가 되어야 한다는 점을 강조하셨다. 1982년 나에게 일해日海라는 아호를 지어주면서 이렇게 풀이해주셨다.

〈日海 : 若以光으로 言之則 螢不如燈이요 燈不餘月이요 月不如日이며 若以水로 言之則 川不如江이요 江不如河요 河不如海라 日者는 太陽也요 海者는 太陰也니 太陽之下엔 無所不照하고 太陰之中엔 無所不涵也라 無所不照則 萬物이 賴之而生하고 無所不涵則 萬有가 賴之而長이니라〉

빛으로 말하면, 반딧불은 등불만 못하고 등불은 달만 못하고 달은 해만 못하다. 물로 말하면, 냇물은 강만 못하고 강은 황하黃河만 못하고 황하는 바다만 못하다.

해라는 것은 태양이요 바다라는 것은 태음이니, 태양 아래에는 비추지 않는 곳이 없고 태음 가운데에는 적시지 않는 곳이 없다. 비치지 않는 곳이 없으면 세상 모든 물건들이 그에 의지하여 살아가고, 적시지 않는 곳이 없으면 우주의 모든 물건들이 그에 힘입어 자라나느니라.

백일기도의 제목은 '국태민안과 영가천도靈駕薦度'였다. 천도기도의 대상은 개국 이래 순국하신 영령들, 2차대전 때 희생된 한민족 영령들, 6.25전란 때 희생된 군·경·민의 영령들, 광주사태로 인해 희생된 영령들, 삼청교육으로 희생된 영령들, 아웅산 순국 외교사절 영령들, 대한항공 여객기 참사로 희생된 영령들, 의령 사건으로 희생된 영령들, 순직 근로자들의 영령들 등이었다. 백일기도 과정 중 삼배를 올릴 때에는 국민에게 축복과 지혜와 용기를, 국가의 지속적 성장을, 이 민족에게 평화와 통일을 발원했고, 사배를 바칠 때엔 이 나라 정치가 잘 되기를, 이학봉李鶴捧 전 수석과 장세동張世東 전 안기부장이 석방되기를, 구속 상태에 있는 형님과 동생의 건강을 그리고 나를 위해 고생하는 사람들에게 축복을 내려달라는 발원을 했다.

백일기도는 매일 새벽 4시, 오전 10시, 오후 2시, 저녁 6시 등 네 차례 실행하는 것이 원칙이어서 단 하루도, 단 한 차례도 기도에 불참해서는 안 되는, 어지간한 인내심이나 신심으로는 결코 해낼 수 없는 어려운 과정이라고 했다. 나는 오후 2시의 기도는 불교의 교리를 공부하거나 불경을 외우는 것으로 대체하고 하루에 세 번의 의식을 계속하기로 했다. 모르고 하는 기도는 의미가 없다고 생각했기 때문이다.

하루에 세 번 기도드릴 때마다 일백여덟 번 엎드렸다 일어나야 하는 이 108배의 수행은 큰 고통이었다. 영하 30도 추위 속에서 번뇌 망상에 시달려야 하는 일은 더 큰 고통이었다. 기도를 시작한 지 20일이 지나자 첫 번째 고비가 찾아왔다. 지독한 몸살이 찾아온 게 그랬다. 누우면 땅속으로 가라앉아버릴 듯 꼼짝을 할 수 없는데 하루 세 번 치러야 하는 기도 시간은 어찌 그리 자주 찾아오는지…. 기도 시간이 겨우 끝났구나 하고 방에 들어와 다리 뻗고 눕는 순간 어느새 다음 기도 시간이 다가와 있었다. 입 안이 온통 헐어 물을 마시는 것조차 고통스러운 나날이었다.

50일 정도가 지나자 이번에는 일체의 육식을 금해서 생기는 메스꺼움과 구토, 빈혈증을 동반한 입덧 증세가 나타났다. 살기 힘들었던 어린 시절 나는 야채만 먹고 살았어도 건강하기만 했었다. 그러나 어느새 형편이 나아졌다고 기름진 음식을 먹다보니 이런 병이 다 생기는구나 하는 생각도 들었지만 그 고통은 엄청났다. 과연 이 백일기도를 끝까지 해낼 수 있을까. 평생 학교든 학원이든 결석 한 번 해본 적이 없던 성실한 아내도 어려워하기는 마찬가지였다. 그렇다고 어렵게 시작한 기도를 중도에 그만둘 수도 없다. 죽어도 기도하다 죽겠다는 각오로 버텨나갔다.

백일기도를 드리면서 나는 아무도 미워하지 말자, 모두가 내 잘못이고 내 탓이라고 생각해보자고 굳게 다짐했다. 그러나 1분도 지나지 않아 억울하고 분하다는 생각이 나를 엄습했다. "내가 얼마나 어렵게 평화적 정부 이양을 이룩했는데 이럴 수 있나. GNP 600억 달러에 빚이 200억 달러인 나라를 맡아 4,000억 달러의 부자 나라로 만들어 넘겨줬으면 훈장을 주고 포상금도 줘야 마땅할 텐데 해외로 망명하라고 몰아세우더니 이제는 백담사 유폐도 모자라 국회에 불러내 온갖 수모를 주려하고 있으니 과연 이래도 되는 것인가!"

다시 기도로 돌아오면 부처님께서는 누구를 원망하면 또 업業을 짓게 된다고 가르치고 계셨다. 하지만 나는 여전히 분한 생각과 배신감 때문에 자다가도 벌떡 일어나는 일이 많았다. 나는 그때마다 냉수를 마시고 마음을 가라앉히려 노력했다. 업장소멸業障消滅 없이는 마음이 편해질 수가 없다니 어쩌겠는가. 나는 닥치는 대로 불경을 읽었다. 시간을 내어 사경寫經도 했다. 목청 높여 고성염불高聲念佛도 했다. 목탁을 두드리며 불교의 수많은 주문을 외우기도 했다. 나는 내가 할 수 있는 모든 노력을 기울였다. 내 마음속에 들어앉아 나를 괴롭히고 있는 내 마음의 분노를 삭이고 싶었기 때문이었다.

탐심과 성냄과 어리석음을 가리키는 탐食, 진瞋, 치癡 3독毒이 사람을 망친다는 가르침이 특히 마음에 와닿았다. 나의 경우를 봐도 58세의 젊은 나이에 대통령직에서 스스로 물러나는 것만 해도 권력을 박차고 나오는 것이라고 생각했을 뿐, 권력 하나도 없이 뒷방 늙은이로 살려는 생각은 추호도 없었다. 말하자면 대통령에게 조언도 하면서 나라의 원로로서 또 전임 대통령으로서 남들이 모두 부러워하는 그런 삶을 살고 싶다는 욕심 때문에 이 지경이 된 것이 아닌가. 만약 내가 탐심이 전혀 없는, 권력을 돌과 같이 보는 도인의 심정을 가질 수 있었다면 권력에 연연하지 않았을 것이었다. 따라서 불교에서 진瞋이라고 하는 노여움을 마음에 간직한 채 괴로워하는 어리석음은 범하지도 않았으리라. 내가 당하고 있는 모든 고통의 근원은 탐심이라는 것에서 비롯된 어리석음에 기인하는 것인데 누구를 원망할 수 있다는 말인가. 모든 것을 놓아버리자, 지금이라도 늦지 않았으니 놓아버리자. 부처님께서는 모든 것이 마음에 달렸다고 가르치시지 않는가. 내가 한 마음을 잘 가져 고통에서 벗어나보도록 소원하자. 그날부터 나 자신과의 싸움이 시작되었다.

백일기도 중 어떤 날은 또 생각했다. 내가 만약 6.29선언을 홀로 결심할 때 선거전에서 반드시 민정당이 이겨야 한다는 탐심을 버릴 수 있었다면 어떻게 되었을 것인가. 내가 만약 민정당의 노태우 후보에게 6.29선언의 모든 영광을 안겨줘 대선에서 반드시 이겨야겠다고 안간힘을 쓰는 대신, 대권주자 3김 씨를 모두 청와대로 불러 직선제를 포함한 모든 민주화 요구를 수용할 테니 정정당당하게 한번 멋지게 싸워보라고 했더라면 3김 씨 마음에 쌓여 있던 분노의 독이 일시에 녹아 한풀이 정국을 벌이는 일은 일어나지 않았을 것 아닌가.

그런데 놀라운 일이 일어났다. 70일 가량 지나자 그동안 우리 내외를 괴롭히던 증세가 말끔히 사라지면서 거짓말처럼 마음이 평온해졌다. 매일 계속되는 기도로 체질이 바뀌고 산사 생활에 적응도 되면서 나는 스스로 반쯤은 스님이 된 것 같다는 생각이 들었다. 오랜만에 나를 만난 사람들은 내 얼굴이 맑아지고 빛이 난다고 했다. 염불도 어느 정도 할 줄 알게 됐다. 부처님의 가르침이 내 가슴 깊이 새겨지고 있었던 것이다. 고마운 일이었다. 사람이 겪게 되는 모든 일은 그 원인이 모두 자신에게 있다는 진리를 받아들이게 되었다. 나쁜 일, 어려운 일을 당해도 그 책임을 남에게 떠넘기지 말고, 남의 탓이라고 원망하지 말고 자기 자신의 책임임을 깨달을 수 있었다. 우리 내외가 백담사에 오게 된 것도 모두 우리 자신에게 책임이 있는 것이지 남의 탓 때문일 수는 없었다. 불교에서는 말하는 인과법因果法인데 옳은 말씀임을 절실히 깨닫게 되었다.

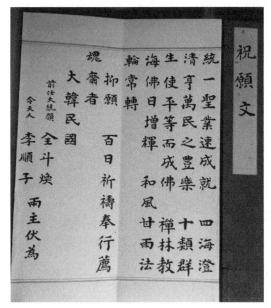

백일기도를 하며 불전에 바쳤던 축원문.

백담사 스님들은 나의 고싱염불이
자신들보다 낫다고 칭찬해주었다.

서울서 찾아온 손자, 손녀를 자전거 앞뒤에 태우고 백담사 주위를 돌면
그처럼 행복할 수가 없었다.

백담사 텃밭에서 농사지은 감자는 좋은 간식거리가 되었다.

5월 16일 맞이하게 된 회향법회回向法會에는 조계종 원로회의 의장인 불국사의 월산月山 스님이 증명법사證明法師가 되어주셨고, 전국 주요 사찰의 스님 120여 명과 부산불교연합회 신도 등 500여 명의 불자들이 참석했다.

## 대청봉 정상에서 얻은 소중한 깨달음

백일기도 회향 후 사흘을 쉰 후 우리는 그동안 기도에 동참해주신 스님들과 함께 대청봉 등정길에 올랐다. 내설악의 산세가 험준하기도 했지만 서두를 이유도 없는 산행이었다. 봉정암에 이르는 데만도 네 시간이 넘게 걸렸다. 아름다운 봉정암 사리탑 앞에서 석양을 배경으로 목청을 높여 기도할 때는 마음의 모든 때가 바람에 실려 날아가버리는 듯 느껴졌다. 산 정상의 탁 트인 고지 위에서 설악산을 굽어보며 서 있던 나무들조차 사납게 설쳐대는 강풍을 이겨내지 못해 모두 땅바닥에 기는 모습으로 누워 있었다. 몸을 낮춘 자만이 살아남을 수 있는 준엄한 곳, 정상이란 그런 곳이라는 깨달음이 들었다. 더 오래 정상에 머물지 못하는 것이 내겐 못내 아쉬웠지만 서둘러 하산을 결정했다. 내려오는 길도 올라갈 때 못지않게 어렵다는 사실에서 많은 것을 느낄 수 있었다.

그날 백담사로 돌아오는 귀로歸路 내내 나는 많은 생각들을 했다. 설악산 정상이 내게 가르쳐준 교훈이 그만큼 큰 의미로 다가온 까닭이다. 나는 아내의 손을 잡으며 그동안 우리 부부가 겪었던 인고의 세월이 얼마나 가치가 있는 것인지, 또 권력의 정상으로부터 내려온다는 것이 얼마나 어려운 것인지를 이야기했다. 그러면서 나는 그동안 한 마디 불평 없이 고락을 함께해준 아내가 고마워 다음과 같이 속내를 털어놓았다.

> "설악산 등정을 마치고 내려오면서 생각해보니 우리가 겪고 있는 고통도 평화적 정권 교체를 완성해가는 남은 과정이라는 생각이 듭디다. 그동안 아무도 가보지 못한 길을 개척해가려니 돌부리에 걸려 넘어지기도 하고, 낙석에 맞아 다치기도 하고 그러는 것 같소. 누군가 해야 할 어려운 일이 나의 임무가 되었으니 괴롭고 벅차더라도 새로운 역사를 창조한다는 보람을 안고 꿋꿋이 살아가도록 합시다."

아내도 그날의 산행에서 많은 것을 느끼고 생각하게 되었다고 했다. 절에 돌아와서도 피곤한 몸을 요 위에 누이는 대신 작은 소반 앞에 쪼그려 앉아 무언가 쓰기 시작했다. 그날의 생생한 느낌과 생각을 기록해놓아야 한다면서 수기를 쓰고 있었던 것이다.

## '5공 청산'을 둘러싼 신경전

내가 백담사로 떠난 지 닷새 후인 11월 28일 홍콩에서 발행된 중국계 신문 『신만보新晚報』는 "한국이 5공 비리 문제를 놓고 계속 사회적 혼란과 정쟁의 소용돌이 속을 헤맬 경우 아시아의 네 마리 작은 용들 가운데 하나로 부상한 한국의 눈부신 경제발전은 정체를 거듭할 것이며, 종국에 가서는 소룡小龍이 벌레로 변할 가능성이 높다."고 보도하고 있었다. 외국 전문가들의 이러한 우려에도 불구하고 여야는 다른 일은 제쳐둔 채 '5공 청산'에만 몰두해 있었다. 11월 26일 노태우 대통령이 성명을 발표한 데 이어 국회 광주특위는 12월 10일 회의를 열어 나와 최규하 대통령을 증인으로 채택했다. 12월 13일에는 김기춘 검찰총장 직속으로 '5공비리 특별수사본부'를 설치하고 1차 수사에 착수한다고 발표했다.

그렇게 노 정권의 출범 첫해가 속절없이 가고 1989년 새해가 찾아왔지만 백담사에는 벽두부터 안 좋은 소식만 전해져왔다. 워낙 첩첩산중에 있는 절인데다 전기조차 안 들어오니 아예 TV나 라디오 등 문명이기文明利器가 전혀 없어 뒤늦게 인편으로만 소식을 들을 수밖에 없었다. 1월 12일에는 이학봉 전 민정수석이 구속됐다는 소식이, 1월 24일 3김 씨가 회동을 갖고 나의 국회 증언을 요구하는 한편 5공 핵심 인사인 장세동 전 안기부장, 안무혁 전 안기부장, 허문도許文道 전 통일원장관과 이희성李熺性 전 계엄사령관, 정호용 전 특전사령관, 이원조 의원 등 6명에 대해서는 사법처리를 요구하기로 합의했다는 소식이 전해져왔다. 그런 합의가 있은 뒤 3일 만인 1월 27일 장세동 전 안기부장이 구속되었다.

광주특위가 나의 청문회 출석을 요구하는 동행명령장의 집행을 위해 직원을 백담사로 보낸 것은 그 하루 전인 1월 26일이었다. 나는 이양우 변호사와 민정기 비서관을 설악산 관리사무소 백담분소로 내려보내 동행명령장을 대리 접수하도록 하는 한편 광주특위 위원장 앞으로 청문회에 출석하지 않은 사유를 설명한 서한을 전달하게 했다. 역시 청문회 증인으로 채택된 최규하 전 대통령도 그날 오전 출석 거부 서한을 특위위원장 앞으로 전했다고 했다. 2월 22일에도 두 번째로 동행명령장을 가지고 왔는데 이번에는 특위 직원이 백담사 경내의 객사까지 와서 이양우 변호사에게 전달했다.

나의 국회 청문회 증언에 관한 문제로 여야가 첨예하게 대립하고 있는 가운데 노태우 대통령은 3월 20일 중간평가를 유보한다고 선언했다. 중간평가 계획이 무산되면서 나의 청문회 증언 문제를 둘러싼 갖가지 추측 보노가 난무했다. 4월 하순 백담사를 다녀간 민정기 비서관은 기자들을 만나 어지러운 보도들은 정확하지 않은 내용들이라면서 "전두환 전 대통령은 청문회 증언과 관련해 특위의 빠른 종결에 도움이 될 수 있으면 협조할 것이고, 그 방법이 정국 안정에 도움이 되는 것이어야 한다는 원칙적인 입장을 견지하고 있다."고 밝혔다. 그밖에 청문회 출석 증언이냐, 서면 질문과 서면 답변이냐, 출석할 경우 1회만 할 것인가, 공개로 할 것인가 비공개로 할 것인가 등에 관해 누구에게도 입장을 밝힌 일이 없다는 점을 분명히 했다.

5월 임시국회가 열리고 나의 국회 증언이 기정사실처럼 언론에 오르내리는 가운데 노태우 대통령이 문제 해결을 위해 직접 나섰다. 노태우 대통령이 5월 17일 최규하 전 대통령을 청와대로 초청해 오찬을 같이하며 청문회에 출석해 공개 증언해줄 것을 요청했다. 서면 질문, 서면 답변 이외의 방법에는 응할 수 없다는 입장을 완강히 고수하고 있던 최 전 대통령을 설득함으로써 나를 우회적으로 압박하려는 의도였다. 하지만 최 전 대통령은 노태우 대통령의 요청을 거절했다. 청문회 증언 문제에 관해 나와 공동 보조를 취하기를 원했던 최 전 대통령은 청와대 오찬 직후 민정기 비서관을 불러 청와대 오찬 때 있었던 얘기를 들려주었다. 청문회에 나가 증언하라고 요청하는 노 대통령에게 "이제 임기가 얼마나 남았나?" 하고 물었는데 노 대통령이 "3년 9개월 남았다."고 하자 "그러면 3년 9개월 뒤에는 노 대통령도 전직 대통령이 되는 것 아닌가."라고 말해줬다는 것이다.

나와 최 전 대통령을 끝내 청문회에 불러내면 퇴임 후에 노 대통령도 그 전철을 밟게 될지 모르는 것 아니냐는 최 전 대통령의 의미심장한 경고에도 불구하고 노태우 대통령은 바로 이틀 뒤인 19일에 여야 4당 중진회의에서 나의 국회 출석 증언을 전격적으로 합의했다. 국회 특위가 서면으로 질의서를 보내면 내가 국회에 출석해서 답변을 하고, 그 장면을 TV로 녹화중계한다는 등 구체적인 방법까지 결정했던 것이다. 나에게는 사전에 일언반구의 협의나 통보도 없이 일방적으로 처리한 일이다. 나아가 여권은 아무런 구체적 협의도 없이 내가 "서울 이주를 전제로 국회에서 증언한다."고 언론에 흘리고 있었다.

나의 기본 입장은 민 비서관을 통해 언론에 밝혔듯이 내가 증언함으로써 5공 문제가 완전히 종결되고 정치 불안, 사회 불안이 해소될 수 있다면 국회 증언을 못 할 것도 없다는 것이었다. 여야 간에 충분한 협의를 통해 정국의 안정을 기할 수 있도록 보장만 해준다면 형식과 절차에 구애되지 않고 증언할 수 있다고 생각했다. 그러자면 나의 증언은 몇 가지 조건을 충족해야만 했다. 출석 증언은 1회로 국한하며, 나의 증언으로 5공 문제는 완전히 매듭짓는다는 합의가 있어야 하고, 5공 인사들에 대해서는 더 이상 정치적 사법적 추궁을 하지 않으며, 5공과 관련 없는 최규하 전 대통령은 증언 요구 대상에서 제외해야 한다는 것 등이었다.

최규하 전 대통령을 직접 만났던 노태우 대통령은 5월 임시국회가 끝난 5월 30일, 김윤환 민정당 원내총무를 나에게 보냈다. 나의 청문회 증언 문제를 야 3당과 이미 합의해놓고 나의 동의를 받으러 보낸 것이다. 김 총무가 오기 하루 전날인 29일 청와대는 성환옥成煥玉 경호실차장 편에 용량이 3킬로와트인 발전기를 보내왔다. 백담사에 파견된 경호팀도 청와대 경호실 소속인데 반년이 넘도록 청와대 경호실 간부 어느 누구도 얼굴을 내밀지 않다가, 청문회에 불러내려는 특사를 보내면서 발전기를 들고 찾아온 것이었다. 어쨌든 방안에 형광등을 달 수 있게 되어 한결 기분이 풀리기는 했다.

노 대통령이 이처럼 백담사에 대해 관심과 배려를 보인 것은 청문회 증언 문제 때문이기도 했겠지만, 그 며칠 전 언론을 크게 달궜던 '6.29 이설異說' '139억 원의 진상' 보도 때문이라는 분석이 있었다. 5월 20일경 『월간조선』 6월호는 '노태우의 고독한 결단'으로 알려진 6.29선언이 "사실은 전두환 대통령이 기획하고 연출한 것이고, 백담사로 올 때 국가에 헌납한 139억 원은 청와대에서 50억 원을 보탠 것."이라는 기사를 실었고 이 기사를 받아 다른 신문과 방송도 해설 기사를 싣는 등 큰 반향을 일으켰다. 청와대는 긴급 대책회의를 열고 사실이 아니라고 일단 부인하기는 했지만, 어쨌건 백담사 측을 달랠 필요가 있다고 생각했던 것 같다.

김 총무는 내가 백담사로 온 이후 처음으로 방문한 6공 핵심 측근이었다. 김 총무를 보자 나는 그동안 노 대통령에게 하고 싶었지만 참고 있던 말들을 쏟아냈다.

"야당에서 요구한 전임 대통령의 국회 증언은 전례에도 없는 일일 뿐만 아니라 통치자가 재임 중 시행했던 적절한 통치행위에 대해 공개 증언한다는 것 자체가 통치권자의 권위와 헌정질서에 대한 심각한 훼손을 의미하는 것이기 때문에 해서는 안 되는 일이다. 그런데 여당에서는 야당의 요구를 들어주기 위해 비공개 방문 증언에서 방문 증언으로, 방문 증언에서 다시 국회 증언으로 천천히 그 모양을 바꾸어주면서까지 야당의 요구를 들어주려 하고 있지 않은가. 또 야당에서 주장한다고 5.18에 대한 책임을 물어 정호용 의원을 처벌한다면 역사적 진실을 왜곡시키는 결과를 스스로 초래하게 되는 것이다. 분명 정호용 의원은 5.18에 대해서는 책임질 수 없다고 할 텐데 어떻게 정호용 의원을 처리하려 하는가."

한때 나의 비서실장이기도 했던 김 총무를 만나자 반갑기도 해 내 마음속에 있던 말을 쏟아내기는 했지만 대통령의 지시를 받고 온 그에게 무슨 재량권이 있을 것인가 싶어 나는 노 대통령에게 전해야 할 말을 전한 후 그를 돌려보냈다.

"정국을 안정시키기 위해 필요하다면 국회 증언뿐 아니라 그 이상의 것도 할 수 있으니 더 이상 야당에게 끌려 다니지 말고 '5공 청산' 문제를 확실히 마무리짓도록 하라는 내용을 노 대통령에게 가서 전하시오. 그리고 국회 증언을 하게 되더라도 5공 문제에 대해서는 통치자였던 내가 무한책임을 질 것이고 비겁하게 누구에게 떠넘길 생각 같은 것은 꿈에도 없다고 돌아가면 분명히 전해주시오."

나를 만나고 돌아간 김 총무는 며칠 뒤 기자들을 만나 백담사 방문 사실을 밝히면서 내가 공개 증언을 해도 좋다고 했다고 말했다. 김윤환 총무를 보낸 뒤 나는 청문회에 나가게 될 경우 무슨 말을 해야 할 것인가에 대해 생각해보았다. 나의 국회 증언이 지닌 역사적 의미를 분명히 인식하면서, 국민이 궁금해하는 내용과 아울러 내가 하고 싶은 얘기, 해야 될 말을 빠짐없이 해야 되겠다고 생각했다. "2년 동안 정치권이 '5공 청산'에만 매달려 있는 동안 나라가 어려워지고 경제발전에 장애를 받고 있으니 조속히 종결시켜야 한다. 경제 재건, 국방 강화, 민생치안 확보 등 국민의 진실한 요구를 해결해나가야 한다."는 점을 강조해야겠다고 생각했다.

또한 야당이 그렇게도 집요하게 요구했던 직선제를 받아들여 5공 후보가 당선됐으면 5공 청산은 그것으로 끝난 것 아닌가, 단임 약속 때문에 내가 국민으로부터 직접 심판을 받을 수는 없었지만 내가 지명한 후보가 선거에 나가 당선됐으니 국민의 심판과 국민의 평가는 이미 끝난 것이라는 점도 지적해야 한다고 마음먹었다. 실제로 노태우 대통령 자신도 나의 증언이 이루어진 뒤인 1990년 1월 3일 발표한 담화에서 "제5공화국의 문제는 1987년 대통령선거에서 가장 큰 쟁점이었고, 선거를 통해 국민 여러분이 이미 심판을 내린 문제."라고 했던 것이다. 노 대통령은 또 이 담화에서 "평화적으로 물러난 대통령을 국회 증언대에 세우는 일은 혁명이 아닌 상황에서 민주주의를 하는 어떤 다른 나라에도 그 전례가 없는 일."이라고 힘주어 말하기도 했다.


내가 청문회 출석 증언 문제에 대한 나의 입장과 증언의 내용에 관한 생각을 정리하고 있는데 노태우 대통령이 추석을 닷새 앞둔 9월 9일 정구영 민정수석비서관을 나에게 보냈다. 나는 정 수석에게 그동안 정리해둔 나의 입장을 설명해주었다.

"5공 청산 정국에서 노 대통령과 민정당은 나의 부후막이 돼주지 못했다. 그런 민정당이 5공 청산 정국을 매듭지을 의지와 능력이 있는지조차 회의적이다. 그런데도 내가 청문회 출석 증언 문제에 관해 정치권의 결정을 기다려온 것은 나의 증언으로 인해 일파만파로 문제를 더 복잡하게 만들지 말아야 한다는 우국충정 때문이었다. 이제 출석 증언이 불가피하게 된 상황인 것 같으니 내가 역사 앞에 하고 싶은 말, 해야 할 말은 다 해야 할 것이고 왜곡되어 있는 역사적 진실을 밝히기 위해 최선을 다할 것이다."

정기국회가 개회되고, 내가 청와대의 정구영 민정수석에게 청문회 출석 증언에 관한 입장을 밝혀두었는데도 여권은 10월이 가고 11월이 되도록 '5공 청산 종결 문제'의 해결책을 찾지 못하고 있었다. 내가 예견한 대로 정호용 의원이 5.18사태에 대한 책임을 저야 한다는 야당 측의 주장에 강경히 맞서고 있었던 것이다. 의원직을 사퇴할 용의도 있지만 5.18사태에 대한 책임 때문이라면 김대중 의원도 함께 사퇴해야 한다고 맞받아치고 있었다.

정호용 의원의 이러한 반발에 대해 청와대와 민정당은 이러지도 저러지도 못하고 정 의원의 눈치만 살피고 있는 모습이었다. 여권 내부에서는 노 대통령과 처남 매부 사이인 김복동이 신당을 만들려고 한다는 소문이 나돌고 있는 가운데 11월 15일 대구에서는 정호용의 의원직 사퇴를 반대하는 대규모 군중집회가 열리기까지 했던 것이다. 여권 내부의 후계구도와 관련된 TK세력 내부의 권력 다툼 때문에 5.18사태를 문제 삼아 정호용 의원을 정계로부터 은퇴시키려 한다는 주장이 설득력을 얻고 있었던 것 같다.

나는 연내에 서울로 돌아간다는 생각은 접은 채 다시 한 번 백담사에서 겨울을 날 준비를 했다. 군불을 때야 했던 온돌은 나의 대구공고 후배인 '귀뚜라미 보일러'의 최진민 회장이 연탄보일러로 바꿔주었고, 방에 도배를 새로 하면서 문틀은 뜯어 고치고 창호지도 새로 발랐다. 외풍을 막기 위한 덧창도 달았다. 목공의 손을 빌려야 하는 일 외에 도배 같은 일은, 젊은 시절 경험이 많은 아내가 거의 다 직접 했다.

내방객들을 맞는 일도 중요한 일과가 되었다. 여름을 거치면서 100명가량 되던 하루 내방객이 가을에 들어서면서 1,000명을 넘어섰다. 내방객들을 위해 용대리 백담분소의 주차장과 백담사 간의 7킬로미터 산길을 봉고차 3대가 오르내렸다.

두 전직 대통령의 특위 증언과 5공 핵심 인사(정호용, 이원조) 처리라는 두 가지 핵심 과제로 압축된 5공 청산 종결 절차가 정호용 처리 문제에 걸려 한 걸음도 나아가지 못하고 있는 가운데 내가 백담사에 은거한 지 1년째가 되는 날이 다가왔다. 백담사에서는 이날을 위해 부처님 진신사리 친견법회를 준비하고 있었다. 부처님 진신사리는 가산 스님이 스리랑카에서 기증받은 것이라 했다. 법회를 앞둔 11월 20일 재미 홍법원장인 숭산崇山 스님이 찾아왔다. 11월 23일 전국 200여 개 사찰에서 스님과 신도 5,000명이 참석한 가운데 부처님 진신사리는 백일기도 때의 원불인 지장보살상에 봉헌되었다.

5공 청산 종결의 마지막 걸림돌처럼 몰려 있던 정호용 의원은 여야 양측으로부터 압박이 가중되자 12월 2일 기자들을 만나 자신의 입장을 다시 정리해 발표했다. 정 의원은 3개 조건을 제시하면서 노태우 대통령과 야당의 3김 씨가 자신이 제시한 조건들을 수용한다는 합의를 TV 생중계로 발표하면 자신은 의원직을 사퇴하겠다는 것이다. 정 의원이 제시한 조건은 첫째, 전두환 전 대통령이 증언 절차 없이 보통 시민으로 살도록 보장하고 둘째, 자신의 사퇴로 인적人的 청산은 매듭짓고 셋째, 법적 청산을 5공 청산과 연계시키지 않는다는 것이었다. 정 의원을 지지하는 의원들은 운명을 함께한다는 서명까지 하며 정 의원을 응원하고 있었다. 정 의원이 제시한 조건은 야당이 받아들일 수 없는 것인 만큼 그를 굴복시키지 않는 한 연내에 5공 청산 정국을 매듭짓기는 어려운 상황이 되었다. 그러자 노 대통령이 직접 나섰다. 12월 8일 저녁 청와대에서 정 의원을 만난 데 이어 9일에는 그를 지지하는 서명파 의원들을 청와대로 불러 다독였다.

정호용 의원의 버티기라는 난관을 돌파한 6공 측은 5공 청산을 야당과의 합의를 통해 연내에 종결한다는 목표를 확정하고 속전속결로 나왔다. 12월 12일 청와대는 15일 청와대에서 노태우 대통령과 야3당 총재들 간의 4자 연석회의를 갖는다고 발표했다. 여권은 연석회의 개최에 앞서 13, 14일 나의 1회 출석 증언, 최규하 대통령의 서면 증언, 정호용 의원의 퇴진이라는 선에서 합의 종결한다는 복안을 가지고 야당 측과 막후교섭을 벌이는 한편으로 나에 대한 막바지 설득 작업에 나섰다.

12월 14일 홍성철洪性澈 청와대 비서실장과 당직 개편으로 민정당 원내총무를 맡게 된 이한동李漢東 원내총무가 백담사를 찾아왔다. 15일의 여야 영수회담을 하루 앞두고 있었기 때문에 이날은 어떻게 해서든지 나한테서 국회에 출석 증언하겠다는 약속을 받아내야 할 마감 기한이었다. 이들은 15일의 청와대 4자회담을 갖게 되기까지의 과정을 설명하면서 나의 양해를 구했다.

12월 15일 여야는 예정됐던 4자 연석회담을 갖고 11개 항의 합의 내용을 공동발표문 형식으로 발표했다. 저녁 6시부터 시작된 회담은 밤 12시를 넘겨서야 끝났다고 했다. 나의 국회 특위 증언 문제는 서면질의에 대해 1회 출석해서 증언하되 보충질의를 받기로 했다고 했다. 증언 장면은 TV로 녹화중계한다는 것이다. TV 중계 문제에 대해서는 홍성철 비서실장과 이한동 총무가 왔을 때 나는 분명히 생중계를 하자고 얘기했다. 굳이 녹화를 했다가 나중에 방영해야 할 이유가 없었다. 그런데 노 대통령은 15일 연석회담 때 내가 녹화중계를 원한다면서 그렇게 합의하자고 했다는 것이다. 그것보다 더 납득할 수 없는 것은 보충질의를 받는 문제였다. 나의 증언 내용에 대해 야당이 만족한다고 할리는 없는 것이고, 보충질의를 받게 되면 증언을 1회에 끝낸다는 합의는 무의미해질 우려가 있었기 때문이다.

나의 승언의 구체적인 절차가 완전히 확정되지 않고 있는 가운데 여야는 12월 29일경 5공특위, 광주특위 연석회의를 열어 나의 증언을 듣는다는 일정에 잠정적으로 합의해놓고 질문서 작성에 들어갔다고 했다. 29일 연석회의를 열기 위해서는 22일까지 질문서가 나에게 전달이 되어야 했다.

나는 정치권에서 나의 국회 특위 증언 문제로 논란을 벌이고 협상을 하는 동안 증언을 해야 할 것인가, 또 한다면 언제 어떤 식으로 하며 무슨 얘기를 해야 할 것인가 하는 데 대해 생각을 많이 했다. 나는 이 문제를 끌고 가면서 종내에는 증언을 하지 않고 지나갈 수 있는 길이 있다면 몰라도, 어차피 한 번은 해야 한다면 연내에 하는 것이 낫겠다고 생각했다. 그래서 한때는 12월 22일쯤 독자적으로 기자회견을 하는 방안도 생각해봤다. 그렇게 되면 여야를 막론한 정치권 전체를 상대로 한 싸움을 해야 하는데 승산이 없는 무모한 도전이 될 수 있었다. 증언을 안 하고 버티면 정치권과 언론 등에서 경제 위기와 민생 불안의 책임을 모두 '5공 청산이 안 되었기 때문'이라고 몰아붙일 것이 분명했다. 정치는 현실인 만큼 원리원칙이나 명분만

붙들고 있다고 해결이 되는 것이 아니다. 노태우 대통령 자신이 야당에 대해 힘을 못 쓰고 있는 형편에서 야당과 정면대결하면 고래싸움에 새우등 터지는 것은 결국 내가 될 것이 뻔했다. 무엇보다도 그 싸움에서 내가 이기고 지는 것이 문제가 아니라, 정국이 요동을 치고 국정에 혼란을 초래하게 될 것이 분명한데 내가 내 입지를 세우기 위해 국가에 막대한 피해를 주는 일은 전직 대통령으로서는 할 수 없는 일이었다.

12월 23일 저녁 노태우 대통령은 전화를 걸어 유럽 순방외교를 다니며 곰곰이 생각한 결과 영수회담을 열어 야당과 협상을 통해 일괄 타결을 모색해야겠다는 생각을 하게 됐다고 설명했다. 나는 증언을 해달라는 요구를 받아들이겠다고 하면서, 증언에서는 내가 하고 싶은 얘기, 해야 할 얘기를 하겠다고 했다. 다음은 그날 두 사람이 주고받은 내용이다.

노태우 : 이양우 총장은 연내 증언이 어렵다고 하지만 각하께서 어떻게든 금년 내에 마무리 짓도록 도와주십시오. 영수회담에서 마무리 증언으로 합의가 되기도 했지만 만약 금년을 넘기면 내년도에는 더 어려운 일이 생길 것 같아 하는 말입니다.
나 : 마무리 증언으로 합의가 되었다면 5공 문제가 명실공히 종결되어야 하는데 그렇게 된다는 보장을 할 수 있겠습니까. 종결이라면 5공 인사들의 자유와 원상회복을 뜻하는 것이 아니겠습니까?
노태우 : 보장합니다. 종결 선언을 함으로써 원상회복할 것을 보장합니다.
나 : 이번 증언에서 말이죠. 나는 5공의 당위성을 주장하지 않을 수 없는데, 그 점에 대해서 노 대통령께서는 어떻게 생각하십니까?
노태우 : 당연히 그렇게 하셔야지요.

나 : 광주사태에 대해서는?

노태우 : 당시 처리를 잘못한 것 같습니다. 지휘책임이 있는 윤흥정 사령관과 정웅 사단장을 군법회의에 회부했어야 했는데 이희성 계엄사령관이 동기생이라고 봐주고 장관까지 시키는 통에 문제가 이상하게 되었더군요. 광주 희생자 문제만 해도 계엄군이 소지했던 M16에 의해 희생된 자는 몇 명 안 되고 자기들끼리 싸워 희생된 자가 많았기 때문에 명확한 구별을 했어야 하는데 구분 없이 사상자 전부를 희생자라고 해놓아서 문제가 심각하게 되었습니다. 그래서 광주 문제에 대해선 작년 11월 23일에 발표하신 것같이 대통령으로서 후속 조치를 잘못한 데 대한 도의적 책임을 느낀다는 선에서 해주시면 되지 않을까 생각합니다.

나 : 신문에 보니 내 국회 증언을 위한 질문사항이 무려 125개 항이나 되고 5.18사태에 대한 것만 해도 100여 개나 된다고 합디다. 5.18사태의 성격에 대해서 정부 입장을 정리해놓은 것이 있을 텐데 자료를 좀 보내주시면 좋겠습니다. 어떻게 된 셈인지 12.12사태에 관련된 김재규 수사기록을 달라고 보안사에 요청했는데 지금껏 소식이 없습니다.

노태우 : 각하, 어떻게 하든 연내에 마무리 짓도록 도와주십시오. 내년에 들어가면 상황이 또 달라집니다.

나 : 우리 측에는 사람도 없어서 물리적으로 될지는 모르겠습니다만 아무튼 노력해봅시다.

내가 노태우 대통령과의 통화에서 증언에 동의를 하게 되자 그 절차를 밟기 위한 실무 차원의 협상도 신속히 진행되었다. 그런데 국회법은 증인에 대한 출석 요구 통지서는 1주일 전에 보내야 하고 소환장은 본인에게 직접 전달하도록 되어 있었다. 내가 노태우 대통령과 통화한 23일 밤늦게 소환장을 갖고 출발한다 해도 24일 새벽이라야 백담사에 도착할 수 있었다. 그런 사정 때문에 증언 날짜가 12월 31일이 된 것이다.

12월 23일 국회 광주특위와 5공특위는 12월 30일에 최규하 전 대통령의 증언을 듣고, 다음날인 31일에는 나의 증언을 청취하기로 결정했다. 다음날인 12월 24일 이양우 변호사는 국회 관계자한테서 출석요구서와 질문서를 송달받는 즉시 밤길을 달려 백담사로 가져왔고, 나는 안현태 전 경호실장, 김병훈金炳薰 전 의전수석, 민정기 비서관 등에게 백담사로 오도록 연락하는 한편 이양우 변호사에게 31일 국회에 출석하여 증언한다고 공식 발표하도록 했다.

최규하 전 대통령은 국회에 출석할 수 없다고 12월 29일 국회에 통보했다. 최 대통령은 광주특위에 보낸 서한에서 출석 거부의 이유를 조목조목 설명했다. "관련 인사들의 증언으로 그 진상이 대부분 밝혀진 지금에서의 출석 증언은 새로운 정치적 논쟁을 야기하고⋯." "전직 대통령이 재직 중의 일로 국회에 출석 증언하는 것은 3권분립 원칙에 배치되며⋯." "대통령의 과거 통치행위의 당부當否에 대한 것은 사법부의 판단 대상이 아니라는 대법원 판례의 취지는 국회 특위에서도 존중되어야 하며⋯." "대통령 재직 중의 국정행위와 관련된 국가기밀은 증언의 형태로 무절제하게 노출되어서는 안 된다⋯."면서 서면질의가 아닌 출석 증언은 못한다고 했다. 광주특위는 즉각 최 전 대통령을 국회 모욕 등으로 고발했다.

이양우 변호사가 광주특위와 5공특위의 공동 질의서를 받아옴에 따라 나의 측근들은 본격적인 답변서 작성 작업을 서두르지 않을 수 없었다. 김병훈 전 의전수석과 큰 아들 재국이 25일 저녁 컴퓨터를 가지고 들어왔고 안현태 전 경호실장, 민정기 비서관 등은 답변서 작성에 필요한 자료들을 가지러 서울로 되돌아갔다 26일이 되어서야 다시 백담사로 돌아옴으로써 그제야 답변서 작성을 위한 캠프가 갖추어졌다. 4박 5일이라는 짧은 기간에 125개 항에 달하는 질의에 대한 답변서를 작성한다는 것은 무리한 일이었다. 그 많은 양의 자료를 다 읽고, 복잡한 과거사들을 분석하고 정리해서 정확하게 서술해야 하는 작업을 그 짧은 기간에 끝내야 한다는 것도 문제였지만 준비할 사람이 절대적으로 부족하다는 사실이 더 큰 문제였다. 고양이 손이라도 빌리고 싶다는 말이 생각났다. 결국 감기로 인해 앓아누워 있던 나는 물론 아내까지 소매를 걷어붙일 수밖에 없었다. 아내는 나의 구술을 받아 정리하는 일을 맡았다. 그리고 미국서 방학을 맞아 인사차 와 있던 지인도 손을 보탰고, 27일 저녁에는 허문도 전 장관도 합류했다.

12.12와 5.18사태 등에 관해 답변을 해야 하는데 당시 그 일을 직접 겪었거나 가까이에서 지켜본 사람들은 아무도 없고, 그때의 상황과는 아무 관련도 없는 안현태, 이양우, 김병훈, 민정기, 전재국 등이 나를 도와 자료를 뒤지며 답변서를 작성하고 있었다. 그러다 보니 사실과 다른 내용이 답변서에 포함되기도 했는데, 12.12가 토요일이었다고 한 것이 그 한 가지 사례다.

손만 모자라는 것이 아니라 답변 내용과 관련해 같은 사안을 보는 시각과 접근 방식에서 측근 참모들 사이에도 차이가 있어 조율하기가 어려웠다. 나의 국회 증언은 역사적인 기록이 될 것이므로 현재의 정치 상황에 대한 고려 없이 사실을 사실대로 다 밝혀야 한다는 의견과, 나의 증언이 5공 청산 정국을 종결하는 절차인 만큼 새로운 정치적 분란을 일으키게 될지 모를 내용들은 피해야 한다는 의견으로 엇갈렸다.

그런 과정을 거쳐 답변서 초안이 준비된 것은 30일 오후였다. 모두가 매일같이 밤샘 작업을 한 결과였다. 마지막 정리를 위해 김병훈 의전수석과 민정기 비서관이 뜬눈으로 밤을 새웠음에도 원고는 내가 출발하기 직전에야 겨우 완성되었다. 미처 교정을 보지도 못한 상태에서 출발시간을 맞았던 것이다. 내가 완성된 답변서의 전문을 읽어본 것은 백담사를 떠나 춘천을 막 통과하던 동틀 무렵이었다.

백담사에서 서너 명에 불과한 나의 측근들이 밤샘을 하며 답변서를 만드는 동안 이양우 변호사는 서울에서 민정당 측 특위 간사들을 만나 증언과 관련된 구체적인 절차들을 협의했다. 이양우 변호사는 증인선서는 하지 않으며, 답변은 1문 1답 식이 아닌 일괄답변으로 하고, 증언은 당일로 끝낸다는 내용을 제시했다. 이때는 그 다음 달에 발표된 3당 합당을 위한 막후 협상이 거의 타결을 앞두고 있던 시점이어서 어렵지 않게 야당과 협의를 할 수 있었다.

### 1980년대를 마감하는 국회 특위 증언

1980년대 마지막 해의 마지막 날인 1989년 12월 31일 새벽 5시, 나는 감기몸살 때문에 흰 마스크를 쓴 채 백담사 일주문 앞에서 차에 올랐다. 칠흑 같은 어둠을 뚫고 백담계곡을 내려오는 동안 동승했던 민정기 비서관이 잠시 마리 앙투아네트 이야기를 했던 일이 기억난다. 프랑스 혁명 당시 사치를 일삼은 악녀로 단죄되었지만 근래 연구가들은, 그 모든 죄목들은 적국 왕실의 공주 출신인 그녀에 대한 적대감에서 악의적으로 날조된 것이라는 사실을 밝혀냈다고 했다. 마리 앙투아네트는 단두대에 오르게 되었지만 마지막 순간까지 의연하고 당당했으며, 왕비로서의 위엄을 잃지 않았다는 것이다.

평지의 길로 들어서자 나는 실내등을 켜고 답변서를 읽기 시작했다. 차는 용대리, 홍천, 춘천, 가평을 거쳐 워커힐 쪽으로 해서 서울에 들어왔다.

백담사에 유폐된 지 403일 만의 귀경이었다. 취재진 차량 20여 대가 줄곧 따라붙어 긴 차량 행렬을 이루면서 국회에 도착한 것은 오전 9시 28분이었다. 나의 재임 시절 각료를 지낸 의원들과 민정당의 전현직 당직자들이 대거 마중을 나와 있었다. 국회 사무총장의 안내를 받아 2층 국무위원 대기실로 들어갔다.

오전 10시, 회의가 개회되자 나는 이양우 변호사의 안내를 받아 입장한 뒤 증인석에 앉았다. 증인선서는 당초 하지 않기로 되어 있었지만 야당 측의 끈질긴 요구에 따라 손을 들지 않은 채 선서문을 읽는 것으로 절충을 했다. 증언대로 나간 나는 미리 준비해간 답변서를 읽어 내려갔다. 질문과 답변이 모두 예민한 내용이어서 단어 하나 자구 하나에도 정신을 집중시켜 정확하게 읽으려 노력했다. 준비되지 않은 말이 튀어나오면 자칫 불필요한 논란을 불러일으킬 수도 있기 때문이다.

답변서 낭독이 어느 정도 진행되었을 때 야당 의석에서 불만스런 소리들이 터져 나왔다. 질문서를 제출한 야당의 입장에서는 자신들이 주장하고 있는 내용과 다른 답변일 경우 반발할 거라는 것은 충분히 예상할 수 있었던 일이었다. 그렇다고 해서 내가 야당의 반발과 비판을 의식해 그들이 바라는 대로 답변을 할 수는 없는 일이었다. 사실은 사실대로 얘기해야 하고, 나의 생각이나 의견을 분명하게 밝혀야 한다. 그것이 '증언'의 목적이기도 하다. 야당의 입장을 생각해 그들의 비위에 맞는 말만 하게 되면 그것은 이미 '증언'이 아니라 '정치적 발언'에 지나지 않는 것이다. 그리고 나는 당초부터 증언에 나서게 되면 내가 하고 싶은 말, 내가 해야 되는 얘기를 하겠다는 점을 여러 차례 청와대와 민정당 측에 밝혀두었던 것이다.

나는 먼저 5공 비리와 관련된 답변서부터 읽어나갔다. 얼마 지나지 않아 답변 내용이 부실하다며 야당 의석에서 고함이 터져 나왔다. 소란이 커지자 증언이 시작된 지 30여 분 만에 정회가 선포됐다. 나의 답변에 대한 불만의 목소리는 5.18사태에 이르러 최고조에 이르렀다. 다섯 차례의 정회 끝에 저녁 7시 50분경 속개된 회의에서 내가 5.18사태 당시의 자위권과 관련한 증언을 시작하자 호남에 지역적 기반을 두고 있는 평민당 의원들이 자리에서 일어나 고함을 지르며 삿대질을 했다. 급기야는 평민당의 정상용鄭祥容 의원이 증언대를 향해 돌진하는 일도 벌어졌다. 나중에 알아본 바에 의하면 그는 5.18사태 당시 이른바 '시민군' 지도자였다.

증언대 주변에서는 달려드는 야당 의원들과 이를 말리는 여당 의원들이 몸싸움을 벌이고 있는 사이 특위 위원도 아닌 평민당 소속 이철용李喆鏞 의원이 증언대로 달려 나와 나에게 폭언을 퍼부었다. 명패도 날아왔다. 정상적인 의사진행이 어려워지자 다시 정회가 선포되었다. 이날 회의는 야당 의원들의 소란 행위로 모두 여덟 차례나 정회되었다고 언론이 보도했다.

그날 국회 5공특위, 광주특위 연석회의는 나의 '증언'을 통해 진실을 밝히는 자리가 되지 못했다. 어느 정도 예상됐던 일이지만, 그날의 청문회는 나를 인신공격하고 모욕을 주는 한풀이 마당이었다. 역사적 진실이 무엇인지 알아보기 위해 나를 불러냈다면 나에게 답변할 수 있는 기회를 주고 나의 증언을 다 들어본 후 시시비비를 가려야 했을 것이다. 야당 의원들은 그 전해에 열렸던 청문회에서 활약한 동료 의원들이 '청문회 스타'로 불리며 언론의 각광을 받았던 사실에 유념했던 모양이다. TV로 중계되는 장면을 전 국민이 지켜본다는 사실을 의식했을 야당 의원들은 의석에서 일어나 고함을 지르며 삿대질하는 자신의 모습, 증언석으로 달려 나와 나에게 폭언을 퍼붓는 모습, 명패를 집어던지는 자신의 모습을 선거구의 유권자들이 분명히 보았을 것이라고 생각하며 청문회에서 성과를 거뒀다고 생각했을 터였다.

저녁 7시 55분경 정회에 들어간 회의는 11시에 속개됐지만 정상적인 진행이 이루어지지 않았다. 시간은 자정을 향해 달리고 있었다. 증언은 하루를 넘기지 않기로 사전 약속이 되어 있었기 때문에 이한동 총무가 와서 더이상 증언을 계속하기가 어렵다고 통보했다. 하지만 나는 이왕 증언하기로한 이상 나의 소신을 속기록에 남겨야 되겠다는 생각에 남은 시간 동안 말할 수 있는 분량의 내용을 추려서 15분 동안 기자들 앞에서 빠르게 읽어내려갔다. 못다 한 답변은 서면으로 대체한다고 말했다. 내가 낭독을 끝낸시각은 자정을 1분 남긴 11시 59분이었다. 나는 곧장 의사당을 나왔다. 의사당 계단에서는 나에게 박수를 보내는 여당 의원과 야당 의원 그리고 보좌관들까지 뒤엉겨 소란스러웠다. 시간은 이미 자정을 넘겨 1990년 1월 1일이 되어 있었다. 1990년대가 이미 시작되고 있었던 것이다. 내가 탄 차는미명未明을 가르며 쉬지 않고 백담사로 달렸다.

인적 끊긴 산길을 돌아 올라가는 내내 백담사 계곡은 짙은 어둠에 묻혀있었다. 3천 배를 올리며 이틀째 철야기도를 한 아내와 가족, 백담사의 스님들이 나를 맞아주었다. 한잠도 못 잤지만 머리는 아주 맑았다. 국회에 출석해 증언까지 마쳤으니 이제 내가 할 일은 다 한 것이다. 앞으로는 노태우대통령이 할 일만 남았다. 원상회복이 되어 내가 연희동으로 돌아가야 하고, 장세동 등 5공 인사들의 재판이 빨리 종결되어 풀려나야 한다. 이날 낮노태우 대통령으로부터 전화가 걸려왔다. 국회 증언에 나와주어서 감사하다고 했다. 1월 3일 노태우 대통령은 담화를 발표하고 5공 청산의 종결을선언했다.

# 험난했던 연희동으로의 귀환

·

## 백담사를 찾는 국민들과 청와대의 딜레마

그렇게 겨울을 보내고 다시 봄을 맞았다. 날이 풀리면서 백담사가 북적이기 시작했다. 국회 증언을 끝내고 돌아왔을 때 위로의 전화를 했던 사람들이 백담 계곡의 눈이 녹고 길이 열리자 얼굴을 보려고 찾아오고 있었던 것이다.

백담사에 몸을 의탁해 두 차례의 겨울을 지내면서 나는 참으로 많은 사람들로부터 사랑과 보살핌을 받았다. 서암西庵, 월산月山, 숭산崇山 큰스님 등 전국 각 사찰의 고승대덕高僧大德들이 찾아와 마음의 양식이 되는 법문을 들려주셨고 불자들은 우리 내외와 함께 법당에서 예불을 드렸다. 천주교의 지학순池學淳 주교님이 우리 내외와 마주 앉아 예수님의 고난을 얘기해주셨고, 수녀님들이 합창하는 성가가 법당 앞마당에 울려 퍼지기도 했다. 개신교의 김장환金章煥 목사님이 사모님과 함께 찾아오셔서 기도해주셨고 교회의 신도들도 단체로 찾아왔다. 백담사 스님들이 넓은 마음으로 다른 종교의 의식까지 치를 수 있도록 배려해준 덕분이었다.

　내가 국회 증언을 마친 후에도 서울로 돌아가지 못하고 계속 한사에 머물러 있자 지난해 백일기도가 끝날 때부터 시작된 불자들의 단체 방문이 하루가 다르게 늘어나고 있었다. 정성스레 음식을 만들어와 한번 들어보라며 권하던 보살들, 악수하러 내민 내 손에 꼬깃꼬깃해진 돈을 꼭 쥐어주며 필요한 데 쓰라고 말씀하시던 할머니, 폭우로 외나무다리마저 끊기는 날이면 절 옆의 험준한 청룡재를 넘어와 글썽이는 눈으로 우리 내외의 건강을 걱정해주던 고마운 사람들, 비를 맞고 와서 손에 물이 묻었다며 손을 옷에 닦고서야 손을 내밀던 정 많은 아주머니들, 주차장까지 내려가는 봉고차를 타고 우리가 시야에서 벗어날 때까지 손을 흔들어주던 불자들, 온종일 차로 달려와야 하는 그 먼 길도 마다하지 않고 우리 내외를 찾아주던 그 많은 분들의 정성에 가슴이 메었던 적이 한두 번이 아니었다. 백담사를 찾는 사람들 가운데에는 설악산 등산을 왔다가 들르는 사람들도 많았을 것이고, 대통령을 지낸 사람이 전기도 안 들어오고 제대로 된 화장실도 없는 곳에 산다니까 어떤 모습으로 지내는지 호기심 때문에 오는 사람들도 적지 않게 포함되었을 것이다. 하지만 그런 분들이 계셨기에 나의 백담사 생활은 외롭지 않았고 슬프지 않았다.

　여름 휴가철이 되자 백담사를 찾아오는 방문객들이 급격히 늘어났다. 단체 손님들이 타고 온 버스는 용대리 주차장을 가득 메웠고, 하루 4,000명가량 찾아오던 방문객이 10월에는 5,000명을 넘어서고 어느 날은 8,000명까지 찾아오기도 했다. 절에서는 25인승 미니버스와 봉고차 9대를 렌트해와 방문객들이 주차장과 백담사를 잇는 7킬로미터의 계곡 길을 편하게 다닐 수 있도록 편의를 제공해주었다. 구름처럼 몰려드는 불자와 방문객들을 보며 반기는 사람들이 또 있었다. 용대리의 주민들이었다. 내가 처음 이

백담사 입구 용대리 주차장은 전국에서 몰려든 방문객들로 가득했다.

내실이고 거실이었던 두 평 반짜리 방은 응접실이 되기도 했다.

곳에 왔을 때에는 출입통제 때문에 관광객이 줄었다고 불만이었는데, 그즈음엔 수십 배나 많은 사람들이 몰려와 장사가 잘 된다며 즐거워한다고 했다. 관광회사들도 때 아닌 대목을 만나 버스 수요를 대기에 바쁘다는 것이었다.

처음에 단체로 백담사를 찾아온 사람들은 대부분 불자들이기에 나는 이들과 법당에서 함께 예불을 드린 뒤 인사말을 나누었다. 그러나 그 수가 늘어나고, 불교 신도가 아닌 사람들이 많아지면서 법당 안에서 예불을 올리는 사람보다 법당 앞마당에 모여 있는 사람들이 더 많게 되었다. 이들은 사찰 방문이 목적이 아니고 내 얼굴을 보려고 온 것이어서 대웅전을 한번 들여다 본 뒤에는 내가 나오기를 기다리며 마당에 모여 있었다. 절 마당에 가득 모여 있는 내방객들에게 우리 내외는 나가서 인사를 했다. 그 먼 길을 나를 보기 위해 찾아왔는데 손만 한번 잡아주고 떠나보낼 수는 없었던 것이다. 일요일이나 휴일에는 방문객들이 더 많아서 쉴 틈이 없었다. 이른 새벽부터 밤 열시가 넘어서야 끝나는 힘든 고행이었지만 제대로 마음공부 한다는 생각으로 열심히 이들을 영접했다.

너무나 많은 방문객들이 찾아와 내가 용대리의 주차장까지 내려가야 했던 일도 있었다. 그날도 사람들이 타고 온 버스가 용대리의 주차장을 가득 메웠을 만큼 방문객이 많았다. 빗길이 미끄러워 백담사까지 왕복하는 봉고차가 느리게 운행을 해 사람들을 미처 다 태울 수 없었다. 차를 못 탄 사람들은 빗길을 걸어 올라왔다. 저녁이 되어 해가 서산을 넘어가는데도 주차장에 세워둔 버스는 줄어들지를 않았다. 소식을 들은 주지스님은 주차장으로 내려가 방문객들에게 7킬로미터가 넘는 밤길을 오가는 것은 무리라면서 백담사까지 올라가는 것을 포기하고 서둘러 귀가하도록 부탁드렸다. 그러나 방문객들은 그 먼 길을 왔는데 우리 내외를 보지도 못하고 돌아가지는 않겠다면서 자신들이 백담사로 올라가는 대신 우리 내외가 주차장까지 좀 내려와주었으면 좋겠다고 요구했다. 그들의 마음이 너무 고맙기도 했지만 그렇게 하지 않으면 그들이 돌아가지 않을 것 같아서, 우리 내외는 봉고차를 타고 주차장까지 내려갔다. 허리를 깊숙이 숙여 감사의 인사를 하자 그들은 안 보인다고 합창을 했다. 우리는 결국 미끄러운 버스 위로 올라가 고맙다는 인사를 해야만 했다. 그제야 그들은 서둘러 돌아갔다.

백담사에 몰려드는 인파를 보며, 용대리 주민들과 관광회사는 반기고 있었지만 마음이 편치 않은 사람들도 있었다. 방문객들이 하루에 수천 명씩 몰려든다는 사실이, 나를 백담사로 쫓아낸 정치권으로서는 달갑지 않은 소식이었던 것이다. 백담사를 찾는 것이 단순한 호기심 때문이라고 치부해버린다 해도 어쨌든 나의 존재가 국민들의 관심사가 된다는 것은 여야를 막론하고 정치권에서는 반길 일은 아니었을 것이다. 현실 정치에 대한 불만과 불신이 나에 대한 동정적 여론으로 전이되거나 하면 상대적으로 정치권으로서는 부담이 될 수밖에 없었다. 내가 평생 백담사에 머무를 것이 아닌 이상 하산 시기와 하산 후의 거처 문제가 결정되어야 했다. 나의 백담사 유폐가 정치적 협상의 산물이었던 만큼 서울로 돌아가는 문제도 어차피 정치적으로 해결해야 할 문제로 남아 있었던 것이다.

여름이 지나고 가을이 되자 내가 또 한 번의 겨울을 백담사에서 보낼 것이 어느 정도 예상되자 언론에서는 '너무하다'는 민심의 흐름을 보도하기 시작했다. 청와대 측도 이러한 여론에 부담을 느끼게 되었는지 사람을 보내겠다는 기별을 보내왔다. 그해 겨울에도 서울로 귀환하지 못하면 다음 해 1월 18일의 나의 회갑을 백담사에서 맞게 되는데 우리의 전통적 정서에 비추어 동정 여론이 일어나게 될 것이고, 그것은 고스란히 자신들의 부담으로 돌아가게 될 것이었다. 청와대나 여당은 백담사 문제를 1991년 상반기 안에는 어떤 일이 있어도 해결해야 한다고 말하고는 있었지만, 연희동 복귀에 대한 분명한 의지를 밝히지는 않고 있었다. 내가 연희동으로 돌아와 자리를 잡게 되면 독점적으로 장악하고 있는 권력이 일부 잠식될지도 모른다는 우려를 외면할 수도 없고, 그렇다고 무대책으로 나를 계속 백담사에 머물러 있게 할 수도 없는 딜레마에 빠져 고민 중에 있었던 것이다.

### 3당 합당 파도에 밀려난 하산 문제

내가 국회에 나가 증언을 하고 다시 백담사로 돌아온 3주 뒤에 민정당과 민주당, 공화당이 합당을 발표했다. 1991년 1월 22일의 일이었다. 3당은 힙딩을 발표하면서 '온건, 중도, 보수세력'의 대화합을 위한 합당이라고 설명했다. 뉴스를 지켜본 비서진의 보고를 받고 나는 그제야 그 사실을 알게 되었다. 민정당 총재인 노태우 대통령은 합당 발표 며칠 전인 1월 16일 통화를 할 때 그 전날이 민정당 창당 기념일이라는 얘기를 하면서도 합당 얘기는 비치지도 않았던 것이다. 생각할 수도 없었던 3당 합당 소식을 전해 듣자 처음에는 느닷없다는 생각이 들었지만 다음 순간 섭섭한 마음이 밀려왔다. 민정당의 초대 총재로서 내가 창당한 당이 맥없이 사라지는 것을 지켜봐야 하는 심정은 착잡했다. 다른 사람이 아니라 민정당의 공천을 받아 대통령이 된 사람에 의해 당의 간판을 내리게 된 것이다.

우리나라 정당사에서 그 유례를 찾기 어려운 집권 여당과 야당과의 합당이니 공식적으로 발표할 때까지 보안이 필요했을 수 있다. 정통 야당임을 내세우던 민주당이 선거를 통한 정권교체가 아닌 합당의 형식으로 집권 여당에 편입되는 데 대해 당 안팎의 반발과 비판이 없을 수 없는 만큼 비밀이 유지되어야 했을 것이다. 실제로 합당 사실이 발표된 후 당내 비판 세력이 합당에 동참하지 않고 이탈했다. 사전에 합당 움직임을 알았다면 단지 이탈하는 데 그치지 않고 반대하거나 상당한 저항을 보여 합당 과정이 순탄치만은 않았을 것이다. 그러니까 발표 때까지 보안이 필요했겠지만, 당내 논의를 거치지 않고 독단적으로 결정한 일과 노 대통령이 나한테 일언반구一言半句의 귀띔도 하지 않은 것은 분명 잘못된 일이었다. 이 과정에서 노 대통령이 나를 철저히 소외시키고자 했던 본심이 여실히 드러났다. 노태우는 그를 대통령으로 당선시켜준 민정당을 전두환의 사당私黨인 양 치부하고 아예 명줄을 끊어버린 것이다.

내가 3당 합당을 환영할 수 없었던 또 다른 이유는 3당 합당은 민정당이라는 끈으로 이어진 5공과 6공의 연을 끊는, 그야말로 마지막 절연의식絶緣儀式이라는 느낌 외에도 3당 합당을 통해 탄생한 새 여당의 앞날이 그리고 내 친구인 노태우의 미래가 결코 순탄하지도, 밝지도 못할 것이라는 예감 때문이었다. 민정당이 김종필 씨의 공화당과만 손을 잡았다면 모르겠지만, 이질적인 김영삼 씨와 합친 것은 누가 보더라도 얼음과 숯을 섞은 것이어서 그 생명이 오래가지 못할 것이 눈에 보이는 듯했다. 사람의 몸에 조직적합성이 일치하지 않은 장기를 이식하면 거부반응으로 자칫 생명 자체를 잃는 경우도 없지 않다고 하지 않는가.

그러나 다음 순간 나는 마음을 돌려 애써 이해하고자 했다. 우리나라 정치사에 새로운 변화가 진행되고 있다고 생각하기로 했다. 원내 소수파의 대통령으로서 어차피 야당의 협조 없이는 뜻대로 정국을 운영해갈 수 없는 처지라면, 합당이라도 해서 3년 남은 임기 동안 대통령직을 제대로 수행해보겠다는데 이해 못할 이유도 없는 것 아닌가. 도와줄 일이 있으면 도와주는 것이 전임 대통령, 전임 당 총재로서의 도리라고 생각하기로 했다. 이틀 뒤인 1월 24일 나는 바로 노태우 대통령에게 직접 전화를 걸어 축하의 말을 전했다.

당시에 합당 세력들은 스스로 '구국의 결단'이라든가 '호랑이를 잡기 위해 호랑이굴에 들어간 것'이라며 자신들의 결정을 합리화했지만, '기회주의적 야합'이라는 비판을 면치 못했다. 전혀 이질적인 노 대통령과 김영삼 씨로 하여금 서로 손을 맞잡게 한 동인動因을 그들의 개인적 이력에서 찾는 사람도 있었다. 김영삼 씨와 김대중 씨를 흔히 숙명의 라이벌이라고 한다지만, 세간에는 김영삼 씨가 김대중 씨의 이름만 들어도 자다가 벌떡 일어난다는 얘기가 있을 만큼 김대중 씨는 김영삼 씨에게 사무친 한을 만들어준 존재라는 것이다. 김영삼 씨는 1971년 대선 때에는 당내 경선에서 압도적 우세를 확신하고 후보 수락 연설을 하려고 준비하다가 2차 투표에서 역전당하는 치욕적 패배를 맛보았다. 제1야당의 당수였던 1988년 총선 때에는 급조된 소수파 야당인 김대중 씨의 평민당에 밀려 제3당의 신세로 전락했다. 열등감과 패배감으로 절치부심하던 김영삼 씨로서는 3당 합당을 통해 김대중 씨에게 한방 먹이는 쾌감을 느꼈을 것이라는 분석도 있었다. 또 노 대통령으로서는 평생을 내 뒤만 따라다니면서 나를 뛰어넘어보지 못하다가 3당 합당을 통해 비로소 나의 그늘에서 벗어날 수 있게 되었다는 평가도 있었다. 그러니까 3당 합당의 정치적 함의含意가 무엇이건 간에 노 대통령이나 김영삼 씨로서는 개인적 한恨 풀이가 됐다는 얘기다.

훗날 알려지기로는 평민당의 김대중 씨도 당초 합당 제의를 받았지만, 거절했다고 했는데 합당 발표 후 '비민주적, 반민족적, 반역사적'이라고 비판했다. 3당 합당은 선거를 통해 국민이 만들어준 정치 지형을 자의적으로 왜곡시켰을 뿐만 아니라 결과적으로 호남의 고립을 가져왔다. 이로 인한 지역 간 불화와 반목 현상이 심화됨으로써 민족사에 지울 수 없는 상처를 남겼다.

불길한 예감은 잘 들어맞는다는 말처럼 3당 합당으로 생겨난 민자당은 당내 이질적 세력 간의 알력과 갈등으로 조용할 날이 없었고, 얼마 못가 합당 협상 과정에서의 내각제 밀약이 폭로되고 합의 파기 여부를 놓고 자중지란自中之亂을 벌이다 탈당 사태를 빚기도 했다. 당의 진로가 순탄치 않았을 뿐만 아니라 내가 걱정했던 대로 노 대통령은 끝내 당에서 쫓겨나는 신세가 되었고, 퇴임 후에는 김영삼 대통령에 의해 구속되는 수모와 치욕을 당했다.

1991년은 여야 정치권 모두에게 1년 앞으로 다가온 대통령선거를 준비해야 하는 시기였다. 정치인이 집권을 위해 뛰는 것에 대해서는 누구도 시비할 수 없다. 더욱이 평생을 오로지 대통령이 되겠다는 집념으로 살아온 3김 씨들에게 1년 앞으로 다가온 대선은 건곤일척 마지막 승부를 걸어야 하는 절박한 기회였을 것이다. 3김 씨에게 '민주화'란 곧 '자신의 집권'을 의미했고, 따라서 자신들의 집권 전략과 연관이 적은 문제에까지 관심과 노력을 기울일 일은 없었다. 내가 언제까지 백담사에 머물러 있느냐, 하산하게 된다면 어디로 가서 살게 되느냐 하는 데 대해서도 크게 개의치 않는 듯했다. 그보다는 3당 합당의 후폭풍을 극복하는 데 모든 신경이 집중되었을 것이다.

나의 하산 문제는 청와대의 진심이 무엇인가에 따라, 나의 연희동 귀환을 어떤 묘수로 막을 것인가 하는 데 집착하고 있는 노 대통령 측의 태도 변화에 따라 결정될 문제였다. 내가 그들의 희망대로 외국으로 망명하거나,

제3의 장소로 다시 한 번 유폐의 길을 떠나주면 그들로서는 큰 짐을 벗게 될 터였다. 그러나 나는 청와대가 요구하는 그 어떤 선택도 거부했다. 3당 합당이 이뤄지기 전의 민정당도 나의 하산과 연희동 복귀에 관해 적극적인 해결 의지가 없었지만, 김영삼 씨의 민주당 세력과 합친 민자당 내의 사정은 문제를 더욱 어렵게 만들고 있었다. 김영삼 씨는 합당 발표 후 20일 정도 지난 2월 13일 관훈클럽의 토론회에서 "연희동 귀환은 안 된다."고 못 박고 있었다. 백담사 유폐를 끝내는 시기가 늦어질 수밖에 없었다.

## 끝까지 연희동 귀환을 막으려던 청와대

내가 국회 증언을 마치고 백담사로 돌아온 뒤인 1월 17일, 청와대의 홍성철 비서실장과 정구영鄭銶永 민정수석이 노태우 대통령의 심부름으로 나를 찾아왔다. 60회 생일(1월 18일)을 맞은 나에게 선물과 축하 인사를 전했지만, 내가 연희동 집으로 돌아가도록 해주겠다는 얘기는 물론 하산 문제 자체에 관해 아무런 언질도 주지 않았다. 아예 관심 밖의 일이라는 태도였다. 내가 연희동 집으로 돌아가기 위해서는 무엇보다 정부의 분명한 입장 표명이 필요했다. 1988년 11월 백담사로 오면서 발표했던 성명에서 나는 연희동 집에 대해 "정부가 국민의 뜻에 따라 처리해달라."고 밝혔었다. 그때 청와대 측은 5공 청산 문제가 일단락되면 내가 다시 연희동으로 돌아와 살수 있도록 하겠다는 약속을 했다. 그리고 1989년 12월 여야 4당 영수회담의 합의사항인 5공 청산 문제는 나의 국회 증언으로 종결되었다. 이제 남은 일은 정부가 연희동 사저 문제에 대해 확실한 입장을 밝히고 내가 집으로 돌아갈 수 있게 해주는 일뿐이었다. 그런데도 노 대통령은 아무런 말이 없었던 것이다.

날이 풀리면서 방문객들이 늘어나고 연희동 귀환 문제도 기약 없이 지체되고 있는 상황에서 백담사 생활에 대한 나 스스로의 생각을 다시 한 번 정리해둘 필요가 있었다. 언제까지 백담사 유폐가 계속될 것인가에 대한 예상도 해봐야 하고, 하산은 어떤 방법으로 이뤄낼 수 있을 것인가 그 방안도 모색해봐야 하고, 또 방문객들 맞이는 어떻게 할 것인가도 생각해봐야 했다. 우선 나는 3월 22일 정구영 수석을 통해 노태우 대통령에게 다음 사항을 해결해줄 것을 요구했다. 형님 전기환을 석탄일 특사로 석방해주고, 정부에 처리를 일임한 연희동 집을 원상회복시킨다는 방침을 임시국회에서 분명하게 밝혀주고, 아내가 연희동을 내왕할 수 있도록 해달라고 요구했다. 노태우 대통령은 미국 방문을 위해 출국하기 직전인 6월 3일 그리고 귀국 직후인 9일 나에게 전화를 걸어왔지만 진전된 내용은 없었다.

이연택李衍澤 총무처 장관은 7월 6일 국회에서 연희동 집 문제에 대한 정부의 입장을 묻는 의원들의 질문에 대해 "연희동 사저는 지난 1969년 구입해서 20여 년간 살았던 거처인 점과 전직 대통령 예우에 관한 법률의 취지로 보아 정부가 받아들이기는 매우 어렵다."는 내용으로 답변했다. 그로부터 6일 뒤인 7월 12일 국회 5공특위가 보고서 채택을 의결함으로써 3년간 활동해온 5공특위는 사실상 해체되었다. 노태우 대통령의 결심만 있으면 나의 연희동 귀환은 해결될 계제를 맞은 셈이었다. 그런데 청와대 측은 연희동 사저를 나에게 돌려줄 것이라는 방침을 국회에서 공식으로 밝혀놓고서도 정작 나의 연희동 귀환에 선뜻 동의하지 않고 있었다. 제3의 장소를 거쳤다가 가야지 백담사에서 내려와 연희동으로 곧장 가는 것은 여론의 반대에 부딪힐 것이라는 이유였다.

학생들의 시위가 우려되고 화염병 공격을 받게 될지 모른다는 경고에도 불구하고 내가 해외나 '제3의 장소'로 가라는 요구를 완강히 거부하자 6공 측은 그동안 여러 차례 나에게 사용했던 압박 카드를 또다시 들고 나왔다. 군이 연희동으로 돌아가기를 원한다면 이후의 신변안전을 보장하지 못하겠다는 협박이 그 하나이고, 다른 하나는 나의 친인척이나 측근들이 무사하지 않을 수도 있다는 경고였다.

그런 가운데 일부 신문이 민자당 관계자의 말을 인용하며 "청와대 측은 백담사 측에 연희동으로 돌아올 경우 지금까지 베풀어준 신변보장을 중단할 것이라는 방침을 이미 여러 차례 전달한 바 있다."고 보도했다. 8월 11일의 일이었다. 그 일주일 뒤인 8월 17일에는 나의 처남을 다시 구속했다. 나에게 '낙향'을 강권하던 1988년 11월 내가 청와대의 요구를 선뜻 따르지 않자 처남을 구속 기소시켰는데 1심에서 집행유예로 풀려나자 항소심에서 실형을 선고하며 다시 법정구속해버린 것이다. 법원의 판단이었다고는 하지만 같은 일로 두 번씩이나, 그것도 법정에서 구속한 것은 그 시기의 민감성에 비춰볼 때 보복적 조치로 생각할 수밖에 없는 일이었다. 충격을 받으신 장모님은 지병인 심부정맥이 악화되어 입원하셨다. 이 일을 겪으며 나는 이제 더 이상 노태우가 친구가 될 수 없다고 생각했다. 또한 그의 도움을 받아 거처를 옮기지는 않겠다고 결심했다.

추석이 지나고 얼마 지나지 않은 9월 27일. 정구영 민정수석이 노태우 대통령의 친서를 들고 찾아왔다. "금추今秋에는 꼭 하산하시와 가까운 곳에서 서로가 도울 수 있는 여건이 되기를 진심으로 고대해 마지 않습니다."고 적혀 있었다. 한 마디로 연희동이 아닌 제3의 장소로 가라는 얘기였다. 정구영 수석이 대통령의 지시를 받아 나의 하산 문제에 결론을 내기 위해 찾아온 것인 만큼 나의 입장을 분명히 밝혀두어야겠다는 생각에서 다짐하듯이 얘기했다.

"무슨 목적이 있어 나를 제3의 장소로 보내려 하는지 모르겠지만 이제는 더 이상 속지 않는다. 나는 그동안 청와대 측의 요구는 모두 들어줬다. 1988년 4월 레이건 대통령의 초청으로 미국에 갔다가 동생 전경환의 비리 의혹 등으로 시끄러워지자 서둘러 돌아오면서 국민에게 사과를 하라고 해서 했고, 원로회의 의장직을 사퇴하라고 해서 사퇴했다. 그리고 올림픽 개회식에 참석하지 않으면 좋겠다고 해서 그렇게 했고, 11월 23일에는 사과-재산 헌납-낙향 요구 등 6공 측이 요구한 모든 것을 받아들여 이곳 백담사에서 2년째 유폐 생활을 하고 있다. 2~3개월만 나가 계시면 야당과 협조해 정치적으로 5공 문제를 마무리 짓겠다고 한 약속을 믿었기 때문이다. 그런데 6공 측은 여소야대 정국이라 어쩔 수 없다며 국회 증언까지 요구했다. 그때 노 대통령은 나와의 전화 통화에서 국회 증언만 하면 5공 청산이 끝나게 되고 연희동으로의 복귀도 가능해진다고 나를 설득했었다. 그런데 1989년 12월 31일 나의 국회 출석 증언으로 '5공 청산'도 정치적으로 마무리되고 3당 합당마저 성사돼 정국 운영의 주도권도 거머쥐게 된 마당에 노 대통령이 무슨 목적으로 그러는지는 알 수 없으나 '제3의 장소'로 가라는 압력만 계속 넣고 있으니 납득이 되겠는가. 정 그렇게 6공 측이 약속을 어기고 '제3의 장소'만 고집한다면 나는 이곳에서 한 발자국도 움직이지 않을 것이다."

## 아내의 수기手記

정구영 수석이 다녀간 뒤에도 청와대는 내가 연희동으로 돌아가지 못하게 한다는 뜻을 버리지 않고 '장기 해외여행'이니 '제3의 장소'니 하면서 언론플레이를 계속하고 있었다. 그때마다 겉으로 내건 이유는 나의 연희동 귀환에 대한 국민의 부정적 정서 때문이라는 것이었지만, 내가 연희동에 돌아가 다시 자리를 잡으면 6공 정부에 실망하고 불만이 쌓여가는 친여

세력이 나를 구심점으로 결집할 가능성을 우려하고 있었는지도 모를 일이다. 실제로 언론매체들은 6공들어 찬밥 신세가 됐던 5공 세력이 재기를 위한 몸짓을 보이고 있다고 보도한 적도 있었다. 신당 창당을 위해 암중모색 중인 5공세력으로는 백담사를 자주 찾는 나의 측근 참모들, 민우회(민정당 소속의 전직 의원들의 모임), 민정동우회(3당 합당 때 밀려난 민정당 지구당 위원장) 등이라는 분석 기사도 실었다.

그런 가운데 〈백담사에서 세 번째 겨울을 맞으며〉라는 제목의 아내의 수기가 10월 말 언론에 보도되면서 커다란 반향을 일으켰다. 그리고 그 일은 뜻하지 않게 나의 서울 귀환 문제에 국민들이 관심을 갖게 만드는 계기가 되었다. 그 수기에는 백일기도를 마친 후 스님들과 함께 올랐던 대청봉 산행에 관한 얘기에서부터 2년 1개월 8일산 체류했던 백담사 생활의 기록들이 오롯이 적혀 있었다. 앞서 내가 한 얘기들과 중복된 내용들이 있지만 2년여에 걸친 우리 내외의 백담사 체류기이기도 해 수기 전문을 옮겼다.

## 〈백담사에서 세 번째 겨울을 맞으며〉

저희 내외가 백담사에 온 것은 1988년 11월 23일입니다. 지금이 1990년 동짓달이니 백담사에서 보낸 세월도 벌써 두 해가 돼가는 셈입니다. 두 해 전, 이곳에 오던 날만 해도 백담사에 대해선 아무것도 알지 못하고 있었습니다. 절의 위치도, 절의 역사도, 절의 형편도, 그 무엇도 아는 것이 없었습니다. 전국에 있는 절의 안내도를 구해 와 내설악 깊숙이 위치한 백담사에 가기로 마음을 정한 것이 집을 떠나기 바로 전날 밤의 일이었기 때문입니다.

아시다시피 그것은 즐거운 여행이나 외출의 길이 아니라 고통에 찬 '은둔'의 길이었습니다. 정든 집을 두고 어디론가 떠나가야 한다는 것은 참으로 견디기 어려운 일이었습니다. 30년 전 하수도도 없던 곳에 어렵게 땅을 장만하고 그분이 월남전에 가 계신 동안 직접 집을 지었던, 저희 내외에겐 고향이나 다름없는 집이었기 때문입니다. 그분께선 바로 그 정든 집, 응접실에서 '對 국민 사과문'을 발표하셨습니다. 청와대를 나온 지 아홉 달 만의 일이었습니다.

백담사를 떠나던 아침이 생각납니다. 그분은 침묵을 지키고 계셨는데 차 속에서 저는 쏟아지는 눈물을 억제할 수 없었습니다. 몇 번이고 '곁에 계신 분을 생각해야지' 하고 다짐했지만 참을 길이 없었습니다. 지금도 그날이 생각나면 늘 부끄럽기만 합니다.

백담사는 참 멀기도 했습니다. 며칠 동안 잠을 자지 못한데다 빈속이어서 멀미도 심했습니다. 도시락이 준비돼 있었지만 마음의 고통 때문에 아무것도 먹을 수 없었습니다. 38선을 알리는 표지판이 있는 곳을 지나고도 차는 북쪽을 향해 한참을 더 달렸습니다. 백담사 입구에서부터 다시 수십 리의 외길이 끝나는 계곡 사이에, 통나무로 얽어 만든 외나무다리가 보였습니다. 스님들과 앞질러 달려온 기자들이 기다리고 있는, 그 외나무다리 뒤로 낡고 초라한 작은 절 하나가 바라다보였습니다. 그것이 백담사와 저희 내외와의 첫 만남이었습니다. 스산한 초겨울의 저녁 빛 속에서 백담사는 쓸쓸해 보였습니다.

절에서 저희 내외에게 내어준 방은 현관도 덧문도 없이 해진 창호지문 하나가 출입문 구실을 하고 있는 두 평 남짓한 남루한 작은 방이었습니다. 뒤꼍 마루를 들치고 아궁이에 군불을 때자 매운 연기가 방안으로 몰려들어와 눈을 뜰 수가 없었습니다. 외풍은 또 얼마나 센지 창호지문을 열면 마치 밖에서 누군가 잡아당기는 것 같은 기분이 들 정도였습니다. 우선 연기가 들어오는 뒷문을 봉하고 담요에 끈을 매어 달아 외풍을 막았습니다.

전깃불조차도 없는 상황이어서 촛불을 켜고서 그분과 마주 앉았습니다. 입을 열어 그분을 위로해드려야 할 텐데 그 어떤 것도 말이 되어 나와주지 않았습니다. 어려운 때에 위로해드릴 말 한 마디도 찾을 수 없다니 아내 된 제 모습이 너무도 무력하게 보였습니다.

'여보, 밖에 좀 나가볼까?' 그분이 먼저 제게 말을 건네주셨습니다. 묵묵히 두꺼운 웃옷을 껴입고 그분 뒤를 따라 나갔습니다. 그러자 밖에는 기자들이 기다리고 있다가 우리를 보자 달려왔습니다. 그분은 웃으시면서 '추운데 수고 많으십니다.'하며 기자들에게 손을 내미셨습니다. 마음은 눈물로 가득 차 있는데 웃음으로 얼버무리느라 애쓰던 제 모습이 기억납니다. 초겨울인데도 그곳은 이미 영하 15도, 얼어붙기는 제 마음도 마찬가지였습니다. 밖에도 있을 수 없자, 일찍 들어와야 했고 밤이 되어 우리는 일찍 자리에 누웠지만 물소리, 바람소리, 풍경소리에 좀처럼 잠을 이룰 수 없었습니다. 경황이 없어 말 한마디 변변히 나누지 못하고 떠나온 막내아들 재만이를 생각하자 가슴이 메어왔습니다.

초등학교 3학년 때 청와대에 들어가 한창 엄마의 손길이 필요한 아이에게 엄마 노릇 한번 제대로 못해주었습니다. 청와대를 떠나 집으로 돌아가기만 하면 그동안 못 다한 정성을 쏟아주리라 결심했지만, 대학입시를 앞둔 아이를 혼자 남겨두고 낯선 곳으로 떠나오게 될 줄은 상상도 하지 못했던 것입니다. 외가댁도, 아니 온 친척들이 모두 소용돌이에 휩싸이고 있어 아이를 맡길만한 곳도 없었습니다. 황망히 서울을 떠나오면서 누나가 있는 사돈댁에 가 있도록 일러두었지만 그 애가 받았을 엄청난 충격이 생각나 거의 뜬 눈으로 밤을 새웠습니다. '재만에게, 새벽 3시 50분, 목탁소리에 잠이 깨어 촛불을 켜고 앉아 너에게 편지를 쓴다.' 저희 내외의 백담사 첫날은 그렇게 시작되었습니다.

사흘 되던 날부터 저희 내외는 새벽 예불에 참석하기로 했습니다. '로마에 가면 로마법을 따르라'는 격언이 있듯이 절에 왔으니 절의 법도를 따라야 한다는 것이 저희 내외의 생각이었습니다. 솔직히 말해 백담사에 오기 전만 해도 저희 내외는 종교를 갖지 않아 종교 예식이나 기도 의식이 낯설게 느껴지는 것도 사실이었습니다. 뚜렷한 신심도 없이 영하 18도나 되는 추위 속에 법당에 나가 새벽기도를 드린다는 것은 정말로 어려운 일이었습니다. 새벽 3시 30분쯤이면 자리에서 일어나야 하는 일도 쉽지 않았습니다. 목욕은 엄두도 못 낼 형편이어서 저희 부부는 새벽이면 아랫목에 놓아 둔 대야에 수건을 적셔 몸을 닦고 법당으로 나가곤 했습니다.

막상 예불을 위해 법당에 나가 앉아 있으면 머릿속에선 만 가지 생각이 오갔습니다. 저는 그분과 제 앞에 던져진 '은둔'이라는 상황을 어떻게 받아들여야 할지 몰라 절절매었습니다. 말이 은둔이지 제겐 '귀양살이'처럼 느껴졌습니다. 기도하기 위해 눈을 감으면 편안한 잠 한번 실컷 주무시지 못하고 고단하게 살아온 그분의 모습이 떠올랐습니다. 가난한 집안에 태어나 학교도 제대로 다니지 못하고 초등학교 4학년이 되어서야 정규교육을 받을 수 있었던 그분이었습니다. 오랜 군 생활을 거쳐 청와대에 들어가신 후에도 7년 반의 세월을 새벽잠 한번 마음 놓고 누려본 적이 없었습니다. '임기가 끝나 청와대를 떠나시면 제일 먼저 하시고 싶은 일이 무엇입니까?' 기자들은 이따금 그분께 그렇게 질문하곤 했습니다. 그때마다 그 분은 이렇게 말씀하시곤 했습니다. '우선 잠이나 실컷 자고 싶습니다.'

물론 대통령이란 직분은 그 직함이 주는 명예만큼이나 남모르는 수고는 물론 생명까지 포함한 모든 것을 나라를 위해 바쳐야 하는 그런 자리라는 것이 저의 생각입니다. 아니 대통령이란 직분은 이미 직업을 뛰어넘어 있는 지도 모릅니다. 대통령이 되어 청와대로 들어가시던 때만 해도 젊고 싱싱하던 그분의 모습이 점점 과로에 지친 모습으로 변해가는 것을 볼 때마다 아내인 저는 청와대를 떠나 집으로 돌아가게 되고, 평범한 시민이 되어 그분이 마음껏 쉬실 수 있게 되는 날을 손꼽아 기대해보곤 했습니다. 임기를 마치고 평화적으로 정부를 이양하겠다는 것은 국민에 대한 그분의 '약속'이자 '정치철학'이었습니다. 우리 온 가족들도 그분이 대통령 임기를 마치신

후 예전의 그 다감하고 자상한 아버지로 돌아와주실 날을 즐거운 마음으로 고대하곤 했습니다.

남모르게 제가 지니고 있던 꿈도 많았습니다. 전 이따금 평범한 시민으로 돌아와 보람 있는 생활을 하고 있는 대통령들에 대한 얘기나 책들을 찾아보면서, 그분의 퇴임 이후의 생활을 가만히 설계해보고 했습니다. 아이들에게 못 다한 엄마노릇도 해보고, 못 만났던 친구 집에도 놀러가고, 편지도 쓰고, 자라는 손자 아이들을 무릎에 앉힌 채 옛이야기도 들려주고 싶었습니다.

7년 반의 임기를 끝내고 온 국민이 지켜보는 가운데 손녀딸의 손을 잡고 저희 내외가 청와대를 떠나 연희동 집으로 돌아온 것은 1988년 2월 25일이었습니다. 재임기간 동안 비록 여러 번 '대통령직을 하루도 더도 덜도 하지 않겠다. 임기가 끝나면 스스로 청와대를 걸어 나가겠다'고 그분은 기회 있을 때마다 강조해 말했지만 단 한 번도 대통령의 '평화적 정부 이양'을 경험해보지 못한 국민들은 그분의 약속을 믿으려 하지 않았습니다. 그분의 약속을 믿도록 하는 데는 7년 반의 세월이 걸린 셈입니다.

그날 그분은 대통령으로서가 아니라 '수현이 할아버지'가 되어 이웃들 곁으로 돌아오셨던 것입니다. 그러나 그 소박한 행복감도 잠시뿐 퇴임 후 정든 집으로 돌아온 저희 내외를 기다리고 있었다는 듯, 근거 없는 갖가지 비리들에 대한 소문과 보도들이 저희 내외를 괴롭혔습니다. 거의 아홉 달 동안 계속된 그 시간은 저희 부부에겐 진실로 고통스러운 세월이었습니다. 너무나 억울하고 곤혹스러울 때면, 그분을 위해 목숨이라도 바칠 것처럼 충성을 다하던 사람들의 얼굴이 떠올랐습니다. 세상이 달라지자 저희 내외를 피하는 것까지는 이해할 수 있었지만 남에게 질세라 앞장서서 비난을 퍼붓는 것을 보면서 아무리 살기 위한 몸짓이라 해도 너무하는 것 같았습니다. 진실을 알고 있는 위치에 있는 사람들이 정직하고 용기 있게 한마디만 해주면 모든 것이 올바로 밝혀질 텐데 웬일인지 그 누구도 우리를 위해 입을 열려 하지 않는 것이었습니다.

'권력이 무상하다'는 말을 수없이 들어왔지만 상황과 이익에 따라 거침없이 변신하고 굴절하는 사람의 허약한 속성에, 회의와 환멸이 느껴지기조차 했습니다. '사람을 도와주면 악으로 갚고 짐승을 도와주면 은혜로 갚는다'는 말이 실감났습니다. 아마 그런 이유로 사람들은 한번 권력을 잡으면 그것을 놓지 않으려고 안간힘을 쓰는 모양입니다.

그런 분위기 속에서 구속된 형제들도 저를 가슴 아프게 했습니다. 말씀이 적고 인정이 많으신데다 각별히 동생을 아껴주시던 아주버님. 고생 속에서 그토록 애쓰던 동생이 대통령이 되어 이젠 원도 한도 없다고 하시던 그 아주버님이 회갑마저도 옥중에서 보내신 것을 생각하니 한스러웠습니다. 언니 셋을 먼저 저 세상으로 보내 언니가 없는 저에게 마치 친언니 같은 정을 느끼게 해주신 큰 동서의 모습도 눈물 없이는 떠올릴 수 없었습니다. 여대생 시절, 직업에 대한 그분의 순진하리만큼 우직한 정열과, 가식을 모르는 정직한 성품에 감동이 되어 사랑에 빠졌던 저는 밥 한 번 지어본 적이 없으면서도, 어떤 고생이든지 다 해내겠다고 말씀드린 후 그분의 아내가 되었습니다. 그러나 막상 시집에 들어가 살림을 시작하고 보니, 일이 낯설고 힘들어 여간 어렵지 않았습니다. 언제나 쩔쩔매며 애를 쓰는 제 모습이 안타까웠는지, 저 모르게 우물물을 빈 그릇에 채워주시기도 하고 빨래통의 물을 버려주시기도 하던 막내 도련님의 모습도 생각났습니다.

일곱이나 되는 딸을 낳으면서, 아이를 낳을 때마다 그 힘든 해산의 고통도 아랑곳하지 않고, 아들을 낳을 수만 있다면 당장이라도 다시 아이를 낳고 싶다고 안타까워 우시던 친정어머님이, 피난 중에 그 아들을 얻으시고 기뻐하시던 모습도 떠올랐습니다. 그 외아들을 감옥에 보내시고 추운 겨울 내내 울며 보내실 팔순의 늙으신 어머님을 생각하면, 기도 중이라는 사실도 잊은 채 그만 저도 모르게 흐느낌이 터져 나와 당황해하기도 했습니다. 언젠가 어머님 생신 때, 대통령이 된 사위의 축하를 받으시는 어머님을 보고 아버님이 말씀하셨습니다. '딸도 이리 좋은데 왜 딸만 낳으면 그리 섧게 울었노?' 어머님이 대답하셨습니다. '누가 이리 좋게 될 줄 알았어야지요' 그토록 순진하게 좋아하시는 어머님을 보면서, 그때는 뭔가 크게 효도를 했다는 기분이 들어 그분도 저도 흐뭇해했었습니다. 그러나 이제 그 소용돌이 속에서, 그렇게도 아끼시던 외아들을 감옥에 보내야 하는 변을 당하셨으니, 세상에 이런 불효가 또 어디 있을까 하는 생각이 들기도 했습니다. 재임기간 중 좀 더 올바로 지도해주고 단속해주었더라면 하는 안타까움과 후회스러움이 몰려왔습니다.

그뿐 아니라 그분이 대통령직을 맡으셨기에 내린 결정들이 집행되는 과정에서 알게 모르게 고통과 불이익을 당하게 된 분들에 대한 안타까움도 제겐 견딜 수 없는 것이었습니다. 아무리 좋은 뜻을 가지고 만든 정책이라 하더라도 반드시 단점과 부작용이 있는 법이라고는 하지만, 어떤 이유로든 한 사람이 당한 어려움은 그 사람만의 고통이 아니라 그를 둘러싸고 있는 온 가족들의 고통이라는 것을, 네 아이를 키운 어머니인 저는 너무나 잘 알고 있었기 때문입니다. 이런 이유들로 새벽예불을 위해 매일 법당에 나가도 마음속엔 언제나 분노와 배신감, 억울함 그리고 걷잡을 수 없는 고립감으로 가득 찼습니다. 그것은 법당을 떠난 후에도 마찬가지였습니다.

　어느 날 법당 문을 나와 뒷산을 걸으면서 전 보았습니다. 영하 30도까지 내려가는 혹한과 대청봉으로부터 내리쳐 불어오는 거센 바람에도 꿋꿋이 버텨왔던 아름드리나무들이 밤사이 소리 없이 쌓인 '눈雪의 무게'를 감당하지 못하고 쓰러져 있는 것을 말입니다. 쓰러진 고목들 중에는 썩어서 텅 비어버린 속을 드러내놓고 있는 것도 있었습니다. 감정을 표현하지 못하는 나무들조차 수백 년 긴 세월을 사노라면 아무도 모르는 사이에 그토록 '속'이 썩어야만 하는구나 생각하니 사람이건 나무이건 생명 있는 존재들이 겪어내야 하는 고통의 모양들이 서럽게 생각되었습니다.

　제 마음도 바로 그 쓰러진 고목과 같았습니다. 그러나 전 지금의 내부에서 뒤범벅이 되고 있는 그 극한적인 마음의 혼란을 그분 앞에서 내색할 수가 없었습니다. 분노와 배신감, 억울함이라면 그분이 더 깊으셨을 것입니다. 그분의 재임기간 동안 불이익을 당한 분들에 대한 마음아픔도 그분이 몇 갑절 더 깊으셨을 것입니다. 그러나 그분은 아무 말씀도 없으셨습니다. 그분의 침묵이 제 가슴을 더 메어지게 했습니다. 그러나 전 지금도 기억합니다. 며칠 밤인가 단 한잠도 이루지 못하고 꼬박 앉으신 채 밤을 지새우시던 그분의 모습을 말입니다. 마음을 가라앉히기 위해 우선 기도에 필요한 '반야심경' '천수경' 등을 외우기로 했습니다. 먹을 갈아 고요한 마음으로 경經을 써보기도 했고 쪽지에 써가지고 다니며 입시생들처럼 열심히 외우기도 했습니다. 어떤 날은 마음이 하도 혼란해서 잘 외워지지 않았습니다. 특히 '신묘장구대다라니'는 정말 외우기가 힘들었습니다.

　그렇게 한 달쯤 지나고 새해가 되자, 저희 내외는 놀라운 사실을 발견했습니다. 그것은 저희 내외가 지난 한 달 내내 남을 미워하고 원망하고 분노하는 데 우리의 시간과 정신을 낭비해오고 있었다는 사실이었습니다. 창밖에선 바람막이 비닐자락이 펄럭이는데 촛불을 가운데 두고 마주앉은 우리의 모습은 너무도 초라해 보였습니다. 자신의 마음 하나 다스리지 못하고 한 달간을 불면에 시달렸던, 형편없는 '졸부'로서의 우리의 모습이 그곳에 있었습니다.

그것은 일 년 전만 해도 나라의 일을 걱정하던 대통령 부부의 모습이 아니었습니다. 우리의 가엾은 모습이 우리를 놀라게 했습니다. 그날 제가 그분 앞에서 눈물을 흘렸는지는 기억나지 않습니다. 다만 저희 내외는 마음의 평정을 찾기 위해서 좀더 적극적인 그 무엇이 필요하다는 데 동의했습니다. 그것은 작은 동의였지만 저희 내외에겐 '정신적 새 출발'을 의미하는 것이었습니다. 그렇게 해서 시작된 것이 바로 2월 6일, 음력으로 정월 초하룻날 시작된 '백일기도'였습니다. 새벽 3시 30분 목탁소리를 듣고 일어난 저희 내외는 찬물에 수건을 적셔서 냉수마찰을 한 후 정갈한 옷으로 갈아입고 법당으로 들어갑니다. 다기茶器에 물을 붓고 향로에 향을 피웁니다. 법당 안은 다기에 올린 물이 곧 얼어버릴 만큼 추웠습니다. 조용히 꿇어앉아 스님으로부터 배운 단전호흡을 하면서 종성鐘聲을 듣고 있으면 머리가 맑아져옵니다. 마음을 한곳에 모아 잡념을 몰아내기 위해 불경을 큰소리로 외웁니다. 작은 못에 고인 물처럼, 마음이 한곳에 모일 때에만 염불소리가 제 깊은 곳으로부터 나와 울려 퍼지기 때문입니다. 기도 중 내내 몸을 일으켜 일백여덟 번 지극한 정성으로 절을 올립니다. 기도는 하루에 세 번씩 올리게 됩니다.

우리 내외의 백일기도는 이렇게 시작됐습니다. 웬만한 정성이나 신심 없이는 할 수 없는 기도라고 알고는 있었지만 막상 시작하고 보니 그토록 어려울 수가 없었습니다. 이른 새벽이면 어김없이 일어나야 하는 일, 불경을 외우면서 잡념을 몰아내고 마음을 한곳으로 모으는 일, 온기라고는 없는 법당의 한기를 참아내는 일, 매 기도시간마다 일백여덟 번 절을 해야 하는 일, 그리고 고기는 물론 멸치국물조차 없는 완전 채식을 지켜야 하는 일 등 그 어느 것 하나도 쉬운 것이 없었습니다. 백일기도를 시작한 후 저는 중요한 사실을 알게 됐습니다.

기도란 자신이 원하는 것을 얻어내기 위한 싸움이 아니라 자기 자신으로부터 무엇인가는 덜어내기 위한 싸움이라는 사실 말입니다. 영하 27도의 추위 속에서도 저희 내외는 기도하기 위해 우리의 새벽잠을 덜어내야만 했습니다. 채식을 함으로써 우리의 음식에 대한 탐을 덜어내야만 했습니다. 기도시간마다 백팔배를 드리기 위해 편안히 머물러 있고 싶은 안일한 마음도 덜어내야만 했습니다. 그러나 가장 어려운 것은 불경을 외우면서 잡념을 몰아내고 마음을 한곳으로 모으는 바로 그 일이었습니다. 잡념을 몰아낸다는 그것은 참으로 어려운 일이었습니다. 왜냐하면 잡념을 몰아낸다는 것은 곧 제 마음속에 터질 듯이 차올라 있는 분노, 미움, 배신감, 억울함 등을 제 자신으로부터 덜어내는 일이었기 때문입니다.

솔직히 고백드립니다만 그것은 정말로 어려운 일이었습니다. 마음을 한곳에 모아 내부에 들어차 있는 수많은 잡념을 몰아내려고 하면 할수록 어찌 된 셈인지 잡념은 먼지처럼 오히려 더 많은 잡념을 일으키는 것이었습니다. 분노는 또 하나의 분노를, 미움은 더 거센 다른 미움을, 배신감과 억울함도 각각 더 질긴 그 무엇을 일으켰습니다. 그것은 마치 '선동'과 같았습니다. 분노가 또 다른 분노를 선동하고, 미움이 더 거센 다른 미움을 선동하는… 그리고 그 혼란한 감정들은 제게 속삭였습니다. '당신이 가진 미움, 증오, 분노는 정당하고 이유 있는 것이다'라고 말입니다. 전 가슴이 터질 것 같았습니다. 그제야 전 옛 어른들이 말한 그 '울화병'을 이해했습니다. 제가 지니고 있는 미움과 분노는 정당한 것이라고 생각되었습니다. 그리고 배신감과 억울함도 이유 있는 것이라고 생각되었습니다. 적막하기 이를 데 없는 이곳에서 미워할 수도, 분노할 수도 없다면, 아니 미워하고 분노할 권리마저 제 가슴속에서 덜어버린다면 전 죽어버릴 것 같았습니다.

그러나 저희 내외가 시작한 그 백일기도의 제목은 '국태민안과 영가천도'였습니다. 그것은 곧 나라를 위한 기도를 의미했습니다. 나라에는 번영함을, 정치지도자들에게는 지혜를, 국민들에게는 평화를 달라는 기도였습니다. 지금 생각하면 부끄러운 마음이 들곤 합니다만, 처음엔 그분이 결정한 그 기도 제목이 저에겐 너무 벅차게 느껴졌습니다. 그 당시의 저에겐 나라를 위한 기도를 할 만한 순수하고 정갈한 마음의 준비가 돼 있지 못했기 때문입니다.

저에겐 차라리 그분의 명예회복을 위해 기도하고 싶은 것이 훨씬 더 솔직하고 절박한 심정이었습니다. 그러나 저는 그 절박한 심정을 딛고 열심히 기도에 임했습니다. 그것은 나라가 번영하고 국민들이 평안을 누리게 되는 일을 위해서라면 밤을 새워서라도 누구보다 열심히 기도하고 싶었기 때문입니다. 그것은 저뿐 아니라 우리나라의 국민이라면 누구나 갖고 있는 정열이라고 생각됩니다.

백일기도를 시작한 후, 그분은 점점 마음의 안정을 찾으시는 것 같았습니다. 저도 빨리 마음이 편안함을 찾은 후 그분을 도와드려야 할 텐데 조급하기만 할뿐 그 어떤 편안함도 찾아지지 않았습니다. 해결할 수 없는 마음의 혼란을 주체하기 어려웠지만 백일기도에 참석하는 일엔 있는 정성을 다했습니다. 기도란 정신적 고통은 물론 육체적인 인내도 필요하다는 말이 실감났습니다. 하루에 세 번씩 기도를 드리게 되니 기도를 끝내고 돌아서면 또 기도 시간이었습니다. 절을 많이 하게 되니 그 고단함 때문에 입속은 늘 헐어 있었습니다. 삼칠일이 고비라고 하더니 20여 일쯤 지나자 머리가 아프고 열이 나면서 온몸에 통증이 시작됐습니다. 뼈마디는 물론 살갗까지도 아프지 않은 데가 없었습니다. 학교에 다니는 동안 단 한 번도 결석이라곤 해본 적이 없는 저였지만, 그때는 하마터면 기도에 빠질 뻔했습니다.

50일째로 접어드니 식욕이 떨어지면서 빈혈 증상과 메스꺼움이 몰려왔습니다. 그 승세가 어쩌나 심한지 마치 무슨 큰 병에 걸린 기분이었습니다. 그것은 그분도 마찬가지였습니다. 나중에 알고 보니 오랜 채식 후에 온다는 소위 '비위병'이었습니다. 과연 백일이 되는 날까지 참고 기도할 수 있을까 하는 염려도 되었습니다. 어떤 이유로든 기도가 중단된다면 시작하지 않은 것만 못하다는 생각도 들었습니다. 있는 힘을 다해 정진해보자고 스스로 다짐했습니다.

무엇인가 뛰어넘어야 할 중요한 벽이 눈앞에 보이는 것 같았습니다. 기도를 시작한 지 70일쯤 지나자 전 참으로 이상한 것을 경험하게 됐습니다. 육체적으로는 우선 불편하고 힘들었던 모든 증상들이 사라져버렸습니다. 그것은 정신적인 것도 마찬가지였습니다. 그토록 집요하게 제 마음을 괴롭히던 그 끈질긴 모든 증오와 미움과 배신감과 억울한 감정들이 제 마음 저편으로 내던져지는 듯한, 아니 제 마음 한가운데로부터 어디론가 힘껏 덜어내어지는 듯한 분명한 변화를 경험했던 것입니다. 돌이켜보면 그것은 70일이 되던 그날, 갑자기 얻어진 무슨 전리품 같은 것은 아니었습니다. 70여일이 되던 그날까지 제가 치러내야 했던 그 고단한 '마음의 갈등'이 떠올랐습니다. 그것은 정말 처절할 정도로 치열한 것이었습니다. 분노와 미움을 덜어내는 일, 그러나 그것은 덜어내어질 수 있는 것이 아니었습니다. 특히 저처럼 수양도 철학도 부족한 사람에게는 더욱 어려운 일이었습니다.

제 경우에 있어 그것은 '덜어내어진 것'이 아니라 차라리 '도려내어진 것'이라는 표현이 더 어울릴 것 같습니다. 왜냐하면 누군가를 미워하고 분노할 수 있을 때만 해도 전 저희 내외가 겪고 있는 이 '귀양살이'가 '남의 탓'이라고 돌려댈 수 있었습니다. 우리는 '피해자'이고 누군가 '가해자'가 있다고 생각할 때 사람은 변명할 수 있는 자리라도 얻게 됩니다. 그러나 그 자리로부터 그 미움, 그 분노를 마음으로부터 덜어내고 나자 '빈 마음'은 제게 가르쳐주었습니다. 모든 것은 다 '내 탓'이라는 사실을 말입니다. 그것은 제게 참으로 소중한 자각이었습니다.

마음이 가라앉고 평안해지자 불경을 읽으니 그 뜻이 가슴에 와 닿았습니다. '세상 모든 일은 인연에 따라 일어난다. 콩 심은 데 콩 나고 팥 심은 데 팥이 나듯이 언젠가 악한 인연을 지었으니 악한 결과를 받게 되는 것이요, 선한 인연을 지었으면 선한 결과를 받게 되는 것이다. 네가 은혜를 베푼 사람에게서 배신을 당했다고 탓하고, 원망하고, 미워하지 말라. 네가 베푼 은혜는 네가 금생이나 전생에서 그로부터 받은 은혜에 대한 보답이었거나 빚을 갚은 것인지도 모른다'라는 연기법을 읽으면서 그런 생각이 들었습니다.

인과는 순환되는 것이기 때문에 그 진리를 깨닫지 못하면 고통에서 헤어나지 못하게 되는 것이라 합니다. 모든 것을 '제 탓'이란 생각으로 남을 탓하지 않고 원망하지 않으며, 미워하지 않으려 마음먹은 후에 오는 충만감은 저에게 있어 하나의 축복이었습니다. '모든 것은 자기 마음이 짓는다'는 말이 그때처럼 가슴을 울려온 적은 없었습니다. '마음의 갈등'을 겪고 난 후에 드리는 기도는 정말 감격스러웠습니다. 이젠 더 이상 분함도, 억울함도 없었습니다. 그토록 미워했던 사람들을 위해서도 기도할 수 있는 새로운 힘이 생겨났습니다. 그날 이후, 전 기도하는 즐거움에 빠져들었습니다. 나라의 번영과 국민들의 평안을 위해, 영가들의 천도를 위해, 온 정성을 다해 기도했습니다. 정치 지도자들이 지혜를 얻도록 뜨거운 마음으로 기도했습니다. 얼마나 기도에 빠져 있었는지 어떤 날은 기도를 끝내고 법당을 나오면서부터 벌써 다음 기도 시간이 기다려지곤 했을 정도입니다.

국태민안과 영가천도를 위한 그 백일기도가 끝나 '회향回向'하던 5월 16일, 전국에선 많은 스님들과 불자들이 오셔서 저희 내외의 백일기도 회향을 축하해주셨습니다. 저는 그 어려운 백일기도 동안 마음의 갈등으로 절절매는 저를 옆에서 늘 붙잡아주셨던 그분께 진심으로 감사했습니다. 자신도 가누기 어려운 마음의 고통이 있었을 텐데 언제나 지나치리만큼 대범하고 이성적이셨던 그분의 모습은 아내 된 저에게 큰 교훈이 되어주었습니다.

마음의 평안을 찾자 저희 부부는 갑자기 젊어진 기분이 들었습니다. 사흘을 쉬고 나서 스님들과 함께 봉정암에 올랐습니다. 천불동 계곡이 내려다보이는 사리탑 앞에서 저는 천진한 어린아이처럼 목청을 높여 기도하기도 했습니다. 다음날 저희는 대청봉을 오르기로 했습니다. 대청봉의 명성은 들어 알고 있었지만 길은 시작부터 험했습니다. 피곤해진 다리를 쉬고 또 쉬면서 정상을 향해 올라갔습니다. 정상이 가까워오자 바람도 점점 거세졌습니다. 오월 하순인데도 산 아래에선 상상도 할 수 없었던 잔설이 그대로 남아 있는 것이 보였습니다. 소청봉을 지나 중청봉에 이르자 바람의 속도는 더 거세어져서 서로 손을 맞잡지 않으면 바람에 날려가버릴 것만 같았습니다.

나무들은 정상에 이르자 마치 땅에 기는 것 같은 모습으로 누워 있었습니다. 그 작은 나무들에게서 오랜 세월의 만고풍상萬古風霜을 암시하는 것만 같이 깊은 연륜이 느껴져 왔습니다. 대청봉 정상에 있는 그 작은 나무들의 모습은 저희 내외에게 참으로 많은 것을 말해주고 있었습니다. 키 작은 나무만이 생존하고 서식할 수 있는 곳, 몸을 낮춘 겸손한 자만이 머무를 수 있는 곳, 그곳이 바로 삶의 정상이라는 사실을 말입니다. 그러나 대청봉 정상이 아무리 좋은 곳이라 하더라도 우리는 그곳에 오래 머무를 수 없었습니다. 아무리 힘들게 오른 정상이라 하더라도 그곳에 영원히 머물러 있을 수 없었습니다.

정상으로 올라가는 길 못지않게 정상으로부터 내려오는 길이 더 어렵고 힘들다 해도 정상에 오른 사람은 반드시 내려와야 하는 법이기 때문입니다. 그렇습니다. 그분은 권력의 정상에서 내려오셨습니다. 다만 대통령을 끝내고 청와대에서 나오는 것이 권력의 정상에서 무사히 내려오는 것이라고 저희 내외는 확신했습니다. 7년 반의 임기를 끝내고 청와대를 떠나 정든 옛집으로 돌아가는 것, 즉 대통령이라는 권력의 정상에서부터 내려와 '일반 시민'이 되었다는 그 사실이 권력의 정상으로부터 내려온 것이라고 저희 내외는 믿었던 것입니다. 그러나 그것은 오산이었습니다. 대청봉 정상으로부터 내려오는 도중 저희 내외는 정상에 오를 때와 마찬가지로 다시금 수많은 깊은 계곡과 가파른 길, 그리고 깎아지른 벼랑들과 만났습니다. 그것은 너무도 위태롭고 험한 길이었습니다. 그러자 저희는 알게 되었습니다. 지금까지 저희 내외가 겪고 있었던 아픔과 괴로움도 모두 다 권력의 정상으로부터 내려오는 한 과정이었다는 사실을 말입니다. 올라갔던 산의 정상이 높으면 높을수록 그 정상에서 내려올 때 만나는 골짜기 또한 깊은 것은 아주 당연한 이치이기 때문입니다. 대청봉 정상을 내려오는 길목에서 그분은 제 손을 잡으며 말씀하셨습니다.

"당신과 내가 가는 이 길은 우리나라에서는 처음 가는 길이오. 경험을 갖춘 안내자도 없는 길이기 때문에 더욱 힘는 길이라는 것을 명심해야 하오. 그러나 누군가는 자신을 희생하면서라도 반드시 닦아놓아야 하는 그런 새 길이라는 것도 잊지 마시오. 아무리 힘들고 어렵더라도 기쁜 마음으로 우리의 갈 길을 걸어갑시다."

그분의 그 말씀을 듣자 저는 비로소 백담사에서 보내야 했던 그 인고의 시간이 저희 두 사람에게 어떤 의미를 지니는 것인지 알 것 같았습니다. 갑자기 눈앞이 환해지는 기분이 들었습니다. 제가 겪어야 하는 이 상황이 어떤 의미와 어떤 가치를 지니고 있는가를 분명히 알게 된 이상 두려움도 망설임도 없었습니다. 다만 이 새로운 과제 앞에서 열심과 정성을 다하리라는 각오와 다짐만이 제 가슴속에 넘쳐흘렀습니다.

어느새 저희 내외는 백담사 어귀로 들어서고 있었습니다. 저만치 계곡 사이로 가로놓인 외나무다리가 바라다보였습니다. 그러자 '은둔'이라는 이름으로 저희 내외가 백담사로 들어오던 그 첫날의 일이 생각났습니다. 절망감에 싸여 그 외나무다리를 건너던 일이 떠올랐습니다. 계곡 사이에 놓인, 그 낡은 외나무다리를 건너면서 전 마치 세상으로부터 영원히 격리될 것만 같은 허망함과 막막함을 느꼈던 것이 사실이었습니다. 그러나 이젠 달라졌습니다. 외나무다리 저편으로 바라다 보이는 백담사를 보자 저는 마치 '정든 집'에 당도한 것 같은 반가움을 느꼈습니다. 그날부터 백담사는 더 이상 우리의 '은둔처'가 아니었습니다. 백담사는 어느새 우리의 정겨운 '안식처'로 변해 있었던 것입니다. 절을 찾아주는 분들의 발길이 끊이지 않으니 백담사의 절집 살림도 이젠 많이 나아졌습니다. 마루에 문을 해 달고 방구들도 고쳤습니다. 아궁이에 오르는 연기 때문에 문살마다 그을음이 조청처럼 덮여 있는 문짝을 뚝 떼어내고 우물가에 나가 앉아 한나절 내내 문살을 닦아내는 일도 즐겁습니다. 제 손으로 벽지에 풀을 먹여 방에 도배를 하다보면 이십여 년 전 그분이 중령으로 진급되던 해 처음으로 마련한 내 집이 너무나 좋아서 하루 종일 제 손으로 도배하던 그 시절의 행복이 생각나기도 했습니다. 방충망을 해달아 극성스런 모기와 등애 등에게 물리지 않아 좋습니다. 올림픽 이전에 전국 관광지에 짓기로 계획된 공중변소는 그 전해의 물난리로 공사가 두 해나 늦어지긴 했어도 작년부터는 쓸 수 있게 됐습니다. 그러나 무엇보다도 반가웠던 것은 전깃불입니다. 촛불을 켜고 사는 생활 속에선 책 한 줄 읽는 일이 어려워, 한때는 식구들이 구해다 준 낚시등을 놓고 책을 읽기도 했습니다. 경운기 엔진으로 만든 발전기로 불을 밝혀보려고 애쓴 적도 있습니다. 그렇게 1년을 지내다, 전기가 들어와 형광등을 쓰게 되니 광명천지光明天地가 따로 없는 것 같은 기분이 들었습니다.

밤새 아랫목에 놓아둔 대야 물에 수건을 적셔 몸을 닦던 번거로움도 이젠 끝이 나고 요즘은 비록 고무 양동이 속에서 하는 목욕이지만 전혀 불편하지 않습니다. 돌이켜보면 6.25 전쟁 중의 고생은 물론, 식생활도 해결하기 어려운 그분의 봉급으로 가난한 신혼살림도 꾸려본 저였지만 좀 살만해지자 만족보다는 불평이 많았지 않았나 하는 생각도 듭니다. 신혼시절 사과 궤짝에 예쁜 도배지를 발라 포개어놓고 그 속에 내의나 양말을 넣어 두던 일, 한쪽 벽에 못을 박아 옷을 걸고는 그 위에 횃대보를 치고 살던 일들이 생각납니다.

그때는 그 가난이 그렇게도 행복했는데, 지난해만 해도 백담사의 그 옹색한 살림이 그토록 견딜 수 없는 것으로 느껴졌다니 모든 것은 생각하기 나름이라지만 마음이란 묘한 것이란 생각이 듭니다. 이제는 만나는 사람들노 보누 소숭하고 반갑습니다. 깊은 산골에 있는, 이 먼 절까지 온종일 달려와 저희 내외를 찾아주시는, 이름도 성도 모르는 수많은 분들의 정성에 가슴이 메어오는 일도 한두 번이 아닙니다. 폭우로 외나무다리마저 끊기면 절 옆 험한 청룡재를 넘어와 글썽이는 눈으로 저희 내외의 건강을 당부해주시던 분들의 정성 앞에서 저절로 고개 숙여진 적도 많습니다. 그분이 악수를 청하면 비에 젖은 손을 다시 젖은 옷자락에 닦은 후에야 손을 내밀어주시는, 그 다감하고 인정 많은 분들 앞에서 가슴 뭉클한 감동을 표현할 어떤 방법도 찾지 못해 저희 내외가 오히려 절절매던 적도 한두 번이 아닙니다. 그래서 그분은 말씀하시곤 합니다.

"재임기간 중 내가 좀 더 지혜가 있고 경험이 풍부했더라면 저분들을 위해 좀 더 잘할 수 있었을 것이고 마음 아프게 해드리는 일도 없었을 텐데…"라고 말입니다. 금년 여름에 저는, 절 앞 텃밭에 나가 그분과 함께 감자도 캐고 오이도 땄습니다. 그러나 너무 많이 온 비 때문에 잎이 물러버려

감자 수확이 영 신통치 않았습니다. 손주들은 작은 감자알이 귀엽다고 탄성을 올렸지만 그분은 "감자 농사가 큰일이구먼." 하며 걱정하셨습니다. 감자를 바구니에 담아들고 돌아오는 둑길에서 아이들은 그분에게 매달려, 씽씽 나는 말잠자리랑, 풀숲의 개구리를 잡아달라고 졸라댑니다. 저녁이면 돋보기를 끼고 앉아 그분이 입으실 한복의 동정을 갈아 드리기도 하고, 다른 일이 없으면 그분을 모시고 절 식구들과 함께 배드민턴을 치기도 합니다. 자주 책 보시는 일에 몰두하시는 그분 곁에서 저도 이럭저럭 참 많은 책을 읽었습니다.

마음의 평안을 찾았지만 그렇다고 걱정거리가 아주 없어진 것은 아닙니다. 막내아들이 대학입시에 떨어진 아픔도 있었고, 둘째아들이 아끼던 며늘아이와 헤어지는 슬픔도 있었습니다. 슬프면 울기도 하고, 고적하면 편지를 쓰기도 합니다. 편지를 쓰기 위해 무릎 앞에 당겨놓은 작은 밥상 하나까지도 정겹습니다. 청와대의 생활이 저에겐 그토록 소중했던 것처럼 백담사의 생활도 제겐 소중하고 귀하기 짝이 없습니다. 아니 청와대 시절, 미처 배우고 깨닫지 못했던 수많은 것들을 저는 이곳에서 다시 배우고 다시 깨달아갑니다. 그런 이유로 제 추억 중에서 가장 소중하고 아름다운 것은 청와대 시절이 아니라 백담사 생활이 되지 않을까 하는 생각이 들기도 합니다. 백담사의 겨울 준비도 이미 끝났습니다. 여기저기 바람막이 비닐도 치고 베니어판을 사다 이곳저곳 허술한 곳을 막아놓기도 했습니다. 겨울이 되어 눈으로 길이 막히면 이곳은 그야말로 적막강산寂寞江山이 됩니다. 사람의 출입은 물론 전화조차 두절돼버리기 일쑤이기 때문입니다.

그런 날이면, 열심히 기도할 수 있으니 좋습니다. 먹을 갈아 소중한 글씨도 써보고 아이들에게 온 편지를 그분께 읽어드리기도 할 생각입니다. 청와대를 나오던 날, 그분의 팔에 안겨 연희동 집으로 돌아왔던 손녀딸 수현이는 어느 날 백담사에 있는 저를 보고 물었습니다. "할머니, 왜 집에 안 가시고 여기서 사세요?" 먼 훗날, 그 손녀딸에게 저희 내외가 왜 청와대를 나온 후에 정든 집에서 살지 못하고 백담사로 나와 살아야 했는지, 그리고 백담사가 저희 내외에게 얼마나 소중한 곳이었는지는 잘 말해주기 위해서라도 전 이곳에 있는 날까지 그분을 모시고 열심히 정성을 다해 살아갈 생각입니다.

지난 두 해 동안 어떤 때는 분노로, 어떤 때는 연민으로 저희를 지켜보아주신 많은 분들에게 마음에서 우러나오는 송구함과 감사의 마음을 전합니다. 법낭에선 지금 저녁 기도 시간을 알리는 목탁소리가 들려옵니다.

1990년 동짓날
백담사에서 이순자 씀

"우리 두 사람은 한 사람은 독재자요 권위주의자요 비리의 책임자로서, 다른 한사람은 자신에게 대통령의 자리를 물려준 전임 대통령을 정치보복으로 매장시킨 배신자로서 손가락질을 당하고 있는 셈입니다. 우리 두 사람의 이런 추태는 우방국가의 친구들에게도 혼란을 주었을 것이 분명합니다. 대통령된 사람들로서 국민에게 좋은 본과 좋은 기억을 남겨도 부족한 때에 환멸과 근심만 끼쳤다는 생각이 들면 밀려드는 통한과 책임감에 잠들기 어려운 밤도 많았습니다. … 대통령의 불행한 최후만을 보아온 우리의 불행한 정치사도 끝이 나고 약속된 임기를 끝내고 새 대통령에게 자리를 물려준 뒤 제 발로 청와대를 걸어 나와 국민들의 축복 속에서 건실한 시민으로 복귀하는 그 일을 성취해내고 싶었습니다."

# 6년 만에 이뤄진
# 노태우 대통령과의 만남

# 더욱 멀어진 연희동과 청와대

■

### 2년 만에 돌아온 연희동 옛집

12월에 접어들자 언론매체들은 이르면 노태우 대통령이 소련 방문에서 돌아오는 12월 17일을 전후해 나의 유폐 생활이 끝나게 될 것이라고 보도했다. 그런데 연희동 집으로 가는 것이 아니라 용인의 친지 별장에서 계속 칩거할 것이라는 내용이었다. 정계 고위 소식통을 인용한 이 기사는 그동안 청와대 측이 백담사 측과 전화 대화를 계속해왔으며, 최근 여권의 고위 인사가 백담사를 방문해 조기 하산을 희망하는 청와대 측의 입장을 전했고, 전 대통령 측도 최종 입장을 정리했는데 6공 정부의 정국 운영에 보탬이 되는 쪽으로 스스로 운신의 폭을 결정할 것이란 내용이었다. 나의 거처가 연희동이 아닌 제3의 장소라고 기정사실화시키기 위해 언론을 이용한 여론몰이를 하고 있었다. 시쳇말로 '언론플레이'를 하고 있었던 것이다.

12월 12일 저녁, 노태우 대통령이 전화를 해왔다. 나는 전화를 받기 전 잠시 생각했다. 기어이 나를 용인의 별장으로 보내려고 전화한 것일까. 아니면 마음이 바뀌어 나와의 약속을 지키려는 것일까. 가늠이 되지 않은 상태에서 전화를 받았다. 노 대통령은 한-소韓-蘇 정상회담을 앞두고 한껏 고무된 듯 음성에 힘이 있었다. 나의 일기장에 이렇게 기록되어 있다.

노태우 : 인사. 건강 걱정. 12.12라 특별히 전화했다고 말문을 염.

나 : 바쁘실 텐데 전화해줘서 고맙다. 우리나라의 새로운 외교 창조 축하한다.

노태우 : 80년대에 쭉 해오던 일이 이제 결실된 것이니 보람을 느껴달라.

나 : 나 역시 보람을 느끼고 있다. 정말 큰일 한 것이다. 이번에 정상회담의 성과를 크게 거양해주기 바란다.

노태우 : 지난번 정구영 수석을 통해 들은 바에 의하면 금년 겨울을 넘기고 내년에 나오시겠나고 해서, 이번 겨울이 지나고 나면 내가 전체적으로 책임을 지고….

나 : 노 대통령. 당신 말이오. 바쁜 일도 많을 텐데 내가 어디에서 살건 신경 쓰지 말고 국정이나 잘 돌보시오. 나는 이제 더 이상 약속을 지키지 않는 당신과 왈가왈부하기 싫소. 당신 임기 중에는 별장이건 저도猪島건 어디에건 나가지 않으려고 월동준비까지 다 끝낸 상태니 염려하지 말고 잘 다녀오도록 하시오.

정구영 수석이 왔다 간 것이 3개월 전의 일인데, 지금에 와서야 정구영 수석한테 들었다고 하면서, 내가 금년 겨울은 백담사에 있고 싶다고 해서 머물게 하는 것인 양 말을 시작하고 있으니 아무리 백담사에서 2년 넘게 수양한 사람이라고 해도 성질이 나지 않을 수 없어 그렇게 싫은 소리를 했던 것이다. 외국에 나가려는 현직 대통령에게 심한 말을 한 것 같아 다녀온 뒤 이야기하자는 말로 전화를 급히 끊었다. 전화를 끊자 한편으로 미안한 생각이 들면서 또 한편으로는 걱정도 되었다. 의도된 조치였는지, 아니면 우연의 일치인지 알 수 없는 일이지만 노 대통령이 외국에 나갈 때마다 우리 가족이나 측근들이 구속되곤 하던 일이 생각났던 것이다.

사흘이 지난 15일 아침, 큰아들 재국과 이양우 변호사가 백담사로 들어오면서 12월 13일 노태우 대통령이 소련 방문길에 오르면서 연내에 백담사에서 내려올 수 있도록 하라고 비서실에 지시했다는 소식을 가지고 왔다. 그러면서 그들은 12월 7일에 둘이서 김영일金榮馹 민정수석을 만나 연희동이 아닌 곳으로는 갈 수 없다는 뜻을 분명히 전했는데 김영일 수석이 그 말을 노태우 대통령에게 가감 없이 보고했던 것 같다고 했다.

그로부터 9일이 지난 12월 24일 백담사에 낭보가 들려왔다. 전국이 성탄절 전야의 들뜬 분위기에 젖어 있던 시간, 9시 뉴스는 노태우 대통령이 내가 연희동 사저로 돌아와 평화로운 생활을 하기를 희망한다고 말하는 모습을 보여주고 있었던 것이다. 노태우 대통령은 그날 낮 청와대 출입 기자들과의 간담회에서 나의 연희동 귀환을 희망한다는 뜻을 밝혔고, 그에 앞서 오전에는 민자당의 김영삼 대표최고위원과, 김종필, 박태준 최고위원에게 각각 노재봉盧在鳳 비서실장을 보내 나의 연희동 귀환 결정 사실을 통보했다. 김영삼 대표는 연내 하산이 바람직하다는 논평을 내놨고, 다음날인 25일 김대중 평민당 당수는 성명을 내고 "어디서 살건 그것은 그의 개인생활이므로 이를 시비할 생각이 없다."고 밝혔다. 노태우 대통령은 언론보도가 나간 뒤 김영일 민정수석을 나에게 보내 마무리 협의를 갖도록 했는데 폭설로 육로가 막혀 하루 늦은 12월 27일 오전 일찍 헬기편으로 백담사에 도착했다. 나의 하산 날짜는 12월 30일로 결정됐다. 2년 1개월 8일, 769일 만의 하산인 것이다.

서울로 돌아갈 날짜가 정해지자 백담사는 갑자기 부산해졌고 나의 마음도 바빠졌다. 나는 먹을 갈아 정성들여 글자를 써내려갔다. 몸은 비록 2년 이상 의탁했던 백담사를 떠나더라도 마음만은 남겨놓고 싶었던 것이다. 고마운 마음을 한 줄의 글에 다 담을 수는 없었지만 김도후金度吼 주지스님을 비롯한 백담사 스님들의 이름을 한 명 한 명 가슴에 새기며 붓을 들었다. 또한 그 힘든 세월 나와 고락을 같이한 측근 참모들과 비서진들에게도 글 한 점씩을 만들어 선물했다. 언론에서 '백담사의 생육신生六臣'이라고 이름 붙여준 장세동張世東 전 안기부장, 안현태安賢泰 전 경호실장, 허문도許文道 전 통일원 장관, 이양우李亮雨 전 사정수석, 김병훈金炳薰 전 의전수석, 민정기閔正基 비서관 그리고 서울의 가족과 멀리 떨어져 백담사에서 몇날 며칠씩 교대로 우리 내외와 숙식을 같이하며 뒷바라지해준 장해석張海錫, 손삼수孫杉洙, 송춘석宋春錫, 심봉진金溶鎭, 이진욱李珍旭 비서관과 이진문李珍文 경호과장 그리고 이택수李宅洙, 조병두趙炳斗, 김철기金喆基, 이관성李觀成 등 비서진의 꿋꿋한 지조와 헌신을 치하하는 글을 써줬다.

> 雪後始知 松栢操 事難之後 丈夫心
> (눈이 오고 난 후에 비로소 송백의 지조를 알게 되고,
> 어려운 일이 있고 난 후에야 장부의 마음을 알 수 있다)

　　1990년 12월 30일 새 아침이 밝았다. 새벽부터 일어나 몸을 정갈하게 한 후 법당에 들어갔다. 송별 기도를 드리기 위해서였다. 모든 것이 다 감사했다. 합장배례合掌拜禮로 부처님의 보살핌에 감사했다. 법당을 나와 취재 기자들에게 포즈를 취해준 후 집을 향해 출발한 것은 정각 9시였다. 연도에

는 많은 주민들이 나와서 배웅해주었고 지나가는 차량의 기사와 탑승자들도 손을 흔들어 인사해주었다. 정말 인정 많고 고마운 국민들이었다. 수행 취재하는 기자들과 함께 양평에서 점심을 들고 연희동에 도착한 것은 오후 2시경이었다. 수많은 시민, 동네 사람들이 입구를 메웠고 전현직 의원들도 많이 나와 우리 내외를 반겨주었다. 수백 명의 불교 신도들이 찬불가를 불러주는 가운데 나는 연희동 정든 집의 대문을 들어설 수 있었다.

2년여 동안 신세를 진 백담사 대웅전에서 송별기도를 드렸다.

서울로 돌아가는 모습을 촬영하기 위해 몰려든 취재진들.

연희동 집으로 돌아온 할아버지를 손녀들이 가장 반겨주었다.

## 평범한 시민으로서의 소소한 일상

서울로 돌아온 뒤 나는 최규하 전 대통령, 이승만 전 대통령의 미망인 프란체스카 여사, 윤보선 전 대통령의 미망인 공덕귀孔德貴 여사에게 차례로 인사를 다녀왔다. 장인과 형님 댁을 찾아가 인사를 드렸고 장세동 전 안기부장 등 측근 참모들의 집도 방문해 서울로 돌아온 기쁨을 나누었다. 가족들과 이웃 중국집과 곰탕집을 찾아 외식하는 재미도 느낄 수 있었다. 동네 슈퍼마켓에 가서 장을 보기도 하는 등 세상 물정을 익히며 평범한 시민으로서의 생활에 적응해갔다. 이웃 주민들이 돌아가며 개최하는 동네 반상회에도 다시 참석하기 시작했다.

연희동 집으로 돌아온 지 얼마 안 있어 맞게 된 생일에는 서울을 떠나있기로 했다. 2년여의 유폐 생활 후에 처음 맞게 되는 생일이었고 마침 회갑이 되는 해여서 인사하러 오는 손님들이 많을 것으로 예상되었다. 축하해주러 오는 분들의 뜻은 고맙지만, 집에서건 밖에서건 떠들썩한 잔치를 벌이고 싶지 않았다. 오랫동안 찾지 못한 선영을 참배하고, 그 기회에 고향 합천을 방문한 뒤 인근의 해인사에서 회갑을 지내고 돌아오는 일정을 잡았다.

더욱이 나의 생일에 즈음해서 노태우 대통령이 예고도 없이 불쑥 찾아올지도 모른다는 얘기가 있다고 했다. 나의 연희동 귀환이 노태우 대통령의 담화 발표에 따라 이뤄진 것이긴 하지만, 그간 5·6공 단절 문제, 특히 나와 노태우 사이의 신뢰와 우정이 파탄난 데 대한 노태우의 입장 표명이 없었던 터였다. 두 사람 사이의 관계 재정립이 안 된 상태에서 노태우가 연희동으로 찾아올 경우 내가 아무 일 없다는 듯 맞이할 수는 없었다. 그렇다고 짐승도 품에 들어오는 새는 해치지 않는다는데 집으로 찾아온 사람을 내칠 수도 없는 일이었다. 그래서 겸사겸사 회갑 때 서울을 떠나 있자는 생각을 하게 된 것이었다. 선영을 참배하고 고향 마을도 둘러본 뒤 해인사로 향했지만 승가대학 학생들이 나의 해인사 방문을 반대하는 시위를 벌이고 있다고 해서 일정을 바꿀 수밖에 없었다. 경북 울진의 백암온천으로 이동해 2박 3일간 머물며 함께 간 가족, 친척, 측근들과 백암산을 오르는 것으로 회갑 행사를 갈음했다.

백암산 산행이 계기가 되어 나는 측근들과 정례적으로 등산을 다니기로 결정했다. 등산은 충분히 운동 효과가 있고, 비용이 들지 않아 여럿이 함께 어울려 다닐 수 있어서 백담사 시절 함께 고생했던 측근들과 자연스럽게 만날 수 있는 기회도 되었다. 연희동으로 돌아온 뒤 처음에는 인근 학교 운동장에서 배드민턴을 쳤는데 학교가 개학을 하게 되자 그것도 여의치 않았고, 그래서 3월 6일 북한산 등산을 시작으로 매주 한 번씩 서울 근교의 산을 찾기로 했다.

한해 전에 미국 유학을 마치고 귀국한 둘째가 ㈜대우에 입사했다고 하더니 2월에는 수습사원으로 받은 첫 월급을 봉투째 가져왔다. 회사에 취직해 첫 봉급을 타면 부모님에게 빨간 내복을 사드리는 것이 관례처럼 되어 있지만 우리 내외가 그런 내복은 입지 않을 것 같아 봉급을 몽땅 가져왔다고 했다.

날이 풀려 봄기운이 완연해진 3월 30일, 우리 내외는 손주들을 데리고 과천의 서울랜드로 나들이를 나갔다. 회전목마도 타고 동물원 구경도 했는데 우리 내외인 줄 알아채지 못한 시민들 속에 자연스럽게 섞여서 다니니 그렇게 편하고 즐거울 수가 없었다. 식목일에는 동네 주민들과 함께 연희동 뒷산에 나무를 심었다. 가정의 달인 5월에는 첫 손녀가 다니는 유치원의 '할아버지, 할머니 모시기' 행사에 참석해 손녀와 손을 맞잡고 무용도 했다. 보훈의 달인 6월에는 현충원을 참배했고, 라자로 마을을 돕기 위한 자선음악회에도 참석했다.

6월 26일에는 충남 아산의 충무공 사당인 현충사를 참배했고, 7월 18일 유관순 기념관에서 열린 윤보선 전 대통령 1주기 추도식에 참석했다. 퇴임 후 공식행사에 참석한 것은 이때가 처음이었고, 이 자리에는 최규하 전대통령도 자리를 함께했다. 다음날인 7월 19일 나는 연희동을 방문한 탤런트 박용식朴容植 씨를 만났다. 박용식 씨는 내가 대통령 재임 시절 TV 드라마에 출연했는데 나와 용모가 너무 닮았다는 이유로 방송국 관계자가 더이상 출연하지 못하게 했다는 것이다. 연희동으로 돌아온 뒤 그 얘기를 듣고는 박용식 씨를 집으로 초대해 미안한 뜻을 전하고 위로를 한 것이다. 대통령이 되어 청와대로 이사한 뒤 10여 년 만에 돌아온 연희동 집에서 나는 모처럼 한 사람의 평범한 시민으로서의 행복한 일상을 그렇게 보내고 있었다.

### 노태우 대통령과의 갈등

연희동에 돌아온 후 나는 많은 사람들로부터 노태우 대통령과 화해하라는 권유를 받았다. 나 또한 화해하고 싶었다. 현직 대통령과 좋지 않은 관계로 지낸다는 것이 얼마나 고통스러운 것인지를 뼈저리게 느끼고 난 뒤이기도 했다. 그러나 권력으로부터 받는 그러한 괴로움에서 벗어나자는 생각보다는, 평생을 살며 가꿔온 우정을 어떻게든 회복하고 싶은 생각이 더욱 간절했던 것이다.

나는 백담사에 유폐된 채 모든 것이 불편하기만 한 생활을 하면서 친구를 원망하는 마음에 사로잡혀 있었다. 그 모든 갈등과 고통이 권력의 마성魔性 때문이라는 생각이 들 때마다 나는 친구 노태우를 후계자로 택한 것을 후회했다. 부질없는 후회였지만 그가 내 후임 대통령이 되지 않았다면 아직까지도 우리는 친구이자 동지로서 함께 행복한 삶을 누릴 수 있었을 것이라는 생각 때문이었다. 나는 친구 노태우에게 주는 것은 무엇이든 아깝지 않았다. 어렵고 힘든 일도 항상 남보다 앞장서서 뚫고 나가는 결단력과 추진력 그리고 늘 남을 배려하는 마음씀씀이가 나의 특성이었다면, 차분히 뒷수습을 하고 착실하게 실천해내면서 주변사람들을 아우르는 것이 친구 노태우의 장점이었다. 그래서 사람들은 우리를 시쳇말로 '환상의 콤비'라 했다.

앞서 언급한 적이 있지만, 나는 친구 노태우에게 다섯 차례 나의 자리를 물려주었었다. 어떤 자리건 전후임자 사이에는 인수인계를 한 뒤 사이가 나빠지는 경우가 많기 마련이다. 그러나 노태우와 나 사이에는 단 한 번도 그런 일이 없었다. 대통령 자리를 물려주기 전까지는 정말 그랬다. 그러다 보니 평생을 통해 형성된 나의 사람은 모두 친구 노태우의 사람이 되었다. 말하자면 내 사람 네 사람이 따로 없었던 것이다. 그런 관계는 두 사람이 정치인이 되고 난 뒤에도 변함이 없었다. 그런데 내가 대통령직에서 물러나고 친구 노태우가 그 후임자가 되면서 지금까지 둘 사이에 쌓아온 우정이 허물어졌음은 물론 최소한의 신뢰관계까지 무너진 것이다.

노 대통령이 나와 만나고자 한다면 그간의 '정치적 배신' '인간적 배신'에 대해 먼저 어떤 식으로든 설명이 있어야 했다. 나는 노 태표에게 나의 후임자로 결정했음을 말해주던 날 "나라를 위해 나를 밟고 가야 할 일이 생기면 그렇게 하라. 그러나 반드시 나라를 잘 되게 해야 한다."고 얘기해주었다. 따라서 그간의 정치적 배신이 정치적 상황 때문에 불가피했다면 이해해줄 수도 있고, 또 나 스스로 기꺼이 희생해줄 수도 있는 일이다. 그러나 나와의 약속을 거듭해 지키지 않고 해외로 망명하도록 압박하는 등의 정치적 공작과 인간적 배신을 한 데 대해서는 반드시 설명을 들어야 했다. 그러한 과정도 없이, 그저 아무런 일도 없었다는 듯이 무작정 만난다는 것은 도량이 좁다, 넓다 할 문제가 아니었다.

하산 이후 나는 앞으로 노태우 대통령과의 관계를 어떻게 설정해야 하느냐 문제로 고민했다. 그리고 결론을 내렸다. 만약 그가 자신의 잘못을 뉘우치고 5공의 2인자답게 처신한다면 용서할 것이지만, 계속해서 5공과는 무관한 사람인 양, 그래서 6공은 하늘에서 떨어진 정부인 양 처신한다면 내 가슴속에서 친구 노태우는 영원히 지워버리자고 마음먹었다.

노태우 대통령은 임기 말이 가까워지면서 나와의 화해를 위해 나름대로 신경을 쓰기는 했다. 1991년 5월 1일 대통령 민정수석비서관에 안교덕을 기용한 것도 나와의 화해를 위한 조치였을 것이다. 안교덕安教德 수석은 나와 노 대통령과 육사 11기 동기생이고, 인간관계가 두루두루 원만해 두 사람 사이에서 가교 역할을 할 수 있을 것으로 판단했던 것 같다. 노 대통령은 나를 설득할 수 있다고 생각되는 사람들을 계속해서 보내왔다. 김정렬, 노신영 전 국무총리, 김정례金正禮 전 보사부장관, 서의현 조계종 총무원장, 김장환 목사가 찾아왔다. 7월 15일에는 정원식鄭元植 국무총리가 신임인사를 하겠다며 이연택 총무처장관과 함께 찾아와 노태우 대통령과 화해할 것을 간청했다. 정원식 총리는 "역사의 단절이 있을 수 있느냐?" "5공이 없고서 6공이 있을 수 있겠느냐?"며 노태우 대통령이 5공을 부정한 것이 아니라고 역설했다. 나를 찾아와 노태우와의 화해와 우정 회복을 호소하는 사람들에게 나는 "그 문제는 나와 노 대통령 사이에 해결할 문제이지 다른 제3자가 나선다고 될 일이 아니다. 노 대통령은 다른 사람을 시켜 얘기할 것이 아니라 자신이 직접 공개적으로 얘기해야 한다."는 점을 강조했다.

노 대통령과의 만남이 가슴속에 큰 짐으로 남아 있는 가운데 반년의 세월을 보낸 9월 4일, 청와대는 신축한 본관의 준공행사를 갖는다며 초청장을 보내왔다. 나는 물론, 함께 초청받은 최규하 전 대통령도 불참을 통보했다. 노태우 대통령은 또 9월 14일에는 육군사관학교 11기 동기생들을 전원 부부동반으로 청와대 만찬에 초청했다. 현직 대통령이 학교 동기동창생들을 부부동반으로 초청한 것은 선례도 없었을 뿐만 아니라 생각해내기 어려운 일이었다. 나를 의식한 행사가 아니었나 하는 생각이 들었지만, 역시 두 사람 사이의 관계가 정리되지 않은 상태에서는 그런 자리에서 만나기 싫어 역시 거절했다.

9월 24일 노태우 대통령이 다시 초청장을 보내왔다. 내가 9월 21일 경북 문경의 봉암사를 찾아가 머물고 있는 동안에 안교덕 민정수석이 찾아왔다 못 만나니 초청장만 놓고 간 것이다. 신축한 청와대의 집들이를 겸해 두 전직 대통령(나와 최규하 전 대통령)과 오찬을 함께하며 남북한 유엔 동시 가입의 배경을 설명하려고 하니 열흘 뒤인 10월 4일에 청와대로 와달라는 내용이었다.

나는 여전히 두 사람 사이의 관계가 복원이 되지 않은 상태에서 그런 기회를 통해 만남이 이루어지는 것을 원치 않았다. 그러나 청와대의 공식 초청을 거절하는 것인 만큼 정중한 격식을 갖추고 필요한 절차를 거쳐야 한다고 생각해 노태우 대통령에게 친필 서신을 보내기로 했다. 나는 10월 2일 아침 이양우 변호사를 통해 안교덕 수석에게 전달하도록 했다. 노태우 대통령은 바로 그 다음날 안교덕 수석을 통해 답장을 보내왔다.

그동안 민생 안정을 위해 정부의 5공 청산 작업이 조기에 매듭지어질 수 있도록 협조해왔던 나는 그 편지를 통해 5공 청산의 주역인 노 대통령에게 과연 5공 청산의 의미가 무엇이었는지에 대해 근본적인 질문을 던졌다. 그에 대한 설명을 본인한테서 직접 듣고 납득이 되어야 진정으로 의미 있는 화해가 가능하다고 생각했기 때문이다. 그러나 나에게 전해진 노태우 대통령의 답신은 내가 기대했던 것과는 거리가 먼 내용이었다. 노 대통령은 답신에서 청와대 초청 참여를 강요하는 답변만을 하고 있었다. 어떻든 나와 노 대통령이 주고받은 이 두 통의 친서는 '5공 청산'의 모든 정치적 일정이 다 끝난 1991년 10월, 그 정치 행위의 시행자와 그 반대편에 선 두 사람이 서로 자신의 입장을 자필로써 호소하고 설명했다는 점에서 5·6공 관계의 성격을 엿볼 수 있는 자료라는 의미가 있다고 생각해 이 기회에 모두 공개하려 한다.

## 노태우 대통령 각하

청와대를 떠난 지 햇수로 4년이 다 되어가는 지금 안 수석을 통해 주신 초대에 정중히 답을 하기 위해 붓을 들고 보니 만감이 교차합니다. 물같이 흐르는 것이 세월이라지만, 내가 청와대에서 집무를 시작하던 그 팔월의 일이 엊그제 같은데 노 대통령에게 나라를 부탁하고 떠난 지도 벌써 4년이 다 되어갑니다.

새 지도자가 된 노 대통령에게 전임자로서 나라의 일을 부탁하고 그곳을 떠난 그날보다 내 생애에서 더 기쁘고 행복한 날은 없었습니다. 1988년 2월 25일, 대통령 집무실에서 나는 지난 7년 반 동안 내가 앉았던 자리를 노 대통령에게 물려주면서 나누었던 그 뜨거운 악수를 지금도 잊지 않고 있습니다. 솔직히 말해 나는 그날 좀 흥분해 있었던 것이 사실입니다.

나는 그날 국민들과의 단임 약속을 지킬 수 있었을 뿐 아니라 내 평생을 통해 믿어왔고 즐거움과 고통을 함께 나누어왔던, 둘도 없는 친구에게 대통령직을 물려주고 떠나는 드물게 행복한 사람이었기 때문입니다. 또한 재임기간 중 내가 애정과 집념을 가지고 애쓰던 일들도 후임자인 노 대통령에 의해 더 훌륭하게 추진될 것이라는 기대가 나를 즐겁게 했습니다.

남몰래 지니고 있었던 퇴임 후의 작은 바람도 있었습니다. 우선 밀린 잠도 원 없이 자보고 아이들에게 못 다한 아버지 노릇도 해보고 싶은 평범한 시민으로서의 포부 말입니다. 아시다시피 어려운 시기에 나라 일을 맡아야 했던 나는 내 부족한 능력을 채우기 위해 '젖 먹던 힘'까지 다 써버렸다는 느낌이 들 정도로 전력투구를 했던 것이 사실입니다.

뜨겁게 악수하면서 그날 우리 내외는 대통령 내외분에게 신의 가호와 국운융성이 함께 하시길 진심으로 소망했었습니다. 그것이 우리의 마지막 인사였습니다. 그날 이후 햇수로 4년이 되어가는데도 우리는 단 한 번도 만나지 못하고 있습니다.

어떤 이유로든 우리가 만나지 못했던 지난 4년은 노 대통령이나 내게 있어 똑같이 불행하고 부끄러운 세월이었습니다. 아무리 권력무상權力無常이라고 하지만 40여 년의 긴 세월 동안 노 대통령과 내가 가졌던 그 뜨거운 우정과 동지애가 도대체 어떤 이유로 이 지경에 이르고 말았는가 하는 생각을 하노라면 새삼 사람의 본성에 대한 회의와 비애가 사무치게 느껴지곤 합니다.

냉혈하리 만큼 비정하다는 정치권력의 세계에서 사람의 의리나 도리를 따지고 사람 간의 신의와 언약을 논하는 것이 어리석고 소용없는 일이라 할지라도 그토록 오랜 세월을 두고 나누어온 노 대통령과 나 사이의 자랑스럽고 견고했던 우정도 결국 정치권력이라는 현실 앞에선 단 한 계절도 견디지 못한 채 무참하고 무력하게 무너져 내리는 것을 지켜보면서 내가 느꼈던 통한과 허무감은 이루 말할 수 없는 것이었습니다.

이럴 때면 나는 노 대통령과 나의 우정이 그토록 싱싱했던 10.26 당시의 일을 추억해보곤 합니다. 중앙정보부장 김재규가 대통령 박정희를 시해한 그 사건 앞에서 나와 노 대통령은 누구보다도 더 큰 충격과 분노를 느끼던 것이 기억납니다. 그때 우리가 가졌던 그 충격, 그 분노의 이유가 무엇이었습니까. 그 시해사건은 인간 김재규가 인간 박정희를 향해 총을 겨눈 것이 아니라 한 인간이 자신의 친구요 자신을 그 위치에 있기까지 이끌어준 둘도 없는 은인을 향해 총을 겨눈 것이었기 때문입니다.

김재규에게 있어 박정희는 국가원수이기 이전에 그의 친구이며 은인이었던 것입니다. 내가 그 사건을 수사할 때 노 대통령과 나는 자주 만났습니다. 그때마다 우리가 마주 앉아 나누었던 이야기가 대체 무엇이었습니까.

세상에 이럴 수는 없다. 김재규는 사람이 지녀야 할 마지막 윤리와 도덕 그리고 가치관까지 송두리째 파괴해버린 부도덕한 패륜아이다. 그러므로 우리는 후대들을 위해서라도 사람의 마지막 존엄성인 도덕성과 가치관을 회복시켜놓아야만 한다고 굳게 다짐했던 일 말입니다.

그것은 물론 우리만의 울분은 아니었습니다. 아무리 세상조류가 변한다 해도 신의信義나 충절忠節을 사람 최고의 덕목으로 믿고 살아가는 우리 국민들에게 그 사건이 준 충격과 환멸은 대단한 것이었습니다. 은혜를 원수로 갚고, 우정을 배신으로 갚고, 충정을 반역으로 갚는 그 비열함을 보면서 노 대통령과 내가 했던 결심이 무엇입니까. 우리 역사 속에서 다시는 이런 일이 되풀이되어서는 안 된다는 것이 아니었습니까. 그러나 세월은 흘렀고 이제 그 사건의 주역이었던 박 대통령도 김재규도 이 세상 사람이 아닙니다.

그렇다면 그 사건 앞에서 울분을 토하고 후세를 위해 올바른 가치관을 회복시켜놓고야 말겠다던 우리 두 사람의 모습은 지금 어떻습니까. 뜨거운 악수를 나누고 청와대를 나온 이후 지난 4년 동안 노 대통령과 나 전두환 사이에 있었던 불행하기 짝이 없는 수많은 일들은 대체 무엇을 말해주고 있습니까. 이런 표현은 하고 싶지 않지만 지난 4년간 노 대통령과 나의 관계는 우리를 그토록 울분에 빠지게 했던 10.26사건의 그 부도덕하고 비열한 모습을 무색하게 하고 있지는 않습니까.

기억하는 것조차 괴로운 일이지만 청와대를 떠나던 그날 나는 임기 중엔 전력투구를 다했고 국민과의 단임 약속을 지켰을 뿐 아니라, 내가 이끌던 5공화국의 2인자였던 친구에게 자리를 물려주고 나오는 전임 대통령인 나와 내 가족이 가야 할 곳이 '백담사'가 될 줄은 꿈에도 상상하지 못했습니다. 그러나 오늘 나는 정치 수업을 쌓을 겨를도 없이 대통령이 될 수밖에 없었던 나의 정치역량과 통치기간 중의 과오過誤는 업적業績과 함께 역사가

들에 의해 이성적으로 평가될 것이라 믿고 이 서신 속에서는 오직 지난 4년 동안 노 대통령과 나 사이에 있었던 일들 중 일부만을 언급할 생각입니다.

내가 청와대를 나오자마자 제6공화국은 '5·6공 단절'을 외치기 시작했습니다. '5공 단절'은 곧 '5공 청산'이라는 구체적인 모습으로 전개되기 시작했습니다. 아시다시피 5공의 상징은 전임 대통령인 나 전두환이요, 6공의 상징은 바로 노 대통령일 것입니다. 그런 논리로라면 5·6공 단절, 5공 청산이란 곧 나와 노 대통령과의 단절과 청산을 의미하는 것이기도 합니다.

5공의 2인자였고 후임자였으며, 5공의 대통령 후보로 출마하여 당선된, 5공이 길러낸 5공의 인물이 바로 노태우 대통령 자신임에도 불구하고 6공 정부가 출범을 시작하자마자 왜 하필 자신의 모태이며 그 뿌리인 5공과의 단절과 청산을 부르짖는 그런 식의 발상을 하게 되었는지 참으로 알 수 없는 일입니다. 5공 정부와 여당의 이런 의도와 계획된 언행에 따라 신문과 방송, 잡지를 위시한 모든 언론들은 앞을 다투어 5공의 상징인 나를 비판하고 비난하기 시작했습니다. 전국의 모든 언론들이 한꺼번에 쏟아 붓기 시작한 상상을 초월한 물량의 보도들 중 많은 부분은 사실의 근원을 알 길 없는 유언비어들과 확인도 되지 않은 무책임한 폭로성 기사들이었던 것으로 기억하고 있습니다. 말하자면 나를 상대로 한 우리 정치 역사상 최고로 잔인한 '여론재판'이 시작되었던 것입니다. 이 여론재판을 처음부터 의도적으로 유도해나간 것이 노 대통령 자신이며 6공 정부와 여당 인사들이라고 사람들은 번번이 내게 말해주었지만 나는 단 한 번도 그 사실을 믿으려고 하지 않았습니다. 내가 40년간 지니고 있던 노 대통령에 대한 믿음 때문이었습니다.

어제까지만 해도 5공의 식구이며 동지이던 사람들, 그 5공이 지니고 있었던 추진력과 안정된 사회를 유지하겠다는 공약 때문에 선거에서 승리할 수 있었던 5공의 인물들이 정권을 물려받자마자 갑자기 자신들의 오늘이 있게 한 그 5공을 향해 단절과 청산을 외치며 언론을 자극했고 흥분한 언론들은 진실이나 사실을 이성적으로 확인해볼 겨를도 없이 5공 비판을 위한 보도들을 홍수같이 쏟아내기 시작했던 것입니다.

흥분한 언론들이 흥분된 국민을 만들고, 분노한 국민을 만드는 것은 자명한 일입니다. 그즈음 6공의 구호가 '5공 청산'이라지만 나는 그것이 '5공 매장'이었다고 생각하는 사람입니다. 기왕에 허심탄회하게 5공에 대한 정당한 비판을 유도하려고 했다면 '잘한 것'과 '잘못한 것'이 함께 등장했어야 했던 법인데 그 시절 5공을 청산하면서 생겨난 용어란 오직 '5공 비리'뿐이었다는 것은 6공이 5공 청산을 내세우면서 여론으로 하여금 5공의 비리만을 캐내어 5공을 '무능하고 썩어빠진 독재집단'으로 전락시키려 했다는 의도가 잘 드러나는 부분이기도 합니다.

노 대통령도 재임 중 경험하고 계시겠지만 내 임기 /년 반 동안 하루하루를 그토록 '비리'만 골라 저지르고 산다는 일도 불가능한 것입니다. 5공이 그토록 철저한 비리의 집단이고 무법적인 집단이었다면 노 대통령께서는 어떻게 그 견딜 수 없는 비리와 무법을 참아내며 5공의 제2인자 자리를 누리며 지낼 수 있었는지 묻고 싶습니다. 5공이 정말 우리 정치사에서 그토록 가차 없이 단절되고 청산되어야 할 무능하고 부도덕한 집단이었다면 노 대통령께서는 당연히 5공을 계승하는 후임자와 대통령 후보자로서의 역할을 거절하고 5공을 떠났어야 옳았을 것입니다.

이 모순된 모습들로 보아 노 대통령의 5공 청산 의도는 결국 '5공 매장'이며 궁극적으로는 5공의 상징인 나 전두환의 철저한 매장과 제거였다는 사실을 잘 증명해주고 있습니다. 그런 이유로 그즈음 내게 그토록 가혹했던 사람들도 냉정을 찾게 된 요즈음 그때의 그 광풍을 기억할 때마다 그것은 '여론재판'으로 유도된 기막힌 정치보복이며 '한풀이'였다고 말하고 있습니다.

성난 파도와도 같았던 그때의 일들은 이조사화李朝士禍를 무색케 했으나 아무래도 그 절정은 우리 내외의 백담사 유폐일 것입니다. 그 일을 유도한 것이 노 태통령 자신이고 보면 차라리 '백담사 추방'이라고 표현하는 편이 옳은 것입니다. 엄동설한인 동짓달에 졸지에 집을 떠나 삼팔선 너머 오지의 낡은 절로 들어갈 때의 심정을 누구라 헤아리겠습니까.

그때 내가 그 비참하고 굴욕적인 '현대판 귀양'을 승복할 수밖에 없도록 노 대통령이 나를 무력화시키기 위해 했던 말이 무엇입니까. '사과, 헌납, 연희동 집만 떠나주면' '나의 보좌관들을 구속시키지 않겠다' 그리고 5공 문제를 법적으로 정치적으로 종결짓겠다는 것이었습니다. 그러고 보니 노 대통령은 누구보다도 나를 그리고 내 약점을 잘 알고 있었다는 생각이 듭니다.

내 보좌관들이 나를 그토록 충성스럽게 보좌해주었듯이 그들을 구하기 위해서라면 무엇이든지 승낙할 것이라는 내 기질, 내 약점을 노 대통령은 너무나도 잘 알고 있었던 것입니다. 그 당시 보좌관들만은 다치게 하지 않겠다는 말보다 나를 무능화시킬 수 있는 말이 또 어디 있었겠습니까. 물론 그 약속은 지켜지지 않았고 그 이후 내 보좌관들은 곤욕을 치르거나 구속되었습니다.

내가 백담사로 떠날 때 우리 집안의 형편은 또 어떻습니까. 언젠가 노 대통령 스스로 표현한대로 우리 집안은 온통 5공 청산의 제물이 되어 '제사 모실 사람 하나 없을 지경'으로 철저하게 쑥밭이 되어버렸습니다. 그 꼴이 오죽 비참했으면 어떤 정치평론가는 요즘 그것을 '삼족을 멸하다시피 한 참극'이었다고 표현하겠습니까.

그것도 부족해서 우리 내외는 결국 백담사로 유배를 떠나야 했습니다. 나를 백담사로 떠나보낼 때 노 대통령이 한 약속이 무엇이었습니까. '늦어도 이삼 개월 내에 반드시 다시 연희동으로 모시겠습니다'라는 것이었습니다. 그날 이후 나는 백담사에서 두 해 하고도 한 달 8일을 견뎌야 했습니다.

설사 내가 열 번 귀양을 가도 마땅한 죄를 지은 국가적 대죄인이라 합시다. 그래도 40년 친구라면 영하 30도를 오르내리는 깊은 산골 절집으로 쫓겨간 내가 걱정이 되어서라도 겨울을 무사히 지냈는지 사람을 보내 알아보는 것이 인간의 도리가 아니겠습니까. 일 년이 다 되도록 사람을 보내기는커녕 나를 찾아보는 사람들을 일일이 조사해 처벌하거나 불이익을 주었고 기관원을 동원해 찾아오는 사람들을 강제로 돌려보내는 비열하고 비인간적인 일을 망설이지 않았습니다. 물론 애초 지킬 생각도 없이 나를 귀양지로 몰아내기 위해 남발된 언약들은 단 한 가지도 지켜지지 않았습니다. 이것이 노 대통령의 의도 아래 이루어진 '5공 청산'의 몇 가지 모습인 셈입니다.

그렇다면 노 대통령과 6공이 그토록 강한 의지와 집념을 가지고 수년간 집요하게 추진해나갔던 5공 청산의 결과는 대체 어떻습니까. 우선 노 대통령이 원했던 대로 나는 이제 한 사람의 필부에게조차 조롱의 대상이 되어버린 참담한 모습으로 전락해버렸고 내가 이끌던 제5공화국은 7년 반의 집권 기간 동안 부정과 비리만을 저질러온 반국가적 반역사적 집단으로 되어버렸습니다. 사람 사이에 가장 잔인한 살인이 있다면 그것은 타인의 명예를 짓밟는 일입니다. 사람은 목숨보다 명예를 더 소중하게 여긴다는 점에서 동물과 다르기 때문입니다.

40년 친구였던 내 명예를 이 지경으로 만들어버렸다고 해서 내가 개인적 분노나 울분을 가지고 이런 얘기를 할 만큼 옹졸하지는 않습니다. 만일 나와 5공을 그렇게 만들어버려야 하는 것이 나라 발전을 위해 노 대통령이 선택할 수 있는 유일한 길이었다면, 아니 내가 악惡의 상징이 되고 노 대통령이 선善의 상징이 되는 것이 나라의 융성과 국가 이익에 절대적으로 필요한 것이었다면, 나는 기꺼이 그 배역을 받아들이고 견뎌낼 용의가 있는 사람입니다.

솔직히 말해 남자로 태어나 한 나라의 대통령까지 지낸 사람이 재임 후 나라 이익을 위해 땔감이 되면 어떻고 제물이 되면 또 어떻단 말입니까. 나라 융성에 보탬이 되는 일이라면 그 어떤 하찮은 일이라도 주저하지 않겠다는 내 기질은 노 대통령이 더 잘 알고 있지 않습니까.

그러나 그 결과는 무엇입니까. '5공 청산'이라는 이름으로 그 많은 시간과 국력을 낭비한 후 노 대통령이 획득한 전리품이 대체 무엇입니까. 누가 가해자고 누가 피해자이든 그 요란한 언론유희의 두 주인공으로서 노 대통령과 내가 우리 국민에게 남겨준 것이 대체 무엇입니까.

우선 우리 두 사람은 국민들에게 십여 년 전 박 대통령과 김재규가 보여준 것과 똑같은 정치권력의 가장 나쁜 모습들을 다시 한 번 보여줌으로써 국민들로 하여금 정치 지도자들에게 다시 한 번 환멸을 가지게 만들어주었던 것입니다.

그뿐입니까. 세상조류가 아무리 하루가 다르게 변한다 할지라도 조상들이 대대로 교훈해주시던 '붕우유신朋友有信'을 우리 두 사람은 '붕우불신朋友不信'으로 전락시켜버렸을 뿐 아니라 목적을 위해선 사람의 소중한 덕목인 신의와 의리는 헌신짝처럼 내던지는 후안무치厚顏無恥의 추태까지 남겼으니 우리 두 사람에겐 회복할 수 없는 불행한 인간관계요, 국민들과 자라나는 세대에게는 또 하나의 바람직스럽지 못한 유산을 보태준 셈입니다.

결국 우리 두 사람은 한 사람은 독재자요 권위주의자요 비리의 책임자로서, 다른 한 사람은 자신에게 대통령의 자리를 물려준 전임 대통령을 정치보복으로 매장시킨 배신자로서 손가락질을 당하고 있는 셈입니다. 우리 두 사람의 이런 추태는 우방국가의 친구들에게도 혼란을 주었을 것이 분명합니다. 대통령된 사람들로서 국민에게 좋은 본과 좋은 기억을 남겨도 부족한 때에 환멸과 근심만 끼쳤다는 생각이 들면 밀려드는 통한과 책임감에 잠들기 어려운 밤도 많았습니다.

이젠 한스럽고 소용없는 바람이 돼버렸지만 나는 솔직히 나와 노 대통령에 의해 이 나라의 '대통령 문화'가 올바르고 건강하게 창조되길 고대했었습니다. 해외로 망명길을 떠나거나 심복에 의해 시해당한 대통령의 최후만을 보아온 우리의 불행한 정치사도 끝이 나고 약속된 임기를 끝내고 새 대통령에게 자리를 물려준 뒤 제 발로 청와대를 걸어 나와 국민들의 축복 속에서 건실한 시민으로 복귀하는 당연하지만 그토록 어려웠던 바로 그 일을 성취해내고 싶었습니다. 내가 재임기간 동안 그토록 누누이 필요 이상으로 나의 단임 의지를 강조했던 이유도 바로 그 때문이었습니다.

선진화된 민주국가에서는 너무나도 당연한 정치질서가 내게는 정치철학이며 이상이 되었을 만큼 우리 정치는 덜 성숙해 있었던 것이 사실입니다. 그러므로 내가 단임 약속을 지키고 평화적인 정권 이양을 실천하는 것이 그 시대 그 위치에 있었던 사람으로서 내가 우리 정치사에 헌신할 수 있었던 최선이었습니다.

임기를 끝낸 후 나는 약속대로 청와대를 떠나 옛집으로 돌아왔고 그것으로 내가 할 수 있는 역할은 끝이 났습니다. 그 다음은 자리를 물려받은 노 대통령의 차례였습니다. 노 대통령께서는 우리 헌정 사상 평화적으로 정권을 이어받은 최초의 행복한 대통령이었습니다. 더구나 6.29를 통해 직선제로 치른 선거로 당선되었으니 그 정통성이나 그 정치적 입지가 남달리 행복했던 셈입니다.

누구도 누릴 수 없었던 그 좋은 조건 속에서 모처럼 올바르게 세워지기 시작한 대통령 문화를 멋지고 가치 있게 계승하고 정착시켜 정치 선진화를 이룰 수 있는 기회가 노 대통령 앞에 주어져 있었습니다. 바로 그 정치 선진화에 대한 책임과 열망 때문에 노 대통령도 잘 알다시피 나는 주위의 강력한 반대에도 불구하고 일말의 주저나 망설임도 없이 6.29의 영광을 노 대통령 개인에게 아낌없이 안겨주었습니다.

이런 좋은 조건에서 사심 없는 통찰력만 있었다면 노 대통령은 우리의 어두운 대통령 문화를 종식시키는 것은 물론 이상적이고 모범적인 대통령 문화의 귀중한 모델을 창조해내는 업적을 세울 수도 있었던 것입니다. 헌법에 따른 깨끗한 정권 이양의 질서, 선거에서의 정정당당한 승리, 전임 대통령의 평화적인 시민으로의 복귀, 그것만으로도 유혈로 얼룩진 청와대의 전통을 청산할 수도 있었다는 말입니다.

그것은 우리 국민에게 얼마나 신선한 충격과 신선한 안도감을 안겨주겠습니까. 대통령 문화의 올바른 시작이 우리 정치사에 기여했을 유익하고 신선한 자극은 또 얼마나 많았겠습니까. 그렇게 되었더라면 그것은 두고두고 노 대통령 개인의 업적으로 남았을 것입니다.

그러나 불운하게도 취임 직후 노 대통령이 시작한 최초의 일은 5공 청산이었습니다. 이승만 대통령의 하와이 망명과 김재규의 박 대통령 시해와 똑같은 방식의 '백담사 귀양'이라는 전임 대통령에 대한 피비린내 나는 청산이 있었습니다. 우리 역사상 가장 고질적이고 상습적인 병폐라면서 울분하던 우리도 결국은 똑같은 방법으로 정권 이양의 상습적 추태를 재현하고 말았습니다.

다른 사람들은 다 그랬다 하더라도 노 대통령과 나만은 이런 식으로 정권을 주고받지 않을 수도 있었습니다. 다른 사람은 다 그럴 수밖에 없었다 하더라도 우리만은 좀 더 멋지고 명예롭게 후세에 남을 전통을 세울 수도 있었습니다.

그것이 나라를 위해서라면 이 한 몸 바치겠다던 우리 두 사람의 군인정신과 인생관에 알맞은 일이기 때문입니다. 그렇습니다. 우리 두 사람이 비록 정치가로서는 미숙했다 할지라도 우리의 일생을 지배해온 올바른 군인정신만 살아 있었더라도 이토록 추하고 못난 모습으로 국민들을 실망시키고 역사에 오류를 반복하지는 않았을 것입니다.

이미 엎질러진 물이요, 수정할 수 없는 것이 시간이니 밀려오는 것은 그저 통한뿐입니다. 이 모든 결과가 노 대통령을 후계자로 지명한 나의 한계이며 노 대통령의 한계였다는 자괴감 이외엔 별다른 결론이 없다는 생각입니다. 이제 나를 만나 화해를 하시겠다니 그저 어리둥절하기만 합니다. 단절과 청산이라는 이름으로 5공을 정치적 폐기물로 만들어버린 것이 엊그제인데 이제 '6공은 하늘에서 떨어진 것이 아니며 역사의 단절이란 있을 수 없다. 그러므로 5공과 6공은 화해해야만 한다'는 주장들이 6공 쪽에서 흘러나오고 있다는 얘기를 들었습니다.

정치적 필요에 따라 멋대로 5공을 '단절'하고 또다시 정치적 필요에 따라 멋대로 5공과 '화해'하겠다고 하는 두 개의 상반된 논리 앞에서 나는 그저 어리둥절할 뿐입니다. 아무리 정치바닥이 이런 것이라지만 노 대통령께서 얼마 남지 않은 임기의 후반기까지 나 전두환을 이런 식으로 대하고 있다는 사실에 내 인내가 그만 동이 날 지경입니다.

우리 두 사람 사이에 이런 식의 치졸한 얘기까지 해야 하는 것이 비참한 일이긴 하지만 청와대를 떠난 후 지금까지 내 집 주변에서는 전화 도청, 출입자 감시, 출입자에 대한 세무조사 등 압력이 공공연하게 계속되고 있습니다. 처음 이런 일을 당했을 때 나는 내 재임 중에도 경험했듯이 과잉충성을 하는 사람들의 행위이려니 생각했었습니다.

그러니까 그때가 1988년 11월 2일 저녁이었던 것으로 기억됩니다. 그날 나는 노 대통령에게 이 사실을 알리며 시정을 요구했습니다. 노 대통령께서도 기억이 나시겠지만 노 대통령의 대답이 이러했습니다. '쓸데없는 자들이 자꾸 찾아가기 때문에 내가 명령해서 그렇게 하고 있는 것이다'라고 말입니다. 백담사 시절은 물론이고 지금도 노 대통령이 명령한 그 전화 도청과 출입자 감시는 여전합니다. 방문자들은 자신들의 신분이 드러나 불이익을 당할지도 모른다는 불안에 시달리고 있습니다.

내게 전화를 걸거나 방문한 뒤 엉뚱한 구실로 불려가 조사를 받거나 불이익을 당한 사람의 예는 얼마든지 있습니다. 언급할 가치도 없는 이런 유치하고 비열한 상황에는 조금의 변화도 없는데 노 대통령께서는 다시 국민과 언론을 상대로 전임 대통령과의 회동이니, 5공과의 화해니 하는 의도적인 기사를 흘리고 있으니, 당사자인 나로서는 그 의도를 이해하기가 어려울 뿐입니다.

노 대통령, 감정을 가진 사람과 사람 사이의 화해란 것이 대체 무엇입니까. 화해란 심정과 심정이, 마음과 마음이, 반성과 후회가, 희망과 희망이 다시 만나는 것 아니겠습니까. 지난 세월에 대한 단 한 마디의 양해와 해명도 없이 화해를 하시겠다니 도리에 맞는 일이겠습니까.

그러고 보니 기억나는 일이 있습니다. 대통령 재임시 나는 자주 노 대표 댁을 방문해서 세상 돌아가는 얘기도 나누고 약주도 나누면서 우리의 옛 우정을 추억하며 즐거워했었습니다. 그럴 때면 우리 두 사람 사이에는 격식도 담장도 없었습니다.

노 대통령께서 진심으로 나를 만나고 싶다면 우리 사이에 무슨 회동이 필요하고 '암중모색' 같은 정치적 격식이 필요합니까. 우리 두 사람이 만나는데 왜 언론유희가 필요하고 제3자 개입 같은 정치적 기교가 필요합니까. 물론 정치가에게는 기교도 중요한 능력이라는 사실을 부인하지는 않습니다. 그러나 진실이 없는 현란한 정치 기교는 정치가 자신에게나 국민에게 똑같이 독이 된다는 것이 기교 같은 데엔 재간이 없는 나의 정치신념입니다.

지금이라도 노 대통령께서 우리 두 사람과 5공 동지들 사이에 있었던 그 불행한 과거에 대해 마음속에서 우러나오는 솔직하고 진실한 해명과 뉘우침이 있다면 나 전두환이 노 대통령과 만나 손을 잡는 데 무엇을 주저하겠습니까. 화해를 요구해오는 사람이 '이만한' 도리나 반성도 없이 그저 만나 악수나 하고 밥이나 먹고 사진이나 찍는다면 그것은 상처받은 사람에게 다시 새 상처와 새 배신감만 안겨주게 될 것입니다. 노 대통령과 나 사이에 화해가 필요하다면 좀 더 인간적이고 '우리다운' 방법을 택하셔야 하겠지요.

노 대통령! 우리 두 사람은 언젠가는 반드시 만나야 합니다. 만나서 지금의 그 모습이 아닌 그 옛날 내가 알고 좋아했던 본래의 '노태우'로 돌아온 그 모습을 보는 것이 내 최고의 소원입니다. 비록 믿기지 않을는지는 몰라도 나는 지금도 나의 후계자로 친구 '노태우'를 지명한 것을 후회하지 않습니다. 나의 손으로 탄생시킨 제6공화국에 의해 내가 지금의 이러한 상황에 빠지게 된 것도 역사의 한 아이러니이기도 하겠지만 따지고 보면 이 모든 것이 다 내 개인이 타고난 업장業障을 소멸시켜가는 '고행'의 여정 속에서 극복해야만 할 수많은 시련 중의 하나일 뿐이라는 생각을 해보았습니다.

다만 단지 5년간의 권력을 위해 지난 수십 년을(평생임) 쌓아 올려온 우정의 탑이 송두리째 무너지는 것을 시켜보면서 새삼 사람의 몸과 마음을 눈멀게 하는 권력의 속성 앞에서 끝없는 무력감을 느낄 뿐입니다.

노 대통령! 사람에 있어 명예를 잃어버리는 것은 곧 자신의 모든 것을 잃어버리는 것을 의미하지만 그렇다고 나는 잃어버린 명예를 되찾는 일에 조바심을 내지는 않기로 했습니다. 나는 천성적으로 변명이나 능변에는 재간이 없는 사람이나 그래도 진실은 생명력이 있는 것이니 언젠가 앞으로 전개될 역사 속에 그 모습을 훤히 드러낼 날이 꼭 있을 것이라는, 그리고 그 과정을 통해서 나의 모든 잘잘못에 대한 진정한 평가와 심판이 있게 될 것이라는 소박한 믿음이 명예회복에 대한 나의 자세입니다.

노 대통령과의 만남에 대해서도 나는 그것을 서두르고 싶은 생각이 전혀 없습니다. 그것은 지난 수년 동안 우리 두 사람이 수십 년에 걸쳐 쌓아 올린 좋은 인연들을 죄다 허물고야 만 권력이라는 그 무서운 속물이 노 대통령의 곁을 떠나기 전까지는 우리 두 사람의 만남이 어떤 의미도 없으리라는 걱정이 앞서기 때문입니다.

권력도, 아니 그 무엇도 없이 알몸으로 돌아간 우리 두 사람이 다시 만나 지나간 일들을 그것이 어두운 기억이든, 아니면 밝고 유쾌한 추억이든지 간에 허심탄회하게 이야기할 수 있으리라고 봅니다. 그러다 보면 지금과 같은 이러한 악연의 늪을 박차고 나올 수 있게 되지 않을까 하는 소박한 희망이 나로 하여금 서둘러 노 대통령을 만나는 것을 꺼리게 하는지도 모르겠습니다.

　　노 대통령! 백담사에서 자주 듣던 말 중에 '탐심貪心을 버리면 대도大道를 볼 수 있다'라는 말이 있습니다. 인기나 공명심에 영합하지 말고 남은 임기 동안 나라와 국민을 위해 최선을 다함으로써 조국의 선진화에 헌신하시는 대통령이 되실 것을 간절히 바랍니다. 건승을 빕니다.

1991. 10

일 해

## 전임 대통령 귀하

　주신 글월 착잡한 심중으로 읽었습니다. 지적하셨듯이 우리들의 기구한 운명 만감이 교차됩니다. 무엇보다 전임 대통령을 명예롭지 못한 고통을 안게 하게 된 일에 대해서는 그 이유가 어디에 있든 후임자로서 송구스러운 일이요, 누구보다 가슴 아픈 일이 아닐 수 없습니다. 지적하신 일들을 일일이 이것은 죄송하고 이것은 이렇고 저렇고 변명을 하자면 한이 없을 것이고, 지금 전임 대통령께서 가지신 심중으로는 해명한들 소용없는 일이라 생각합니다.

　그러나 역사 앞에 분명히 밝혀두고자 하는 것은 노태우 권력 잡았다 하여 천리와 인륜을 배신하는 자가 아니라는 사실입니다. 전임 대통령께서 스스로 또는 주변의 몇 사람의 생각이 그렇게 믿을 수도 있겠지요. 우리가 상상치도 못한 불행을 당했으니까. 그렇게 생각, 단정할 수 있다고 이해합니다. 그러나 노태우는 권력을 즐기지도 않고 더욱이 권력의 노예 따위 되지 않습니다. 오히려 나는 그렇게 하기를 좋아하는 자를 멸시합니다. 6공 초부터 내적으로 혁명을 방불케 하는 위험한 소용돌이 속에서 전임 대통령을 보호하는 길이 무엇인가에 전 심혈을 기울여 왔으며 주위 친척들의 저지른 일을 극소화시키는 데 할 수 있는 최선을 다해왔습니다. 여기에는 수많은 증인들이 있습니다. 그들은 다름 아닌 전임 대통령께서 아끼시던 부하들입니다. 전임 대통령 그리고 주변 인물을 보호하는 일은 지금도 계속되고 있습니다. 참으로 어렵습니다. 역사를 보는 시각, 사리를 판단하는 여건과 기준에 따라 우리 둘 사이에는 무서운 오해와 틈이 생겼군요. 말씀마따나 역사의 아이러니가 아닐 수 없습니다.

나는 대통령으로 있을 때까지는 비록 전임 대통령께서 더 이상의 오해가 생기시더라도 최선을 다해서 보호해드릴 것입니다. 무슨 보호할 일이 그렇게 많으냐고 생각하실 테지요. 참으로 감당키 어려운 일 많습니다. 전임 대통령께서 방문하는 많은 자들에게 나를 욕하는 소리 귀가 따갑도록 듣고 있습니다. 이해하고 참으려고 노력도 많이 하였습니다. 그러나 이 세상 누구보다입니다.

기나긴 사연을 쓰자면 한없습니다. UN 가입을 계기로 국내외적으로 해야 할 일이 산적되어 있습니다. 이 역사적으로 중요한 시기에 공적 그리고 공개적 입장에서 전임 대통령을 모셔서 이 큰 국가 대사를 설명드리고 훌륭한 자문을 얻는 것이 당연하고 또 우리 모두의 책무라고 생각합니다. 그렇게 함으로서 손상된 명예도 국민 앞에 회복되는 좋은 길이기에 정중히 초청하는 것이지 이것을 어떻게 정치적 이용을 목적으로 하는 소행으로 보실 수 있습니까? 진정 뜻이 이러하오니 금 토요일 모시는 일 승낙하실 것을 앙망합니다.

대통령 노 태 우

## 화해의 기회를 저버린 노 대통령

노태우 대통령의 답신을 받고 우울한 기분에 잠겨 있던 10월 20일, 장모님이 쓰러지셨다. 소식을 듣고 급히 강남성모병원으로 달려갔지만, 중환자실에서 뵐 수 있었던 장모님은 이미 뇌사 상태였다. 온갖 검사를 마친 후 뇌로 올라가는 동맥이 막혔다는 사실을 밝혀냈을 때는 벌써 이 세상 사람이 아니었다. 82세를 일기로 운명하셨던 것이다. 주무시듯 누워 계신 장모님 얼굴을 마주하고 있으려니 믿고 아꼈던 사위가 대통령까지 되었으니 이제 죽어도 여한이 없다며 눈물을 글썽이시던 모습이 생각나 새삼 슬픔이 밀려왔다.

가진 것이라곤 아무것도 없는 나를 사위로 맞아 사랑해주시고 8년이라는 긴 세월 동안 함께 살면서 늘 행복하게 돌봐주셨던 장모님. 그 장모님은 이제 또 이 세상과 하직하면서 내가 보고 싶어 하던 많은 사람들을 빈소로 불러 모아주셨다. 옛날에 나와 함께 일했던 사람들, 혜택 받은 것도 없는데 어려울 때 지성으로 도와주던 사람들, 또 정치 상황 때문에 오고 싶어도 찾아오기 어려웠던 사람들이 나를 만나러 올 수 있는 기회를 만들어주신 것이다.

대통령 영부인 김옥숙 여사도 문상을 왔다. 면목 없다며 제대로 고개를 들지 못하는 모습을 보면서 나는 참을 수 없는 비애를 느꼈다. 이번에야말로 자연스럽게 노태우 대통령을 만날 수 있는 좋은 기회라고 생각하고 있었는데 자신이 직접 오지 않고 부인을 대신 보냄으로써 화해의 기회를 놓치고 말았기 때문이다.

비서실장이 오고 경호실장이 왔을 때 나는 노 대통령이 문상 오는 줄 알고 가슴이 뛰었었다. 내 마음은 나도 모르는 사이 그를 그리워하고 있었던 것이다. 5공의 대표인 나는 6공의 대표인 노 대통령을 그저 아무 일 없었다는 듯 받아들일 수 없다고 도리질하고 있었지만 인간 전두환은 친구 노태우를 용서하고 싶어 애태우고 있었다는 사실에 나 스스로 새삼 놀랐다. 그런데 노태우는 왜 이런 때 달려오지 않고 부인을 대신 보냈던 것인가. 조문을 오면 어쩔 수 없이 노태우와 만나게 될 것이고, 문상을 하러 온 사람을 붙들고 지난 일에 대해 시비를 할 수는 없는 만큼 화해를 도모해갈 수 있는 좋은 계기였다. 두 번 다시 오지 않을 기회를 놓치고 있는 친구가 야속했다.

청와대 측은 노태우 대통령이 영부인을 대신 보낸 것은 현직 대통령이 사가私家에 직접 문상을 가는 것은 대통령의 의전상 적당치 않고 또 과거에 그런 전례가 없다는 이유를 댔다고 했다. 전례가 없다는 것은 사실과 다른 얘기다. 나도 그랬고 박정희 대통령도 순국 또는 순직한 분이 아닌 사람의 상사에 조문을 간 일이 여러 차례 있었다. 우리의 전통적 풍습에는 부인을 대신 문상하도록 하는 것이 결례다. 더욱이 나의 장모님은 노태우를 육사생도 시절부터 알고 있었고 수십 년간 친자식처럼 대해주셨던 분이었다. 문상하는 데 무슨 의전이 필요하고 격식이 필요하다는 것인지. 마음이 아파 속으로 눈물을 흘렸다.

### 6년 만에 나눈 술잔

노태우 대통령이 나의 장모님 상사 때 조문조차 오지 않음으로써 자연스런 만남의 기회를 놓친 일이 나로서는 참으로 아쉬웠고, 그 아쉬움이 큰 만큼 노태우가 야속했다. 나는 노태우가 스스로 풀지 못하는 둘 사이의 화해 문제를 내가 먼저 적극적으로 나서서 열어나갈까 하는 생각도 해봤다.

또 주위에서 그러한 권유를 하는 사람도 있었다. 그런데 화해라는 것은 서로 싸웠거나 했을 때 할 수 있는 얘기이지, 나의 경우처럼 일방적으로 당하기만 한 경우에는 그런 말이 합당하지 않다는 생각이 들었다. 나에게 먼저 화해의 손길을 내밀라고 권유하는 사람들은 그동안 노태우가 나한테 어떻게 했는지 잘 몰라서 하는 얘기일 터였다. 그 열악한 환경 속의 백담사로 쫓아놓고서도 진정어린 위로의 제스처도 없었다. '레만호 공작'으로 나를 해외로 망명하도록 유도하기도 했고, 전화 도청, 미행, 사찰 등 온갖 탄압을 계속했다. 노태우가 나에게 가한 탄압은 정치적 입장을 떠나 인간적으로 그럴 수는 없다고 생각됐다. 노 대통령에 의한 탄압은 야당이 집권했을 경우보다 나쁜 상황이었다. 내가 지명한, 나의 후임자한테 당하는 일이니까 '정치보복'이라고 할 수도 없는 상황이었고 대응하기가 더 어려웠다.

그동안 이런저런 약속을 해놓고는 제대로 지키지도 않았다. 노태우 내외는 대통령이 되고 난 뒤 많이 변했다. 그러나 그런 일들은 다 지나간 얘기고 또 그것까지는 좋다고 하자. 노태우가 진정으로 나와 화해하고자 하면 나를 찾아오지 못할 이유가 무엇이 있나. 나는 대통령 재임 중 노태우의 사저를 여러 차례 찾아간 적이 있다. 현직 대통령이기 때문에 나의 사저를 방문하기 어렵다는 것은 이유가 될 수 없는 얘기다.

그럼에도 불구하고 내가 노태우를 용서하고 화해하고자 생각하게 된 것은 우리의 신분에 비추어 두 사람의 관계가 단순한 개인 간의 관계에 그치는 것이 아니고 공인 간의 관계라는 점 때문이었다. 내가 노태우와 불화하는 것이 단지 친구 사이의 배신감, 인간적 신뢰 관계의 파탄 때문만은 아니지만, 국민들 눈에는 전현직 대통령 간의 불화와 반목으로 비쳐지게 되고, 이는 우리나라의 정치 발전을 위해 바람직스럽지 못한 일이었다. 노 대통령과 화해를 해야겠다고 생각하게 된 또 한 가지 이유는 나와 노태우 양쪽 눈치를 보느라 터놓고 다니지 못하는 사람들에게 길을 터주고 나아가 5공과 6공 세력의 화합을 도모하도록 하는 것이 5공을 책임졌던 사람으로서의 도리라고 믿었기 때문이었다.

노 대통령이 퇴임할 날이 가까워오면서 시중에서는 노 대통령이 퇴임한 뒤 내가 노태우에게 한풀이를 할 것이라는 얘기가 나돈다고 했다. 나는 피해자이고 노태우는 가해자라는 생각에서 벗어나지 않는 한 정치보복의 악순환만 되풀이할 뿐이다. 내가 노태우에게 당했다고 해서 필부와 같은 앙갚음을 할 수는 없는 일이다. 그렇게 해서 나라에 큰 혼란이 온다면 국가와 역사 앞에 큰 죄를 짓는 결과가 된다. 이럴 때 내가 먼저 나서서 "노태우에 대한 감정의 응어리가 없다."고 해도 내가 노태우에게 머리 굽히고 들어가는 것으로 보지는 않을 것이다. 노태우가 어려운 처지에 빠진 뒤 내가 화합을 외쳐봐야 남들은 진정성이 없는 '쇼'를 하는 것으로 볼 것이다. 남이 괴로워하는 것을 보고 즐거워하는 일은 없어야 한다. 국가적으로 위기 상황이고 국민들 가슴도 갈기갈기 찢겨져 있는데 전직 대통령으로서 국민이 걱정하는 일을 외면할 수는 없다고 생각했다.

나는 이러한 내 입장을 어떤 기회에 어떤 방법으로 밝힐 것인가도 궁리해봤다. 추석에 즈음해 선영을 찾는 길에 고향 사람들 앞에서 자연스럽게 내 심경을 토로하는 방법도 생각해봤다. 또 굳이 기회를 기다릴 것이 아니라 생각난 김에 먼저 노 대통령과의 화해를 선언하면서 만나자고 할까 하는 마음도 있었다. 그러나 대통령선거가 다가오는 시점에서 그러한 일을 하면 자칫 범여권의 결속, 나아가 차기 후보로 김영삼 씨를 지지하는 의미로 해석될 여지가 있었다. 정치에 개입한다는 오해까지 주면서 그럴 필요는 없다고 생각돼 일단 보류해두었다.

14대 대통령선거전이 한창이던 1992년 12월 3일 노태우 대통령은 언론 인터뷰에서 "5공에서 6공으로 넘어오는 과정에서 전두환 전 대통령이 의회 증언이나 산사 칩거 등 어려움을 겪었던 것은 전직 국가원수에 대한 예우나 헌정 발전이라는 차원에서 바람직스럽지 못했던 일로, 이 점에 대해 매우 유감스럽게 생각한다."고 했다. 또 퇴임을 25일 남겨둔 1993년 1월 31일의 회견에서는 "5공의 업적은 6공의 민주화 과업에 초석이 됐다." "전두환 전 대통령이 많은 치적을 남겼음에도 불구하고 올바른 평가를 받지 못한 채 의회 증언이나 산사 칩거 등 어려움을 겪었던 점에 대해 매우 가슴 아프게 생각한다."고 말했다. 이러한 일들이 있기 전에도 노 대통령의 '화해 모양 갖추기' 제스처나 압력은 계속되었지만 이미 그 때를 놓치고 있었다. 노태우의 대통령 재임 5년 동안 우리 둘 사이의 만남은 끝내 이루어지지 않았던 것이다.

정권이 바뀌고도 1년이 더 흐른 1994년 6월 하순경 어느 결혼식에 갔다가 야당의 원로 정치인 이철승李哲承 씨와 한 테이블에 앉아 함께 식사를 하게 됐다. 해방 정국에서 반공반탁反共反託 운동의 선봉장 역할을 했던 이철승 씨는 좌경세력左傾勢力이 고개를 들고 있는 시국에 대해 큰 우려를 표명하며 보수우익세력이 각성하고 단합해 대응해야 한다고 강조했다. 당시 철도파업 등 노동운동을 빙자한 좌익세력의 체제개혁 투쟁이 격화되고 있어 국민 생활에 불편을 주고 경제에 악영향을 줌은 물론 대한민국의 헌정질서에 위해 요인이 되고 있다는 우려가 제기되고 있었다.

특히 새로 출범한 김영삼 정권이 이러한 좌경세력의 책동을 알게 모르게 방치 방조하고 있는 징후가 보이고 있었다. 김영삼 정권은 대통령 취임사에서 "동맹보다 민족이 우선…"이라고 강조함으로써 보수층에 의구심을 던져주었었다. 그 말을 액면 그대로만 받아들이면 시비를 걸 일이 없는 표현이었을 수도 있다. 그러나 남북 분단의 현실, 지난 수십 년간의 북한의 도발 책동, 대남적화전략 등을 생각하면 그 말은 우리나라 안보의 지렛대인 한미 동맹을 경시輕視해도 된다는 인식을 심어줄 수 있는 말이었다. 더욱이 북한의 선동 구호를 떠올리게 하는 그 말 가운데 '민족'은 북한에서는 '노동자-농민' '김일성 민족'을 지칭하고 있었다. 취임사의 그 표현이 그러한 사정들을 다 헤아리면서 사용한 것인지, 아니면 무신경하게 선택한 수사修辭인지는 알 수 없으나 어쨌든 김영삼 정권 아래서 좌경세력들이 눈에 띨 만큼 활발하게 움직이고 있었던 것이다. 더욱이 당시 북한이 IAEA(국제원자력기구) 탈퇴를 선언하면서 핵개발 의혹이 증폭되는 등 엄중한 안보 환경이 조성되고 있었다.

이러한 상황에서 전직 대통령으로서 보수우익세력의 구심점이 되어야할 나와 노태우가 힘을 합쳐 좌익의 준동에 대응하지는 못할망정 서로 불화하면서 몇 년 동안 한 번의 만남도 갖지 못하고 있는 사실이 부끄럽게 생각됐다. 노태우가 못마땅했지만, 그 노태우를 후임자로 선택한 것이 잘못이라면 나 자신의 책임은 없는 것인가 하고 뒤돌아보게 됐다. 퇴임 후 내가 직면하게 될 상황을 예측하지 못한 것 또한 나 스스로의 불민不敏을 탓할 수밖에 없는 노릇이었다. 노태우와의 개인적 불화는 우리 사회가 직면하고 있는 어려움에 비추면 하잘것없는 것일 수도 있었다.

전직 대통령으로서 내가 할 수 있는 일이 무엇일까. 나는 우선 전직 대통령 세 사람이 함께 모여 단합하는 모습을 국민에게 보여줘야 되겠다고 생각했다. 헌법에 규정된 국가원로자문회의가 정상적으로 기능하고 있으면 새삼 전직 대통령들이 따로 모임을 가질 필요가 없는 일이었을 것이다. 그러나 헌법의 국가원로자문회의 규정은 이미 사문화死文化되어 있었다. 나는 세 전직 대통령의 만남은 나나 노태우보다는 가장 선임인 최규하 전 대통령이 나서서 주선하는 모습을 보이는 것이 좋겠다고 생각했다. 나는 인편을 통해 최규하 전 대통령에게 전직 대통령 모임의 취지를 설명하고 그 어른이 나서주실 것을 부탁드렸다. 그런데 최 전 대통령은 "남북정상회담이 추진되고 있고, 12.12사건 등에 대한 검찰 수사가 막바지에 와 있는 만큼 지금은 타이밍이 좋지 않으니 8.15 이후 주선해볼 용의가 있다."고 해서 우선 노태우와 두 사람이 만나기로 했다.

나는 노태우와의 만남이 시국에 대처하는 의미에서가 아니고, 단순한 개인적 만남이라면 자연스런 계기를 이용하는 것이 좋겠다는 생각을 하고 있었다. 장모님 상사喪事 때는 노태우가 그 기회를 지나쳐버렸지만, 노태우 전 대통령의 노모 또는 장모(김복동의 노모)가 별세하면 내가 문상을 가는 기회가 있을 것이고, 아니면 나의 장인이 돌아가시게 되었을 때 노태우가 조문하러 올지도 모르겠다고 생각했다. 그러나 시국을 걱정하는 목소리들이 있는 상황에서 그러한 자연스런 계기가 생기기를 기다리고 있을 수만은 없었다.

우리 두 사람의 만남은 많이 늦어졌지만 당초 생각하고 있었던 것보다는 빨리 이뤄진 셈이다. 나의 회동 제의에 노태우 전 대통령도 동의했다. 나는 두 사람이 대면하는 장소를 현충원으로 하자고 제의했다. 그 장소가 두 사람이 진심으로 화해하고 새로이 각오를 다지는 데 가장 적절하다고 생각했기 때문이다. 마침 보훈의 달인 6월이었다. 애국선열과 전몰장병들의 영령 앞에서, 우리 두 사람이 40여 년 전 조국 수호에 일생을 바치자고 다짐하며 육군사관학교에 입교하던 때의 초심을 되새기고, 그때 맺었던 우정을 재확인함으로써 만남의 의미가 한층 깊어질 수 있다고 생각됐다.

그날의 만남이 알려졌던 탓인지 정치권에서도 관심을 나타냈고 현충원에는 100명 가까운 취재진이 몰려와 있었다. 검찰의 12.12사건 수사에 공동 대응하는 제스처로 보는 시각도 있다고 했다. 나는 노태우에 대한 예우에 세심하게 배려했다. 내가 현장에 먼저 가서 기다리다 노태우를 맞이하는 모양새를 내기 위해 경호팀끼리 서로 연락해서 도착 시간을 조절하도록 했다. 현충원 참배 후 오찬장으로 이동할 때에는 같은 차를 타고 갔다. 나는 "너무 딱딱하게 굳은 모습으로 있을 필요가 없다. 과거지사는 모두 잊어버리자. 지금처럼 나라가 어려울 때 나라와 국민, 역사를 위해 뭔가 보람있는 일을 해야 할 것 아닌가."라고 말했다. 노태우는 "무조건 미안하다."고했다. 나는 "친구 간에 화해할 때에는 지난 일의 잘잘못을 따지지 않아야한다. 서로 간에 해명을 한다고 지난 일을 세세히 얘기하다보면 오해가 풀리기보다는 새로운 시비가 벌어져 오히려 더 큰 싸움이 되는 경우가 있으니 지난 일은 일절 언급하지 말자. 사람은 다 자기 업보대로 사는 것."이라고 했다. 나는 오랜만에, 참으로 오랜만에 친구 노태우의 손을 꼭 잡았다.

대통령 취임식장에서 악수를 나눈 것 말고 친구 노태우와 따로 만난 것은 이때가 1987년 12월 이후 6년여 만이었다. 나는 언짢았던 지난 일들을 가슴에 새겨두지 않았고, 친구 노태우에게 느꼈던 서운함, 배신감의 앙금같은 것도 이날의 만남을 통해 풀어질 것으로 생각했다. 그러나 육군사관학교 연병장에서 맺어져 40년 이상 이어온 우정에, 서로 만나지 못하고 지내온 세월 동안 서먹함이 끼여 있었다. 뿐만 아니라 나의 동향에 대해 필요 이상으로 민감하게 반응하는 현실정치의 시선 때문에 그 뒤 친구 노태우와 자주 만나는 기회를 만들지 못했다. 지금 와서 생각할 때 아쉬움이 남는다.

# 나의 동향에 촉각을 곤두세운 정치권

■

## 정치활동 재개와 '5공 신당'설

대통령 퇴임 후의 나의 존재에 관한 가장 큰 오해는, 내가 계속 실력자로 남아 정치권에 강력한 영향력을 행사할 것이라는 추측이었을 것이다. 그러한 추측의 근거 가운데 하나는 5공화국이 이루어놓은 업적이 있기 때문에 후임 정권들이 국민의 지지를 잃게 될 경우 상대적으로 나의 재임 시절에 대한 향수가 일어날 것이라는 것이다. 또 다른 추측의 근거는 내가 나이가 젊다는 사실이었다. 내가 퇴임하던 1988년 내 나이는 만으로 57세, 여생을 은퇴생활로만 보내기에는 너무 젊은 나이라는 지적도 있었다. 1988년 초 내가 미처 임기도 마치지 않은 상태에서 국가원로자문회의에 대한 견제의 목소리가 (특히 노태우 당선자 측의) 드높았던 이유도, 그 때문이었을 터였다.

권력에 대한 집착, 권력 상실에 대한 불안감은 권력을 잡고 있는 사람일수록 더 강한 법인 듯, 6공 청와대는 1989년 5월 백담사에서의 백일기도 회향법회 때 서의현 총무원장이 나의 재임 시절을 얘기하며 '전무후무한 공적'이라고 한 말을 트집 잡아 상대적으로 노태우 대통령을 깎아내린 것 아니냐고 따졌는가 하면, 서 원장이 '전두환 전 대통령은 한 번 더 집권하는 운세'라고 했다며 추궁하기까지 했다는 것이다. '5공 청산' '5공 단절'의 외침이 그토록 강렬했고, 그 집요함이 그토록 끈질겼던 것도 나의 정치적 기반을 초장부터 아예 초토화시켜놓아야 한다는 데 여야를 막론한 정치권의 이해가 맞아떨어졌던 것이다.

시중의 억측처럼 내가 퇴임으로부터 5년 후엔 62세, 10년 후엔 67세, 15년 후라고 해도 72세밖에 되지 않는 나이니 상황에 따라서는 다시 정치 일선에 나서는 일이 있을 수 있다고 본 것임이 틀림없다. 그러나 지금 이 시점에서 정직하게 고백하지만 나는 대통령 퇴임 당시 다시 정치를 하겠다든가, 상왕上王 노릇을 하겠다는 식의 생각을 한 적이 없었다. 퇴임 후 두 달도 안 돼 내 동생이 구속되는 일이 있자 나는 정부의 요구를 받아들여 국가원로자문회의 의장직을 순순히 내놓았다. 국가원로자문회의와 동생의 일은 전혀 관련이 없었음에도 자리를 내놓았던 것이다. 내가 권력에 미련이 있었다면 그리고 국가원로자문회의가 정치적 영향력 행사를 위한 장치로서 만들어진 것이라면, 나는 당시 정치권의 그 정도 압력은 무릅쓰면서 버텨냈을 것이다.

백담사 유폐 생활이 길어지고 나에 대한 정치권의 보복이 과도하게 진행된다는 점을 뼛속 깊이 느끼면서 나는 나에 대한 정치적 보호막이 없다는 점을 안타깝게 생각했다. 노 대통령을 포함해 청와대와 여당은 정치권이 요구한대로 사과-재산 헌납-낙향에 이어 국회 출석 증언까지 다 들어줬음에도 불구하고 나의 연희동 복귀 문제를 해결해줄 기미는 보이지 않왔다. 결국 나는 내 문제를 스스로 해결해나가야 한다고 생각할 수밖에 없었다. 또한 실추될 대로 실추된 나의 명예를 다소나마 회복하려면 내가 발언할 수 있는 무대를 만들 필요가 있다고 생각했다. 그래서 나는 1990년 1월 3당 합당 이후 5공 인사를 규합해 정치활동을 재개할 목적으로 안현태 전 경호실장이나 이양우 변호사 등에게 서울로 돌아간 뒤의 창당 가능성과 정치활동 재개를 모색해보도록 지시했었다. 이 지시를 받은 안현태 전 경호실장과 이양우 변호사가 한동안 사람들을 접촉하기도 했다고 하는데, 다시 생각하니 모두 부질없는 일이라 생각되어 더 이상 진행시키지 말도록 했다.

나를 따르는 사람들, 범여권이면서 노태우 측과 거리를 두고 있는 사람들이 독자적으로 정치적 세력화, 조직화해야 한다는 얘기들은 나의 국회 증언이 끝난 직후부터 나오고 있었다. 특히 3당 합당으로 민정당이 해체되자 그에 대한 반동으로 5공세력이 따로 당을 만들자는 논의들이 있다고 했다. 안무혁 전 안기부장은 3당 합당 발표 직후부터 당장이라도 움직이자고 했다는 것이다. 하산을 앞둔 1990년 12월 중순에는 미국에 머물던 권정달 전 민정당 사무총장이 돌아와서는 민정당 창당 10주년을 맞는 1991년 1월 15일 대대적인 기념행사를 계획한다는 얘기가 들렸다. 그런 일을 하려면 나에게 보고를 하고 해야 하는데 사전에 아무런 얘기도 없었다.

앞에서 언급했지만 3당 합당 후 여권에서 소외된 민정당 세력들이 '민우회' '민정동우회' 등의 모임을 갖고 재기를 위해 암중모색하고 있다는 소식들이 있었다. 이들이 아예 정치권을 떠난 것이 아니고 원외에서나마 정치활동을 이어오고 있었던 만큼 세력화를 도모하는 것을 내가 말릴 수는 없는 일이었다. 그러나 민정당 창당 기념행사를 대대적으로 개최하는 등 떠들썩하게 하는 것보다는 다른 세력과의 제휴를 모색하는 등 정중동의 움직임을 보여야 한다고 생각했다.

내가 서울로 돌아온 지 반년쯤 지나고 1992년의 14대 국회의원 총선거가 다가오자 민정당 출신 정치인들의 움직임도 빨라지기 시작했고 5공 신당을 창당하자는 요구들이 봇물처럼 터져 나왔다. 나의 영향력 행사를 기대하는 요구들 또한 있었다. 나는 이미 5월경 나의 측근 참모들 그리고 나를 찾아오는 정치인들에게 내가 정당을 만드는 일은 없을 것이고 정치를 하지 않는다는 입장을 분명히 밝혀놓았었다.

더욱이 내가 후임자로 지명한 노 대통령이 아직 현직에 있는데 내가 새로운 당을 만들고 정치를 다시 한다고 하면 정권욕 때문이라거나 나를 배신한 후임자에 대한 옹졸한 보복행위로 보일 수 있었다. 내가 아무리 노태우에게 한이 맺혔다 해도 최소한 노태우가 대통령 임기를 마칠 때까지는 참는 것이 친구로서 인간적 도리이고, 또 전직 대통령으로서 우리나라 정치의 건전한 발전을 위해 기여하는 일이라고 생각했다. 노태우 대통령 재임 기간 중에는 노 대통령의 통치에 부담을 주는 일은 하지 않겠다는 분명한 입장을 세웠다.

내가 직접 나서지 않고 후견인 역할을 하는 것이 모양도 좋고 안정된 길일 수도 있지만, 그즈음 나는 정치란 것 자체에 실망과 환멸을 느끼고 있었다. 나는 퇴임 후에야 정치가 어렵다는 것과 때로는 치사하고 비겁한 일, 더러운 짓까지 서슴지 않아야 하는 일이라는 것을 새삼 느끼게 되었다. 일생 살아가는 데 정치 말고도 할 일은 많다. 나는 헌신하고 희생한다는 생각으로 살아왔다. 5공화국이 출범할 때에도 나는 나라를 구하기 위해 희생한다는 생각이었고, 6.29선언도 나 스스로를 희생했기 때문에 국민을 감동시키고 성공할 수 있었던 것이다.

내가 다시 당을 만들어 정치를 하지도 않을 것이고, 누구를 대신 내세워 정치를 할 생각도 없다는 뜻을 분명히 밝혀두었는데, 그해 여름 광복절 즈음해서 장세동 전 안기부장이 개인 사무실을 내고 '창조적 신당'의 창당 필요성을 강조했다는 보도가 나왔다. 나한테는 사전에 의논 한마디 없었고 미리 알려주지도 않았다. 장세동 전 안기부장은 세간에서 나의 '분신分身'이라고 불리고 있을 만큼 나의 최측근으로 여겨지고 있었기 때문에 공식적으로는 그 일이 나와 무관한 것이라고 여러 차례 해명을 했음에도 불구하고 내가 후견인이라고 보는 사람이 많다고 했다.

장세동 전 안기부장이 나의 측근이라고는 하지만, 나름의 정치 철학이나 포부가 있을 것인 만큼 그가 독자적인 정치 행보를 보이는 걸 이해해줘야 한다고 생각했다. 다만 나한테 알려주지도 않은 사실이 내심 서운하기는 했다. 장세동 전 안기부장은 14대 대통령선거를 목전에 둔 다음해 10월 책을 출판하기도 했고, 2002년의 15대 대선에 출마했다 사퇴하기도 했는데 그러한 일들은 모두 나와는 관련이 없는, 그 자신의 독자적인 결정이었다.

장세동 전 안기부장의 '창조적 신당' 외에 김동길金東吉 박사가 주도하는 '태평양시대위원회'에 나의 측근으로 간주되는 고명승高明昇 장군이 참여하고 있었고, 권정달 전 민정당 사무총장이 '무소속전국연합'을 만들어 정치 활동에 나섰지만, 이들의 움직임 또한 나의 뜻과는 관련 없는 일이었다. 14대 국회의원 총선거를 앞둔 1992년 초 5공 때 민정당 의원으로 활동했던 사람들이 찾아와 신당 참여 등과 관련한 나의 의향을 묻고는 했다. 나는 내가 직접 당을 운영하지 않는 한 누가 어느 당을 선택하건, 출마하건 안 하건 어떠한 지시나 지침을 준 적이 없다. 내가 정치에 나설 일도 없고 누구를 대타로 내세울 생각도 없는데, 선거 때 1회용 도움을 주고 말 일을 할 수는 없었다.

1992년 2월 8일 최규하 전 대통령께서 우리 집을 찾아주셨는데 그 전달인 1월 내가 서교동 자택으로 신년인사를 간 데 대한 답례로 오신 것이었다. 국회의원 선거를 목전에 두고 있던 시점이었고 14대 대선이 있는 해여서 일부 주목하는 눈길도 있다고 했지만 그 어른이나 나나 정치하고는 거리를 두고 살고 있던 터라 지나치게 과민한 반응이었다.

그해 5월 22일 김영삼 씨가 연희동으로 나를 찾아온 것은 민자당 대통령 후보의 신분이었던 만큼 그 성격이 달랐다. 그러나 나는 그 자리에서도 국내 정치 문제에 관해서는 별말을 하지 않았고 나의 재임 중 경험을 토대로 남북한 문제에 관해 두 가지 충고를 해줬다. 물론 "대통령이 된다면…" 이라는 전제를 두고 한 말이었다. 남북한 간의 문제는 대화로 풀어나가야 하지만 북한의 연방제안을 절대로 수용해서는 안 된다는 점을 강조했다. 또 한 가지는 성과를 얻으려는 조급한 마음에 정상회담 개최를 서둘지 말라고 했다. 그해 여름 8월 10일에는 김영삼 후보의 부인인 손명순孫命順 여사가 찾아와 아내를 만나고 갔다.

김영삼 씨가 민자당의 대통령 후보로서 나를 찾아와 지지를 구하는 것은 자연스러운 일로 보였을 것이다. 3당 합당으로 탄생한 민자당 안에는 내가 창당한 5공의 여당이었던 민정당 세력이 가장 큰 지분을 갖고 있었다. 대통령이 되기 위해서는 정파를 뛰어넘는 지지를 얻어야 하지만 그보다 먼저 당의 결속된 지원을 확보해야 한다. 김영삼 씨는 3당 합당으로 민자당 대표가 된 지 몇 달 되지도 않은 시기부터 6공의 황태자로 불렸던 박철언과 갈등을 빚고 있었고, 차기 대권을 노리는 입장에서는 일부라도 민정당 계와의 제휴가 필요한 만큼 5공 쪽으로 시선을 돌리지 않을 수 없었을 터였다. 1991년 4월경 김영삼 씨 측에서 연희동 쪽에 다리를 놓을 수 있는 인사를 통해 제휴를 모색한다는 보도가 있었다. 그즈음 우리 둘째 아들의 대학시절 은사가 나를 만나고 싶다는 요청이 왔지만 거절한 일이 있는데 그교수가 김영삼 씨와 가깝다는 소문이 있다고 했다. 아마 그 면담 요청이 그런 메시지를 전하려고 했던 일이었을 것으로 짐작된다.

거의 같은 시기에 김대중 씨의 신민당 지도위원으로 있던 나의 육사 11기 동기생이 나를 찾아오겠다는 요청이 왔으나 역시 만나지 않았다. 그 뒤두 김 씨가 나와 손잡기 위해 애쓴다는 소문들이 들려오는 가운데 1992년 6월 18일자 신문은 "양김 : 전 씨 껴안기 경쟁."이라는 기사를 싣고 있었다. 그에 앞서 1991년 11월 11일자 신문들은 나와 김대중 씨가 웃으며 악수하는 사진을 크게 보도했다. 과천의 서울대공원에서 열린 인촌 김성수金性洙 선생 동상 제막식에 참석한 장면이었다. 그 자리에는 최규하 전 대통령도 참석했는데 언론은 나와 김대중 씨의 대면에 관심을 보였던 것이다. 사실 내가 김대중 씨를 만난 것은 그때가 처음이었다. 물론 따로 약속을 하고 단 둘이만 만난 것도 아니고, 행사장에서 동석한 것에 불과했지만 예사스럽지 않을 것 같은 두 사람의 첫 대면이 관심을 끌었던 것이다.

나와 김대중 씨는 지역적 연고와 기반이 다른 것은 물론, 삶의 궤적이 매우 판이하고 정치적 이념적 성향도 서로 대척점對蹠點에 있다고까지 보는 것이 일반적 시각이었다. 정치세력 간의 이합집산은 늘 있어왔던 것이 우리의 정치사이지만, 김대중 씨가 나의 지지를 끌어낸다면 그것이야말로 정치인 사이의 관계에서는 영원한 친구도, 영원한 원수도 없다는 말이 진리임을 보여주는 상징적인 사건일 터였다. 숙명적 경쟁관계라고 하는 김대중, 김영삼 간의 건곤일척乾坤一擲의 대결이 될 14대 대통령선거에서 내가 어느 쪽에 힘을 보태줄 것인가에 대한 세간의 관심이 얼마나 민감했는가를 보여주는 에피소드가 있다.

선거를 100일쯤 남겨둔 1992년 10월, 나는 우리 아들들을 여야 각당 대표와 3부 요인들에게 보내 인사를 드리도록 했다. 얼마 전 재혼을 한 둘째 아들의 혼례 때 각별한 축의를 보내준 분들에게 답례를 하기 위한 것이었다. 일반 하객들에게는 답례 인사장으로 대신할 수 있다고 하지만, 정당의 당수나 3부의 요인들에게는 예우상 그렇게 할 수가 없었다. 그래서 차남 내외가 직접 찾아가서 인사를 하도록 한 것이다. 그런데 둘째가 정치인들 집을 방문하는 것을 낯설어하는 듯해서 장남과 민정기 비서관을 함께 보냈다. 그런데 우리 아들들이 3부 요인이나 정당 당수들에게 인사 다니는 것은 새삼스러운 일이 아니었다. 집을 나고 들고 할 때 반드시 집안 어른들에게 절을 올리는 것은 유교적 예절교육을 받은 우리 집안의 전통이었다. 그래서 나는 대통령 재임 시절에도 명절 때, 또는 우리 아들들이 유학을 위해 출국할 때에는 꼭 3부 요인이나 정당의 당수들을 찾아뵙고 인사를 드리도록 하곤 했다.

9월 4일 김대중 씨를 동교동 자택으로 찾아간 데 이어 다음날인 9월 5일 오전에는 김종필 대표의 청구동 자택을 그리고 오후에는 김영삼 씨의 상도동 자택을 각각 찾아갔다. 그런데 정치권에서는 김대중 씨 댁을 가장 먼저 방문한 사실에 의미부여를 하면서 내가 김영삼 씨보다 김대중 씨 쪽을 더 마음에 두고 있는 것으로 해석하고 있다고 언론은 보도하고 있었다. 방문 순서가 그렇게 된 것은 그분들이 정당의 대표들이라 바쁠테니 미리 방문의 뜻을 알리고 일정을 잡아줄 것을 요청했는데 김대중 씨 측에서 가장 먼저 날짜와 시간을 정해줬던 것이다. 김대중 대표는 부인 이희호 여사와 장남(김홍일金弘一)도 동석한 자리에서 "전두환 전 대통령과는 과거 악연이 있었는데, 오늘의 방문은 뜻이 깊다. 국민들도 흐뭇하게 생각할 것."이라면서 "정치보복이 있어서는 안 된다."는 점을 강조했다고 했다. 김종필 대표와 김영삼 대표도 각각 부인과 함께 따뜻이 맞아주면서 덕담을 해주었다고 했다. 이 일이 언론에 크게 보도되고 국민들 사이에 화제가 되니까 처음에는 인사드리러 가겠다고 해도 반응이 없던 이기택李基澤 민주당 공동대표 측에서도 찾아오라는 연락을 해오기도 했다.

그런데 이때의 일과 관련해서 얼마 전 김대중 전 대통령에게 결례가 되는 일이 일어났다. 우리 아들들이 김대중 민주당 대표 댁을 다녀온 뒤 김 대표는 장남과 민정기 비서관에게 휘호 한 점씩을 표구까지 해서 보내줬다. 미술관 개설을 위해 각종 미술작품들을 수집하고 있던 장남은 미술관을 지으면 김 대표의 그 휘호 작품 두 점을 다른 서예작품들과 함께 전시하려고 보관하고 있었는데, 2013년 나의 미납 추징금 문제가 불거졌을 때 검찰에 압수되어 경매로 팔려 나간 것이다. 김 대표가 대통령이 되기 전에 쓴 휘호였지만 전직 대통령의 휘호 작품을 제대로 간직하지 못하고 시중에 팔려 나가게 한 데 대해 미안한 마음을 금할 수 없다.

김대중 씨는 14대 대통령선거에서 낙선한 직후인 1993년 1월 9일 언론사 논설위원들과의 오찬 회동 자리에서 "1971년 대선에서 … 호남에서도 많은 표를 얻었던 박정희 전 대통령이 오히려 지역 차별을 시작한 인물 …

전두환 전 대통령이 호남을 가장 잘 보살폈고, 노태우 대통령은 차별을 가장 심하게 했다."고 술회했다.

'5.18특별법'에 의한 '역사바로세우기'로 어떤 역사가 어떻게 바로 세워졌는가. '5.18특별법'이 세운 법적 정의는 무엇인가. '역사바로세우기'를 주도한 세력은 승리자인가. 그들은 무엇을 얻은 것인가. 그들이 국민과 역사 앞에 남긴 것은 무엇인가. '역사바로세우기'라는 정치보복의 굿판이 끝났을 때 우리 모두는 패자였고, 대한민국의 헌법과 민주주의, 국민과 역사에 치유할 수 없는 상처만 남았다. 그 상처는 지금까지 아물지 못하고 있다. '역사바로세우기'의 이름으로 역사를 파괴한 세력들이 온전하게 남아 있기 때문이다. 하지만 역사의 이성은 때가 되면 반드시 다시 깨어난다. 그때가 멀지는 않을 것이다.

제
5
장

# 역사를 농락한
# '역사바로세우기'

# 김영삼의 대선자금 의혹과 '역사바로세우기'

■

## 정권의 출범과 동시에 예견된 비극

14대 대통령선거를 9개월 앞두고 1992년 3월 24일 실시된 14대 국회의원 총선거 결과 김영삼 대표의 민자당이 149석, 김대중 씨의 신민주연합과 꼬마민주당이 통합한 민주당이 97석, 정주영·김동길 씨의 통일국민당이 31석을 각각 차지했다. 대통령이 되겠다는 꿈을 안고 불과 1년 전 3당 합당의 길을 택했던 김영삼 씨로서는 자신이 대표로 있는 민자당이 과반 의석을 얻는 데 실패함으로써 또다시 여소야대의 상황을 맞이하게 된 것이다. 이러한 정계구도 아래서 김영삼 씨는 민자당 대통령 후보가 되기까지 적지 않은 우여곡절을 겪어야 했다.

3월 27일 노태우 대통령과 김영삼 민자당 대표는 5월에 대통령 후보 선출을 위한 전당대회를 열고 경선을 한다는 데 합의했고 김영삼 씨는 바로 다음날 경선 출마를 선언했다. 민자당 내의 박태준朴泰俊, 이종찬李鍾贊, 이한동李漢東, 박철언朴哲彦 씨 등 민정계를 중심으로 한 김영삼 반대세력은 7인 중진협의회를 만들어 김영삼 씨에 맞설 경선 후보로 이종찬 씨를 결정했으나 그는 전당대회를 얼마 앞둔 5월 17일 경선 거부를 선언했다. 그 닷 새 후인 5월 22일 김영삼 씨가 나를 찾아왔었다는 사실은 앞에서 밝힌 바 있지만 김영삼 씨로서는 민자당 내의 민정계를 껴안아야 할 일이 급해진 것이었다. 경선을 거부한 이종찬 씨가 8월 탈당한 데 이어 10월 들어 박태 준, 박철언 씨 등도 뒤따라 탈당했다. 김영삼 후보는 중립선거관리내각 구 성을 위한 개각을 요구했다. 이에 노태우 대통령은 9월 18일 민자당을 탈당 한 뒤 10월 7일 중립적인 입장에서 공정하게 선거를 관리하겠다는 다짐으 로 개각을 단행해 현승종玄勝鍾 국무총리의 선거관리 내각을 출범시켰다.

선거전 양상이 혼미해지는 가운데, 민정계에서는 박태준 또는 강영훈 姜英勳 씨를 후보로 밀자는 논의가 있다고 했다. 8월에 '창조적 신당'을 거론 했던 상세봉 선 안기부상이 11월 조 자신의 저서 출판기념회를 열고 대통 령선거 출마를 선언할 것이라는 얘기가 들려왔다. 나는 사실 김영삼 씨를 정치적으로나 인격적으로 좋게 봐오지는 않았다. 하지만 박정희 대통령, 나 그리고 노태우 대통령까지 연달아 세 사람의 군 출신 대통령이 나왔으 니 14대 대통령으로는 민간 정치인 출신이 등장하는 것이 바람직하다고 생 각해왔기 때문에 장세동 전 안기부장을 불러 만류했다. 또 나는 재벌이 권 력까지 장악하는 일은 원칙적으로 배제되어야 한다는 확고한 신념을 갖고 있었다. 그래서 정주영鄭周永 현대 회장의 창당과 대선 출마를 지지할 수는 없었다. 강영훈 전 총리도 군 출신이었고, 박태준 씨 역시 군 출신의 기업인 이어서 그들을 대통령 후보로 추대하려는 움직임에 동조할 생각이 없었던 것이다.

투표일이 임박한 12월 16일, 김대중 후보의 측근인 조승형趙昇衡 씨가 내 동생 전경환을 찾아와 나를 만날 수 있도록 주선해달라고 했다는 보고를 받았다. 나의 김대중 후보 지지 표명을 부탁하기 위한 것이라고 했다. 나는 동생에게 그런 일이라면 나의 보좌관을 통해 보고받을 사안이니 나서지 말라고 나무랐고, 조승형 씨를 만나주지 않았다.

12월 18일에 실시된 14대 대통령선거에서 민자당 후보인 김영삼 씨가 승리했다. 김영삼 후보가 997만여 표(42%)를 얻어 804만여 표(33.8%)를 얻은 민주당의 김대중 후보, 388만여 표(16%)를 득표한 국민당의 정주영 후보 등을 따돌리고 청와대의 주인이 된 것이다.

그해 5월 22일, 대통령 후보 신분으로 나를 찾아왔었던 김영삼 씨는 대통령으로 당선된 지 닷새 만인 12월 23일에 연희동 집으로 찾아왔다. 당선 인사차 방문했던 것이다. 내가 후임자로부터 합당한 예우를 받지 못했던 사실을 의식했는지 김영삼 당선자는 "앞으로 잘 모시겠다. 노 전 대통령이 하듯이 하지 않겠다."고 다짐했다. 그냥 인사치레로 하는 말이 아니라 그의 분명한 어조에서는 진정성과 실천 의지가 느껴졌었다.

사실 나는 김영삼 대통령이 취임할 당시에는 어떤 기대가 없지 않았다. 물론 나를 "잘 모시겠다."는 말에 마음이 끌린 것이 아니고, 앞서 얘기했지만 우리나라의 정치 발전을 생각할 때 이제는 민간 정치인이 대통령직을 맡아 군 출신 대통령들 때와는 다른 국정을 펴 보일 수 있다고 생각했기 때문이다. 산전수전 다 겪어온 그의 삶의 내력에 비추어볼 때, 그동안 한 나라를 다스릴만한 경륜이 쌓였을 것으로 믿어보자는 생각이었다. 사람이 자리를 만들기도 하지만, 자리가 사람을 만들기도 하는 것이니 대통령이라는 막중한 직책을 맡게 되면 사람이 달라질 수도 있는 것이라고 믿었다. 또 당연히 그래야만 했다.

하지만 '문민정부'를 표방한 김영삼 정부를 믿어보자고 했던 내 생각은 그의 대통령 취임사를 듣는 순간 흔들렸다. 김영삼 대통령은 어조부터 외국의 정부 수반들을 비롯한 축하사절들이 참석한 대통령 취임식장의 분위기와는 어울리지 않았다. 선동적인 연설 투의 어조는 오랜 야당 정치인 생활에서 몸에 밴 것이라고 이해하고 넘어갈 수 있는 일이었다. 그러나 연설 내용 가운데는 그냥 흘려 넘기기 어려운 대목들이 있었다. "… 어느 동맹국도 민족보다 더 나을 수 없다. 어떤 이념이나 어떤 사상도 민족보다 더 큰 행복을 가져다주지 못 한다…."는 대목을 듣는 순간 나는 잘못 들은 것이 아닌가 하고 내 귀를 의심했다. 김영삼 대통령이 혹시 연설문을 잘못 읽은 것은 아닐까. 아니라면 그 말이 의미하는 바를 정확히 알고 그런 말을 하고 있는 것인가. 그 말은 자칫 대한만국 건국 이래 유지해온 한미동맹체제를 부정한다는 의미일 수 있고, 북한 김일성이 한결같이 주장해온 '반미자주 민족 통일론'을 받아들인다는 것으로 해석될 수도 있었다. 8.15해방 이후 대한민국 정부를 수립하고, 북한의 6.25 남침전쟁을 격퇴해 국민의 생존과 자유민주주의 체제를 유지해온 과정을 전혀 모르거나 아니면 의도적으로 부정하는 사람이 아니라면, 어떻게 북한이 같은 민족이라는 이유만으로 우리의 혈맹 미국보다 더 낫다고 할 수 있겠는가. 나뿐만이 아니고 상식적인 국민들은 모두 취임사의 그 대목이 갖는 의미를 그렇게 받아들였을 것이다.

그 문제에 대해서는 취임사를 작성한 사람의 해명이라는 것이 더욱 황당하다. 훗날 그 연설문을 자신이 썼다고 스스로 밝힌 한완상韓完相 씨는 비망록이라는 글에서 "… 냉전수구세력 역시 그들 나름대로 이 메시지를 듣고 우려하지 않을 수 없었을 것…."이라고 했다. 그러면서 그는 "… '동맹국'은 중국과 러시아를 염두에 둔 표현이었다. 따라서 남쪽의 냉전 보수인사들이 이 '동맹국'을 미국과 일본으로 속단하고, 북한을 미국과 일본보다

소중한 국가적 실체로 선포한 것이라고 비난한 것은 분명 왜곡이 아닐 수 없다…"고 했다. 실소를 금할 수 없게 만드는 말장난이다. 우리 국민을 상대로 한 연설에서 '동맹국'이란 말을 중국과 러시아를 염두에 두고 사용했다는 것은 국민을 바보로 여기지 않는 한 있을 수 없는 일이다. '동맹국'이란 말을 들을 때 어느 국민이 중국과 러시아를 떠올리겠는가.

한완상 씨의 이 말을 액면 그대로 믿을 수 없는 근거가 있다. 김영삼 씨는 2008년 11월 한 언론과의 인터뷰에서 취임사의 그 대목을 언급하면서 "오늘 처음 말하는 건데 그때 그 말은 잘못됐다고 생각한다…"고 했다. 한완상 씨의 설명대로 그 '동맹국'이 중국과 러시아를 지칭했던 거라면 김영삼 씨가 뒤늦게 자신의 취임사가 잘못이었다고 얘기할 리가 없는 일이 아닌가. 김영삼 씨는 그 인터뷰에서 김대중, 노무현 정부의 대북 정책을 비난하며 "김대중이라고 하는 사람에게 제일 좋은 방법은 이북에 보내는 것이다. 이북이 노다지 나오는 곳, 천국이라고 생각하는 사람은 이북에 가서 살도록 하는 게 최선…" "(김대중이) 김정일에게 5억 달러 갖다 주고 구걸해 회담을 했지 않나. 그 뒤에 김대중과 노무현 둘이 14조 원 갖다 주고 솔직히 우리가 얻은 게 뭐냐…"고 했다. 북한에 대해 이러한 인식을 지닌 김영삼 대통령이 취임사에서 한 '동맹국'이란 단어를 중국과 러시아로 생각했을 리는 없는 것이다. 한완상 씨가 말했듯이 김영삼 대통령도 그 '동맹국'이 지칭하는 나라가 미국이나 일본이라고 생각했기에 뒤늦게나마 "그 말은 잘못됐다고 생각한다."고 인정했을 것이다. 그렇다면 취임사를 쓴 한완상 씨와 그 취임사를 읽은 김영삼 대통령은 같은 말을 놓고 서로 상반된 생각을 하고 있었다는 얘기가 아닌가. 사실 이 일은 한완상 씨가 모호한 수사修辭를 사용함으로써 김영삼 대통령으로 하여금 잘못 인식하도록 속임수를 쓴 것인지, 아니면 김영삼 대통령이 그 말의 의미를 제대로 판별하지 못해 그냥 지나친 것인지 알 수 없다. 하지만 그 어느 쪽이건 김영삼 정부의 예측하기 어려운, 불안정한 앞날을 예고해주는 상징적인 일이었다.

1993년 당시의 국제정세를 보면 소련의 해체와 동유럽의 붕괴로 2차대전 후의 동서 냉전이 해소되기는 했지만 한반도의 남북한 대치 상황은 전혀 완화되지 않고 있었다. 그러한 정세하에 이념보다 민족이 우선적 가치라고 강조하는 것은 우리 스스로 정신무장을 해제하는 결과를 가져올 우려가 있었다. 그런데 그 후의 일들을 보면, 한완상 씨를 비롯한 김영삼 대통령 주변의 몇몇 인물들이 민족주의 내지는 좌파적 성향을 띠고 있었고, 김 대통령은 그러한 사람들 손에 놀아났다고 생각된다. 취임식으로부터 불과 열흘도 안 된 3월 6일, 김영삼 대통령은 4년 전인 1989년 밀입북해 김일성의 품에 안겨 눈물을 흘렸던 문익환文益煥 씨를 사면했다. 김영삼 초대 내각의 부총리 겸 통일부장관이 된 한완상 씨는 그 2주 후인 3월 19일 이른바 '미전향 장기수' 이인모李仁模를 꽃가마를 태워 김일성의 품안에 안겨줬다. 그러나 그에 대한 보답은 3월 12일 NPT(핵확산금지조약) 탈퇴 선언이었다. 북한은 다음 해 6월 15일 IAEA 탈퇴를 공식 통보했다. 이인모는 휴전선을 넘어가기 전 김영삼 대통령이 마련해준 선물보따리에 침을 뱉으며 내동댕이쳤다.

이듬해, 김영삼 대통령이 그토록 애타게 만나고 싶어 했던 김일성이 돌연사한 후 김정일은 '북한의 민족은 김일성 민족, 태양 민족뿐'이라고 선언했다. 1995년 6월 김영삼 대통령은 굶주리는 북한의 '김일성 민족'을 도와야 한다며 15만 톤의 쌀을 무상 지원했다. 당시 우리의 식량자급도는 49.2퍼센트, 곡물자급도가 26.2퍼센트에 불과했는데, 김영삼 정부는 북한에 줄 쌀이 모자라면 수입해서라도 줘야 한다고 목소리를 높였다. 북한에 줄 쌀을 싣고 가던 우리의 국적선이 북한의 청진항에 들어갈 때 국제관례에도 어긋나게 태극기를 내리고 인공기를 달고 입항해야 했다고 한다. 국가적 수모를 당한 것이다. 8월에는 역시 북한에 지원할 쌀을 싣고 간 우리 국적선과 선원이 북한 당국에 억류되는 사건이 발생하기도 했다.

김영삼 대통령 주변에는 한완상 외에도 좌파 내지 민중민주주의 경향의 사람들이 포진해 있었고, 취임 2년차에는 이들을 대거 민자당에 입당시킴으로써 1996년의 총선을 통해 국회로 진출할 수 있게 했다. 1996년에는 3당 합당으로 탄생한 민자당을 신한국당으로 재창당함으로써 민자당 내에 남아 있던 민정당, 자민련 세력을 제압하고 명실상부한 김영삼 당으로 탈바꿈해놓았다.

## 철학도, 도덕성도 없는 개혁 드라이브

김영삼 대통령은 '우리 다 함께 신한국으로'라는 표제를 붙인 취임사에서 '신한국 창조'를 내세웠다. '신경제'를 제시하기도 했다. 이듬해인 1994년 신년 기자회견에서는 '개혁과 세계화로 재도약'을 주창했다. 동서고금東西古今을 가릴 것 없이 집권세력이 바뀌면 새로움을 추구하는 것은 당연한 일이다. 또 그래야만 한다. 앞선 정권을 계승하는 것이라 해도 발전적 계승이어야 한다. 과거를 답습만 해서는 퇴행이 있을 뿐이다. 김영삼 정부가 스스로 '최초의 문민정부'라고 명명한 것은 이전의 정부들이 '군사정부'였다는 인식하에 차별성을 강조한 것일 터였다. 그러나 군 통수권자로서 군 전체를 차별하고 국민과 갈라놓는 듯한 표현은 삼가야 했다. 박정희 대통령의 3공화국과 5공화국, 노태우 정부를 '군사정부'라고 하는 데 대해서는 동의할 수 없지만, 그것이 사회적 통념일 수도 있었다. 군인 출신이 대통령이었다는 이유만으로 '군사정부'라고 규정하는 것은 무지한 주장이다. 과거는 몰라도 최소한 내가 대통령으로 재임하는 동안 나는 군부를 장악하고 통수했지, 군부의 영향 아래 있지 않았다. 군인들이 국정의 일선에 나선 일도 없었다. 국가보위비상대책위원회(국보위)에 현역 군인들이 참여했지만 그것은 비상시국 3개월간의 한시적인 기구였으며, 내가 대통령이 되기 전의 일이었다. 나는 정치사회적으로 어려움에 부딪쳤을 때조차 단 한 번도 군을 동원하지 않았다. 정치에 참여한 군 출신들이 그 후의 시대에 비해 상대적으로 많기는 했지만 실제 그들의 영향력이라는 것은 미미했다.

어쨌든 김영삼 대통령이 '최초의 문민정부'라는 플래카드를 내건 만큼 새 정부의 '개혁' '혁신'이 남다를 것이라는 점은 예상할 수 있는 일이었다. 김영삼 대통령은 취임 초 기무사령관의 대통령 독대 보고 관행을 없애고, 국방상관을 통해 보고하도록 했다는 보도가 있었다. 그리고 취임식이 있은 지 2주일쯤 지난 3월 9일 장세동 전 안기부장이 구속되었다. 이른바 '용팔이 사건'이라고 불리는 민주당 창당 방해 사건과 관련된 혐의였다. 1987년 4월 직선제 개헌 주장과 관련한 이견으로 김영삼계가 신한민주당을 탈당하고 통일민주당을 창당하는 과정에서 일어났던 이 사건은, 내가 퇴임한 뒤인 1988년 9월 검찰의 수사가 종결되었었는데 김영삼 정부 출범 후 재수사가 이루어진 것이었다. 이 일이 생기자 정치권에서는 김영삼 씨는 한번 앙심을 품은 일은 반드시 앙갚음을 하는 성질이 있기 때문에 앞으로도 그런 일이 계속 일어날 것이라고 얘기한다고 했다.

장세동 전 안기부장이 구속되던 3월 8일 김영삼 대통령은 국방장관 권영해權寧海를 불러 그 자리에서 김진영金振永 육군참모총장과 서완수徐完洙 기무사령관을 전격적으로 경질 조치했다. 4월 2일에는 수방사령관과 특전사령관을 교체하고 이어 군 사령관과 사단장급에 이르는 군 주요보직에 대한 인사를 단행했다. 육군참모총장과 기무사령관을 '하나회'가 아닌 김동진金東鎭, 김도윤金度閏으로 교체한 뒤에 단행한 군 인사는 군 수뇌부의 의견이 반영됐을 것이라고 보는 것이 상식이겠지만, 3월 8일의 육군참모총장과 기무사령관 경질은 국방장관도 모른 채 김영삼 대통령의 비선참모秘線參謀에 의해 결정되었다는 후문이다. 김진영 육군참모총장과 서완수 기무사령관을 내친 바로 다음날 김영삼 대통령은 수석비서관 회의를 주재하면서 "어때, 모두 놀랬재?"라며 의기양양한 표정으로 주위를 둘러보았다는 보도가 있었다. 국군통수권자 스스로가 자신이 행한 군 인사조치를 희화화戱畵化하고 있는 것이다. 인사는 발표될 때까지 보안이 필요한 사항인 것은 분명하지만, 우리나라와 같은 안보 상황에서 군 최고사령관 인사를 깜짝 쇼라도 하듯 했다는 것은 참으로 개탄스러운 일이 아닐 수 없다.

하나회에 관해서는 앞서 언급한 바 있지만, 육군사관학교 각 기수에서 능력 있고 군인정신이 투철한 사람들이 서로 의기투합해 함께 국가수호와 자기계발을 위한 토론도 하곤 하던 친목 단체였다. 이들이 고급장교로 성장해가는 과정에서 다른 동기생들에 비해 상대적으로 진급이 빠르기도 하고 주요 보직을 맡게 되는 경우가 많았지만, 그 이유는 그들이 하나회 회원이었기 때문이 아니라 우수한 장교였기 때문이었다. 하나회는 박정희 대통령 시절 모함으로 인해 두 번이나 주의를 받은 바 있고, 윤필용尹必鏞 사건 때는 강창성姜昌成 보안사령관 측에 의해 제거의 대상으로 지목되어 수난을 당한 바 있다. 그 후 12.12 직전까지는 보안사로부터 집중적인 감시와 사찰의 대상이 되어 운신도 하기 어려운 처지였다. 세월이 흐르며 일부 잡음도 없지 않아 내가 대통령이 된 뒤에는 조직적 활동을 자제하도록 했기 때문에 사실상 유명무실有名無實한 조직이었다. 그런데 김영삼 정부가 들어서자마자 하나회를 마치 위험한 폭발물인양 제거한 것은 과잉반응이었다. 김영삼은 취임 후 100일 동안 군 고위 간부 87명 가운데 50명을 교체했다는 기록이 있다. 김영삼 대통령의 청와대에서 정무비서관을 지낸 김충남金忠男 박사는 『대통령과 국가경영』이라는 저서에서 '군부 대학살'로 불린 이때의 숙청작업으로 물갈이된 장교가 1,000명에 달한다고 밝혔다. 주요 보직을 맡고 있던 하나회 장교들을 배제함으로써 전투력의 약화 등 부작용이 초래됐다는 지적이 나왔다. 군 조직의 허리에 해당하는 유능한 중견 장교들이 대거 물러나 한동안 지휘관 자원의 공백이 생겼다는 것이다. 연평도 포격사건 후 김관진金寬鎭 국방장관이 "군이 행정조직처럼 돼버렸다."고 했는데, 이 말에 대해 한 여당 의원은 2010년 12월 1일 방송에 나와 "근본적으로 1993년 하나회 숙청 때 … 옥석을 가리지 않고 군인다운 군인들도 쓸려 나가버렸다 … 그 이후에 군인들, 군 장성들이 보인 행태가 오늘날의 군을 만드는 것이 아닌가 싶다…."고 했다.

1996년 국방부 유관기관인 '한국군사문제연구원'이 국민대학교 목진휴 교수에게 의뢰해 예비역 장교들을 대상으로 김영삼 정권의 이른바 '군 개혁'에 대해 설문조사한 결과 "잘 되고 있는가?"라는 물음에 '동의 또는 전적으로 동의'라고 응답한 사람은 13.3퍼센트에 불과했고, 반면에 29.9퍼센트는 '전적으로 반대', 23.1퍼센트는 '반대'라고 응답했다고 한다.

김영삼 정권의 군 인사와 관련해서는 믿고 싶지 않은, 씁쓸한 뒷말이 전해져오고 있다. 김영삼 대통령의 차남(김현철)이 부친의 총애를 믿고 온갖 일에 다 관여하며 국정을 농단해 '소통령' 소리를 들었다는 건 이미 알려진 사실이지만 특히 개탄스러운 일은 군 인사에까지 개입했다는 소문이다. 김대중 정부에서 군 최고위직에 올랐던 한 장군은 김영삼 정부 시절 3성 장군 이상 가운데 김 대통령의 부친이 살고 있는 거제도에 가서 인사하지 않거나 김현철에게 충성을 서약하지 않은 사람은 자신이 유일했다고 말했다는 언론보도가 있었다. 그 자신은 출신지역 때문에 어차피 더 이상의 영전을 기대할 수 없어 김현철을 찾아가지 않았는데 오히려 그 일이 전화위복이 되어 김대중 정부에서 빛을 보게 됐다는 것이다.

김영삼 정부가 출범한 지 반년쯤 지난 1993년 8월 12일 저녁, 긴급 소집된 국무회의를 끝낸 김영삼 대통령은 대통령 긴급명령권을 발동해 모든 금융거래에 대한 실명제를 실시한다고 발표했다. 사실 금융실명제 실시는 역대 정부의 과제였다. 1960년대 들어 경제개발 추진에 필요한 재원 확보를 위해 정부는 저축을 늘리기 위한 수단으로 예금주의 비밀 보장과 가명 및 무기명에 의한 금융거래를 허용해왔다. 그러나 금융거래 규모가 커지면서 지하경제의 확산에 따른 탈세와 비리, 빈부격차 등의 문제점이 드러났다. 내가 대통령에 재임하던 때에도 이러한 부조리를 개선하기 위해 금융실명제를 실시하려고 1983년 관계법률을 만들기까지 했었다. 그러나 전산시스템과 세무행정의 미비 등 여건이 마련되지 않아 시행을 보류했던 것이다. 노태우 정부 때에도 역시 금융거래 실시 준비단을 발족시키기도 했으나 경제여건의 악화 등으로 다시 유보된 상태였다.

금융실명제는 언젠가는 실시해야 할 중요한 국가적 경제정책 과제였던만큼 김영삼 대통령이 취임 첫해에 여러 가지 개혁과제를 시행하면서 금융실명제 실시를 단행한 것은 정권 차원에서 충분히 생각할 수 있는 일이었을 것이다. 그러나 시기 선택의 적절성과 사전 준비와 사후대책 마련이 충분했던 것인가에 대해서는 논란이 없지 않다. 실명제 실시 이후 생산 저하, 주가 폭락, 자본의 해외 유출, 부동산 가격 급등 등의 부작용이 나타났기 때문이다. 특히 사채시장이 위축됨으로써 자금력이 약한 중소기업들의 줄

도산 현상이 나타났고, 훗날 IMF 사태를 겪게 되는 한 원인이 됐다는 지적이 있다.

　김영삼 정부가 출범 초 비리 척결 차원에서 실시한 개혁 작업의 하나가 율곡사업과 평화의 댐에 대한 감사원 감사였을 것이다. 방위력 개선을 위한 율곡사업은 내가 대통령에 재임하던 때 시작된 것이지만, 본격적인 사업 추진과 중요한 결정은 노태우 정부 때 이뤄졌다. 감사원 감사 결과 그 과정에서 일부 개인적 비리가 발견되고 검찰의 수사로 이어져 몇몇 사람이 사법처리된 바 있다. 그러나 평화의 댐 문제는 애초에 (2권에서 상세히 언급했듯이) 정부가 잘못 짚었다. 평화의 댐 건설 필요성 여부와 관련한 정책적 판단에 대해 감사원이 감사할 수 있는 것인가 하는 논의는 차치하고라도, 안보와 관련된 문제를 정략적 수단과 연결시킨 것은 아주 잘못된 일이다. 1993년 8월, 감사원은 나를 상대로 질의서를 통한 감사를 벌였고, 국회의 국정조사까지 실시됐지만 단 한 건의 사소한 비리조차 적발해내지 못했다. 감사원의 서면질의에 대해 나는 답변을 거부하고 대신 8월 26일에 해명서 '국민 여러분에게 드리는 말씀' 발표로 대신했다. 감사원은 결국 5공 정부가 정권 안보 차원에서 북한의 금강산 댐 위협을 과장했다는 보고서를 냈지만 이후 김대중 정부 들어 평화의 댐을 5공 때보다 3~4배나 많은 예산을 투입해가며 서둘러 증축한 사실만 보더라도, 김영삼 정권이 국정을 다루는 자세가 국가보다는 정권적 고려와 정치보복을 앞세우고 있었다는 것을 알 수 있는 것이다.

　김영삼 대통령은 2월 27일 취임 후 첫 국무회의에서 자신의 재산을 공개하겠다고 선언했다. 그러자 3월 18일에는 장관급 이상의 고위 공직자들이, 3월 22일에는 민자당 소속 의원들이 재산을 공개했다. 그리고 박준규朴

浚圭 국회의장, 김재순金在淳 전 국회의장 등을 비롯해 재산이 많은 고위 인사들이 그 이유만으로 공직을 사퇴하는 일이 벌어졌다. 축재 과정에 위법이나 부정이 있었다면 그 일은 법에 따라 처리하면 되는 일이었다. 자유민주주의 경제체제에서 재산이 많다는 것이 곧 죄악은 아니다. 그러나 김영삼 대통령은 재산 공개 파문 속에 "가진 자는 반드시 고통을 받게 하겠다."고 했다. 국민의 화합을 도모해야 할 대통령이 오히려 계층 간의 갈등과 부자들에 대한 증오심을 부추기고 있었던 것이다. 자유자본주의 체제의 국정 최고 책임자가 가장 저급한 어휘로써 반자본주의적 발언을 서슴지 않았다는 것은 국가적 불행이었다. '살인 공장'을 차려놓고 인육을 먹기까지 했던 '지존파' 사건(1994년), 사람을 산 채로 매장해버린 '막가파' 사건(1996년)의 범인들은 "부자들을 증오한다." "돈 많은 자들을 더 못 죽인 게 한스럽다."며 '가진 자'들에 대한 적개심을 적나라하게 드러냈다. "가진 자들에게 고통을…."이라고 외쳤던 김영삼 정권 때 유난히 반인륜적 반사회적 사건들이 빈발했다.

이러한 끔찍한 사건들만 발생한 것이 아니고, 많은 인명을 앗아간 대형사고들이 김영삼 정권에서 유난히 많이 발생했다. 김영삼 씨가 대통령에 당선된 직후인 1993년 1월 청주 우암상가 아파트가 붕괴되어 30여 명이 사망한 사고를 시작으로 우리나라 역사 이래 단일 사고로는 가장 많은 희생자가 발생한 삼풍백화점 붕괴 사건까지 대형사고가 잇따랐다. 언론은 김영삼 정부를 '사고 공화국'이라고 이름 붙였다. 원로 언론인들 사이에서는 해방 이후 사건기자들이 가장 바빴던 시절이 김영삼 정권 때였다고 회상하고 있다는 것이다.

그런데도 김영삼 대통령은 이러한 사건사고가 모두 지난날 오랜 기간 누적되어온 원인에서 비롯된 것이라고 천연덕스럽게도 과거 정권에 그 책임을 돌렸다. 6.25 이래 최대의 국난이었던 IMF 사태에 대해서도 지난 정권들의 정책적 과오, 보좌진의 잘못된 보고 그리고 야당(김대중)의 어깃장 때문에 빚어진 것이라고 했다. 한결같이 남의 탓뿐이었다. 김영삼 대통령은 우리나라가 '한국병'을 앓고 있고 그 원인은 '과거 권위주의 체제에서 비롯된 도덕성과 효율성의 위기'라고 진단하고 변화와 개혁을 통해 '한국병'을 치유함으로써 '제2의 건국'을 이룩하겠다고 했다. '제2의 건국'이란 말 속에는 지금까지의 국가적 정통성, 계속성을 부정한다는 함의含意가 있는 것인지 알 수 없다. 설혹 그런 뜻이라고 해도 오늘의 잘못에 대한 원인과 책임을 과거로 돌리는 것은 무책임한 일이 아닐 수 없다. 정부는 물론 공공기관이건 사기업이건 인수인계를 한다는 것은 자산과 부채를 모두 안고 가는 것이지, 자산만 취하고 부채는 나 몰라라 하는 일은 있을 수 없기 때문이다. 부재가 너무 많아 해결해나갈 자신이 없다고 생각되면 처음부터 인수하러 나서지 말든지, 아니면 뒤늦게라도 물러나는 것이 마땅하지 전임자를 탓하거나 부하와 이웃을 나무라고만 있어서는 안 되는 것이다. 김영삼 정부는 5년 동안 25차례나 개각을 했고, 모두 6명의 총리와 114명의 장관을 배출했다. 아랫사람에게 책임을 묻는 일이 많아서인지 아니면 장관 감투를 씌워줘야 할 사람이 많았기 때문인지 알 수 없는 일이지만, 그처럼 장관들을 갈아치워서는 국정을 안정적으로 관리하기 어려웠을 것이다.

그러던 김영삼 정부는 임기 후반에 들자 아무런 준비 없이 '신경제'에서 '세계화'로 방향을 틀더니 1996년 12월 OECD(경제협력개발기구)에 가입했다. OECD는 '선진국 클럽'이라는 별칭으로 불리듯이 정치, 경제, 사회 등 모든 부문에서 선진화를 이룬 나라들이 회원국으로 가입해 있었고, 당시 아시아 국가로는 일본이 유일한 회원국이었다. 회원국이 돼도 실익은 없고 오히려 선진국 수준으로 시장을 전면 개방해야 하는 등 부담이 많아 당시에도 서두를 필요가 없다는 의견들이 많았다. 김영삼 대통령은 자신의 재임 중 우리나라를 선진국에 진입시켰다고 자랑하고픈 과시욕 때문인지 가입을 서둘렀다. 지금도 OECD 국가라고 내세우기가 부끄러울 만큼 우리나라는 여러 부문에서 OECD의 평균 수준에 못 미치고 있다. IMF 이후 자살률은 OECD 평균의 2배이고 산업재해율, 이혼율, 10만 명당 교통사고 발생 건수와 노인 빈곤율 등은 1위, 출산율 및 어린이 삶의 만족도 등은 꼴찌라는 보도가 이어진다. 나쁜 점은 1등이고 좋은 점은 꼴등 투성이다. 김영삼 정부가 자랑하고파 했던 OECD 가입 1년 만에 IMF 위기가 기다리고 있었다. 영국의 『파이낸셜타임스』는 "한국은 샴페인을 너무 일찍 터뜨렸다."고 했다. 도덕적이지도 않은 정권의 도덕주의적 개혁은 실패로 끝날 수밖에 없는 것이고, 그 결말은 그 정권의 몰락에 그치지 않고 국가적 재앙으로 나타나게 마련이다. 6.25 이래 최대의 국난이었던 IMF 사태가 바로 그 교훈인 것이다.

맹자는 "칼로 사람을 죽이나 정사政事를 잘못해 사람을 죽이나 다를 것이 없다(殺人以刃 與政 無以異也-'梁惠王 上篇')"고 했다. 자살자가 한해 사이에 갑자기 40퍼센트나 늘어났다면, 그 사람들을 자살로 몰아간 원인은 그 사람들 개인이 아닌 외부에서 찾아야 한다. 통계청 자료에 따르면 김영삼 정권 말기에 들이닥친 IMF 사태를 겪은 다음 해인 1998년 우리나라의 자살자는 전년도의 6,068명(10만 명당 13.1명)에서 8,622명(18.4명)으로 40퍼센트나 급증했다. 내가 퇴임하던 1988년의 3,057명(10만 명당 7.3명)과 비교하면 280퍼센트로 늘어난 셈이다. 자살자만 급증한 것이 아니라 통계에 잡히지는 않았지만 실직한 사람, 파산한 사람, 학교를 다니지 못하게 된 학생, 가족이 뿔뿔이 흩어지게 된 가정 등 IMF 사태로 불행을 맞게 된 국민은 그 수를 이루 다 헤아릴 수 없었다. 아마도 지금까지 그 뒤끝에서 헤어나지 못한 이들도 적지 않을 것이다. 김영삼 정권이 들어서던 1993년 우리나라의 국정은 내가 대통령에 취임하던 1980년의 상황과는 비교도 할 수 없을 만큼 양호했다. 그럼에도 불구하고 김영삼 정권은 나라를 파탄 상태로 몰아넣었다. 죄 없는 많은 국민들이 스스로 목숨을 끊을 수밖에 없도록 만든 것이다. 1980년의 상황에서 김영삼 씨나 또 "박정희 씨가 경제를 아주 망쳐놓아서 그 뒤를 이어 대통령 할 생각이 없다."던 김대중 씨가 정권을 잡았더라면 지금의 대한민국이 있었을까 하는 생각을 해본다.

김영삼 정권은 법치질서를 확립하려는 노력에서는 어느 정권에서도 보여주지 못했던 강력한 의지와 능력을 보여주었다. 1995년 6월 한국통신 노조 간부들이 명동성당과 조계사에 들어가 농성을 벌이자 성역시聖域視되던 종교시설에 과감히 경찰을 투입해 농성자들을 연행했다. 나는 1987년 6월 시위대가 명동성당에 들어갔을 때 관계관들의 건의에 따라 경찰 진입을 자제시킨 바 있었고, 2013년 12월 파업 중인 코레일 노조 간부들이 조계사로 피신하자 박근혜 대통령 정부 역시 경찰을 들여보내지 않았었다. 김영삼 정부는 1996년 8월 연세대에서 열린 범민족대회를 헬기를 동원해 강제 해산시키기도 했다.

### 폭풍우를 머금은 먹구름

파괴적인 수준의 군부 숙청을 단행한 김영삼 정권이 이번에는 정치권에 대한 대대적인 물갈이를 계획하고 있다는 얘기가 들려왔다. 기성 정치권 가운데 5·6공세력에게 궤멸될 정도의 타격을 가해 도태시킨다는 내용이었다. 그리고 그러한 목적을 위해 동원할 수 있는 수단은 바로 '12.12와 5.18 문제'라고 했다. 김영삼 대통령의 취임식이 있은 지 두 달도 채 지나지 않은 1993년 4월 중순 주영복 전 국방부장관이 민정기 비서관에게 전해준 내용이었다. 그는 그즈음 나의 주례 등산 모임에 참여하고 있었는데 장관 재임 때부터 친밀한 관계를 유지하고 있는 한 언론인한테서 들은 얘기라며 산행 중에 귀띔하듯이 그런 말을 해주었다.

12.12와 5.18 문제에 관한 김영삼 정권의 인식을 드러내는 발언들도 곳곳에서 나오고 있었다. 5월 8일 황인성黃寅性 국무총리는 국회 본회의에서 12.12사태에 대한 견해를 묻는 야당 의원의 질의에 "당시 특수한 국가적 위기 상황에서 일어난 하나의 군사적 행동으로, 현재까지는 위법 사항이 아니라는 견해를 말씀드린다 … 12.12가 국가 발전과 민주화를 위해 바람직하지 않은 것이었을지 모른다. 그러나 그것이 5·6공으로 연결돼 모든 국가 경영과 전통이 이어지고 있다. 역사적 평가는 어떨지 모르나 불법은 아니라는 말씀을 드린다."고 밝혔다. 황 총리의 이 발언을 놓고 정치권에서 논란이 벌어지자 5월 13일 이경재李敬在 청와대 대변인은 '12.12사태에 대한 청와대의 입장'이란 발표문을 통해 "황인성 국무총리의 12.12사태에 대한 일부 잘못된 표현은 유감스러운 일."이라면서 '12.12사태는 하극상에 의한 군사 쿠데타적 사건'이라고 성격 규정을 했다. 청와대의 공식 견해였지만 김영삼 대통령의 입을 통하지 않고 대변인을 시켜 밝힌 것이다. 당시 법조계에서는 청와대의 이러한 성격 규정이 사법절차를 피해가려는 정치적 발언인 것으로 받아들이고 있었다. 황인성 총리의 "불법은 아니라는 말씀…."이라는 답변 내용이 잘못된 표현이라고 하면서도 청와대의 공식 발표문에 12.12가 '불법'이라는 표현은 없었던 것이다. '쿠데타'라고 하지 않고 '쿠데타적的'이라고 한 것은 그러한 고심을 나타낸 것이라는 풀이였다.

김영삼 대통령은 5월 13일 '5.18광주민주화운동'에 관한 담화문을 발표하고 "광주 문제는 결코 정치적 목적으로 이용되거나, 정쟁의 대상이 되어서는 안 된다."고 말했다. 김 대통령은 이 담화에서 "우리의 법체계 안에서 가능하고, 형평의 원칙에 비추어 법적인 모든 조치를 취해나갈 것."이라고 말하면서 그 처리는 역사의 평가에 맡기자는 입장을 밝혔다. 김 대통령은 "광주민주화운동에 대한 진상 규명과 그 책임자 처벌을 요구하는 주장이 있다는 것을 잘 알고 있고 … 그것을 위해 특별한 조취를 취해야 한다는 주장도 있다고 듣고 있다. 그러나 진상 규명은 역사를 올바르게 바로잡고 정당한 평가를 받자는 데 그 목적이 있고 … 결코 갈등을 재연하거나 누구를 벌하자는 것은 아닐 것."이라면서 "진상 규명과 관련해 이는 훗날의 역사에 맡기는 것이 도리라고 믿는다 … 미움과 갈등의 고리를 바로 우리 모두의 손으로 끊어야 한다고 생각 … 오늘에 다시 보복적 한풀이가 되어서는 안 된다고 생각…."이라고 말하고 있었다.

이 담화 발표 직후인 6월 2일 『동아일보』의 여론조사 결과는 "역사의 심판에 맡기자."는 데 대해 국민의 69.5퍼센트가 찬성하는 것으로 나타났다. 그러나 12.12와 5.18로 피해를 입었다고 생각하는 사람들의 반응은 달랐다. 김영삼 대통령의 5.13 담화가 발표되고 두 달쯤 지난 1993년 7월 19일 정승화 등 22명이 나를 포함해 34명을 검찰에 고소했다. 황영시, 차규헌, 정호용 등 피고소고발인들도 대응하지 않을 수 없었다. 그해 여름부터 모임을 갖고 검찰 수사와 국회의 국정조사 대책을 논의했으며, 10월 들어 12.12에 대한 검찰 수사가 본격화될 기미를 보이자 당시의 자료들을 모으고 사실관계 등을 확인해 '12.12사태의 올바른 평가를 위한 우리의 주장' 등 대응자료를 만들며 수사에 대비했다.

그러나 검찰의 수사가 진행되는 가운데서도 이때까지는 권력의 핵심이 이 문제를 사법적 차원에서 처리할 것이라고 볼만한 움직임은 드러나지 않고 있었다. 1993년 9월 21일 김영삼 대통령은 국회 국정연설에서 '과거와의 화해'를 강조했고, 이즈음 김대중 씨도 이기택李基澤 민주당 대표에게 "과거 청산 주장을 그만하라."고 충고했다는 보도가 있었다.

14대 대선 전에 민주당 공동대표였던 김대중 씨와 이기택 씨는 1997년의 15대 대선을 내다보면서 서로 신경전을 벌이고 있다는 관측이 있었다. 김대중 씨는 14대 대선에서 낙선한 뒤 정계은퇴를 선언한 상태였지만 1997년 대선을 그냥 지나칠 수는 없었을 것이고, 이기택 씨로서는 김대중 씨가 은퇴한 상태였기 때문에 은근히 민주당의 차기 대권후보를 넘보고 있었을 것이었다. 이기택 씨는 김대중 씨가 차기 대권을 노리며 지지층의 외연 확대를 위해 5공 측에 제휴의 손길을 뻗칠 수 없도록 견제하려는 목적으로 필요 이상으로 5공을 공격하고 있었고, 김대중 씨는 그런 이유로 이기택 씨에게 자제를 요청했다는 분석이었다.

해를 넘긴 1994년 3월 23일 검찰은 12.12 수사와 관련해 피고소인에 대한 소환 조사를 시작해 먼저 허삼수許三守 의원이 검찰에 출두했다. 검찰은 1994년 8월 12일 12.12와 관련해 나와 노태우, 최규하 전 대통령 등에 대해서도 서면조사를 하겠다는 입장을 발표했다. 이에 대해 피고소고발인들은 그동안 준비한 대응자료를 9월 15일 발표했다. 검찰에도 제출된 자료는 '국민 여러분께 드리는 말씀' - 10.26 내란 방조자 정승화 연행 사건에 대한 검찰 수사와 관련하여, '10.26 내란 방조자 정승화 연행의 전말' - 검찰 질의에 대한 소견, '정승화 주장의 허구성' '정승화의 행적' '변호서' 등이었다. 그러자 최규하 전 대통령 측도 검찰의 조사 방침에 대응해 9월27일 '최규하 전 대통령 명의의 회신' '변호사 발표문' '비서관 명의의 서한문'을 발표했다.

피고소고발인 측과 최규하 전 대통령의 대응자료가 발표된 뒤 한 달쯤 지난 10월 29일 검찰은 12.12 고소고발 사건에 대한 수사 결과를 발표했다. 1993년 7월 고소고발이 있은 후 1년 3개월에 걸쳐 수사를 해온 검찰은 최종 수사 결과를 발표하면서 피고소고발인들에 대해 기소유예 처분을 내렸다. 그러자 피고소고발인 측의 이양우李亮雨, 석진강石鎭康, 한영석韓永錫 변호사가 '12.12사태에 대한 검찰 처분에 대한 변호인단의 의견'을 발표했다. 한편 고소고발인들은 검찰의 처분을 받아들일 수 없다며 헌법재판소에 제소했는데, 헌재는 1995년 1월 20일 "기소유예 조치는 공소권 남용이라고 볼 수 없다."고 소원을 기각했다. 5.18과 관련해서는 1994년 5월 13일 정동년鄭東年 등이 나를 포함한 17명을 내란죄 등으로 고소했다. 피고소고발인들은 검찰 수사에 대한 대응책으로 '1980년도에 있었던 정치적 제반 사건에 대한 소견' '검찰질의서에 대한 논평'이라는 자료를 만들어 1995년 6월 2일 검찰에 제출했다.

서울지검 공안1부(장윤석張倫錫 부장검사)는 1년 2개월 동안 수사를 한 끝에 1995년 7월 18일 216쪽에 달하는 수사 결과 보고서를 발표하면서 피고소고발인 58명 전원에게 '공소권 없음' '불기소처분' 결정을 내렸다. 검찰은 이 발표문에서 "고소인과 피고소인, 참고인 등 모두 269명의 진술과 관련 자료를 종합해볼 때 10.26 이후 신군부 주도로 취해진 일련의 행위와 조치들이 전형적인 통치행위로서 구체적으로 내란죄 등에 해당되는지 여부를 판단할 사법 심사의 대상이 될 수 없다는 결론을 내렸다."고 밝혔다. 이 결정은 이른바 '성공한 쿠데타는 처벌할 수 없다'는 명제와 부합하는 조치였던 것이다. 그러자 고소인들은 이 불기소처분이 위헌이라며 1995년 7월 24일 헌법재판소에 소원을 냈다.

검찰과 헌재의 결정에 대해 고소고발인들이 반발하고 있는 가운데 야당과 대학가, 재야단체 등에서는 관련 당사자들에 대한 기소와 특별법 제정을 촉구하는 성명 발표와 서명운동이 이어지고 있었다. 이러한 사회 분위기에 편승한 것인지 아니면 김영삼 정권이 출범 초부터 기획했다는 5·6공 세력 매장작업과 관련된 것인지 알 수 없었지만, 1995년 가을로 접어들면서 1980년 상황에 대해 왜곡된 시각으로 제작된 드라마들이 방영되기 시작했다. 공영방송인 MBC와 SBS 등 TV 방송사들이 가을 프로그램을 개편하면서 방영하기 시작한 '제4공화국'과 '코리아게이트'는 주요 등장인물 대부분이 생존해 있고, 또 먼 과거의 일도 아닌 역사적 사건을 다루면서 최소한의 사실 확인 노력도 없이 왜곡된 사실과 허구의 장면들을 내보내고 있었다. SBS는 이에 앞서 1995년 초에 1980년 상황, 특히 5.18사태를 다루면서 당시 정부와 계엄군을 부정적으로 묘사한 드라마 '모래시계'를 방영한 바 있었고, KBS도 1993년 12월 다큐멘터리 극장이라는 프로그램에서 12.12를 다뤘는데 이 프로그램은 정승화 측의 주장을 주로 대변하고 있었다.

실존 인물들인데다 모두 실명으로 등장하니 시청자들은 드라마라고 생각하지 않고 '다큐멘터리'를 보고 있는 것으로 착각했다. 드라마에 몰입해 사건 진행을 따라가다 보면 연출된 장면들이 '작가적 상상력에 의해 꾸며진 것'일 것이라든가, '사실과는 다른 것'일 수도 있다는 생각을 하기는 어려운 일이었다. 시청자들은 공영방송이 불과 10여 년밖에 안 지난 역사적 사건들을 드라마로 만들어 방영할 때에는 적어도 사실 확인은 거쳤을 것이고 그 시점에서 다뤄도 될 충분한 이유가 있다고 생각했을 것이다.

이 두 드라마는 현대사의 주요한 사건들에 대한 국민의 인식을 심대하게 왜곡시키는 결과를 가져왔다. 드라마의 제작 의도가 어떤 것이었든 간에 결과적으로 이 두 드라마가 방영됨으로써 나 그리고 나와 함께 일했던 사람들의 명예가 심각하게 훼손되었을 뿐만 아니라, 전 국민에게 우리 현대사에 대한 부정적 인식을 심어놓았다. 당시에도 일부 언론은 '날개 떨어진 권력을 짓밟는 드라마' '역사를 모르는 사람들이 저지르는 무책임한 영상 테러'라고 비판하며 군과 국민들이 우롱당하고 있음을 개탄했다. 피해를 입은 당사자들의 격한 항의도 뒤따랐다. 증거를 제시하며 잘못된 내용을 시정해줄 것을 강력히 요구했으나 방송사 측은 "이 드라마는 사실을 기록하는 다큐멘터리가 아니고 작가의 상상을 통한 예술작품이기 때문에 그 내용에 대해 법적인 책임을 질 수 없다."며 무책임하게 반응했다. 물론 피해 당사자들이 두 방송사의 대표와 제작진들을 고소고발했지만 정권의 눈치를 살펴야 하는 검찰은 꿈적도 하지 않았다.

드라마의 선동 효과로 인해 국민들의 분노의 감정은 격앙될 대로 격앙되어갔다. 그럴 즈음인 10월 19일 국회 본회의에서는 노태우 전 대통령의 비자금 계좌가 폭로돼 두 드라마의 주역들에게는 '비리의 주인공'이라는 또 하나의 주홍글씨가 덧씌워졌다. 국민의 분노는 하늘을 찔렀다. 이제 '악인'들을 벌한다는 명분만 내걸면 그 죄와 벌의 내용이 무엇이건, 그 방법과 절차가 타당한 것인가의 여부를 따져볼 필요도 없이 국민의 지지가 뒤따를 것 같은 분위기가 조성되고 있었다.

1988년 13대 총선에서의 패배로 자신이 이끌던 제1야당인 민주당을 원내 제3당 신세로 전락시켰던 김영삼 씨는 3당 합당을 통해 집권당인 민자당의 대통령 후보가 되고 1992년 14대 대통령에 당선되는 데까지는 성공했다. 그러나 집권 후 민정계 출신이 수적으로 우세한 당을 장악하지 못해 어려움을 겪고 있었다. 1995년 전면적인 지방자치제 실시에 따라 처음 치른 6.27 동시지방선거에서 김영삼 대통령의 민자당은 참패했다. 15개 광역단체 가운데 텃밭이라고 여겨지는 영남지역 3개 시·도 외에는 경기도와 인천을 겨우 건짐으로써 5개 광역단체장을 확보하는 데 그쳤다. 김대중 씨의 민주당은 호남지역의 3개 단체장 외에 서울에서 승리했고 그해 3월 공화계를 이끌고 민자당을 탈당한 김종필 씨의 자민련도 텃밭인 충청지역 3개 단체장 외에 강원도에서도 승리를 거뒀다. 민주당과 자민련이 각각 4명씩 차지했고 무소속이 2명이었다. 안 그래도 국정 장악력이 떨어져 있던 민자당 정부로서는 제대로 일을 할 수 없는 처지에 빠지게 된 것이다. 당시의 정국 상황을 놓고 '오수부동五獸不動 형국'이라는 말까지 하고 있었다. 쥐 ↔ 고양이 ↔ 개 ↔ 호랑이↔ 코끼리 ↔ 쥐가 서로 물고 물리는 천적天敵 관계여서 서로가 서로를 두려워하고 견제하느라 아무 일도 하지 못하게 됐다는 것이다.

지방선거 이틀 뒤인 6월 29일 일어난 삼풍백화점 붕괴 사고는 그렇지 않아도 선거 참패의 충격에 빠져 있던 김영삼 정권을 또 한 번 강타했다. 선거 참패, 대형사고 등으로 낭패감에 빠져 있던 김영삼 정권의 심기를 더욱 불편하게 만든 일은 14대 대선에서 패배한 후 정계은퇴를 선언했던 김대중 씨가 7월 18일 정계 복귀를 선언하고 새정치국민회의를 창당한 일이었다. 영국의 BBC 방송은 지방선거 결과를 '김영삼의 굴욕적인 참패'로 평가하면서 김대중 씨가 다시 정치적 야망을 갖게 될 것이고, 지방선거 결과를 총선과 대선을 위한 디딤돌로 삼을 것이라고 보도하고 있었다. 김영삼 대통령의 입장에서 김대중 씨가 차기 대통령이 된다는 것은 그야말로 악몽이었다. 1997년의 15대 대선에 앞서 1996년 4월에는 15대 총선을 실시해야 했다. 김영삼 정권의 핵심세력은 정계 판도를 변화시키지 않은 채 총선을 치르게 되면 김영삼 직계, 이른바 상도동계는 5·6공 세력에 밀려날 수밖에 없다는 상황 분석에 따라 비상한 대책을 강구하고 있다는 소문이 정치권에서 흘러나오고 있었다. 주영복 전 국방장관이 나에게 따로 긴히 말씀드릴 게 있다며 찾아온 것은 바로 그즈음이었다.

국면 돌파를 위해서는 12.12와 5.18사태를 다시 문제 삼아 나와 노태우 두 전직 대통령을 사법처리하고, 5·6공 핵심 인사들을 총선에 출마하지 못하게 한 후 정계개편을 통해 민주계 중심의 정권을 재창출한다는 보고서가 김 대통령에게 보고됐다는 것이다. 꺼림칙한 내용이었지만 상식적으로 생각해볼 때 믿기 어려운 얘기였다. 단지 불리한 국면을 타개해보려는 수단으로 두 사람의 전직 대통령을 사법처리하려고 한다는 것은 도저히 생각할 수도 없는 일이었다. 나는 근거 없는 뜬소문이라고 생각했다. 2년 전인 1993년 4월에도 주영복 전 장관은 그런 소문을 민정기 비서관에게 귀띔해 줬었지만, 그 사이 그런 일은 일어나지 않았던 것이다. 무엇보다 12.12와 5.18은 정치적으로나 사법적으로 이미 처리가 끝난 사건이라는 점 때문에 그 소문은 단지 소문일 뿐이라고 생각됐다. 나는 바로 얼마 전 검찰이 발표한 수사 결과를 설명하며, 권력 핵심이 아무리 그러한 일을 꾸미려 한다 해도 검찰의 판단과 처분을 하루아침에 손바닥 뒤집듯이 바꿀 수는 없을 것이라고 얘기해줬다.

주영복 전 장관을 보내고 난 후 나는 그 말도 안 되는 이야기에 기분이 좋지 않았다. 나는 6공 내내 진행된 '5공 청산 작업'으로 인해 얼마나 많은 국력의 소모가 있었던가를 누구보다 잘 알고 있을 김영삼 대통령이, 바로 자신의 전임자가 했던 잘못을 똑같이 되풀이하지는 않을 것이라고 생각하며 애써 잊으려 했다. 나의 그러한 믿음이 안이한 낙관이었는지 모르지만, 내가 아니더라도 상식적인 사람이라면 누구나 그렇게 생각했을 것이다. 몇 달 후 김영삼 대통령이 5.18특별법 제정을 지시했을 때 모두가 경악했던 것은 그 누구도 그러한 사태 전개를 예상하지 못하고 있었기 때문이었을 것이다. 그만큼 김영삼 대통령의 언행은 상식선을 벗어나 있었다.

그런 가운데 1995년 8월 3일 서석재徐錫宰 총무처장관이 "전직 대통령 중 한 사람이 4,000억 원을 가차명계좌에 숨겨놓고 있다."고 발언함으로써 정치권에는 큰 파문이 일었다. 그런데 노태우 전 대통령이 비자금을 가차명계좌로 여기저기 숨겨놓았다는 얘기는 그 한해 전인 1994년 5월에도 있었다. 노 전 대통령이 상업은행에 예치돼 있던 400~500억 원의 비밀계좌에서 200억~300억 원을 선경으로 빼돌리려다가 검찰에 포착됐다는 내용이었다. 이밖에 신한은행에도 1,300억 원에 달하는 비밀계좌를 갖고 있는 것으로 검찰이 파악하고 있다고 했다. 그해 8월에는 대검 중수부에서 "노태우 대통령이 1992년 대선 때 재벌들한테 100억 원 정도씩 모금해서 김영삼 후보에게 선거자금으로 지원해주고, 나머지 600~700억 원을 은닉해 갖고 있다가 1994년 5월 실명화 과정에서 드러나 검찰의 조사까지 받았다."는 얘기가 흘러 나왔다고 했다.

서석재 장관의 발언이 있자 1992년 14대 대선 때 민자당 대표였던 김종필 씨의 측근은 민정기 비서관을 만나 '노태우 대통령의 4,000억 원 비자금설'의 내용을 알려줬다. "선거를 앞두고 박태준 씨가 선거자금으로 6,300억 원을 조성했는데 경선이 무산되자 이를 노태우 대통령에게 그대로 전달했고, 노태우 대통령은 이 가운데 2,300억 원을 김영삼 후보에게 건네주고, 나머지 4,000억 원을 자신이 보유하고 있었다."는 것이다. 노태우 전 대통령 측이 차명계좌로 관리하고 있는 이 4,000억 원을 실명화하기 위해 금진호琴震鎬 씨를 통해 김영삼 씨 측에 의사를 타진했던 것이 '전직 대통령 4,000억 원 비자금설'의 진상이라는 것이었다. 이야기를 전해준 사람은 달랐지만 그 내용은 거의 일치하고 있었다. 서 장관의 발언이 있은 후 일주일 뒤인 8월 10일 검찰은 "4,000억 가차명계좌설은 전직 대통령과는 무관하다는 잠정 결론을 내렸다."고 발표했다. 서 장관의 발언의 진상을 검찰이 깊숙이 조사하게 되면 김종필 씨 측에서 말한 "김영삼 씨에게 2,300억 원을 건네줬다."는 사실이 튀어 나올 수밖에 없는 상황이었던 것이다. 2011년 노태우 전 대통령이 자신의 회고록에서 김영삼 씨에게 선거자금으로 3,000억 원을 지원했다고 밝힌 사실에 비춰볼 때, 1995년 김종필 씨 측근이 알려준 이 내용은 정확한 것이었다고 볼 수 있다. 서 장관은 자신의 발언이 물의를 일으킨 데 대한 책임을 지고 사퇴했다. 그런데 노태우 대통령이 김영삼 후보에게 선거자금으로 3,000억 원을 주었다는 사실은 이미 정가에 알려질 만큼 알려져 있던 사실이었다. 1996년 3월 6일 김대중 국민회의 총재는 관훈클럽 초청 토론회에서 "김영삼 대통령의 대선자금 문제는 청문회를 열면 노태우 대통령이 3,000억 원을 줬다고 하는 증인이 나올 수도 있다."고 발언한 바 있다. 또 김한길 국민회의 선대위 대변인도 3월 14일 "노태우 대통령이 1992년 9월 18일 민자당을 탈당할 때 김영삼 후보에게 3,000억 원을 전달했다는 문서를 확보했다."고 밝혔었다.

서 장관의 사퇴로 잠잠해질듯하던 노태우 전 대통령의 비자금 문제는 두 달 후 더 큰 파괴력을 품은 채 다시 터져 나왔다. 1995년 10월 19일 민주당 박계동朴啓東 의원은 국회 대정부 질문에서 신한은행 서소문 지점에 차명으로 예치된 110억 원의 예금계좌 조회표를 제시하며 노태우 전 대통령의 비자금 4,000억 원이 여러 시중은행에 차명계좌로 분산 예치되어 있다는 의혹을 다시 한 번 제기했다. 검찰은 구체적인 단서가 드러나자 본격적인 수사에 착수했고 노태우 전 대통령은 비자금 폭로가 있은 뒤 한 달쯤 지난 11월 16일 구속됐다. 우리나라에서 전직 대통령이 구속된 것은 헌정

사상 처음 있는 일이었다.

　그런데 노태우 전 대통령을 겨냥했을 박계동 의원의 폭로는 엉뚱한 데로 비화되고 있었다. 그즈음 중국을 방문 중이던 김대중 국민회의 총재는 노태우 전 대통령 비자금 사건과 관련해 자신에게도 의혹이 쏠리자 10월 27일 스스로 "노태우 대통령으로부터 20억 원의 정치자금을 받았다."고 밝혔다. 김대중 씨는 "20억 원 외에는 한 푼도 받지 않았다. 처음에는 받지 않으려 했으나 아무 조건도 없으니 받으라고 했다."고 말했지만 오히려 의혹을 증폭시키기만 했다. 민자당의 강삼재姜三載 사무총장은 김대중 씨가 노태우 대통령으로부터 받은 돈이 '20억 + 알파'라고 주장했다. 김영삼 씨는 훗날 자신의 회고록에서 이 대목과 관련해 "김대중 씨는 노태우 씨가 먼저 폭로할까봐 겁에 질렸는지 20억 원을 받았다고 먼저 발표했으나 그 금액이 20억인지 200억인지 의혹이 있다…."고 썼다.

　그러자 김대중 씨 측도 가만있지 않았다. 김영삼 씨가 1992년 14대 대선 때 사용한 선거자금을 비롯해 1991년 3당 합당 때 노태우 대통령으로부터 받은 자금 그리고 노태우 대통령이 퇴임하면서 남겨놓은 돈의 사용처를 밝히라고 요구하고 나섰다. 민자당을 탈당하고 자민련을 만든 김종필 씨도 팔을 걷어붙이고 나섰다. 김종필 씨의 가세는 김영삼 대통령에게는 큰 위협이 되었다. 14대 대선 때까지는 같은 당이었고, 김종필 씨의 사람들이 선거대책위에 참여하고 있었던 만큼 김영삼 씨의 선거자금의 모금과 지출 내용을 알 수 있는 위치에 있었다. 노태우 대통령이 반대편인 김대중 씨에게 '20억 + 알파'를 주었다면 한솥밥을 먹던 김영삼 씨에게는 훨씬 많은 금액을 건네주지 않았겠느냐 하는 의혹이 설득력이 있었던 것이다. 김영삼 대통령은 자신이 "직접 받은 적이 없다."고 했지만 누가 봐도 궁색하기 짝이 없는 변명이었다. 김대중 씨의 국민회의와 김종필 씨의 자민련은 연일 성명을 내고 김영삼 대통령에게 대선자금과 관련한 의혹을 밝히라고 몰아세웠다.

선거 참패, 대형사고 빈발, 경제난에 선거자금 의혹까지 들이닥치면서 김영삼 대통령은 위기감에 휩싸였다. 국면을 일거에 반전시킬 카드가 필요했다. 대통령 취임 초 차남 김현철金賢哲을 통해 보고받았던 국면 전환 대책 보고서가 생각났을 것이다. 두 전직 대통령을 비자금 문제와 12.12 및 5.18 문제로 옭아 넣으면 자신에게 향하던 국민의 따가운 눈초리와 정부에 대한 불만을 그쪽으로 전가시킬 수 있는 것이다. 야당과 재야, 특정지역을 중심으로 12.12와 5.18에 대한 검찰의 처분에 불복하는 분위기가 있고, 노태우 비자금 사건이 물난 데 기름을 부은 격이 됐으니 그 책략을 밀어붙일 필요가 있었던 것이다.

11월 24일 김영삼 대통령은 민자당의 강삼재 사무총장을 불러 5.18특별법 제정을 지시했다. 김영삼 대통령의 그러한 지시는 당국자의 건의를 받거나 여당 간부들과의 사전협의 없이 독단적으로 이뤄졌다. 강삼재 씨에게 자신의 결심을 밝힐 때까지 아무에게도 그 사실을 알리지 않았다. 그동안 고소고발인들의 특별법 제정 요구를 수용하지 않다가 돌연 태도를 바꾼 데 대한 설명도 없었다.

그간 12.12, 5.18사건 처리에 대한 김영삼 대통령의 일관된 입장은 훗날 역사의 심판에 맡기자는 것이었다. 정치적 관점에서 볼 때 야당 후보 김영삼 씨가 12.12와 5.18 문제 등을 선거의 가장 큰 쟁점으로 부각시켰던 13대 대선에서, 두 사건에 책임이 있다고 지목된 노태우 후보가 대통령으로 선출된 결과는 5공의 정통성 시비에 대한 국민들의 심판이 끝났음을 의미하는 것이었다. 더욱이 내가 6공화국 출범 후 사과, 재산 헌납, 낙향, 국회 청문회 증언 등 이른바 '5공 청산'을 위한 정치권의 요구를 모두 수용했고, 이에 따라 1989년 12월 15일 여야 4당 총재가 과거 청산의 종결을 선언함으로써 정치적 처리도 완전히 끝났다. 더욱이 김영삼 대통령은 12.12에 대해 '쿠데타적 사건'이라고 성격 규정을 한 뒤에도 1993년 8월 초 한 언론과의 회견에서 "역사의 판단에 맡기자고 한 생각에 변함이 없다."고 말해 사법적 대응을 할 뜻이 없음을 분명히 밝혔다. 이즈음 김종필 민자당 대표도 기자들과 만나 "이제 와서 자꾸 전직 대통령을 조사하자고 하는 것은 국익에 아무런 도움이 되지 않는다."고 말한 바 있었다.

사법적 처리 문제도 1988년 국회 청문회를 전후해 제기됐던 13건의 고소고발 사건이 1992년 말 모두 무혐의 처리됨으로써 일단락이 되었었다. 김영삼 정권이 출범한 후 12.12사건과 5.18사태에 대해 군사반란과 내란으로 고소가 제기되었을 때에도 검찰은 12.12사건에 대해서는 1년 5개월에 걸친 수사 끝에 1994년 10월 29일 피고소인 38명 중 4명에 대해서는 '공소권 없음' 처분을, 또 나머지 34명에 대해서는 '기소유예 처분'을 내리는 것으로 수사를 끝낸 바 있다. 5.18사태도 검찰은 1994년 5월 13일부터 1995년 4월 3일까지 접수된 70여 건의 고소고발 사건을 1년 2개월에 걸쳐 수사를 마친 후 1995년 7월 18일 피고소인 전원에 대해 '공소권 없음' 처분을 내렸다. 그 후 고소고발인들이 검찰의 불기소처분에 불복하여 항고와 재항고를 했지만 모두 기각되었고 마지막 단계로 헌법소원까지 제기했으나 그 것마저 기각되었다. 따라서 김영삼 정권이 다시금 문제를 제기하려고 하는 12.12와 5.18사건은 이미 정치적으로나 법률적으로 완전히 종결된 상태였던 것이다.

김영삼 대통령이 특별법 제정을 지시한 다음날인 11월 25일 『조선일보』의 유근일柳根一 논설실장은 "노태우 씨가 누구한테서 얼마를 거둬 여야 정치인들에게 얼마를 주었느냐가 오늘의 최대 관심사다. 그런데 아닌 밤중에 홍두깨라고 느닷없이 '5.18특별법 제정'이 비자금 대신에 신문과 TV의 헤드라인을 장식하기 시작했다. 국면 전환과 국면 돌파의 정치공학적 의도가 분명히 엿보이는 것이다 … 비자금 정국과 대선 지원금 정국 그리고 '20억+알파설' 정국의 초점을 흐리는 최면제로 쓰여서는 절대로 안 된다."고 특별법 제정의 부당성을 지적했다.

해외의 시각도 다르지 않았다. 『뉴욕타임스』는 12월 5일자 사설에서 "전두환, 노태우 전 대통령에 대한 기소 과정이 복수심으로 오염되거나 비자금 파문을 돌파하기 위한 김영삼 대통령 자신의 정치적 목적으로 이용되어서는 안 된다."고 지적했고, 『타임』도 12월 11일자 기사에서 "김영삼 대통령은 국민적 정서에 굴복하고, 자신의 정치적 생존을 위한 수단으로 검찰에 과거를 캐도록 지시했다."고 비판했다.

# 정권에 봉사한 검찰, 국회, 헌법재판소

■

## 대통령의 한마디에 무시된 헌법

김영삼 대통령의 돌연한 태도 변화에 가장 당혹스러웠던 것은 검찰이었을 것이다. 고소고발인들의 압력을 버텨내며 오랜 수사 끝에 '성공한 쿠데타는 처벌할 수 없다'고 '공소권 없음'의 결론을 냈던 검찰은 뒤통수를 맞은 꼴이 된 셈이었다. 대통령의 한마디에 따라 수사를 재개해, 4개월 전의 결정을 뒤엎어버리고 기소해야 하는 검찰의 입장은 참담한 것이었다. 11월 25일자 『조선일보』는 검찰의 초기 대응을 이렇게 보도했다.

"서울지검 공안1부(부장 정진규鄭鎭圭)는 24일 5.18특별법 제정 발표 직후 긴급 검사회의를 갖고 '공소시효 연장을 골자로 하는 특별법 제정을 위해서는 소급입법을 금지한 헌법을 우선 개정해야 한다'는 데 의견을 모았다. 검찰 관계자는 '해방 직후의 반민족행위자 처벌법이나 4.19 후의 공민권 제한법률 등 두 차례의 소급입법은 모두 헌법 부칙에 근거 규정이 있었다. 현행 헌법에 소급처벌 금지 규정이 있는 만큼 공소시효를 연장하려면 반드시 헌법에 근거 규정이 있어야 한다. 전두환 전 대통령을 비롯한 5.18 관련자들은 올 8월 15일로 공소시효가 만료돼 이들을 처벌하려고 특별법을 제정하면 소급입법을 금지한 헌법 규정에 어긋난다'고 말했다."

12월 18일자 『한겨레신문』의 기사는 검찰의 참담한 모습을 이렇게 전하고 있다.

"11월 30일 특별수사본부 구성 직후 검사는 '우리는 개다. 물라면 물고, 물지 말라면 안 문다' '사실 이번 수사를 맡고 싶어 하는 사람이 있겠느냐'고 자조적으로 내뱉었다 … '물어라, 그것도 최대한 이른 시일 안에'라는 숙제를 해내기 위해 바둥대는 것으로 비친다."

김영삼 대통령의 특별법 제정 지시가 떨어지자 검찰은 11월 30일 지체 없이 서울지검에 12.12 및 5.18 특별수사본부'를 설치했다. 검찰은 "기소유예한 사건이라도 피의자가 재범을 범했거나 개전의 정이 없을 경우에는 재수사해서 처벌할 수 있다."는 법집행의 형식 논리와 함께 "비자금 사건으로 노태우 전 대통령이 구속되는 사태가 발생했고 국민들도 두 사건에 대한 궁금증이 증폭되는 등 지난번 검찰의 결정 때와는 사정이 많이 달라졌다."는 사정 변경의 논리를 내세웠다. 기본적으로 12.12와 5.17, 5.18은 같은 사건이라고 해석했던 것이다. 그동안 12.12와 5.18을 분리 수사해왔던 검찰이 두 사건을 같은 사건으로 규정한다는 것은 '공소권 없음'의 결정을 내린 5.18사태를 재수사하기 위한 명분을 만들어놓으려는 것이었다. 궁색하기 짝이 없는 술책이었다. 기소유예는 재수사할 여지가 있지만 '공소권 없음'

의 결정을 내린 경우는 다시 수사할 수 없기 때문에 12.12와 함께 묶을 필요가 있었던 것이다. 결국 헌법재판소도 검찰의 이 결정이 정당하다고 확인해줄 수밖에 없는 막다른 골목으로 끌려 들어간 것이다.

## 위헌 법률 제정에 앞장선 헌법재판소와 국회

검찰이 독립성이 보장된 준사법기관이기는 하지만, 위헌적인 소급입법까지 강행하며 나를 사법처리하려는 대통령의 뜻을 따르지 않을 수 없었던 사정은 이해할 수도 있다고 하겠다. 그러나 3권 분립주의인 우리나라의 국회 그리고 헌법주의, 법치주의의 최후 보루인 헌법재판소마저 권력의 눈치를 보며 김영삼 정권의 폭거에 충실한 하수인 역할을 함으로써 우리 헌정사에 치유하기 어려운 상처와 오점을 남긴 사실은 지금 와서 되돌아봐도 안타까운 일이 아닐 수 없다.

1995년 7월 검찰이 5.18 고소고발 사건 관련자 58명에 대해 '공소권 없음의 불기소처분'을 내렸을 당시 야당과 재야, 좌경세력, 특히 광주지역에서는 반발 움직임이 일어났었다. 이들은 특별법 제정과 특별검사제 도입을 요구하고 나섰는데, 그중 5.18기념재단 이사장인 조비오 신부는 "공소시효를 초월한 사법처리…."를 주장하고 나왔다. 집단 서명운동을 벌인 교수들도 "공소시효 기간을 적용받지 않는 특별법 제정."을 요구했었다.

그때까지 우리나라에서 소급법이 제정된 사례는 두 번 있었다. 해방 후 친일 인사들을 처벌하기 위한 '반민족행위자 처벌법'이 제정됐고, 4.19 이후 또 한 번 소급법이 만들어졌다. 그러나 이 두 번의 경우는 모두 혁명적 상황과 연관된 일이었다. 전자의 경우는 우리 민족이 일본의 식민통치에서 해방되어 자주독립국가를 수립했다는 민족사적 계기가 있었고, 후자의 경우는 4.19의거에 의한 정부 전복과 헌법의 개정이라는 과정을 겪은 뒤였다. 정상적인 헌정 운영이 이루어지던 상황에서 소급법의 제정 논의가 제기된다는 것은 예사로운 일이 아니었다. 반대 논의가 당연히 나올 수밖에 없었다.

1995년 10월 17일자 『동아일보』, 『국민일보』 등 주요 언론은 "야권과 대한변협, 학계 등 각계에서 5.18특별법 제정 요구는 위헌이라는 반론이 만만치 않게 제기되고 있다."는 보도와 함께 "대부분의 판검사들은 사안의 미묘함 때문에 조심스럽지만 '특별법 제정 위헌론'에 동조하는 분위기."라는 말도 전했다. 또 변협 소속의 일부 5~60대의 변호사들이 서명운동에 참여하지 않음은 물론, 그 서명운동에 반대하는 서명운동을 전개할 움직임을 보이고 있다고도 했다. 이러한 움직임에 참여하고 있던 한 변호사는 "특별법 제정으로 5.18사태의 공소시효를 연장하는 예외를 인정할 경우 툭하면 소급입법을 만드는 좋지 않은 선례가 될 수 있다 … 대다수 변호사들이 변협의 입장에 대해 침묵하고 있지만, 우리와 비슷한 생각일 것."이라고 말했다는 것이다. 김동환金東煥 변호사는 『법률신문』에 기고한 글에서 "공소시효가 지난 범죄행위에 대해 사후에 법률을 제정해 공소시효 기간을 연장, 처벌할 수 있도록 하는 것은 헌법의 형벌불소급의 원칙에 어긋난다 … 국민의 기본적 인권을 옹호해야 할 변협이 특별법 제정을 주장하는 것은 민주적 헌정질서를 무력하게 하는 것."이라고 지적했다.

1996년 5.18 관련자들을 처벌하기 위해 제정된 법률의 이름은 '5.18민주화운동에 관한 특별법'이었다. 그런데 이 법률에는 법 이론상 보통 사람의 상식으로는 도저히 생각할 수 없는 문제점이 내재돼 있었다. 우선 나를 포함한 소위 5.18 관련자들을 처벌하는 데 있어 처벌할 수 있는 시한이 정확히 언제까지인지에 대한 의견이 분분했다. 수사를 한 후 재판에 회부할 수 있는 시한이 남아 있다 할지라도 그 짧은 시간으로는 도저히 치명타를 가할 수 없어 남아 있는 시한을 더 이상 진행되지 않도록 묶어둘 필요가 있다는 것이다. 이를 위해 김영삼 정권이 찾아낸 대책은 첫째, 공소시효를 정지시키는 특별법을 제정하되 앞으로 시한이 얼마나 남았는지를 확인한 후에 추진하고 둘째, 시한이 얼마나 남았는지를 알아보기 위해 헌법재판소에 헌법소원을 제기한다는 것이었다.

헌법재판소는 난감한 상황에 놓이게 됐다. 7월 검찰의 '공소권 없음' 결정 직후 5.18 피해당사자 등 관련자들은 검찰의 불기소처분에 대해 헌법소원을 신청했다. 5.18 내란 혐의 공소시효의 기산점을 최규하 전 대통령의 하야 시점인 1980년 8월 16일로 하면 그때부터 15년이 되는 1995년 8월 15일로 공소시효가 만료되는 것이었다. 헌재에서 이러한 내용으로 평의가 이루어졌다고 보도되자 10월 29일 황급히 소원을 취하함으로써 평의가 이루어질 수 없도록 원천적으로 봉쇄해버렸다. 고소고발인들의 소원 취하는 헌재가 12.12, 5.18과 관련해 "전두환, 노태우 두 전직 대통령의 반란죄 공소시효는 남아 있으나 내란의 공소시효는 완료됐으며 다른 관련자들의 경우 내란죄와 반란죄 모두 공소시효가 완료되었다."는 선고를 원천적으로 불가능하게 하기 위해 아예 헌법소원을 취하해버린 것이다. 헌재는 12월 15일 헌법소원 사건에 대한 심판절차가 종결됐다는 사실을 발표했다. 발표를 안 해도 이미 다 알고 있는 사실(고소고발인들의 소원 취하로 심판절차의 종결은 기정사실화 된 것)을 새삼 발표한 것은, 소원을 취하하기 전 8차 평의 때의 결정문 내용("성공한 내란도 처벌할 수 있다.")을 '소수의견' 발표 형식으로 공개하려는 의도였을 것이다.

또 김영삼 대통령은 당초 11월 24일 특별법 제정을 지시하면서 '5.17

내란'이라고 명시했었는데 헌법재판소의 '내란 시효 만료' 보도가 나오자 '12.12 군사반란'이라고 바꿨다. 특별법을 제정하려는 목적이 실체적 진실을 밝히자는 데 있는 것이 아니라 유죄를 전제해놓고 처벌하자는 것임을 여실히 드러낸 것이다.

헌법재판소 전원재판부는 2월 16일 서울지법이 제청한 5.18특별법 위헌심판과 유학성 등이 낸 2건의 헌법소원 등에 대한 결정 선고에서 "특별법은 헌법에 위반되지 않는다."고 밝혔다. 위헌심판제청이 제기된 지 29일 만에 전격적으로 이루어진 결정이었다. "공소시효가 끝난 범죄에 대해 다시 시효를 정지시킬 수 있는가?"라는 쟁점에 대해 재판관 9명 중 5명은 위헌의견을, 4명이 합헌의견을 냈으나 위헌 결정 정족수인 6명에 미달함으로써 합헌 결성을 내렸다. 헌재는 송전까지 9명의 재판관 가운데 위헌 결정 정족수인 6명에 미달되더라도 위헌의견이 5 대 4로 다수일 경우 주문主文에서 '위헌 불가 선고'라는 용어를 썼으나 이번에는 '합헌'이라는 표현을 썼다. 정치적 고려가 개입됐다는 비판의 소지를 남긴 것이다. 『중앙일보』는 2월 17일자 해설기사에서 "재판관 9명 중 5명이 위헌의견을 냈다는 것 자체가 실질적으로 이 법의 위헌성을 인정한 셈."이라고 분석했다.

'김영삼 당'이 된 신한국당이 다수 의석을 점하고 있던 국회는 헌법을 개정해야 한다는 논의까지 제기됐던 중요한 법안을 불과 한 달도 안 되는 기간에 졸속으로 처리했다. 대통령 재임기간 중 공소시효를 정지시킴은 물론, 공범자들의 공소시효도 정지시키는 내용으로 특별법을 만들어 12월 19일 통과시킨 것이다. 이 특별법은 당초 야당인 국민회의와 민주당이 별도의 특별법안을 국회에 제출했을 당시만 해도 여당인 민자당에서 강력히 반대했던 것이다. 그랬던 민자당이 김영삼 대통령의 말 한마디가 떨어지자 하루아침에 태도를 바꿨고, 다수 의석의 힘으로 국회를 몰아갔다. 민자당은 김영삼 대통령이 5.18특별법 제정을 지시한 지 일주일도 안 된 1995년 12월 6일 당명을 '신한국당'으로 바꿔버렸다. 다음해 2월 6일에는 5·6공 세력을 배제한 채 신한국당을 출범시킴으로써 3당 합당으로 만든 민자당을 철저한 '김영삼 당'으로 탈바꿈시켜놓았지만, 5.18특별법을 국회에서 밀어붙이던 1995년 12월까지도 민정당 세력이 당내에 남아 있었다. 신한국당이 12월 7일 5.18특별법안을 국회에 제출할 때 소속의원 166명 가운데 민정당계인 12명은 서명을 거부했다. 강재섭姜在涉, 권익현權翊鉉, 금진호琴震鎬, 김상구金相球, 안무혁安武赫, 이상득李相得, 정호용鄭鎬溶, 최재욱崔在旭, 허삼수許三守, 허화평許和平, 윤태균尹泰均 의원 등이었다.

결국 '5.18민주화운동에 관한 특별법'과 '헌정질서 파괴범죄의 공소시효 등에 관한 특례법안'이 신한국당, 국민회의, 민주당 등 3당의 공동발의로 1995년 12월 19일 국회 본회의에 상정되었다. 표결 처리에 앞서 3당 총무들은 세 차례의 회담과 막후 접촉을 가졌다. 저녁 7시 50분 속개된 본회의에서는 찬반 토론이 벌어졌다. 찬성 토론에는 국민회의의 박상천朴相千 의원과 민주당의 장기욱張基旭 의원이 나섰다. 일찍부터 반대 당론을 정한 자유민주연합 소속의 유수호劉守鎬, 함석재咸錫宰 의원이 반대 토론에 나섰다. 유수호 의원은 "이 나라 헌법을 지키기 위하여, 이 나라 헌정질서를 바로 세우기 위하여 5.18특별법을 결단코 반대한다. 헌법 의논이 여론에 의해서는 안된다. 이 법을 통과시킨다면 또 하나 헌정질서를 문란케 했다는 그러한 역사의 심판을 받을 것이다. 헌법기관, 함부로 따라가는 것 아니다. 김영삼 대통령의 말 한마디에 이리 우르르 가고 저리 우르르 가면 우리 헌법기관이 그래서 되겠는가. 소급입법은 결단코 안 된다는 의지, 여론이 어떻든 인기야 어떻든 내 표가 어떻든 간에 목숨을 바쳐서라도 헌법을 지켜야 한다는 것이 우리 입법자의 자세여야 한다."고 역설했다. 함석재 의원도 "특정 사건의 관련자들을 겨냥해 뒤늦게 공소시효 정지기간을 법률로 정하고 소급해서 적용한다고 하는 것은 헌법 제13조 1항의 죄형법정주의와 형법불소급의 원칙에 정면으로 배치되는 것이다. 만일 이런 식으로 법을 만들어 공소시효가 만료된 범죄자들을 처벌한다면 국민이 어떻게 마음 놓고 살 수가 있겠는가. 목적이 아무리 훌륭하더라도 그 절차와 방법은 기본적으로 헌법질서를 존중하고 법 테두리 내에서 이루어져야 한다는 것이 내 소신이다. 과거 청산 작업도 중요하지만 법치주의는 더 중요한 것이다. 역사를 바로 세우기 위한 청산 작업이 국민의 기본권의 본질적 내용인 형벌불소급의 원칙을 침해하는 소급입법에 의존한다면 그 자체가 소급입법의 선례를 남기는 등 헌법질서 문란의 악순환을 가져오게 될 것."이라고 경고했다.

그러나 이날 국회 본회의장의 분위기는 두 의원의 설득력 있는 열변에 귀를 기울일 만큼 이성적이지 않았다. 소급법이자 개별사건 법률인 두 건의 법률안은 아무런 장애를 받지 않고 그대로 통과됐다. 1989년 말 5공 및 광주 청문회를 마무리하면서 나의 국회 출석 증언, 정호용 의원의 의원직 사퇴, 광주 보상법 제정으로 광주 문제를 종결짓기로 여당과 합의한 바 있고, 1992년 대선 때 자신이 집권해도 관련자를 처벌하지 않을 것이며, 불행했던 과거를 청산하기 위해서는 과거를 과감히 용서하고 잊을 수 있는 용기가 필요하다고 했던 김대중 씨도 결국 특별법을 만드는 데 합세했던 것이다.

5.18특별법은 흔히 말썽 많은 법률들이 그러하듯이 거창한 명분을 앞에 내세웠다. 제1조에서 법률 제정의 목적으로 '국가기강' '민주화' '민족정기'라는 말을 나열해놓은 것이다. 그리고는 제2조에서 "1979년 12월 12일

과 1980년 5월 18일을 전후하여 발생한 헌정질서 파괴범죄의 공소시효 등에 관한 특례법 제2조의 헌정질서 파괴범죄 행위에 대하여 소추권 행사에 장애사유가 존재한 기간은 공소시효의 진행이 정지된 것으로 본다(제1항)." "제1항에서 국가의 소추권 행사에 장애사유가 존재한 기간이라 함은 당해 범죄행위의 종료일로부터 1993년 2월 24일까지의 기간을 말한다(제2항)."라고 규정함으로써 12.12와 5.18과 관련하여 고소고발된 사람들을 처벌하기 위한 법률이라는 점을 스스로 드러내놓고 있는 것이다.

표결 결과는 찬성 225표, 반대 20표, 기권 2표였다. 민정당계 의원 가운데 당초 서명을 거부했던 윤태균은 찬성 쪽으로 돌아섰다. 김기도金基道, 김용태金鎔泰, 김정남金正男, 이민섭李敏燮, 이재명李在明 등 다섯 명은 서명은 했지만 표결에 불참했다. 서명을 거부했던 의원 가운데 최재욱만은 표결에 참석해 반대 기립했다. 표결이 있기 전날 김윤환 의원의 집에 최재욱, 김길홍, 강재섭 등 네 명이 모여 반대표를 던지기로 약속을 했는데 다음날 김윤환이 청와대에 불려갔다 온 뒤 태도를 바꿨다고 했다. 김윤환 의원은 그 뒤 그 일을 두고 평생을 후회하게 됐다며 한탄했다는 말을 들었다. 김윤환 의원은 세상 사람들이 다 알고 있듯이 전두환 사람이고 노태우 사람이었다.

### '골목 성명'과 28일간의 단식

김영삼 대통령의 지시가 떨어지기 무섭게 검찰은 11월 30일 서둘러 수사본부를 설치했다. '12.12 및 5.18사건 특별수사본부'는 이종찬李鍾燦 서울지검 3차장을 수사본부장으로 하고 김상희金相熹 서울지검 형사3부장을 주임검사로 하는 15명의 검사로 구성됐다. 검찰은 이틀 만인 12월 1일 나에게 출두통지서를 보내왔다. 최환崔桓 서울지검장은 그 하루 전인 11월 30일 오후 이양우 변호사에게 전화를 걸어 "내일(12월 1일) 전두환 전 대통령이 2

일 오후 3시 검찰에 출두하도록 이종찬 본부장이 통보할 것"이라고 알려온 것이다. 군대의 '5분 대기조' 출동을 방불케 하는 민첩한 동작들이었다.

5.18특별법이 소급입법이어서 위헌이라는 지적이 나오자, 그렇다면 위헌 시비를 피하기 위해 개헌이라도 하겠다던 김영삼 대통령의 청와대는 개헌 안 통과가 현실적으로 불가능하다는 판단에 따라 11월 30일 개헌은 포기 하는 대신 위헌 논란을 무릅쓰고 특별법 입법을 추진하기로 방침을 굳혔 던 것이다.

이날 나는 늦은 밤 가족과 측근들이 모인 자리에서 내 심경을 토로했 다. "옥고를 치르더라도 사법적 절차를 통해 시시비비를 가리는 게 차라리 잘된 일일 수노 있나. 이 어려운 고비를 거치면서 우파애국세력이 각성하고 재기할 수 있는 계기가 마련된다면 나의 희생은 영광스런 일이 될 것이니 말이나 행동거지를 침착하게 하라."고 당부했다. 측근 참모들과 가족은 나 의 입장을 밝히는 성명을 발표한다는 결정에 따라 몇 개의 초안을 토대로 문안을 작성했다. 나는 이성을 잃은 김 대통령의 조치에 그대로 순응해서 는 안 된다는 생각에 우선 이른바 '역사바로세우기'의 부당성과 특별법 제 정의 위헌성을 지적하는 내용을 중심으로 문안을 작성토록 했다. 성명 문 안은 12월 2일 새벽 6시에 확정됐다. 이날은 검찰이 이미 예고했던 대로 오 후 3시까지 나에게 검찰청으로 출두하라는 날이었다. 오전 9시, 나는 연희 동 집 앞 골목에 서서 측근, 가족과 함께 밤새워 작성한 성명을 낭독했다.

"저는 오늘 이 나라가 과연 지금 어디로 가고 있고, 또 어디로 가고자 하 는지에 대한 믿음을 상실한 채 심히 비통한 마음으로 이 자리에 섰습니다. 지난 11월 24일 김 대통령은 이 땅에 정의와 법이 살아 있는 것을 국민에게 보여주기 위해 5.18특별법을 만들어 나를 포함한 관계자들을 내란 주모자로 의법처리하겠다고 합니다. … 국민 여러분도 잘 아시는 바와 같이 저는 13대 국회 청문회와 장기간의 수사 과정을 통해 12.12, 5.17, 5.18사건과 관련해 제가 할 수 있는 최대의 답변을 한 바 있고, 검찰도 이에 의거해 적법절차에 따라 수사를 종결한 바 있습니다. 그럼에도 불구하고 현재의 검찰은 대통령의 지시 한마디로 이미 종결된 사안에 대한 수사를 재개하려 하고 있습니다. 현 정부는 과거 청산을 무리하게 앞세워 이승만 정권을 친일 정부로, 3공화국·5공화국·6공화국을 내란에 의한 범죄집단으로 규정하여 과거 모든 정권의 정통성을 부정하고 있습니다. 현 정부의 이념적 투명성을 걱정하는 우려를 불식시키기 위해서라도 김 대통령은 이번 기회에 자신의 역사관을 분명히 해주시기를 기대합니다. 저는 대한민국의 전임 대통령 자격으로 김 대통령의 취임식에 참석해서 격려를 아끼지 않았었고 김 대통령이 저를 방문했을 때에는 조언도 했던 기억이 납니다. 그런데 취임 후 3년이 다 되어가는 지금에 와서 김 대통령은 갑자기 저를 내란의 수괴라 지목하며 과거 역사를 전면 부정하고 있습니다. 만일 제가 국가의 헌정질서를 문란케 한 범죄자라면 이러한 내란세력과 합당해 대통령에 당선된 김 대통령 자신도 이에 대한 응분의 책임을 져야 하는 것이 순리가 아닙니까."

언론은 '골목 성명'이라고 이름 붙인 이 성명에 대해 현직 대통령에 대해 정면대결을 선언한 것이며, 권력의 보복을 자초하는 위험한 도전이라고 보도했다. 그러나 나는 그즈음 김영삼 정권의 이념적 성향과 역사관에 의심을 갖고 있던 국민들은 내가 마땅히 해야 할 말을 한 것이라고 평가해줄 것으로 생각했다.

국립현충원 참배와 고향 합천 방문에 앞서 김영삼 정권의 '역사바로세우기'의
부당성을 지적하는 성명을 발표.

　　나의 성명문은 길지 않았다. 몇 분간의 성명문 낭독이 끝나자 나는 곧
바로 고향인 경남 합천으로 향했다. 마지막으로 선산을 찾아 조상께 인사
를 드려야 한다고 생각했던 것이다. 나에게 씌워진 죄목에 대한 형량은 사
형뿐이어서 일단 구속되면 앞으로 선영을 참배할 기회가 영원히 박탈될지
모르는 상황이었기 때문이다. 연희동을 출발한 나는 먼저 오전 9시 30분
동작동 현충원에 들러 참배를 마치고 곧장 합천으로 향했다. 취재진 수십
명이 내 뒤를 따라오고 있었다. 나는 생가 이웃에 있는 장조카 집에 짐을
풀고, 모여든 친척들과 마지막이 될지 모를 저녁을 함께 나누었다.

　　나에게 검찰 출두를 통보했던 검찰은 바로 다음날에는 사전구속영장을
신청했고, 2일 밤 11시 22분 서울지법 신흥철申興澈 판사가 영장을 발부했

다. 영장을 휴대한 서울지검 이수만李壽萬 수사1과장 등 수사관 9명은 지체 없이 3일 새벽 0시 20분 서울을 출발해 합천으로 달려왔다. 훗날 듣기로는 내가 머물고 있는 내동마을 주위는 인근 경찰서 병력까지 지원받은 10개 중대 1,000여 명의 경찰병력이 포위하고 있었다고 한다. 합천경찰서는 물론 인근 경찰서 병력까지 총동원됐다는 것이다. 아직 어둠도 채 걷히지 않은 새벽 6시 35분경 수사관들은 내가 머물고 있던 장조카 집 안방으로 들이닥쳤다. 수사관들은 잠자리에 있던 나를 깨운 후 서둘러 옷만 걸치게 하고는 나의 양팔을 잡아챈 채 호송차량으로 끌고 갔다. 훗날 아내는 6.25 때 친정집이 '인민위원회'에 접수된 일이 있었는데, 이날의 상황이 그때를 떠올리게 했다고 술회했다.

수십 대의 보도진 차량들이 뒤쫓고 있는 가운데 호송차량은 쉬지 않고 경부고속도로 상행선을 달려 4시간 10분 만인 오전 10시 40분경 안양교도소에 도착했다. 이동 중에는 휴게소에 들러 화장실을 이용할 시간조차 주지 않았다. 간단한 입소 절차를 거치자마자 검사가 들이닥쳐 신문을 시작했다. 물 한 모금도 마시지 못한 상태에서 신문은 11시간에 걸쳐 진행되었다. 이튿날 나에게는 3.5평짜리 독방과 수의囚衣 한 벌이 주어졌다. 수감번호 3124번, 미결수 신분이 된 것이다.

안양교도소로 오는 4시간 동안 나는 호송차량 안에서 골똘히 생각했다. 이제 사형선고가 예정된 재판을 받게 된 내가 마지막으로 지켜야 할 것이 무엇인가. 목숨인가 명예인가. 국가와 국민과 역사 앞에 마지막으로 무엇을 남겨야 하는가. 호송차량 뒷좌석에 앉은 내 양쪽으로는 수사관 둘이 꽉 붙어 앉아 있어 꼼짝도 할 수 없었지만 정신만큼은 맑았다. 분노가 일지도 않았다. 두려움이나 서글픔 같은 감정도 느껴지지 않았다. 혼신의 노력을 기울여 국가의 안전을 지키고 민족 번영의 토대를 가꾸어온 5공화국의 역사가 전면 부정당한다면, 역사 파괴의 폭거를 막을 수 없다면, 역사의 심판대 위에 내 한 목숨을 바칠 수밖에 없다는 생각으로 굳어져갔다. 결의를 다짐하기 위해 나는 단식을 하기로 마음먹었다. 나의 단식은 단순한 시위가 아니라, 국가와 국민과 역사를 위한 산화散華의 과정이라고 생각했다. 수감 이튿날 이양우 변호사를 접견했고, 다음날인 12월 5일에는 세 아들이 함께 면회를 왔는데 내가 단식하고 있다는 사실을 알고 돌아갔다. 12월 6일 이양우 변호사는 나의 단식 사실을 언론에 알렸다.

수감 직후부터 검사는 하루도 거르지 않고 찾아와 신문을 했다. 단식을 계속하고 있던 나로서는 견디기 힘들었다. 단식 열흘째가 되자 탈수현상으로 혈압이 내려가고 맥박이 빨라지는 등 이상 증상이 나타나기 시작했다. 갑자기 시작한 무리한 단식 때문이었다. 단식 12일째인 14일부터 나는 보리차도 끊고 냉수만 마셨다. 내 안색은 급격히 황색을 띠기 시작했다. 목소리도 작아져 잘 안 들리는지 면회 온 큰아들은 내가 한 말을 다시 묻고는 했다. 수감 전 74킬로그램이던 체중이 64킬로그램까지 내려갔다. 12월 17일 단식 보름째가 되자 오한으로 몸이 떨렸다. 시력도 약해져 글을 읽을 수 없었다. 탈진 상태에서 내 몸무게가 하루에 1킬로그램씩 줄어들자 교도소 측은 긴장하는 모습이었다. 하루 두 차례씩 의사가 와서 진찰을 했다. 12월 19일에는 기운이 없어 변호인 접견과 가족 면회도 5분 이상 할 수가 없었다. 나는 얼굴만 본 뒤 "어지럽다. 빨리 돌아가라."고 했다. 그러면서 혹시 몰라 "절대로 병보석은 신청하지 말라."고 단단히 일러뒀다. 12월 20일에는 백담사 주지였던 도후 스님이 면회를 왔다. 내가 단식을 중단하도록 간청해줄 것을 법무부로부터 요청받은 것이다. 도후 스님은 눈물로 단식 중단을 호소했다. 그러나 내 결심은 흔들리지 않았다.

하루하루 악화되는 나의 상태 변화에 신경을 곤두세우고 있던 교도소 당국은 20일 밤 11시 35분 나를 앰뷸런스에 태워 국립경찰병원으로 이송했다. 단식 19일째로 접어든 날이었다. 나를 태운 앰뷸런스는 기자들이 진을 치고 있던 병원 정문을 피해 후문으로 들어갔다. 0시 10분경이었다. 거의 의식불명 상태에 있던 나는 그즈음 교도소 당국이 만일의 상황에 대비해 앰뷸런스를 24시간 대기시켜놓았던 사정 같은 것은 알 수 없었고, 내가 이송되는 상황도 당시에는 명료하게 인식할 수 없었다. 병원 뒤편 주차장엔 가로등마저 꺼놓았다고 했다. 캄캄한 어둠 속에 차가 멎더니 나를 수술용 침대 같은 데 태우고 엘리베이터로 이동하고 있다는 사실을 어렴풋이 알아차릴 수 있었다.

병실 침대에 뉘인 채 두런두런하는 말소리에 눈을 뜨니 낯선 사람들이 보였다. "여기가 어디냐?"고 하니까 "병원이니 안심하라."면서 "간이검사와 함께 링거 주사를 놓겠다."고 했다. 나는 몽롱한 의식 속에서도 "검사는 몰라도 주사는 그만두라."고 했다. 교도소에서부터 들고 있었는지 내 손에는 염주가 쥐어져 있었다. 병원으로 이송됐지만 나는 단식을 중단할 생각이 추호도 없었다. 나의 입원 조치가 끝난 뒤 법무부 교정당국은 기자들에게 "현재 혼수상태 직전으로 보면 된다 … 영양제 주사도 맞기를 거부하고 있다 … 병원에서도 단식을 계속하고 있다…"고 설명했다.

크리스마스인 25일, 아내가 세 아들과 함께 면회를 왔다. 내가 12월 3일 구속된 후 처음이었다. 아내는 내가 구속된 뒤 12월 7일부터 백담사에 머물고 있었다. 20일 밤 철야기도 중 내가 병원으로 이송됐다는 소식을 듣고 부랴부랴 서울로 돌아왔다고 했다.

단식 26일째가 되자 복부에 통증이 오고 어지럼증이 심해 일어나 앉을 수도 없게 되었다. 하지만 그런 상태에서도 검찰 조사는 계속되고 있었다. 나는 고통이 심해 거의 말을 하기 어려웠고 이미 호흡곤란이 시작되고 있었다. 나를 담당했던 경찰병원 이권전李權鈿 진료1부장은 "아직도 단식 중단 의사를 보이지 않고 있다 … 신체적 극한상태를 이미 각오하고 있는 것 같다."고 기자들에게 설명했다. 단식 28일째인 12월 29일 오전, 나는 결국 탈진한 채 화장실에서 쓰러졌다. 혼절한 상태의 나에게 산소마스크가 씌워지고 정맥주사가 급히 처치되었다. 28일간 계속된 단식이 사실상 중단된 것이다.

경찰병원 당국은 "전두환 전 대통령이 혼수상태에 빠져 응급처치를 했다. 산소마스크를 착용하고 영양제 주사를 놓았다."고 발표했다. 다음날인 12월 30일 이양우 변호사는 "전두환 전 대통령은 28일간 지속되었던 단식으로 건강이 극한상황에 이르렀기 때문에 가족과 의료진의 간곡한 권유에 따라 단식을 일단 중단하기로 하였다. 그러나 전두환 전 대통령은 과거 정권을 군사반란에 의한 범죄집단으로 규정하여 건국 이래 온 국민이 피와 땀으로 지켜온 대한민국의 정통성을 정면 부인하려는 오늘의 정치 상황에 대항하여 목숨을 걸고 5공화국의 법통을 수호하겠다는 결연한 의지를 표명하였다. 전두환 전 대통령은 그동안의 단식으로 국민 여러분에게 심려를 끼쳐 드린 데 대해 죄송하다는 말씀이 있었다."고 발표했다.

막 산소호흡기를 떼어낸 순간부터 검찰의 신문은 다시 시작되었다. 1차 공판 일정이 2월 26일로 정해졌지만 단식 후유증이 너무 커 일정대로 법정에 설 수 있을지는 미지수였다. 담당의사는 "전두환 전 대통령의 현재 체력은 앉은 자세로 30분 이상, 선 자세로 10분 이상을 견디기가 힘든 상태…"라고 기자들에게 설명했다. 담당 의료진은 단식 과정에서 나의 뇌에 손상이 생겼을 수도 있다고 했다. 뇌에 영양공급이 이뤄지지 않는 경우 손상이 오고 현기증이 나타난다는 것이었다. 그러나 그런 위급한 상태까지 진행되었음에도 가장 치명적이라는 장유착腸癒着 증상이 일어나지 않은 것만은 거의 기적이라고 했다. 점차 음식을 줄이면서 단식으로 들어가는 과정을 거치지 않고 갑자기 단식을 시작해 장기간 지속하면 비어 있던 장이 붙어버리는 게 대부분이라고 했다. 다행히도 장유착 상태까지는 가지 않았지만 혈압이 떨어지고 단백질이 소모되면서 체력이 현저하게 떨어진 내가 재판을 감당하기 어렵다고 생각한 담당의사와 변호인들은 재판기일의 연기를 신청하자고 건의했다. 나는 거절했다. 죽음으로써 재판의 부당함을 알리려 했던 것이 나였다. 그러나 살아남게 된 이상 반드시 재판에 임해 법정에서 싸우자고 결심한 것이다.

입원실에서 나는 두통과 현기증을 이겨내기 위해 어지러운 중에도 혼자 서 있는 훈련을 시작했다. 오래 서 있을 기력이 없으니 훈련을 통해 정신력이라도 길러 대비하려는 것이었다. 모든 재판 과정을 마치려면 오랜 시일이 걸릴 게 분명했다. 건강한 사람이라 해도 강한 체력과 정신력이 요구되는 상황이었다. 검토해야 할 자료의 분량도 엄청난데다 단식 과정에서 약화된 시력이 여전히 제 기능을 회복하지 못하고 있어 제대로 재판 준비를 한다는 것은 어려운 일이었다.

단식이 중단된 후 나는 면회 온 가족과 변호인단에게 나의 심경과 각오를 밝히면서 스스로 다짐했다.

"현 정권과 검찰의 의지가 어떻든 나는 이제부터 회고록을 쓰는 심정으로 이 재판에 임하려고 한다. 누가 어떤 의도로 나를 법정에 세웠든 나는 이 재판이야말로 많은 오해와 의도적 왜곡으로 인해 잘못 알려진 역사적 사건들의 진실을 밝혀내고 정확하게 기록할 수 있는 마지막 기회라고 생각하고 있다. 나 혼자서라도 해야 하는 일인데 유능하고 사명감이 넘치는 변호사들이 나를 돕기로 했으니 마음이 든든하다. 사실 그동안은 언젠가 때가 되면 역사의 진실을 밝힌다는 생각으로 내가 아는 모든 것을 글로 남기려 했었다. 그러나 이렇게 끌려와서 강제에 의해 내 입장을 밝혀야 하는 일이 생겼으니 오히려 잘됐다는 생각까지 든다. 내가 직접 회고록으로 남기면 잘 믿지 않을지도 모르는데 재판을 통해 모든 관계자들의 진술과 증언이 뒷받침하게 된 만큼 그보다 더 확실한 일이 없을 것이다. 또 모든 진술이 재판기록으로도 남게 될 테니 12.12와 5.18에 관한 한 우리가 남길 수 있는 최고의 기록물이 될 것이다. 그러니 우리 모두 역사 속에 보존될 사초史草를 남긴다는 사명감으로 최선을 다하자. 재판과정의 숨소리 하나, 토씨 하나까지 속기록에 남게 될 것이다. 역사의 심판대 앞에 서 있다는 엄숙한 마음으로 임하자. 내가 법정에 서면 수모도 당하고 어려운 일도 많을 것이다. 그래도 좌절하지 말고, 재판 결과에 연연하지 말고 끝까지 싸워나가자. 가해자도 피해자도 언젠가는 죽게 마련이고 후세에는 이 기록만이 남아 역사적 진실을 말해줄 것이다. 어떤 어려움이 있더라도 최선을 다해 역사의 교훈을 한번 남겨보자."

합수본부장 시절 정승화 총장을 상대로 박 대통령 시해사건을 수사하던 그 긴박하고 어려운 시기에 나를 지켜준 신념은 바로 이 한마디 말이었다.

"사람은 죽일 수 있어도 진실은 죽일 수 없다."

법정에서의 변론이 불가능하다고 판단한 변호인단은 검찰 공소사실 기재내용 중 중대한 결함이 있는 36개 항목을 적시해 재판부에 즉각적인 보완과 수정을 명하거나 검찰 공소를 기각해야 한다고 강력하게 주장했다. 김영일 재판장도 변호인단의 합리적인 주장을 받아들여 검찰에 공소사실의 보완을 명했다. 그러나 검찰은 이에 응하지 않았으며 재판부도 공소장의 보완 없이 사실심리를 시작했다. 기소독점권을 행사하는 검찰의 일방적 횡포와 군림은 법치주의 국가에서 가장 경계해야 하는, 국가 소추기관에 의한 권력남용과 오용 그 자체였고, 법원도 검찰의 시녀를 자청이나 한 듯이 권력의 손아귀에서 놀아나고 있었다.

# 정치재판의 민낯

# 파행으로 끝난 1심 재판

■

## 정권이 제시한 재판의 3대 명제

1996년 이른 봄, 세상이 '역사적 재판' '세기의 재판'이라고 부른 5.18재판이 시작되었다. 하지만 이 재판의 결말은 이미 정해져 있었다. '전두환 단죄斷罪'다. 그 결말을 향해 가는 길에는 궤도가 깔려 있었고 이 재판은 그 궤도 위로만 달려야 했다. 검찰은 물론 법원조차도 그 재판의 진행이 궤도를 이탈하게 해서는 안 된다는 소임을 가슴 깊이 새겨놓고 있었을 것이다. 재판이 시작될 무렵, 그들에게 있어서 '12.12는 반란, 5.17은 내란, 전두환은 그 수괴首魁'라는 3대 명제는 증명되어야 할 가설假說이 아니고 이미 증명이 끝난 정리定理였다. 진실이 무엇인지, 공소가 제기된 범죄 혐의 내용이 사실인지, 법리의 적용은 타당한 것인지 검증하는 과정은 요식절차에 불과했다. 재판이 끝나는 날, 김영삼 정권이 만들어놓은 '전두환 죄상罪狀'에 '증명끝'의 도장만 찍으면 되는 것이다.

변호인들이 법정에 섰을 때, 그들은 어쩔 수 없이 정권이 깔아놓은 궤도에 올라선 셈이 되었다. 그 궤도에 올라서기를 거부하는 것은 법정 밖에서 벌이는 정치투쟁, 역사투쟁 차원의 일이다. 법정에 선 이상 그 궤도를 따라가며 다툴 수밖에 다른 도리가 없는 것이다. 변호인들은 공판 진행과정에서, 특히 1심 재판 때에는 법정투쟁과 정치투쟁의 경계를 넘나들기도 했다. 그 재판은 변호인들이 소송기록을 읽을 시간도 주지 않은 채 1주일에 2회, 야간 재판까지 강행할 만큼 졸속으로 진행되었으며, TV 생중계 거부, 법정 안팎에서 자행된 변호인들에 대한 협박, 재판장의 편향 진행과 변론권 제약 등 정치재판의 일그러진 모습을 그대로 드러냈다. 결국 변호인들도 이의 제기, 석명釋名 요청 끝에 퇴장, 집단 사퇴 등 정치투쟁까지 벌일 수밖에 없었던 것이다. 나를 비롯한 피고인들도 재판을 거부하고 퇴장할 수밖에 없는 상황까지 빚어졌다.

5.18재판의 근거가 된 5.18특별법은 대한민국의 헌정사적 정통성과 연속성을 부정하고 있을 뿐만 아니라, 헌법이 밝히고 있는 권력분립의 원칙, 평등의 원칙, 죄형법정주의, 형벌불소급의 원칙 등에 반하는 위헌 법률이다. 5.18특별법은 헌법재판소의 위헌심판에서 위헌 결정 정족수인 2/3에는 미달이었지만, 재판관 9명 가운데 다수인 5명이 위헌의견을 냈었다는 사실만으로도 그 위헌성이 분명히 드러났던 것이다. 그러니 5.18재판의 법정에서 마주하게 된 우리 헌법주의의 모습은 온전할 수가 없었다. 재판 초기부터 우리 변호인들은 피고인들에게 씌워진 혐의의 사실관계를 따지기에 앞서 헌법주의가 제 모습을 되찾을 수 있도록 하는 데 초점을 맞추었다. 현실적으로 기대할 수는 없는 일이었지만 5.18특별법의 위헌성이 인정된다면, 5.18재판 자체가 성립될 수 없기 때문이었다.

변호인들이 공소시효 문제라든가, '성공한 쿠데타는 처벌할 수 없다'는 검찰 처분의 확정력確定力과 법원 판결의 기판력既判力 문제 등을 놓고 다툰 것도 5.18특별법의 위헌성을 드러내고자 하는 뜻이었다고 나는 이해하고 있다. 12.12와 5.17이 법을 어긴 것은 사실이지만 공소시효가 지났으니 처벌해서는 안 된다거나, 12.12가 쿠데타였지만 내가 집권에 성공해서 대통령직을 성공적으로 수행하고 퇴임했는데 새삼 처벌할 수가 있느냐고 따지자는 것은 아니었던 것이다.

2심 때 재판장이 몇 가지 쟁점에 관해 검찰과 변호인에게 법리 논쟁을 하도록 기회를 준 일은 특기할만한 사실이다. 정치권력이 깔아놓은 궤도를 따라 진행하던 과정에서 진행된 이 법리 논쟁 절차는 재판의 순항順航에 뜻하지 않은 돌출변수가 될 수도 있었다. 물론 궤도 이탈 같은 사고가 날 가능성은 없었겠지만, 어쨌든 피고인이나 변호인의 입장에서는 5.18특별법의 위헌성, 5.18재판의 부당성에 관해 하고 싶은 말을 할 수 있는 기회를 가질 수 있었던 것이다.

### 후유증 치료 중 불려 나간 첫 재판

경찰병원으로 면회를 오는 변호인과 가족들은 5.18사건의 첫 공판과 관련해 나돌고 있는 얘기들을 내게 전해주었다. 내가 "단식 후유증으로 아직 병원에서 치료를 받고 있는데 서둘러서 재판을 시작할 수 있겠느냐, 공판 기일이 정해지면 그 전에 교도소로 이감할 것이다." 하는 등 이런저런 언론 보도들이 있다고 했다. 그 얘기를 듣고 며칠 뒤, 5.18사건 공판 첫 기일이 3월 11일로 정해졌다는 통고가 왔다. 그런데 5.18재판이 시작되기 전인 1996년 2월 26일 정치자금 재판이 먼저 열렸다. 그러한 결정을 하게 된 저의는 충분히 짐작이 갔다. 5.18특별법 입법과 재판이 김영삼 정권의 정치보복이라는 지적이 국내외로부터 제기되자 그러한 비판을 호도하고 나를 도덕적으로 흠집 내려는 의도로 정치자금 공판을 먼저 시작한 것으로 볼 수밖에 없었다. 교정당국은 5.18사건 첫 공판 기일을 열흘 앞둔 3월 2일 나를 안양 교도소로 이감했다. 경찰병원으로 이송한 지 73일 만이었다. 나는 병원을 떠나면서 두 달 넘게 신세진 의사, 간호사 등 의료진 한 사람 한 사람과 일일이 악수를 나누며 감사를 표했다.

5.18사건 재판이 시작되기 전에 이미 노태우 정치자금 재판과 나의 정치자금 재판이 각각 열린 바 있었지만, 5.18 재판은 법정이 지닌 의미가 '역사적'이라는 언론의 평가가 있었고, 더욱이 전직 대통령 두 사람이 나란히 피고인석에 서게 된다는 점 때문에 국내외의 비상한 관심을 모으고 있었다. 공판을 이틀 앞둔 토요일부터 방청권을 받기 위해 수백 명의 사람들이 추운 날씨에도 불구하고 줄을 선 채 밤을 새웠다고 했다. 나는 5.18사건 첫 공판 하루 전날인 3월 10일 면회를 온 민정기 비서관에게 "맑은 정신을 갖고 재판에 임하겠다. 두통 증세가 가시지 않았지만, 당당히 법정투쟁을 하기 위해 그동안 부작용을 우려해 복용하지 않던 약까지 먹고 있다."고 결의를 밝혔다.

정치재판의 제1의 표적인 나로서는 재판에 앞서 변호인을 선임하는 과정부터 순탄치 않았다. 김영삼 정권의 집요한 정치적 압력과 편파적 여론이 극에 달하고 있던 때여서 나의 변호를 맡겠다고 나서는 변호인을 찾기가 쉽지 않았던 것이다. 그런 분위기 속에서도 나와 아무런 인연이 없던 전상석全尙錫 전 대법관이 변호를 자청하고 나선 것은 여간 고마운 일이 아니었다. 전상석 변호사를 주축으로 이양우李亮雨 변호사, 석진강石鎭康 변호사, 조재석趙在錫 변호사, 정주교鄭柱敎 변호사가 나의 변호인으로 선임된 것은 재판이 열리기 불과 한 달 전이었다.

검찰이 병상에 있는 나를 상대로 조사를 계속하며 기소 준비를 하는 동안 변호인단도 적극적으로 대응해나갔다. 1월 17일 변호인단은 서울지방법원에 5.18특별법에 대한 위헌법률심판제청 신청서를 제출했다. 검찰은 같은 날 유학성, 황영시, 최세창, 장세동, 이학봉 등 5명에 대한 구속영장을 신청했는데, 영장판사인 서울지법 형사합의21부 김문관金紋寬 부장판사는 5.18특별법의 공소시효 정지 조항에 대해 헌법재판소에 위헌법률심판을 청구하면서 12.12에만 관련된 최세창, 장세동에 대한 영장심사를 보류했다. '12.12사건의 군 형법상 반란죄 부분은 공소시효(15년)가 이미 끝난 만큼 특별법의 공소시효 정지 조항을 적용해 처벌하는 것은 형벌불소급의 원칙을 위배한 것'이라는 것이다.

나를 포함한 27명의 피고소고발인은 1월 20일 변호인을 통해 '검사의 공소 제기는 헌법상 신체의 자유, 소급입법 금지의 원칙 등에 어긋나 무효'라고 주장하며 헌재에 헌법소원심판을 청구했다. 노태우 측도 검찰의 공소권 행사가 "재소再訴금지 원칙에 어긋난다."며 헌법소원을 제기했다. 검찰은 1월 23일 5.18에 대한 중간 수사 결과를 발표하면서 나와 노태우 등을 기소했다. 1월 31일에는 83명의 피고소고발인에 대한 처리 방침을 확정 발표했는데 17명을 기소하고, 2명은 기소중지, 20명은 기소유예, 그리고 43명에 대해서는 무혐의 처리했다.

## 법정을 숙연케 한 모두변론冒頭辯論

5.18사건 첫 공판이 1996년 3월 11일 국내외의 비상한 관심 속에 서울지방법원 417호 법정에서 서울지법 형사합의30부 심리로 열렸다. 이날 공판은 시작 전부터 검찰과 변호인 측이 기싸움을 하듯 팽팽히 맞섰다. 검찰은 공판정 출정 검사의 법원 도착 시간을 기자실에 미리 통보하고 신문訊

問 사항 자료를 사전에 배포하는 등 기선을 잡겠다는 모습이었다. 공판정에는 나와 노태우 두 전직 대통령과 13명의 예비역 장성들이 피고인석에 앉아 있었다. 검사석에는 김상희金相禧 부장검사 등 8명의 검사가, 변호인석에는 전상석 전 대법관을 필두로 한 변호인 21명이 자리를 잡고 있었다.

오전 10시 정각 김영일金榮一 재판장이 입장해 개정을 알린 뒤 인정신문과 검찰의 공소사실 요지 낭독의 차례로 진행됐다. 곧이어 출정 변호인의 대표격인 전상석 변호인이 조용히 자리에서 일어나 말문을 열었다. 전상석 변호인의 이날 모두진술冒頭陳述은 변론이라기보다, 차라리 '역사바로세우기'의 반역사성反歷史性, 5.18특별법의 위헌성違憲性, 5.18재판의 부당성不當性을 신랄하게 지적하고 질타하는 준열한 논고論告였다. 이 모두진술은 나를 비롯한 모든 피고인과 변호인들의 5.18재판에 대한 기본 인식과 입장을 대변하는 것이어서 그 요지를 옮긴다.

형사소송에 있어서 법관과 검사 그리고 변호인은 정립鼎立하는 세 발로 실체적 진실의 발견에 상호 협력하는 메커니즘에 있다고 한다. 변호인들은 특히 이 사건에 있어서 사안의 민족사적 의미를 감안하여 철저한 진실규명을 통하여 민족의 갈등을 풀어야 한다는 소명의식에 불타고 있다. 뿐만 아니라 이 사건의 피고인들 역시 개인적 이익을 떠나 진실규명을 통한 법의 정의가 구현되기를 절실하게 바라고 있다. 진실의 규명 없이 이를 외면한 채 민주화라는 이름 아래 사실을 호도하여온 것이 민족의 갈등을 10여 년간 계속하게 한 근원적 잘못이었음을 우리는 유념해야 될 것이다.

전상석 변호사는 5.18재판이 갖는 헌정사적, 역사적 의미를 강조한 다음, 김영삼 정권의 '역사바로세우기'가 대한민국의 국가적 연속성과 정통성을 부인하는 반역사적이고, 반국가적인 처사라는 점을 신랄하게 비판했다. 그의 목소리는 법정을 쩌렁쩌렁 울렸다.

우리나라 헌법은 그 소정의 절차에 따라 전후 9차례에 걸쳐 개정이 있었으며 개정 때마다 대한민국의 연속성과 정통성을 천명하고 있다. 1980년 10월 27일 국민투표에 의하여 제5공화국 헌법이 제정되었고 이어 제5공화국 헌법에 기초하여 현행 헌법이 개정되었다. 따라서 만약 제5공화국 헌법이 부정된다면 현행 헌법도 그 실제 효력이 부정되고 대한민국의 연속성과 정통성마저 부정되는 결과를 초래하게 되는 것은 너무나 당연한 것이다. 국가가 국제적, 외교적으로 승인되는 것은 외교관계를 수립 유지하는 것이다. 제5공화국이 발족한 이래 우리나라에 주재하고 있던 외교관을 철수해서 외교관계를 단절한 나라가 있었는가. UN을 위시하여 여러 국제기구에서 우리나라의 지위에 어떤 변동이 있었나. 우리나라와 체결되었던 각종 국제조약이 파기된 사례가 있었는가, 모조리 없었다, 외교관을 철수하여 외교관계를 단절하였던 나라는 단 한 나라도 없었고 우리나라의 국제기구에서의 지위도 아무런 변동이 없었고 파기된 국제조약은 단 한 건도 없었다. 제5공화국은 국제사회에서 그 연속성과 정통성이 만천하에 승인된 것이다. 내정 면에서도 각종 시책이 단절 없이 이어져왔다. 제5공화국 헌법에 터 잡아 제9차 헌법 개정이 이루어지고 제5공화국 헌법에 의해 벌써 두 분의 대통령이 선출되었고 두 차례의 총선거에 의해서 국회가 구성되었다. 사법부에 대해서 언급하겠다. 본 변호인은 제1공화국 자유당 정권 때 임명되어서 4.19, 5.16 등 변혁기를 거치면서도 대한민국의 연속성, 정통성으로 인해서 자유당 정권, 과도정권, 민주당 정권, 공화당 정권, 제5공화국, 제6공화국으로 이어지면서 연임 또는 재임명 절차를 거쳐서 법관으로서의 임기를 마치고 지금 변호인단의 말석에 서 있다. 그러나 어느 누구도 본 변호인의 자격에 이의를 달지 않는다. 하물며 본 변호인이 제5공화국 대통령으로부터 대법관 임명을 받았다고 하여 나를 내란죄의 공범이라고 매도하는 사람은 없다. 모두가 적법한 절차에 의하여 법관에 임명되어 재판 업무에 종사하다가 자랑스럽게 정년퇴임한 법관이라고 인정하여 주고 있다. 바로 이점에서 제5공화국의 정통성이 연유하는 것이다. 대한민국 제8차 헌법 개정을 부인하고 제5공화국을 부인한다면 그 법리의 궁색함과 폭력성은 이를 덮어둔다고 하더라도 사실상에 있어서 대한민국의 외교적 국제적 지위는 물거품이 되고 모든 국제기관과 공직자의 지위는 부정되는 중대한 국면에 이르게 될 것이다. 제5공화국의 정통성은 법리상으로나 사실상으로나 그 어느 누구도 부인할 수 없는 것이다.

법정은 한순간 숙연해졌다. 전상석 변호사의 모두진술은 제5공화국 정부를 내란집단으로 몰고 제5공화국 대통령을 내란의 수괴로 단죄한다면 제5공화국 대통령으로부터 판검사로 임명받아 그 자리에 앉아 있는 검사, 판사 모두가 내란의 동조자이며 따라서 재판을 할 자격이 없다는 법조계의 대선배가 주는 준엄한 경고이며 진정 어린 충고였던 것이다. 전상석 변호사는 잠시 숨을 고른 후에 그동안 변호인들이 5.18특별법의 위헌성과 관련해 벌여온 위헌제정신청 기타 헌법소원 등에 관해 발언을 이어가기 시작했다. 김영일 재판장은 당황한 듯한 어조로 그 부분을 여기서 반복할 필요가 있느냐며 급히 제동을 걸고 나섰다. 그러나 전상석 변호사는 이 사건의 민족사적 중대성에 비추어 우리 변호인들의 주장, 피고인의 입장을 기록과 역사에 남기려는 것이라고 가볍게 넘겨버리고 변론을 이어갔다.

우리들은 어려서 어른들로부터 다수결의 원칙을 바탕으로 한 민주주의를 배웠고 또 순천자順天者는 살고 역천자逆天者는 망한다고 배워왔다. 이것은 세상의 진리다. 그런데 5.18특별법에 관한 위헌여부제청신청 사건 결정문에서 헌법재판소는 역리가 순리를 누르고 역천자가 순천자를 제압하는 것과 같은 결정을 선고하였다. 물론 헌법재판소법의 정함에 따라 어쩔 수 없는 것이기도 하다. 그러나 그렇더라도 '4/9의 정의'라고 할 것이 아니라 '4/9의 비리'인 까닭에 헌법재판소법의 정함에 따라 '5/9의 순리' '위헌의 선고를 할 수 없다'는 주문을 선고했어야 할 것이다. 그런데 헌법재판소는 종전의 관례를 깨고 유독 이 사건에 이르러 '합헌'이라고만 선고한 것은 9분의 4의 비리를 선고한 것으로 무슨 머리를 내걸어 그 무슨 고기를 판 것(양두구육羊頭狗肉)이라는 비유를 생각하게 하는 것이다.

이어서 전상석 변호사는 헌법재판소의 합헌 판결의 부당성을 조목조목 반박했다.

공소시효 제도는 피고인 등 행위자의 이익을 위하여 마련된 제도다. 사건의 경과에 따라 행위자의 악성惡性이 교정矯正되고 사회의 응보감정도 사라진다. 이 사항을 존중하여 공소권을 소멸하게 하는 것이 바로 이 제도의 존재 이유다. 또한 형사소송 제도에 있어서는 피고인의 이익을 위하여 확대해석이나 유추해석을 허용하지 않는 것이 움직일 수 없는 기본 철칙이다. 따라서 법률에 명문으로 규정하지 않은 공소시효 기간의 연장이나 정지사유 등은 위헌 무효임은 법리의 초보적 상식이다. 공소권 행사가 사실상 불가능하였다는 등의 억지는 제도의 본뜻을 망각하여 피고인을 처벌하여야 하겠다는 집념의 발현에 불과한 것이다. 헌법이나 법률 그 어디에도 그런 명문 규정이 없기 때문이다. 우리나라 헌법은 모든 국민은 행위시의 법률에 의하여 범죄를 구성하지 아니하는 행위로 소추되지 아니한다고 규정하고 있다. 이러한 법률불소급의 원칙은 어떠한 목적을 위하여 사후에 법률을 제정하여 특정인을 처벌하는 것을 예방하려 함에 그 의의가 있는 것이다. 논자는 소급입법의 선례가 있었다고 하여 그 유효함을 역설하기도 하고 진정소급효眞正遡及效와 부진정소급효不眞正遡及效로 분류하여 원칙의 예외사례를 논의하기도 한다. 그러나 논자가 거론하는 소급입법은 전쟁 당사자 국가의 강화講和에 기한 전쟁 범죄의 처단, 동서독 합병의 예에서 보는 바와 같이 합병적 특정범죄 처단 등 모두가 서로 다른 헌정질서에서의 특수범죄에 관한 것이었다는 사실을 잊어서는 아니 될 것이다.

소급입법의 위헌성을 지적한 전상석 변호인은 이어서 5.18특별법이 무죄 추정과 3권 분립의 원칙을 위배한 위헌적인 처분법이라고 다음과 같이 비판했다.

국회에서 제정된 법률은 우리나라 영토 내에 있는 모든 국민에게 고루 적용되어야 한다. 법률은 일반성, 추상성이 있기 때문이다. 그러므로 개별적 구체적 사항을 규율하는 이른바 처분적 법률은 그 규율대상이 특정되고 한시적인 것이므로 법규범이 갖추어야 할 기본적 조건을 갖추지 아니한 것으로서 입법권의 범위를 이탈한 것이며 따라서 어떠한 경우에도 입법이 허용되지 않는다. 이와 같은 법률이 허용된다면 권력분립의 원칙과 평등의 원칙에 위배하여 국민의 기본권을 침해하게 되기 때문이다. 5.18특별법은 전형적인 처분법이다. 적용 대상자가 특정되어 있어 평등의 원칙에 반한다. 특정인의 특정사안에 대한 공소시효의 정지를 규정하고 있어서 개인 대상 법률이며 개별사건법률이다. 뿐만 아니라 특별법은 세칭 12.12와 5.17, 5.18사태를 '헌정질서 파괴범죄'라는 전제 아래 그 공소시효의 정지를 규정함으로써 헌법상의 무죄추정의 원칙에도 반하고 법원의 재판권을 침해하여 헌법상의 권력분립의 민주주의 기본이념도 짓밟고 있다.

김영삼 정권의 정치보복에 맞서 결연히 5. 18특별법의 위헌성, 반역사성을 서릿발 같은 법리로 준엄하게 질타한 노법조인老法曹人의 변론이 진행되는 동안 법정은 기침 소리 하나 들리지 않는 숙연한 분위기였다. 그동안 검찰 측의 주장과 자료들만 돋보이게 대서특필하던 언론도 이날 전상석 변호사의 변론은 비중 있게 다루었다. 전상석 변호인이 이날 낭독한 모두진술 66쪽을 포함하여 이날 한영석韓永錫 변호인, 이진우李珍雨 변호인 등 모두 3명의 변호인이 낭독한 모두진술은 전부 110쪽에 달했다.

재판부는 5.18사건 재판은 집중심리 방식으로 매주 속개한다고 미리 예고를 했다고는 하지만, 이날 첫 공판인데도 오후 6시가 지나서까지 강행했다. 나는 평소 몸이 좀 불편해도 내색을 하는 일이 없었고, 이날도 의지력으로 버텼지만 28일간의 단식 끝이라 그런지 딱딱한 의자에 장시간 앉아 있으려니, 옆에서 보기에는 힘들어하는 것으로 느껴졌던 것 같다. 오후 공판 때 노태우 피고인에 대한 검찰 신문 도중 전상석 변호사는 나의 건강 문제를 들어 휴정을 요구했는데 재판장은 나에게 퇴정해서 10분간 휴식을 취하도록 해주었다.

두통은 약을 먹으니 그런대로 견딜 만했는데, 공판이 있는 날 나를 괴롭힌 건 설사 증세였다. 교도소에 있을 때야 화장실을 아무 때나 이용할 수 있으니 문제가 없었지만, 재판 진행 중에 뱃속이 부글부글 끓으면 난처해지는 것이다. 나는 재판 진행 중 설사 증세가 나타날 것에 대비해 재판 전날은 저녁식사를 조금만 하고 당일 아침은 아예 굶고 법정에 나갔다. 그래도 안심이 안 돼 출발하기 전 지사제止瀉劑를 먹었다. 공판이 회를 거듭해 열리는 가운데 그래도 설사 증세가 가시지 않아 나는 6월경에는 변호인과 사전에 한 가지 약속을 해놓았다. 재판 진행 중 변호인이 수시로 내 기색을 살펴보다가 내가 불편해 보이면 변호사가 나에게 수신호手信號를 보내기로 했다. 주먹을 쥔 채 엄지손가락을 배 쪽으로 향하면 뱃속이 편치 않은 것인가 묻는 제스처고, 엄지를 재판장 쪽으로 향하면 급하니 휴정을 요청해달라는 뜻인지 물어보는 신호였다. 휴정 때 옆에 앉아 있는 노태우에게 그 얘기를 했더니 자신은 두어 달 전부터 지사제를 한 움큼씩 먹고 나온다고 했다. 노태우는 원래 신경이 예민하기 때문인지 젊은 시절에도 긴장하거나 하면 배탈이 나곤 했다.

### 비열한 검찰의 신문 태도

공소를 제기한 검찰의 입장에서는 피의 사실과 관련된 피고인들의 모든 행동 하나하나에 대해 범죄의 의도가 있었는지 의심의 눈으로 살펴보는 것은 당연한 일일 것이다. 그러나 정당한 임무수행으로 확신하고 처했던 나의 모든 행동을 음모로 몰아가려는 신문이 이어지자 나는 검찰의 태도가 비열하다는 생각이 들었고, 나도 모르게 가시 돋친 말이 튀어나왔다. 3월 18일 2차 공판 때의 일이다. 이날 공판에서의 핵심 쟁점은 30경비단 만찬모임의 목적이었다. 검찰은 정승화 총장의 연행은 이른바 신군부 세력이 '군권'을 장악하기 위한 목적에서 이루어진 것이라고 주장하고 있었다. 이러한 검찰의 입장에서는 30경비단 만찬모임에 참석한 장성들이 '신군부 세력'의 핵심이고 이들이 30경비단에 모인 것은 병력 동원을 모의, 실행하기 위한 것이었다는 답을 나로부터 얻어냈어야 했을 것이다.

김상희 검사는 30단 만찬모임은 '정승화 총장 계열이 정 총장의 연행에 반발하여 무력 동원을 할 때를 대비해 병력 동원을 준비하고 실행하기 위한 것'이라고 전제를 하고 나에게 답변을 강요하는 듯한 질문을 퍼부었다. 이에 대해 내가 30단 만찬모임은 정승화 총장의 연행의 배경을 설명하기 위한 자리였음을 강조하자 김상희 검사는 질문의 방향을 바꾸었다.

김상희(검사) : 제가 이 질문을 누차 반복하는 이유는 혹시나 정승화 총장이 순순히 응하더라도 무슨 정식 지휘계통에서 하극상을 들고 나와서 병력이 동원된다든지 하면 피고인 신상에 결정적인 불이익이 예상이 되는 사안이다 이 말입니다. 그렇다면 피고인으로서는 무언가 보신책을 사전에 강구했을 것 아니냐 이런 차원에서 제가 묻습니다.

'보신책保身策'이라는 말이 나를 자극했다. 나는 이제껏 내가 해야 할 일이라고 생각되면 유불리有不利를 따지지 않고 임무를 수행해왔지, 사후에 불이익이 따를 우려가 있다거나 위험하다고 해서 주저하는 일은 없었다. 나를 직무수행을 앞에 두고 보신책이나 생각하는 사람으로 본다는 것은 나의 가치관, 사생관에 대한 모욕으로 느껴졌다. 나는 검사의 말을 끊다시피 하며 반문했다.

> 나 : 지금 검찰이 뭐 상대방이 세다고 해서 보신책을 세우고 (수사를) 합니까….

순간 방청석에서 웃음이 터져 나왔다. 내 바로 등뒤 가까운 곳에서 들리는 것으로 보아 주로 방청석 맨 앞줄에 자리잡고 있던 기자들의 웃음소리 같았다. 방청석을 힐끗 쳐다보는 검사의 눈빛이 잠시 흔들리는 듯했다. 그러더니 자세를 추스르며 어조를 낮추기는 했지만 여전히 보신책을 거론했다.

> 김상희 : 그러니까 일이 잘못 되었을 경우에 사후에 자기 보신, 자기 보신 대책에 대해서는 생각하지 않았다는 것이지요?

검사의 신문 내용이 모욕적이라고 느낀 것은 변호인도 마찬가지였던 것 같다.

> 전상석(변호인) : (재판장에게) … 지금 검찰 신문은 유도신문입니다. 제지하여주시기 바랍니다.
> 이양우(변호인) : 형사소송규칙 제128조에서는 어떠한 경우에도 피고인을 신문함에 있어서 그 진술을 강요하거나 답변을 유도하거나 그 밖에 위압적, 모욕적 신문을 해서는 안 된다고 명백히 규정하고 있습니다. 이러한 점을 참고로 해주시기 바랍니다.

> 재판장 : (검사에게) 일단 답변이 나온 것을 중복해서 하는 것은 피하십시오.

## 검사의 망언

앞에서 지적했듯이 검찰이 나를 포함한 피고인들에 대해 신문하는 가운데 그 내용이나 언사가 모욕적인 경우가 적지 않았지만, 재판의 원활한 진행을 위해서 일일이 따지거나 하지는 않았다. 그런데 4월 22일 공판에서는 검사의 입에서 도저히 묵과하기 어려운, 망언이라고 해야 할 말이 튀어나왔다. 이날 공판은 5.17내란사건에 대한 신문이 있는 날이었는데 검찰은 12.12사태 이후부터 1980년 5월 17일에 전국비상계엄이 확대 선포될 때까지의 일련의 상황에 대하여 신문을 했다. 검찰의 신문 요지는, '12.12사태로 군권을 장악한 신군부 세력이 1980년 3월경에 집권 계획을 수립한 후 정국의 주도권을 잡기 위해 학생과 재야세력의 민주화 시위를 구실 삼아 전국비상계엄을 확대 선포하고 계엄군을 광주에 출동시켰다'라는 것으로 그동안 재야운동권에서 떠돌던 '신군부의 집권 시나리오'설을 그대로 복사한 것 같았다. 따라서 검찰의 신문은 곳곳에서 논리의 모순을 드러냈고 그들이 주장하는 1980년의 시대 평가도 당시의 실상과는 동떨어진 상황 인식을 보여주고 있었다.

법정에 나온 검사들은 대부분 30대였던 만큼 1980년의 사회상을 직접 경험하지 못한 세대였다. 나는 우선 이들 검사에게 1980년 3월부터 5월 사이에 일어난 일부 학생과 재야세력의 폭력적인 시위로 야기된 심각한 사회 혼란의 실상을 설명했다. 그리고 1980년 5월 최규하 정부와 계엄사령부 그리고 중앙정보부장서리에 있었던 내가 한결같이 걱정하고 주목한 것은 수도권지역에서의 극심한 학원소요와 국민연합과 전국총학생회장단이 연계하여 일으키려는 5월 22일의 전국적인 반정부 봉기였으며 광주지역의 소요사태가 아니었다는 사실을 상기시켰다. 따라서 5월 17일 전국비상계엄 확대에 따른 계엄군 배치에 있어서도 계엄사령부는 수도권지역에 병력 13,773명, 장갑차 21대를 배치한 데 반해 광주지역에는 특전사 7공수여단 2개 대대 병력 643명만을 출동시킨 것이라고 계엄군 출동의 배경을 알려주었다. 또 나는 신군부 세력이 집권의 명분을 사회소요에서 찾으려 했다면 5월 22일로 예정되어 있던 정政-학學 연계 반정부 봉기가 일어나도록 방관하고 있다가 그 봉기를 계기로 전국비상계엄을 선포하면 손쉬웠을텐데 구태여 5월 17일에 전국비상계엄확대 조치를 취해 5월 22일로 예정된 민중봉기를 차단한 후에 '광주사태'를 새로이 만들어낼 필요가 없었을 것 아니냐고 반문했다. 또 정권을 장악하려는 세력이 국민의 원성을 살 광주사태를 의도적으로 야기하려 했다는 것 자체가 사리에도 맞지 않는 주장이라고 검찰 주장의 모순점을 지적했다.

나와 검찰 사이의 공방이 아침 10시부터 저녁 6시까지 이어져오다가 최규하 대통령이 사임하던 상황에 이르렀을 때 김상희 부장검사의 망언이라고 할 수밖에 없는 발언이 또 튀어나왔다.

> 김상희 : 최근에 일부에서는 이러한 최규하 대통령이 대통령직 사임과 관련해서 피고인이 최 대통령에게 세 차례에 걸쳐서 175억 원을 주었다는 주장이 대두가 됐습니다. 최규하 대통령에게 그러한 돈을 준 사실이 있습니까?

재판이 진행 중인 법정이 아니었다면 말로써만 대응해서는 안 될, 기가 찬 내용이었지만 나는 별 수 없이 답변에 나서지 않을 수 없었다.

> 나 : 주고 안 주고 간에 그것은 우리 최 대통령에 대한 모독이고 본인에 대한 모독이고 또한 이것은 우리 국민들에 대한 수치라고 생각합니다. 아니, 대한민국 대통령을 돈을 주고 살 수도 있고 돈을 받고 팔 수도 있는 이런 대한민국 대통령이라면 나라꼴이 뭐가 되겠습니까. 그것은 검찰에서 확실히 증거를 대야 됩니다. 그래야 우리 국민들의 수치감을 해소시킬 수 있으리라고 봅니다.

검사 측은 수사 전문가로서 확실한 근거와 증거에 의한 신문을 하는 것이 아니라 일부 반대세력들이 음해 목적으로 지어낸 각종 허황된 소문들을 인용하고 있었다. 권력의 비호와 조종을 받고 있던 그들로서는 법조인으로서의 윤리나 긍지 같은 것은 이미 내던져버린 듯했다. 법조깡패와 다를 바가 없다는 생각을 지울 수 없었다. 나의 이 말을 듣고도 '대한민국의 검사' 김상희는 자신이 한 말이 우리 국가와 국민과 역사에 씻기 어려운 오물을 끼얹는 일이라는 것을 전혀 깨닫지 못하고 있는 듯 같은 질문을 되풀이했다.

> 김상희 : 그러니까 175억 원을 준 사실이 없다 이런 말씀이시지요?
> 나 : 물론이지요.
> 김상희 : 피고인은 혹시 '조명작전朝明作戰'이라는 말을 들은 사실이 있습니까?
> 나 : 오늘 처음 듣습니다.

김상희 : 최규하 대통령에게 돈을 건네주고 그 일부의 돈에 대해서는 최광수崔侊秀
비서실장이 작성해준 영수증까지 받았다는 주장이 일부에서 있는데 혹시 그런 소문
이나 주장을 들은 사실이 있습니까?

나 : 글쎄 그 증거를 제시해주어야 되지 않느냐 이겁니다.

김상희 : 그런 사실이 없다는 것이지요?

나 : 물론이지요. 있을 수가 없는 거지요.

김상희 : 그러면 그 액수는 불문하고 어떤 형태로든지 최규하 대통령에게 하야 위로
금 명목으로 돈을 건네준 사실은 있나요?

나 : 없습니다.

그에게는 증거가 필요한 것이 아니라, 자신이 필요로 하는 증거를 만들
어내는 것이 필요했던 것이다. 이쯤 진행되자 더는 참을 수 없었는지 변호
인들이 들고 일어났다. 이양우 변호인은 매우 격양되어 있었다. '변호인 의
견진술'을 하겠다고 진즉 일어서지 못한 것은 아마도 검사의 입에서 나온
'175억' 얘기가 준 충격이 너무 컸기 때문이었을 것이다.

이양우 : 재판장님, 지금 검찰의 신문은 우리나라 역대 국가원수에 대한 중대한 모독
행위입니다. 전직 대통령 두 사람이 대통령직 인수인계를 둘러싸고 돈을 주고받고,
그것이 특히나 대통령의 인계에 연관된 돈의 수수다, 이것이 과연 증거 없이 이 공개
된 법정에서 국가기관인 검찰이 얘기할 수 있는 얘기인지, 그러한 질의를 하는 저의
를 밝혀주시기 바랍니다. 이것은 비단 피고인에 대한 모독뿐만 아니라 국가 전체에
대한 모독입니다.

재판장은 우선 이양우 변호인을 진정시키려 했다.

재판장 : 언성을 낮추십시오. 너무 언성이 높습니다.

이 말을 하는 잠깐 사이에 재판장은 속으로 재판을 어떻게 진행해야 할지 생각한 것이 아닐까. 재판장은 이어 김상희 검사에게 말했다.

재판장 : 첫번 질문에 175억을 준 사실이 있는가를 물었을 때 전두환 피고인의 답변은 없다 했습니다. 그러니까 그것을 무슨 기억을 더듬어가지고 해야 될 그런 문제도 아니니까 거기서 질문과 답변은 끝내는 것이 좋겠습니다. 그 이상은 질문을 하지 마십시오.

검사의 '175억 운운…' 하는 망언 파문을 재판장이 서둘러 가라앉히려 했을 때 전상석 변호인이 일어났다.

전상석 : 죄송합니다만 오늘 공판은 이것으로 폐정을 해주십시오. 검찰의 거듭된 자제되지 못한 신문으로 저희 변호인단도 지금 신문에 응할 마음이 아닙니다. 피고인도 역시 마찬가지입니다. 그리고 이 법정 내외에서 일어난 일들로 해서 저희 변호인도 상당히 곤혹스런 입장에 있습니다. 그런 사정을 감안하셔서 오늘 공판은 이것으

전두환 회고록 3권. 황야에 서다

로 폐정하시고 다음 기일은 저희들이 재판부를 방문해서 요청하겠습니다만 상당기
간 여유를 주시고 진행해주시기 바랍니다.

전상석 변호인이 변호인단 전체의 의사로 재판 중단을 요청하자 재판장
은 다소 당황한 듯 말했다.

재판장 : 무슨 사유가 있는지 모르겠습니다만 검찰에서 적절하지 못한 신문사항이
나온다 해서 그것 가지고 지금 재판을 중단해야 될 사정은 안 되겠고 신문사항을 좀
더 가다듬어서 신문을 계속하시고 그런 상황 가지고 재판을 자꾸 중단하고 연기하
고 뒤로 넘기고 해서 이 재판이 어느 세월에 끝날지 알 수가 없습니다.

전후임 대통령이 대통령직을 이양하고 이양 받는 과정에서 돈을 주고받
은 사실이 있었던 것처럼 신문한 '대한민국 검찰의 부장검사'나 그러한 발
언을 단지 '적절하지 못한 신문'이라고 인식한 '대한민국 사법부의 부장판
사'를 앞에 두고 나는 분노를 넘어 슬픔과 환멸을 느꼈다. 전상석 변호사가
다시 일어섰다.

전상석 : 재판을 할 사정이 아닙니다.
재판장 : 무슨 사정이 그런 사정이 있습니까? 재판 신문 끝나고 하실 말씀 있으면 하

시지요.

전상석 : 재판부에 관해서 공식적으로 말씀드리겠습니다.

재판장 : 앉으십시오. 질서를 위한 한 가지를 재판장이 알립니다. 혹시 이 법정 안에서는 잠잠할지라도 방청객 중에 어느 누가 재판 막간이나 시작하기 전이나 시작한 뒤에나 피고인들을 향해서 또는 변호인을 향해서 이러저러한 질서에 어긋나는 그런 행위를 자행하는 것은 이 재판 자체의 엄숙함을 깨뜨리는 그리고 이 사건이 역사적인 재판임을 어떤 의미에서든지 훼손하는 그러한 행위이기 때문에 그 점을 이 재판부는 용납하기가 어렵습니다. 그 점을 유의하시고 설혹 마음속에서 아쉬운 부분이 많고 아픈 부분이 있는 그런 방청객들이 일부 있다 할지라도 법정 내외에서 일체 그런 어설픈 그런 행위를 해서는 안 될 것임을 미리 알려둡니다. 계속하십시오.

변호인들이 겪고 있는 상황을 재판장이 가볍게 넘겨버리려는 태도를 보이자 이번에는 이양우 변호사가 나섰다.

이양우 : 재판장님, 이 공판정은 지난 80년 이후 오늘에 이르기까지 15년이라는 장구한 시간을 거쳐서 오늘 우리 모든 국민에게 가슴에 응어리가 되고 또한 역사의 문제점이 되어 있던 이러한 사안에 대해서 진실을 파헤치는 이러한 자리로 알고 있습니다. 결코 전직 대통령 두 사람을 법정에 세워서 호도하거나….

재판장 : 요지가 무엇입니까, 요지를 먼저 얘기하십시오. 무엇을 얘기하겠다 하는 것을 먼저 얘기하십시오.

이양우 : 이 재판정에서 어떠한 방법이건 변호권이 제한되는 이러한 사태가 일어나서

는 아니 된다고 본 변호인은 생각하고 있습니다. 그러나 불행히도 오늘 현재 상황은 검찰은 언론보도를 통해서 피고인에 대해서 부당한 사전 심증을 주고 있고, 또한 이 법정에 있어서는 변호인의 변호권을 제한하는 유형무형의 여러 가지 사태가 일어나고 있습니다. 이러한 상황이라고 한다면 과연 진상규명을 위한 이 재판이 과연 필요하냐 하는 것이 본 변호인의 생각입니다. 피고인에 대해서 압력이 가고 더욱이 헌법에서 보장되고 있는 변호인의 변호권까지도 제한되는 이러한 사태에 대해서는 국가권력을 가지고 있는 검찰 스스로가 적절한 조치를 취해줘야 될 것입니다. 그러나 불행히도 오늘의 사태는 그렇지가 않습니다. 어느 면에 있어서는 그러한 사태가 조장되고 있고, 전직 대통령 두 사람이 의도적인 검찰의 신문을 통해서 인격적인 모독이 가해지고 있는 것이 이 법정입니다. 과연 이것이 진상규명을 위한 법정입니까, 그렇지 않으면 전직 대통령 두 사람에 대해서 인격적 모독을 위한 법정입니까?

재판장 : 그만하십시오.

이양우 : 본인은 그러한 재판이라고 본다면 본 법정은 더 이상 계속할 필요가 없다고 보기 때문에 본 변호인은 이 자리를 피해서 퇴정을 하겠습니다.


이양우 변호인의 퇴장 선언과 함께 전상석, 이양우 두 변호인은 오후 6시 법정 밖으로 나갔다. 그러나 김영일 재판장은 아랑곳없이 "신문 계속하십시오. 변호인이 또 누가 있으시지요? 지금 여기는 재판하고 있는 법정 아닙니까. 재판정에서 일어난 외의 사정을 이 재판에까지 연장할 필요는 없습니다. 지금 언론에서 자꾸 이렇게저렇게 앞질러서 나가는 것이 검찰에서 나온 자료에 의해서 나가는 그것이 결정적인 요인처럼 보여지는데…"

그러자 석진강 변호인이 나섰다.

"그것뿐만이 아닙니다."

재판장은 석진강 변호인에게 물었다.

재판장 : 이 법정에서 이 재판 진행과 직접적으로 연관이 있는 사항이 있습니까. 그 것이 있으면 그것을 진술하십시오. 받아들일 만한 것 같으면 이 재판장이 받아들이 겠습니다. 그런 것 아니지 않습니까?

석진강(변호인) : 그런 게 있습니다.

재판장 : 무엇입니까?

석진강 : 공개된 자리에서 말씀드리기 곤란합니다.

재판장 : 무엇입니까. 재판부에 대한 것입니까?

석진강 : 아닙니다.

재판장 : 그러면 재판은 재판대로 진행을 하고….

석진강 : 단지 한 가지, 피차간에 실체적 진실을 발견하기 위한 것은 검사의 입장이 나 변호인의 입장이나 마찬가지라고 보겠습니다. 그런데 신문 방법에 있어서 확실한 증거도 없이 항간에 떠도는 소문이나 이런 것을 가지고 피고인들을 신문한다면 그 방법이 합법을 가장한다 하더라도 모욕이나 쓸데없는 추측이나 이런 것을 국민에게 줄 우려가 다분히 있습니다. 따라서 변호인들도 그러한 점을 앞으로 반대신문에서 자제할 것이니까 근거 없이 삼류 잡지나 떠도는 유언비어를 가지고 신문하는 것은 조 금 자제해야 하지 않겠느냐 그 생각이 하나 있고, 그 이외의 사항에 대해서는 바로 재 판이 끝난 후에 재판부에 신고를 하겠습니다.

그러자 김영일 재판장은 검사의 신문에 문제가 있었다는 점을 지적하면 서도 재판을 정상적으로 진행하겠다고 했다. 재판장과 변호인 간에 오고 가는 얘기를 듣고 있던 김상희 검사가 끼어들었다.

김상희 : 재판장님, 검찰마저 이런 경우에 얘기를 하는 것은 적절치 못합니다만 제가 변호인에게 공개법정에서 한 말씀만 드리게 해주십시오. 저희들이 누차 이 법정에서 얘기한 바와 같이 이 재판은 역사적인 재판입니다. 본 검사를 비롯한 공소유지하는 검찰의 입장에서 한 번도 이 재판의 품위를 떨어뜨리거나 또는 피고인 그 누구를 막론하고 인격적인 모욕을 가하기 위해서 의도적으로 신문한 것은 하나도 없다고 제 스스로 자부심을 가지고 있는 사람입니다. 혹시 변호인이나 피고인들이 검찰의 신문에 여러 가지 마음이 상하거나 또는 답변하고 싶지 않은 곤란한 질문을 검찰이 할지는 모르나 그것이 절대로 검찰의 무슨 의도된 계산에 의해서 하는 것이 아니고 오로지 역사적인 사건의 진실을 밝히겠다는 검찰의 사명감으로 일어난 일이고 혹시 검사들의 능력 부족으로 인하여 여러 차례 이 공개법정에서 주의는 받았습니다만 그것이 저희들의 의도된 행동이 아니라 능력 부족으로 인한 신문 방법의 미숙이기 때문에 그러한 점을 깊이 혜량해줄 수 없다면, 변호인들께서 그런 점을 혜량해주지 못하는 점이 답답하기 짝이 없습니다. 저는 다시 얘기하지만 제 양심에 비추어서 이 법정의 무게라든지 이 사건의 무게를 절대적으로 의도적으로 훼손할 생각도 없고, 아울러 피고인의 인권이나 법에 규정된 모든 인권을 철저히 보호하고 명예를 보호할 그런 일념으로 앞으로도 이 재판에 임할 예정입니다. 그 점을 알아주시기 바랍니다.

검사의 의견 표명이 있은 후 재판장은 한동안 이어졌던 재판 진행과 관련한 논의를 서둘러 마무리하려 했다.

재판장 : 됐습니다. 그것으로 이제 마무리하지요. 너무 논외의 절차가 진행이 되는 것

은 바람직하지 못합니다. 앞으로 이런 일이 없도록 변호인께서도 유의해주시고, 여기서 주장할 것, 법적 테두리 범위 내에서 주장하는 것을 재판부가 그것을 못하게 하는 것은 아닙니다. 그러나 의견개진할 때마다 고함이 오르내리고 해서는 이 법정이 전체적으로 엄숙함이 깨지게 되고 그 내용을 주장하는데 그렇게 고함을 질러야 되느냐 하는 그 대목은 납득할 수가 없는 것이고, 재판장이 무엇을 지휘하면 들어야 되는 것이지 어째 그런 것도 없이 마구잡이로 그렇게, 재판장이 요지가 뭐냐 하면 우선 얘기를 하고 또 하면 되는 것인데 이렇게 마구잡이로 혼자 막 떠들고 나가는 그런 법정 분위기는 도무지 있을 수 없는 것입니다. 계속하십시오.

그러자 김상희 검사는 나에 대한 신문을 계속했는데 나는 대통령 재임 중의 일에 관해서는 일절 답변을 거부했다.

나 : 본인은 지금 검찰이 얘기한 대로 80년 9월 1일부로 대한민국 제11대 대통령으로 취임했습니다. 그래서 80년 9월 1일 이후에 본인이 행한 모든 행위는 대통령 직위에서 조치한 정당한 국정행위인 것입니다. 그래서 대통령으로서 정당한 국정행위를 했던 것에 대해서까지도 여기서 검찰 신문을 받는다는 것은 본인이 납득이 안 가기 때문에 이것은 역사의 심판을 받고 싶습니다. 그래서 대통령 취임 이후의 질문에 대해서는 본인이 답변을 하지 않겠습니다.

### 위협받는 변호인들

다음날 전상석 변호사와 이양우 변호사가 찾아왔다. 두 변호사 모두 전날의 재판 진행 상황에 대해 몹시 흥분하고 있었다. 그리고는 다음 재판기일에는 감치監置를 각오하고 재판장과 검찰을 상대로 최종 담판을 지을 생각임을 밝혔다. 나는 변호인들에게 앞으로 검찰이 또다시 제5공화국의 정통성에 대해 시비를 걸거나 나에 대하여 모욕적인 신문을 한다면 재판에 더 이상 협력하지 않겠다는 뜻을 김상희 검사와 김영일 재판장에게 알리라고 말하고, 향후 검찰이나 재판부가 공정한 재판을 하지 않거나 나와 변호인단의 진실규명을 위한 권리를 의도적으로 방해하는 경우에 대비한 방안을 검토해달라고 부탁했다.

검찰은, 12.12사태에 대해 신문을 벌인 몇 차례의 공판에서 자신들이 의도했던 만큼의 성과를 내지 못했다고 평가했는지 4월 중순경 수사낙수搜査落穗를 알려주는 형식으로 '언론플레이'에 열을 올리고 있었다. '정승화 총장을 연행한 것은 정 총장이 합동수사본부장을 좌천시키려 하자 반발한 것'이라는 등의 근거 없는 소문들을 마치 확인된 사실인 양 언론에 흘리고 있었다. 그런데 그보다 더욱 우려스러운 일은 검찰과 변호인 간의 공방이 치열해지면서 법정 안팎에서 변호인들을 공개적으로 협박하는 일들이 벌어지고 있었던 것이다. 공판이 열리는 날에는 정체를 알 수 없는 수십 명의 청년과 부녀자들이 몰려들어 법정에 들어가려는 변호인들을 둘러싸고 협박을 하는가 하면 재판이 끝나면 공판정에 있는 100여 명의 방청객이 퇴정하려는 변호인들을 향해 집단적으로 욕설과 고함을 치며 퇴정을 하지 못하게 한 시간 가까이 감금을 하는 사태까지 있었다는 것이다. 변호인들뿐만 아니라 공판이 열리기 전 방청을 위해 줄을 서 있는 예비역 장성들에게도 정체불명의 괴한들이 다가가 폭력을 휘두를 듯 위협을 가한다는 것이다. 우리나라 사법 사상 '정치재판'이라는 지적을 받는 재판들이 없지 않았지만, 이때처럼 폭력적 행패가 법정에서까지 자행된 일은 없었을 것이다.

4월 22일의 공판에서는 또다시 험악한 사태가 벌어졌다고 한다. 이날 전상석 변호사는 재판 휴정 중에 복도에서 휴식을 취하고 있었다. 이때 일단의 방청객이 전 변호사를 둘러싸고 "늙은이가 뭐 할 일이 없어서 여기 와 있느냐!"라고 험상궂게 따지고 들었다. 전상석 변호사가 "재판 때문에 와 있다."라고 하자 그들은 "재판을 왜 하느냐, 내가 진실이다!"라고 소리쳤다. 이러한 사태가 10여 분간 계속되었다. 법원 구내와 법정 안에서 공공연히 일어나는 이러한 사태를 검찰과 법원 등 관계당국은 수수방관하고 있었을 뿐만 아니라 은연 중 부추기고 있다는 의심이 든다고 변호인들은 지적했다. 신변에 위험을 느낀 변호인단은 검찰과 법원에 필요한 대책을 강구해줄 것을 요청했지만, 위협적인 분위기는 여전했다. 변호인들이 법정 안팎에서 공공연하게 협박을 당하는 이러한 상황은 우리나라 법조 사상 유례가 없는 일일 뿐만 아니라 변호권에 대한 심대한 침해이기도 했다.

### 검찰의 무책임한 태도

5.18재판은 처음부터 검찰 공소의 적법성을 놓고 변호인단과 검찰 사이에 치열한 공방이 벌어졌다. 형사재판에 있어 검찰의 공소제기는 절차 면에서 적법하고 공소의 내용이 모든 국민이 납득할 수 있는 타당성과 합리성을 갖춰야 한다는 것은 기본적인 원칙이다. 그러나 검찰의 '역사바로세우기' 재판은 이러한 기본 원칙마저 지키지 않음으로써 정치재판의 무모함을 드러내고 있었다. 검찰은 정동년 등이 제기한 5.17, 5.18사건 고소사건에 대하여 1년 2개월여에 걸친 수사 끝에 1995년 7월 18일 '5.18 관련 사건 수사 결과'를 발표한 바 있었다.

검찰은 이 수사 결과 발표에서 5.17비상계엄전국확대 선포 이후에 최규하 대통령 정부가 취한 일련의 조치에 대하여 비상계엄의 전국확대 선포, 정치활동의 금지와 임시국회의 소집 무산, 국보위의 설치 운영 등 일련의 조치나 행위는 정치적 변혁 과정에서 기존 통치질서를 제거하고 새로운 헌정질서를 형성하는 기초가 되었고 그 후 새 헌법에 의하여 헌정질서 속으로 수용된 것이라 할 수 있으므로, 이와 같은 헌정질서의 연속성과 관련된 일련의 정치적 사건에 대하여 사법기관이 사법심사의 일환으로 그 위법 여부를 판단할 경우, 자칫 새 정권 출범 이후 새 헌법이나 법률에 의하여 실효성을 부여받아 유지되어온 헌정질서나 법질서의 단절을 초래하여 정치적, 사회적, 법률적으로 중대한 혼란을 야기할 수 있을 뿐만 아니라 새 헌정 출범 이후 국민투표 또는 대통령선거 등 여러 차례의 국민적 심판 과정을 통하여 형성된 주권자인 국민의 정치적 판단과 결정을 사후에 사법적으로 번복하는 부당한 결과를 야기할 수 있으므로 관련자들이 정권 창출 과정에서 취한 일련의 조치나 행위는 사법심사가 배제된다고 보는 것이 상낭하나는 이유를 들어 '공소권 없음'의 결정을 했던 것이다.

또한 5. 18광주사태와 관련하여 가장 큰 쟁점이 되어왔던 발포 명령자 문제에 대해서는, 고소인은 공수부대의 발포는 광주시민들의 공분을 고조시키기 위하여 별도로 사전에 계획된 명령에 따라 행하여진 의도적인 발포였을 가능성이 많다고 주장하고 있으나 공수부대원의 발포가 상급 지휘관이나 별도의 지휘계통에 있는 특정인의 발포 명령에 따라 행하여진 것이거나 광주시민들의 공분을 고조시키기 위하여 사전 계획에 따라 의도적으로 행하여진 것으로 인정할 수 있는 자료는 없으며 공수부대원들의 발포는 현장 지휘관인 공수부대 대대장들이 차량 돌진 등 위협적인 공격을 해오는 시위대에 대응하여 경계용 실탄을 분배함으로써 이를 분배받은 특수부대 장교들이 대대장이나 지역대장의 통제 없이 장갑차 등의 돌진에 대응하여 자위 목적에서 발포한 것으로 판단된다고 발표하여 이른바 '발포 명령자'가 없었음을 확인한 바 있다.

그리고 또 다른 쟁점이었던 '지휘권 이원화' 문제에 대해서도 고소인들은 광주에 투입된 공수부대는 상급 지휘관인 계엄사령관, 2군사령관, 전교사 사령관, 31사단장의 정상적인 지휘체제 안에 있지 아니하고 신군부 세력에 의하여 지휘되고 있었다고 주장하고 있으나 공수여단의 광주 출동은 계엄사령관-2군사령관-전교사령관-31사단장의 계통에서 결정된 사실이 인정되고, 5월 18일 이후에 공수여단을 시위진압에 투입하고 5월 21일 공수부대를 시 외곽으로 철수시키는 등의 일련의 부대 운용에 관한 지휘는 31사단장과 전교사사령관이 행한 사실이 인정되며, 5월 21일 16시경 공수여단에 대한 작전지휘권이 전교사 사령관에게 전환된 후에는 각 공수여단이 전교사 사령관의 지휘하에 책임지역에서 외곽 봉쇄 임무만을 수행하다가 광주 재진입 작전에 투입된 것이고 광주 재진입 작전은 전교사 사령관이 그의 책임하에 수행된 것이 인정된다고 밝혀 광주사태 과정에 이른바 '신군부 세력'의 개입이나 조종이 없었음을 분명히 했다.

검찰의 공소사실이 특정되어야 한다는 것은 형사법의 초보적 상식이며 형사소송법에서도 '공소사실의 기재는 범죄의 일시, 장소와 방법을 명시하여 범죄사실을 특정할 수 있도록 하여야 한다'고 규정하고 있다. 이러한 규정은 법원의 심판 대상을 확정하여 피고인의 방어권을 보장하고자 하는 데 그 목적이 있는 것이다. 그런데 '역사바로세우기' 재판에서의 검찰의 공소사실은 기존의 정치권 논리를 그대로 복사한 것으로서 이러한 원칙과는 거리가 먼 것이었다. 무리하게 공소를 하려니 검찰은 공소사실을 기재함에 있어 곳곳에서 논리의 비약과 사실의 왜곡을 드러내게 됐다.

내란이란 '국토를 참절하거나 국헌을 문란할 목적으로 폭동'을 하는 범죄다. 따라서 내란죄의 공소사실에는 필요적으로 한 지방의 평온을 해할 정도에 이르게 된 구체적인 폭동 행위가 무엇인지를 구체적으로 특정해서 기재해야 하는 것이다. 그런데 검찰이 법원에 제출한 공소장에는 5.17비 상계엄전국확대 조치의 일환으로 최규하 대통령 정부가 실행한 모든 조치, 즉 1980년 5월 17일에 최규하 정부가 비상계엄을 전국으로 확대 선포한 행위, 계엄군의 출동 행위, 계엄군의 시위진압 행위, 권력형 부정축재자를 검거한 행위, 국가보위비상대책위원회의 활동과 공직자 숙청, 교육 정상화 조치를 모두 내란행위로 규정하고 있었다. 그리고 더욱 경악스러운 것은 광주에 출동한 정부 계엄군을 '반란군'으로 규정하고 계엄군의 시위진압 행위를 '내란행위'라고 기재하고 있는 것이다. 이는 단순한 법리상의 문제가 아니라 우리의 전통적인 가치관, 국가관을 송두리째 뒤흔드는 것이었다. 변호인단은 이러한 반국가적인 공소사실의 즉각적인 철회와 보완을 강력하게 요구했다.

변호인단은 '석명 요청과 사안에 관한 변호인단의 의견'이라는 자료에 이정로(본명 백태웅白泰雄)의 기고문 '광주 봉기에 대한 혁명적 시각 전환' (1989년 『노동해방문학』)을 첨부했다. 백태웅은 이 기고문에서 '5.18은 민중 무장봉기 … 앞으로 다가올 혁명 전쟁에 또다시 패배하지 않기 위해 무기 제작 및 사용법, 시가전 기술 연마해야…'라고 썼다. 변호인단은 3월 18일의 2차 공판 때 '검찰의 기소 취지를 명확히 하여 쟁점을 정리함으로써 재판의 신속을 기해야 한다'며 '쟁점 정리를 위한 석명 요청' 의견서를 재판부에 제출했다.

검찰은 또한 5.18광주 진압작전 당시 중앙정보부장서리의 직위에 있던 나를 내란 목적 살인으로 기소하면서 공소장에 중앙정보부장서리였던 내가 '광주 시위대를 무장폭도로 규정하고 계엄군을 출동시켜 그 점을 모르는 계엄군으로 하여금 자위권 발동이라는 명목으로 발포를 하게 하여 선량한 시민을 살상하였다'라고 기재함으로써 나를 계엄군 출동의 배후 지휘자, 발포 사태의 배후 명령자인 것처럼 주장하고 있었다. 이에 대하여 변호인은, 계엄군의 작전지휘권도 없으며 계엄군의 지휘체계에 있지도 않은 중앙정보부장서리가 계엄군의 출동을 배후에서 조종하였다면 중앙정보부장서리가 광주 시위 진압작전 당시 누구를 시켜 어떤 방법으로 계엄군을 출동시키고 시위 진압작전에 개입하였는지에 대해 공소사실에 구체적으로 명시를 해야 한다고 검찰을 몰아붙이고 공소장의 즉각적인 보완 정정을 요구했다.

또한 검찰이 1980년 5월 21일 저녁에 이희성 계엄사령관이 발표한 '자위권 보유 천명'과 계엄사령부가 계엄공고 11호로 계엄군에 시달한 '자위권 발동 지시'를 '광주시민을 살해하여서라도 시위를 진압하라는 사실상의 발포 명령'이라고 주장하고 있는 데 대하여, 형법에서 국민들의 정당한 자기방어권으로 인정하고 있는 '자위권'이 왜 광주시민을 살해하라는 '발포 명령'이 되는 것인지 그리고 중앙정보부장서리가 이희성 계엄사령관이 발표한 '자위권 보유 천명'과 계엄공고 11호로 계엄군에 시달한 '자위권 발동 지시'에 누구를 시켜 어떻게 개입하고 배후조종을 하였는지를 구체적으로 석명釋明하라고 요구했다.

검찰 공소사실의 부실은 비단 여기에 그치는 것이 아니었다. 이러한 공소사실 기재 내용으로는 재판에서의 변론이 불가능하다고 판단한 변호인단은 검찰 공소사실 기재 내용 중 중대한 결함이 있는 36개 항목을 적시해 재판부에 즉각적인 보완과 수정을 명하거나 검찰 공소를 기각해야 한다고 강력하게 주장했다. 김영일 재판장도 변호인단의 합리적인 주장에 굴복하여 검찰에 공소사실의 보완을 명했다. 그러나 검찰은 이에 응하지 않았으며 재판부도 공소장의 보완 없이 사실심리를 시작했다. 기소독점권을 행사하는 검찰의 일방적 횡포와 군림은 법치주의 국가에서 가장 경계해야 하는, 국가 소추기관에 의한 권력남용과 오용 그 자체였고, 법원도 검찰의 시녀를 자청이나 한 듯이 권력의 손아귀에서 놀아나고 있었다.

부실한 공소장의 보완을 요구하는 변호인단의 공세는 그 후에도 계속되었다. 그러자 검찰은 4월 29일 제6차 공판에서 '변호인 석명에 대한 답변서'를 제출했다. 그러나 검찰은 이 답변서에서 '최규하 대통령 정부가 선포한 5.17비상계엄전국확대 조치' '비상계엄전국확대 선포에 따라 계엄군이 광주에 출동한 행위' '계엄군의 광주 시위 진압행위'가 내란죄의 '폭동'에 해당한다는 종전의 주장을 되풀이 하고 있었으며 '계엄군의 자위권 보유 천명'이 발포 명령이라는 입장도 고수하고 있었다. 그리고 중앙정보부장서리인 내가 광주 시위 진압작전 중 계엄군을 이용하여 광주시민을 살상하였다는 공소사실과 관련해 중앙정보부장서리가 누구를 시켜, 어떤 방법으로, 누구를 살상하라고 지시하였는지에 대하여 구체적 사실관계를 석명하라는 변호인의 주장에 대해서는 당장 보완하기가 어려우므로 소송의 진행을 봐가면서 석명하겠다는 무책임한 태도를 보였다.

이러한 상황이 지속되자 전상석 변호인이 4월 29일 공판과 5월 20일 공판에서 변호인단을 대표하여 공소사실이 특정되지도 않았고 또한 공소장에 죄가 되지도 않는 최규하 정부의 전국비상계엄확대 조치 등이 마치 중대한 범죄행위인 양 기재되어 있고 이는 재판부에 부당한 예단豫斷을 주는 것이므로 공소장 변경 절차를 통해 즉각 철회하여야 하며, 이러한 사항 등이 석명되고 공소사실이 정리되지 않는 이상 검찰 신문에 답변할 수가 없다는 입장을 밝혔다. 또 법원은 검찰의 이러한 부당한 공소사실에 대해서는 공판을 진행함이 없이 공소기각의 판결이나 결정을 선고하여야 한다고 검찰과 재판부에 최후통첩을 했다. 그러나 김상희 검사는 끝내 공소사실의 보정을 하지 않았고 김영일 재판장도 이를 묵인하고 있었다. 그리고 나는 계엄군이 반란군이 되고, 정부의 시위진압이 내란의 폭동이 되며, 내가 명목상의 발포 명령자로 둔갑을 한 공소장을 상대로 재판을 진행하는 어처구니없는 사태에 내몰리게 되었다. 검찰과 법원의 이러한 태도는 일반 형사사건에서도 있을 수 없는, 법치국가에서는 도저히 상상도 할 수 없는 횡포였다. 그러나 나나 변호인은 이런 불법적인 상황을 시정할 아무런 힘도 없었으며, 정치권과 언론은 오히려 검찰의 이런 행태를 부추기고 있었다.

6월 13일의 13차 공판 때는 변호인단의 계속된 석명 요구에 대한 검찰의 소명이 충분치 않다는 문제를 놓고 양측이 신경전을 벌였다.

김상희 : 재판장님, 이의 있습니다. 지난번 기일에 이야기했습니다만 신문하는 것은 자유이되 방금 질문 내용과 같이 검찰의 의도를 왜곡해서 그것이 마치 사실인 양 유도신문하는 것은 억제토록 좀 조치해주시기 바랍니다.
재판장 : 신문 내용을 좀 정돈해서 하십시오.
이양우 : 정정은 하겠습니다만 저희들 변호인단이 이때까지 계속해서 공소사실에 대해 석명을 요구한 것이 바로 이러한 케이스입니다. 따라서 검찰은 마땅히 변호인단에서 반대신문하는 이 시점까지 이 내란이 어느 유형에 의해서 공소가 제기됐는지를 뚜렷하게 명시를 한다면 변호인이 굳이 이렇게 가정법까지 써가지고 반대신문을 할 필요가 없지 않겠습니까.
재판장 : 신문 계속하시고 내용을 조금씩 다듬어서 하십시오.

## 거부당한 TV 생중계 요청

4월 29일 열린 공판에서 전상석 변호인이 개정 벽두 발언권을 얻어 자리에서 일어났다. 전상석 변호인의 발언 내용은 예리하고 단호했지만, 어조는 차분함을 잃지 않고 있었다.

검찰은 변호인단이 요청한 석명권 요구에 대하여 4월 22일 전에 석명을 하겠다고 약속을 했지만 오늘까지 석명을 하지 않으면서 공소사실인지 공소사실이 아닌지 분간할 수 없는 신문을 하면서 피고인의 도덕성에 흠집을 내고 피고인의 명예를 침해하는 신문을 계속했습니다. 나는 검찰이 사실확정이 어렵고 공소유지가 어려우니까 피고인을 도덕적으로 흠집을 내서 유리한 결과를 유도하려는 것이 아닌가 생각을 합니다. 우리 변호인은 검찰의 그러한 신문에 응할 수 없다는 것을 표명하기 위해서 퇴정을 한 것입니다. 앞으로 5.18에 대한 검찰 신문이 있을 것이고 또 변호인들의 12.12, 5.17, 5.18에 대한 반대신문이 있을 것입니다. 특히 5.18 사항에 관한 사안의 미묘한 성격에 비추어봐서 앞으로 저희 변호인을 비롯해서 이 법정이 받는 유형무형의 압력은 더욱 가중되리라 생각합니다. 그러나 본 변호인은 그것 겁내지 않습니다. 그 사람들 말한 대로 늙은이가 살면 얼마나 살겠다고 겁을 내서 할 말 못하겠습니까. 이 공판에서, 이 공판이 기왕에 전직 대통령 두 분을 비롯해서 많은 피고인을 단죄의 마당에 세우는 이상 사실은 분명하게 심리, 규명되어야 하고, 만약 이 기회마저 놓치고 사실규명이 안 된다면 이 법정에 있는 저희들은 역사의 죄인으로서 길이 남을 것입니다. 그렇기 때문에 본 변호인들은 앞으로 심리에 있어서는 종전 심리과정보다도 더욱 심도 있는 심리가 이루어지도록 최선의 노력을 다할 것입니다.

이어서 석진강 변호인이 발언을 요청하고 나섰다.

이 재판에 대해서 직접 중계를 제안하는 바입니다. 두 전직 대통령에 대한 재판은 현대사회에 있어서 우리 민족 모두에게 불행한 사건입니다. 그러나 어쨌든 이 사건이 사법적 심판의 대상이 된 이상 이 기회를 통하여 역사의 진실을 명백히 밝혀내어 역사의 갈등과 매듭을 풀어야 할 것이며, 더 이상 이 사건이 정치 정략적으로 이용되는 불행이 지속되어서는 아니 될 것입니다. 그러기 위해서는 재판의 전 과정이 일반 국민들에게 여과 없이 공개됨으로써 그동안 오해와 의혹에 감싸여 있던 진실이 낱낱이 밝혀져야 할 것이라고 생각됩니다. 또한 공판의 전 과정이 일반 국민들에게 있는 그대로 전달되어야만 국민들이 이 재판의 결과에 대해서도 비로소 승복하게 될 것입니다.

변호인단은 4월 22일 공판 때, 검찰이 나와 최규하 대통령 사이에 대통령직을 인수인계하는 과정에서 돈을 주고받지 않았느냐고 물은 국치적國恥的 발언이 있은 후에 대책회의를 열었다. 이 자리에서는 검찰의 부당한 언론공작과 김영일 재판장의 편파적인 소송지휘에 대응하기 위해서는 공판의 전 과정을 국민에게 직접 알리는 길밖에 없다는 데 의견의 일치를 보았다. 서울지법 권광중權光重 부장판사는 이미 3월 16일 '법정 소란 행위를 감시하고 법정 질서를 확립하는 한편 공판 과정을 자료로 남기기 위해 2차 공판부터 재판 과정을 녹화하기로 했다'고 밝힌 바 있었다. 녹화해서 역사에 기록으로 남긴다면, 후세의 국민뿐만 아니라 당대의 국민들도 공판 실황을 알 수 있도록 해야 한다고 의견을 모은 것이다. 석진강 변호인은 변호인단의 이러한 결론을 공표한 것이었다. 재판 직접 중계의 제안을 받은 김영일 재판장은 상당히 당황한 듯 보였다. 김영일 재판장은 잠시 머뭇거리더니 "직접 중계는 우리나라 법률상 어렵다."고 석진강 변호인의 제안을 거절했다. TV로 중계될 경우 방송을 통해 국민에게 직접 실체적 진실을 알림으로써 국민의 판단을 받아보려는 노력은 이렇게 수포로 돌아갔다.

## 강행된 야간 공판

5월 20일에 열린 8차 공판부터 변호인의 반대신문이 시작되었다. 이날은 12.12사건에 대한 변호인 반대신문이 아침 10시부터 오후까지 쉬지 않고 계속되었다. 저녁 7시를 막 넘겼을 때 김영일 재판장이 "거기까지 하시지요."라면서 변호인 신문을 중단시켰다. 법정에 있던 모든 사람은 재판이 끝난 것으로 알고 일어나고 있었다. 그런데 김영일 재판장은 "잠시 휴정하고 8시 35분에 속개하겠으며 다음 기일은 3일 후인 23일에 개정한다."고 선언했다. 김영일 재판장은 5.18재판을 처음 시작할 때 재판은 주 1회 개정하고 야간 공판은 하지 않는다는 것을 변호인에게 약속하였으며 8차 공판까지 진행된 검찰 신문 기간 중에는 이 원칙이 지켜지고 있었다. 그런데 변호인의 반대신문이 시작되자 사전협의도 없이 약속을 파기한 것이었다. 더욱이 밤 8시 30분에 재판을 연다는 것은 전례가 없는 것이었다. 군사재판에서조차 그러한 사례가 있다는 얘기를 들어보지 못했다.

황영시黃永時 장군, 유학성兪學聖 장군 외에도 차규헌車圭憲 장군 그리고 나나 노태우 전 대통령 등 피고인 대부분이 70대를 바라보는 고령이었다. 불편한 교도소 생활 중이었던 것도 문제지만 계속되는 공판에 출석하느라 피로가 누적되어 모두 건강 상태가 좋지 않았다. 단식 후유증으로 체력이 저하된 나는 물론 다른 피고인들 모두가 두통과 설사에 시달리고 있는 형편이었다. 그런데 야간 공판까지 강행한다고 하니 변호인들이 이의를 제기한 것이다. 고령에 건강도 좋지 않은 피고인들에게는 1주일에 두 번씩 법정에 나와 딱딱한 의자에 앉은 채 밤늦은 시간까지 신문을 받는다는 것은 견디기 어려운 일이었다. 결국 유학성 장군은 적절한 치료도 받지 못한 채 재판 도중 암으로 세상을 떠나고 말았다.

　5.18재판은 신속한 공판 진행을 위해 1주일 간격으로 집중심리를 한다는 방침은 첫 공판이 열리기 전부터 재판부가 밝힌 바 있었다. 1심 재판부가 그처럼 서두른 것은 구속만기일 전에 재판을 끝내려는 의도에서였을 것이다. 구속만기일(노태우: 5월 15일, 나: 6월 2일)까지 1심이 끝나지 않으면, 석방을 해야 하는데 불구속 상태로 재판을 이어간다는 것은 재판부에도 부담이 될 것이지만, 검찰로서는 어떤 무리수를 써서라도 피해야 할 일이었던 것이다. 그래서 처음에는 구속만기일을 넘기면 '별건구속'하는 문제도 검토하다가 일단 1주 1회의 집중심리제를 적용하는 것으로 방침을 정했던 것 같다. 1주 1회의 집중심리로 진행해도 구속만기일까지 끝나지 않을 것으로 판단됐는지 재판부는 7차 공판 때부터 주 2회씩, 일몰 후 야간 심리까지 강행했다. 누가 봐도 무리한 재판 진행이었다.

　하지만 그보다 더 심각한 문제점은 졸속 진행으로 인해 변호인의 변호권이 제약을 받는다는 사실이었다. 검찰은 이미 2년여에 걸쳐 수사를 진행시켰던 만큼 방대한 수사기록을 갖고 있었다. 그러나 그 기록을 우리 측 변호인단이 받아 볼 수 있었던 시점은 5차 공판이 열리기 바로 직전이었다. 검찰로부터 받은 소송기록은 600여 명의 대상자를 조사한 총 155권 17만 장에 이르는 방대한 것이었다. 아무리 정치재판이라고 해도 피고인이나 변호인은 재판을 받기 전에 자료를 건네받아 검토할 수 있어야 하고 수사기록을 최소 한 번은 읽어볼 수 있는 시간은 허용되어야 하는 것이 상식이다. 그러나 우리는 5차 공판 때까지 자료를 일절 건네받지 못해 무슨 근거로 기소가 되었는지 확인조차 하지 못한 채 재판에 임해야 했다. 아무리 결론을 내려놓고 하는 정치재판이라고 하지만 공정한 재판을 한다는 모양새조차 보여주지 않고 있었다. 변호인들이 거듭해 검찰에 석명을 해달라고 요구한 것은, 기소가 되었는데 혐의 내용이 특정되지 않았기 때문이었다. 입버릇처럼 '문민정부'임을 내세우는 김영삼 정권이 진행하는 정치재판은 군사재판에서도 볼 수 없는, 사법 권력의 폭거였다.

언론보도는 물론 검찰이나 재판부 스스로도 '역사적 재판'이라고 한 재판을 그렇게 졸속으로 몰아갈 수는 없는 일이었다. 5월 20일 8차 공판은 파행 끝에 밤 9시 5분까지 이어졌다. 이날 변호인 반대신문 중이던 저녁 7시 20분 재판장이 "저녁식사 후 심리를 계속하겠다."고 선언하자 이양우 변호사는 책상을 내리치고 "이럴 수가 있느냐!"며 항의했지만 재판부는 아랑곳하지 않고 식사를 위해 퇴정했다. 8시 40분 속개되자 전상석 변호사는 "사건 심리를 왜 이렇게 서두르는가?"고 따졌다.

석진강 변호사는 고혈압 증세로 더 이상 견딜 수가 없어 퇴정하겠다면서 재판장에게 호소하듯 발언을 이어갔다.

> 피고인들이 70을 넘으신 분도 있고, 한 분은 치명적인 현대의학으로 고칠 수 없는 암이라는 병에 걸려 있고, 한 사람은 교도소에서 심장발작으로 졸도한 사실이 있습니다. 재판부에 통보가 됐는지 모르겠습니다. 그리고 나머지 분들도 다 60이 넘은 분들입니다. 따라서 이 피고인들도 재판을 받을 의무가 있는 동시에 자기의 인권을 침해당하지 않을 권리가 있습니다. 그런데 야간 재판이라는 것은 통상적인 예가 아니라고 봅니다. 왜 다른 사건은 2주에 한 번씩 들어갑니다. 그런데 이 사건은 일주에 한 번씩 들어가는 것을 저희들이 다 수용을 하고 여태까지 왔습니다. 그런데 이제는 야간 재판까지 하신다는데 그것은 한 가지 이유밖에 없습니다. 즉, 이 피고인들에 대해

서 구속기간이 설정이 되어 있다, 심리기간이 제한되어 있는데 그 심리기간 내까지는 어떻게든지 구속을 유지하시겠다 그리고 재판을 종결하시겠다 하는 것 이외에는 야간 재판을 하는 이유를 찾아볼 수가 없습니다. 그런데 현행 소송법에 의하면 구속사유라는 것을 사람들이기 때문에 구속되어 있더라도 그것 미통에 넣어주면 될 것 아니냐, 이런 사전적인 구속은 허용되지 않는다는 것은 소송법의 대원칙입니다. 그렇다면 구속사유라는 것은 단지 재판의 확보와 증거의 확보라는 두 가지 요건밖에 없습니다. 우리나라 소송법도 그와 같이 되어 있습니다. 그런데 이 피고인들에 대해서 16만 페이지가 넘는 증거가 조사되어 있고 또 2년 3년에 걸친 정치적인 조사, 형식적인 수사 과정에서 한 번도 소환에 불응하거나 도피한 사실이 없습니다. 또 이 피고인들의 과거의 사회적 신분으로 봐서 도피의 우려가 있다고 판단한다면 그것은 우리의 상식에 반하는 것입니다. 또 증거의 인멸의 우려가 있다고 하는 것도 반한다고 봅니다. 그렇다면 구속사유가 없습니다. 기본적으로 구속사유가 없는데 구속을 꼭 유지해야겠다는 이유를 알 수 없습니다. 그 구속을 유지해야겠다는 이유 때문에 야간 재판을 하는 것 아니겠습니까. 따라서 기본적인 원칙 문제가 잘못됐으니까 야간 재판을 진행하는 것은 대단히 잘못됐다고 생각합니다.

김영일 재판장은 스스로 권력의 하수인임을 증명해야만 한다는 강박감에 시달렸는지 피고인들의 건강 상태조차 아랑곳하지 않고 졸속 재판을 강행했다. 소위 '역사바로세우기'를 하려면 '피고인의 인권' 같은 것은 돌보지 말아야 한다는 신념을 지닌 듯했다. 결국 김영일 재판장의 일방적인 소송 진행에 항의하며 전상석, 석진강, 조재석 변호인이 퇴정했다. 법정에 혼자 남아 있던 이양우 변호인도 체력에 한계에 와서 더 이상 신문을 할 수 없다면서 자리에 앉았다. 그러자 김상희 검사가 나섰다. 김상희 검사는 소송법상 피고인의 구속기간이 6개월인 만큼 이 기간 내에 재판을 진행하려면 야간 재판이 불가피하다며 야간 재판 개정을 두둔했다. 그즈음 법원 안팎에서는 7월 말 경에 1심 판결이 있을 것이라는 소문이 널리 퍼져 있었다. 그러나 변호인들은 근거 없는 유언비어 정도로 치부하고 있었다. 그런데 김상희 부장검사가 이러한 소문이 사실임을 밝힌 것이다. 그 시점에서는 변호인의 반대신문도 미처 마치지 못한 단계였고 검찰과 변호인은 100여 명에 이르는 증인을 신청해둔 상태였다. 이런 상황에서 재판부는 7월 말까지 재판을 끝내겠다는 계획을 세워놓고 그 일정에 맞추기 위해 전례 없는 야간 졸속 재판을 강행하고 있었던 것이다. 마침내 이양우 변호사가 일어나 변호인단의 최종 입장을 밝혔다.

소송법에 규정되어 있는 구속기간이라고 하는 것은 검찰이나 법원의 권익을 위해 있는 것이 아니고 피고인의 이익을 위해서 있는 것으로 학교에서 배웠고 또 오늘까지 그렇게 믿고 있습니다. 요는 법원에서 이 재판을 하는 궁극적인 목적이 무엇이냐를 우리가 따질 때가 되지 않았느냐 이렇게 생각을 합니다. 지금 검찰에서 얘기하기는 변호인단에서 의도적인 소송 진행을 하고 있다 이렇게 얘기를 합니다만 본 변호인의 오늘 신문사항이 정확하게 742항입니다. 5.17은 더 많을 것입니다. 5.18 역시 더 많을 것입니다. 과연 검찰의 직접신문 과정에서 12.12, 5.17, 5.18의 진상 특히 국민이 바라는 진상이 전부 밝혀졌느냐 이것은 서로가 자성을 하여야 되지 않을까 이렇게 생각을 합니다. 본 변호인은 직접신문이건 반대신문이건 또는 증거조사든 간에 국민이 바라고 역사가 바라는 실체적 진실규명에 필요하다고 한다면 1년이 아니고 10년이라도 재판을 해야 된다는 소신을 가지고 있습니다. 그것은 왜 그러냐 하면 이 세 개의 사건이라고 하는 것은 지난 20년 동안에 있어서 끊임없이 논쟁의 대상이 되어왔고 우리 민족의 갈 길을 가로막는 이러한 족쇄가 되었기 때문입니다. 족쇄를 푸는 것은 졸속 재판으로서 되는 것이 아닙니다. 실체적 진실규명이 규명이 됐을 때, 일반 국민이 납득할 수 있는 이러한 결과가 나왔을 때 이때 처음으로 될 것입니다. 우리는 판결의 결과가 어찌 나오건 거기에 개의치 않습니다. 다만 12.12, 5.17, 5.18의 실체적 진실이 규명이 됐을 때 여기에 앉아 있는 전직 대통령 두 분을 비롯한 모든 피고인들이 법원의 판결에 스스로 승복할 것이고 또한 모든 국민들도 법원의 판결에 박수를 보낼 것으로 저는 생각을 합니다.

변호인 4명이 집단 퇴정했지만 재판장은 이에 아랑곳하지 않고 노태우 피고인의 한영석 변호인과 유학성 등 나머지 피고인들 변호인에게 차례로 신문을 진행하도록 요구했다. 이에 변호인들이 "신문사항이 준비되지 않았다 … 피고인 순서에 따라 하겠다."며 신문하기를 거부하자 재판장도 결국 다음(9차) 공판을 3일 후인 23일에 속개한다고 공지한 뒤 밤 9시 5분 폐정을 선언했다.

5월 23일 9차 공판 때 변호인단은 재판부의 집중심리 방침을 존중해 1주 1회에는 협조하겠지만, 그 대신 야간 공판은 하지 않는 것을 원칙으로 해달라고 다시 한 번 요청했다. 재판부는 이 요청을 받아들였다. 이에 따라 10차, 11차, 12차 공판은 별다른 파행 없이 정상적으로 진행됐다. 6월 10일의 12차 공판에는 아내가 세 아들과 함께 재판정에 방청을 왔다. 재판 시작 후 100여 일 만에 처음이었다. 이 재판은 검찰과 사법부가 '역사적 재판'이라고 의미 부여를 한 그대로 우리 현대사의 한 시대를 법률적, 정치적, 역사적으로 재단하는 중요한 사건이었다. 그러나 공판이 진행될수록, 김영

전두환 회고록 3권. 황야에 서다

삼 정권이 작성해놓은 각본에 따라 일사불란하게 연출되는 정치보복을 위한 한편의 촌극에 불과하다는 실상을 여지없이 드러내고 있었다. 김영일 재판장은 실체적 진실을 밝혀낸다는 재판의 목적은 내팽개친 채 재판 일정을 마치 군사작전이라도 수행하듯이 몰아갔다.

13차 공판을 하루 앞둔 6월 12일, 변호인단은 11명 연명으로 담당 재판부에 공판기일 변경 신청서를 제출했다. "공소장만 16만 쪽에 이르러 주 1회 재판도 힘든 현실에서 일시적으로라도 재판이 주 2회 진행될 경우 변호인들이 충분한 준비를 할 수 없어 피고인의 충분한 방어권 행사가 어렵다."고 호소했다. 그러나 재판부는 12차 공판이 있은 지 3일 만인 6월 13일 13차 공판을 강행했다. 변호인단은 '신속한 재판'보다 '실체적 진실규명'이 더 중요하다는 점을 역설하며 주 2회 공판은 무리한 것이라고 주장했는데 재판부가 이를 받아들이지 않자 전상석, 석진강 변호사는 항의의 표시로 재판에 불참했고, 혼자 참석했던 이양우 변호사는 퇴정에 앞서 변호인단을 대표하여 재판장의 소송 진행에 대한 의견을 개진했다.

소송의 궁극적인 목표는 두 가지라고 생각합니다. 하나는 신속한 재판, 또 하나는 실체적 진실의 규명이라고 생각합니다. 그러나 이 소송에 있어서 가장 우선되어야 할 가치는 신속한 재판이 아니라 실체적 진실규명을 위한 검찰, 변호인, 법원의 삼위일체가 된 진지한 노력이 필요하다고 봅니다. 행여 재판의 신속이라고 하는 원칙이 실체적 진실보다 앞서서 실체적 진실규명이 소홀하게 된다면 이 재판은 실질적으로 그 존재가치가 없어지는 것이라고 본 변호인은 생각을 합니다. 이때까지 재판 진행에 있어서 여러 가지 재판부, 검찰과 변호인단의 소견, 의견에 대립 내지는 견해 차이가 있었습니다만 본 변호인이 생각할 때 변호인단이 이 재판에 임하는 데도라고 하는 것은 결코 재판을 지연시키겠다든지 또는 정치재판을 하겠다든지 하는 의도는 추호도 없었고, 또한 오늘까지 재판을 진행하는 과정에 있어서도 본 변호인은 밤잠을 설치고 재판에 협조했다고 자부하고 있습니다. 한 가지 예를 들자면 5.17 반대신문사항의 내용이 결코 본 변호인이 볼 때에는 이 건 공소사실과 무관한 내용이 포함되어 있지 않다고 생각을 하며, 신문사항이 약 1,300문항을 이틀에 걸쳐서 신문을 했습니다. 이러한 변호인의 입장이라고 하는 것은 온 국민이 주시하고 있는 이 재판에 행여 변호인단이 재판에 불성실하고 또는 지연한다는 오해를 불러일으키지 않기 위한 최후의 노력이라고 자평하고 있고 또 자부하고 있습니다. 그러나 불행히도 근자의 소송 진행에 본 변호인은 깊은 우려를 나타내고 있습니다. 우리나라 건국 이래 오늘까지의 공판의 관례라고 하는 것은 일반 아주 하찮은 사건에 있어서도 2주에 한 번 하는 것이 하나의 관례가 되어 있습니다. 그것은 왜 그러냐 하면 피고인의 권리, 변호권을 보장하기 위한 그러한 측면에서 재판부가 관례화시킨 하나의 원칙이 아닌가 본 변호인은 그렇게 생각하고 있습니다. 이 재판에 있어서 그러한 원칙이 1차로 무너졌습니다. 1주일에 한 번씩 재판을 하겠다, 저희들은 다소 무리이지만 거기에 동의를 했습니다. 좋습니다. 1주일에 한 번 재판은 저희들이 응하겠습니다. 그러나 조건이 있습니다. 야간에는 안 해주십시오. 근자에 있어서 야간 재판을 안 하시겠다는 재판장님의 말씀에 저희들은 일말의 안도를 했습니다. 전 기일에 있어서 공판이 밤 8시까지 진행이 됐습니다. 본 변호인이 볼 때 8시까지 재판을 하는 것이 어찌 야간 재판이 아니라고 우리가 이야기를 할 수 있겠습니까. 여기에 앉아 있는 피고인들은 연세가 60이 지나고 70이 지난 분들입니다. 이분들이 공판이 끝나고 나서 교도소에 가는 것은 9시가 지난 9시 30분입니다. 저희들이 확인한 바로는 9시 반, 10시에 저녁을 합니다. 이것이 과연 인권보장이라는 측면에서 바람직한 것이냐, 본인은 결코 그렇지 않다고 생각합니다. 또 여기 계신 누구라고 지목은 안 합니다만 재판 1주일이라는 강행 때문에 설사를 하고 재판 공판 전날에는 저녁까지 들지 않고 이 공판정에서 행여 설사할까봐 저녁까지 들지 않고 아침도 들지 않고 공판에 나온다는 이야기를 전해 들었습니다. 공판이라고 하는 것은 우선 전제가 되어야 할 것이 실체적 진실 규명과 인권보장, 결코 이 공판정이 어떠한 왜곡의 장이 되어서는 안 된다, 인권이 유린되는 장소가 되어서는 안 된다고 본 변호인은 생각하고 있습니다. 지금 1주일에 두 번 재판하시겠다, 이것은 본 변호인이 볼 때에는 변호권에 대한 사실상 제한입니다. 본 변호인이 담당하고 있는 것은 전두환 피고인에 국한되어 있습니다. 전두환 피고인의 반대신문을 끝낸 것이 불과 며칠이 되지 않습니다. 이번 주 월요일입니다. 그것도 밤을 새워가며 준비를 한 것입니다. 오늘과 같은 속도라고 한다면 내주 월요일에 5.18에 대한 반대신문을 제가 할 수밖에 없는 입장에 놓이게 될 것입니다. 5.18이라고 하는 것은 12.12, 5.17보다도 더더욱 국민의 관심이 높고 변호인으로 보아서도 준비해야 할 사항이 한두 가지가 아닌 것으로 생각합니다. 1주일 만에 반대신문이 준비가 되겠습니까. 저는 월요일날 재판이 끝나고 나서 그날 저녁부터 반대신문 작성에 들어갔습니다. 그러나 현재까지 10분의 1도 준비 못했습니다. 그것은 제가 능력이 없어서 또는 소송을 지연시키기 위한 이러한 측면으로 준비를 못한 것이 아니고 물리적으로 불가능합니다. 불가능한 소송을 강행한다고 하는 것은 변호권의 제한, 사실상의 제한이라고밖에 볼 수 없는 것이 아닌가. 우리나라 헌법에 있어서는 형사 피고인은 변호인의 변호를 받을 권리를 가지고 있습니다. 그 조력이라고 하는 것은 형식적인 조력이 아니고, 변호인이 목을 매는 자기의 전심전력을 다한 법률적 사실적 조력을 의미하는 것이라고 본 변호인은 생각합니다. 그것이 변호인의 태만이 아니고 타율적인 요소에 의해서 제약이 된다면 이것은 헌법 위반의 중대한 사태가 아닌가 본인은 그렇게 생각하고 있습니다. 어째서 이 재판이 이토록 신속이라는 것이 가장 앞선 가치가 되고 거기에 의해서 모든 소송절차가 진행되는 것인지 본 변호인은 도저히 이해가 가지 않습니다. 피고인의 구속기간 그것이 왜 그렇게 큰 의미가 있겠습니까. 그것이 어찌해서 실체적 진실규명이라고 하는 소송의 가장 앞서는 가치를 깔아 뭉개야 될 가치인지 본인은 이해할 수가 없습니다. 굳이 여기에 있는 피고인을 꼭 구속을 해서 재판을 하셔야 할 당위성이 있다면 1차 구속기간이 만기가 되면 석방을 했다가 나중에 실형을 언도하시면서 법정구속을 하면 되지 않습니까. 그것이 형사소송법의 대원칙 아니겠습니까. 형사소송법이나 헌법 어디를 보더라도 피고인의 구속기간 내에 재판을 끝내라는 조항을 저는 찾아보지를 못하고 있습니다.

## 변호인들의 집단 퇴장

변호인단 대표의 진심을 담은 간절한 '호소'에도 불구하고 김영일 재판장은 실체적 진실을 앞세워 효율성을 무시할 수 없다며 변호인단의 요구를 물리쳤다. 이양우 변호사는 변론 준비가 안 되어 더 이상 재판에 응할 수 없다고 선언하고 10시 30분경에 퇴정했다. 변호인 전원 퇴장이라는 사법 역사에 흔치 않은 상황이 벌어진 것이었다. 그러자 재판장은 나를 비롯한 8명의 피고인에 대해 한영석 등 4명의 변호인을 국선변호인으로 선임한다고 선언했다. 그러나 이학봉 피고인은 국선변호인을 원하지 않는다고 했고, 나 역시 국선변호인을 원하지 않는다는 뜻을 밝혔다. 재판장이 일방적으로 국선변호인으로 선임한 한영석 변호사는 변호인 윤리에 맞지 않는다며 기피 의사를 표명했다. 주영복 피고인의 변호인인 이진강李鎭江 변호사는 주영복은 전두환 피고인한테서 전군 주요지휘관회의를 개최해달라는 요청을 받았다고 진술했으나 전두환 피고인이 이를 부인하고 있는 상태에서 전두환 피고인의 변호를 맡을 수 없다며 역시 재판장의 요구를 거부했다. 재판장은 결국 국선변호인 선정을 취소하고 나를 비롯한 피고인 8명을 퇴정시킨 뒤, 변호인이 출석한 노태우, 이희성, 주영복 3명에 대해 분리 신문을 진행했다. 오후에 속개된 공판에서 재판장은 다시 한영석 등에게 국선변호를 맡기려 했으나 거절하자 재판 종결을 선언했다.

졸속 진행으로 파행을 거듭한 끝에 마침내 변호인단 집단 사퇴라는 파국을 불러오자 나는 재판 종결에 앞서 변호인의 신문에 답변하는 형식으로 5공화국 전후의 우리나라 현대사에 관한 나의 역사관을 다음의 요지로 밝혔다.

이 법정은 현 정부의 갑작스런 '역사바로세우기'라는 명분 아래 진행되고 있는 제5·6공화국 전후 역사에 대한 심판을 내용으로 하고 있다. 해방 후 우리 앞에 나타난 정권들은 모두 그 앞의 정권을 '무능한 정권' '반민주적이고 부도덕한 정권'으로 비판 매도하고 전 시대로부터의 모든 유산을 부정함으로써 자기 정권의 비교우위를 나타내려는 독선적인 어리석음을 범하고 있다 … 건국 이후 지난 반세기의 역사가 그와 같이 반민주적이고 부도덕한 것뿐이었다면, 오늘날 이 나라의 번영은 누가 만들었고, 누가 가져다주었는지 되묻지 않을 수 없다. 본인은 제1공화국으로부터 현 정권에 이르기까지의 각 정권의 공과는 모두 공정히 평가되어야 한다고 생각한다 … 그럼에도 불구하고 3당 합당이라는 전시대와의 대타협의 산물로 탄생된 김영삼 정부는 탄생 후 전시대의 반민주, 부도덕성을 부각 단죄하는 정략을 정치체제의 운영기조로 삼고 있다. 이러한 김영삼 정부의 정치 전략은 이념적으로 현대사의 재해석까지 연결이 되어서 문민정부의 정통성을 상해임시정부의 정통성에 이어받는 것으로 주장함으로써 건국 이후의 모든 정권의 정통성이 부인되어 민족사의 흐름에서 단절 배제되는 위험한 상황에 빠지게 되었다고 생각한다. 현 정부의 이러한 전략은 이른바 김영삼 대통령의 '역사바로세우기'라는 말로 집약되는데 역사란 과거 한 시대의 인간 활동의 기록일 뿐이고 현재의 영광과 고뇌도 과거사의 연동의 결과이기 때문에 시간이 역류되지 않는 한 지난 역사에 어떤 변경을 가할 수는 없는 일이며, 아무리 현 정부가 상해임시정부의 정통성을 이어받았다고 주장해도 김 대통령이 민정당을 모태로 한 정당의 후보로 대통령에 당선된 역사적 사실에 어떤 변동이 오는 것도 아니다. 마찬가지로 그런 전략에 따라 본인과 다른 피고인들을 처벌한다 하여도 역사적 사실에 변동이 생길 수도 없다. 따라서 과거의 역사 청산이나 역사바로세우기라는 구호는 전시대에 대한 정치보복 외에는 아무런 의미도 없는 것이다. 우리 전체 민족사의 올바른 발전을 위해서는 이와 같은 과거 정권에 대한 정치보복은 본인에 대한 재판으로 끝내고 민족사 속에 굳건히 살아 내려온 민족혼의 맥을 발견하여 이를 바탕으로 민족의 정체성을 높이고, 보다 밝은 미래를 향해 나가야 할 것이다.

### 진실을 밝히기 위한 노력들

김영일 재판장의 일방적이고 무리한 운영으로 재판이 파행을 거듭하는 상황 속에서도 변호인단은 밤을 새워가며 5.18사건의 신문사항을 준비하고 있었다. 5월 17일 14차 공판에서 5.18사건에 대한 변호인의 반대신문이 시작되었다. 먼저 '지휘권 이원화' 문제에 집중된 변호인의 신문과 답변에서는 나는 검찰의 주장이 허황된 것임을 지적했다.

계엄군이 시위 진압작전을 하는 경우 계엄군의 출동, 시위 진압작전 계획의 수립, 시위 진압작전 지휘 등 일련의 군사적 조치는 계엄군 작전지휘체계에 따라 이루어지는 것이며 계엄군 작전지휘체계에 있지 않은 어떤 사람도 이에 관여할 수 없다고 하는 것은 군의 기본 상식이다. 그리고 광주 시위 진압작전에서도 공수부대의 출동과 시위 진압작전은 이희성李熺性 계엄사령관, 진종채陳鍾埰 2군사령관, 윤흥정尹興禎 전교사령관, 정웅鄭雄 31시단장의 지휘체계로 이루어진 것으로 알고 있다. 5.18사건 당시 중앙정보부장서리와 보안사령관으로서 계엄군의 작전지휘체계에 있지 않았던 나는 계엄군의 출동이나 시위 진압작전에 관여할 위치에 있지 않았고 관여하지도 않았다. 이러한 사실은 이 법정에 참석하고 있는 이희성 계엄사령관을 위시한 모든 사람들이 잘 알고 있을 것이다.

이 대목에 이르자 김상희 검사가 화급한 목소리로 말했다.

김상희 : 재판장님, 변호인 반대신문 중에 검찰 의견이 하나 있습니다. 검찰이 이 5.18 부분 공소를 제기함에 있어서 '지휘권 이원화'라는 개념은 전혀 상정조차 하지 않았고 또 그러한 입장에서 기소를 제기하지 않았습니다. 따라서 오해를 방지하기 위해서 변호인께서는 지휘권 이원화가 검찰이 상정하는 개념이 아니기 때문에 용어 선택에 주의를 촉구해주시기 바랍니다.
이양우 : 사실 지금 검찰에서 얘기하는 지휘 이원화가 없었다고 한다면 피고인은 기소될 수가 없는 것이지요.

이어 발포 명령자 문제에 관한 검찰 측 주장의 잘못이 지적됐다.

이희성 계엄사령관은 정도영鄭棹永 보안사 보안처장이 '자위권 발동 경고문'을 기지고 왔다고 검찰에서 진술을 했다. 그러나 내가 정도영 보안처장에게 확인한 바 이것은 사실이 아니다. '자위권 보유 천명'은 윤흥정 전교사령관과 진종채 2군사령관의 건의에 따라 이희성 피고인이 발표한 것이고 '자위권 발동 지시'는 계엄사령부가 한 것이며, 이 과정에 보안사나 중앙정보부가 관여한 사실이 없다. 또한 공소장에서는 나와 주영복, 이희성, 황영시, 정호용이 공모해서 광주 시위대를 무장폭도로 규정을 하고 계엄군으로 하여금 자위권 발동이라는 명목으로 광주시민을 살상하게 하였다고 기술하고 있다. 나는 주영복, 이희성 등 4명과 광주사태 중 함께 만난 일조차 없다. 더더욱 발포 문제를 가지고 어느 누구와도 논의를 한 사실이 없다. 검찰은 주영복 등 4명과 내가 광주시민을 살상하기 위한 발포 문제를 논의하였다는 명백한 증거를 이 법정에서 밝혀야 한다. 검찰의 공소사실은 5.18사건의 엄연한 역사적 진실을 의도적으로 왜곡하여 정치적 속죄양을 만들려는 부당한 정치 탄압이다.

6월 27일 17차 공판에서는 12.12 당시 육군참모차장으로 있던 윤성민尹誠敏 장군에 대한 증인신문이 진행됐다. 윤성민 장군은 검찰 조사 과정에서 12.12사태 당시 합동수사본부장으로부터 정승화 총장을 10.26 박 대통령 시해사건에 관련된 혐의 조사를 위해 연행했다는 사실이나, 합동수사본부장이 최규하 대통령에게 정 총장 연행을 보고했다는 사실을 통보받은 바가 없고, 육군본부 지휘부와 장태완 수도경비사령관이 병력 출동을 한것은 합동수사본부 측이 제1공수여단을 먼저 출동시켰기 때문에 이를 제압하기 위해서 한 것이며, 군 지휘부로부터 병력 출동을 하지 말라는 지시를 받은 바가 없다고 공소사실에 부합하는 진술을 했었다. 따라서 검찰은 12.12사건 공판의 기선을 잡기 위해 가장 자신 있는 윤성민 장군을 첫 번째 증인으로 부른 것이었다. 검찰의 직접신문이 시작되자 윤성민 장군은 검찰 조사 내용은 그대로 시인했다.

그러나 변호인의 반대신문이 시작되자 상황이 급변했다. 이양우 변호인은 윤성민 증인에게 '합동수사본부장으로부터 정승화 연행 사실을 통보받은 일이 정말 없습니까?'라고 질문을 시작했다. 윤성민 장군이 '보고받은 기억이 없다'고 부인하자, 변호인은 윤성민 증인에게 '육성 녹음 대화 내용'을 제시했다. 그것은 바로 12.12사태 당시 육군 지휘부의 전화통화 내용을 녹취한 것이었는데, 12.12사태가 정치 쟁점화되자 『월간조선』에서 이를 입수해 보도한 것이었다.

변호인이 '육성 녹음 대화 내용에 의하면 증인은 1979년 12월 12일 저녁 8시 50분경에 이건영 3군사령관과 통화를 했습니다. 이것은 인정합니까?'라고 다그쳐 물었다. 윤성민 증인이 통화한 사실을 인정한다고 하자 변호인은 대화 내용에 있는 윤성민 장군의 통화 내용을 읽어나갔다.

> 총장님이 납치되어갔다, 이렇게 되었는데 확인해 보니까 안가 문제 때문에 조사하려고 한 것이 이렇게 되었다는 것입니다. 보안사령관하고 통화를 했는데 총장님은 보안사령부에서 안전하게 보호하고 있습니다. 그래서 진돗개를 취소하려고 합니다.

통화 내용을 다 읽은 변호인은 '여기에 나오는 보안사령관은 누구입니까?'라고 윤성민 증인에게 다시 물었다. 그러자 윤성민 장군은 '전두환 장군입니다. 보안사령관과 통화를 했습니다'라고 대답했다. 윤성민 장군이 합동수사본부장으로부터 정승화 총장을 '안가 문제'를 조사하기 위해 연행한 사실을 통보받았음을 인정하고 검찰에서의 진술이 거짓임을 자인한 것이었다.

이 신문의 답변을 시작으로 윤성민 장군이 검찰에서 한 허위진술의 실상이 줄줄이 드러났다. 윤성민 장군은 이어진 변호인 신문에서 노재현 국방장관이 합동참모본부장이었던 문홍구文洪球 장군을 통해 9공수여단을 출동시킨 것을 회군하라는 지시와 함께 합동수사본부장과 통화를 했는데 모든 문제가 원만하게 해결되었으니 절대로 병력 출동을 하지 말라는 지시를 수차례 받았다고 말하고 당시 노재현盧載鉉 국방장관, 김종환金鍾煥 합참의장, 이건영李建榮 3군사령관과 한미연합사 부사령관 등 모든 군 수뇌부로부터도 병력 출동을 절대 하지 말라는 강력한 지시를 받고 있었으며, 장태완張泰玩 수경사령관의 병력 출동은 군 지휘권자들의 명령을 위반한 것이었다고 검찰에서의 진술을 번복했다. 그리고 1공수여단의 서울 출동 사실은 직접 확인한 바가 없고 경찰 첩보로 들은 것이라고 한 발 물러난 진술을 했다.

이날의 변호인 신문을 통해 합동수사본부장은 합동수사본부가 정승화 총장을 박 대통령 시해사건의 혐의점을 조사하기 위해 연행한 사실과 최규하 대통령에게 연행 조사를 보고한 사실을 정승화 총장 연행 직후에 윤성민 차장에게 통보했고, 윤성민 차장과 장태완 사령관은 노재현 장관, 김종환 합동참모본부의장 등 군 통수권자로부터 병력 동원은 절대 하지 말라는 강력한 지시를 수차례에 걸쳐 받았음에도 이에 불응하여 30경비단을 공격하기 위해 9공수여단, 수도기계화사단, 수도경비사령부의 병력 동원을 기도했다는 사실이 밝혀졌다. 또 검찰의 공소사실이 얼마나 악의적이고 허구에 찬 것인지 검찰이 요청한 증인의 진술에 의해 확인되는 순간이었다.

7월 1일에 열린 제18차 공판에서는 신현확申鉉碻 국무총리와 최광수崔侊秀 대통령 비서실장, 우국일禹國一 당시 보안사 참모장, 구정길丘正吉 당시 대통령 특별경호실장 등 4명에 대하여 증인신문과 주영복 국방장관, 이희성 계엄사령관에 대한 검찰 신문이 있었다. 이날의 핵심 증인은 신현확 당시 국무총리였다. 검찰은 신현확 총리에게 30경비단 만찬모임에 참석했던 유학성, 황영시 장군 등이 최규하 대통령을 방문했을 때 정승화 총장의 연행 문제를 재가하도록 강요나 협박을 했는지와 최규하 대통령이 재가를 미룬 배경에 대해 끈질기게 추궁했다. 이에 대해 신현확 총리는 유학성 등 장군들이 최규하 대통령을 방문한 때에 예의를 갖추고, 정승화 총장의 연행 소사의 불가피성을 건의하였으며 그 과정에서 어떠한 강압이나 협박 등 불미한 일이 없었다고 분명히 밝혔다. 또한 최규하 대통령의 재가가 지연된 것은 노재현 국방장관의 출두가 늦어진 데 따른 것이었으며 재가 이전에 최규하 대통령이 정 총장의 연행이 부당하다거나 석방하라는 지시를 한 사실이 없다고 증언했다.

또한 구정길 대통령 특별경호실장에 대한 변호인 신문에서는 정승화 계열 핵심 장성인 김진기金晉基 육군본부 헌병감으로부터 정승화 총장 연행 문제를 보고하고 있던 합동수사본부장이 나오면 무조건 구속하라는 명령을 받았다는 사실이 밝혀졌다. 이날의 마지막 절차는 이희성 5.18 당시 계엄사령관에 대한 검찰 신문이었다. 그런데 이 신문 과정에서 검찰에게 충격을 안겨주는 증언이 나왔다. 이희성 계엄사령관은 검찰 수사 과정에서 계엄사령부에서 자위권 보유 천명 발표를 한 5월 21일에 정도영 보안사령부 보안처장이 담화문 문안을 전해주면서 TV나 라디오 등 언론을 통해서 생중계로 발표해달라고 요청했다고 진술하여 5월 21일에 발표한 이희성 계엄사령관의 광주사태에 관련된 담화가 마치 보안사령관인 나의 막후 조종에 의한 것인 양 진술을 했었다. 그런데 이희성 계엄사령관이 7월 1일에 열린 18차 공판에서 자위권 보유 천명 초안은 계엄사 참모가 집무실 책상에 가져다놓은 것이었으며 보안사의 정도영 보안처장이 가져온 것이 아니고 검찰에서의 진술은 착오에 의한 것이었다고 진술을 번복함으로써 검찰에서의 진술이 잘못된 것이었음을 인정했다. 이희성의 진술을 빌미 삼아 나를 자위권 보유 천명 발표의 배후조종자로 지목하는 한편 '발포 명령자'로 기소한 검찰에게 치명상을 안기는 증언이었다.

검찰이 자신감을 가지고 임했던 2일간의 증인신문에서 검찰의 주장이 허위임이 연이어 드러나고 특히 내란 목적 살인을 뒷받침하는 유일한 증인인 이희성 전 계엄사령관의 검찰 진술마저 번복되자 검찰은 당황한 빛이 역력했고 김영일 재판장은 증인이 변호인의 신문에 당황하는 기색이 보이거나 불리한 진술을 하면 변호인의 신문을 가로막고 검찰 주장을 시인하도록 유도하는 질문을 하는 등 정치권력의 주문을 충실히 이행하기 위해 안간힘을 쓰고 있는 모습이었다.

### "재판을 포기하자!"

7월 1일의 재판도 저녁 늦은 시간까지 계속되었는데 김영일 재판장은 공판 폐정에 앞서 향후 증인신문 일정을 밝혔다. 김영일 재판장이 고지한 내용은 3일 후인 7월 4일에 열리는 제19차 공판에서 12.12사건의 핵심 증인인 노재현 당시 국방장관, 정승화 당시 계엄사령관, 장태완 당시 수도경비사령관 등 4명의 증인신문을 시작으로 7월 8일에 개정되는 20차 공판에서는 김진기 육군본부 헌병감 등 9명, 7월 11일의 21차 공판에서는 진종채

2군사령관 등 6명의 증인신문을 하겠다는 것이었다. 6월 27일에 있었던 윤성민 당시 참모차장에 대한 증인신문은 육군 지휘부의 동향에 한정된 것이었음에도 신문사항을 만드는 데 이틀이 소요되었으며 400여 항에 이르는 신문사항을 4시간에 걸쳐 질문했었다. 따라서 3일 간격으로, 적게는 4명에서 많게는 9명에 이르는 증인신문을 한다는 것은 사실상 불가능한 것이었다. 변호인은 증인신문 일정을 재조정해줄 것을 재판장에게 요청하였으나 역시 받아들여지지 않았다. 김영일 재판장의 이러한 횡포는 두 번의 증인신문을 통해 검찰의 공소사실이 허위임이 밝혀지기 시작하자 변호인의 증인신문을 사실상 봉쇄 내지는 무력화시키려는 술책이라고 볼 수밖에 없는 것이었다.

이날의 재판은 저녁 8시경에야 끝이 났다. 저녁 10시가 넘어 안양교도소로 돌아온 나는 식은 저녁밥을 그대로 물린 후에 그날 재판정에서 일어난 일련의 사태를 곰곰이 되돌아보았다. 나는 김영삼 대통령의 이른바 '역사바로세우기'에 항거해 죽기를 각오하고 단식을 했다. 그러나 내가 병원으로 후송됨에 따라 단식을 통한 항거는 불가능하다는 판단하에 재판을 통해 역사의 진실을 밝히기로 결심하고 법정에 나갔던 것이다. 물론 당시에는 이미 국회에서 '5. 18특별법'을 만들어 12.12, 5.17, 5.18사건을 '헌정질서 파괴범죄'로 규정하고 있었고 헌법재판소는 이러한 위헌적 법률을 합헌이라고 판결하고 있는 상황이었다. 그러나 그때까지도 나는 법원의 최소한의 양심을 믿고 있었다. 법원의 무죄 선고를 바란 것이 아니었다. 다만 나에게 '역사의 진실'을 말할 충분한 기회가 주어지고 '올바른 역사'가 기록되기를 바란 것뿐이었다. 이러한 나의 소박한 소망은 한낱 꿈이었다는 것을 그날 절감한 것이다. 5공화국의 정통성이 공개 법정에서 난도질당하고 나로 인해 내가 사랑하는 나의 동료, 후배들이 젊은 검사로부터 참을 수 없는 인간적 모욕을 당하고 있는 현실을 더 이상 좌시할 수 없다는 생각이 들었다. 다음날 나는 이양우 변호사를 불렀다.

> 변호인단의 노력으로 내가 역사에 대해 그리고 국민들에게 하고 싶었던 말은 다 한 것 같소. 내가 말한 역사적 진실은 재판 기록에 영원히 남아 후세의 역사가에 의해 그 옳고 그름이 정당하게 평가될 것이오. 좀 더 성실한 재판을 하기 위해 노력하는 변호인들의 심정은 이해되지만 재판부가 저렇게 나오고 있으니 모든 것을 역사와 국민의 현명한 판단에 맡기기로 하고 재판을 포기하겠소.

13차 공판 때 변호인들의 퇴정, 사퇴, 국선변호인 선임 등의 파행을 겪으면서도 변호인단은 14차 공판에는 다시 출석하는 등 재판부에 협조하기 위해 노력했다. 그럼에도 불구하고 1심 재판부의 불공정한 재판 운영은 증인신문이 시작되면서 보다 노골적으로 그 본색을 드러냈다. 김영일 재판장은 피고인신문이 끝난 지 불과 3일 후에 고소고발인 측의 핵심 증인인 윤성민 12.12 당시 육군참모차장과 이건영 3군사령관에 대한 증인신문을 시작했었다. 변호인 입장에서 사흘이라는 시간은 핵심 증인에 대한 신문 준비를 하기에는 턱없이 짧았다. 검찰은 증인신문에 앞서 총 600여 명의 사건 관련자를 조사한 17만여 쪽, 155권에 이르는 수사기록을 법원에 제출했다. 한 번 읽어보는 데만도 약 6개월이 걸리는 방대한 분량이었다. 더구나 변호인들은 이 기록을 증인신문 겨우 한 달 전에야 손에 넣을 수 있었다. 변호인단은 김영일 재판장에게 증인 소송기록을 검토하기 위해 신문기일을 4~5일 정도만 연기해달라고 요청했지만 일언지하에 거부되었다. 뿐만 아니라 김영일 재판장은 다음 증인신문 기일을 4일 후인 7월 1일의 18차 공판일로 결정하면서도 5.17, 5.18사건의 중요 증인인 신현확 당시 국무총리, 최광수 대통령 비서실장 등 6명의 증인을 신문하겠다고 일방적으로 선언해버렸다. 재판장의 이러한 무리한 재판 진행은 변호인에게 소송기록을 읽을 시간조차 주지 않은 채 재판을 강행하겠다는 것으로 변호권에 대한 사실상의 중대한 제약이었다. 재판장의 이러한 조치는 누가 봐도 윤성민의 증인신문에서 낭패를 당한 검찰과 재판부가 그 같은 실수를 재연하지 않기 위해 속전속결로 나가기로 했음을 보여주는 것이었다. 변호인단은 김영일 재판장에게 재판 기일을 며칠 연기해주든가 그것이 불가능하다면 7월 1일에 신문할 증인의 숫자를 줄여달라고 요청했다. 그러나 그 요청마저 기각되었다. 김영일 재판장은 한술 더 떠서 사흘 후인 7월 4일에도 증인신문을 계속하겠다고 선언했다. 7월 4일의 19차 공판에서는 노재현 당시 국방부상관, 상내완 수노경비사령관 능 고소고발인 측의 핵심 증인 6명의 증언을 듣겠다는 것이었다.

재판부는 검찰 측이 신청한 80명의 증인 중에서는 거의 전부라고 할 수 있는 71명을 채택하면서 변호인단이 신청한 35명의 증인 중에서는 겨우 10명만을 채택하는 등 불공정한 공판 운영 자세를 노골적으로 보여주었다. 변호인이 이러한 결정에 항의하자 김영일 재판장은 '공지의 사실'에 대해서까지 증인신문을 할 수 없다고 말하면서 변호인의 요청을 기각했다. '공소사실과 관계가 없어서' 기각한 것이 아니라 '공지의 사실'이기 때문에 받아들이지 않겠다는 김영일 재판장의 언급은 이미 공소사실에 대하여 상당한 '예단豫斷'을 가지고 있음을 노골적으로 드러내는 발언이었다.

이러한 공판 진행을 보면서 나는 공정한 재판을 위해 배심원 제도가 절대로 필요한 이유를 절감했다. 국민의 생명과 재산, 권리가 공무원 신분인 판검사에 의해 좌지우지되는 일을 막기 위해서는 주권자인 국민이 배심원 석에 앉아 두 눈 똑바로 뜨고 지켜보면서 재판에 참여할 필요가 있는 것이다. 참다못해 나는 그날 공판이 끝난 뒤 이양우 변호사를 불러 재판을 포기하라고 했다.

결국 제19차 공판이 열리던 7월 4일, 갈수록 더해가는 재판부의 편파 진행하에서는 더 이상 변호다운 변호를 할 수 없다는 결론에 도달한 변호인단 전원은 재판부에 사임계를 제출했다. 이양우 변호사는 기자들에게 변호를 포기할 수밖에 없는 상황과 비통한 심정을 다음과 같이 토로했다.

"재판은 참가하는 데 의의가 있는 올림픽과 달라 실체적 진실을 규명하는 데 그 뜻이 있다. 재판부가 우리에게 주 1회 공판 약속을 스스로 깨고 주 2회 공판에 야간 재판까지 강행하는 것이나, 매 기일마다 5명 내지 9명까지의 핵심 중요 증인을 한꺼번에 부르도록 하는 것은 의도적으로 변호인으로 하여금 변론을 할 수 없도록 만드는 것이라고 볼 수밖에 없다. 특히 이번 사건들은 16년이나 지난 과거의 일이어서 당시의 상황 파악이 사실상 거의 불가능하기 때문에 관련자들의 진술과 자료를 광범위하게 조사하지 않으면 증인신문의 실효성을 기대하기 어렵다. 그럼에도 불구하고 재판부가 단 이틀간의 준비기간만을 주고 적게는 5명, 많게는 9명의 증인신문을 하라고 하는 것은 변호인의 반대신문권에 대한 사실상의 제한인 것이다. 또한 '공지의 사실인데 무엇 때문에 증인신문이 필요하냐'는 식의 재판 태도라면 그리고 유죄를 예단한 채 대답을 유도하는 식의 재판이라면 더 이상 변론이 필요없는 것이다."

어떻게든 검찰 주장의 허구성을 증인들의 증언을 통해 밝혀보려던 변호인단의 노력은 최소한의 변호 여건조차 허락하지 않는 재판부의 일방적 재판 운영 앞에서 좌절되고 만 것이다. 노태우 전 대통령의 변호인단도 곧이어 사퇴에 동참했고, 그 뒤를 이어 다른 피고인들의 변호인단 다수가 동반 사퇴했다. 7월 4일의 19차 공판에는 이희성, 주영복 피고인의 변호인만 출정했다. 재판장은 일순 충격을 받은 듯했지만 그런 상황에서도 막무가내식으로 재판을 강행했다. 결심공판이 가까워오자 재판부의 불공정과 졸속은 더욱 심해져 91명의 증인 중 44명의 증인신문을 취소하면서까지 결심을 서둘렀다.

## 공소장을 읽어보지도 못한 국선변호인

1996년 7월 4일 열린 19차 공판은 노재현 전 국방장관, 정승화 전 육군참모총장, 장태완 전 수경사령관 등 검찰 측의 결정적인 핵심 증인에 대한 변호인의 반대신문 그리고 수영복 전 국방장관, 이희성 전 계엄사령관 등 피고인에 대한 검찰 측의 신문이 예정된 매우 중요한 공판이었다. 그러나 변호인 22명 가운데 주영복, 이희성 피고인의 변호인 3명을 제외한 19명의 변호인은 아무도 출석하지 않았다. 1주일에 두 번씩 공판을 강행하는 데 항의해 법정 출석을 거부한 것이다. 나의 변호인인 전상석, 이양우, 석진강, 조재석 변호사는 나를 제외한 피고인들에 대한 변호인 사임계를 이미 서울지방법원에 제출했다. 이 재판은 변호인 없이는 진행할 수 없는 '필요적 변론 사건'에 해당하는 것이어서 김영일 재판장은 개정 직후 이 같은 사정을 설명하면서 직권으로 국선변호인을 선임했다고 발표했다.

재판장이 국선변호인 선임을 선언한 지 10분 만인 10시 10분 재판에 임할 아무런 준비도 없는 김수연金秀淵, 민인식閔仁植 두 국선변호인이 법정에 들어섰고 재판은 파행인 채 진행됐다. 이 경우 국선변호인 제도의 취지와는 전혀 맞지도 않았고, 그들은 다만 겉모양만 갖추기 위해 데려다놓은, 꿔

다놓은 보릿자루에 불과한 존재였다. 김영일 재판장은 사선변호인들이 출석하지 않는다는 것을 이미 예측하고 이에 대비했던 듯 일사불란한 조치를 취하고 있었다. 노재현 증인에 대한 검찰 측의 신문이 끝나자 재판장은 "피고인들이 직접 물을 사항이 있으면 물으십시오. 이 증인에게는 그날 국방장관으로서 이동한 상태, 보고하고 보고받은 상태, 지시한 상태 이런 것을 물은 것입니다. 더 물을 것 있으면 물으십시오."라고 피고인들이 증인신문을 하도록 했다.

그러자 장세동 피고인이 일어났다.

존경하는 재판장님, 오늘 변호인들이 출석하지 않은 상태에서 국선변호인 두 분을 재판장님께서 임명을 하셨습니다. 오늘 당시 국방부장관과 당시 수경사령관, 참모총장에 대한 중요한 증인의 신문을 하고 있습니다. 새로 국선변호인으로 선정된 이분들도 적어도 피고인과 어느 정도 대화를 하고 적어도 최소한의 질문을 할 수 있는 입장을 만들어주셨으면 좋겠습니다. 물론 조금 전에 피고인들에게 직접 신문할 수 있는 기회도 주셨습니다만 지난번에도 제가 재판 과정에서 잠깐 말씀 올렸습니다만 당시 돌아가신 대통령도 군인 출신, 옆에 있었던 비서실장도 참모총장 출신의 군인 출신, 또 쏜 김재규도 군인 출신, 그 당시에 직접적인 참모총장의 직책을 가지고 있었던 참모총장도 군인 이러한 모든 사항이 당시의 국기를 흔들어놓은 사항입니다. 그것은 당시 참모총장이었던 한 사람의 잘못으로 인해서 오늘 여기까지 왔는데 그분들의 진술을 듣고 있습니다. 물론 변호인들이 어떤 이유에서 지금 안 나왔는지는 확실히 잘 모르겠습니다만 국선변호인을 선정하셨는데 적어도 피고인과 몇 마디는 나누어서 검찰이 신문한 그 사항에 대해서 적어도 반대신문 내지는 직접신문을 몇 마디라도

전두환 회고록 3권. 황야에 서다

할 수 있는 기회를 만들어주셨으면 좋겠습니다. 따라서 직접 그런 질문의 기회도 주었습니다만 저희들이 모시던 분들입니다. 직접 또는 간접적으로 모시던 분이고 여기서 질문 하나하나는 군의 명령이고 국가의 기강의 문제가 있습니다. 군 후배들이 지금 보고 있습니다. 이것이 재판의 결과의 어떤 문제가 아니라 군의 사기 문제가 있기 때문에 질문하는 것을 아끼고 있습니다. 말을 함부로 못하겠습니다. 모시던 분에게 결례도 물론 있지만 이 한마디 한마디가 중요한 사항이기 때문에 국선변호인에게도 상의할 수 있는 기회를 주셨으면 하는 생각에서 말씀드렸습니다.

김영일 재판장은 장세동 피고인의 간곡한 요청에 친절한 목소리로 응대했지만 역시 결론은 마찬가지였다.

피고인이 대단히 좋은 말씀을 했는데요, 이 사건의 변호인단이 애당초 변호인이 없는 피고인 같으면 여러 가지 시간을 두고 접견도 해야 될 시간 여유도 드리고 자료도 충분히 검토할 시간적 여유도 드리고 이렇게 하게 되겠는데… 엄연히 아시다시피 상당히 많은 숫자의 변호인단이 여러분들을 위해서 활동을 하고 있는데 갑자기 오늘 재판에는 못 나오겠다, 이런 것입니다. 이 국선변호인은… 지금 오늘 법정은 불가피하게 진행되어야 되겠고 해서 최소한으로 하는 것입니다. 그래서 진행은 일단 해야되겠습니다. 그러니까 이의는 그대로 조서에 남기는 것이고 그렇게 하겠습니다.

변호인 접견도 없는 상태에서 재판을 계속 진행하려고 하자 이번에는 허화평 피고인이 일어났다.

제가 피고인으로서 정확히 말씀드리면 이 재판이 하루 빨리 끝나기를 저희들은 원합니다. 하루라도 늦게 끝나기를 원하지 않습니다. 또 많은 변호인이 있지만 저희들이 직접 접촉을 해보니까 사실 그것이 굉장히 어렵습니다. 저희들은 변호인들을 수시로 만나서 충분한 의견을 교환하고 싶은데 변호인의 숫자가 제한되어 있습니다. 또 교도소도 세 군데 나누어져 있고 실제적으로 보았을 때 물리적으로 변호인들이 준비하는 데 굉장히 어렵다 이것을 좀 이해해주시면 좋겠고요, 결코 저희 피고인들이 지연을 해야 되겠다 할 이유는 없습니다. 또 오늘 국선변호인 두 분이 와 계십니다만 형식적으로는 문제가 안 됩니다. 그러나 모든 내용을 충실히 함으로써 이 재판의 품위가 더 올라가지 않을까 해서, 저희 변호인들이 오늘 오지 않은 상세한 내용은 모르지만 좀 의논을 하셔서 이 재판이 좀 잘 되었으면 하는 희망입니다.

장세동, 허화평의 호소에도 불구하고 김영일 재판장은 오후에 공판을 속개해 검찰 측이 장태완 전 수경사령관에 대해 신문을 하도록 했다. 장세동 피고인이 다시 일어났다.

우선 죄송한 말씀을 드리겠습니다. 변호인을 만날 수 있는 입장이 아니기 때문에 제가 직접 판사님께 말씀을 올립니다. 오전에도 말씀을 올렸습니다만 저희들이 선임한 변호인이 법정에 출석하지 않음으로써 재판장님은 직권으로 국선변호인을 선임을 하셨습니다. 국선변호인과 내용을, 서로 신문할 내용을 상의할 수 있는 시간을 주십사 하고 오전에 말씀을 올렸습니다. 그러나 점심시간을 해서 오후 재판에도 만나서 얘기하고 중요한 사안에 대해서 신문할 수 있는 그런 기회가 주어지지 않을 것으로

전두환 회고록 3권. 황야에 서다

믿기 때문에 당돌하게 직접적으로 재판장님께 말씀을 올립니다. 여기 있는 모든 피고인이 국선변호인 선임하신 일, 변호인과 만나서 얘기를 해서 이 재판에 가장 핵심적인 증인 오늘 세 분이 여기 와서 증언을 하셨는데 그 증언에 대응할 중요한 사항 몇 마디라도 신문을 할 수 있는 여건을 만들어주실 수 있는지, 그렇지 않으면 그 시간을 할애해주십사 하는 뜻에서 재판장님께 말씀드립니다.

장세동 피고인의 거듭된 호소에도 재판장의 태도에는 변화가 없었다.

지금 국선변호인이 피고인 여러분을 접견을 해서 여러분에게 유리한 증언을 이렇게 받아낼 수 있을 만한 그런 준비가 참 어려울 것입니다. 그런데 그 점을 재판장이 챙겨서 중요한 부분은 신문을 하게 되는 것입니다. 지금 증인은 본 변호인단이 언제 입정을 해서 우리가 하겠소 하고 할지도 모르는 상태에서 지금 시간을 할애해서 국선변호인 접견을 해서 준비한 다음에 증인신문하시오 하는 것이 쉽지가 않고 실효가 적을 것으로 보여집니다. 그래서 오늘 이 증인들한테 대해서는 그런 시간 없이 그냥 신문하니까 그리 아시고, 장세동 피고인이 진술한 것은 법정에서 피고인 입장에서 국선변호인을 갑자기 선임을 해서 진행하는 데 대한 아쉬움의 의견을 표시한 것을 조서에 그대로 남겨놓겠습니다. 신문 계속하십시오.

재판은 정승화, 백동림白東林 증인과 이희성, 주영복 피고인에 대한 신문을 계속해나갔는데 재판장은 "… 증인에게 신문할 사항이 있습니까? 이학봉 피고인은 좀 신문할 게 많을 것 같은데요." 했지만 이학봉은 "… 변호권부터 여러 가지 문제가 있을 것 같아서 저로서는 일단 신문을 오늘은 자제하겠습니다."고 거부했다.

파행으로 끝난 재판을 마치면서 김영일 재판장은 "오늘 사선변호인이 없는 가운데 재판을 강행을 해서 피고인들도 여간 불안한 게 아니고 재판부도 물론 마음이 편치는 않습니다. 그리고 마지막에 강행하려던 검찰의 보충신문은 피고인들 일부가 이러저러한 사정을 진술을 해서 거기에 맞추어서 사선변호인이 나와 계신 이희성, 주영복 두 피고인에 대해서만 보충 신문하고 오늘 여기서 마무리짓습니다. 형사소송법이 제시해서 재판은 이렇게 해야 된다 하는, 현실적인 재판이 절차상 추구해야 될 몇 가지의 이념이 있고, 그 이외에도 실제로 재판에 임해서는 피고인들을 비롯한 검찰, 변호인 여러 소송 관계인들의 현실적인 욕구가 충돌하는 수가 있습니다. 이러한 여러 가지 문제점들의 중심점에 서서 이 사건을 끌고 가고자 하는 것이 이 재판부의 입장이었습니다. 이제까지 그 여러 욕구 가운데 그래도 중심점에서 이탈하지 않고 평형을 이루기 위해서 이제까지 쭉 노력을 해왔고. 오늘 이 재판도 그 평형을 유지하는 범주 내에서 강행하는 것으로 이렇게 진행을 한 것입니다. 앞으로도 계속적으로 사선변호인단이 불출석한다면 불출석하는 대로 재판은 지속될 것입니다. 그와 같은 현실 속에서 재판장이 피고인들 여러분들의 불이익이 최소한에 그치도록 재판부가 노력은 할 것입니다. 그러나 사선변호인단이 출석 안 한다고 해서 또 재판을 뒤로 미루고 하는 일은 앞으로 없을 것입니다. 그리 알고 여러 가지 아쉬움이 있더라도 또 여러분들도 재판부의 고충도 이해를 하시고 해서 재판부는 아까 여러분에게 밝힌 의견에 반복을 한다면 여러 욕구 충족 속에서 중심점에서 평형을 유지하도록 끊임없이 노력할 것입니다."고 말해 파행 재판을 강행할 방침을 밝혔다. 속이 뻔히 들여다보이는 궁색한 자기합리화였다. 재판장의 얼굴을 올려다보는 순간 측은하다는 생각마저 들었다.

7월 8일의 20차 공판 때 변호인들은 재판장이 유죄를 예단하고 재판을 진행하고 있다는 점을 지적하며 변호인을 사임함과 동시에 법정을 떠났다. 전상석 변호사는 퇴정에 앞서, 19차 공판에서 있었던 국선변호인 선임 과정에 대해 김영일 재판장을 질타했다.

지난 7월 4일 이 사건 변론기일에 재판부에서 국선변호인을 선임하여 공판을 진행하는 것을 보면서 헌법 제12조 제4항에 의하여 국민의 기본권으로 보장되어 있는 국선변호인 제도를 이 재판부가 올바르게 파악하고 있는지 적지 않은 의구심이 있습니다. 국선변호인 제도는 형사피고인에 대한 유효하고 충분한 변호권을 보장함에 그 목적이 있는 것입니다. 그러므로 국선변호인은 사선변호인과 다름이 없이 오히려 보다 충실하게 변론 활동을 하여야 함이 법률상 또는 변호사의 윤리상 요구되는 것입니다. 지난번 7월 4일에 열렸던 공판에서 사선변호인들의 사퇴로 전격적으로 국선변호인에 선임된 변호사 두 분은 소송기록은커녕 공소장도 보지 못하고 피고인의 접견도 하지 아니한 채 법정에 섰다고 합니다. 이분들은 허수아비처럼 법정에 앉아 있었으나 단 한 마디 변론을 할 초보적 지식도 갖지 못하였습니다. 언론보도에 의하면 피고인 중에 한두 분이 국선변호인에게 기록 열람과 피고인 접견의 기회를 주도록 해달라고 요청하였으나 그 뜻을 조서에 기재하겠다고 하였을 뿐 이 당연하고도 정당한 요구마저 받아들이지 않았습니다. 이 무슨 해괴하고 설익은 연출입니까? 재판부가 파악하고 있는 국선변호 제도는 과연 무엇인지 의심하지 않을 수 없습니다. 국선변호 제도를 공판 개정의 형식적 요건 정도로 파악하고 있다면 비난받아 마땅할 것입니다. 나아가 국선변호인으로 선임된 두 분 변호사는 변호사의 직업윤리에 반하여 변호사의 품위를 손상한 것이므로 징계가 논의되어야 할 것입니다. 그리고 그 원인을 제공하고 강제한 재판부도 책임을 면치 못할 것입니다. 재판부의 헌법과 형사소송법의 이해 정도와 인권 감각에 깊은 우려를 하지 않을 수 없습니다.

전상석 변호인은 이어서 김영일 재판장의 파행적인 재판 진행을 따지고 들었다.

재판부에서는 변호인단의 변론 활동을 재판 지연이라는 사시적斜視的 시각을 가지고 보는 듯합니다. 그러나 저희 변호인들은 재판부의 소송심리에 보조를 맞추어 실체적 진실 발견에 정성을 다하여왔다고 자부하고 있습니다. 우리나라 소송제도는 변론주의입니다. 말로 진실을 발견하자는 것입니다. 왜 말을 기피합니까. 왜 그 말을 재판 기피책이라고 생각합니까. 진실을 두려워한 까닭입니다. 진실을 또다시 묻어두고 희생양을 만들려고 해서는 안 될 것이며 이 사건의 진실을 가려내지 못하면 우리 모두가 역사의 죄인이 될 것입니다. 재판장의 그간의 말이나 융통성 없는 심리 강행은 이미 짜여진 스케줄에 의하여 정하여진 결론을 향해 이 사건 공판이 달리고 있다는 것을 웅변으로 말하고 있습니다. 7월 1일의 재판은 사선변호인 그리고 7월 4일의 재판은 사선변호인을 사퇴시켜 국선변호인으로 재판을 진행하겠다는 것을 사전에 계획한 것이라면 그것은 사법부의 자살행위이며 나라의 망신입니다.

재판장을 향한 준엄한 비판을 마친 전상석 변호인은 잠시 눈을 감고 서 있었다. 그리고 조용히 말을 이었다. "자명한 재판에 더 이상 들러리가 될 수 없고, 비겁한 엑스트라가 될 수 없다는 것이 본 변호인이 얻은 결론입니다. 어떤 희생양이 될지 모르는 우리 늙은 피고인들을 이 법정에 남겨둔 채 역사의 죄인이 되어 이 법정을 떠나는 슬픈 형상을 내가 평생을 몸 담아오고 사랑하던 사법부에게 호소하면서 이 법정을 떠나겠습니다."

전상석 변호인은 이 말을 마치고 법정을 떠났다. 평소에 변호인들이 변론을 할 때마다 비난의 웅성거림이 있었던 방청석에서도 이 순간에는 물을 끼얹은 듯 정숙이 흐르고 있었다.

잠시 후 이양우 변호인이 일어났다. 이양우 변호인도 몹시 침통한 목소리로 말을 시작했다.

세칭 12.12, 5.17, 5.18사건의 재판은 1995년 11월 24일 김영삼 대통령의 이른바 '역사바로세우기' 선언에 따라 소급입법이라는 위헌적 방법으로 이루어졌습니다. 이와 같이 법률적 관점에서나 헌정 발전의 측면에서 모두 온당치 못한 이번 사건의 유일한 당위성은, 지난 16년간 우리 민족의 갈등과 반목을 가져온 이들 사건의 '진실'을 이 법정을 통해서 밝혀냄으로써 민족의 화합을 이루는 것일 것입니다. 본 변호인은 이런 관점에서 12.12, 5.17, 5.18사건의 '참된 진실'을 밝혀보자는 한 가닥 희망을 가지고 이 법정에 섰습니다. 이번 사건의 지상가치至上價値는 누가 무엇이라고 해도 '역사바로세우기'를 앞세워 전 정권의 도덕성을 훼손하고 전직 두 대통령을 처벌하는 것이 아니라 이 사건들의 '실체적 진실'을 규명하는 것이어야 합니다. 그리고 이들 사건의 실체적 진실이 밝혀지기 위해서는 지난 16년간 정치적 의도를 가지고 만들어낸 이 사건에 대한 그릇된 허상의 선입관을 과감히 떨쳐버리는 용기가 필요합니다. 또한 소송 관계인들은 시간에 얽매이지 말고 진지한 자세로 당시의 상황을 재조명하는 용기와 예지가 필요하다고 생각합니다. 따라서 이번 사건의 심리에 있어서 재판의 신속이라던가 재판의 효율성은 결코 이 사건의 진실규명에 앞서는 가치일 수 없으며 더욱이 피고인의 구속기간 만기가 실체적 진실규명에 장애가 되는 일이 있어서는 아니 될 것이라고 확신하고 있습니다. 그러나 오늘의 현실은 불행하게도 이러한 변호인단의 소박한 바람과는 전혀 다른 양상으로 치닫고 있습니다. 일부 정치권과 언론계는 12.12, 5.17, 5.18사건의 내용은 새삼 확인할 필요가 없이 명백하다고 공공연히 말하면서 피고인과 변호인의 사실규명을 위한 노력을 자기변명을 위한 강변이며 소송 지연책이라고 비난하고 있습니다. 그리고 이와 같은 거센 여론몰이는 헌법, 법률과 양심에 따라 독립된 위치에서 재판을 하여야 할 이 법정에까지 영향이 미쳐서 재판 과정에서 재판부가 이미 유죄의 예단을 가졌다고 볼 수밖에 없는 사례가 빈번히 일어나고 있습니다. 지난 6월 27일 17차 공판에서 윤성민 증인에 대한 증거조사가 있었습니다. 그 증거조사 과정에서 지금까지 전혀 밝혀지지 아니하였던 중요한 역사적 사실, 즉 윤성민 당시 참모차장이 전두환 당시 합동수사본부장으로부터 정승화 총장 연행 직후에 정승화 총장의 연행 사유와 대통령에게 정승화 총장의 연행을 보고하였다는 사실을 공식통보를 받았다는 것이 밝혀졌습니다. 이러한 사실은 검찰 조사에서도 밝혀지지 않은 것으로 지난 16년 만에 처음으로 확인된 사실입니다. 이러한 사실을 밝혀내기 위하여 변호인은 윤성민에 대한 수사기록은 물론 관련자의 수사기록을 수없이 검토하였으며 육본의 상황일지를 비롯하여 통화 녹음 기록까지 방대한 기록을 검토하였습니다. 이러한 노력이 있었기에 답변을 회피하던 증인을 집요하게 추궁하여 어쩌면 영원히 묻혀버릴지도 모를 역사의 진실을 밝혀낸 것입니다. 그런데 재판장은 윤성민 차장에 대한 보충신문을 하면서 '합수본부장과 직접 통화한 것이 아니고 변규수卞奎秀 장군이라든지 그 밖의 아랫사람이 한 것을 합수본부장이 한 것으로 잘못 말한 것이 아닙니까'라고 질문을 해서 증인으로 하여금 변호인의 반대신문 과정에서 답변한 내용이 착각이었다는 답변을 유도하려는 모습을 보였습니다. 재판장의 보충신문권의 남용은 여기에서 그치는 것이 아니었습니다. 재판장은 다시 증인에게 '합동수사본부장의 통보에는 정승화 총장을 조사하려고 연행했다고 하면서도 대통령이나 국방장관의 재가를 받았다는 이야기가 없으니까 증인은 합수부가 함부로 연행했구나라고 판단해서 병력 동원을 한 것이 아닙니까'라고 질문하여 합수부의 정 총장 연행이 불법이고 육군본부의 병력 동원이 정당한 양 증인의 답변을 유도했습니다. 또한 재판장은 윤성민 증인에게 9공수여단을 출동시킨 동기에 관한 보충신문을 하면서 1공수여단이 먼저 출동하여 육군본부와 국방부를 점령하였기 때문에 9공수여단을 출동시킨 것이 아니냐고 공소사실에도 부합되지 않는 질문을 하였습니다. 합동수사본부상이 육군 지휘부에 정승화 연행 사실을 통보하였느냐의 여부와 병력 동원을 먼저 한 주체가 누구냐라는 것은 12.12사건의 핵심 쟁점입니다. 그런데 재판부의 이러한 태도는 이미 이 사건 핵심 쟁점에 대한 예단을 표시한 것이라고밖에 볼 수 없는 것이었으며 따라서 이러한 광경을 본 피고인의 가족은 공판이 끝난 후 재판장의 부당한 신문에 이의를 제기하지 않은 변호인들에게 거세게 항의하는 사태까지 벌어졌습니다. 뿐만 아니라 지난 6차 공판에서 재판장은 변호인이 내란 목적 살인죄의 공소사실에 피해자가 특정되지 않았다고 주장을 하자 '총질한 군인들이 알지 누가 알겠습니까'라고 내뱉듯이 말을 했습니다. 계엄군의 자위권 행사가 자위권의 범위 내에서 행사된 것인지 여부가 이 사건 재판의 가장 핵심적인 대상임에도 불구하고 이미 재판장은 계엄군의 자위권 행사를 '총질'이라고 표현하였던 것입니다. 재판장의 유죄에 대한 예단은 그 밖의 공판 진행에 있어서도 여러 곳에서 표출되고 있습니다. 변호인단은 그동안 여러 차례에 걸쳐서 이 법정 또는 재판장과의 면담을 통해서 변호인단이 소송의 효율적 진행에 협조할 뜻을 전하고 변호인들이 소송 준비를 위하여 필요한 최소한의 기간을 허락해줄 것을 요청하였습니다. 이와 같은 변호인단의 요청에 대하여 재판장은 5월 23일 제9차 공판에서 재판은 주 1회를 원칙으로 하고 효율성을 고려하여 무리 없이 진행하겠다고 약속한바 있습니다. 그런데 증거조사 절차가 시작되자 재판부는 주 2회 공판을 강행하였습니다. 더욱이 6월 27일에 증인 5명, 7월 1일에 핵심 증인 5명, 7월 4일에 핵심 증인 4명, 7월 8일에 증인 9명, 7월 11일에 핵심 증인 6명을 신문하겠다고 일방적인 통보를 하였습니다. 재판에 있어서 증거조사야말로 진실을 밝히는 가장 중요한 절차입니다. 특히 이번 사건들은 16년 전에 있었던 사안으로서 당시의 상황 파악이 사실상 불가능하므로 관련자의 진술과 기타 자료를 광범위하게 조사하지 아니하면 사실상 증인신문의 실효성을 기대할 수 없습니다. 따라서 변호인들은 주요 증인 한 사람의 반대신문을 준비함에 있어서 이들 자료의 검토에 상당기간 심지어 한 사람에 대해서 20일까지 준비한 사례가 있습니다. 그럼에도 불구하고 재판부가 단 이틀간의 준비기간만을 변호인에게 부여하고 많게는 9명까지 증인신문을 하라는 것은 변호인의 반대신문권에 대한 사실상의 제한이요 박탈이라고밖에 볼 수 없는 것입니다. 이와 같은 재판의 진행이 과연 역사의 진실을 발견하려는 목적으로 진행되는 것이라고 누가 말할 수 있겠습니까. 이러한 재판장의 재판 진행 태도와 방식에 비추어볼 때 재판장은 이미 유죄의 예단을 가지고 오로지 피고인들을 처벌하는 데 필요한 형식적 절차만을 진행하고 있다고 생각합니다. 이 재판과 관련하여 항간에서는 7월에 재판을 끝낸다는 말이 정설처럼 유포되고 있으며 재판 당사자도 아닌 법원 고위층이 이 재판의 진행에 대하여 거리낌 없이 기자들과 재판에 영향을 미치는 언동을 하고 있습니다. 이러한 일련의 사태를 볼 때 이건 재판에 있어서 변호인의 역할이 과연 무엇인지에 대하여 심한 자괴감을 느끼며 심지어 기존의 정치논리를 법적으로 추인하는 절차의 들러리서는 것이 아닌가 하는 회의마저 생기게 됩니다. 오늘의 우리의 행동은 내일이면 역사로 남게 됩니다. 따라서 오늘 우리는 내일의 역사를 만들고 있는 것입니다. 좀 더 밝은 내일, 좀 더 정의로운 내일의 역사를 위하여 오늘 우리는 과연 올바르고 부끄러움 없는 행동을 하고 있는지 다 같이 옷깃을 여미고 다시 한 번 되돌아보아야 할 것이라고 생각합니다. 이번 사건의 역사적 진실의 발견이라는 과업에 있어서는 검찰이라고 하여 애매모호한 논리로 유죄의 판결을 받아내는 데에만 급급하여서는 안 될 것입니다. 그리고 또한 재판부는 이 역사적 소명을 완수함에 예단을 버리고 진실 발견에 집중하여야 할 것이며 언론 역시 선입견을 버리고 진실규명에 협조할 책임이 있다 할 것입니다. 본 변호인은 이와 같은 견지에서 이 재판이 실체 진실의 규명을 위한 역사의 장, 그리고 사법부에 오점을 남기지 않는 법정이 되기를 바랍니다.

이 말을 끝으로 이양우 변호인도 사퇴했다. 이어서 석진강 변호인과 조재석, 정주교 변호인이 사퇴를 했다. 그리고 뒤이어 노태우 전 대통령의 변호인인 한영석 변호사도 사퇴했다.

### 피고인들의 재판 거부 사태

변호인단이 집단 사퇴를 한 후 처음으로 열린 제 21차 공판에서도, 7월 8일 20차 공판에서 나의 국선변호인으로 선정되고도 나와 면접조차 하지 않고 있는 김수연, 민인식 두 명의 국선변호인이 나의 변호인이라며 변호인석에 앉아 있었다. 집단 사퇴를 선언한 나의 변호인단이 끝내 복귀하지 않자, 김영일 재판장이 향후 있을 공판을 위한 요식행위로 출석시켰던 것이다. 피고인들의 구속기간 만료 시한을 넘기지 않겠다는 애초의 목표를 달성해가기 위해 주 2회 공판과 야간 공판을 강행해갔다. 공소장을 읽어보기는커녕 피고인들과 면담조차 해본 적이 없는 국선변호인들을 변호인석에 앉혀놓은 채 스스로 자신을 변호해야 하는 상황에 처한 피고인들의 처지는 결심공판까지 그렇게 어이없는 상태로 표류해갔다. 피고인 중 몇몇은 증인들과 직접신문을 주도하기도 했고 자신들 스스로가 변론권을 행사해가며 진실을 밝히려 몸부림치기도 했었다.

나는 내가 선임한 변호인들이 모두 떠난 법정에서 재판장이 선임해준 국선변호인만을 믿고 재판을 받을 수는 없다고 생각했다. 나는 7월 8일 20차 공판 때 재판장에게 국선변호인 선정 취지는 이해되지만 지난 4일 재판 진행 경과를 볼 때 피고인에게 회복할 수 없는 심대한 불이익을 안겨줬고, 재판 진행에 대해 불안감을 갖지 않을 수 없는데 이런 상황에선 재판에 응할 수 없다고 말한 뒤 11시 55분 퇴정했다. 곧이어 노태우 피고인도 동조 퇴정했다. 휴정 후 오후 공판이 속개됐지만 나와 노태우 피고인은 출정하지 않았다.

도무지 정상적인 재판 진행이라고 할 수 없는 이러한 상황 속에서도 '역사의 진실'은 엄청난 정치적 압력을 물리치고 그 모습을 보여주고 있었다. 5.18시위 진압작전에 출동했던 현장 지휘관들은 공판에 출석해 한결같이 발포 사태는 무장시위대의 차량 돌진과 발포 등 위험에 대응해 자위적 차원에서 일어난 것이며 이 과정에서 발포 명령자는 없었다고 진술했다. 7월 11일 21차 공판에서는 5.18광주 시위 진압작전 당시 계엄군의 작전지휘권을 가지고 있던 진종채 2군사령관과 윤흥정 전교사령관이 출석해서 당시의 광주 상황이 급박해 독자적 판단으로 이희성 당시 계엄사령관에게 자위권 발동을 건의하였으며 '신군부' 등의 배후조종은 없었다고 증언했다. 증인들의 증언을 통해 자위권 보유 천명 지시가 발포 명령을 의미하지 않으며, 자위권 발동 지시 외에는 그 어떤 발포 명령도 없었음이 분명히 밝혀지고 검찰이 주장하는 '지휘 이원화'도 사실이 아님이 밝혀지자, 김영일 재판장은 자기 자신이 채택한 91명의 증인 중 44명의 증인신문을 취소하면서까지 결심을 서둘렀다. 재판장이 정치권력의 주문을 따라야 한다는 강박관념에 사로잡혀 있다는 점은 이미 알고 있었지만, 그렇다고 하더라도 어쩌면 그토록 황당한 일을 서슴없이 저지르는지 아연해졌다.

이후 1996년 8월 5일 28차 결심공판을 거쳐 8월 26일 선고가 이루어지기까지 변호인 퇴정, 사임, 국선변호인 선임, 피고인 진술 거부 등 온갖 파행을 거듭했던 1심 재판은 한마디로 '권력이 법정이라는 무대 위에서 연출하고 검사와 재판장이 연기演技한 정치보복극' 그 이상도, 그 이하도 아니었다. 1심 재판이 막바지에 이른 1996년 6월 25일자『조선일보』는 27기 사법연수원생을 상대로 설문조사한 결과 5.18특별법에 의한 재판에 대해 "사법의 권위를 세우고 역사를 바로잡는 매우 훌륭한 일."이라고 평가한 사람은 응답자의 23퍼센트에 불과한 반면, 62.2%는 "정치권의 결정에 의존한, 독립적이지 못한 재판."이라고 답변했다고 보도했다. 외국 언론의 논조 또한 비판 일색이었다. 일본『아사히신문』은 1심 선고공판 직후 사설에서 "이번 재판을 '밖'에서 보는 눈은 '안'과는 조금 다르다. 쿠데타와 광주사건에 관여한 군인을 처벌하기 위해 불소급의 원칙을 위반한다고 생각되는 사후 입법과 법 해석이 행해졌고 억지스런 소송 지휘와 스피디한 재판 때문에 사건의 진상이 명백히 밝혀지지 않았기 때문이다. 민주화란 이름 아래 '법치'가 소홀해지고 사법이 정치에 종속된 게 아닌가 하는 의혹을 품는 사람이 적지 않을 것이다."고 했다.『마이니치』,『니혼게이자이신문』도 "사법절차가 무시된 정치색 짙은 재판이었다."고 비판적 논조의 사설을 실었다.

### 수위를 벗어난 언론의 왜곡보도

정치권력의 직접적인 압력은 물론 여론 등의 압력으로부터 초연해야 할 재판부마저 공정성을 잃고 있는 가운데 검찰은 언론을 통한 여론몰이에 힘을 쏟고 있었다. 재판이 진행되는 동안 검찰은 기자회견 등을 통해 재판에서 심리 대상이 된 사항이나 증거에 대해 검찰 측의 주장을 미리 흘리거나 공식으로 발표하기까지 했다. 재판부의 심리와 판단도 있기 전에 언론을 이용해 유죄 여론을 이끌어내고 있었던 것이다. 언론은 검찰의 의도에 부화뇌동하는 데 그치지 않고 한 걸음 더 나아가 사실보도의 기본원칙을 저버린 채 왜곡보도를 일삼았다. 검사가 증인이나 피고인에게 던진 질문 속의 내용을 마치 증언이나 증거에 의해 확인되고 검증된 사실이라도 되는 듯이 보도했다.

예를 들자면 이런 식이었다. 검찰 수사와 1심 재판 때 검찰의 요구대로 5.17시국수습방안이 '집권 시나리오'였다고 진술한 권정달이 항소심에서 피고인들의 직접신문에 답변하는 과정에서는 양심에 가책을 느꼈는지 종전의 진술을 번복했다. 그리고 마침내는 "시국수습방안이라는 것이 당시에 처음 작성한 것이 아니고 과거부터 정치사회적 난국이 조성되면 보안사 정보처에서는 대책을 마련해서 상부에 건의해온 것이 관례였다…."고 말했다. 그리고 "… 그 방안이 보안사령관의 지시에 의해 만들어진 것은 사실이지만 시국을 수습할 방안을 만들라고 한 것이지 집권 계획을 만들라고 한 것은 아니다 … 전국비상계엄 확대, 국보위 설치, 국회해산을 검토하라는 지시는 없었다…."고 밝혔다.

그런데 놀랍게도 다음날 신문들은 일제히 "권정달 증인은 5.17시국수습방안은 집권 시나리오였다고 증언했다."고 보도하고 있었다. "희다."고 진술했음에도 불구하고 "검다."고 진술한 것으로 정반대로 보도하고 있었던 것이다. 민정기 비서관은 휴정 시간에 방청석의 취재기자들에게 증언 내용을 정반대로 보도한 이유와 경위를 물었다. 기자들의 변명은 이랬다.

> 권정달이 그날 법정에서는 집권 시나리오가 아니라고 진술했지만, 그동안 검찰과 1
> 심 재판 때는 집권 시나리오라고 일관되게 진술해왔기 때문에 그렇게 보도가 나간
> 것이다 … 법정진술보다는 검찰에서의 진술조서가 더 중요하다….

민정기 비서관이 다시 "그렇다면 '종전까지 일관되게 집권 시나리오라고 진술했던 권정달이 이날 재판에서는 집권 시나리오가 아니라고 진술했다'고 기사를 쓰던가, 아니면 '권정달은 이날 재판에서 집권 시나리오가 아니라고 진술했다. 그런데 지금까지는 집권 시나리오라고 일관되게 진술했다'고 기사를 쓰는 것이 사실보도의 기본 아닌가…." 그러자 기자들은 아무도 대답을 하지 못한 채 슬금슬금 자리를 피했다는 것이다.

2000년대에 들어와서는 법정에서의 진술이 유무죄의 판단 기준에서 수사기관에서의 조사기록보다 더 우월하게 평가받는 '공판중심주의'로 바뀌었지만, 5.18재판이 있던 1990년대까지는 수사기관의 조사기록을 법정에서의 진술보다 더 중요시하는 '조서調書중심주의'였다는 점을 감안하더라도 이는 명백히 사실보도의 원칙을 저버린 태도였다. 앞에서도 언급했지만 MBC TV의 정치 드라마를 집필했던 김광휘金光輝 방송작가는 5.18재판을 몇 차례 방청한 뒤 '환장할 전-노 공판 참관기, 거꾸로 보도하는 유력 일간지들'이라는 글을 발표했다. 당시 그런 보도로 인해 지금까지도 많은 사람들이 권정달 증인조차 5.17시국수습방안이 집권 시나리오였다고 인정한 것으로 알고 있을 것이다.

당시의 사회 분위기나 쏠림 현상이 두드러진 우리나라 언론의 경솔한

속성에 비춰볼 때 5.18재판에 대한 언론보도가 심각한 왜곡을 드러낼 것이라는 점은 이미 예상했던 일이다. 변호인단이 공판 초기부터 재판부에 TV 생중계를 요청했던 이유도 그 때문이었다. 재판부 역시 그런 이유 때문에 TV 생중계를 못하게 한 것이다.

나와 나의 변호인단은 12.12, 5.18재판의 역사적 중요성과 국민적 관심을 감안할 때 공판 진행 상황이 아무런 제약과 규제를 받지 않은 상태에서 완전하게 국민 앞에 공개되어야 한다고 생각했다. 물론 재판은 원칙적으로 공개될 것이지만, 재판 실황을 TV를 통해 생중계함으로써 국민들이 재판의 전 과정을 지켜볼 수 있어야만 온갖 오해와 의혹에 가려져 있던 진실들이 명백히 밝혀진다고 생각했기 때문이었다. 나는 변호인단을 통해 재판부에 재판 과정을 생중계해줄 것과 특별검사제 도입을 요구했으나 어느 것도 받아들여지지 않았다.

재판 진행이 공정하지 못하고, 언론의 왜곡보도가 이어지고, 법정 안팎에서 변호인들에 대한 위협이 가해지는 상황이 빚어지자 변호인단은 국민이 그러한 실상을 알 수 있도록 정치자금 3차 공판 때와 5.18사건 6차 공판 때 재판장에게 공판 상황을 TV로 생중계할 수 있게 해달라고 거듭 요청했다. 재판이 진행 중인 법정에서 TV 및 라디오 등을 통한 중계방송이나 사진촬영을 허가하지 않는 것은 원칙적으로 피고인의 명예와 초상권을 보호하기 위한 것이라고 한다. 그러니 피고인 스스로가 그 보호받을 권리를 포기하며 직접 중계를 요청할 경우에는 법원으로서는 사실상 반대할 명분이 없는 것이다. 그러나 재판장은 규칙상 곤란하다거나, 국민 정서에 맞지 않는다는 등의 이유로 피해갔다.

## 최후진술과 항소 거부

5.18사건 1심 재판은 1996년 8월 5일 27차 공판을 끝으로 심리를 종결했다. 선고만 남겨놓은 셈이다. 이날 오후 공판 때 한 시간에 걸쳐 검찰이 논고문을 낭독했고, 국선변호인 2명이 각각 10분씩 짤막하게 최후변론을 했다. 개인 변호인이 남아 있던 박준병, 이희성, 주영복 피고인의 변호인들도 각각 최후변론을 했다.

저녁 6시가 지난 시각, 나는 5쪽 분량의 최후진술을 했다. 약 8분 정도 걸렸다고 했다.

"본인은 전직 대통령으로서 이 법정에 서게 된 것을 본인의 부덕의 소치로 생각하며, 이러한 일로 심려를 끼쳐드린 점에 대해 국민 어러분에 대해 죄송한 마음 금할 수 없습니다. 아울러 여러 가지 우여곡절을 거치면서 이 재판을 이끌어온 재판부에 대해 심심한 위로의 말씀을 드립니다. 그리고 검사 여러분에게도 같은 뜻을 표하는 바입니다.

이 사건은 '역사바로세우기'라는 구호 아래 과거 정권의 법통과 정통성을 심판하는 것을 내용으로 하고 있습니다. 그러나 동서고금을 막론하고 현실의 권력이 제아무리 막강하다 하여도 역사를 자의恣意로 정리하고, 재단할 수 없는 것이라고 본인은 생각합니다. 또한 국가의 계속성과 헌정사의 올바른 발전을 위해서도 정권이 바뀌었다고 하여, 그 정권의 정치적 시각과 역사관에 의해 과거 정권의 정통성을 시비하는 것은 결코 바람직한 일이 아닐 것입니다.

한 시대의 역사는 그 시대를 살아온 사람들이 그들 나름대로 나라를 위해 노력한 처절한 삶의 기록입니다. 우리나라가 건국된 이래 오늘에 이르기까지 모든 국민과 국정담당자는 온갖 역사적 시련을 그때마다 불굴의 의지로 극복하였기에, 오늘날 우리

나라가 민족의 역사상 처음으로 자급자족하며 선진국의 대열에 들어갈 기틀을 만들어 놓았다고 본인은 확신합니다.

건국 이후의 우리나라 역사가 독재와 부정축재로만 뒤덮인 암흑의 시기였다면, 어떻게 오늘날의 번영이 가능하였겠습니까. 따라서 지난 반세기의 대한민국의 역사는 이런 관점에서 긍정적인 것으로 평가되어야 하며, 의도적으로 매도만 되어서는 결코 안 될 것입니다. 본인도 국정을 담당했던 한 사람으로서 10.26사건 이후 국가가 누란의 위기에 처했을 때 이를 타개하기 위해 나름대로 최선의 노력을 하였으며, 대통령에 취임한 이후에는 정의로운 선진 조국을 창조하려는 개혁 의지를 가지고 국정을 수행했습니다. 그러나 본인의 부덕으로 이러한 과정에서 본의 아니게 정책 수행의 부작용이 발생하여 국민에게 불편과 피해를 준 점에 대해 국민 여러분에게 죄송하게 생각하고 있습니다.

본인은 지난 1989년 12월 30일, 당시 여야 4당의 합의에 의해 국회의 증언대에 섰을 때 이미 과거에 있었던 모든 잘잘못에 대한 궁극적인 책임은 전적으로 본인 한 사람에게 있으며 이를 위해 국민이 원한다면 감옥이든 죽음이든 그 무엇이라도 달게 받겠다는 말씀을 드린 바 있습니다. 그러한 본인의 마음은 5년여의 시간이 흐른 지금 이 순간에도 조금도 변하지 않았습니다.

이미 개인적으로는 버마에서 수많은 국가의 인재들을 잃고 이 땅에 홀로 귀국했던 그날부터 하루하루의 삶을 국가를 위해 봉사하라는 뜻으로 하늘로부터 부여받은 여분의 인생이라 생각하고 보내왔습니다. 따라서 지금의 본인은 생명에 연연하거나 처벌을 두려워하는 마음은 없으며, 오직 바라는 것은 본인 하나의 처벌로 국론 분열과 국력의 낭비를 막을 수만 있다면 하는 바람이 있을 뿐입니다.

끝으로 본인은 과거 정권에 대한 정치보복적인 재판이 본인에서 끝이 나고, 앞으로는 과거 정권을 긍정적으로 승계함으로써 이를 바탕으로 민족의 정체성을 높이고 보다 밝은 미래를 향하여 온 국민이 매진해주기를 간절히 바라는 바입니다.

당초 8월 19일로 예정되었던 선고공판은 1주일 연기되어 8월 27일에 열렸다. 선고공판 날짜가 정해지자 기도와 불공을 드리러 백담사에 갔던 아내는 공판일에 맞춰 서울로 돌아왔다. 나에게 내려진 선고 형량은 사형이었다. 김영일 재판장은 그래도 일말의 양심이 있었던지 검찰이 자위권 보유 천명과 자위권 발동 지시 그리고 계엄훈령 11호를 발포 명령이라고 한 데 대해서는 "자위권 보유 천명은 광주시민에 대한 담화이기 때문에 발포 명령이라 보기 어렵다."고 판시했다. 나를 기소한 죄목은 유죄로 인정될 경우 사형이 유일한 선고 형량이었고, 유죄가 예정된 재판이었던 만큼 재판장이 선고 주문을 읽으며 "사형."이라고 했을 때 놀란 사람은 아무도 없었을 것이다. 검사들은 이미 알고 있었을 터였고, 긴립해서 선고 주문을 듣고 있던 모든 피고인은 물론 변호인, 방청객, 기자들 그 누구도 의외의 일로 생각하지 않았다. 일찍이 '기성 사실'이 되어 있었던 일을 다시 확인하는 절차에 불과했던 것이다.

정치권력과 검찰, 법원 그리고 언론에 의해 오도되고 있는 여론 등 사면초가 속에 불공정한 싸움을 벌이고 있는 변호인들의 악전고투를 지켜보자니 나는 사형선고를 받은 내 처지를 잊은 채 그들이 안쓰럽고 미안한 마음에 잠을 이룰 수 없었다. 사형선고를 받은 뒤 교도소로 돌아가기 위해 호송버스를 타고 법원 구내를 빠져나올 때 차창을 가린 방석망防石網 사이로, 방청 왔던 나의 비서관들이 나를 향해 두 손을 흔드는 모습이 보였다. 한순간 "저 사람들이 나 때문에 참 고생이 많구나." 하는 생각에 내 처지보다 더 안쓰럽게 생각되었다. 안양교도소의 작은 독방에 들어서자 허탈감이 밀려왔다. '사형'이라는 단어는 그즈음의 나에게는 미세한 감정의 파동조차 일으키지 않았다. 두려움이나 분노도 느껴지지 않았다. 다만 지나온 재판 진행 과정을 되돌아볼 때 그동안 괜한 일을 했구나 하는 생각에 마음이 허허

로웠다. 어차피 갈 곳으로 가는 것 아닌가.

　그러자 이제 이 일을 그만 끝내자 하는 생각이 들었다. 결과가 정해져
있는 재판을 더 해봐야 국론이 분열되고 국민 간 갈등만 심화될 것 아닌
가. 누구를 위해서, 무엇을 위해서 재판을 더 끌고 갈 것인가. 국민을 생각
해서라도, 나라의 모양을 생각해서라도 이제 정치재판을 내 손으로 끝내
버리자고 생각했다. 내가 항소를 포기하면 더 이상 재판을 하지 않아도 될
것 아닌가. 불감청 고소원不敢請 固所願이라고 했듯이, 검찰 수사와 재판은
결코 내가 원했던 것은 아니었으나 결과적으로 그 과정을 통해 말해야 할
사람들의 말이 모두 기록에 남아 있게 되지 않았던가. 이 시점에서 그러한
말들이 어떻게 받아들여지고, 어떠한 판단의 근거가 되건, 기록이 기록으
로 남아 있는 한 훗날 역사가 정당한 평가를 해줄 것 아닌가. 이제 더 무엇
을 바라고 재판을 계속할 것인가. 고등법원에 항소를 하고 또 대법원에 상
고를 하고 해서 혹시 '사형'만은 면하게 된다 한들 달라질 것이 무엇인가.
나라가 위기에 처했을 때 국정을 맡아 최선을 다해 나라를 구하고 많은 일
을 할 수 있었던 것은 나에게는 행운이었다. 더 할 수 없는 큰 행운을 누린
나는 언제 죽더라도 여한이 있을 수 없는 것이다. 재판을 계속해가며 구차
하게 목숨을 건지느니 웃으며 죽는 길을 택하자고 결심을 굳혔다.
　선고공판 이튿날 항소 문제를 의논하러 온 변호인들에게 나는 나의 결
심을 밝혔다. "이런 식의 재판을 무엇 하러 더 끌고 가겠는가. 나를 없애려
고 하는 재판이니 나 한 사람 제물이 되는 것으로 빨리 이 재판을 마무리
짓도록 하자. 이 재판을 보는 국민들의 마음이 얼마나 불편할 것인가. 재판
을 계속해서 더 이상 세상을 시끄럽게 할 필요가 없다."고 나의 심경을 말
했다.

그러나 변호인들의 생각은 달랐다. 법정에서 밝혀진 진실이 비록 재판의 판결에는 영향을 주지 못한다 하더라도 가능한 모든 기회를 이용해 증인과 증거를 통한 사실 검증을 기록으로 남겨야만 훗날에라도 진실이 살아나 정당한 자리매김을 할 수 있는 것인 만큼 항소의 기회를 절대로 포기해서는 안 된다고 나를 설득하려고 했다. 1심 때 불공정한 재판 운영에 항의하며 사퇴하는 등 한때 사실상 재판을 포기했던 변호인들이었지만 그 후 전개되는 상황을 지켜보며, 최악의 조건 속에서도 혼신의 힘을 다함으로써 진실을 밝히는 데 실낱같은 한 가닥 희망을 걸쳐놓을 수 있다는 믿음을 갖게 되었다고 했다. 그러나 나는 검찰 수사와 1심 재판 과정을 통해 이미 많은 기록이 만들어지지 않았는가, 항소심을 하더라도 이미 결론을 내려놓고 하는 재판 판결이 뒤집혀질 가능성이 없지 않느냐며 마음을 바꾸지 않았다. 8월 29일 세 아들이 함께 면회를 온 자리에서도 나는 항소를 하지 않겠다는 결심을 밝히고 그 이유를 얘기해줬다.

그런데 내 결심이 흔들린 것은, 나의 항소 포기가 나 혼자만의 문제가 아니고 나의 동지인 다른 피고인들에게 불이익을 줄 것이라는 지적을 받았기 때문이었다. 선고공판이 있던 날부터 매일 나를 찾아온 전상석, 이양우, 석진강, 정주교 변호사 등 변호인단은 내가 항소를 포기하면 다른 피고인들의 재판 결과에도 매우 불리한 영향을 줄 것이라면서 그들을 생각해서라도 결코 항소를 포기해서는 안 된다고 설득했다. 변호인들은 1심에서는 재판부의 졸속 진행 때문에 재판 준비를 제대로 할 수 없어 사퇴까지 하게 됐지만 2심에서는 죽을 각오로 최선을 다해 준비해서 좋은 결과가 나올 수 있도록 하겠다며 항소할 것을 눈물로 호소했다. 나는 결국 변호인들의 호소를 받아들여 항소를 허락했다. 역사의 진실에 대한 의무감과 사명감이라는 새로운 각오로 2심과 부딪혀나가기로 마음을 정했다. 그러나 정치자금 문제는 항소하지 않기로 결정했다. 1심 재판 과정에서 나는 정치자금의 규모와 사용처를 이미 소상히 밝혔고 검찰도 내 진술의 진위 여부를 확인한 이상 더 이상 다툴 필요가 없다고 판단했던 것이다. 또 정치자금 문제로 사건의 본말을 흩트려놓곤 하던 일을 1심에서 무수히 경험했기 때문이었다. 결심공판이 있은 닷새 후인 8월 31일, 변호인단 대표로 전상석 변호사는 서울고법에 항소장을 접수시켰다.

### 추악한 동기로 시작된 '역사바로세우기'

5.18재판이 한창 진행 중이던 1996년 10월 『한국일보』의 김성우金聖佑 논설고문은 칼럼에서 '역사바로세우기'를 혁명이라고 했다.

'역사바로세우기'가 계엄령처럼 선포되었다. 역사는 문초되고 마침내 심판받았다 … 정치적 합의로 매장의 절차까지 끝내놓고 왜 새삼스럽게 부관剖棺을 하는가 … 전직 대통령들의 처벌을 둘러싼 일련의 조치들은 특단적인 것으로 봐야 한다 … 일종의 혁명이다. 오늘의 시대 상황은 혁명기적인 것이다 … 특별법은 혁명 입법의 성격이요, 재판은 혁명 재판이나 다름없다. 혁명 재판은 본시 혁명 행동의 일부다. 실행당시 적법이었던 행위라도 그 뒤 제정된 혁명 입법에 의해 위법이 되는 것이 혁명 재판이다. 일종의 혁명인 쿠데타를 새로운 혁명이 뒤집고 있다. 혁명만이 혁명을 심판할 수 있다….

김영삼 대통령은 "5.18 재판은 헌법질서를 파괴하고 살상 범죄를 저지른 자들에 대한 사법처리를 마무리함으로써 성공한 쿠데타도 반드시 처벌받게 된다고 하는 엄정한 역사의 교훈을 증명해주었고 … 5.18재판을 통한

'역사바로세우기'는 불행한 과거사로 인한 가치관의 왜곡과 손상된 국민의 자존심을 치유할 수 있게 함으로써 역사를 바로 세우고 30여 년간의 군사독재를 청산하는 '명예혁명'···."이라고 했다. 김영삼 정권의 신한국당 사무총장은 '소리 없는 혁명'이라고 했다. 자신의 '문민정부'는 상해임시정부의 법통을 계승한 것이고 '문민정부'의 출범은 곧 '제2의 건국'이라고 해왔던 김영삼 정권의 입장에서는, 5공화국과 노태우 대통령 정부를 '내란 정부'로 단죄한 사법부의 최종 판단이 내려짐으로써 김영삼 정권의 성격이 보다 선명하게 부각되고 역사적 자리매김을 이루었다고 믿게 되었을 터였다.

김성우 논설고문의 말을 빌리지 않더라도 김영삼 정권의 '역사바로세우기'는 분명 '혁명'이었다. 12년 6개월간 5천만 국민의 생존과 생활을 지키며 한 나라를 성상석으로 통치해온 지난 정부들을 집권자의 말 한마디로 소급해서 불법화시킨 일을 '혁명'이란 말 대신 달리 표현할 수 있는 말이 있을까. 그런데 김영삼 정권의 무지한 정치보복극에 봉사한 검찰과 법원, 국회를 비롯한 정치권 그리고 언론조차도 '역사바로세우기'에 동조는 했을망정 그 일을 '혁명'이라 불러주지 않았다.

조갑제趙甲濟 『월간조선』 편집장은 1996년 1월호에서 "··· 전두환 전 대통령의 구속과 특별법 입법의 진짜 동기가 대선자금 공개를 피하기 위한 발상에서 비롯되었다는 것은 하나의 상식···."이라고 '역사바로세우기'의 불순한 동기를 지적했다. 이화여대 김용서金龍瑞 교수는 1996년 2월 한 월간지에 기고한 글에서 "··· 과거 정권의 정통성을 전부 부인하며 (이승만은 친일정권이라서, 박정희 이후는 군사정권이라서) ··· 역사바로세우기와 제2건국을 추진하기 시작한 것은 ··· 바로 (김영삼)대통령이 쿠데타를 일으킨 것···."이라고 했다. '혁명'이 아니라 '쿠데타'라고 한 것이다.

김영삼 씨가 노태우 대통령과의 정치적 합작을 통해 집권하기까지 정변이나 혁명을 겪은 바가 없었다. 헌법개정을 포함한 어떠한 권력구조의 변경도 없었다. 자신이 노태우 대통령과 합작함으로써 자신의 집권을 위한 모태母胎가 된 민자당 정권에 대해 불법 정권임을 선언하거나 그 헌정사적 정통성을 부정한 사실이 없다. 따라서 김영삼 씨는 법적으로나 정치적으로 노태우 대통령의 계승자일 수밖에 없는 것이다. 노태우 정부의 정통성을 부정한다는 것은 자기부정의 함정에 빠지는 것이다. 김성우 논설고문은 "… (김영삼의)집권당의 혈통에는 쿠데타의 피가 섞여 있고 정권의 정통성은 쿠데타를 빼고는 이어질 수 없다 … 쿠데타가 무효라면 지금 유효한 것은 무엇인가?" 하고 반문했다. 김영삼 정권은 상해임시정부와 직결된 정부가 아니라 그가 내란 정부로 단죄한 노태우 정부의 승계 정권임을 지적하고 있는 것이다.

5공화국이 출범한 후 대한민국 정부의 정체성이나 국가적 연속성에 대해 국제사회에서 그 어느 나라도 문제 삼은 일이 없었고 국가승인 문제가 제기된 일도 없었다. 5공화국 출범을 이유로 그 이전의 대한민국 정부와 맺었던 외교적 관계에 변경을 가져온 어떠한 조치도 취해지지 않았다. 레이건 미국 대통령은 취임 후 첫 번째 국빈으로 나를 초청했다. 나카소네 일본 총리는 취임하자마자 자신을 맨 먼저 초청해주기를 간절히 바란다는 뜻을 전해왔다. 소련의 브레즈네프 정부는 내 측근의 소련 방문을 은밀하게 요청해왔다. 나는 취임 초 그동안 우리나라 대통령이 한 번도 찾은 적이 없는 아프리카 대륙을 밟았다. 로마 가톨릭의 교황이 우리나라를 처음으로 찾아와 축복해주셨다. 나의 재임 중에 대한민국 제5공화국의 국제사회에서의 지위나 위상은 현저히 향상되었다. 노태우 대통령의 6공화국 정부도 중국, 소련을 비롯한 동유럽 국가들과의 수교로 대한민국의 외교 지평을 크게 넓혀놓았다. 그런데 김영삼 정권이 느닷없이 10여 년을 거슬러 올라가 5·6공화국 정부를 내란 정권으로 규정해버린 것이다. 그렇다면 1980년 9월 1일 이후 노태우 대통령이 퇴임한 - 김영삼 정권의 검찰과 사법부가 내란 상태가 지속됐다고 한 - 1993년 2월 24일까지 국제사회는 내란 정권과 외교관계를 유지하고 있었다는 것인가. 5공화국에서 이루어진 헌법개정도 내란이라면, 그 헌법 규정에 따라 개정된 헌법에 근거한 김영삼 정권이 설 땅은 어디에 있는 것인가.

1995년 가을은 혁명기적 상황이 아니었다. 혁명을 부르는 국민적 요구도, 시대의 요청도 없었다. 그즈음의 우리의 역사적 조건에서 '명예혁명' '제2의 건국'이란 말은 생경하게 들릴 뿐이었다. 위기라면 오직 김영삼 정권의 위기였을 뿐이나. 김영삼 정권 출범 이후 끊임없이 발생한 수십 건의 대형사고로 '사고 공화국'이란 별칭을 얻게 된 '문민정부'의 위기, 노태우 비자금과 연계된 비자금 의혹으로 김영삼 대통령의 위기는 있었지만 당시 어느 국민도 '혁명'을 예감하지는 않았다. 그러니까 1995년 가을부터 시작된 5.18특별법 파동을 그 어느 누구도 '혁명'이었다고 부르지는 않는 것이다.

'역사바로세우기' 재판을 김영삼 정권은 '역사적 재판'이라고 했다. '세기의 재판'이라고 언급한 언론도 있었다. '역사적 재판'의 법정은 '역사의 이성理性'과 '사법적 정의正義'가 지배하는 성소聖所였어야 했다. 그러나 12.12 및 5.18 재판은 뒤에서 살펴보겠지만, 기소 단계에서부터 온갖 정치적 사술詐術과 편법, 변칙으로 얼룩졌다. 검찰은 권력의 시녀라는 오명을 얻게 되었고, 대법원과 헌법재판소는 권력의 주문에 맞추기 위해 스스로의 위상과 권위를 포기했다는 비판을 자초했다.

검찰은 1992년에서 1995년에 이르는 3년 사이에 동일한 사안에 대해 '혐의 없음' '기소유예' '공소권 없음' '불기소' '구속 기소' 등의 처분 사이를 널뛰듯이 오르내렸다. 검사동일체檢事同一體의 원칙은 어디로 사라지고 집권세력의 눈짓과 여론의 압력에 따라 어지러운 행보를 보인 것이다. 우리나라 검찰 사상 이처럼 부끄러운 모습을 보인 적이 언제 있었던가. '무혐의'와 '구속 기소' 사이를 오락가락한 검찰은 '사정 변경 때문'이라는 한 마디 말로 그 초라한 모습을 다 감출 수는 없는 것이다. '사정 변경'이라는 것이 실재했다면, 그것은 김영삼 정권의 정치보복 의도가 드러난 사실이 있을 뿐이다.

권력자의 의중과 시류를 살피느라 헌법 수호자로서의 권위와 사명을 스스로 저버렸다는 데에는 법원과 헌법재판소 또한 오십보백보였다. 헌법재판소는 검찰의 불기소처분에 대한 헌법소원에서 "정당하다."고 평결해놓고 그 결정을 손바닥 뒤집듯이 번복했다. 또한 평의 내용이 사전 유출되어 헌법소원을 취소당하는 치욕을 맛보았다. 대법원은 '계엄 선포 문제는 대통령의 통치행위여서 사법심사의 대상이 아니다'라는 대법원 판례들을 스스로 파기했다. 진정소급효에 대한 독자적인 판단을 회피하고 헌법재판소의 판단에 기대버리는 비겁한 모습을 보였다.

5.18특별법의 입법과 그에 따른 재판 과정을 지켜본 법학자들은 헌정질서 파괴범죄로 규정한 내란·반란의 행위를 한 사람을 처벌함에 있어 헌법과 법률에 위반되거나 적법한 절차에 의하지 않는 경우, 그 위해는 내란·반란 행위보다도 더 클 수 있다는 지적들을 내놓았다. 헌재의 소수의견도 "자유민주적 기본질서를 지키려는 뜻이 아무리 숭고한 것이라 하더라도, 헌법의 테두리 안에서 법치주의 내지 적법절차의 원리에 따라 이루어져야

한다."고 했다. 잘못을 징계하고 다스린다면서 잘못된 방법과 수단을 사용하면 하지 않느니만 못한 것이 되는 것이라고도 했다.

어제의 일을 오늘의 잣대로 재단할 때 가치의 혼란이 초래되는 것은 불가피하다. 오늘의 법정을 통해 역사를 판결하려고 해서는 안 되는 이유가 거기에 있다. 사법권의 독립이 확립되어 있다고 하더라도 법정은 어디까지나 당대의 시대 상황과 정치적 환경의 제약에서 완전히 자유스러울 수는 없을 것이기 때문이다. 그것이 바로 이미 역사가 된 과거사를 심판하는 일은 역사의 몫으로 맡겨야 하는 이유인 것이다.

동서고금의 역사를 통해 정치권력의 자의적인 '역사 조작'이 성공한 사례가 있다는 얘기를 듣지 못했다. 정치권력이 '역사바로세우기'의 명분을 내세우며 징치보복을 자행한 적 있다는 기록도 찾아볼 수 없다. 어느 시대, 어느 곳에서도 있어본 적이 없는 '역사 파괴'의 만행이 21세기를 눈앞에 둔 시대에 우리나라에서 연출되었다는 것은 참으로 수치스러운 일이 아닐 수 없다. 김영삼 정권이 권력을 남용하여 위헌적인 특별법을 만들고 그에 근거해 5공 주역들에게 죄를 물은 것은 역사에 씻을 수 없는 과오였다.

'민주화'를 이룬 주역임을 자처하는 김영삼 정권의 '역사바로세우기'는 1930년대 나치스의 히틀러가 구사한 파시스트적 수법을 뺨치는 폭거였다. 히틀러의 집권은 합법적이었고 그가 저지른 만행들도 모두 법의 이름 아래 행해진 것이었다. 광기狂氣에 사로잡혔던 히틀러를 광적으로 지지했던 것은 다수의 지식인과 청년들이었다. 이 사실이 우리에게 주는 교훈은 무엇인가. '역사바로세우기'의 광풍을 일으킨 '여론'이란 것은 다분히 과장 왜곡된 것이었다. 김영삼을 추종하던 직업적 정치꾼, 반유신反維新·반권위주의反權威主義 투쟁에 몰입했던 재야세력, 설익은 좌익사상에 물들어 체제 부정적인 운동권 학생들, 정치 성향을 띤 일부 종교인들, 광주를 비롯한 호남의 지역적 정서에 편승한 세력, 해직되었다가 돌아온 언론인과 교수들이 '여론 재판'을 위한 분위기 조성을 주도해나갔다. 정권 차원의 정략적 목적과 이념투쟁적 구호, 지역 정서가 어우러져 '국민의 여론'으로 포장된 광풍은 법치의 이념을 허공에 날려버리며 헌정질서를 유린했다. 몇몇 지식인들의 용기 있는 외침과 양식 있는 법조인들의 이성적 판단은 거친 야유와 고함소리에 매몰돼버렸고 다중多衆은 침묵할 수밖에 없었다. 역사가 질식당하는, 우리가 일찍이 경험하지도 들어보지도 못한 참담한 순간이었다.

'5.18특별법'에 의한 '역사바로세우기'로 어떤 역사가 어떻게 바로 세워졌는가. '5.18특별법'이 세운 법적 정의는 무엇인가. '역사바로세우기'를 주도한 세력은 승리자인가. 그들은 무엇을 얻은 것인가. 그들이 국민과 역사 앞에 남긴 것은 무엇인가. '역사바로세우기'라는 정치보복의 굿판이 끝났을 때 우리 모두는 패자였고, 대한민국의 헌법과 민주주의, 국민과 역사에게는 치유할 수 없는 상처만 남았다. 그 상처는 지금까지 아물지 못하고 있다. '역사바로세우기'의 이름으로 역사를 파괴한 세력들이 온전해 있기 때문이다. 하지만 역사의 이성은 때가 되면 반드시 다시 깨어난다. 그때가 그리 멀지는 않을 것이다.

이제 와서 당시의 상황을 다시 돌이켜봐도 '5.18특별법 재판'은 처음부터 정치권력에 의해 잘 짜여진 각본에 따라 연출된 정치보복극, 그 이상도 그 이하도 아니었다. 검찰의 기소와 기소 내용이 그랬고, 재판부의 공판 진행과 판결 내용이 그랬다. 재판부는 시종일관 고소고발인들의 거짓 진술과 증언은 수용하면서도 피고인들의 진실한 진술은 철저히 외면했고, 피고인들이 신청한 증인은 대폭 제한하면서도 검찰 측 증인은 대부분 채택했다.

한시대의 역사적 사건의 진실을 규명한다면서 단 한 차례의 현장검증도 없었고, 변호인들의 변론권마저 심한 제약을 받았다. 검찰과 사법부는 권력의 비호와 독려를 등에 업은 채 언론플레이를 통해 여론을 오도했다. 이 땅의 사법 정의는 실종되었다. '5.18특별법 재판'은 언젠가는 역사의 심판을 받게 될 것이고, 재심이 불가피해질 것이다.

변호인 측은 1심 재판의 시작부터 검찰에 대해 '내란'의 검찰 측 개념이 무엇인지 밝혀줄 것을 반복해 요구했었다. 그러나 검찰은 내란죄 기소 논리와 취지를 밝히지 않은 채 대답을 회피해오다 항소심 마지막 단계에서 법리 토론이 전개되면서 논리적 입지가 궁색해지자 '색깔'이라는 희한한 형법 용어를 창제해냄으로써 기소 논리의 근거로 삼은 것이다. 검찰의 논리를 따르면 나를 비롯한 피고인들은 '색깔이 다른 생각으로 시위를 진압했으니까 내란을 한 것이 되고, 그렇지 않은 계엄군은 시위를 진압했지만 죄가 없는 것'이 되는 것이다.

제
7
장

치욕으로 남은
법원 판결

# 권력의 눈치를 살피며 영합한 사법부

■

### 헌법재판관 다수의견은 '위헌'

'5.18민주화운동 등에 관한 특별법안'과 '헌정질서 파괴범죄의 공소시효 등에 관한 특례법안'이 가결되자마자 검찰은 12.12 및 5.18 관계자에 대하여 수사를 재개하고 1996년 1월 구속영장을 청구했다. 반란 주요임무 종사 혐의로 영장이 청구된 장세동, 최세창 두 사람은 12.12사건에 대한 공소시효 정지를 규정한 특례법 제2조에 대한 위헌법률심판 제청을 담당 재판부에 제출했다. 서울지방법원 김문관 판사는 이를 받아들여 1월 18일 헌법재판소에 위헌 신청을 하는 동시에 헌재의 판결이 날 때까지 두 사람에 대한 구속영장 심사를 보류했다. 이 일에 대해서는 앞에서도 언급한 것처럼, 김 판사는 "…공소시효가 완성된 사람에 대하여 소급해서 그 시효를 정지 내지 배제하는 내용의 법률은 위헌이라 생각된다 … 범죄 행위가 종료한 때로부터 15년이 이미 경과되었음이 기록상 명백하다 … 기존의 적법절차 원리나 법률불소급 원칙과의 부조화를 감수하면서 그 공소시효가 정지된다고 해석하기는 어렵다고 판단된다…."고 위헌법률심판 제청을 신청한 이유를 설명했다.

그런데 헌법재판소는 그로부터 한 달 만인 2월 16일 '합헌'이라는 결정을 내렸다. 1995년 1월 공소시효와 관련한 검찰의 결정이 정당하다는 결정을 내렸던 헌재가 11개월 후엔 소급법이 헌법에 위배되지 않는다고 결정을 내린 것이다. 헌재는 이 사건을 검토하면서 첫째, 5.18특별법 제2조의 공소시효 연장이 형벌불소급의 원칙에 위반되는지의 여부를 검토하고 둘째, 첫 번째 검토사항을 다시 나누어 형벌과 관계되는 분야에 있어서 소급입법이 행해진다고 할지라도 공소시효가 완성되기 전이어서 아직 처벌할 수 있는 상태에서 소급입법이 이루어진 부진정不眞正 소급입법 경우와 공소시효가 완성되어서 이미 처벌할 수 없게 된 다음에 소급입법이 이루어진 진정眞正소급입법의 경우로 나누어서 검토했다. 그 결과 '부진정 입법의 경우에는 100% 소급입법이라고 할 수 없다'는 입장을 취하고, 진정소급입법의 경우에는 '소급입법이지만 예외적인 경우에는 소급입법이 허용될 수 있다'는 입장을 취한 것이다.

헌법재판소의 김진우金鎭佑, 이재화李在華, 조승형趙昇衡, 정경식鄭京植 재판관 등 4명은 '국민이 소급입법을 예상할 수 있었거나 법적 상태가 불확실하고 혼란스러웠거나 하여 보호할만한 신뢰의 이익이 적은 경우와 소급입법에 의한 당사자의 손실이 없거나 아주 경미한 경우 그리고 신뢰보호의 요청에 우선하는 심히 중대한 공익상의 사유가 있을 경우 진정소급입법이라 하더라도 예외적으로 허용될 수 있다'는 의견을 내놨다.

이들은 이 사건의 평의에서 5.18 내란 혐의에 대한 공소시효가 1995년 8월 16일로 완성되었다는 것이 다수의견이었음에도 불구하고 헌법 제84조를 공소시효정지 규정이라고 해석했다. 군사반란 혐의뿐 아니라, 자신들의 논리에 따르더라도 헌법 제84조의 규정에 의해 공소시효 진행이 정지되지 않는 5.18 내란 혐의까지 함께 공소시효가 정지되는 것으로 보았던 것이다. 그들은 부진정 소급효가 있는 경우는 물론 진정소급효가 있는 입법이라고 하더라도 죄형법정주의에 반하지 않고 법치국가의 원칙, 평등원칙, 적법절차의 원리에도 반하지 않아서 헌법에 위반되지 않는다고 했다.

그러나 다수인 김용준金容俊, 김문희金汶熙, 황도연黃道淵, 고중석高重錫, 신창언申昌彦 등 5인의 재판관은 한정위헌限定違憲 의견을 냈다.

법치국가 원칙은 그 양대요소로서 법적 안정성의 요청뿐 아니라 실질적 정의의 요청도 함께 포함된다. 이러한 이유에서 집권과정에서의 헌정질서의 파괴와 범죄행위에 대한 처벌을 통하여 왜곡된 헌정질서를 민주적으로 바로 잡고 정의를 회복한다는 측면에서 당연히 범법자들에 대한 처벌을 요구할 수 있다 하더라도 공소시효제도 또한 입법자가 형사소추에 있어서의 범인필벌의 요청과 법적 안정성의 요청을 함께 고려하여 상충하는 양 법익을 정책적으로 조화시킨 결과이고, 이러한 공소시효규정은 시간의 경과로 인하여 발생하는 새로운 사실관계를 법적으로 존중하는 인권보장을 위한 장치로서 실질적 정의에 기여하고 있다. 법치국가는 법적 안정성과 실질적 정의와의 조화를 생명으로 하는 것이므로, 서로 대립하는 법익에 대한 조화를 생명으로 하는 것이므로, 서로 대립하는 법익에 대한 조화를 이루려는 진지한 노력을 하여야 하며, 헌정질서 파괴범죄를 범한 자들을 엄벌하여야 할 당위성이 아무리 크다 하더라도 그것 역시 헌법의 테두리 안에서 적법절차의 원리에 따라 이루어져야 마땅하다. 이러한 노력만이 궁극적으로 이 나라 민주법치국가의 기반을 굳건히 다지는 길이기 때문이다. 따라서 이 법률조항이 특별법 시행 이전에 특별법 소정의 법죄행위에 대한 공소시효가 이미 완성된 경우에도 적용하는 한 헌법에 위반된다.

5.18특별법은 소급입법이라는 점 이외에도 그 내용에서 이상한 점들을 발견할 수 있다. 12.12사건은 헌법재판소의 결정이 이미 나와 있기 때문에 정식으로 제소가 가능한데도 불구하고 소급효를 인정하고 있는 5.18특별법에 또 다시 포함시키고 있는 것이다. 특별법에서는 두 사건 모두에 대하여 공소시효가 정지된다고 규정하고 있다. 5.18특별법의 조문을 이런 식으로 만든 데에는 이유가 있었다. 5.18과 관련한 나의 내란 혐의는 증거가 없고 공소시효가 완성되었다는 사실 때문에 나를 5.18 내란 혐의로 법정에 세우기 위해서는 결국 처벌이 가능한 12.12 군사반란 혐의를 끌고 들어갈 수 밖에 없었던 것 같다. 5.18사건과 12.12사건을 함께 얽어서 끌고 가야만 나를 유죄로 몰고가려는 권력의 의도를 잘 따르는 결과를 얻어낼 수 있었던 것이다.

변호인들은 5.18 특별법은 그 공소시효가 완성된 후에 제정된 것으로 특정 사건에 대해 공소시효를 연장한 것이므로 소급입법이고 처분적 법률이므로 위헌이라고 했지만, 헌법재판소는 5.18특별법 제2조가 특정인의 특정사건을 대상으로 하는 개별적 법률이어서 '평등의 원칙'과 '무죄 추정의 원칙'에 반한다는 주장을 받아들이지 않았다. 헌재는 개별 사건 법률임을 인정하면서도 헌법 어디에도 개별 사건 법률을 금지하는 명문 규정이 없고…개별적 법률을 제정할만한 공익이 인정된다는 이유를 댔다. 헌재는 또 이 조항이 소급입법이라는 주장도 받아들이지 않았다. 재판관 4명은 '헌법재판소에서 판단할 사안이 아니다'고 했고, 2명은 '소급입법' 3명은 '아니다'로 갈림으로써 소급입법이 아닌 것으로 된 것이다.

헌법재판소는 재판부가 심의를 종국결정을 하게 되어 있었고 종국결정은 종국심의에 관여한 재판관 과반수의 찬성으로 성립되었다. 그러나 헌법소원에 대한 인용認容 결정을 하는 경우와 종전에 헌법재판소가 판시한 헌법 또는 법률의 해석 적용에 관한 의견을 변경하는 경우, 헌법재판소법 제23조 제2항에 따라 재판관 6인 이상의 찬성이 있어야만 한다. 따라서 헌법재판소는 재판관 5인이 위헌의견을 낸 경우라 하더라도 나머지 4명의 재판관이 합헌의견을 낸 경우에는 합헌주문合憲主文을 내야 하는 것이었다. 합헌결정은 5인 이상 합헌의견이면 내릴 수 있는 결정이었다. 그런데 그 사건과 같이 4인의 합헌의견과 5인의 한정위헌의견이 나왔을 경우에 주문은 '5.18특별법 제2조는 헌법에 위반되지 아니한다'는 합헌결정으로 나가게 된다. 결국 헌재는 양측의 의견이 팽팽히 맞서 여섯 차례의 평의 끝에 1996년2월 16일 5.18특별법에 대해 합헌 결정을 발표했다. 헌법재판소의 이러한 기형적 의사결정 구조로 인해 결과적으로는 다수의견이 무시되고 소수의견이 헌법재판소의 의견으로 발표됨으로써 외부적으로는 5.18특별법은 합헌으로 알려지게 되었던 것이다. 헌재가 위헌이라는 의견이 5 대 4로 다수임에도 불구하고 합헌결정이 나기까지의 과정에 대해서는 그 발표 직후 여러 가지 석연치 않은 소문들이 나돌았다. 김종필金鍾泌 자민련 총재는 3월 31일 충북 보은과 경북 문경에서 열린 자민련 정당연설회에서 '헌재의 5.18특별법 위헌심판 때 재판관 1명이 정부의 압력과 작용을 받아 굴복했다는 말이 있다'고 말한 것으로 『동아일보』가 4월 1일자 신문에서 보도했다. 6차에 걸친 평의 과정을 살펴보면 그 '재판관 1명'은 정경식 재판관임이 바로 드러난다. 정경식 재판관은 앞에서 말한 바 있지만, 12.12가 있기 전 검사 신분으로 합수부에 파견되어 정승화 육참총장을 조사한 일이 있고, 국가보위비상대책위원회에서도 활약했었다. 국보위 시절 정경식 거마는 파견 근무 중인 장료들보다도 눈에 띄게 강경한 주장을 내놓고는 했다고 한다. 경과를 놓고 보면 그는 '내란'에 적극적이었던 셈이다.

## 1심과 항소심의 결말

헌재의 결정이 이루어진 이후 3월 11일 시작된 5.18사건 1심 재판은 앞에서 상세히 언급한 바와 같이 파행을 거듭한 끝에 1996년 8월 5일 결심結審 공판이 열렸고 검사는 나에게 반란과 내란수괴 등의 혐의로 사형을 구형했다. 이어 3주 후인 8월 26일 열린 선고공판에서 김영일 재판장은 구형대로 나에게 사형을 선고했다. 검찰의 사형 구형은 이미 정해진 각본에 따른 것이었다고 해도, 변호인단은 재판부의 판단에 한 가닥 희망을 걸어보자는 생각이었다. 변호인들도 아마 말은 그렇게 했어도 속으로는 전혀 기대를 갖지 않았을 것이다. 나 역시 마찬가지였다. 만에 하나 무죄가 된다거나 하면 김영삼 정권은 그대로 유지될 수가 없을 터였다. 그러한 상황이 되도록 손을 놓고 있을 정권이 아니었다. 정해진 목표대로 진행되던 법정에서 진실을 말해준 많은 증인들의 용기가 물거품이 돼버린 일이 아깝고 애석했다. 145일간 밤잠을 못자면서 싸워준 변호인들의 수고가 고마웠지만 나로서는 할 수 있는 일이 아무것도 없었다.


1996년11월14일 항소심 결심공판에 임하는 나는 비장한 심정이 되어 있음을 나 스스로 느낄 수 있었다. 이 법정에서도 나에게 또 다시 사형이 구형되고 한 달 후 열릴 선고공판에서 사형이 언도된다면 '역사바로세우기'라는 나에 대한 김영삼 대통령의 정치보복극은 그 종막만을 남겨 놓게 되는 셈이었다. 최후진술에 앞서 나는 생각했다. 내게 사형이 확정되고 형의 집행이 확실하다 하더라도 나는 절대 흔들려서는 안 된다. 내가 퇴임한 뒤 정치보복을 당하는 것이 두려워 청와대에 계속 머물러 있고자 했다면 이 땅에 평화적 정권 이양은 아직도 요원했을 것이 아닌가. 나는 대통령 재임 중 스스로 다짐하고 또 다짐했다. 정치보복을 당해 죽임을 당하는 일이 생기더라도 청와대를 내 발로 걸어 나온 후 당하겠다고. 임기 도중에 쫓겨나거나 죽임을 당해서는 안 된다고.

2심 선고공판은 1996년 12월 16일에 열렸다. 나에게는 무기징역, 노태우 피고에게는 17년의 징역형이 선고되었다. 항소심 역시 나에게 '내란수괴'의 주홍글씨를 달아주기로 예정된 목표를 향해 진행된 재판이었지만, 1심 판결과는 다른 내용들이 없지 않았다. 광주사태 때 시위대를 향한 발포와 나는 관련이 없다는 사실이 인정된 것이 그 하나다. 2심 재판장은 판결문을 통해 비무장 시위대에 대한 발포 명령으로 볼 행위는 없었다는 사실과 함께 내가 자위권 발동 지시에 관여한 사실은 존재하지 않았다는 사실을 인정한다고 밝혀주었다. 계엄사령관이 발표한 자위권 보유 천명이나 자위권 발동 지시를 발포 명령으로 몰아가려던 검찰의 기도가 성공하지 못한 것이다. 내가 광주 재진입 작전계획을 수립하고 수행하는 데 깊이 관여했다는 혐의도 검찰이 입증하지 못했다. 광주 재진입 작전은 광주사태 기간 중 가장 희생자가 많이 발생한 작전이었다. 그러니까 검찰과 재판부는 내가 이 작전에 개입돼 있다는 것만 밝혀내면 나에게 '학살자'의 누명을 덮어씌울 수 있을 터였다. 그런데 역설적이게도 곤혹스런 재판과정을 통해 광주에서 일어난 일들이 실제로 나와는 무관하다는 사실을 잘 증명해준 셈이었다. 나에게 씌워진 죄목 가운데 내가 가장 부당하다고 생각한 것, 재판과정에서 반드시 이것만은 벗어나야겠다고 다짐한 것은 양민을 학살한 '학살 명령자'라는 누명이었다. 관련 증인들의 분명하고 정확한 진술에 의해 그 끔찍한 '학살자'의 누명을 벗게 된 것은 당연하면서도 여간 다행스러운 일이 아니었다.

권성 2심 재판장의 공판 진행과 관련해서 나는 물론 변호인단도 예상하지 못했던 일은 공소가 제기된 사안과 직접적인 관련이 없는 6.29선언을 재판장 스스로의 결정에 따라 양형量刑 판단에 참고했다는 사실이다. 검찰로부터 사형을 구형받고 선고공판을 기다리고 있던 한 달 사이에 권성 재판장은 변호인을 통해 6.29선언과 관련한 자료제출을 요청해 왔다. 권성 재판장은 이미 10월 하순경 6.29선언에 관한 자료를 제출해줄 것을 변호인단에게 요청해 왔었다. 변호인단은 재판부의 이 요청을 긍정적인 것으로 받아들이고 있었다. 6.29선언에 관한 자료를 통해 재판부는 나의 국가관과 통치철학, 민주화의 이행전략移行戰略등을 이해할 수 있을 것이고 그것이 재판 결과에 어느 정도 긍정적인 영향을 미칠 수 있을 것으로 생각된다는 것이다. 그러나 재판에 회부된 사안의 본질적인 문제와 관련이 없는 6.29선언 관련 내용이 밝혀질 경우, 자칫 6.29선언을 나와 노태우 중 누가 주도했느냐 하는 세간의 논란을 다시 불러 일으킬 우려가 있다고 생각해서 나는 이양우 변호사에게 재판부의 요청에 응하지 말라고 했다.

그런데 다음 8차 공판에서 재판장이 다시 6.29선언 관련 자료의 제출을 요구하자 아내가 회고록 집필을 위해 정리해뒀던 자료를 재판부에 제출했다. 항소심에서는 어떻게 해서든 사형 선고를 면하게 할 수 없을까 고심하던 아내는 6.29선언의 진실이 언제건 밝혀질 것인만큼 또 다른 역사의 진실을 규명하는 이 재판을 통해 밝혀지는 것이 순리일 수도 있다는 생각에서 자료 제출에 응해야 한다고 믿게 된 듯 했다.


권성 재판장은 선고문에서 … 자고로 항장降將은 불살不殺이라 하였으니 공화共和를 위하여 감일등減一等하지 않을 수 없다'고 했다. 누가 언제 항복했다는 것인가. 누가 누구에게 항복했다는 것인가. 나는 국민의 한 사람으로서 법에 의한 재판 절차에 따르지 않을 수 없었고, 사형에 처해지건 무기징역을 살게 되건 법이 명령하는 처분에 맡겨질 수밖에 없는 신분이었다. 그러나 나는 애초부터 이른바 '역사바로세우기'는 김영삼 정권의 정치적 폭거라고 생각해왔고, 따라서 그러한 정략적 재판 놀음의 역사적 정당성을 인정하지 않았다. 나는 결코 '역사바로세우기'라는 이름의 폭거에 항복한 일이 없었던 것이다.

6.29선언은 권성 재판장이 표현했듯이 내가 '국민의 뜻을 수용하고 평화적 정권교체의 단서를 연 것…'이지 싸움에 져서 항복한 것이 아니다. 6.29선언을 전후한 상황은 개헌을 해서 대통령을 직접 선거로 뽑자는 국민의 요구와, 개헌을 하되 내각책임제를 채택하자는 당시 정부·여당의 이견으로 협상을 하는 과정이었다. 그때 국민투표 등의 절차를 통해 확인된 것은 아니지만, 나는 직선제를 선호하는 국민이 다수이고 그 요구의 정도가 강렬하다고 판단해서 그 뜻을 전폭적으로 수용한 것이 6.29선언이었던 것이다. 직선제 개헌을 요구하는 야당 등이 '투쟁'이라는 용어를 쓰기는 했지만, 나는 어디까지나 협상을 통해 국가의 장래에 이익이 될 방향으로 국민의 뜻을 수렴해가자는 생각이었고, 내 머릿속에 국민과 싸운다는 개념이 없었다. 그러니까 나는 6.29선언을 함으로써 '항복'한 일도 없고, 김영삼 대통령의 '역사바로세우기'폭거에 '항복'한 일도 없었던 것이다. 재판장이 '감일등'의 명분을 왜 그 '항장'이란 말에 걸었던 것인지 알 수 없지만, 나로서는 어이없는 표현이었다.

항소심 판결 내용 가운데에는 1심 판결에 비해 긍정적으로 평가할 수 있는 내용들도 있었지만 나로서는 도저히 납득할 수 없는 것들도 있었다. 5.18 시위군중이 헌법기관이고, 시위를 진압한 일이 내란이 된다는 판결 내용이었다.

민주주의국가의 국민이야말로 주권자의 입장에 서서 헌법을 제정하고 헌법을 수호하는 가장 중요한 소임을 갖는 것이므로 이러한 국민이 개인으로서의 지위를 넘어 집단이나 집단유사集團類似의 결집을 이루어 헌법을 수호하는 역할을 일정한 시점에서 담당할 경우에는 이러한 국민의 결집을 적어도 그 기간 중에는 헌법기관에 준하여 보호하여야 할 것이다. 따라서 이러한 국민의 결집을 강압으로 분쇄한다면 그것은 헌법기관을 강압으로 분쇄한 것과 마찬가지로 국헌문란에 해당한다고 보지 않으면 안 된다. 이 사건에서 보면 피고인들이 국회를 봉쇄하고 정치활동을 금지하며 주요 정치인들을 구속하고 비상계엄을 부당하게 전국으로 확대한 행위는 위에서 본바와 같이 국헌을 문란케 한 행위이므로 광주시민들이 이를 항의하는 대규모의 시위에 나온 것은 주권자인 국민이 헌법수호를 위하여 결집을 이룬 것이라고 할 것이고 이를 피고인들이 병력을 동원하여 난폭하게 제지한 것은 강압에 의하여 그 권한 행사를 사실상 불가능하게 한 것이어서 국헌문란에 해당한다.

한마디로 말하면 5.18 당시 시위군중이 헌법기관이고 계엄군은 내란집단이었다는 얘기다. 할 말을 잃게 하는 해괴한 법해석이 아닐 수 없다. 이 대목이야 말로 권성이라는 판사가 김영삼 정권의 정치보복극에 봉사한 충실한 하수인이었음을 부끄럼 없이 드러낸 기록이라고 하겠다. 항소심의 판단에 대해 대체로 '원심 판단은 정당함'이라고 한 대법원도 이 대목은 받아들이지 않았다. "헌법상 아무런 명문의 규정이 없음에도 불구하고, 국민이 헌법의 수호자로서의 지위를 가진다는 것만으로 헌법수호를 목적으로 집단을 이룬 시위 국민들을 가리켜 형법이 규정하고 있는 '헌법에 의하여 설치된 국가기관'에 해당하는 것이라고 말하기는 어렵다. 또한 원심이 형법 91조가 국헌문란의 대표적인 행태를 예시하고 있다고 본 것도 수긍하기 어렵고 따라서 헌법수호를 위하여 시위하는 국민의 결집을 헌법기관으로 본 원심의 조치는 유추해석에 해당하여 죄형법정주의의 원칙을 위반한 것이어서 허용될 수 없다."고 항소심 판단을 배척한 것이다.

12.12사건의 공소시효가 언제 완성되는가 하는 문제에 대해서도 항소심 재판부는 검찰 측 주장에 손을 들어주었다.

항소심 선고 공판을 앞둔 1996년 12월 6일 중앙일보는 '미국의 인권단체 휴먼 라이트 워치의 세계인권보고서(1996년12월4일 발표)가 전두환, 노태우전 대통령들에 대한 재판은 사법 및 검찰권의 독립성 훼손, 재판 절차의 공정성, 사형 선고라는 측면에서 문제점이 제기되고 있다고 평가했다'고 보도했다.

## 대법원의 '소수의견'

항소심 선고 이후 나는, 5.18재판으로 더 이상 국력을 낭비하게 할 수는 없다는 생각에 변호인들이 아무리 간청을 해도 결코 상고를 허락하지 않았다. 1996년 12월 23일 변호인을 시켜 대법원 상고를 포기하기로 결정했다는 사실을 발표하도록 했다. 반면 검찰은 항소심 판결에 불복하여 대법원에 상고했다. 해가 바뀌어 1997년이 되었다. 구속 후 두 번째 맞이하는 새해였다. 그렇게 다시 4개월이 흘러 봄과 함께 대법원의 확정판결이 임박했다는 소식이 전해졌다. 1997년 4월 17일 대법원의 최종판결이 나왔다. '역사바로세우기'라는 한 마당의 시대착오적 정치보복극이 막을 내린 것이다. 대법원은 우선 대법관 다수의견의 결정에 따라 검찰의 상고를 기각했다. 그리고 나를 비롯한 피고인들에게는 대법원 판사 9명 전원합의로 항소심 판결 형량을 확정했다. 재판을 받던 중 타계한 유학성俞學聖 장군을 제외한 다른 피고인들의 상고도 기각한 것이다.

확정판결 내용이 보여주듯이 대법원의 결정도 이미 예상했던 대로, 정해진 행로行路를 따라 정해진 목표에 도달했음을 확인해준 것에 지나지 않았다. 그럼에도 불구하고 우리에게 한가닥 위안을 주었던 것은 소수의견을 개진하며 거대한 탁류濁流에 맞섰던 몇몇 대법원 판사들이 존재했다는 사실이다. 공소시효 문제라든가, '성공한 쿠데타를 처벌할 수 있는가'라는 문제 등에 관해서는 1~2심 진행 과정에서 사실관계와 법리를 놓고 치열한 의견 개진과 토론이 있었기 때문에 중복이 되겠지지만, 최종심에서 보여준 판결 내용과 '소수의견'의 요지를 다시 소개한다.

'성공한 쿠데타를 처벌할 수 있는가'라는 문제에 대해서도 치열한 법리 토론이 있었다. 다수의견은 이렇다.

우리나라는 제헌헌법의 제정을 통하여 국민주권주의, 자유민주주의, 국민의 기본권보장, 법치주의 등을 국가의 근본이념 및 기본원리로 하는 헌법질서를 수립한 이래 여러 차례에 걸친 헌법개정이 있었으나, 지금까지 한결같이 위 헌법질서를 그대로 유지하여 오고 있는 터이므로, 피고인들이 공소사실과 같이 이 사건 군사반란과 내란을 통하여 폭력으로 헌법에 의하여 설치된 국가기관의 권능행사를 사실상 불가능하게 하고 정권을 장악한 후 국민투표를 거쳐 헌법을 개정하고 개정된 헌법에 따라 국가를 통치하여 왔다고 하더라도 피고인들이 이 사건 군사반란과 내란을 통하여 새로운 법질서를 수립한 것이라고 할 수는 없다. 우리나라의 헌법질서 아래에서는 헌법에 정한 민주적 절차에 의하지 아니하고 폭력에 의하여 헌법기관의 권능행사를 불가능하게 하거나 정권을 장악하는 행위는 어떠한 경우에도 용인될 수 없는 것이다. 그러므로 피고인들이 그 내세우는 바와 같이 새로운 법질서를 수립하였음을 전제로 한 주장은 받아들일 수 없다.

다만 피고인 전두환 등이 이 사건 내란을 통하여 정권을 장악한 다음 헌법을 개정하고 그 헌법에 따라 피고인 전두환이 대통령에 선출되어 대통령으로서의 직무를 행하였고, 다시 그 헌법에 정한 절차에 따라 헌법을 개정하고 그 개정된 헌법(현행 헌법)에 따라 피고인 노태우가 대통령에 선출되어 그 임기를 마치는 등 그동안에 있었던 일련의 사실에 비추어 마치 피고인들이 새로운 법질서를 형성하였고 나아가 피고인들의 기왕의 행위에 대하여 이를 처벌하지 아니하기로 하는 국민의 합의가 이루어졌던 것처럼 보일 여지가 없지 아니하나, 국회는 헌정질서 파괴범죄에 대하여 형사소송법상의 공소시효의 적용을 전면적으로 배제하는 헌정질서 파괴범죄의 공소시효 등에 관한특례법(이하 '헌정질서 파괴범죄 특례법'이라 한다)과 바로 그 헌정질서 파괴범죄에 해당하는 이 사건 군사반란과 내란행위를 단죄하기 위한 5.18민주화운동 등에 관한 특별법(이하 '5.18특별법'이라고 한다)을 제정하였으며, 헌법재판소는 5.18특별법이 합헌이라는 결정을 함으로써, 피고인들이 이 사건 군사반란과 내란을 통하여 새로운 법질서를 수립한 것이 아님을 분명히 하였을 뿐만 아니라 헌법 개정 과정에서 피고인들의 행위를 불문에 붙이기로 하는 어떠한 명시적인 합의도 이루어진 바가 없었으므로, 특별법이 제정되고 그에 대한 헌법재판소의 합헌 결정이 내려진 이상, 피고인들은 그들의 정권장악에도 불구하고, 결코 새로운 법질서의 수립이라는 이유나 국민의 합의를 내세워 그 형사책임을 면할 수는 없는 것이라고 할 것이다.

이러한 다수의견에 대해 박만호朴萬浩 대법관은 이 사건이 고도의 정치문제로서 법원이 재판권을 행사할 수 없다며 다른 견해를 내놓았다.

헌법상 통치체제의 권력구조를 변혁하고 대통령, 국회 등 통치권의 중추인 국가기관을 새로 구성하거나 선출하는 내용의 헌법 개정이 국민투표를 거쳐 이루어지고 그 개정 헌법에 의하여 대통령이 새로 선출되고 국회가 새로 구성되는 등 통치권의 담당자가 교체되었다면, 이는 과거의 헌정 질서와는 단절된 제5공화국의 새로운 헌정질서가 출발하였고 국민이 이를 수용하였음을 의미한다고 할 것인바, 피고인들의 이 사건 군사반란 및 내란행위는 국가의 정치적 변혁 과정에서 국민이 수용한 새로운 헌정질서를 형성하는 데에 기초가 되었다고 보지 않을 수 없다. 그렇다면 피고인들의 이 사건 군사반란 및 내란행위는 국가의 헌정질서의 변혁을 가져온 고도의 정치적 행위라고 할 것인바, 위와 같이 헌정질서 변혁의 기초가 된 고도의 정치적 행위에 대하여 법적 책임을 물을 수 있는지 또는 그 정치적 행위가 사후에 정당화되었는지 여부의 문제는 국가사회 내에서 정치적 과정을 거쳐 해결되어야 할 정치적, 도덕적 문제를 불러일으키는 것으로서 그 본래의 성격상 정치적 책임을 지지 않는 법원이 사법적으로 심사하기에는 부적합한 것이고, 주권자인 국민의 정치적 의사형성 과정을 통하여 해결하는 것이 가장 바람직하다 할 것이다.

현대 법치주의의 원리는 원칙적으로 국가사회 구성원의 모든 행위에 대하여 법원이 그 합법성 여부를 검사할 것을 요청받고 있기는 하나, 그렇다고 해서 반드시 모든 행위가 사법적 심사의 대상이 되어야만 하는 것을 의미하지는 않는다. 법원은 구체적인 사안에 따라서는 당해 행위가 가지는 정치적 측면과 법적 측면을 비교하고 그 행위에 대한 규범적 통제의 정도 및 사법제도의 본질적 특성을 감안하여 무엇보다도 그 행위에 대한 사법심사가 국가사회에 미치는 영향을 고려하여 사법심사를 자제하여야 하는 경우가 있는 것이다. 이 사건의 경우가 그러한 경우에 해당한다고 할 것이다. 그러므로 이 사건 군사반란 및 내란행위가 비록 형식적으로는 범죄를 구성한다고 할지라도 그 책임 문제는 국가사회의 평화와 정의의 실현을 위하여 움직이는 국민의 정치적 통합과정을 통하여 해결되어야 하는 고도의 정치문제로서, 이에 대하여는 이미 이를 수용하는 방향으로 여러 번에 걸친 국민의 정치적 판단과 결정이 형성되어온 마당에 이제 와서 법원이 새삼 사법심사의 일환으로 그 죄책 여부를 가리기에는 적합하지 아니한 문제라 할 것이므로, 법원으로서는 이에 대한 재판권을 행사할 수 없다고 보아야 할 것이다.

또한 소급법이라는 비난을 받는 문제의 5.18특별법에 대해서도 찬성의견을 낸 대법관들은 헌법재판소가 5.18특별법은 헌법에 위반하지 아니한다고 결정하였기 때문에 대법원으로서도 이를 그대로 적용할 수밖에 없다고 했다.

하지만 대법관 3명(박만호, 신성택申性澤, 박준서朴駿緖)은 단호하고 명백한 반대의견을 제시하였다.

- 위 법률조항의 규정은 행위 시의 법률상 인정되던 공소시효 정지사유를 확인한 것이 아니라, 새로운 공소시효 정지사유를 형성적으로 설정한 것으로서 소급효를 갖는 것이라고 보아야 한다 … 공소시효 제도는 범죄 혐의자에게 법적, 사회적 안정이라는 이익을 부여하는 제도이므로, 공소시효의 완성을 방해하는 공소시효 정지사유를 인정하는 것은 결과적으로 범죄 혐의자의 자유권을 제한하는 사유로 기능하게 된다. 따라서 국민의 자유와 권리의 제한에 관한 헌법 제37조 제2항의 정신에 따라 공소시효 정지사유로 인정되는 것은 형사소송법 등에 의하여 명문으로 규정된 것이

거나, 아니면 적어도 헌법 또는 법률의 규정에 의하여 국가의 소추권 행사에 법률상의 장애가 있었음이 분명한 경우가 아니면 아니 된다고 본다. 5.18특별법 제2조는 그 적용대상 범죄에 대하여 국가의 소추권 행사에 장애사유가 존재한 기간을 공소시효 정지사유로 규정하고 있으나, 위 법률조항에 규정된 기간의 장애사유가 그 제정 이전부터 헌법 또는 법률의 규정에 의하여 소추권 행사의 법률상 장애사유로 인정될 수 있는 것이었다고 볼 아무런 근거가 없는 것이며, 형사법의 유추해석 금지의 원칙상 공소시효 제도의 본질 또는 그 존재이유로부터 공소시효 정지사유를 유추해석해내는 것은 허용되지 않는 것이다. 국가의 소추권이 장기간 행사되지 못하고 공소시효 기간을 경과한 사건에 있어서는 5.18특별법이 인정한 바와 같은 장애사유이외에도 이런저런 사실상의 장애사유가 존재할 수 있음은 충분히 예상할 수 있었던 것임에도, 이와 같은 사실상의 장애사유를 공소시효 정지사유로 법률에 규정한 바가 없었다는 것은 이러한 사유를 공소시효 정지사유로 인정하지 않았던 까닭이라고밖에 볼 수가 없다. 그럼에도 불구하고 유독 5.18특별법이 규정한 바와 같은 장애사유에 대하여 법률의 해석에 의하여 공소시효 정지사유에 해당한다고 볼 수는 없는 것이다.

다음으로 범죄행위가 이루어진 이후에 공소시효를 소급적으로 정지하는 내용의 법률조항이 우리 헌법상 유효한 것으로 평가될 수 있는지를 살펴보기로 한다. 헌법 제12조 제1항 제2문은 '누구든지 법률과 적법한 절차에 의하지 아니하고는 처벌, 보안처분 또는 강제노역을 받지 아니한다'라고 규정하고, 그 제13조 제1항 전단은 '모든 국민은 행위 시의 법률에 의하여 범죄를 구성하지 아니하는 행위로 소추되지 아니하며…' 라고 규정하여 죄형법정주의와 적법절차의 원칙 및 소급금지의 원칙을 선언하고 있으며, 이에 따라 형법 제1조 제1항은 '범죄의 성립과 처벌은 행위 시의 법률에 의한다' 라고 규정하고 있다.

형사법에 관한 소급금지의 원칙은 자유민주주의 헌법에서 가장 중요한 가치의 하나로 보장하고 있는 국민의 신체의 자유와 직결되는 것이다. 그러므로 위의 원칙은 형법과 형사특별법상의 모든 범죄의 성립과 형벌에 관한 내용을 담은 실체법적 규정에 있어서는 엄격히 적용되어 소급효는 절대적으로 금지된다. 공소시효는 바로 범죄의 성립과 형벌에 관한 것은 아니어서 소급금지의 원칙이 당연히 적용되는 영역에 해당하지는 아니한다고 하더라도, 공소시효 제도는 범죄 혐의자의 법적 안정성에 직접 관련되는 것으로서 그 규정과 적용 여하에 따라 범죄 혐의자의 실체법적 지위에까지 중대한 영향을 미치게 되는 것임이 분명하다. 따라서 공소시효에 관한 법률규정은 헌법 제12조 제1항의 적법절차의 원칙과 제13조 제1항의 소급금지의 원칙에 관한 헌법의 정신을 벗어나거나 법치주의의 이념에 어긋나서는 아니 되는 것이다.

그런데 공소시효를 사후에 소급적으로 정지하는 내용의 법률조항의 효력은 그 적용대상이 되는 범죄의 공소시효가 그 법률 시행 이전에 이미 완성하였는지의 여부에 따라 범죄 혐의자의 법적 안정성을 침해하는 정도가 달라지므로 경우를 나누어 살펴보기로 한다. 먼저 공소시효가 완성되지 않은 범죄에 대하여 사후에 공소시효를 소급적으로 정지하는 이른바 부진정소급효不眞正遡及效의 법률규정은 이미 성립한 범죄에 대하여 소추가 가능한 상태에서 그 소추기간을 연장하는 것에 지나지 아니하므로, 공소시효에 의하여 보호받는 범죄 혐의자의 이익을 침해하는 정도는 상대적으로 미약하다. 따라서 5.18특별법이 적용대상으로 삼는 헌정질서 파괴범죄를 처벌하기 위한 공익의 중대성과 그 범죄 혐의자들에 대하여 보호해야 할 법적 이익을 교량較量할 때 5.18특별법 제2조는 그 정당성이 인정된다고 보아야 할 것이다.

그러나 공소시효가 이미 완성한 다음에 소급적으로 공소시효를 정지시키는 이른바 진정소급효眞正遡及效를 갖는 법률규정은 이와 달리 보아야 한다고 생각한다. 그와 같은 법률규정은 형사소추권이 소멸함으로써 이미 법적, 사회적 안정성을 부여받아 국가의 형벌권 행사로부터 자유로워진 범죄 혐의자에 대하여 실체적인 죄형의 규정을 소급적으로 신설하여 처벌하는 것과 실질적으로 동일한 결과를 초래하게 된다. 이는 행위 시의 법률에 의하지 아니하고는 처벌받지 아니한다는 헌법상의 원칙에 위배되는 것이다. 결국 공소시효에 관한 것이라 하더라도 공소시효가 이미 완성된 경우에 다시 소추할 수 있도록 공소시효를 소급하여 정지하는 내용의 법률은 그 정당성이 인정될 수 없는 것이라고 하지 않을 수 없다.

헌법재판소는 1996. 2. 16 선고한 96헌가2, 96헌바7, 13(병합) 사건에서 5.18특별법 제2조는 헌법에 위반되지 아니한다고 결정하면서, 결정 이유에서 위 법률조항은 그 시행일 이전에 위 법률 소정의 범죄행위에 대한 공소시효가 이미 완성된 경우에도 적용하는 한 헌법에 위반된다고 보는 한정위헌의견이 다수 재판관의 견해이기는 하나, 헌법재판소법 제23조 제2항 제1호에 정한 위헌결정의 정족수에 이르지 못하여 합헌으로 선고할 수밖에 없음을 설시說示하고 있다.

그러나 법원은 헌법재판소의 위 결정에서 공소시효가 이미 완성된 경우에도 위 법률 조항이 합헌이라고 한 결정 이유 중의 판단 내용에 기속羈束되지 아니하는 것이며, 합헌으로 선고된 법률 조항의 의미, 내용과 적용범위가 어떠한 것인지를 정하는 권한 곧 법령의 해석, 적용의 권한은 바로 사법권의 본질적 내용을 이루는 것으로서, 전적으로 대법원을 최고법원으로 하는 법원에 전속하는 것이다(대법원 1996. 4. 9. 선고 95누11405 판결 참조). 법원이 어떠한 법률조항을 해석, 적용함에 있어서 한 가지 해석 방법에 의하면 헌법에 위배되는 결과가 되고 다른 해석 방법에 의하면 헌법에 합치하는 것으로 볼 수 있을 때에는 위헌적인 해석을 피하고 헌법에 합치하는 해석 방법을 택하여야 하는 것임은 또 하나의 헌법수호기관인 법원의 당연한 책무이기도 하다(대법원 1992. 5 8.자 91부8 결정 참조).

따라서 헌법재판소의 합헌결정에 불구하고 5.18특별법 제2조를 위와 같이 해석, 적용함에 아무런 장애가 없다고 보는 것이다 … 피고인 황영시黃永時, 차규헌車圭憲, 박준병朴俊炳, 최세창崔世昌, 장세동張世東, 허화평許和平, 허삼수許三守, 이학봉李鶴捧, 박종규朴琮圭, 신윤희申允熙에 대한 1979. 12. 12을 전후한 군사반란 사건에 관련한 공소 범죄행위는 1979. 12. 13에, 피고인 황영시, 차규헌, 허화평, 허삼수, 이학봉, 이희성李熺性, 주영복周永福, 정호용鄭鎬溶에 대한 1980. 5. 18을 전후한 군사반란사건에 관련한 공소 범죄행위 및 피고인 전두환, 황영시, 이희성, 주영복, 정호용에 대한 각 내란 목적 살인죄의 공소 범죄행위는 모두 1980. 5. 27까지 각 종료하였음은 기록상 분명하므로 위 각 범죄행위에 대한 공소시효는 각 그 종료일로부터 진행한다고 보아야 할 것이고, 그때로부터 5.18특별법이 시행된 1995. 12. 21 이전에 15년의 공소시효 기간이 이미 경과하였음이 분명하므로, 위의 각 범죄에 대하여는 위 법률 시행 이전에 이미 공소시효가 완성되었다고 보아야 한다.

다시 말해 애초에 특별법이 제정되기 전에 검찰에서 스스로 내렸던 결론처럼 공소시효는 완성되었다고 봐야 한다는 의견이었다. 그 마지막 단계인 대법원의 판결을 통해 비록 과반수가 안 되는 대법관들의 의견이기는 했지만, 이와 같이 사법부의 바른 입장이 다른 입장과 나란히 정리되고 기록되는 과정이 있었다는 것은 정말 가치 있는 일이었다. 새삼 대다수의 사람들이 세류에 휩쓸려 모두 동일한 목소리를 낼 때에도 외롭지만 진실한 목소리를 낼 수 있는 소수의 깨어 있는 분들이 건재하고 있다는 사실에 가슴이 숙연해졌다.

또 광주 시위를 진압한 일이 대통령과 내각이라는 헌법기관을 외포畏怖

케 함으로써 국헌을 문란하게 했다는 판결도 참으로 이해할 수 없는 주장이다. 최규하 대통령은 광주사태가 악화되자 직접 광주에 내려가 육성 방송으로 담화문도 발표했다. 그리고 광주 재진입작전에 관해 청와대에서 보고도 받았고, 5월 25일 광주 현지에서 열린 최종 작전회의를 주재하고 그 내용을 승인했다. 그러니까 광주 재진입작전은 국군 통수권자인 최 대통령이 직접 보고받고 승인한 것이므로 최 대통령이 직접 명령한 것이라고 보아야 한다. 검찰과 재판부의 판단에 따르면 최 대통령은 자신이 명령한 재진입작전에 외포감을 갖게 되었다는 말이 된다. 작전을 지시한 사람도 최 대통령이고 그 일 때문에 외포감을 갖게 된 사람도 최 대통령이라는 것이다. 앞에 몇 대목에서 강조한 바 있지만 최 대통령은 자신의 생각과 다른 결정, 자신이 책임져야 할 일에 관해서는 철저히 따지고 확인하고 하는 분이다. 자기의 의사에 맞지 않는 것은 분명하게 반대의사를 표시하고 재가하지 않았다. 검찰이 광주에 출동했던 계엄군 장병들을 '생명 있는 도구'로 이용당한 것이라고 주장한 것처럼 최 대통령도 마치 아무런 생각도, 판단도, 결정도 할 수 없는 허수아비로 몰아간 것이다. 광주사태와 관련된 일이 모두 나의 책임이고 범법행위였다고 주장하려니 최 대통령을 꼭두각시에 지나지 않았다고 말할 수밖에 없었던 것이다. 건재했던 최 대통령의 정당한 통치행위를 나의 내란행위로 단죄하려다 보니 그처럼 허황한 주장을 들고 나왔던 것 같다.

법원 판결에 따르면 광주 재진입도 하지 말았어야 하는 일이 된다. 1권에서 광주 재진입작전을 수행하지 않을 수 없었던 사정에 관해 설명했듯이 당시 해방구가 된 광주시내 상황을 더 이상 방치할 수 없다고 계엄사가 판단했고 최 대통령이 이를 승인함으로써 작전이 이뤄진 것이다. 그런데 검찰과 재판부는 마치 내가 광주 시위를 조속히 진압하여 시위가 다른 곳으로 확산되는 것을 막지 않으면 내란의 목적을 달성할 수 없는 상황이었으므로 광주 재진입작전을 강행하여 저항 내지 장애가 되는 범위의 사람들을 살상하도록 했다는 것이다.

5.18재판은 참으로 공정하지도, 온당하지도 않고 괴상하다고나 해야 할 기이한 재판이었다. 다수의 희생자가 발생한 시위대 진압작전을 실제로 지휘한 책임도 없는데 기소되어 유죄판결을 받은 사람이 있는가 하면, 시위 진압과 광주 재진입작전을 직접 지휘한 지휘관은 기소되지도 않거나 무죄가 되었다. 황영시 육참차장이나 정호용 특전사령관에게는 중형이 선고된 반면 31사단장 정웅鄭雄은 기소조차 하지 않았고 박준병 20사단장은 무죄가 되었다. 나를 군사반란과 내란죄로 몰고 가기 위한 목적을 달성하는 데 불리하거나 도움이 되지 않는 피고인들은 중벌로 다스리고, 반대로 유리한 증언, 그중에서도 결정적으로 유리한 허위증언을 하는 사람들은 아주 관대하게 처리한 것이다. 유무죄의 판단 기준이 너무도 자의적恣意的이었다. '내란하려는 마음'이 있었으니까 유죄고, 그렇지 않으면 무죄라는 것인데, 내란하려는 마음이 있었다는 증거가 제시되지도 않았다. 검사나 판사들이 보기에 그렇다는 것이다. 판검사가 피고인들의 마음속까지 꿰뚫어보고 판단할 수 있는 것이라면 굳이 법정에서 따지고 묻고 할 필요도 없는 일 아닌가. 정호용 장군이 지휘했다고 검찰이 주장하는 공수단이 진압한 시위대는 '준헌법기관'이니 정호용 피고인은 유죄고, 박준병 장군이 지휘한 부대가 진압한 시위대는 '폭도'였으니까 박준병 피고는 무죄가 된다는 말인가. 정권의 필요 때문에 불구속 상태로 기소한 박준병 장군을 보호하려니까 그처럼 괴상한 이중잣대가 적용될 수밖에 없었을 것이다.

불공정한 재판이었다는 사실을 극명하게 드러내주는 결정적 사례는 당시 보안사령부에 근무했던 나의 참모들에 대한 처리 내용이다. 나의 참모 가운데 비서실장 허화평, 수사단장 이학봉, 조정통제국장 허삼수 등은 모두 구속 기소되어 처벌을 받았다. 그러나 10.26 이후 합수부 정보처장으로서 정치·사회 정보를 총괄 처리하고 관련 대책을 수립했던 권정달權正達은 기소조차 되지 않았다. 그는 시국수습방안이 집권 시나리오라고 검찰에서 진술함으로써 나를 내란의 수괴로 몰고 가는 데 결정적인 단서를 제공한 공로를 인정받아 수사기관으로부터 특혜를 받았다. 시국수습방안이 집권 시나리오이고 그래서 내가 내란의 수괴였다면 시국수습방안을 작성해 그것을 건의한 권정달은 내가 집권하는 데 일등공신이요 내란 획책의 결정적 공모자인데 입건조차 않았다는 것은 누가 들어도 납득할 수 없는 얘기다. 또한 주영복 국방장관과 이희성 계엄사령관을 불구속 상태에서 재판을 받게 한 일도 나를 내란수괴로 몰아세우는 데 유리한 증언을 한 데 내한 반대급부였을 것임은 누구라도 짐작할 수 있는 일이다.

대법원은 판결의 판시사항 가운데 5.18특별법 제2조가 공소시효가 완성된 헌정질서 파괴범죄 행위에 대하여도 적용되는지 여부에 대해 검토했다. 그 사건에서 다수의견은 5.18특별법 제2조의 공소시효가 완성되었는지 여부에 관계없이 모두 그 적용대상이 된다고 했고 헌법재판소의 합헌결정은 그대로 적용할 수밖에 없다고 했다. 그에 반해 소수의 의견은 달랐다. 공소시효가 이미 완성된 다음에 소급적으로 공소시효를 정지시키는 법률규정은 행위 시의 법률에 의하지 않고는 처벌받지 아니한다는 헌법상의 원칙에 위배되는 것으로 그러한 법률은 그 정당성이 인정될 수 없다고 주장했다.

변호인은 '폭동은 국헌문란의 목적을 달성하기 위한 직접적인 수단이 되어야 하는데 1980년 9월 1일 취임한 이후에는 국헌문란의 목적이 있었다고 볼 수 없지 않은가. 제5공화국 헌법이 1980년 10월 20일 국민투표로 확정되고 그 무렵, 헌법제정 권력인 전체 국민의 총체적 의사에 의해 새로운 헌정질서가 출범했기 때문에, 그간의 모든 내란행위는 완전히 종료된 것이다 … 국민투표에 의해서 그동안의 집권과정에 이르는 모든 조치들에 대해서 국민의 헌법적 결단이 이루어진 것인데, 계속 폭동이 유지됐다고 주장하는 것은 오히려 그러한 견해 자체가 국민의 총체적 의사에 반하는 것 아닌가'고 반문했다. 5.18재판은 국민을 내란 동참자로 보지 않는다면 성립할 수 없는 논리를 부끄럽지도 않은지, 두렵지도 않은지 서슴없이 내놓고 있는 것이다.

　최고법원인 대법원이 진정소급효의 위헌 여부에 대해 독자적인 판단을 회피한 것은 참으로 안타깝고 아쉬운 일이었다. 헌재에서 위헌결정 정족수에 이르지 못했으나 9명의 재판관 가운데 과반수인 5명이 한정위헌 의견을 냈던 사안인 만큼 독자적인 판단에 따라 위헌 판단을 할 수 있었을 것이다. 다수의견이 '5.18민주화운동 등에 관한 특별법 제2조는 그 제1항에서 그 적용대상을 '1979년 12월 12일과 1980년 5월 18일을 전후하여 발생한 헌정질서 파괴범죄의 공소시효 등에 관한 특례법 제2조의 헌정질서 파괴 범죄행위라고 특정하고 있으므로, 그에 해당하는 범죄는 5.18민주화운동 등에 관한 특별법의 시행 당시 이미 형사소송법 제249조에 의한 공소시효가 완성되었는지 여부에 관계없이 모두 그 적용대상이 됨이 명백하다고 할 것인데, 위 법률 조항에 대하여는 헌법재판소가 1996. 2. 16. 선고 96헌가2, 96헌마7, 13 사건에서 위 법률조항이 헌법에 위반되지 아니한다는 합헌결정을 하였으므로, 위 법률조항의 적용범위에 속하는 범죄에 대하여는 이를 그대로 적용할 수밖에 없다'고 슬쩍 비켜서 버림으로써 대법원 스스로가 최고법원으로서의 권능을 포기하고 헌법재판소 아래 있다고 실토하는 셈이 되고 말았다.

진정소급효의 법령은 위헌이라는 소수의견의 요지는 다음과 같다.

공소시효가 이미 완성한 다음에 소급적으로 공소시효를 정지시키는 이른바 진정소급효를 갖는 법률규정은 ⋯ 형사소추권이 소멸함으로써 이미 법적 사회적 안정성을 부여받아 국가의 형벌권 행사로부터 자유로워진 범죄 혐의자에 대하여 실체적인 죄형의 규정을 소급적으로 신설하여 처벌하는 것과 실질적으로 동일한 결과를 초래하게 된다. 이는 행위 시의 법률에 의하지 아니하고는 처벌받지 아니한다는 헌법상의 원칙에 위배되는 것이다. 결국 공소시효에 관한 것이라 하더라도 공소시효가 이미 완성된 경우에 다시 소추할 수 있도록 공소시효를 소급하여 정지하는 내용의 법률은 그 정당성이 인정될 수 없는 것이라고 하지 않을 수 없다.

그러므로 5.18특별법 제2조의 공소시효 정지규정이 적용되는 범위를 해석함에 있어서, 5.18특별법 시행 당시 공소시효 완성 여부에 관계없이 위 법률조항의 문언에만 근거하여 위 이른바 헌정질서 파괴범죄 행위에 해당하는 모든 범죄에 대하여 적용된다고 보는 것은 헌법에 위반되는 해석방법이라고 하지 않을 수 없다. 따라서 위 법률조항은 5.18특별법 시행 당시 공소시효가 완성하지 않은 범죄에 대하여만 한정하여 적용되고, 이미 공소시효가 완성된 범죄에 대하여까지 적용되는 것은 아니라고 해석하는 것이 옳다고 본다.

헌법재판소는 1996. 2. 16. 선고한 96헌가2, 96헌바7, 13(병합)사건에서 5.18특별법 제2조는 헌법에 위반되지 아니한다고 결정하면서, 결정 이유에서 위 법률조항은 그 시행일 이전에 위 법률정의 범죄행위에 대한 공소시효가 이미 완성된 경우에도 적용하는 한 헌법에 위반된다고 보는 한정위헌 의견이 다수 재판관의 견해이기는 하나, 헌법재판소법 제23조 제2항 제1호에 정한 위헌결정의 정족수에 이르지 못하여 합헌으로 선고할 수밖에 없음을 설시하고 있다.

그러나 법원은 헌법재판소의 위 결정에서 공소시효가 이미 완성된 경우에도 위 법률 조항이 합헌이라고 한 결정 이유 중의 판단내용에 기속羈束되지 아니하는 것이며, 합헌으로 선고된 법률 조항의 의미, 내용과 적용범위가 어떠한 것인지를 정하는 권한 곧 법령의 해석, 적용의 권한은 바로 사법권의 본질적 내용을 이루는 것으로서, 전적으로 대법원을 최고법원으로 하는 법원에 전속專屬하는 것이다(대법원 1996. 4. 9. 선고 95누11405 판결 참조). 법원이 어떠한 법률 조항을 해석, 적용함에 있어서 한 가지 해석방법에 의하면 헌법에 위배되는 결과가 되고 다른 해석방법에 의하면 헌법에 합치하는 것으로 볼 수 있을 때에는 위헌적인 해석을 피하고 헌법에 합치하는 해석방법을 택하여야 하는 것임은 또 하나의 헌법수호기관인 법원의 당연한 책무이기도 하다

_대법원 1992. 5 8.자 91부8 결정 참조

대법원이 아무런 증거도 없이 피고인들이 대통령을 강압하여 계엄령을 전국에 확대 선포했다고 한 것은 증거 없이 사실을 인정한 것으로서 채증법칙을 무시한 판결이라는 비판을 자초한 것이다. 비상계엄 전국확대는 오로지 대통령의 고유권한이고 적법절차에 따라 대통령이 선포한 것일 뿐만 아니라 최규하 대통령은, 강압을 받았다는 그 어떠한 진술이나 언급을 한 사실이 없었다.

# 최규하 전 대통령의 눈치를 본 검찰

### 최규하 전 대통령의 진술 거부

5.18특별법에 근거한 재판에서 가장 중요한 인물로 떠오른 사람은 '내란 수괴'로 지목된 내가 아니었다. 나와 함께 기소된 노태우 전 대통령을 비롯한 다른 피고인들도 아니고 바로 최규하 전 대통령이었다. 물론 이 재판은 나를 비롯한 피고인들을 처벌하기 위해 진행되는 것이었고 최 전 대통령은 기소조차 되지 않았다. 그러나 이 재판의 모든 것이 걸려 있다고 할 만큼 최 전 대통령의 한 마디는 중요했다.

'12.12 때 정승화 연행을 위한 재가 문서에 바로 서명하지 않은 것은 재가를 거부한 것이 아니다' '계엄 확대 등 5.17시국수습방안은 충분히 검토해서 재가한 것이다' '광주사태와 관련해서는 대통령의 직접 지휘감독을 받게 되어 있는 계엄사령관으로부터 사전·사후 보고를 받았다'는 내용의 진술을 하게 되면 5.18재판은 아예 성립조차 될 수 없는 것이 된다. 반대로 '12.12 때는 협박에 못 이겨 할 수 없이 서명했다'거나 '5.17은 속아서 재가

한 것이다' '광주사태 문제는 군 통수권자인 나를 제쳐놓고 보안사령관과 계엄사령관이 다 처리했다'라는 식으로 진술한다면, 수십 명에 달하는 다른 증인들을 불러다 증언을 들을 필요도 없이 일사천리로 재판을 끝낼 수 있는 것이다.

5.18사건 특별수사본부가 차려져 재수사가 시작되면서 자연히 최 전 대통령의 증언 문제가 초미의 관심사로 떠올랐지만, 과연 최 전 대통령이 입을 열 것인가에 대해서는 모두들 부정적인 전망을 하고 있었다. 최 전 대통령은 1988년~1989년 국회로부터 청문회와 국정조사에 나와달라는 끈질긴 요구를 받았으나 끝내 불응했다. 국회는 동행명령장까지 발부했지만 소용없었다. 1993년~1995년 검찰로부터도 여러 차례 출석 요구를 받은 바 있지만 단 한 번도 응한 적이 없었다. 최 전 대통령은 국회의 요구에도 3권 분립 정신을 내세우며 불응했는데, 더더구나 검찰의 조사에 응할 것이라고 기대할 수는 없는 일이었다. 5.18사건이 사법적 심판대에 올려질 것이 예정되어 있지만, 법정에 증인으로 출석할 가능성은 크지 않다고 지레 짐작하기도 했다.

최 전 대통령이 증언을 위한 어떠한 출석 요구에도 불응하는 이유는 앞서 언급한 바 있지만, 대통령이 재임 중에 한 일에 관해 퇴임 후 소명을 해야 하는 나쁜 선례를 만들지 않겠다는 것이다. 한번 선례가 생기면 앞으로 나오게 될 후임 대통령들도 재임 중의 일에 관해 국회건, 검찰이건, 재판정이건 걸핏하면 불려나가 소명을 하라는 요구에 부딪히게 될 텐데 최 대통령 당신이 그러한 선례를 만들 수는 없다는 입장을 완강히 고수해온 것이다. 대통령이 적법절차에 따라 행한 국정 행위에 관해서는 직접 서명날인 재가한 문서와 기록들이 모두 보존되어 있는 만큼 그에 관해 알아볼 일이

전두환 회고록 3권. 황야에 서다

있으면 그 문서와 기록들을 보면 된다는 것이다.

최규하 전 대통령은 1996년 10월 24일 권성權誠 항소심 재판장에게 보낸 회신에서 출석 증언 요구에 응하지 않는 이유를 다음과 같이 밝히고 있다.

본인이 지난 1989년 국회 광주특위의 출석 증언 요구 이래 검찰과 서울지방법원에서의 각 진술과 증언 요청을 부득이 수용하지 못했던 이유는, 대통령은 국가의 원수이며 행정부의 수반으로서 여러 가지 기미機微에 대처하는 의사결정이나 국가를 대표하는 중요한 일을 하여야 하는 직분과 책임을 가지고 있어 전직 대통령이 대통령 재임 중의 공적인 행위, 즉 헌법과 법률이 부여한 책무에 따라 처리하였던 국정 행위에 대하여 후일에 와서 일일이 소명이나 증언을 해야 한다면 앞으로의 국기 경영상 문제를 야기할 수도 있다고 생각하여왔으며, 특히 우리나라 헌정사에 증언을 위하여 전직 대통령이 법정에 출석한 전례도 없었고 따라서 만들 수도 없었기 때문입니다. 본인으로서는, 상금尙今도 첨예한 남북 간 대치에 따른 우리의 냉엄한 안보 현실과 평화적 통일을 바라보는 대국적인 관점에서, 국가의 정통성과 계속성, 대통령직의 상징성과 독립성 그리고 우리나라 헌정 상의 권력 분립의 원칙 등에 미치게 될 대내외적인 영향을 고려해볼 때, 재임 중 국정 행위에 관한 증언을 위하여 전직 대통령이 법정에 출석한다는 것은, 국익에 중대한 손상을 줄 우려가 있다고 판단되어 바람직하지 않다는 소신에는 지금도 변함이 없습니다.

최 대통령은 말 그대로 원칙주의자였다. 원리원칙에 맞지 않으면 절대로 용납하지 않는 분이었다. 결코 외압 때문에 원칙을 포기하는 일은 없었다.

## 강제구인에도 진술을 거부하다

검찰은 나를 비롯한 5.18사건 관련자들에 대한 기소를 위해 수사에 착수한 단계에서부터 최규하 전 대통령에 대한 조사에 집념을 보였다. 검찰은 1995년 11월 30일 재수사에 착수한 지 8일 만인 12월 8일 최 전 대통령에게 출석요구서를 보냈다. 이어 12일에는 직접 서교동의 최 전 대통령 자택을 방문했지만 만나지 못하자 4일 뒤에 또 자택으로 찾아갔다. 하지만 이때도 최 전 대통령은 조사에 불응했다. 최 전 대통령은 이날 법률고문인 이기창李起昌 변호사를 통해 발표한 '국민에게 드리는 말씀'이라는 성명에서 검찰 조사에 응하지 않겠다는 방침을 다시 한 번 분명히 밝혔다.

이 무렵 정승화 전 육군참모총장은 최 전 대통령에게 사람을 보내 자신에게 유리한 증언을 해주도록 요청했고, 이에 대해 최 전 대통령이 응답하지 않자 같은 내용의 서한을 보내기도 했다고 최 전 대통령의 신두순申斗淳 비서관이 민정기閔正基 비서관에게 알려줬다.

검찰은 1심 재판의 변호인 반대신문이 종료된 1996년 6월 24일 16차 공판 때 44명의 증인신청을 하며 최 전 대통령을 포함시켰다. 김영일金榮一 재판장은 17차 공판 이후 출석 증인에 대한 피고인의 직접신문까지 모두 마친 7월 26일 24차 공판이 끝날 무렵, 채택된 증인 89명 가운데 최 전 대통령 등 44명은 증인 채택을 취소할 방침임을 밝혔다. 1심 재판부가 최 전 대통령을 증언대에 세우기 위해, 항소심 때 했듯이 구인장 발부 등 할 수 있는 방법을 다 써보지도 않고 포기한 이유를 내가 짐작하기는 어렵다.

1996년 10월 7일 시작된 항소심은 1차 공판 때 최 전 대통령을 포함해 검찰과 변호인 양측이 신청한 33명의 증인을 모두 채택했다. 항소심의 증인신문은 1심 때와는 역순으로 진행하게 됨에 따라 10월 28일 7차 공판 때 최 전 대통령의 증언을 듣기로 되었는데, 권성 재판장은 10월 16일 최 전 대통령에게 출석요구서를 보낸 사실을 5차 공판 때 밝혔다. 권성 재판장은 출석요구서와 함께 사신私信까지 첨부했는데, '진실을 공정하게 평가하려고 노력하는 이 법정에 나와주시기 바랍니다. 진실을 밝힐 마지막 기회입니다. 많은 사람의 의혹이 끝맺음되어야 할 것입니다. 재판에는 왕도가 없습니다' 는 내용이었다.

10월 28일의 7차 공판을 하루 앞둔 27일, 최 전 대통령 측의 이기창 변호사는 '구인하면 응하겠지만, 법정에서 답변은 하지 않을 것 … 실제 증언을 하더라도 법에 따라 결재한 것이고 (신군부로부터) 물리적 압력을 받은 것이 아니기 때문에 증언할 것도 별로 없다."고 밝힌 것으로 28일자 『조선일보』가 보도했다.

7차 공판 때 재판장은 최 전 대통령의 증인 불참계 제출 사실을 밝히면서 검찰과 변호인 양측의 의견을 물었다. 전상석 변호인은 이 자리에서 최 전 대통령의 불참계에 의해 12.12에서 5.18에 이르는 일련의 행위는 국법질서와 법률의 범위 안에서 정당하게 집행됐다는 것이 밝혀졌고, 최 전 대통령의 증언이 없어도 이 불참계와 그동안의 다른 증언을 통해 공소장이나 세간의 억측은 사실이 아님이 밝혀졌으므로 변호인단은 이 법정에 또 다른 전직 대통령이 서는 것을 바라지 않는다는 뜻을 밝혔다. 김상희 검사는 검찰 입장에서도 다른 기록과 증언만으로 이미 공소유지가 충분하다고 했다. 그러나 권성 재판장은 불참계 사유가 정당치 않다며 11월 4일 재판에 재소환하겠다고 밝혔다.

최 전 대통령이 11월 1일 또다시 불참계를 제출한 가운데 열린 11월 4일

9차 공판 때 황영시 피고인의 정영일鄭永一 변호사는 최 전 대통령에 대한 증거조사와 증언의 필요성에 대해 재판부에 이렇게 호소했다. "이 재판은 최규하 대통령의 증언이 없이는 영원히 미완성의 재판일 수밖에 없다고 생각한다. 현재 1심 재판의 결과로 전두환 전직 대통령께서는 극형인 사형을 선고받았고, 또 한 분은 사실상의 종신형을 선고받았다. 이런 마당에 이 사건의 진실을 밝힐 수 있는 가장 핵심적인 열쇠를 쥐고 계시는 최 대통령께서 나오셔서 증언하지 않으실 명분이 없다고 생각한다. 형사소송법이 정한 절차에 따라 증언이 이루어지기를 기대하고 있고, 만약 안 된다고 한다면 서면질의에 답변한다든지 아니면 미국에서처럼 비디오를 통해서 한다든지 그런 방법이라도 좋다…."

그러나 권성 재판장은 강제구인을 하더라도 증언을 듣기는 불가능하다면서 최 전 대통령에게 강제구인 대신 과태료(10만 원)를 부과했다.

나는 변호인단의 생각에 동의하지 않았다. 최 전 대통령에 대한 강제구인까지 거론되던 때 나는 변호인을 접견하는 자리에서 나의 뜻을 밝혔다.

> 진실을 밝혀 무죄를 증명하는 것도 중요하지만, 이미 두 사람의 전직 대통령을 법정에 세운 불행한 정치 현실에서 나머지 한 분만이라도 법정에 불려나와 치욕을 당하는 일 없이 끝까지 국가원로서의 권위와 품위를 지켜줄 것을 희망한다. 사실 나는 재판에 앞서 28일간의 단식을 강행하면서 통한에 잠겨 지난날을 회고해보았고 많은 일을 후회했다. 7년 넘게 그들을 상대해보았으면서도 나는 너무 사람을 잘 믿어 국회에 출석하고 증언을 해주기만 하면 5공 청산은 끝내겠다는 1노 3김의 약속

을 철석같이 믿었었다. 그 결과 나는 국회 청문회에 출석해 전직 대통령으로서는 견디기 어려운 모욕을 당했었다. 그러나 그 후 어떻게 되었는가. 1노 3김이 청와대에서 회동해 이제 5공 청산은 끝내자고, 5공에 대한 평가는 역사에 맡기자고 국민을 설득한 지 다섯 해나 지난 지금 자신의 정치적 목적을 위해 다시 한풀이의 정치재판을 벌이고 있지 않은가. 나는 진심으로 원한다. 최 전 대통령만이라도 침묵을 지켜 안전을 지키시기를 … 언젠가는 그분이 사실을 밝히실 것이고 그렇게 되면 모든 것이 사실대로 알려질 것이 아닌가.

11월 11일 10차 공판은 7개 쟁점에 대한 검찰과 변호인 간의 구두변론이 진행됐는데, 개정 초에 권성 재판장은 최 전 대통령이 3차 소환 명령에도 불응한다고 알려왔다면서 이에 대한 검찰과 변호인 측의 의견을 물었다. 정영일 변호사가 최 전 대통령의 증언이 반드시 필요하다는 의견을 말한 반면 검찰 측은 재판부의 현명한 판단에 따르겠다고 했는데, 재판장은 변호인 측의 의견을 받아들여 최 전 대통령의 구인을 명령한다면서 구인영장 발부 방침을 밝혔다. 최 전 대통령의 증인 불참 문제를 과태료 부과로 마무리할 것 같던 재판부가 결국은 구인영장을 발부한 것이다. 그 이유를 구인명령문에서 이렇게 밝히고 있다.

제3차의 소환 명령이 발하여진 이후 증인은 이 사건을 내란으로 생각하지 않고 있다, 또는 12.12는 군사반란이라고 생각한다는 등등의 중대한 내용이 그 측근 인사를 통해서 신문에 전해지고 있다. 증언을 거부하겠다는 사람이 법정 외에서 이러한 말을 하는 것은 이해할 수 없다. 증인은 측근 인시에게 그러한 말을 한 일이 있는시 여부 정도는 최소한 소송절차에서 확인해주어야 할 것이다.

11월 14일 열린 11차 공판은 항소심 결심結審이었다. 최 전 대통령이 재판부의 구인명령에 따라 법정에 출두했다. 최 전 대통령이 입정하기 전에 전상석 변호사는 나의 뜻에 따라 재판장에게 이렇게 요청했다.

불행하게도 전직 대통령 두 분이 피고인으로 법정에 선 가운데 또 다른 전직 대통령이 증인석에서 진술하는 상황에 이르게 되었다. 어떤 이유와 상황에서 이렇게 되었건 이번 사건은 헌정사의 비극이 아닐 수 없다. 두 전직 대통령께서는 이런 모습이 국민에게 보여지는 것이 바람직하지 않다고 생각하며 몹시 가슴 아프실 것이다. 두 전직 대통령께서는 최규하 전 대통령에게 심리적으로 부담을 주지 않기 위해 자리를 피하는 게 옳다는 생각을 가지고 계시므로 최 전 대통령이 증언하는 동안 퇴정할 수 있도록 해주기 바란다.

재판장은 증인신문에 피고인이 참석하도록 하는 것은 피고인의 권리 방어를 위한 취지인데, 피고인이 방어권을 포기한다면 법정에 있지 않아도 된다면서 이 요청을 받아들였다. 나와 노태우는 최 전 대통령이 입정하기 전 퇴정할 수 있었다. 그렇게 해서 세 명의 전직 대통령이 나란히 한 법정 앞에 서게 되는, 동서고금의 유례가 없는 불행하고 수치스런 순간만은 피할 수 있었다.

최 전 대통령은 재판장의 인정신문에는 응했지만, 10월 24일 재판장에 보냈던 회신과 같은 내용의 증언 거부 이유를 낭독하며 증언을 위한 선서는 거부했다. 선서는 증언을 전제하에 해야 하는데 증언을 거부하는 마당에 선서를 할 수 없다고 그 이유를 밝혔다. 재판장은 선서 거부의 사유가 정당하지 않다면서, 그러나 선서를 거부하더라도 증인신문은 하겠다며 신문을 시작했는데 최 전 대통령은 입을 열지 않았다. 침묵이 이어지자 재판장은 재임 중의 국정 행위와 무관한 질문에 대해서는 답변해야 한다고 신문에 응해줄 것을 촉구했으나, 최 전 대통령은 여전히 묵묵부답이었다. 답답한 상황을 보다 못한 전상석 변호사가 질문 내용을 조서에 편철하는 것으로 대신하는 것이 좋겠다는 의견을 말했다.

검사는 일부러 대통령 취임 날짜를 틀리게 묻기도 하는 등 최 전 대통령의 입을 열도록 하기 위해 유도신문까지 했으나 역시 답변하지 않았다. 김상희 검사는 '1996년 11월 2일 모 일간지 기사에 이기창 변호사에 의하면 증인이 80년 당시 상황은 내란이 아니다라고 말했다고 보도했는데 사실인지 … 증인은 법정 증언은 거부하면서 재판에 영향을 미칠 수 있는 말을 측근을 통해 발설한 것은 사려 깊지 못한 일…'이라고 따진 데 대해서도 침묵했다. 정영일 변호사 역시 같은 내용을 물었다. 정 변호사는 "준비해 온 40여 신문사항을 기록에 편철하는 것으로 하더라도 한 가지만 질문하겠다. 최근 언론에 증인이 민정기 비서관에게 '1980년 상황은 내란이 아니다'라는 증인 발언이 이기창 변호사를 통해 보도되었는데, 이것이 사실이라면 이 재판은 원점으로 돌아갈 수밖에 없다. 이 언론보도가 재판부로 하여금 최 전 대통령의 강제구인을 결정하게 된 요인 같다. 언론보도 내용이 사실인지 확인하여줄 것을 요망한다."고 했으나 돌아온 대답은 없었다. 최 전 대통령에 대한 증인신문을 시작한 지 20여 분 만인 10시 47분 재판장은

'매우 유감'이라면서 신문을 종결했고, 한 마디도 증언하지 않은 채 증인은 퇴정했다.

결심을 한 이날 오후 공판은 검찰의 구형과 변호인 17명의 최후변론 그리고 16명 피고인의 최후진술 순으로 진행됐다. 전상석 변호인은 1시간 30분이 넘는 최후변론에서 '1심 판결은 단순한 오판이 아니라 범죄행위라고 극언할 수 있다 … 형사 판결로는 위험천만한 독선, 독단, 망상적 판단이라 아니할 수 없다'고 격앙된 어조로 1심 판결을 성토했다. 석진강 변호인은 '유사 이래 모든 사회를 지탱시켜온 상식이 검찰 주장과 1심에서는 무참히 짓밟혔다'고 했고, 이양우 변호인은 감정이 복받쳐 눈물을 흘리기까지 했다.

나는 5.18재판에서의 마지막 발언이 될 최후진술에서 "모든 책임은 나에게 있다 … 다른 피고인들에 대해서는 관용을 베풀어주기 바란다…"면서 말을 맺었다. 자리에 앉기 전 나는 재판부, 검찰, 변호인단, 방청객에게까지 고개 숙여 인사를 했다. 이날 공판은 밤 8시가 지나서야 끝났는데 나는 헤어지기 전 옆자리의 친구 노태우에게 '이제 선고일에 이 법정에서 만나는 기회 이외에는 생전에 다시 만나기 어렵지 않겠느냐, 사는 날까지 건강관리 잘하라'며 손을 잡아주었다.

### 최규하 전 대통령의 본심

최규하 전 대통령이 검찰 조사는 물론 재판부의 증인출석 요구도 완강히 거부한 것은, 최 전 대통령 자신이 여러 차례 공식적으로 밝힌 바와 같이 대통령으로서의 국정 행위에 대해 퇴임 후 어떠한 형식으로든 해명하는 일은 할 수 없다는 소신 때문이라고 믿을 수밖에 없다. 하지만 그 외에 다른 이유도 있지 않을까 하는 생각도 해보았다. 5.18재판의 성격에 비춰볼 때 자신의 증언이 큰 의미를 가질 수 없다고 판단했거나, 자신의 증언이 현실 정치에 영향을 주기를 원하지 않았기 때문이 아닌가 하는 짐작을 해볼 수 있다.

항소심 재판이 시작되기 2주일쯤 전인 1996년 9월 24일, 최규하 전 대통령은 항소심 재판 때 최 전 대통령에 대한 증인신청을 할 움직임을 보이고 있는 변호인들의 동향을 말씀드리러 간 민정기 비서관에게 증언 거부의 의사를 다시 한 번 강조했다.

내가 증인으로 나가서 새로 밝혀야 될 내용이 없다. 그동안 신현확 전 국무총리, 최광수 전 비서실장, 정동렬 전 의전수석 비서관 등이 다 얘기하지 않았는가. 예를 들면 (12.12 때) 총리공관에서 권총 위협이 없었다는 사실은 1심에서 이미 밝혀진 얘기다. 내가 1980년 8월 16일 사임 성명을 발표하기 전 국무위원들에게 한 얘기가 녹취되어 『월간조선』에 보도됐지만, 그 내용이라는 것이 공식성명의 내용을 부연 설명한 데 지나지 않는 것이다. 비상계엄 전국확대를 결의한 5월 17일의 국무회의를 청와대에서 직접 주재하라는 건의도 있었지만, 과거 경험에 비추어볼 때 대통령이 주재하면 자유로운 토론 분위기가 되지 않기 때문에 중요한 의제인 만큼 충분한 토론을 할 수 있게 신현확 총리가 주재하도록 하고 나는 그 결과를 재가한 것이다. 5.18 때의 자위권 보유 천명 사실 등 군 작전 사항은 계엄사령관이나 현지의 일선 지휘관 등 작전지휘계통에서 알아서 한 것이다. 군 통수권자가 그런 일까지 일일이 지시한 것이 아니다. 그러니 증언한다고 해야 이런 말밖에 할 수 없는 것인 만큼 그런 증언은 하지 않느니만 못할 것이다.

증언을 해봐야 권력이나 검찰 측에 유리한 내용은 없을 것이고, 그렇다고 피고인 측에 유리한 내용으로 해석될 리도 없으니 증언하지 않겠다는 뜻으로 짐작된다. 이런 짐작은 최 전 대통령의 법률고문인 이기창 변호사의 다음과 같은 발언으로 뒷받침된다. 1996년 10월 28일자 『조선일보』는 이기창 변호사가 '실제 증언을 하더라도 법에 따라 결재한 것이고 (신군부로부터) 물리적 압력을 받은 것이 아니기 때문에 증언할 것도 별로 없다'고 말한 것으로 보도하고 있다. 또 11월 11일 10차 공판 때 권성 재판장이 '증인은 이 사건을 내란으로 생각하지 않고 있다는 중대한 발언이 그 측근 인사를 통하여 신문에 전해지고 있다 … 이러한 말을 법정에서 하지 못한다는 것은 있을 수 없는 일…'이라고 한 데 대해 이기창 변호사는 '최 전 대통령이 법정에서 증언을 하더라도 법원이 전두환, 노태우 피고인에게 무죄를 내릴 것 같으냐고 밝혀 최 전 대통령이 증언을 한다면 그 내용을 변호인 측에 유리할 수 있음을 시사했다'고 11월 12일자 『중앙일보』가 보도하고 있는 것이다.

검찰 수사와 재판이 진행되는 동안 이기창 변호사의 발언은 여러 차례 언론에 보도됐는데 그때마다 최 전 대통령 비서실에서는 이기창 변호사의 개인 의견이라고 해명을 했지만 그의 발언은 되풀이됐다. 이 변호사가 최 전 대통령의 생각과 어긋나는 내용의 발언을 했거나 또는 그러한 언동이 거듭됨으로써 최 전 대통령의 입장이 왜곡 전달되고 있다면 최 대통령이 이 변호사한테서 '법률고문'이라는 신분을 떼어버릴 법도 한데 그런 일은 없었다.

이기창 변호사는 12.12와 5.17 당시 최 대통령의 재가 과정을 옆에서 지켜본 신현확 국무총리와 최광수 비서실장의 증인 출석이 예정된 7월 1일의 18차 공판을 사흘 앞둔 1996년 6월 28일 『동아일보』와 인터뷰했다. 7월 1일자에 보도된 이 인터뷰에서 이 변호사는 최 전 대통령의 증언 문제뿐만 아니라 1980년 상황 전반에 걸쳐 상세히 언급했다.

(최 전 대통령이 12.12 당시 강압을 받지 않았는지에 대한 질문에 단호한 어조로) 최 대통령이 강압을 받지는 않았지. 최 대통령은 절차(국방장관의 결재를 거치는 등 정식 결재 절차)만을 문제 삼은 거야. 만약 전 씨(전두환 당시 합수부장을 지칭)가 노 장관(노재현 장관을 지칭)의 결재를 거쳐 재가를 받으러 왔다면 아마 30분 안에 결재가 났을 거야. 전 씨가 '7시에 (정승화 육참총장을) 연행하러 가라'고 부하들에게 지시했잖아. 그때는 대개 보안사령관이 이 같은 일에는 장관 결재를 거치지 않고 바로 직보했거든. 금방 결재가 날 거라고 생각했겠지.

(유학성씨 등 장성들이 집단으로 최 대통령에게 몰려가 결재를 요구한 것이 강압이 아니고 무엇인지에 대한 질문에) 최 대통령은 그들이 온 것을 압력으로 생각하지 않았어. 최 대통령은 유 씨와 안면이 있었거든. 유 씨가 2군단장을 했잖아. 강원도에서 2군단장을 할 때 (최 대통령과) 알게 된 거지. 그러니까 유 씨가 '함께 가서 건의해보자'고 제의해서 (집단 재가를 요구하러) 몰려온 거지.

(정승화 씨의 혐의, 김재규 내란음모사건 연루 여부에 대해서는 어떻게 보는지에 대한 질문에) 내가 10.26이 일어난 다음날 청와대에 들어온 보고를 보니까 (정승화 육참총장의 행적이 이상하다)고 보고돼 있더라구. (이 변호사는 당시 청와대 민원비서관이었음) 그래서 내가 당시 청와대 경호실에서 근무하던 전경환 씨를 통해 전 씨에게 '정 씨를 조사해보라'고 했지. 그랬더니 전 씨 쪽에서 '정승화는 우리가 힘이 없어 안 된다'고 하더군.

(최 대통령이 1980년 4월 당시 보안사령관이던 전 씨를 왜 중앙정보부장서리에 임명했는지에 대한 질문에) 당시 중앙정보부는 완전히 망가진 상태였어. 그래서 중정을 강화할 생각에서 그랬던 거야 … 내가 여쭤보니까 최 대통령이 압력을 받아서 그런 것이 아니고 그분께서 보니까 전 씨가 중정을 다시 회복시킬 수 있는 적임자라고 생각했다는 거야.

(최 대통령이 5.17계엄 확대를 재가해준 이유에 대한 질문에) 이곳저곳에서 계엄을 확대해야 시국이 안정된다고 하니까 해준 거지. 그때 나도 시국 안정이 가장 중요하다고 생각했어. 그래서 어떻게 하면 시국을 안정시킬 수 있을까 하는 게 최 대통령의 가장 큰 관심사였지. 일단 시국을 안정시킨 뒤 헌법을 개정, 정권을 평화적으로 이양한다는 게 최 대통령의 기본 구상이었거든.

(최 대통령의 하야 당시 신군부 측의 강압 여부에 대한 질문에) 내가 알기로는 직접적인 강압은 없었던 것 같아

(최 대통령이 스스로 물러나기로 했다면 뭔가 계기가 있지 않냐는 질문에) 8월 초 속초로 휴가 가서 (하야를) 결심했던 것 같아. 속초에 갔을 때 찾아온 장관이 한 명도 없었거든. 평소 대통령이 휴가 가면 장관들이 보고하러 줄지어 오거든. 그때 최 대통령이 아, 내가 완전히 힘이 없구나라고 실감했겠지 … 공무원들이 문제야. 공무원들이 힘이 어디로 실리는지 아주 잘 알잖아. 아예 12.12 직후부터 공무원은 저쪽(신군부 쪽)으로 붙었다고. 결국 책임만 남고 할 수 있는 일은 하나도 없고 하니까 청와대에서 나온 거지.

항소심 공판이 진행되면서 과연 최규하 전 대통령이 법정에 나와 증언을 할 것인가, 증언을 한다면 그 내용은 무엇이 될 것인가가 초미의 관심사가 되어 있던 1996년 11월 초 이기창 변호사는 최 전 대통령이 재판에 결정적 영향을 미칠 중대한 언급을 했다고 언론이 보도했다. 11월 2일『조선일보』는 머리기사로 '최규하 전 대통령이 1980년 상황은 반란이 아니라고 했다'고 보도했다. 최 전 대통령 측 이기창 변호사의 말을 인용한 이 기사는 "이 변호사는, 최 전 대통령이 1심이 끝난 후 찾아온 전두환 씨의 비서관인 민정기 씨에게 '1980년 상황은 내란이 아니다'라고 말했다고 전했다."고 밝히고 있었다. 그런데 같은 날『한국일보』역시 이 변호사의 말을 인용한 기사에서 "최근 최 전 대통령은 전두환 씨 측의 민정기 비서관과 변호인단으로부터 법정에 출두해 전 씨를 위해 증언해달라는 요청을 여러 차례 받았다. 그러나 최 전 대통령은 '12.12가 군사반란일 수 있나'고 생각한다'고 말해 요청을 거절했다고 밝혔다."라고 보도하고 있었다. 12.12는 시각에 따라 군사반란으로 볼 수도 있지만 '1980년 상황'(5.17시국수습방안에 따른 계엄 확대 조치와 광주사태 진압)은 내란으로 볼 수 없다는 의미로 해석되는 발언이었다. 5.18특별법과 재판은 5.18을 내가 일으킨 내란으로 몰고 가려는 것인데, 12.12를 군사반란으로 단죄할 수 있더라도 5.18이 내란이 아닌 것으로 결론난다면 '역사바로세우기' 소동은 뿌리째 흔들리게 되는 셈이다.

이러한 보도에 대해 최 전 대통령의 최흥순崔興淳 비서관은『조선일보』와『한국일보』편집국장 앞으로 각각 서신을 보내 '이는 모두 이기창 변호사의 사적私的 추측일 뿐이며 … 최 전 대통령은 12.12나 5.18 내용에 관해서는 이 변호사에게나, 어느 기자에게도 일절 언급한 바가 없음을 밝혀둔다'고 했다. 이와 관련해 최 전 대통령의 측근인 신두순 전 비서관은 민정기 비서관을 만나 최 전 대통령이 민 비서관을 접견한 사실과 관련한 내용들이 언론에 유출된 데 대해 미안하다는 뜻을 전해왔다고 했다.

최규하 전 대통령을 말레이시아 대사 시절부터 보좌해온 최측근인 정동렬 전 의전 수석비서관은 최 전 대통령의 증언 문제를 의논하기 위해 만난 민정기 비서관에게 "그 어른도 그렇고, 나도 10.26 이후 1980년 8월 16일까지의 상황에 대한 기록을 CD로 만들어놨다 … 그 회고록은 차차세대次次世代쯤 가서 공개될 수 있도록 하자는 말씀이 계셨다 … 나(정동렬)의 CD에는 12.12 때 전두환 합수부장과 차 안에서 나눈 얘기도 들어 있다 … 1980년 4월경 노태우 보안사령관이 예고 없이 찾아와서 내가 2시간 동안 단독으로 면담한 일이 있는데, 면담 후 최 대통령에게 이렇게 보고했다. '노태우에 대해 세 가지 점을 느꼈다. ① 군 출신답지 않게 말이 매우 논리적이다 ② 애국심이 강하다 ③ 그러나 위선자다' … 이런 얘기들도 CD에 다 들어 있다 … 1980년 상황에서 그 어른은 심판자 역할만 하기로 다짐하고 계셨다. 나도 그렇게 진언했다. 그 어른은 10.26 이후와 같은 위기 상황에서 행정수반은 몰라도 대통령을 할 인물은 아니라고 생각했다 … 지금도 그런 생각엔 변함이 없다 … 나는 그 어른 안전案前에서 '각하'라고 부른 적 없어 … 전두환 대통령의 집권은 당시 상황에서 불가피한 결과였다 … 3김이 집권했으면 그때 이미 나라가 기울어졌을 것으로 생각한다 … 최 대통령이 하야 성명에서 '평화적 정부 이양'이란 말을 강조한 것은 '정권 찬탈'이 아니라고 생각한다는 의미에서 한 말이다."라고 하면서 최 대통령이 생전에는 결코 아무 말씀도 하지 않으실 것이라고 밝혔다는 것이다.

### 증언을 간절히 원했던 것은 어느 쪽인가

최규하 전 대통령은 5.18특별법의 제정과 그로 인한 검찰 수사, 뒤이은 재판 진행 과정에서 나의 무고함을 입증할 공개적인 말씀을 해주지는 않았지만, 그 어른 나름대로 나를 걱정하고 도움을 주려고 했다. 최 전 대통령은 내가 전격적으로 구속 수감되는 급박한 상황이 지난 뒤 민정기 비서관을 불러 사법대응을 하는 데 참고하라며 미리 준비했던 자료들을 건네주었다. 그즈음은 5.18특별법이 국회를 통과하기 전이었는데, 소급입법의 부당함을 지적하는 내용의 자료들이었다. '모든 국민은 행위 시의 법률에 의하여 범죄를 구성하지 아니하는 행위로 소추되지 아니하고…'라고 천명하고 있는 헌법 13조 1항은 물론, '세계인권선언'이 11조 2항에서 '사람은 누구를 막론하고 범행 당시 국내법상으로나 국제법상으로나 형법상 범죄를 구성하지 않는 행위 또는 부작위로 인하여 형법상으로 정죄되지 못한다. 그리고 범행 당시 적용할 수 있는 형벌보다 중한 벌을 과하지 못한다'고 선언하고 있다는 사실도 알려주었다. 또 1966년 12월 16일 UN 총회 결의로 채택되고 1976년 3월 23일 발효된 '시민적 및 정치적 권리에 관한 국세규약'도 15조 1항에서 '어느 누구도 행위 시의 국내법 또는 국제법에 의하여 범죄를 구성하지 아니하는 작위 또는 부작위를 이유로 유죄로 되지 아니한다. 또한 어느 누구도 범죄가 행하여진 때에 적용될 수 있는 형벌보다도 중한 형벌을 받지 아니한다'고 규정하고 있다는 사실도 밑줄 친 자료들을 일일이 보여주며 일깨워주었다는 것이다. 최 전 대통령은 외무부 차관·장관을 지내며 UN 총회에 여러 차례 우리나라 수석대표로 참석해서 토의 사항들을 직접 챙기고는 했었기 때문에 기억이 생생하다고 했다는 것이다. 최 전 대통령은 직접 정부 관계기관에 연락해 이 자료들을 갖고 오도록 했다고 한다. 그 어른은 법치주의의 근본을 훼손하는 김영삼 정권의 5.18특별법 제정과 상궤를 벗어난 검찰의 수사 태도가 잘못된 것이라면서, 이밖에도 『법률신문』 등 법조 관련 출판물을 찾아보다가 5.18특별법에 대한 비판적 글이나 자료를 발견하게 되면 민 비서관을 불러 법정 투쟁에 활용하라면서 격려해주었다고 한다.

최 전 대통령 측근들은 특히 검찰의 몰상식하고 무례하기까지 한 수사 태도에 분노를 나타냈다고 한다. 앞서 언급했지만 검찰 측에 유리한 진술을 얻어내기 위해 최 전 대통령의 영부인 홍기 여사의 은행 구좌를 뒤지는 등 압박을 가했다는 것이다. 또 최광수, 정동렬, 신두순 씨 등 최 전 대통령 재임 때 측근에서 모셨던 사람들은 검찰로부터 '12.12 때 전두환 합수본부장의 보고 일정을 잡아준 것은 최 대통령 측근에 합수부 측의 협조자가 있었기 때문 아닌가, 최 전 대통령이 퇴임 후 안과 수술을 받은 것은 백내장 수술이 아니라 12.12 때 재가를 거부하다가 권총에 얻어맞은 부상 때문이 아닌가' 하는 등의 황당한 질문까지 받았다며 개탄했다는 것이다.

검찰이 그처럼 수단 방법을 가리지 않고 최 전 대통령으로부터 유리한 진술을 받아내려고 혈안이 됐던 것은 그들의 입장이 그만큼 절박했다는 반증일 터였다. 사실 최 전 대통령이 한 말씀 해주시기를 간절히 바라는 것은 검찰 측이나 피고인 측이나 마찬가지였다. 그러나 그 절실함으로 말하면 검찰 측이 더했을 것이다. 유죄를 입증해야 할 책임이 검찰 측에 있다는 것은 상식인데, 최 전 대통령이 검찰의 주장을 뒷받침해줄 진술만 해준다면 그야말로 결정적인 증언이 될 것이기 때문이었다. 검찰이 고소고발인을 비롯한 많은 증인들로부터 자신들에게 유리한 진술을 만들어놓는다 하더라도 최 전 대통령의 증언이 뒷받침되지 않는 한 모래성에 그칠 가능성이 있는 것이다. 만에 하나라도 최 전 대통령이 증언을 하지 않겠다는 소신을 바꿔 증언대에 서서 검찰의 주장을 부인하는 증언을 하게 된다면, 그후의 상황은 파국으로 치달았을지도 모르는 일이다.

재판이 진행되면서 간간이 최 전 대통령 주변에서 흘러나오는 얘기들을 검찰은 주목했을 것이다. 하지만 거기에 검찰이 반길 내용들은 없었다. 그러자 최 전 대통령의 증인출석을 요구하는 검찰의 태도가 점차 아리송해지기 시작했다. 10월 29일 열린 7차 공판 때 전상석 변호인은 최 전 대통령의 불참계 제출에 대한 의견을 묻는 재판장에게 '최 전 대통령의 불참계에 의해 12.12에서 5.18에 이르는 일련의 행위는 국법질서와 법률의 범위 안에서 정당하게 집행됐다는 것이 밝혀졌다'고 말했다. 최 전 대통령이 증언을 않겠다고 하는 것은 검찰의 주장을 뒷받침해주는 증언을 거부하겠다는 의사표현으로 본 것이다. 김상희 검사는 '구태여 고집 않겠다'고 했다. 11월 4일의 9차 공판 때 석진강 변호사는 김상희 검사의 이 말을 상기시키면서 '검찰의 태도는 공소사실 입증을 포기하는 것이 아니냐'고 검찰의 아픈 곳을 찔렀다. 말하자면 최 전 대통령이 실제 증언을 한다면 검찰에 불리한 진술을 하게 될 것이라는 예상 때문에 최 전 대통령의 증언 출석을 군이 고집하지 않는 것 아니냐고 추궁한 것이다. 검찰은 속내가 간파됐다고 생각했는지 황급히 공소사실 입증 포기는 아니라고 수상했다. 11월 11일에 열린 10차 공판에서 권성 재판장은 개정 초에 '최 전 대통령이 3차 소환 명령에도 불응한다고 알려왔다'면서 이에 대한 검찰과 변호인 측의 의견을 물었는데, 변호인 측은 '최 전 대통령의 증언이 반드시 필요하다'고 한 반면 검찰은 '재판부의 현명한 판단에 따르겠다'고 했다. 최 전 대통령의 증언이 검찰 측에 유리할 것이라는 기대감을 포기한 것으로 풀이되는 장면이었다.

하지만 최규하 전 대통령의 한 말씀이 간절히 필요했던 것은 사실 검찰 측보다는 우리 쪽이었다. 검찰은 우리들을 고소고발한 사람들은 물론, 중립적인 입장에 있는 사람과 우리 쪽의 몇몇 사람들로부터 어떤 방법으로건 자신들에게 필요한 진술들을 얻어내고 있었을 터였다. '진실'이라는 단한 가지 방패밖에 없는 우리에 비해 권력이 동원할 수 있는 공격 수단과 방법은 다양하고 막강할 수밖에 없는 것이었다. 앞에서 살펴봤지만, 검찰은 최규하 전 대통령의 완강한 증언 거부 태도에 짐짓 못마땅하다는 듯한 반응을 나타내면서도 '다른 사람들의 진술로 공소사실을 입증할 수 있다'며 최 전 대통령의 증언 없이 넘어갈 수 있다고 했다. '진실'은 어떠한 무기로도 파괴되지 않는 최강의 방패지만 그 진실이 모습을 드러내지 않는 한 한없이 무력할 수밖에 없는 경우가 있는 것이다. 최 전 대통령의 한 말씀이야말로 우리에게는 최강의 방패가 되는 반면 검찰로서는 아예 설 자리를 잃어버리게 만드는 공포의 대상이었을 것이다.

최규하 전 대통령이 국회와 검찰에 직접 진술하기를 완강히 거부해온 소신의 연장선상에서 법정 출두 문제에도 소신을 굽히지 않고 있었지만, 최 전 대통령의 측근 일부에서는 한때 그 같은 방침을 재고해야 한다는 논의가 있었던 것으로 생각된다. 항소심이 시작되기 직전 최 전 대통령을 뵌지 1주일쯤 지난 1996년 10월 1일 민정기 비서관은 다시 정동렬 전 의전수석비서관을 만나 '검찰의 주장대로 따르다보면 1979년 12월 12일부터 1981년 2월까지 내란 상태가 지속되었고, 당시 대통령으로 재임한 최 대통령의 통치권과 군 통수권 행사가 '내란'이 되는 결과가 될지 모르는데 그대로 수용할 것이냐'고 물은 데 대해 정 수석은 "사법부의 확정판결이 날 때까지 두고 봐야겠지만 최 전 대통령께서 증언이나 성명 발표를 하지 않는다는 소신을 심각히 재고해야 할지 모르겠다. 확정판결을 본 뒤 현 정권의 '역사 바로세우기'와 시국 상황 등에 관해 전직 대통령이자 국가원로로서 견해 표명을 하는 문제를 생각해볼 수 있는 것 아니겠는가…."라고 말했다는 것이다.

# 교도소 담장의 안과 밖

■

## 겁박과 회유로 무너진 또 다른 피해자들

검찰이 나를 내란수괴로 몰아 유죄판결까지 이끌어내는 데 가장 결정적인, 아마도 유일한 근거가 됐던 것은 관련자 몇 사람의 진술이었다. 증인 또는 상피고인의 신분으로서 이들의 진술이 없었다면 아마도 유죄를 전제해놓고 이끌어가던 12.12, 5.18사건 수사와 재판은 그 목적을 이루지 못했을지도 모르는 일이었다. 이들도 5.18특별법이 만들어지기 전, 고소고발에 의한 검찰 수사가 진행될 때까지는 결코 검찰이 원하는 내용으로 진술하지 않았다. 그러니까 각각 '혐의 없음' '기소유예' 처분했던 사건들에 대해 김영삼 대통령의 특명으로 수사를 다시 해야 하는 검찰로서는 무슨 수를 써서라도 검찰이 요구하는 내용으로 진술할 사람들을 찾아야 했을 것이다. 그 대상은 고소고발인보다는 당연히 피고소고발인 가운데서 찾을 수밖에 없다. 그래야만 증거 능력이 클 것이라는 것은 상식이다. 그들한테서 원하는 내용의 진술을 받아내기 위해 동원할 수 있는 수단은 겁박, 회유, 매수 등이다. 검찰이 범죄를 수사한다면서 범죄적 수법을 사용했을 거라고 믿고 싶지는 않지만, 그 후 재판 과정 등을 통해 드러난 상황들을 보면 자의自意로 진술을 번복했다고 보기 어려운 정황들이 있는 것이다.

권정달(1980년 당시 보안사 정보처장)은 검찰 조사 과정에서부터 5.17시국수습방안을 입안한 핵심 인물로 떠올랐기 때문에 검찰의 입장에서는 겁박, 회유 대상 1호였을 것이다. 그는 1994년 3월부터 시작된 검찰의 피고소인 소환 조사 이후 세 차례에 걸친 조사 과정에서 시국수습방안은 자신이 주관해 정보처의 정세 분석 과정을 거쳐 입안하게 되었다고 일관되게 진술해왔다. 그런데 김영삼 대통령의 5.18특별법 제정 지시와 함께 검찰이 특별수사본부를 설치하고 다시 수사를 하기 시작하면서부터 진술 내용을 바꿔갔다. 검찰의 수사 목표에 맞춰간 것이다. 권정달 증인의 진술 번복은 검찰에게는 든든한 원군이 된 셈이었다.

검찰이 '시국수습 방안 = 집권 시나리오'라는 진술을 얻어내기 위해 권정달에게 적극적으로 어떤 작용을 했는지, 아니면 권정달이 자신만 검찰의 손아귀에서 벗어나면 된다는 계산 아래 자진해서 검찰의 입맛에 맞는 진술을 하게 됐는지 그 이면의 사정은 드러난 것이 없다. 그러나 그 어떤 흑막이 개재되어 있다고 분명히 말할만한 정황증거가 있다. 권정달의 진술이 모두 실체적 진실과 일치하는 것이라면 권정달은 집권 시나리오인 '시국수습방안'을 만든 장본인이자 내란모의 핵심 인물인 만큼 당연히 가장 중한 벌을 받아야 할 사람이다. 그런데 검찰은 권정달을 기소조차 하지 않았다. 그 대신 그 방안을 옆에서 들어 알고 있었다고 권정달이 지목한 사람들이 중형을 받은 것이다. 뿐만 아니라 그의 상관과 동료들이 재판을 받고 있는 동안 그는 김영삼 정권의 특별한 은총을 받아 국회의원 배지까지 달 수 있었다.

권정달은 국회의원이 된 4.11 총선 이전까지 세 차례에 걸친 검찰 수사 과정에서 다음과 같은 요지로 일관되게 진술했다.

계엄하에서 혼란이 수습되기는커녕 점점 더 악화되어가자 그대로 두었다가는 걷잡을 수 없는 상황이 초래될 우려가 있었다. 시위가 과격해지자 보안사령관께서 저에게 상황을 파악하고 그 수습방안을 보고하라고 지시하셨다. 그래서 저의 책임하에 정보처 산하 정세분석반에서 시국수습방안을 만들게 되었다. 그러나 당시 군이 선택할 수 있는 방안은 비상계엄 확대 이외에는 뾰족한 수가 없었다. 계엄하에서도 시국 상황이 악화되고 있었기 때문에 뭔가 한 차원 높은 처방을 계획하다보니 자연스럽게 계엄 확대가 검토되었던 것이다. 그러나 어디까지나 혼란을 수습함으로써 군이 데모진압을 위하여 일선에 나서는 일이 없도록 하자는 차원에서 검토된 것이었다. 제가 이 방안을 수립할 당시 보안사령관으로부터 구체적인 지침을 받은 것은 없었다. 그리고 보안사 참모들이 그 계획의 입안에 참여한 일도 없었다. 당시 허화평 비서실장이나 허삼수 인사처장들도 굉장히 바쁜 상태에 있었으므로 그런 계획을 세울 입장이 되지 못했다. 그 계획은 최 대통령이 귀국하시기 직전에 확정되었다.

그러나 권정달의 이 진술은 수사 장소가 검찰청 조사실에서 시내 S호텔 1110호로 바뀐 제4차 조사에서부터 내용이 바뀌기 시작했다. 그는 1996년 1월 4일 송찬엽 검사에게 다음과 같은 요지의 진술을 했다.

1980년 4월 하순경부터 격화된 대규모 시가지 시위가 치안 부재 상태로 치닫게 되자 이러한 상황을 국가위기 상황으로 파악한 보안사 참모들 사이에는 군이 전면에 나서서 시국을 수습할 필요가 있다는 인식을 같이 하게 되었다. 그러던 차에 5월 초순경 보안사령관으로부터 처음으로 시국수습방안을 수립하여보라는 지시를 받게 되었다. 그 후 저는 보안사 참모들과 수시로 만나 논의한 끝에 비상계엄 확대 선포, 국회 해산 및 비상기구 설치라는 세 가지 방안을 수립했고 1980년 5월 4일 보안사령관실 옆 접견실에서 노태우, 정호용, 유학성, 차규헌, 황영시 장군들을 별도로 초청하여 같은 계획을 브리핑한 다음 5월 12일 보안사령관에게 위 안건을 최종 계획 안건으로 보고하였다. 본래의 계획대로라면 5월 20일 이후에 실행될 것이었으나 전국총학생회가 5월 19일까지 계엄을 해제하지 않으면 5월 22일을 기해 전국 규모의 대규모 시위를 전개하겠다고 발표하였기 때문에 위 계획을 5월 17일로 앞당길 것을 결의하게 되었다.

권정달의 이 진술은 그가 그동안 일관되게 유지해왔던 증언 내용과 크게 다르지 않은 듯 보이지만, 중요한 대목에서 미묘한 변화를 주고 있음을 알 수 있다. 그 계획을 입안하게 된 동기에 관해 처음에는 "어디까지나 혼란을 수습해 군이 일선에 나서는 일이 없도록 하기 위해."라고 했었는데 나중에는 "군이 전면에 나서 수습할 필요가 있다는 인식이 있었다."는 말로 바꾼 것이다. 또한 수습안 작성 과정에 대해서도 초기에는 자신이 책임지고 있는 정보처에서 만들었다고 했었는데 나중의 진술에서는 보안사 참모들과 수시로 만나고 논의를 해서 방안을 수립했고, 이른바 신군부 측 고위 장성들에게도 사전 보고를 한 것으로 진술하고 있는 것이다. 피고소인들을 5.17시국수습방안 문제에 연루시키려는 목적에 부합하는 진술인 것이다.

"한 가지 거짓말을 하기 위해서는 열 가지 거짓말을 준비해야 한다."는 말이 있다. 그 열 가지 거짓말을 만들려면 각각의 또 다른 열 가지 거짓말을 준비해야 한다. 그러다보면 그 어디쯤에서 그 거짓이 드러나게 마련이고 결국 처음의 그 한 가지 말이 거짓임이 탄로나게 되는 것이다. 권정달 역시 거짓 진술을 뒷받침하기 위해 또 다른 거짓말을 만들어내야 했다. 권정달은 1996년 1월 4일 S호텔에서의 검찰 조사와 1월 13일 N호텔에서의 검찰 조사 과정에서 자기가 만든 시국수습방안을 놓고 보안사 참모들과 논의했고 '신군부 핵심 장성'들에게 보고했는데 그 장소가 보안사 비서실장 방이나 그 옆에 있는 대기실이었다고 진술했다. 재판 과정에서는 청와대 근방 중앙정보부의 안가였다고 뒤바꿔 진술했다.

그러나 그 진술들이 모두 거짓임은 재판 과정에서 드러났다. 항소심에서는 피고인이 증인을 상대로 신문을 할 수 있게 허용되었는데 5.17 당시 보안사 비서실장이었던 허화평 피고인은 권정달 증인에 대한 신문을 통해 당시 보안사 비서실장실에는 여러 사람이 모여 회의를 할 만한 공간이 없었고, 바로 옆의 대기실은 좁기도 하지만 열린 공간이어서 시국수습방안과 같은 중요한 사안을 논의할 장소가 될 수 없다는 사실을 확인시켰던 것이다. 더욱이 보안사에는 출입하는 모든 외부차량들의 출입기록이 남아 있는데 권정달 증인이 신군부 핵심 장성들이 모여 시국수습방안을 보고받았다고 한 날에는 그 장성들의 차량 출입기록이 없었던 것이다. 그러자 그는 보고 장소가 중앙정보부의 궁정동 안가였다고 다시 말을 바꾸었는데, 당시 그 안가는 재판이 진행 중이던 10.26사건의 증거보전 장소였기 때문에 도저히 그런 모임을 가질 수 없는 곳이었다. 따라서 권정달의 위증은 법정에서 무참히 무너질 수밖에 없었다. 허화평 피고인과 권정달 증인 두 사람은 다 내가 아끼고 신뢰하던 참모였었다. 법정에서 한 사람은 수의를 입은 피고인으로서, 다른 한 사람은 정장을 차려 입고 검찰 측 증인으로서 법정 공방을 하고 있는 모습을 바라봐야 하는 나의 심정은 착잡하기만 했다.

그런데 권정달의 거짓 진술은 유학성 피고인에 의해 또 한 차례 깨졌다. 권정달이 신군부 핵심 장성들에게 시국수습방안에 대해 보고하고 확정지었다는 5월 4일의 회동과 관련한 문제였다. 유학성 피고인이 증인 권정달에게 신문한 내용은 다음과 같은 '알리바이' 제시였다.

5월 4일은 일요일이고 5월 5일은 공휴일이었다. 시국수습방안에 대해서는 구속되기 하루 전에 검찰에서 들었다. 검찰에 권정달과 대질신문을 하게 해달라고 요청했으나 안 해주었다. 권정달로부터 시국수습방안에 대해 설명을 들은 적은 없다. 보안사령관이 나오지도 않고 참모에게 의견을 들어서 거기에서 결정을 하여 보안사령관에게 보고를 한다는 것은 앞뒤가 안 맞는 얘기다. 5월 4일에는 3군사 참모장 김복동 장군, 공군작전사령관 김성택 장군, 미 공군 314비행단장 조지 에드워드 소장과 수원컨트리클럽에서 운동을 하고 그 후에는 사령부에 있었다는 기록이 있다.

권정달이 유학성 등 신군부 핵심장성들에게 시국수습방안을 보고했다는 그날 유학성 피고인은 다른 장소에 있었다는 사실이 확인됨으로써 권정달 진술의 신뢰성은 무너진 것이다. 그러자 권정달은 그 모임에 누가 참석했었는지 정확한 기억이 없다며 얼버무릴 수밖에 없었다.

과거의 상관과 동료들이 피고인으로 나와 있는 법정에 증인으로 출석해 위증을 해가면서까지 그들을 내란 혐의로 단죄하려는 검찰에 적극 협조하는 권정달의 증언을 들으며, 분노와 배신감보다는 오히려 오직 혼자 살아남기 위해 선배와 동료들을 벼랑 아래로 밀어내고 있는 그에 대해 깊은 연민을 느꼈다. 내가 대통령 재임 당시 권정달은 민정당 창당을 주도함으로써 5공 창출의 핵심 멤버가 되었고 누구보다도 나의 혜택을 많이 받은 사람 중의 한 사람이었다. 그런데 '역사바로세우기'의 소용돌이를 맞자 돌연 변신함으로써 국가적 위기를 수습하는 일에 함께 노력했던 동지들을 배신했고, 그 대가로 사법처리 대상에서 제외됨은 물론 국회의원까지 될 수 있었던 것이다.

1996년 7월 22일 제1심 23차 공판 때 정영일 변호사도 증인으로 나온 권정달에게 "검찰 기소대로 시국수습방안이 내란의 마스터플랜이라 한다면 증인의 주장대로 5월 4일 여러분들을 모아놓고 브리핑을 한 것은 내란의 공모요, 모의라 할 수 있다. 초안을 만들고 브리핑을 한 증인이야말로 핵심 중의 핵심이다. 그런데 증인은 기소조차 안 되어 있고 반대로 그날 브리핑을 받은 사람들만 구속되어 내란의 공범으로 재판받고 있는데 증인은 어떻게 생각하는가?"라는 요지의 질문을 하자, 권정달 증인은 한동안 머뭇거리다가 "그것에 대해서는 검사에게 물어보라…."는 말을 하고는 그만 고개를 떨구고 말았다.

평생 정직하게 살아온, 선비 같은 풍모라서 존경하던 이희성 사령관이 그동안의 진술을 번복하면서 검찰에 협조하는 모습을 보인 일은 나를 정말 슬프게 했다. 이희성 장군은 당시의 자위권 문제에 대해 5.18특별법 제정 이전에 일관되게 해온 진술을 번복하면서 "자위권 보유 천명 담화문의 초안 작성에 보안사가 개입했다."고 증언함으로써 나를 5.18 당시 광주에서의 발포 사건에 끌고 들어가려 한 것이다. 검찰 측 주장을 뒷받침해준 그 위증엔 역시나 대가가 있었다. 그 대가로 그는 수의를 입은 다른 피고인들과는 달리 불구속 상태에서 말끔한 양복을 차려입고 검찰 측 증인으로 법정에 나올 수 있었다.

그러나 이희성 피고인의 이 진술은, 앞에서 상세히 언급한 바 있지만 정도영 증인과 황영시 피고인 등의 증언에 따라 사실과 다른 것으로 드러났다. 자위권 보유 천명 담화와 관련해서는 주영복 국방장관 역시 앞뒤가 맞지 않는 거짓 진술을 했는데 사실과 다른 말을 하려니 그런 허술한 진술을 할 수밖에 없었던 것 같다. 아무튼 평생 군에서 나라를 위해 몸 바쳐온 분들이 법정에 서게 되자 책임을 면해보려 이말 저말로 위증을 하는 모습이나 재판장으로부터 군의 책임을 지고 있는 사람이 부하에게 책임을 떠넘기는 행위를 하는 것은 용서할 수 없다는 질책까지 당하는 모습을 보면서 인간의 한없는 나약함을 보는 것 같아 마음이 아팠다.

5.18특별법에 따른 재판이 있었던 1996년으로부터 17년이 지난 2013년 8월 이희성 전 계엄사령관은 『동아일보』와 가진 인터뷰에서 광주사태 당시 현지 부대의 작전지휘 문제와 관련해 "그때 지휘권은 윤흥정 전교사령관이나 후임인 소준열 전교사령관에게 있었다…."고 말했다. 그는 이어 "계엄사령관은 전권을 가진 막강한 지위지만 그렇다고 해서 현장 진압 지휘를 내가 다 한 것은 아니다. 참모들이 현장 상황을 보고하고, 보고가 크게 잘못되지 않았으면 난 승인을 했다. 그렇다고 해서 지휘관인 내가 책임을 회피할 수 없기 때문에 책임을 진 것 … 원통해할 것도 없다."라고 말했다.

이희성 전 계엄사령관과 두 차례 만나 이뤄진 인터뷰라고 밝힌 이 기사는 그가 "전두환은 5.18에 관한 한 책임이 없다. 당시 보안사령관으로 광주와 아무런 관련이 없던 전두환 전 대통령이 정상 지휘체계를 무시하고 5.18

에 개입한다는 건 말이 안 된다. 소위 '좌파'들이 전두환을 끌어들이려다 보니 '지휘체계가 이원화됐다'는 주장을 한 것이다. 만약 전 전 대통령이 지휘체계를 이원화해 배후에서 직접 지휘를 했다면 그건 군법회의(현재 군사재판)에 부칠 엄청난 사안이다. 전두환이 지휘 이원화를 했다면 계엄사령관인 내가 가만히 있었겠나. 전두환은 내게 까마득한 후배다. 그는 내게 불경스럽거나 무례한 행동을 하지 않았다."고 말한 것으로 보도하고 있다. 이 인터뷰에서 또 그는 "당시 최규하 대통령에게 다 보고하고 명령받아서 한 것 … 우리가 기소될 당시 이미 … 공소시효가 지나서 처벌받지 않아도 됐지만 김영삼 정권이 특별법을 제정하는 바람에 복역했다."고 말했다.

동아일보의 이희성 장군 인터뷰는 5.18 때 내가 현지의 작전을 지휘했고, 발포를 명령했나는 선입견 아래 그의 입에서 그런 내용의 답변을 유도해내려는 의도로 마련된 것인 듯했고, 기사도 그런 방향으로 작성된 것이었다. 1924년생인 이희성 장군은 이 인터뷰를 하던 2013년에 90세였다. 연세로만 보면, 오늘 세상을 떠날지 내일 눈을 감을지 알 수 없는 세월을 살고 있었다. 옛말에 죽음을 앞둔 새의 울음소리는 애처롭고, 죽음을 앞둔 사람의 말은 착하다고 했다(鳥之將死 其鳴也哀 人之將死 其言也善). 이 장군은 5.18특별법에 따른 재판 과정에서 한때 검찰의 의도에 맞춘 진술을 하며 흔들리기도 했지만, 그분은 내가 앞서 언급한 바 있듯이 꼿꼿한 선비의 품성을 지닌 장군이었다. 취재 윤리를 일탈한 기자의 추궁성 질문에도 이희성 장군은 할 말을, 해야 할 말을 담담히 얘기한 것으로 기사에 비쳐지고 있다. 시류에 영합해야 할 필요가 없는, 권력의 겁박과 회유에 흔들리지 않을 연세에 이르러서는 진실을 말한 것일 터였다. 이희성 장군은 내가 1권의 '글을 시작하며'에서 밝혔듯이, 2016년 5월 16일자 『조선일보』와의 인터뷰에서도 "내 단호히 얘기하오. 광주에 관한 한 전두환 책임은 없소."라고 단언했다. 이희성 장군의 이러한 발언들이 현실적으로 사법적 판단에 아무런 영향을 줄 수는 없다고 해도, 잠시 오물이 묻어 있던 노장군老將軍의 다시 맑아진 얼굴을 지면을 통해서나마 대할 수 있었던 것은 여간 고맙고 기쁜 일이 아닐 수 없다.

비상계엄의 전국확대 자체가 내란이라고 한 검찰은 내가 주영복 국방장관에게 압력을 넣어 전군 주요지휘관회의에서 계엄 확대안을 의결하도록 했다고 몰고 갔다. 주영복 국방장관도 그동안의 진술을 바꾸어 나로부터 압력을 받았다는 내용으로 진술했다. 그러나 주 장관은 5.17시국수습방안이 집권 계획이 아니라는 점은 사실대로 진술하기도 했는데, 광주 재진입 작전을 수립하는 과정에는 또 내가 관련됐다는 내용으로 진술하는 등 종잡을 수 없는 태도를 보였다. 재판부로서도 그의 이러한 태도가 한심하게 생각됐는지 선고공판 때 훈시와 같은 말을 하면서 예상보다 무거운 형량을 선고했다.

## 안양교도소에서 보낸 750일

5.18사건 1심 첫 공판을 열흘 앞둔 1996년 3월 2일, 나는 입원해 있던 경찰병원에서 안양교도소로 이감되었다. 73일 만에 돌아온 것인데도 내가 머물던 독방이 낯설게 느껴지기까지 했다. 병원에 입원하기 전 한 달 가까이 지낸 곳이었지만, 그때는 내가 수감되자마자 단식에 들어갔고 매일같이 검사가 찾아와 장시간 신문을 하는 통에 하루하루를 어떻게 보내는지 의식하지도 못했다. 본격적인 법정투쟁을 위해서는 정신을 맑게 유지해야 한다. 결말이 정해진 싸움일지언정 투지에서만큼은 질 수 없다고 생각했다. 이즈음 해외에서 유학 중이던 아들, 딸이 내게 용기를 주려는 듯 기쁜 소식들을 전해왔다. 둘째 아들 재용이 3월 초 일본의 명문인 게이오대학의 박

사과정에 합격했다는 소식을 전해왔고, 딸 효선도 3월 중순 미국의 명문 뉴욕대학의 영문학 박사과정에 합격했다고 면회 온 가족들이 알려줬다.

그해 봄, 여름, 가을, 겨울은 법정에 불려 다니느라 계절의 변화를 느낄 수조차 없었다. 1주일에 두 번씩 야간 공판까지 강행해 새벽밥 먹고 법정에 나갔다 밤늦게 돌아와 밤참 비슷한 저녁밥을 먹어야 했다. 공판이 없는 날은 변호인을 접견해 다음 재판을 준비해야 하는 생활이 이어졌다. 한 해가 그렇게 가고 1996년 12월 항소심이 종결되자 재판정에 출정할 일도 없어졌고 시간에 여유가 생겼다. 나는 우선 면회를 온 민정기 비서관에게 최규하 전 대통령을 찾아뵙고 나로 인해 법정에 구인되어 곤욕을 치렀던 데 대해 송구스럽다는 인사를 대신 전하도록 했다. 아울러 옥중에 있더라도 독서에 힘써 마음의 수양을 쌓고, 운동도 열심히 해서 건강을 챙기려고 하니 염려하지 않으셔도 된다는 말씀을 드리라고 했다. 최 전 대통령은 민 비서관을 접견한 자리에서 "그런 경황 중에도 오히려 나에게 위로 인사를 전해주는 데 대해 참으로 감사하게 생각한다. 사람들이 너무 잔악하다 … 언젠가 모든 일이 잘 풀릴 것으로 확신한다. 너무 상심하시지 않도록 말씀드려달라."는 뜻을 전해주었다.

2년 넘게 갇혀 지내는 생활을 하면서 건강을 크게 해치지 않은 것은 다행스러운 일이었다. 처음 수감된 직후부터 시작한 단식으로 몸이 많이 쇠약해진 것은 사실이었지만 다행히 큰 병이 생기지는 않았다. 28일간의 단식은 무리였다. 더욱이 처음부터 계획을 세워 시작한 단식이 아니고 김영삼 정권의 '역사바로세우기'에 대한 항의의 뜻으로 목숨까지 내건 거사였으니 건강 악화 같은 문제는 아예 고려 사항이 아니었다. 교도소 의사나 경찰병원의 의료진도 걱정을 했지만 당장은 별다른 후유증이 나타나지 않았다. 구속되기 전 70킬로그램이었던 체중이 단식을 하면서 10킬로그램이 줄었으나 단식을 중단하고 다시 교도소로 이송된 후에는 체력회복을 위해 관식 이외에 김, 우유, 계란, 사과 등을 영치금으로 구입해 먹었다. 체중도 5킬로그램 정도 회복되었다. 교도소 측에서는 내가 운동을 할 수 있도록 나의 독방 옆 작은 공터에 판자로 담을 쳐놓은 공간을 마련해주었다. 다른 수용자들은 정해진 시간에 운동장에 나가 함께 운동을 할 수 있었지만 나는 그들과 격리되어 있었기 때문에 혼자서 따로 운동을 할 수밖에 없었다. 운동이라고 해야 내가 개발한 나름의 맨손체조를 하고 독방 옆 공터에서 뛰는 것이 전부였다. 그나마 공터의 길이가 구보를 하기에는 너무 짧아 직선으로 뛰지 않고 숫자 팔 자(8)를 그려가며 뛰었다.

옥외 운동시간에 공터로 나가면 교도소 뒤편의 모락산이 내다보였는데 알록달록 등산복을 입은 시민들의 모습을 볼 수 있었다. 면회시간 이외에 내가 멀리서나마 일반 시민들을 볼 수 있는 그 시간이 기다려지기도 했다. 하루 종일 책만 읽고 있을 수도 없는 노릇이어서 무료할 때면 모락산 자락을 오르는 등산객들의 모습을 엿보며 다소나마 무료함을 달랠 수 있었다. 또 그 시간에 운동장에는 다른 재소자들이 나와 운동을 하고는 했는데 나는 같은 안양교도소에 수감되어 있던 차규헌 장군의 모습을 열심히 찾아보고는 했다. 차 장군은 먼 거리에서도 알아볼 수 있었다. 당장 소리쳐 불러보고픈 생각이 들었지만 어쩔 수 없이 참아야 했다. 우리는 흔히 과거에 고생하던 곳은 두 번 다시 쳐다보기도 싫다고 말하곤 하는데, 나는 안양교도소가 정이 들어서인지 그런 느낌이 들지 않았다. 훗날 사면복권되어 출감한 뒤 측근들과 다시 산행을 하게 되었을 때 나는 차규헌 장군과 함께 그 모락산에 올라 안양교도소를 내려다보며 내가 머물던 그 독방이 어디쯤인지 가늠해보기도 했다.

수감생활의 불편함 같은 것은 나에게는 문제가 되지 않았다. 어린 시절 만주에서의 생활, 움막집 생활을 거치면서 의식주의 부족과 불편함에는 단련이 되어 있었기 때문이다. 뿐만 아니라 육사생도 생활부터 시작해 군인의 병영생활이란 것이 안락함과는 거리가 있는 것이었고, 두 차례 미국 연수 때 혹독한 생존훈련도 거뜬히 이겨낸 경험이 있어 내가 비록 나이 70을 바라보고 있었지만 전혀 힘들다는 생각을 하지 않았다. 그런 일보다 나를 힘들게 한 것은 장인어른(李圭東)의 와병과 나와 함께 구속되어 재판을 받던 유학성 장군의 별세 소식이었다. 내가 백담사로 유폐되었을 때 충격을 받아 쓰러지셨던 장모님은 그 후유증으로 내가 다시 연희동으로 돌아온 지 얼마 안 된 1991년 끝내 세상을 떠나셨는데, 내가 다시 구속되어 사형선고까지 받게 되자 이번에는 장인어른이 항소심이 끝나가던 1996년 11월 입원하기에 이른 것이나. 노신 사위를 만나 장인 장모님이 모두 병을 얻게 되고 천수를 다 누리지 못하게 되었으니 그런 불효가 어디 있겠는가 하는 생각에 가슴이 찢어지는 듯했다. 문병을 갈 수도 없는 처지여서 나는 편지를 올렸다. "장인어른, 제가 백담사 있을 때 서울에 돌아오면 가장 맛있는 음식점을 알아뒀다가 크게 한턱내겠다고 하시지 않았습니까. 아직 그 약속을 지키지 않으셨으니까, 제가 나갈 때까지 꼭 건강하게 살아계셔야 합니다. 약속도 안 지키고 돌아가시면 안 됩니다." 면회 온 아내 얘기로는 나의 그 편지를 읽은 장인어른은 눈시울을 적시며 힘을 다해 몸을 추스르는 모습을 보였다고 했다.

내가 갇혀 있는 몸이라는 사실 때문에 마음이 아팠던 또 한 가지 일은 어느 날 갑자기 딸과 외손녀들의 얼굴이 떠오르지 않는 사실이었다. 미국 유학 중이던 딸에게는 일부러 오지 말라고 해 손주들과 함께 2년이 되도록 한 번도 보지 못했다. 서울에 있었다고 해도 교도소 규칙상 어린이들은 면회가 되지 않았기 때문에 손주들은 볼 수 없었을 것이다. 2년을 못 봤다고 해서 얼굴이 생각나지 않을 수가 있는가. 그러자 중학교 땐가 육사생도 시절인가 책에서 읽었던 "영어 시간에 배웠던 서양 속담 'out of sight, out of mind(눈에서 멀어지면 마음도 멀어진다)" 문구가 생각났다. 가족들이 면회 올 때 딸과 손주들 사진을 가져오라고 해 아쉬운 마음을 달래야 했다. 얼굴이 생각나지 않는 것은 그렇다 하더라도 마음까지 멀어질 수는 없는 일이었다. 나는 그날부터 하루도 빼놓지 않고 자녀와 손주들에게 편지를 썼다. 편지 쓰기를 잊지 않으려고 월요일에는 손자, 화요일엔 손녀, 수요일엔 자녀들… 이런 식으로 요일을 정해놓고 편지를 썼다.

그리고 출판사를 하는 장남에게 동화책과 위인전들을 넣어달라고 했다. 손주들을 만나게 되는 날 들려줄 애깃거리들을 비축해놓기 위해서였다. 지난날 손주들이 집으로 놀러 왔다가 옛날이야기를 해달라고 하는데 애깃거리 밑천이 딸렸던 생각이 떠올랐기 때문이다. 흥부놀부, 콩쥐팥쥐, 해님달님 같은 얘기를 해주고 나면 더 이상 아는 동화가 없었다. 내가 어린 시절에 접할 수 있었던 동화나 옛날이야기들은 많지 않았다. 그런 책들이 요즘처럼 다양하게 출판되지도 않았지만, 동화책을 살 형편이 되지 않았고 마땅히 빌려 읽을 곳도 없었던 것이다. 교도소를 나갈 때까지 『걸리버 여행기』, 『행복한 왕자』, 『아라비안나이트』, 『엄지왕자』, 『아서 왕의 모험』, 『바보 이반』, 『솔로몬왕의 마법 상자』, 『로빈 후드』 등 주로 서양 동화책들을 많이 읽을 수 있었다. 영어 공부도 겸해『분홍신』, 『장님과 코끼리』 등은 영한 대역본으로 읽기도 했다.

동화책 외에 또 내가 손주들 만날 때를 대비해서 열심히 읽은 건 바둑책이었다. 초등학교 3학년인 첫손자 우석祐奭이는 얼마 전까지만 해도 나에게 몇 점을 놓고 뒀는데, 그동안 바둑 실력이 많이 늘었다고 했다. 손자와 다시 바둑을 두게 될 때 지지 않으려면 바둑책이라도 열심히 봐둬야 했다. 『바둑정석총해』, 『조훈현 포석학 특강』, 『절묘한 맥』, 『월간바둑』 등을 보며 머릿속으로 수를 익혔다.

항소심이 끝나고 재판정에 나갈 일이 없게 되자 남는 시간을 보내는 데에는 독서가 가장 유익한 일이었다. 시간 나는 대로 이런저런 책들을 많이 읽을 수 있었다. 재판이 진행 중인 상황에서는 특별히 따로 시간을 내서 책을 읽을 여유가 없었다. 1주일에 두 번씩 법정에 나가야 하니 변호인을 접견해 재판 대책을 의논하기에도 바빴다. 건강을 유지하려면 운동을 통해 체력 단련도 해야 하지만 운동을 할 수 있는 시간은 제한되어 있었다. 사년히 독서도 많은 시간은 보내게 되었다. 딱히 무슨 독서 계획 같은 것을 정해놓고 책을 읽지는 않았고, 가족이나 면회 오는 사람들이 넣어준 책들을 읽었다. 『금강경』, 『불자 독송경』, 『진심직설』, 『인간생활과 불교의 진리』, 『성경』, 『논어』, 『한비자』 등 종교서적과 정신수양에 관한 책들이 많았다. 『이야기 한국사』, 『이야기 인물 한국사』, 『조선왕조실록』, 『그리스 문명의 탄생』, 『강대국의 흥망』, 『잊혀진 이집트를 찾아서』, 그리고 『분단과 전쟁』, 『한국의 통일정책』, 『통일문제연구』, 『북한 50년사』 등 역사 서적과 통일 문제에 관한 책들도 있었다. 너무 무거운 내용의 책보다 기분 전환이 될 수 있을 것이라면서 『메디슨 카운티의 다리』, 『로마인 이야기』, 『펠리컨 브리프』, 『대망』 등 시중의 베스트셀러들을 가져오는 사람들도 있었다.

장인어른이 입원하셨다는 얘기를 들은 지 얼마 안 된 1996년 12월, 이번에는 유학성 장군이 구속집행정지로 석방됐다는 소식이 들려왔다. 구속돼 재판을 받던 중에 암에 걸렸다는 사실이 밝혀졌음에도 불구하고 병보석을 시켜주지 않던 재판부가 석방을 했다는 것은 여명餘命이 얼마 남지 않았다는 얘기일 것이다. 칠순 생일을 옥중에서 치른 고령자였고 불치의 병에 걸려 의학적 사형선고까지 받은 것이나 다름없었지만 유 장군은 놀랍도록 의연한 모습을 잃지 않고 있었다. 주 2회에 야간 공판까지 강행하는 무리한 재판 과정을 자세 한 번 흐트러뜨리는 일 없이 견뎌냈다. 말기암 환자에게 병보석조차 허용하지 않던 재판부가 옥사獄死시켰다는 비난을 면해보려던 건지 뒤늦게 구속을 풀어줬지만, 병세는 악화될 대로 악화돼 있어 유학성 장군은 결국 대법원 확정판결을 2주일 앞둔 1997년 4월 3일 타계했다.

## 300만 명이 서명한 사면청원

항소심이 종결되고 1996년 12월 23일 나의 대법원 상고 포기 결정이 발표된 뒤 노태우 피고인도 나의 결정에 동조해 상고를 포기했다. 대법원의 최종 결정이 남아 있었지만 사법적 판단은 이미 내려진 것으로 봐야 했다. 그런 가운데 1997년 새해가 밝아왔다. 『동아일보』는 1월 1일자 신문 1면에 발행인인 김병관金炳琯 회장 이름으로 '국민통합의 의식혁명에 나서자'는 표제의 연두제언年頭提言을 싣고 김영삼 대통령에게 "화합과 관용과 절제와 포용력으로 국민통합을 이룰 것…."을 당부했다. 김병관 회장은 그 사흘 뒤인 1월 4일 안양교도소로 나를 찾아왔다.

그런데 김 회장은 나를 면회하고 회사로 돌아간 뒤 바로 『동아일보』의 정치부장, 사회부장에게 나의 사면복권을 위한 캠페인을 벌어야 한다는 뜻을 밝히며 『동아일보』 지면에 그런 의지가 반영되도록 하라고 지시했다는 것이다. 김병관 회장이 정초에 나를 면회했다는 사실이 알려지자 정치권과 언론계 등에서는 그 의미를 두고 여러 가지 말들이 오갔다고 했다. 특히 경쟁관계에 있는 다른 신문사들에서는 『동아일보』가 특종이 될 기삿거리를

498

만들려고 하는 게 아니냐고 신경을 곤두세우고 있다는 것이다.

대법원이 4월 17일 일부 원심을 파기하고 상고를 기각함으로써 1996년 3월 시작된 5.18특별법에 의한 재판이 1년 1개월 만에 모두 종결되었다. 그러자 대법원의 확정판결을 기다렸다는 듯이 각 종파를 막론한 종교계와 일부 지역에서 나에 대한 사면 청원운동이 본격화되었다고 했다. 사법부의 최종적인 판단이 나오기도 전인 새해 정초부터 『동아일보』의 김병관 회장이 사면을 위한 캠페인을 벌이겠다는 의사를 밝혔고, 그 외에도 일부 종교계 인사들은 법원 판결이 유죄로 나올 것이 분명한 만큼 사면을 위한 청원운동을 벌이자는 얘기들을 일찍부터 공론화하고 있었다는 것이다. 여야의 대통령 후보 예비주자들의 토론회에서도 나와 노태우 전 대통령에 대한 사면 문제가 주요 논점으로 제기되고 있었다. 일부에서는 "대법원 판결문의 잉크도 채 마르지 않았는데 사면 얘기를 한다는 것이 말이 되느냐…."며 시기상조라는 반론도 있었다고 했다. 그런데 법원의 확정판결이 있기 전부터 그리고 최종 판결이 나오자마자 사면 얘기가 나온다는 사실 자체가 나를 유죄라고 판단한 법원의 결정, 더 거슬러 올라가면 나를 매장시키기 위한 김영삼 정권의 '역사바로세우기'가 애초부터 부당하거나 무리한 조치였다는 하나의 반증일 것이다.

대법원의 결정이 발표된 다음 달인 5월부터 대구의 동화사에서는 이미 서명운동이 시작됐고 6월 9일 열린 불교 조계종의 종회에 참석했던 종회의원들은 회의가 끝난 뒤 개별적으로 사면 청원서에 서명했다. 조계종에서는 혜암惠庵 원로회의 의장, 서암西庵 전 종정, 녹원綠園 동국대 이사장, 법전法傳 해인사 방장(후에 종정 역임)등 원로스님들이 이미 청와대에 개별적으로 탄원서를 전달했고 전국 각지의 주요 사찰에서 일제히 서명운동이 전개되고 있다고 했다. 조계종뿐만 아니라 태고종, 천태종, 진각종 등 불교 각 종단을 비롯해 원불교에서도 탄원서를 준비하고 있다는 소식이 전해졌다. 불교계가 이처럼 범 종단적으로 나와 노태우의 사면 청원운동을 활발히 펼치고 있는 사정을 반영한 듯 조계종의 총본사인 조계사가 발행하는 신문은 6월 5일자 사설 '화쟁和諍과 회통會通만이 국난 해결책 – 전·노 두 전직 대통령의 사면을'을 통해 "우리 역시 두 전직 대통령이 사면돼야 한다는 데 의견을 같이하고 있다."는 공식적인 의사를 표명했다.

개신교에서도 조향록趙香綠, 강원룡姜元龍, 유호준兪虎濬, 김장환金章煥, 조용기趙鏞基 목사 등 교단에 영향력이 큰 원로목사들이, 천주교에서도 수원교구장 김남수金南洙 주교, 전 서강대 총장 박홍 신부 그리고 대종교의 안호상安浩相 총전교 등이 이미 청와대에 개별적으로 청원서를 냈다고 했다. 이 밖에도 전국의 농어민 후계자들도 서명운동을 전개하고 있고, 대구·경북 지역에서는 지역주민 사이에 서명운동이 확산되고 있다는 보도도 있었다.

종교계의 사면 청원운동이 이처럼 광범위하게 전개되자 아내와 나의 가족, 친척들도 인연이 있는 사찰을 찾아가 기도를 드리며, 서명운동을 전개하고 있는 스님과 불자들에게 감사를 드렸다. 아내는 5월 11일 서울 개운사에서 백일기도에 입재해 8월 18일 회향법회를 봉행했다. 개운사에는 승가대학이 있었는데 불교종단의 개혁을 선도하고 있던 승가대학의 학승들이 나를 위한 사면 청원운동에 앞장서고 있었던 것이다. 6월 10일에는 국민화합법회를 여는 대구 동화사와 부인사를 찾아갔다.

그런데 참으로 놀라운 것은 5월부터 시작된 서명운동에 참여해준 국민이 불과 두 달 만에 200만 명을 넘어서고 있다는 소식이었다. 물론 불교계를 비롯한 종교계 등에서 조직적으로 움직인 결과였다고는 하지만 믿기지 않을 만큼 많은 숫자였다. 여름휴가철 땡볕 아래 가두에 펼쳐진 서명대 앞에 사람들이 줄을 서 있었다는 것이다. 가급적 이른 시일에 청원서를 제출하자는 데 의견이 모아져 일단 7월 18일 서명운동을 마감했는데 워낙 서명 인원이 많아 정확한 집계조차 어려웠지만, 300만 명에 이르렀을 것으로 추산됐다고 했다. 조계사의 현근玄根 스님과 동화사의 무공無空 스님, 그리고 신흥사의 도후度吼 스님이 서명인 전체를 대표해 청와대를 방문해서 청와대 내의 불교 신도 회장인 박세일朴世逸 정책기획수석비서관을 통해 서명인 명부와 탄원서를 전달했다.

서명운동이 전개되는 상황을 보며 민심의 흐름을 느끼게 되었는지 정치권에서도 나의 사면 문제 논의를 표면화시키고 있었다. 야당의 강력한 대통령 후보인 김대중 씨는 8월 31일 한 언론매체와의 인터뷰에서 "… 김영삼 대통령 임기 내에 무조건 사면해야 한다 … 화해가 아닌 용서인 만큼 사과·반성 등의 전제를 내세울 필요가 없다…."고 말했다. 이 발언은 여러 언론매체에 인용 보도됐다. 여당의 이회창李會昌 대통령 후보도 김대중 씨의 발언이 보도된 8월 31일 밤 참모회의를 갖고 "… 사면을 추석 전에 단행하도록 9월 4일 김영삼 대통령에게 건의할 생각…."이라고 밝힌 것으로 각 신문이 머리기사로 보도했다. 그런데 이 보도가 나가고 이틀 뒤인 9월 2일 김영삼 대통령과 이회창 후보는 심야회동을 갖고 "… 추석 전 사면은 안 한다."고 발표했다. 당초에는 추석 전에 사면을 발표할 계획이었는데, 이회창 후보가 생색을 내듯이 추석 전 사면을 건의하겠다고 언론에 흘렸기 때문에 방침을 바꿨다는 후문이었다.

수감자들 사이에는 1년에 네 번 속으며 산다는 말이 있다고 한다. 관례적으로 정부는 매년 광복절 등 국경일이나 석가탄신일, 성탄절 등 특별한 계기가 있을 때 모범수들을 가석방으로 풀어주고 사면복권 등의 은전을 베푼다. 그래서 가석방 기준을 채운 재소자들은 봄철이 되면 석탄일에 가석방되지 않을까 기다리다가 실망하고, 광복절 특사에는 포함되겠지 하는 간절한 바람으로 하루하루 지내다가 또다시 허탈해하며 그렇게 세월을 보낸다는 것이다. 그러니까 나에 대한 사면복권 조치가 추석을 그냥 넘기자 자연히 12월 24일의 성탄절을 계기로 단행될 것이라는 관측이 유력하게 제기되고 있었다. 나를 면회 오는 사람들도 그것이 거의 확정된 방침인 것처럼 얘기하기도 했다. 나는 그런 얘기가 나를 위로 격려하려는 뜻일 것이라고 생각했고, 그 실현 가능성을 별로 기대하지 않았다. 대통령 선거전이 종반에 접어들면서 여야 후보들의 진영과 청와대에서 이런저런 논의가 있다는 보도들이 있었다. 누가 대통령에 당선되건 나의 사면 문제는 김영삼 현직 대통령보다는 대통령 당선자의 의중에 달려 있다고들 했다. 사면권이 대통령 고유의 권한이기는 하지만, IMF 외환위기를 초래해 나라를 파산 상태에 빠트린 김영삼 대통령의 청와대는 나를 사면할 생각이 없다고 하더라도 더 이상 안 된다고 고집할 힘도 없을 것이라고 했다.

1997년 12월 18일, 15대 대통령선거에서 김대중 후보가 당선되자 나에 대한 사면은 기정사실처럼 여겨졌고, 당선이 확정 발표된 바로 다음날인 12월 20일 김영삼 대통령과 김대중 당선자의 회동을 거쳐 오후 2시 30분, 나와 노태우 등에 대한 사면복권 조치가 발표되었다. 나의 사면과 복권을 위한 300만 명의 청원이 청와대에 전달된 지 5개월 만이었다. 12월 22일 국무회의 의결 절차가 끝나자 곧바로 10시 15분 사면장이 안양교도소에 도착했고 10시 45분, 나는 750일간 머물렀던 안양교도소의 문을 나설 수 있었다. 문 밖에는 100여 명의 기자들이 진을 치고 있었다. 나는 준비했던 간단한 인사말을 발표했다. 기자들은 교도소 생활이 어땠느냐고 물었다. 나는 "여러분은 교도소에 올 생각일랑 하지 마시오."라고 대답했다. 폭소를 터뜨린 기자들은 더 이상 질문을 이어가지 못했다. 그리고 나는 사랑하는 가족이 기다리고 있는 연희동으로 향했다.

법리공방에서 피고인이나 변호인 측이 거둔 수확도 분명히 있었다. 오랜 세월 동안 광주사태를 진압했던 군인들에게 씌워졌던 '무고한 시민들을 살상했다'는 오해와 불명예를 법정에서 씻어낼 수 있었던 것이다. 또 한 가지 중요한 성과는 광주 시위 진압작전 중 검찰이 주장한 강경 진압 명령 같은 것은 없었다는 사실이 밝혀진 점이었다. … 그렇다고 나와 피고인들의 내란 목적 살인의 누명이 해소된 것은 아니었다. 자위권 보유 천명과 자위권 발동 지시를 통해 발포 명령의 근거를 찾아낼 수 없었던 재판부는 놀랍게도 '광주 재진입 작전'을 발포 명령으로 간주해 나에게 또다시 내란 목적 살인죄를 적용했던 것이다.

# 항소심 법정에서 전개된
# 법리 논쟁

# 5.18재판 안팎에서 전개된 법리 다툼

■

    항소심 첫 공판은 1심이 끝난 지 6주 만인 1996년 10월 7일에 열렸다. 1심 때와 같은 417호 법정이었다. 서울고법 형사1부 권성權誠 부장판사가 주심을 맡고 2명의 배석판사가 그 좌우로 앉아 있었다. 항소심이라고 해서 예정된 결론만을 향해 줄곧 달리던 1심과 하등 다를 것이 없었다. 오늘의 재판을 있게 한 5.18특별법 자체가 유죄를 전제해놓은 처분적 법률이었고, 그 법률은 위헌이 아니라고 헌법재판소가 길을 잘 닦아두었다. 그런 만큼 항소심 재판부도 그 궤도를 벗어날 수는 없도록 되어 있었다. 다만 항소심 재판부는 그 궤도를 이탈하지 않는 선에서 다소의 재량은 보여주는 듯했다.

    몇 가지 핵심 쟁점을 둘러싼 법리를 놓고 검찰과 변호인단 간에 다툴 수 있는 공간을 마련해준 것이라든가, 피고인들로 하여금 증인들을 직접 신문할 수 있는 기회를 준 것은 항소심 재판부가 한껏 재량을 보여준 것으로 생각되었다. 정해진 목적지까지 가는 동안만이라도 하고 싶은 말은 할 수 있게 해주겠다는 것은, 어쨌거나 피고인이나 변호인 입장에서는 방어권과 변론권 행사의 폭을 넓혀준 일인 만큼 고마운 일이었다. 정당한 변론 기회를 얻지 못한 채 변호인 전원이 재판부에 사임계를 내고 사퇴하는 상황에까지 이르렀던 1심 재판 때와 비교하면 재판부가 피고인 측을 배려한 것만은 분명해 보였다.

법리 논쟁을 진행하겠다는 재판부의 방침이 밝혀진 것은 항소심이 종반에 이르러 최규하 전 대통령의 증인 출석 문제가 초미의 관심사가 되어 있던 10월 31일 공판 때였다. 권성 재판장은 '서면 변론만으로는 재판의 쟁점을 정확히 알기 힘들어 구술변론을 진행하기로 했다'고 고지했다. 형사재판의 절차로는 매우 이례적인 이 법리공방이 벌어진 11월 11일의 9차 공판은 검찰과 변호인단 간의 치열한 법리 토론의 장이 되었다.

항소심에서의 법리 논쟁은 사실관계를 둘러싼 쟁점들이 어떻게 진실과 맞닿아 있는지 밝혀내는 아주 중요한 과정이 되었다. 법리공방이 진행되면서 변호인단은 검찰에 대해 가장 원초적인 질문 '도대체 피고인들의 어떤 행위가 어떤 법률을 위반했다는 것인가, 무슨 죄가 어떻게 성립된다는 말인가?'를 물을 수 있었다. 1심 재판 진행 과정에서 변호인단이 숱하게 석명釋明을 요구했음에도 검찰이 그동안 분명하게 밝히지 못했던 검찰의 공소이론이 비로소 드러나게 된 것이다.

당시 검찰의 입장이라는 것은 '역사바로세우기'라는 김영삼 대통령의 정치적 책략을 사법적 조치를 통해 수행해주는 하수인의 역할을 담당해야 했던 만큼 공소제기 이유와 법리가 허술할 수밖에 없었다. 검찰은 법리공방 과정 내내 변호인의 집요한 질문에 대답을 바꾸거나 회피하는, 소극적이고 확신 없는 방어로 일관했다. 검찰이 보여준 이런 반응들은 결국 검찰이 수사와 재판 과정을 통해 역사의 진실이 무엇인지 정확히 파악하게 되었으면서도, 청와대의 눈짓에 따라 무리수를 두고 있다는 사실을 극명하게 보여주는 것이었다.

나는 전문적 법률지식이 없었던 만큼 법리공방의 현장이었던 법정에서는 검사와 변호인 간에 벌어진 치열한 논쟁을 세세한 부분까지 충분히 이해할 수 없었다. 이 글을 쓰는 과정에서 나는 당시 나의 변호인이었던 이양우 변호사를 통해 법정에서의 법리 논쟁 전모를 다시 설명들을 수 있었다. 법리 논쟁의 쟁점으로 제기되었던 주제들은 재판이 진행되던 당시 국민적 관심사가 되었음은 물론, 현재나 미래에 역사적 사건들의 실체적 진실에 접근하고자 하는 사람들로서는 진지하게 살펴보아야 할 사항이라고 생각된다. 국민들이 역사적 사건들의 실체적 진실과 역사적 재판의 진행 과정을 이해하는 데 보탬이 될 수 있도록 그 골자를 소개한다.

## 정승화 총장의 연행은 위법인가

12.12 사건을 '반란'으로 기소한 검찰의 논거는 대체 무엇이었을까. 1심 재판 때 이재순李在淳 검사는 1979년 12월 초순경에 군 일각에서 합수본부장이 월권행위를 하여 곧 실권이 없는 한직으로 인사 조치될 것이라는 소문이 나돌고 정승화 총장이 노재현 국방부장관에게 합수본부장의 인사 조치를 건의한 것으로 알려지자, 합수본부장과 '하나회' 소속 장교들은 군의 주도권을 장악하기로 결심을 하고 정 총장을 강제 연행해 그 지휘권을 박탈한 반란 사건이라고 했다. 그러나 검찰 측의 이러한 주장은 노재현 장관이 검찰 수사와 1심 재판 때 보안사령관을 바꿀 생각조차 하지 않았다고 부인함으로써 그 근거가 무너졌다. 그러자 검찰은 다시 내가 월권행위를 하지 않았느냐고 노재현 장관에게 다그치듯 질문을 해댔지만 노재현 장관은

"그런 일이 없었다."고 한마디로 잘라 말했던 것이다. 결국 검찰은 항소심 집중심리 과정에서 '반란'이라는 주장의 근거를 대통령의 재가 문제와 연결시켰다. 비상계엄이 선포된 상태에서 대통령의 재가를 받지도 않고 계엄사령관 겸 육군참모총장을 연행한 것은 군 통수권을 침해하는 반란이라는 것이다.

이에 대해 전상석, 이양우 변호사는 다음의 요지로 검찰의 주장에 대해 반론을 폈다.

> 수사기관이 범죄 혐의자를 연행하기 위해 사전에 대통령의 재가를 받아야 한다는 법은 우리나라 어느 법률에도 없다. 따라서 대통령의 재가를 받지 않기 때문에 불법이 된다는 것은 도저히 성립할 수 없는 논리다. 또한 사전에 대통령의 재가를 받지 않은 것이 범죄 혐의자가 계엄사령관이기 때문에 업무집행상 적절하지 못하였다고 평가할 수는 있을지언정 이를 불법이라고 규정할 수는 없다. 법률(군법회의법)에 의하면 군인에 대한 구속영장은 관할관이 발부하도록 규정하고 있는데 합수본부가 신청한 영장에 대해서는 다름 아닌 정승화 총장 자신이 관할관으로 되어 있었다. 따라서 합수본부가 정승화를 연행하면서 정승화 본인에게 영장발부를 청구한다는 것은 있을 수 없는 일이었다. 이 사건이야말로 사전에 영장을 청구할 수 없는 긴급구속의 사유에 속하는 것이다. 그러므로 불법이란 어떠한 법률을 위반하였다는 것이기 때문에 정승화 총장의 연행이 대통령의 재가를 받지 않아 불법이 된다고 주장하려면 그 불법이라고 하는 법률을 구체적으로 밝혀야 한다고 보는 것이다. 검찰은 법률가답게 그 불법이라는 법적 근거를 구체적으로 밝혀주기 바란다.

변호인들의 주장에 대해 검찰은 대통령의 군 통수권을 그 법률적 근거로 제시했다. 이재순 검사는 대통령의 사전 제가 없이 정 총장을 연행하게 되면 계엄사령관을 통한 대통령의 군 통수권 행사에 장애를 초래하기 때문에 반란이 된다고 주장했다. 또 그 이후 정승화 총장이 반란방조죄로 유죄 판결을 받았지만 정 총장에 대한 유죄의 판결은 연행 자체와는 별개이므로 이 사건과 무관하다는 논리를 폈다. 하지만 군법회의법 제24조는 이렇게 명시적으로 규정하고 있다.

긴급을 요하여 관할관의 구속영장을 받을 수 없을 때에는 그 사유를 고하지 않고 영장 없이 피의자를 구속할 수 있으며 구속한 때로부터 48시간 이내에 구속영장을 발부받아야한다.

검찰의 주장에 대한 이양우 변호사의 반론은 이렇다.

합동수사본부장의 수사권은 계엄사령관이나 대통령으로부터 위임받은 권한이 아니다. 그것은 바로 헌법과 법률에 근거한 것이므로 그 수사권의 행사는 헌법과 법률에 따를 의무가 있을 뿐이다. 또한 대통령과 국방부장관은 수사 업무에 관한 일반적인 지휘, 감독권만을 가질 뿐 구체적인 사건에 대해 이래라저래라 간섭할 권한이 없다. 대통령은 수사기관의 수사 방법이 마음에 들지 않으면 인사권을 발동해 수사관을 교체할 권한은 있지만 그 수사관에게 직접 구속을 하라 말라 할 권한은 없다. 또한 대통령이 구체적인 범죄사건의 수사에 대하여 간섭하는 것은 수사기관의 정치 예

전두환 회고록 3권. 황야에 서다

속화를 초래하는 위험한 발상이기도 한 것이다. 과거에도 검찰이 대통령의 반대를 무릅쓰고 범죄 혐의가 있는 현직 장관을 구속한 전례가 있다. 따라서 수사기관이 범죄 혐의자를 연행하는 것은 정당한 직무집행 행위이므로 결코 대통령의 군 통수권을 침해하는 것이 될 수 없다. 더구나 12.12사건에 있어서는 정승화를 연행하기 이전에 대통령에게 사전보고를 하였으므로 수사 책임자로서의 모든 책무를 다하였음이 분명하다. 그것은 최 대통령이 처음부터 재가에 반대할 뜻이 없었다는 것을 증명하는 것이다.

그러자 검찰은 대통령의 재가를 받지 아니한 것 자체가 불법이라던 종래의 주장에서 한발 후퇴하더니 대통령의 뜻을 거역한 것이기 때문에 내란행위라는 새로운 주장을 만들어냈다. 김상희 검사는 '검찰이 재가에 연연해하는 것은 재가가 있으면 반란이 아니고 재가가 없으면 반란이다 이 논법만은 아니다. 비록 재가를 받았다 하더라도 대통령을 속여서 또 무슨 개인적인 다른 욕심에 의해서 재가를 받았다 하더라도 경우에 따라서는 반란이 될 수가 있는 것'이라고 했다.

이양우 변호사는 검찰의 주장이 사실관계를 왜곡하고 있다고 지적했다.

최규하 대통령은 합수부가 정승화 총장을 연행하기 약 30분 전인 12일 18시 30분경에 합수본부장으로부터 정승화를 10.26 내란 사건과 관련하여 연행 조사하겠다는 사전보고를 받았으며 이어서 19시 40분경에는 합수부가 정승화를 연행하여 조사에 착수하였다는 집행 보고를 받았다. 그러나 최규하 대통령은 합수본부장의 이러한 보고에 대하여 정승화의 신병을 석방하라는 지시를 전혀 한 사실이 없다. 이 와 같은 최규하 대통령의 행위는 합수부의 정승화 연행 사실을 묵시적으로 승인한 것이라고밖에 볼 수 없는 것이다. 만일 최규하 대통령이 12.12사건 당시 합수부의 정승화 연행이 부당하다고 판단하였다면 재가를 지연할 것이 아니라 재가를 명시적 으로 거부하고 정승화 총장의 석방을 명하는 것이 사리에 맞는 주장일 것이다. 이에 서 알 수 있듯이 최규하 대통령의 재가가 지연된 것은 정승화의 연행 조사가 부당하 다는 데 기인한 것이 아니라 정승화 연행 조사 보고 문서에 정식 재가를 함에 있어서 관계국무위원인 국방장관을 배석시켜 그의 의견을 들을 필요가 있다는 절차상의 문 제 때문이었다. 따라서 노재현 국방장관이 대통령 공관에 출두하였다면 재가 지연이 라는 사태는 결코 일어나지 않았을 것입니다.

그러자 검찰은 사후 재가는 최 대통령이 당시 사태를 조기에 수습하기 위해 마지못해 행한 것이라는 의견으로 반박했다. 검찰이 언급한 '대통령 이 마지못해'라는 지극히 주관적이고 비합리적인 표현에 대한 변호인 측의 강력한 이의 제기는 다음과 같았다.

도대체 대통령이 마지못해 재가하였다는 말이 무슨 말인가. 정 총장의 연행을 반란 으로 규정한다면 최 대통령의 사후 재가는 결국 반란을 승인한 결과가 되는 것인데 그럼 대통령이 반란이라는 범죄를 승인하였다는 것이 말이 되는 것인가. 또한 최 대 통령으로서는 정 총장 연행이 자신의 의사와는 다르게 이루어진 일이라면 이에 대한 사태의 수습은 당연히 조속한 석방 조치이지 연행을 승인하는 것일 수 있겠는가. 이미 최규하 대통령은 박정희 대통령의 시해사건은 국가의 최대 변란이므로 수사당국은 이 사건의 진상을 규명하기 위해 의혹이 있다면 누구든지 지휘고하를 막론하고 조사를 하라고 지시하셨다. 정 총장의 당일 행적에 관해 많은 의혹이 있다는 것은 당시 공공연히 인정된 사실이었고 합수본부는 이미 정 총장이 일시적으로 김재규의 내란에 동조한 명백한 혐의를 잡고 있었다. 또한 당시 언론은 오히려 합수부가 정 총장의 의혹을 의도적으로 감추려 하고 있다고 따가운 비판을 퍼붓고 있었다. 최 대통령도 정승화 총장을 둘러싼 여러 가지 의혹에 관해서는 이미 잘 알고 계셨다. 그런데 최 대통령이 반란을 승인하는 방법으로 사태를 수습하였다고 주장할 수 있다는 말인가.

그러자 김상희 검사는 이번에는 정승화 총장에 대한 연행 절차 자체를 따지는 것이 아니라고 또다시 한 발 뒤로 물러섰다. 검찰도 대통령의 사전 재가가 없었다고 해서 반드시 반란이 된다고 주장하는 것은 아니고 단지 합수본부장이 두 번씩이나 최 대통령에게 재가를 요청했으나 거절당했음에도 불구하고 최 대통령의 뜻을 거역했기 때문에 반란이 된다는 것이다.

'최 대통령의 뜻을 거역했다'는 것을 입증하려면 최 대통령의 증언으로 확인되었어야 한다. 하지만 최 대통령은 언제, 어느 곳에서도 내가 자신의 뜻을 거역했다는 진술을 한 바가 없다. 허약한 사실근거와 궁색한 논리에 의지해가던 검찰은 변호인단의 집요한 반박에 밀려 결국 '최 대통령의 의사'에 매달리는 처지가 되었다. 그렇다면 최 대통령의 뜻은 과연 무엇이었고 어떤 태도를 취했던 것인가. 앞에서도 상세히 언급한 바 있지만 7월 1일의 18차 공판 증언 때 신현확 국무총리는 변호인의 신문에 대한 답변을 통해 다음과 같은 사실을 확인시켜주었다.

당시 총리공관의 분위기는 평온하고 평시와 다를 바 없었다 … 합수본부장이 정승화 총장 연행 조사 문제를 재가하도록 최규하 대통령에게 강요를 하거나 협박한 사실은 없었다 … 국방부장관의 결재를 밟아오라는 최 대통령의 말씀은 정승화 총장 연행 자체가 부당하기 때문에 재가를 거절했다는 뜻이 아니고 노재현 국방부장관이 총리공관에 와서 상의할 때까지 연행 조사 문제에 대하여 재가를 보류하겠다는 뜻으로 이해했다 … 합수본부장, 유학성, 차규헌, 황영시 등 이들 장군들은 최 대통령께 예절을 갖추었고 최규하 대통령에게 정승화 연행 조사 문제를 재가하시도록 협박을 하거나 강요하는 등 대통령에게 불경스러운 언행을 한 사실이 없었다 … 당시에 여러 장성들이 왔다고 하여 최규하 대통령이나 본인이 위압을 느꼈다든지 외포감畏怖感을 가진 적도 없었다 … 최규하 대통령은 이 자리에서도 노재현 국방부장관의 의견을 듣고 재가를 결정하겠다고 하셨다. 당시 최규하 대통령은 이미 정승화 총장이 연행됐다는 사실을 알고 계셨지만 합수본부장에게 정승화 총장을 석방하라는 지시를 내린 사실이 없었다 … 노재현 국방부장관이 총리공관에 출두하자 최규하 대통령은 정승화 총장 연행 문제를 어떻게 생각하느냐는 하문이 계셨고 노재현 장관은 대통령께서 재가를 하여주시는 것이 좋겠다고 건의했다 … 재가하기 직전 노재현 장관과 최규하 대통령은 정승화의 연행 경위와 그 뒤의 상황 전개에 대해 충분히 의견 교환과 검토를 하신 후 재가를 하셨다. 최규하 대통령이 정승화 연행 조사 문제를 재가할 때에 배석한 사람은 본인과 노재현 국방부 장관뿐이었고 합수본부장이나 여타의 장성들은 한 사람도 없었다. 당시 최규하 대통령의 재가는 어느 누구의 강요나 외부의 압력 없이 최규하 대통령 자신이 여러 가지 상황을 충분히 검토한 후 독자적 결단에 의해 이루어진 것이었다고 생각한다.

검찰 주장의 근거가 설 땅을 철저히 무너트린 내용이다.

한영석 변호사 역시 검찰의 귀에 걸면 귀걸이 코에 걸면 코걸이식 논리와 재판의 허구성을 신랄하게 지적했다.

> 검찰의 태도를 보면 국무회의에서 통과되고 대통령이 직접 선포한 비상계엄을 내란이라고 주장하는 마당에 당시 합수본부장이 대통령의 사전재가를 받았다고 하더라도 그것 역시 반란이라고 주장하였을 것은 명확한 이치다. 대통령이 속아서 아니면 사태를 잘 몰라서 재가한 것이라고 할 것이 분명하다. 검찰 측은 벌써 최 대통령의 사전재가가 있던 없던 무조건 이 사건을 반란으로 몰고 가려 하고 있다. 그런 마당에 과연 이 법정에서 최 내통령의 재가를 논할 필요가 있겠는가.

명백한 증언에도 불구하고 검찰은 정 총장 연행은 '최 대통령의 뜻을 거역한 것이므로 반란행위가 된다'는 주장을 굽히지 않았다. 12.12사건을 둘러싼 검찰과 변호인 단간의 법적 논쟁은 아무리 치열한 공방이 오가도 운명적으로 평행선을 달릴 수밖에 없었다. 변호인들이 아무리 예리하고 열정에 찬 변론을 해도, 그리고 많은 관련 당사자들이 명확한 증언을 해도 정작 최 대통령의 증언을 들을 수 없으니 알맹이 없는 토론이 될 수밖에 없었던 것이다.

### 비상계엄의 확대 선포가 내란인가

처음 검찰은 내가 최규하 대통령에게 보고한 '시국수습방안'이 집권 음모가 숨겨져 있는 '집권 시나리오'였다고 몰고 갔었다. 그러나 그 시국수습방안의 직접 작성자인 권정달의 위증에도 불구하고 '시국수습방안 = 집권 시나리오'라는 자신들의 등식이 허구로 드러나자 이번엔 그 논거를 바꾸어 시국수습방안 내용 중 '전국 비상계엄 확대 선포'가 내란이라고 주장하기 시작했다. 검찰은 1980년 국가 혼란 상황에서 최규하 대통령에게 건의된 5.17시국수습방안 중 '비상계엄 선포와 유지' 부분을 내란의 핵심적 수단으로 판단한 것이다. 그리고 바로 이 부분을 내란죄 공소사실의 기본도구로 삼았다. 검찰은 비상계엄 확대 선포가 내란이 되는 이유를 다음의 요지로 설명했다.

소위 군부가 최 대통령의 국가긴급권 발동의 형식을 빌려서 비상계엄을 전국으로 확대 선포하도록 한 행위와 이러한 비상계엄을 유지한 행위는 모두 내란죄의 폭동에 해당한다. 그리고 그 이유는 비상계엄이 선포되면 행정기관과 사법기관이 군의 통제하에 들어가게 되고 군은 이를 계기로 전국에 계엄군을 배치할 수 있는 상황을 조성할 수 있으며 각종 포고령을 통해 국민의 기본권을 제약하고 자유로운 의사를 억압할 수 있는 상황이 조성되며 일체의 정치활동을 금지하고 이를 위반하는 경우에는 영장 없이 체포·구금하면서 언론에 대한 사전검열을 실시하여 언론의 자유를 말살하는 등으로 국가 전체가 위협적인 상황이 되기 때문이다.

변호인 측은 우선 비상계엄의 선포가 폭동에 해당된다는 주장에 반론을 제기했다. "폭동의 개념으로서의 폭행·협박은 상대방에 대한 위협적인 상황이 실제로 조성됐을 경우에 성립하는 것이지, 위협적인 상황이 조성될 가능성이 있는 것만으로는 성립되지 않는 것이다. 비상계엄이 선포됐다고 하더라도 위협적인 상황이 조성될 개연성이 있을 뿐이지, 실제로 위협적인 상황이 조성된 것은 아니다 … 가사 위협적인 상황이 조성된다고 하더라도 이는 계엄령이라는 법령과 제도 때문에 일어난 결과일 뿐.”이라고 주장했다.

정주교鄭柱教 변호사가 본격적인 반론에 나섰다.

검찰은 5.17조치가 내란이 되는 이유를 바로 이 조치로 인해 국민의 기본권이 제약될 수 있는 상황이 조성되었기 때문이라고 주장하고 있으나 이것은 엄청난 오류를 범하고 있는 것이다. 즉 검찰이 지적하고 있는 기본권을 제약할 수 있는 내용의 비상계엄은 1979년 10월 27일, 10.26 박 대통령 시해 사건 다음날에 이미 선포되어 있었다. 그리고 1980년 5월 17일 발표된 것은 헌법에서 정한 새로운 비상계엄의 선포가 아니라 계엄법에서 징힌 계엄 지역의 변경 공고에 불과한 깃이다. 이 공고의 내용은 이미 선포되어 있던 비상계엄 지역을 '제주도를 제외한 전국일원'에서 '제주도를 포함한 전국일원'으로 변경한, 즉 제외되었던 제주도가 포함되는 것에 불과한 것이었다. 따라서 5.17 조치로 인해 검찰이 주장하는 상황이 조성된 것은 전혀 없었다. 5.17조치로 인해 비상계엄의 효력이 변경된 것을 굳이 찾는다면 계엄사령관이 그동안 국방부장관의 지휘감독을 받다가 대통령의 직접 지휘감독을 받게 되었다는 것이 있을 뿐이다. 그러므로 5.17 조치로 인해 국민의 기본권이 제약될 수 있는 상황이 조성되었기 때문에 내란이 된다는 검찰의 논리는 도무지 성립될 수 없는 논리인 것이다.

정주교 변호사는 계속해서 최 대통령과 피고인들의 관계에 관해서도 검찰의 주장을 반박했다.

비상계엄 확대 선포를 내란이라고 한다면 내란행위자는 바로 그 비상계엄 확대를 선포한 사람이라고 해야 할 것이다. 그런데 비상계엄의 선포 권한은 헌법상 오로지 대통령 한 분에게 부여된 권한이다. 따라서 당시 비상계엄을 결정하고 선포할 수 있는 사람은 오로지 최규하 대통령 한 분뿐이었다. 실제로 1979년 10월 27일 선포된 비상계엄뿐만 아니라 1980년 5월 17일 선포된 비상계엄 확대 조치 역시 최 대통령의 결단에 의하여 이루어진 것이다. 따라서 이러한 비상계엄의 선포 행위를 내란이라고 한다면, 당연히 그와 같은 조치를 취한 최 대통령의 행위가 먼저 문제가 되어야 할 것이다. 혹시 최규하 대통령이 다른 사람들로부터 속거나 협박을 받아서 자신의 뜻과 달리 비상계엄 확대 조치를 선포하게 된 것이라면, 이러한 가정이 전제되어야만 비로소 그 다른 사람의 기망欺罔 행위나 협박 행위를 문제로 삼을 수 있다고 할 것이다. 그러므로 피고인들에게 비상계엄 확대 선포에 대한 책임을 묻기 위해서는 당연히 최 대통령의 선포 행위와 피고인들의 관계가 먼저 규명되어야 한다. 이러한 관계가 밝혀지기 전에는 최 대통령의 선포 행위를 가지고 비상계엄을 선포할 권한도 없고 책임도 없는 피고인들에게 그 책임을 물을 수 없다.

다른 사람의 행위를 이용해 범죄를 저지를 경우 두 사람 사이에는 두 가지 법적 관계가 가능하다고 한다. 즉 공범共犯과 간접정범間接正犯의 관계가 그것이다. 최 대통령이 피고인들과 계엄 확대 선포라는 범죄를 모의했다면 공범이 되는 것이고, 피고인들에게 협박당하거나 속아서 이것을 선포했다면 간접정범이 되는 것이다. 검찰 측은 이번에도 명확한 답변을 하지 못하고 최 대통령을 공범으로 기소한 것은 아니라는 입장표명만 하였다. 공범이 아니라면 최 대통령이 간접정범이라는 가능성만 남아 있었다. 피고인들이 최 대통령을 협박했거나 속여서 계엄을 확대 선포하게 했다는 가정이다. 그러나 당시 최 대통령이 피고인들로부터 협박을 받았다는 그 어떠한 흔적도 없었고 이점은 검찰도 인정하는 부분이다. 또 피고인들에게 속았다는 가정조차도 불가능했다. 여기서 '속았다'는 의미는 당시 정치 상황이 비상계엄을 확대할만한 사정이 아니었음에도 불구하고 피고인들이 마치 그 같은 상황이 조성된 것인 양 허위보고함으로써 대통령으로 하여금 비상조치가 필요하다고 인식하게 했다는 것이다. 더구나 이 가정은 사실상 최 대통령의 통치능력에 대한 직접적인 모독이기도 했다. 그런데도 결국 검찰의 주장은 내가 최 대통령을 속여서 계엄을 확대 선포하게 했으므로 내란의 책임을 져야 한다는 것이었다. 그러나 검찰의 이 주장은 앞에서 언급했듯이 당시 최 대통령의 민원비서관이었던 이원홍李元洪 증인의 진술에 의해 허구임이 드러난 바 있다.

이원홍 민원비서관의 증언에 대해 검찰은 다시 "비상계엄 전국확대를 임시 국무회의에서 결의하면서 아무런 반대 토론도 없이 만장일치로 결의한 사실은 무엇을 의미하느냐?"고 반문했다. 이 질문 속에는 당시 임시 국무회의가 군부의 강요나 협박을 받고 의결한 것이 아닌가 하는 검찰의 의심이 깃들어 있었을 것이다. 검찰의 이 의심에 대해서는 1심 제18차 공판 때 당시 국무회의를 주재했던 신현확 당시 국무총리가 그 이유를 명쾌하게 설명했다는 사실은 앞에서 언급한 바와 같다.

사실관계에 관한 정확한 증거나 증언, 자료에 의한 것이 아니고 단지 심증에 의지한 감정적 논리 방어가 불리해지자 검찰 측은 이번에는 10.26사건 다음날 이미 선포되어 있던 비상계엄을 유지시킨 일조차 내란죄에 해당한다는 억지 주장을 폈다. 비상계엄이 유지되는 동안에는 언제든지 계엄군이 출동할 수 있는 상황이 지속되기 때문에 폭동의 연장과 마찬가지라는 논리였다. 이 주장은 검찰이 권력의 주구 노릇을 했다는 사실을 웅변으로 입증해주는, 참으로 치졸하고 유치한 논리였다. 10.26 직후 나는 정승화 계엄사령관의 부하에 지나지 않았다. 10.26 이후 비상계엄이 지속된 데 대한 책임을 묻자면, 정승화 계엄사령관, 노재현 국방장관, 최규하 대통령에게 물어야 하는 것이다.

이 주장 역시 변호인 측의 날카로운 반론에 부딪치는 순간 설득력을 잃고 말았다. 정주교 변호사는 이렇게 검찰 측을 몰아세웠다.

계엄을 유지하였다는 뜻은 계엄을 해제하지 아니하였다는 것과 같은 말이다. 그러나 비상계엄을 해제할 수 있는 권한은 오로지 대통령 한 사람에게만 주어져 있다. 그리고 국회가 대통령에게 비상계엄의 해제를 요구할 수 있을 뿐이다. 따라서 합수본부장에게는 비상계엄을 해제할 권한도 없고 의무도 없다. 이와 같이 권한도 의무도 없는 사람에게 비상계엄을 해제하지 않았다고 그 책임을 묻는 것은 상식적으로도 납득할 수 없는 일이다. 검찰이 비상계엄의 유지를 폭동이라고 주장하는 것은 오로지 공소시효를 늘리기 위한 고육지책일 뿐이다.

그러자 검찰은 한 발 물러서면서 간접적이나마 검찰 측의 논리 구성에 많은 무리가 있었음을 시인했다. '한꺼번에 여러 가지 문제점을 제기한 탓으로 충분히 말씀을 드릴 수가 없고, 저희들이 이 주제에 대해서는 가장 역점을 두고 많은 연구를 했음에도 불구하고 이 법정에서 시간관계상 간단하게 언급할 수밖에 없는 점을 상당히 유감으로 생각한다. 오늘 이 자리에서 논쟁이 부족하면 재판이 끝난 이후에도 이 논쟁이 계속되기를 바라

며 … 변호인의 그 접근방식이 잘못되었다 이렇게 보고 있다'

이어서, 훗날 검찰총장까지 되었던 채동욱蔡東旭 검사가 보충답변에 나섰다. '비상계엄 확대 선포 유지 행위라는 것이 소위 내란죄에서 정하고 있는 폭동이 될 수 있느냐 하는 문제는 사실은 5.18사건에 있어서 가장 핵심적인 문제라고도 할 수 있다. 또한 그렇기 때문에 저희 검찰도 수사 과정에서나 또는 1, 2심 공판 과정에 이르기까지 가장 심혈을 기울여서 그 이론적 구성을 하려고 노력하였던 부분이다. 하지만 또 다른 한편으로는 변호인 여러분들께서 지적하시다시피 과연 대통령에 의한 비상계엄 확대 선포유지라는 것이 어떻게 폭동이 될 수 있는가라는 의구심이 없었던 것은 아니다. 그렇지만 검찰 입장에서 이 사건 수사를 해가는 과정에서 다음과 같은 백락에서 이 사건에 대한 비상계엄 확대 선포 유지 자체를 폭동으로 볼수밖에 없다라는 그러한 결론에 이르게 되었던 것이다."

채 검사의 이 말은 '역사바로세우기' 재판 자체가 검찰 측에도 곤혹스러운 과제를 던져준 무리수였다는 고백일 것이다. 이처럼 검찰 스스로 실토했듯이 비상계엄 확대가 왜 내란에 해당하는지 납득할 수 있게 설명해낼길이 없자 결국 검찰 측이 도깨비방망이라도 된다는 듯이 다시 끄집어낸것이 '접근방식'이라는 말이었다. 대통령이 이미 판결을 해놓은 재판을 마지못해 끌고 가야 했던 검찰이 궁여지책窮餘之策으로 만들어낸 것이었다.

정영일鄭永一 변호사가 다시 검찰의 아픈 곳을 파고들었다. "접근방식이라는 부분에 대해서 말씀드리고자 한다. 방금도 말씀하셨는데 첫 주제에서 재가가 필요하느냐 필요하지 않느냐가 문제가 되었을 때 반드시 재가가필요한 것은 아니다. 이것도 접근방식의 문제이다. 그리고 두 번째 주제에서도 간접정범이냐 아니냐를 따지니까 그것도 접근방식이 다르다. 중요한 쟁점이 나올 때마다 접근방식이 다르다고 하면서 표현이 정확할지 모르겠지만 피해 가시는데, 접근방식이 무엇인지, 형법에 접근방식이 있는 것도 아니고, 형사소송법에 접근방식이 있는 것도 아니고. 그래서 이것을 무슨 뜻으로 하시는 말씀인지 곰곰이 생각해봤는데, 제 생각에는 이 접근방식이라는 것이 검찰에서 유죄의 결론을 내려놓고 어쨌든 처벌해야 한다, 처단해야 한다, 이런 결론을 내려놓고 거기에 맞추어가는 접근방식, 여기에 안 맞으면 접근방식에 안 맞는 것이고 여기에 맞으면 접근방식이 맞는 것 아니냐는 의문이 들고. 또 한 가지는 그것을 생각하다보니까 검찰에서는 이 사건에 관해서 정치와 법을 혼동하고 있는 것이 아니냐. 전두환 피고인께서 집권에 이르는 과정에서 우리가 정치학 교과서에 써놓는 교과서대로 안 됐다, 정치적으로 정당한 절차가 아니었다는 문제와 그 과정에서 피고인들의 행위가 형법에 규정된 내란죄라든지 내란 목적 살인죄라든지 군 형법상의 군사반란죄라든지 여기에 해당되느냐 안 되느냐는 문제는 별개라고 생각한다. 그래서 이 부분이 엄격하게 구별되어야 될 텐데, 물론 검찰이 꼭 그렇다는 것은 아니지만 그 부분에 대해서 뭔가 혼동하고 있는 것이 아닌가 하는 이런 의문을 가져본다."

검찰이 수세에 몰리자 재판장은 서둘러 이 논쟁을 끝내려 했다. 이 대목에서 변호인과 검사는 이렇게 주고받았다.

이양우: 김상희 부장 또는 지금 검찰관께서 답변을 하는 것을 보면 핵심쟁점에 대해서는 답변을 회피하고 있다. 김상희 부장이 말씀하시다시피 본 건 내란 법리에 있어

서 최규하 대통령과 여기에 있는 피고인들과의 관계를 어떻게 설정하느냐 하는 것은 가장 핵심이 되는 쟁점이다. 지금 상 변호인 정 변호사가 말씀을 하셨습니다만 간접정범으로 보느냐 그렇지 않으면 공범으로 보느냐, 교사범으로 보느냐 이것은 굉장히 중요한 것인데 그것이 논점이 아니다 한다면 공소를 하지 말아야지 어떻게 그것을 공소를 하는가.

김상희: 재판장님 이의 있습니다. 검사가 지금 논점이 아니라고 이야기한 것이 아니라 접근방식이 저희들과 다르다고 하는 것인데 논점이 아니면 기소를 못하지요. 변호인 말씀이 맞지요. 검찰은 논점이 아니라는 말을 한 것이 아니라….

이양우: 그러니까 지금 저희들이 이야기하는 것은 어느 쪽이냐 명확한 답변을 달라는 것이다. 간접정범인가 아닌가 그것을 대답을 해달라는 것 아니냐.

검찰 측이 궁지에 몰리는 듯한 상황이 되자 재판장은 '오늘 오전 변론은 이것으로 마치도록 하겠다'라면서 서둘러 휴정을 선언했다. 변호인의 요청을 막아버린 이 한 마디야말로 이 재판의 성격, 이 법정이 가고 있는 목표가 어디인지 극명하게 보여주고 있었다. 검찰 측이 수세에 몰리면 심리를 중단해 변호인들의 변론 기회를 원천봉쇄하고는 했다. 1심 재판 때와 마찬가지 상황이었다.

검사와 변호인 간에 뜨거운 법리공방을 벌인 항소심도 1심과 같은 논지를 편 끝에 결국 "비상계엄의 선포는 그 후속조치와 불가분적으로 이어져 총체적으로 헌법기관을 강압할 수 있는 수단이 되므로, 이것은 폭동으로서의 협박행위가 될 수 있고 이러한 의미에서 폭동성을 갖는다고 말할 수 있다. 비상계엄의 이러한 폭동성은 비상계엄이 전국으로 확대될 경우에는 더욱 증대된다…'고 했고, 대법원도 '원심 판단은 정당하다'고 판시했다. 비상 계엄 선포를 의결하는 국무회의의 구성원인 국무위원도 아니고, 더더욱 계엄령 선포권자인 대통령도 아닌 나를 계엄 선포 책임자로 몰아붙인 것이다.

## 국보위 설치 및 운영과 국헌문란

1980년 5월 시국수습 방안의 하나로 국가보위비상대책위원회(국보위)가 설치돼 3개월간 운영되어온 문제와 관련해서 검찰은 국보위 설치 자체가 국헌문란이라고 주장했다. 검찰은 공소제기를 한 이유를 피고인들이 국헌문란의 목적으로 최 대통령을 통해 비상계엄 확대를 선포하게 한 후 국민의 기본권을 제약할 수 있는 위협적인 상황을 조성했고, 국보위를 통해 국정을 장악함으로써 대통령과 행정 각부를 무력화시킨 후 대통령으로 하여금 스스로 하야하게 한 다음 정권을 장악했기 때문이라고 했다. 송찬엽 宋讚燁 검사는 국보위의 설치와 운영이 형법91조의 국헌문란에 해당된다는 요지로 다음과 같이 주장했다.

국보위는 피고인들이 원래 유신헌법에 규정되었던 대통령의 긴급조치권에 의해 비상기구의 형태로 설치하려 했으나 최규하 대통령의 완강한 반대로 결국은 계엄법과 정부조직법에 따른 대통령의 자문보좌기구의 형식을 빌려 설치된 것이다 … 그 구성이 장관, 차관 및 행정부의 실무자를 제외하고는 모두 현역장성들로 구성되어 있다. 그리고 그와 같이 설치된 국보위는 대부분 전두환 피고인이 상임위원장으로 있던 상임위원회가 중심이 되어 운영되었다. 또 국보위는 비상사태에서 국가 안보와 사회질서 회복이라는 본래의 계엄 업무에서 벗어나 여론의 호응을 유도하기 위해 공직자 숙정, 언론인 해직, 교육정상화조치, 삼청교육, 부정불량식품과 약품 단속, 영세중소기업에 대한 입지 대책, 전과기록 말소, 수출입 절차 간소화 등의 조치를 추진하였다. 뿐만 아니라 국보위는 개헌 작업에도 관여하였다. 그렇다면 국보위는 단순히 대통령의 자문보좌기구에 불과했던 것이 아니라 비상기구 내지 혁명위원회처럼 운영됨으로써 국보위 상임위원회가 사실상 국무회의와 행정각부 그리고 국회를 통제하거나 그 기능을 대신함으로써 헌법기관인 국회, 행정부, 대통령을 무력화시키고 그 권능행사를 불가능하게 했다고 보아야 할 것이다. 결론적으로 국보위는 외관상 당시 헌법과 법률이 정한 테두리 내에서 대통령의 적법한 권한행사를 바라는 건의의 형식을 갖추었지만 설치 단계에서부터 대통령의 자문보좌기구로서 설치된 것이 아니라 헌법상 대통령에게 부여된 긴급조치권에 의한 비상권력기구로 설치되어 입법, 행정, 사법을 동제함으로써 대통령과 행정각부의 권능행사를 무력화할 의도로 그 계획을 수립하여 대통령에게 건의한 것이고 또 실제로 국보위 상임위원장으로서 국보위를 주도한 전두환 피고인이 대통령과 내각을 배제하고 국정을 좌지우지한 것으로 보아야 하기 때문에 국보위의 설치 및 운영이 내란행위가 된다고 본 것이다.

검찰 측의 이 논리에 대해 석진강 변호사가 반박에 나섰다.

국보위의 설립을 국헌문란에 연결시키기 위해서는 우선 국보위가 설립된 법률적 근거와 국보위의 조직 및 권한을 살펴보아야 한다. 또 국보위가 실제 운영면에 있어서 구체적인 국헌문란의 행위를 한 사실이 있는지 여부를 따져 보아야 할 것이다. 먼저 국보위는 계엄법 제9조, 제11조, 제12조와 정부조직법 제5조에 근거하여 설립되었다. 계엄법 제9조는 대통령이 계엄사령관을 지휘 감독한다는 내용이고 제11조와 제12조는 비상계엄 시 계엄사령관이 행정, 사법사무를 지휘 감독하는 내용이다. 이 것을 좀 더 구체적으로 설명한 것은 계엄법 시행령 제7조인데 그 내용은 대통령 또는 국방부장관이 계엄법 제9조의 규정에 의해 계엄사령관을 지휘감독함에 있어 국책 에 관계되는 사항은 국무회의에 부의하여야 하며 각 부처의 소관사무 중 중요한 사 무와 관련이 있는 사항은 그 주무부처 장관의 의견을 듣거나 협의하여야 한다고 규 정하고 있다. 그러니까 계엄을 하더라도 행정 각부의 의견을 충분히 존중하고 또 평 시와 마찬가지로 헌법 규정에 의해서 국무회의의 의결을 거쳐야 하는 것으로 규정하 고 있다. 또한 정부조직법 제5조는 행정기관에서는 그 소속 소관사무의 범위 아래에 서 필요한 때에는 대통령이 정하는 바에 의해서 시험, 연구, 문화, 공공시설 등 기타 자문기관들을 둘 수 있도록 규정하고 있다. 바로 국보위는 이와 같은 법률의 규정과 그 취지에 따라 구상되고 설치된 것이다. 실제로 국보위 설치령에 의하더라도 국보위 는 계엄 업무를 지휘하고 감독함에 있어 대통령을 보좌하고 대통령의 권한에 속하 는 국책사항을 심의하기 위한 것이라고 설치 목적을 명백히 밝히고 있다.

다음 국보위의 구성은 총리, 부총리, 각부장관, 내각에 속하는 정보부장, 비서실장, 계엄사령관, 합참의장, 각 군 참모총장, 보안사령관을 당연직으로 두고 있고 나머지 는 대통령에게 그 임명권한을 부여하고 있다. 또한 국보위는 대통령이 의장으로서 그 소집권한을 가지고 있으며 의제의 결정권한도 대통령에게 부여되어 있다. 그렇다 면 국보위의 설치 내용은 모두 대통령이 장악하고 있는 것이므로 국보위는 설치 목 적과 같이 비상계엄 업무의 기획과 집행 사무에 관한 보좌기구인 것이 명백한 것이 다. 이러한 조직을 보고 대통령 및 행정각부를 무력화시킬 목적으로 설치되었다는 것은 도저히 성립될 수 없는 논리인 것이다. 국보위의 업무는 모두 대통령에게 보고

되고 대통령의 승인하에 집행되었다. 검찰은 국보위가 불량식품 단속과 과외 금지 조치 등을 들고 있으나 이것은 국보위가 아이디어를 내서 그 집행은 전적으로 행정 각부에 의하여 이루어진 것이다. 또한 검찰은 공직자 숙정과 언론인 해직을 국보위를 통한 내란행위로 들고 있다. 그러나 공직자 숙정은 각 부처에서 부적격 공무원이라고 생각되는 명단을 작성해서 각 부처에서 사표를 종용하는 방법으로 집행된 것이다. 또한 언론인 해직 역시 국보위가 문공부와 각 언론기관을 통해 도저히 언론인으로서 부적격자로 판단되는 90명 내외의 명단을 작성해 각 언론사에게 통보한 것이다. 그런데 그 일이 추진되는 과정에서 문공부는 문공부대로 언론사는 언론사대로 그 인원을 부풀려 90명의 인원이 933명으로 늘어나게 된 것이다. 이러한 조치는 전부 대통령의 사전보고와 승인을 받고 행정각부와 협조를 통해 집행되었다. 따라서 국보위의 그와 같은 활동이 대통령이나 행정각부의 권능행사를 무력화시켰다는 것은 검사의 독단적인 상상에 불과한 것이다.

검찰과 변호인의 주장을 자세히 들여다보면 국보위의 설치 자체를 두고 그것이 내란이라고 다투는 것이 아니다. 공방의 요지는 바로 국보위의 실제 운영을 두고 각각 다른 평가를 내리고 있는 것이다. 즉 검찰은 국보위가 비록 헌법과 법률의 테두리 안에서 설치된 것이지만 그 기구를 설치한 동기가 대통령과 행정각부의 권한을 무력화시킬 목적으로 설치되었고 실제로 국보위의 여러 가지 조치로 인해 대통령과 행정각부가 무력화되었다고 주장하고 있다. 반면 변호인 측은 국보위의 운영은 헌법과 법률이 정한 바에 따라 집행되었으므로 적법한 것이라고 주장하고 있는 것이다.

변호인들의 반론에 부딪친 검찰(김상희 검사)은 결국 '국보위가 법률의 전체적인 테두리 안에서 설치되고 한 점을 부인하는 것은 아니다. 그러나 그 운영의 실질은 그렇지 않고, 껍질과 알맹이는 다르다 하는 차원에서 이 문제를 접근해야 한다…'는 논리를 들고 나왔다. 검찰은 법리 논쟁 과정에서 논리가 궁해지면, 논점의 핵심에서 벗어나 '접근방법을 달리해야 한다'거나 '색깔이 다르다'거나 '형식과 껍질을 보지 말고 실질과 알맹이를 보아야 한다'거나 하는 둔사遁辭를 내세워 피해가곤 했는데 이 문제에서도 마찬가지였다.

검찰은 우선 국보위와 관련한 다음의 두 가지 중요한 사실을 모두 인정했다. 첫째, 국보위가 그 형식면에서도 헌법과 법률에 의한 적법한 외관을 갖추었다는 것. 둘째, 국보위가 설치된 후 취한 모든 조치들도 그 자체로서는 결코 '국헌문란 행위'라고 볼 수 없다는 것이다. 검찰의 그 논리 속에는 두 가지 모순이 내포되어 있다.

첫 번째는 국보위의 설치가 엄연히 대통령의 승인을 받은 것임에도 불구하고 국보위로 인해 대통령이 무력화되었다는 주장이다. 두 번째는 국보위가 행한 모든 조치가 행정각부를 통해 시행되었음에도 불구하고 국보위가 행정각부를 무력화시켰다는 주장이다. 검찰 측이 인정한대로 국보위 설치 자체, 즉 국보위 존재 자체가 적법한 법률의 범위 안에서 이루어진 것이고 그 권한이 헌법과 법률에 의해 적법하게 부여된 것인데 국보위의 운영 과정이 어떻게 국헌문란이 될 수 있다는 것인가. 역대 모든 대통령하의 정부에서도 대통령 직속의 각종 위원회가 설치돼 대통령의 개혁 작업을 추진해왔다. 검찰의 논리에 따르면 어떤 기구도, 심지어 대통령의 통제하에 대통령을 보좌해 일을 수행한 기구도 이 같은 공소논리의 화살을 피할 길은 없어지는 셈이다. 국보위가 결정한 조치들을 실행하는 과정에서 최 대통령이 그 기구를 어떤 식으로 관할하고 통제했는지 아니면 실제로 누가 그 모든 결정과 실행을 관장했는지에 대한 세부적 논쟁, 즉 진실을 밝혀낼 수 있는 사실에 대한 검증 같은 것은 검찰에겐 아예 논의의 대상조차 되지 않아 보였다. 당시 헌법에는 대통령이 언제나 국회를 해산할 수 있는 권한을 가진 것으로 규정돼 있고, 또한 당시 정부 조직법에는 대통령 자문기구로서 어떠한 기구도 설치할 수 있도록 규정되어 있는 만큼, 국회를 해산하고 비상기구를 운영하는 계획을 마련하여 대통령에게 건의한 행위에 국헌문란의 목적이 있었다고 하는 것은 근거 없는 주장일 뿐이다.

### 계엄군이 시위를 진압하면 내란이 되는가

법적으로 내란이나 반란은 정부의 전복을 기도하거나 통치 권력에 무력으로 저항하는 행위를 말한다. 그러니 이 법정에서는 정부의 통치권에 저항해서 치안 부재 상황을 초래한 시위를 진압한 측의 행위가 내란이 되고 반란이 되는 법리法理의 전도顚倒가 발생했다. 그러므로 이 주제는 과연 검찰이 제시한 이 전도된 논리의 적법성을 묻는 치열한 논쟁일 수밖에 없었다.

송찬엽 검사는 계엄군의 시위 진압행위를 폭동과 반란으로 본 이유를 이렇게 설명했다.

검찰이 계엄군을 이용한 광주 시위 진압행위를 폭동으로 본 이유는 국헌문란 목적을 가진 피고인들이 그 정을 모르는 계엄군을 생명이 있는 도구로 이용하여 광주시민들의 시위를 진압함으로써 자신들의 국헌문란 목적을 달성하려는 것으로 보았기 때문이다. 그리고 이것을 반란으로 본 이유는 피고인들이 전국의 주요시설에 계엄군을 배치하고 주요 정치인과 재야인사들을 마구 체포·연행하여 국가권력에 반항하였고 이에 광주시민들이 시위의 방법으로 저항하자 병력을 동원하여 이를 제압하는 방법으로 또 국가권력에 반항한 것으로 보았기 때문이다. 따라서 다시 말하면 반란이란 폭행 협박으로 국권에 반항하는 일체 행위를 의미하고 여기서 국권은 대통령의 군 통수권뿐만 아니라 헌법에 규정된 국가권력 전체를 포함한다 할 것인데, 이 사건에서 피고인들은 자신들의 국정 장악이라는 목적을 달성하기 위해 병력을 동원하여 시위를 진압함으로써 주권자인 국민과 군 통수권자인 최규하 대통령의 의사에 반하였기 때문에 반란에 해당한다고 본 것이다.

검찰은 피고인들이 국헌문란의 목적을 가지고 시국수습방안을 실행에 옮기는 과정에서 필연적으로 받아야 할 광주시민들의 저항과 부딪히게 되자 무리하게 계엄군을 투입해 시위를 진압한 것이므로 광주시민의 저항을 제거한 그 자체가 내란에 해당한다고 주장했다. 말하자면 대규모 학생시위로 인한 치안부재와 과격한 노사분규로 인한 경기침체 그리고 북한의 심상 찮은 움직임 등 당시 정부가 총체적 국가위기로 판단하고 국가의 안전보장과 공공의 안녕질서를 유지하기 위해 취했던 모든 행위들을 내란으로 보고 그 조치에 저항하는 광주 시위를 정당한 행위로, 그 광주 시위에 대한 진압을 내란으로 규정했던 것이다. 검찰은 이와 같은 인식을 5.18에 대한 논쟁의 출발점으로 삼고 있었기 때문에 광주에서의 무장시위대에 대해서도 그 정당성을 인정하고 있었다. 검찰은 감정이 극도로 악화된 광주시민들이 이미 상당량의 총기와 실탄을 소지해 무력 저항을 시작한 상황에서 계엄군에게 무장시위대에 대한 진압을 지시하게 된다면 양자 간의 교전이 예상되는 상황이므로, 계엄군에게 무장 시위대의 진압을 지시한 것도 역시 내란에 해당한다고 주장했다. 이 말은 무장시위대의 폭력시위를 방치해야 했다는 것인데, 그렇게 되었다면 어떤 사태가 벌어졌을까. 폭동 사태가 인접지역으로 확산되어 내전으로 발전했을 것이다. 그들은 이미 폭력시위를 확산시키려는 확실한 계획을 갖고 있었고, 그러한 시도가 있었다.

검찰의 이러한 주장은 법리 이전에 일반 국민의 상식과도 맞지 않는 억지였다. 변호인들이 차례로 나서 검찰 주장의 작위성을 강도 높게 반박했다. 전상석 변호사는 '무력시위이건 평화시위이건 간에 그것이 국가와 사회의 안녕질서를 문란하게 하거나 파괴할 위험이 있다면 이를 진압하는 것은 국가의 책무이며 존재 목적이다. 그 진상도 명백하게 규정하지 않고, 그 시위 상황도 확정하지 않은 채 이를 진압한 행위를 반란이라고 단정하는 것은 국가의 존립 목적마저 망각한 강변強辯인 것'이라고 논박했다.

전창열全昌烈 변호사도 나서서 검찰의 주장이 어불성설語不成說임을 조목조목 지적했다.

시위진압은 국가의 안녕질서를 수호하여야 할 책무를 지고 있는 군 통수권자인 대통령이 계엄군에게 부여한 숭고한 임무였다. 군사반란의 보호법익保護法益은 대통령의 군 통수권과 공공의 평온과 안전인데, 당시 계엄군 누구도 대통령의 뜻에 반反한다거나 공공의 평온과 안전을 해치려는 생각에서 시위진압을 한 것이 아니다. 검찰은 광주 시위 진압행위가 최 대통령에게 무력으로 항거한 것이라고 하나 그것은 상식을 파괴하는 것이다. 당시 계엄군에게 시위진압의 임무를 부여하였던 이희성 계엄사령관이나 시위 현장에서 계엄군을 지휘하였던 현지 지휘관들이나 실제로 시위 진압의 임무를 수행하였던 계엄군 그 누구도 자신들의 행위가 최 대통령의 군 통수권에 저항하는 군사반란 행위라고 생각한 사람은 한 사람도 없었다. 또한 최 대통령은 광주 시위 진압작전을 자의自意로 재가하였을 뿐만 아니라 광주 현지에 내려와 광주 재진입작전에 대한 최종 상황 보고를 받았다. 따라서 광주 시위진압은 바로 최 대통령의 의사에 따른 것이다.

전창열 변호사는 또 계엄군의 시위진압 내용을 법적으로 평가할 때 '대법원이 정당행위正當行爲가 되기 위해 갖추어야 한다고 판시한 행위동기나 목적의 정당성正當性, 행위의 수단과 방법의 상당성相當性, 보호법익과 침해이익의 균형성均衡性·긴급성緊急性, 그 행위 이외의 다른 수단·방법이 없었다는 보충성補充性 등에 아무런 하자가 없는 만큼 정당행위가 분명하다.'고 주장했다.

첫째, 최 대통령이 국내외적 위기상황에 대처하기 위해 헌법 및 계엄법에 따라 계엄을 선포했고, 계엄사령관은 이에 따라 계엄법 및 국군조직법에 근거해 광주에 계엄군을 투입한 것이므로 이는 법령상의 근거가 있고, 또한 목적과 동기에 있어 정당성을 갖고 있는 직무행위인 것이고 둘째, 육군본부 단위에서는 소요사태가 발생할 때 시위진압 부대에 대해 충정작전을 하라는 단순한 임무부여 지시만 할 뿐, 구체적인 방법은 시위 현장 지휘관의 전적인 책임과 권한에 귀착되는 것이 군의 확립된 교리인 만큼 첫째, 전후방지역을 담당하고 있는 보병부대를 투입할 경우 그 지역의 방위력에 공백이 생기는 만큼 그 대신 기동부대로서 관할 지역이 없는 공수부대를 투입한 행위 둘째, 현장의 진압부대 장병들이 시위군중들의 차량 돌진 등으로 생명의 위협을 느끼는 긴박하고 공포스러운 상황에서 사격 등의 행위가 있었으나 이는 시위진압행위가 아닌 자위수단이었으므로 그 수단과 방법에 있어서 상당성이 있다고 하겠으며, 셋째, 시위 현장에 군을 투입함으로써 시위군중에게 피해가 갈 수 있지만, 공공의 안녕질서 국가안보에 대한 중대한 위협에 대처해야 한다는 절대적 명제가 있는 만큼 보호이익과 침해이익의 균형성과 긴급성을 인정할 수 있고, 넷째, 경찰력만으로는 한계를 느껴 군 병력을 출동하기에 이르렀고, 또 선무활동 등을 통해 자진해산을 종용한 사실이 있는 만큼 그 보충성이 인정된다.

이어서 석진강 변호사가 '시위진압 자체가 내란'이라는 검찰의 주장을 정면으로 치고 들어갔다. 계엄군의 광주 시위진압 자체를 불법으로 보는가, 아니면 시위진압 자체는 정당한 국가의 경찰 행위라고 보는가 하고 따졌다. 변호인들의 정연한 논리 전개와 예리한 질문으로 검찰은 시위진압 행위 자체가 내란이라는 주장을 고집할 수 없다고 판단했는지 '색깔 운운' 하는 생소한 논리를 들고 나왔다. 5.18사건의 주임검사인 김상희 검사가 '답변하겠다'며 길게 설명했다.

어느 지역에서 시위가 일어났을 경우에 계엄군을 투입해서 시위진압을 하는 것은 정당한 행위이고 정당한 국가권력의 행사. 피고인들에게 국헌문란의 목적이 있었다는 전제가 성립하지 않는다면 시위진압 행위가 폭동이나 반란이 될 수 없다. 그러나 피고인들은 시국수습방안이라는 계획에 동조하고 계획 작성에 적극적으로 가담하였기 때문에 이들이 한 시위 진압만은 폭동이 될 수 있다는 것이다. 아주 쉽게 말씀 드리면 피고인들은 시위진압이라는 같은 행위를 했다고 하더라도 피고인들의 머릿속의 색깔이 다른 사람들과 다르다는 것이다. 대대장이라든지 이 자리에 계시는 몇몇 피고인들 그분들은 정당한 과정을 거쳐서 국군 통수권자의 정당한 명령에 의해서 계엄 진압행위를 하는 것으로 알고 했다. 예컨대 박종규 대대장이라든지 박준병 사단장은 국헌문란 목적이 없다고 보았기 때문에 검찰이 기소를 못한 것이다. 이분들은 정당한 행위를 한 것이다. 그러나 국헌문란 목적으로 가득 차 있었던 피고인들은 그런 적법행위를 이용한 것이기 때문에 간접정범이라는 것이다.

변호인 측은 1심 재판의 시작부터 검찰에 대해 '내란'의 검찰 측 개념이 무엇인지 밝혀줄 것을 반복해 요구했었다. 그러나 검찰은 내란죄 기소 논리와 취지를 밝히지 않은 채 대답을 회피해오다 항소심 마지막 단계에서 법리 토론이 전개되면서 논리적 입지가 궁색해지자 '색깔'이라는 희한한 형법 용어를 창제創製해냄으로써 기소 논리의 근거로 삼은 것이다. 검찰의 논리를 따르면 나를 비롯한 피고인들은 '색깔이 다른 생각으로 시위를 진압했으니까 내란을 한 것이 되고, 그렇지 않은 계엄군은 시위를 진압했지만 죄가 없는 것'이 되는 것이다. 다시 말해 계엄군의 소요진압은 내란행위가 아니고 정당한 경찰 업무의 시행이었고, 5.18사태는 진압해야 할 시위였다는 것이 되는 것이다.

이러한 논리는 5.17 관련자에게는 내란죄를 적용하되 당시 광주에서 일어난 시위를 현장에서 진압한 현지 지휘관이나 병사들은 제외해야 한다는 필요성 때문에 나온 것이었다. 그리하여 '집권 의사'를 가지고 시위진압을 하면 내란죄가 구성되고, '집권 의사' 없이 시위진압을 하면 내란죄 구성이 되지 않는다는 절묘한 이중구조를 탄생시켰다. 불법한 시위를 내가 진압했다는 심히 모순되는 논리를 만들어내고 있었다. 아주 기발한 착상이고 희한한 논리였다. 이 이중논리에 따라 실제로 현장에서 시위 진압작전을 총지휘했고 초기 단계에 무리한 진압을 함으로써 시민폭동을 유발한 실질적 책임이 있는 정웅 31사단장과 윤흥정, 소준열 전교사령관은 책임이 없는 것이 되었고, 5.18과 직접적으로 아무런 관련이 없는 나를 '내란수괴'의 자리에 올려놓은 것이다. 이러한 결과는 5.18특별법의 입법과 재판이 '실체적 진실의 규명'과는 전혀 무관한, 단지 나와 노태우를 비롯한 5·6공 세력을 정치적으로 매장해버리겠다는 집권자의 뜻을 충실히 받드는 한바탕 굿판이었나는 사실을 극명하게 보여주고 있는 것이다. 그러니까 설사 이희성, 주영복, 권정달 등의 위증이 없었다 하더라도 어떠한 왜곡된 법리와 견강부회牽強附會를 동원해서라도 나를 유죄로 만들었을 것이다.

그러나 이 주제에 대한 법리공방에서 피고인이나 변호인 측이 거둔 수확도 분명히 있었다. 시위 진압행위 자체를 모두 내란으로 보는 것은 아니라고 검찰이 분명히 밝힌 사실이다. 오랜 세월 동안 광주사태를 진압했던 군인들에게 씌워졌던 '무고한 시민들을 살상했다'는 오해와 불명예를 법정에서 씻어낼 수 있었던 것이다. 또 한 가지 중요한 성과는 광주 시위 진압작전 중 검찰이 주장한 강경진압 명령 같은 것은 없었다는 사실이 밝혀진 점이었다. 하지만 나를 비롯한 피고인들은 같은 행동을 해도, 다른 사람들과는 색깔이 다른 행동을 하는 사람으로 규정되었다. 행위를 밝혀내 처벌하려는 의도대로 되지 않자 그들은 피고인들의 영혼 속을 들여다본 것처럼 주장하고 있는 것이다.

## 자위권 보유 천명 및 발동 지시가 발포 명령인가

검찰이 피고인들에게 살인죄를 적용하기 위해서는 발포 명령자를 찾아야 했다. 발포가 이뤄졌고 그로 인해 사람이 죽은 것이 사실이니 발포를 명령한 사람이 있을 것이고 그 발포 명령자는 피고인 가운데 있을 것이라는 가정하에 수사력을 집중했을 터였다. 그러나 발포 명령자의 존재는 어디에도 없었다. '발포 명령'이라는 것이 아예 없었다. 그러자 이번에는 '자위권 보유 천명'이라는 포괄적 개념 자체를 발포 명령으로 간주했다. 그리고는 이희성 계엄사령관이 발표한 자위권 보유 천명 담화를 발포 명령으로 몰아갔다. 나아가 자위권 보유 천명 담화와 나를 연결하려 했다.

검찰의 주장은 이희성 당시 계엄사령관이 5.18 특별법이 제정된 후 검찰 조사를 받으면서 책임전가를 위해 조작해낸 위증에 근거를 두고 있었다. 검찰은 5월 21일 이희성 계엄사령관이 발표한 '자위권 보유 천명' 담화를 발포 명령으로 간주하기 위해 이희성 계엄사령관은 단지 자위권 보유 천명 담화문의 형식적인 발표일 뿐이고, 배후에서 그 담화를 발표하게 하고 담화문을 만든 사람은 보안사령관이라는 논리를 폈다.

자위권 보유 천명은 이희성 당시 계엄사령관이 방송(라디오와 텔레비전) 생중계를 통해 광주시민들에게 이성 회복과 질서유지를 당부하고 5월 18일 발생한 광주지역의 난폭한 시위로 치안 상태가 몹시 어려워졌음을 상기시키면서 계엄군에는 치안유지를 위한 자위권이 있음을 경고한 담화문이다. 이 담화문은 계엄훈령 제11호로 계엄사령부로부터 예하부대에 하달된 '자위권 발동 지시'와는 성격이 다른 것이다. 즉 시위상황이 극한 상황으로 치닫자 예하부대의 부대장들이 지휘계통을 통해 자위권을 발동해도 좋으냐는 상부의 입장표명을 요구했고 그에 대해 계엄사령부에서는 한편으론 담화문을 통해 시민들에게 경고를 하며 계엄군에게 자위권이 있다는 사실을 천명하였고 또 한편으로는 계엄훈령에 의한 명령을 하달하여 자위권을 발동해도 좋으나 최대한 자제하라는 '제한적인 발동 지시'를 한 바 있었다.

그러나 검찰은 현장 지휘관과 관계자의 증언을 통해 밝혀진 이와 같은 진실을 외면한 채 자위권 보유 천명 담화와 자위권 발동 지시를 한데 묶어 그것을 곧 학살을 지시한 발포 명령으로 둔갑시켰다. 검찰 측 임성덕林成德 검사의 논리는 다음과 같다.

1980년 5월 20일 밤 광주역 앞에서 계엄군의 발포 상황이 발생하였고, 5월 21일 오후 1시경에는 전남도청 앞에서도 대규모 발포 상황이 발생했다. 그리고 시위내는 이미 광주를 비롯한 인근 지역의 경찰서, 지서, 파출소를 습격하여 총기와 실탄을 확보하여 무장 저항을 시작했다. 이러한 상황에서 피고인들은 광주 시위를 조속히 진압하기 위해서는 계엄군들에게 어떠한 명분으로든지 발포를 허용할 필요성을 느끼고 있었을 것이다. 이에 따라 5월 21일 오후 7시 30분 생방송을 통해 자위권 보유를 천명하는 경고문을 발표하고, 그날 오후 8시 30분경 진종채陳鍾埰 2군사령관을 통하여 자위권 행사를 지시하게 된 것이다. 이에 따라 광주 외곽에 배치되어 있던 계엄군들에게 실탄이 분배되었다. 그리하여 그때까지 자위권이 있는지도 모르고 있거나, 자위권의 존재를 알고 있었다고 하더라도 사실상 발포를 망설이고 있던 시위진압 현장의 계엄군들이 자위권 보유 천명과 자위권 발동 지시를 사실상 발포 명령으로 받아들여 발포를 시작한 것이다. 총기를 가진 군인들에게 자위권 발동을 촉구하면서 실탄을 분배하였다면 이것은 사실상 발포 명령이 아니고 무엇이겠는가. 자위권이라는 말은 사실상 발포 명령을 은폐하기 위한 허위주장에 불과한 것이다. 이러한 이유로 검찰은 피고인들이 자위권 보유 천명이나 자위권 발동 지시라는 명목으로 계엄군들에게 사실상 발포 명령을 하달하였다고 보게 된 것이다.

자위권이란 말단 보초가 필요시 행사할 수 있는 군대의 일상적 규범이며, 국민 누구나가 지닌 정당방위권과 다르지 않다. 서익원徐翼源 변호사는 자위권 보유 천명을 발포 명령이라고 주장하는 검찰의 주장은 법리상 오류라고 반론을 제기했다. 광주사태 당시의 발포 문제는 나에게 '학살자'라는 낙인을 찍어 국민의 공분을 일으키고 나를 역사에서 지을 수 없는 '악인'으로 만들기 위해 김영삼 정권과 검찰이 집요하게 매달린 문제였다. 서익원 변호사가 2심 법정에서 전개한 반론이 길지만 그 요지를 여기에 옮긴다.

- 이 사건에서 검찰이 사용하고 있는 발포 명령이라는 용어는 시위를 행하는 광주시민들에게 총을 쏘라는 명령으로 이해한 듯하다. 조금 더 법률적 표현을 쓰자면 광주시민을 살해해서라도 시위를 진압하도록 교사했다는 이야기이다. 오늘 접근방법이라는 문제가 많이 제기되었습니다만 저는 이 항목에 관한 한 법원이나 검찰의 접근 방법에 대해 많은 의문을 가지고 있다. 이 사건을 법적 원칙에 따라서 접근하려면 먼저 계엄군 중에 누가 어떤 상황에서 발포를 해서, 누구를 살해했는가를 규명하고 그 다음에 누가 이들에게 살해를 교사했는가를 밝혀내어 살인교사에 대한 혐의 유무를 판단했어야 했다. 수사기록에 의하면 검찰은 이러한 정석적인 수사방법에 의해 살인교사혐의자를 밝혀내지 아니하고 광주사태 당시 발포와 연관된 지시나 명령이 없었는가를 추적하여 결국 자위권 발동이라는 궁색한 구실을 찾아내는 변칙적인 수

사방법을 사용했다. 임성덕 검사는 변호사들이 자위권에 집착한다는 표현을 쓰셨습니다만 변호사들이 자위권에 집착한 일은 없다. 이 자위권이라는 이야기는 검찰에서 발포 명령의 구실로 찾아낸 것이지 변호사가 만들어낸 말이 아니다.

내란 목적 살인죄는 법정형이 사형과 무기징역밖에 없는 중죄 중의 중죄다. 이렇게 엄청난 죄에 관해 사실을 인정하고 법을 적용한 과정이나 방법이 너무나 주먹구구식이 아니었는가 하는 의구심을 저버릴 수가 없다. 실행행위가 특정되지도 아니했고 피교사자가 누구로부터 교사를 받았는지에 관한 교사자와 피교사자와의 관계도 규명되지 아니하였으며 자위권과 발포와의 인과관계도 밝혀지지 아니하였다. 이것은 이 사건이 얼마나 비법률적 사고에 의해서 심판되었는가를 단적으로 나타내는 대목이다.

변호인단의 공격이 거세지자 검찰은 진화에 나섰다. 검찰 측은 논리가 궁해질 때마다 항상 사용하던 '접근방식'이라는 표현을 또다시 들고 나왔다. 5.18사태 기간 중 자위권 발동 지시가 있었던 것이 사실이고 계엄군이 발포해 사람이 사망한 것 또한 사실이기 때문에 자위권 발동 지시를 발포 명령으로 보지 않을 수 없다는 것이었다.

서익원 변호사가 다시 반박하고 나섰다.

검찰은 자위권 보유 천명과 자위권 발동 지시 그리고 계엄훈령 11호를 이른바 발포 명령으로 해석했습니다만 원심은 자위권 보유 천명은 광주시민에 대한 담화이기 때문에 발포 명령이라고 보기는 어렵지만 자위권 발동 지시와 계엄훈령 11호는 제한적 의미의 발포 명령이라는 취지로 판시했다. 자위권 보유 천명이 발표된 경위는 기본적으로 사실인정에 대한 문제이기 때문에 이에 대해서는 말씀을 생략하겠다. 계엄사령부가 1980년 5월 21일 20시경 예하부대에 자위권 발동 명령을 내렸는가 하는 문제도 역시 사실인정에 관한 문제이기 때문에 이 자리에서 길게 설명드리지 않겠습니다만 결론만 말씀드리자면 원심은 지휘책임을 면하고자 하는 일부 현지 지휘관들의 자기면책적 발언에만 근거해서 사실을 인정했지만 당심當審 그리고 원심原審에 현출된 여러 증거에 의하면 그것은 2군사령부 또는 전교사령부 차원에서 내려간 지시일 뿐 계엄사령부는 아무 관련도 없음이 드러났다.

다음 자위권 발동 지시를 발포 명령으로 보는 이유에 대해서 말씀드리겠다. 이에 관한 원심의 판결요지를 보면 첫째, 국헌문란의 목적으로 시국수습방안을 실행에 옮기고 있던 피고인들로서는 그 실행과정에서 필연적으로 받아야 할 시민들의 저항을 희생이 따르더라도 조기에 진압할 절박한 필요성이 있었고 둘째, 시위대와 계엄군 간의 감정이 극도로 악화된 상태에서 자위권 발동을 지시하면 계엄훈령 11호 소정의 발동요건 및 방법에 관한 제한이 실제로 지켜질 수 없다는 점을 피고인들이 잘 알고 있었으며 셋째, 자위권의 존재를 잘 모르거나 그 존재를 알고 있었다고 하더라도 그 발동을 망설이고 있던 계엄군들에게 자위권 발동 지시가 제한적 의미의 발포 명령으로 받아들이게 되어서 무차별 사격을 감행하게 했다, 이러한 이유로 자위권 발동 지시를 발포 명령이라고 규정했다.

이에 대해서 쟁점별로 살펴보겠다. 첫 번째, 시국수습방안의 실행에 시민들의 저항을 필연적으로 받는 것인가, 또 피고인들이 이 점을 인식하고 있었는가에 관해서 이건 기록 어디에도 피고인들이 시국수습방안의 실천 과정에 시민들의 저항을 예상했다거나 이에 대한 강경 진압을 계획했다는 흔적은 없다. 광주사태는 초기에 시위 진압

과정에서 잘못되어서 아무도 예상하지 못한 의외의 사태로 악화되어 갔던 것이지 피고인들이나 정부가 처음부터 상정했던 상황은 아니었다. 그동안 많은 시위가 계엄령 선포로 진정되었다는 역사적 경험과 광주시 이외의 어느 지역에서도 우려할만한 시위사태가 없었다는 사실로 미루어볼 때 광주시민들의 완강한 저항을 피고인들이 처음부터 예상했었다는 원심판결의 논리적 전개는 성립될 수 없다. 두 번째, 피고인들이 광주시민들의 시위를 희생이 따르더라도 조기진압해야 할 필요성을 가지고 있었는가 여부다. 광주시위의 조기수습은 피고인들은 물론 국민과 정부당국 모두가 원하는 바였기 때문에 문제는 피고인들이 광주시민의 인명피해를 무릅쓰고라도 조기진압을 서둘렀는가의 문제로 귀착된다. 그러나 기록을 아무리 살펴보아도 피고인들이 광주시민의 인명손실을 감수하면서 조기진압을 우선순위에 두었다는 증거는 찾아볼 수 없다. 아까 임성덕 검사가 내란 목적 살인의 인정증거로 말씀하신 계엄군의 승파를 강경 진압이라는 측면에서 보고 있는 것은 옳지 못하다. 계엄사령부가 2개 공수여단과 20사단의 증파를 결정한 것은 무력 과시와 효율적 진압을 통해서 광주시민들의 투지를 진정시킴으로써 사태를 무력충돌 없이 수습하려 했던 것임을 부인해서는 안 될 것이다. 그밖에 계속된 선무공작과 시위대와의 대화 노력이 이루어졌던 사실, 계엄군으로서는 치욕적인 무정부 상태를 감수하면서도 시민들과의 충돌을 피하고자 시 외곽으로 철수를 결정했던 사실, 인명피해의 극소화를 위해서 광주 재진입작전의 시기를 몇 차례 늦추었던 사실을 종합하면 계엄당국이 피해 방지를 최우선의 가치로 했던 점은 인정하지 않으면 안 된다.

세 번째, 자위권 발동의 요건과 방법 등을 제한했다고 하더라도 당시의 악화된 시위 양상으로 보아서 제한적인 사격이 불가능한 상황이 아니었느냐 이런 점을 피고인들이 인식했을 것이라는 원심판시는 천만부당千萬不當한 가설입니다. 자위권 행사를 규제하는 지시는 엄격한 명령이었다. 그것이 지켜지지 아니할 것이라는 추정은 어떤 명분이라도 준수할 수 있도록 훈련된 군조직의 특수성을 망각한 견해에 불과하다. 뿐만 아니라 시민은 전쟁이 아니어서 무차별 사격이 허용되지 아니한다는 것은 이미 계엄군들도 일반적으로 인식하고 있는 터이기 때문에 자위권 행사를 규제하는 명령이 그대로 이행되지 아니하리라고 생각한다는 것은 결과와 원인을 혼동한 논리 구성이다. 따라서 자위권 행사의 제한을 넘어서 무차별 사격을 자행했다면 그것은 행위자별로 책임져야 할 사항이다. 강력사범 등을 검거할 때 총기 사용까지 허용한다는 경찰청장의 지시가 그동안 몇 차례 있었습니다만 경찰관이 총기 사용상의 제한을 위반해서 사람을 살상하였을 경우 경찰청장이 살인의 책임까지 져야 한다면 그것은 명백히 책임원리에 반하는 일이다.

네 번째, 자위권 발동 지시는 자위권이 있음을 잘 모르거나 그 행사를 망설이는 계엄군들에게는 발포 명령으로 받아들여졌을 것이라는 원심판시 역시 근거 없는 가설에 불과하다. 여기에서 말하는 자위권이라는 것은 그 법규정이나 이론적 개념을 뜻하는 것이 아니다. 스스로의 생명을 지키기 위해서는 자위 수단을 동원할 수도 있다는 상식적인 개념으로 이해해야 할 것이고 이러한 정도는 모든 계엄군들이 막연하게나마 거의 본능적으로 인식하고 있다고 해석해도 무리가 아닐 것이다. 또 자위권은 상급자가 부여하는 창설적인 권리가 아니라 군인이 본래적으로 가지고 있는 고유권한이기 때문에 자위권 행사 지시는 이미 존재하는 권리의 존재를 소극적으로 확인시켜주는 행위에 불과하다. 원심 또는 검찰의 판단대로라라면 이미 자위권을 행사하고 있거나 그 행사를 결정했던 계엄군들에게 자위권 발동 지시가 무슨 의미를 가지고 있는지 이해할 수 없다. 또 원심 및 당심 법정에서 현출된 바도 있습니다만 계엄사에서 자위권 발동 지시가 있었는가 여부조차 전혀 모르고 있었던 계엄군들이 대부분이다. 그러면 이들에게 자위권 발동 지시라는 것이 어떤 법률적 효력을 갖는다는 것인지 도무지 이해할 수 없다. 검찰의 주장대로 모든 사실을 인정한다고 하더라도 법률적으로 철저하려면 자위권 행사 지시를 발포 명령으로 받아들인 계엄군과 받아들일 여지가 없었던 계엄군으로 나누어서 법적용을 달리 했어야 마땅할 것이다.

마지막으로 무엇보다도 자위권 행사 지시와 발포 명령과의 법률적 의미가 다르다는 점을 말씀드리지 않을 수 없다. 자위권은 스스로를 지키기 위해서 행사되는 방어적 권리로서 그것은 방어적, 수세적, 소극적 권리라는 특성을 가지고 있고 발포 명령이라는 것은 작전용어로는 사격 명령에 해당됩니다만 공격적, 적극적, 작전적 개념으로 해석된다. 자위권은 자기방어에 필요한 범위 내에서 행사되는 제한적 의미의 권리인 반면에 발포 명령이란 조건이나 방법이 특정되지 아니한 포괄적 개념으로 보아야 한다. 이처럼 자위권과 발포 명령은 그 권리의 성격, 대상, 범위, 발동 조건 등에서 엄격하게 구분되는 것이기 때문에 어떤 경우에도 이 두 개의 권리가 혼동되어서는 안 될 것이다.

검찰 측은 1심 재판에서 그들의 주장들이 사건 당시 현장지휘관들의 생생한 증언을 통해 모두 사실이 아닌 것으로 밝혀졌음에도 불구하고 어떤 명백한 증거나 근거를 대지 못한 채 주먹구구식 추측만을 늘어놓았다. "계엄군은 이미 시위대가 무장 대응을 해올 것을 예상하고 강경진압을 계속했고 … 군의 생명인 명령복종이 어떤 암암리적인 묵시에 의해 이행되었을 것이며 … 인명의 살상은 경시하고 무조건 조기진압만을 목표로 했다…"는 내용의 주장만을 되풀이했다.

변호인의 변론과 여러 증인의 증언을 통해서 자위권 보유 천명 지시가 발포 명령을 의미하지 않는다는 것, 또 자위권 발동 지시 외에는 그 어떤 발포 명령도 없었음이 분명히 밝혀졌다. 또한 '자위권 행사'란 지휘관의 발포 명령 없이도 개개인의 정당방위 차원에서 행사할 수 있는 군의 고유권한이며 이 일로 만약 책임이 제기된다면 그 책임은 전적으로 실탄 통제권을 지닌 현지 지휘관과 발포한 자 개인에게 있다는 것이 군의 대원칙이라는 것도 명료하게 확인되었다.

하지만 검찰은 다시 껍질이니, 알맹이니 하는 얼토당토않은 억지 논리를 꺼냈다. 김상희 검사의 주장이다.

오전부터 제가 주장한 뜻이 전달됐다고 보는데 껍질과 내용물, 형식과 내용이 있으면 그 실질을 보자는 것이다 … 자위권 보유 천명이 텔레비전으로 나오고 자위권 발동 지시 공문이 내려오고 어떻든 자위권 보유 천명으로 내려왔고 또 현지에서는 군인에게 실탄이 분배됐다면 그것을 받아들이는 군인들이 어떻게 받아들여졌을 것이냐 하는 것이다. 피고인들이나 변호인들은 원심법정을 비롯해서 오늘 이 순간까지도 자위권을 행사하자고 하는 것이 무엇이 나쁘냐, 제가 모두冒頭에 지적한 바와 같이 자위권이라는 용어에 너무 집착하는 것은 그 자체가 자위권 보유 천명과 실탄 분배가 현지에서 엄청나게 위험한 결과를 가져올 수 있다는 것을 인식하였기 때문에 도리어 위와 같은 논리가 아니냐, 저는 이렇게 보는 것이고, 그것은 빗장이 꼭 잠겨 있는데 어떤 명분으로든지 조금은 풀어주어야 하는데 풀어줄 것이 있느냐, 엄청난 결과로 발생된다는데 또 강력사건에 대해서 경찰이 총기 사용을 할 수 있다 하는 경고를 하는 것과 같은 차원이다 하는 것은 제가 긴 이야기를 하지 않겠지만 이 사건의 상황에 비추어서 그것은 적절한 예가 된다고 보기가 어렵다고 본다.

이에 대해 서익원 변호인은 다시 자위권 보유 천명과 실탄 분배 사이의 인과관계가 증명이 돼야지, 그것을 발포 명령으로 이해할 수도 있다는 이

유만으로 형사책임을 물을 수는 없는 것이라고 반박했다. 이번엔 이진강李
鎭江 변호사가 나섰다.

자위권 보유 천명과 지위권 행사 지시가 어떠한 의미를 갖고 있느냐 하는 문제점을
파악하려면 그 전 단계에 발포가 있었느냐 없었느냐 하는 점을 파악해야 되는 것이
다. 우선 광주사태 기간 중 계엄군에 의해서 발포 행위가 언제부터 이루어졌고 어떠
한 상황에서 이루어졌는지 간략하게 말씀드리겠다. 최초에 계엄군에 의한 발포는
1980년 5월 19일 19시경에 사직공원을 수색하고 있던 11공수여단 63대대에 배속
되어 있던 장갑차가 광주고등학교 부근에 이르렀을 때 시위대가 장갑차를 포위 공격
하면서 불붙은 짚단을 그 장갑차에 던져서 불이 붙자 그 장갑차에 타고 있던 한 장교
기 門을 열고 공포를 쏘고 다시 위협사격하는 과정에서 주위에 있던 고등학교 학생
1명이 총격을 받아서 부상당했던 것이 최초의 발포였다. 그리고 그 다음날인 5월 20
일 23시경 3공수여단이 광주역 일대에서 시위대와 공방을 벌이던 중에 트럭과 버스
등 시위대의 차량 돌진 공격으로 사상자가 발생하자 3공수여단장이 경계용 실탄을
예하부대에 전달하고 대대장은 이를 장교 위주로 분배해서 그 사람들이 돌진하는
차량을 향해서 발포하였고 또 광주역으로 실탄을 전달하러 가던 특공지원자가 시위
대와 마주쳐서 진로가 막히자 위협사격을 했던 것이 두 번째 발포다. 그리고 5월 21
일 오전 전남대학 앞에서 장갑차, 경찰 가스차와 시위대의 차량돌진 공격에 대응해
서 그 차량에 계엄군들이 발포하는 것이 3회째의 발포다. 그리고 제일 중요한 것이 5
월 21일 오전부터 16시까지 사이에 전남도청 앞에서 시위대와 계엄군 간에 있었던
속칭 대규모 발포 등으로서 특히 전남도청 앞에서의 발포는 현지 지휘관은 공수부
대 대대장들이 차량돌진 등 위협적인 공격을 해오는 시위대에 대응해서 경계용 실탄
을 분배함으로써 이를 분배받은 계엄군들이 방어적으로 발포를 했던 그런 사항이다.

이런 발포 사항과 관련해서 특히 중요했던 것은 그날 5월 21일 16시경 이러한 어려운 상황에 처해 있던 공수부대의 11여단 공수여단장이었던 최웅 여단장이 전교사령관으로부터 철수 승인을 받는 과정에서 자위권 발동 승인을 받아냈다는 점이다. 지금까지 제가 말씀드린 사항은 계엄당국에서 5월 21일 19시 35분경 계엄사령관의 담화 발표로 방송이 되었던 자위권 보유 천명 담화 발표와는 전혀 관계없이 이루어졌던 계엄군들이 현지 위급한 상황에서 어쩔 수 없이 이루어졌던 상황이다. 이러한 상황에 비추어볼 때 과연 계엄사령관의 자위권 보유 천명 담화와 그 이후의 어떤 계통으로 내려갔는지는 확인이 안 되지만 그 이후의 자위권 발동 지시 등이 과연 어떤 의미를 갖고 있는 것이냐, 검찰에서 말하는 발포 명령으로 보아서 광주 시위대들을 무차별로 공격해서 살상하라는 명령으로 볼 수 있느냐 하는 점을 다시 한번 생각해 보아야 될 것이다.

항소심 재판부도 검찰이 주장한 자위권 보유 천명 담화문과 자위권 발동 지시에 해당하는 계엄훈령 제11호를 '발포 명령'으로 볼 수 없다고 판단했다.

자위권의 발동 지시에 피고인 전두환, 이희성, 주영복이 관여한 것이 사실이라 하여도 과연 자위권의 발동 지시를 사실상의 발포 명령이라고 볼 수 있는지에 대하여 살펴본다. 자위권 보유 천명의 담화문이나 계엄훈령 제11호의 내용 자체에는 위에서 분석하여 드러난 바와 같은 '무장 시위대가 아닌 사람들에게까지 발포하여도 좋다'라고 볼 만한 것이 전혀 없다. 우선 자위권 보유 천명의 담화문의 내용을 보면

전두환 회고록 3권. 황야에 서다

'광주시민들의 이성 회복과 질서유지를 당부하고 지난 5.18에 발생한 광주지역의 난폭한 시위가 치안질서를 매우 어렵게 하고 있으며, 계엄군은 폭력으로 국내 치안을 어지럽히는 행위에 대하여는 부득이 자위를 위해 필요한 조치를 취할 수 있는 권한을 보유하고 있음을 경고합니다'로 되어 있고 계엄훈령 제11호의 내용도 자위권을 '국가의 안전과 국민의 생명 및 재산을 보호함에 있어 급박 부당한 위해를 제거하기 위하여 부득이 실력을 행사하여 방위하는 권리'라고 정의하고, 자위권 발동 대상을 '무기, 폭발물, 화염병, 흉기를 소지하고 건물이나 무기를 탈취, 점거, 파괴, 방화하고자 하는 자'에 한정하고, 자위권 발동 시기는 ① 군부대, 경찰관서, 공공기관 및 국가보안목표 등을 보호함에 있어 폭도들이 무기 또는 위험물을 사용 침투해옴으로써 무기를 사용하지 아니하면 진압 방법이 없을 경우와 ② 국민 또는 출동병력의 신체와 생명을 보호함에 있어 그 정황이 급박할 경우 등으로 정하고, 자위권 발동 방법으로 '경고를 발하고 3회 이상의 정지를 명할 것, 가능한 한 위협발사를 하여 해산시킬 것, 정황이 급박하더라도 생명에 지장이 없는 신체부위를 사격할 것(하퇴부), 선량한 주민에게 피해가 없도록 유의할 것' 등으로 되어 있어 이들의 취지를 '무장시위대가 아닌 사람들에게까지 발포하여도 좋다'고 한 것으로 볼 수는 도저히 없으며 이들을 그러한 취지로 해석하여야 할 다른 자료가 있는 것도 아니다 … 위수령 제15조 제1항과 계엄훈령 제11호의 내용에 의하면 자위권 행사란 곧 형법상 정당방위로 해석되고 이러한 자위권을 발동하는 것은 특별한 명령을 기다리지 않고도 할 수 있는 것이므로 이러한 경우에는 따로 발포 명령을 할 필요가 없는 것이다. 위수령 제15조 제1항과 계엄훈령 제11호의 내용은 자위권을 남용하지 않도록 제한하는 것에 불과하다. 그러므로 자위권의 발동 지시를 발포 명령이라고 보아야 한다는 검사의 주장은 이유 없다.

항소심 재판부의 이러한 판시에 따라 나와 국군 장병들은 '무차별 발포'
니 '사살 명령'이니 '학살'이니 하는 억울한 비난에서는 벗어나게 되었다. 그
렇다고 해서 나와 피고인들의 내란 목적 살인의 누명이 해소된 것은 아니
었다. 자위권 보유 천명과 자위권 발동 지시를 통해 발포 명령의 근거를 찾
아낼 수 없었던 재판부는 놀랍게도 '광주 재진입작전'을 발포 명령으로 간
주해 나에게 또다시 내란 목적 살인죄를 적용했던 것이다.

## 성공한 쿠데타를 처벌할 수 있는가

12.12가 군사반란인가, 군사반란이라면 법에 따라 처벌해야 하는가에
대한 사법적 판단과 결정은 1994년 10월 29일 검찰의 발표로 밝혀졌다. 검
찰은 이 발표에서 12.12를 군사반란으로 판단하면서도 기소는 하지 않았
다. 이른바 '성공한 쿠데타는 처벌할 수 없다'는 논리였다. 이러한 검찰 처
분에 대해 변호인단은 즉각 의견서를 발표하고, '12.12는 군사반란이 될 수
없고, 따라서 기소유예가 아니라 공소기각을 해야 한다'고 주장했다. 이에
반해 고소고발인 측은 검찰의 기소유예 조치가 부당하다며 헌법재판소에
헌법소원을 내는 등 반발했다. 이 상반된 주장은 5.18특별법에 의한 재판
과정에서 또다시 첨예하게 부딪치게 되지만, 1994년 10월 검찰 발표 내용
이 매우 상세하게 논급하고 있어서 우선 그 내용을 간추려본다.

검찰은 우선 12.12를 군사반란으로 보았지만 내란은 아니라고 판단했
다. 검찰은 '수사 결과 이 사건의 사전 모의 및 준비과정을 살펴볼 때, 또
이 사건의 실행 경위를 보더라도 이 사건은 … 전두환 합수본부장이 …
정 총장의 10.26사건 관련 혐의를 수사한다는 명목으로 정 총장을 제거하
여 군의 주도권을 장악함으로써 … 사전 계획 하에 실행된 군사반란 사건
임이 명백하다 할 것'이라고 판단했다. 그러나 '12.12사건은 대규모 병력이

동원되는 등 폭동의 외관을 갖추고 있어 내란의 객관적 구성 요건은 충족하나 … 국헌문란의 목적이 있었다고 할 수 없고 … 당시의 대통령과 국무총리 등 헌법기관이 그대로 유지된 점에 비추어 그것만으로는 국헌문란의 목적이 있었다고 보기 어렵고 … 내란, 내란 목적 살인 등은 성립되지 않는다'고 결론지었다.

이러한 결론에 따라 검찰은 '피의자들의 내란·내란 목적 살인 등의 점은 범죄 혐의 없음' 처분을 내리고, 아울러 '피의자들의 반란 등의 점은 혐의가 인정되나 다음과 같은 이유로 기소유예 처분함이 상당하다'고 했다. 검찰은 기소유예 처분의 이유로 다음과 같이 주장했다.

피의자들이 하극상에 의한 군사반란 사건을 일으킴으로써 우리 헌정사를 후퇴시켰고, 지금도 이 사건의 정당성을 주장하고 있음에도 불구하고 이들을 관용하는 것은 정의에 반하고 국민의 법 감정상으로도 용납되지 아니하므로, 이들을 공소제기하여 잘못된 과거를 청산함으로써, 우리 사회에 법과 정의가 살아 있음을 보여주고, 나아가 제2, 제3의 불법적 군사행동이나 하극상 사건의 재발을 방지하여야 한다는 견해도 있음. 그러나, 피의자들을 기소하는 경우, 재판 과정에서 과거사가 반복 거론되고 법적 논쟁이 계속되어 국론 분열과 대립 양상을 재연함으로써 불필요하게 국력을 소모할 우려가 있고, 이러한 혼란상은 결국 장래적으로 국가 안정을 저해하고, 자칫하면 국가 발전에도 지장을 초래하는 결과를 야기할 수 있음을 고려하지 아니할 수 없음. 또한, 검찰이 이 사건의 진상을 철저히 규명하고 그것이 범법행위이었음을 명백히 인정한 이상 불행하였던 과거를 청산하고 불법적 실력행사를 경고하는 냉엄한 역사적 교훈을 남겨 역사 발전의 계기가 될 것이므로, 이 사건에 대한 역사적인 평가는 후세에 맡기고 관련자들에 대한 사법적 판단은 이번 검찰의 결정으로 마무리하는 것이 바람직하다고 할 것이며, 대다수 국민들도 더 이상 지난 일로 갈등과 반목을 지속하여 국가적 혼란을 초래함으로써 국가발전에 지장을 주는 것을 바라지 아니할 것임.

한편, 피의자들이 지난 14년간 우리나라를 통치하면서 나름대로 국가발전에 기여한 면이 있음을 인정하지 아니할 수 없고, 이 사건이 선거 쟁점으로 부각되었던 제13대 대통령선거에서 이 사건의 주역의 한 사람인 대통령 후보가 당선되고, 이른바 5공 청문회를 거치는 등으로 이미 국민적 심판을 받았다고도 볼 수 있으며, 특히 전직 대통령 등을 법정에 세워 단죄하는 경우에는, 그동안 형성된 제반 기성 질서와 관련하여 국민들에게 심정적으로 혼돈을 느끼게 할 우려가 있는 점 등 여러 가지 정황도 참작하지 아니할 수 없음.

아울러 지금은 전 국민이 힘을 합쳐 치열한 국제 경쟁을 이겨내고 숙원인 남북통일에 대비해야 할 시기고, 이러한 시기에 그 어떤 명제보다도 가장 절실히 요구되는 것은 국민 화합을 토대로 정치와 사회의 안정을 기하고, 이를 바탕으로 국가경쟁력을 강화하여 지속적인 국가발전을 도모하는 것이며, 이러한 시점에서 과거에 집착하여 미래를 그르치는 것은 결코 바람직하지 아니하다는 점을 심각하게 고려하지 아니할 수 없는 것임.

이에 어떤 결정을 하는 것이 국가의 장래를 위하여 최선인가 하는 관점에서 위와 같은 제반 요소를 종합적으로 검토한 결과 사회 안정과 국가발전을 위하여 피의자들에 대한 소추 처분을 유예하기로 결정함.

검찰의 이 발표가 있은 직후인 1994년 11월 21일 김태현金兌鉉 전 대법원 판사는 『법률신문』에 기고한 글에서 "쿠데타 등이 실패하였을 때에는 쿠데타의 주역들은 반역죄로 처단되는 것이나, 성공하였을 때에는 기존 질서를 타파한 실력 상태가 새 질서 건설의 초석으로 법적 인증을 받게 되므로 실력 상태의 주역들, 즉 쿠데타의 주역들을 반역죄로 처단할 수 없다. 이는 실력 지배 상태에 대한 법의 공순성恭順性이며, 법의 이념의 하나인 법적 안정성에서 오는 귀결.'이라고 말했다. 김 전 대법원 판사는 이 글에서 외국 법학자들의 이론들을 소개하면서 "쿠데타가 성공하였을 때는 기존 질서를 파괴한 실력 상태가 법적 인증을 받게 된다는 결론에 이의를 제기하는 법률학자는 없는 셈."이라고 밝혔다. 김 전 대법원판사는 또 검찰의 처분과 관련해서는 "12.12사태를 하극상에 의한 쿠데타적 반란 사건이라고 규정하는 것 같은데 위 규정이, 첫째 성공한 쿠데타의 실력 상태라는 뜻이라면 12.12사태의 주역들은 죄인이 될 수 없고 따라서 처벌할 수 없다. 둘째 위 실력 상태 그 자체는 아니지만 이에 순하는 상태라는 뜻이라면 위 주역들은 범죄인이 되나 처벌 가치는 없는 경우에 해당할 수 있다. 그러므로 검찰 당국이 12.12사태를 성공한 쿠데타의 실력 상태로 보았다면 그 주역들을 처벌할 수 없기 때문에 공소권 없음을 이유로 불기소하여야 하고 쿠데타의 실력 상태에 준하는 상태로 보았다면 기소유예함직도 하다."고 말했다. 5.18특별법에 의한 공판에서 변호인들도 "피고인들의 행위가 가사 반란과 내란에 형식적으로 해당한다 해도 실제로는 정당한 행위로서 이른바 '성공한 쿠데타'에 해당하므로 처벌할 수 없다."고 주장했다.

이에 대해 항소심 재판부는 '자연법은 만고불변萬古不變의 것'이고 '자연법에 부합하는 내용의 헌법과 법률만이 정당성을 갖게 된다'면서 '쿠데타 정권의 합법성과 쿠데타 행위 자체의 범죄성의 문제는 구별하여야 한다. 쿠데타 정권이 전면적이든 부분적이든 합법성을 부여받는다고 하여 쿠데타 정권을 탄생시킨 반란 또는 내란의 범죄행위적 본질이 소멸되는 것은 아니다'라고 판단했다.

대법원 역시 군사반란과 내란행위는 처벌 대상이 된다고 판시했다. "군사반란과 내란을 통해 폭력으로, 헌법에 의하여 설치된 국가기관의 권능행사를 사실상 불가능하게 하고 정권을 장악한 후, 국민투표를 거쳐 헌법을 개정하고 개정된 헌법에 따라 국가를 통치해왔다고 하더라도 그 군사반란과 내란을 통해 새로운 법질서를 수립한 것이라고 할 수 없다. 우리나라 헌법질서 아래서는 헌법에 정한 민주적 절차에 의하지 않고 폭력에 의해 헌법기관의 권능행사를 불가능하게 하거나 정권을 장악하는 행위는 어떠한 경우에도 용인될 수 없으며, 따라서 그 군사반란과 내란행위는 처벌의 대상이 된다…."는 것이다.

그러나 대법원의 심리 과정에서도 소수의견이었지만 "군사반란 및 내란행위에 의해 정권을 장악한 후 이를 토대로 헌법상 통치체제의 권력구조를 변혁하고, 대통령, 국회 등 통치권의 중추인 국가기관을 새로 구성하거나 선출하는 내용의 헌법 개정이 국민투표를 거쳐 이루어지고, 그 개정 헌법에 의해 대통령이 새로 선출되고 국회가 새로 구성되는 등 통치권의 담당자가 교체되었다면, 이는 과거의 헌정질서와는 단절된 제5공화국의 새로운 헌정질서가 출범했고, 국민이 이를 수용했음을 의미한다고 할 것이고, 그 군사반란 및 내란행위는 국가의 헌정질서의 변혁을 가져온 고도의 정치행위라고 할 것이다 … 그러한 행위에 대해 법적 책임을 물을 수 있는지 또는 그 정치적 행위가 사후에 정당화됐는지의 여부는 국가사회 내에서 정치적 과정을 거쳐 해결돼야 할 정치적, 도덕적 문제를 불러일으키는 것으로서, 그 본래의 성격상 정치적 책임을 지지 않는 법원이 사법적으로 심사하기에는 부적합한 것이고, 주권자인 국민의 정치적 의사형성 과정을 통해 해결하는 것이 가장 바람직하다. 따라서 그 군사반란 및 내란행위가 비록 형식적으로는 범죄를 구성한다고 할지라도, 이에 대하여는 이미 이를 수용하는 방향으로 여러 번에 걸친 국민의 정치적 판단과 결정이 형성되어 온 마당에 이제 와서 법원이 새삼 사법심사의 일환으로 그 죄책 여부를 가리기에는 적합하지 않은 문제이므로, 법원에서는 재판권을 행사할 수 없다."는 의견을 내놨다.

### 법원 확정판결의 기판력과 일사부재리의 원칙

12.12사태에 대해서는 6공화국이 출범하고 내가 '5공 청산'의 소용돌이 속에 백담사로 유폐되었던 1988년 12월 일부 재야단체에서 나와 노태우 당시 대통령 등을 고소고발했었다. 이에 따라 검찰이 4년여에 걸쳐 자료를 수집·분석하는 등 조사를 한 끝에 1992년 12월 26일 국헌을 문란할 목적으로 폭동하고 사람을 살해했다고 단정키 어렵고, 달리 피의사실을 인정할 만한 자료가 없으므로 혐의가 없다는 결정을 내렸다. 고소고발인들은 검찰의 결정에 불복해 이듬해인 1993년 항고·재항고를 했지만, 검찰에 의해 기각됨으로써 12.12사태에 대한 사법적 처리는 더 이상 재기再起될 여지 없이 종결되었다.

그런데 앞에서 언급한 바 있지만, 김영삼 정권이 들어선 지 얼마 안 된 1993년 5월 청와대는 12.12를 '하극상에 의한 쿠데타적 사건'이라고 성격을 규정했고, 이에 고무된 듯 그 두 달 뒤인 7월 정승화 등 22명이 나와 노태우 등 38명을 고소고발했다. 이미 무혐의 처분을 내린 바 있던 검찰은 다시 1년 5개월에 걸쳐 광범위한 조사를 진행했다. 그 과정에서 나에게도 서면질의서를 보냈고 나도 답변서를 제출한 바 있었던 것이다. 1994년 10월 검찰은 수사 결과를 발표하면서 12.12를 군사반란이라는 결론을 내리고, 다만 "평가는 역사에 맡긴다."면서 피고소인 38명 중 4명에 대해서는 '공소권 없음' 처분을, 또 나머지 34명에 대해서는 기소유예 처분했다. 1년 5개월 전 김영삼 대통령이 "진상규명과 관련하여 … 훗날의 역사에 맡기는 것이 도리."라고 한 지침을 충실히 따른 조치였던 것이다.

검찰의 이러한 결정에 대해 우리 측 변호인단(이양우, 석진강, 한영석)은 1994년 10월 29일 의견서를 발표해 "사실적 측면에서나 법률적 측면에서 그 부당성이 명백하여 승복할 수 없다."며 그 이유를 다음과 같이 제시했다.

첫째, 1980년 3월 유죄가 확정된 정승화에 대해 재심 등 법률적 절차를 거치지 않고 검찰이 일방적으로 확정판결을 뒤집은 것은 확정판결의 기판력을 무시한 처사로서 위헌의 소지가 있고 둘째, 합수부 측 인사에 대해 군사반란죄를 적용한 것은 군사반란죄의 법리를 오해한 잘못이 있고 셋째, 검찰이 이미 1992년 '범죄의 혐의 없음'이라는 결정을 한 바 있는 동일한 사건에 대해 변경된 처분을 하는 것은 법원의 기판력에 준하는 검찰 처분의 확정력을 무시하는 일이라고 하겠다.

검찰의 처분에 대해서 이번에도 고소고발인들이 1994년 11월 고검과 대검에 각각 항고·재항고를 했으나 역시 기각 당함으로써 기소유예 처분이 확정되었던 것이다. 고소고발인들은 이에 그치지 않고 즉각 다시 헌법재판소에 헌법소원을 제출했고, 헌법재판소 전원재판부는 이듬해인 1995년 1월, 다음 요지의 판결문을 통해 검찰의 기소유예 처분이 정당하다고 평결했다.

이번 사건은 충실한 과거 청산과 정의 회복을 위해 기소해야 한다는 가치와, 사회적 대립 및 갈등의 장기화, 국력의 낭비 등을 막기 위해 불기소해야 한다는 가치가 상반된다 … 따라서 검사가 양쪽의 가치를 모두 참작하면서 한쪽을 선택해 기소유예 처분을 했다고 해서 재량의 범위를 벗어나 공소권을 남용했다고 볼 수 없다.

5.18에 대해서도 검찰은 1994년 5월 13일부터 1995년 4월 3일까지 70여 건의 고소고발장을 접수했었다. 그리고 1년 2개월에 걸친 수사 끝에 1995년 7월 피고소인 전원에 대하여 '공소권 없음' 결정을 내렸다. 그 후 고소고발인들이 검찰의 불기소처분에 불복하여 항고와 재항고를 했지만 모두 기각되었고 마지막 단계로 헌법소원까지 제기하었으나 그것 또한 기각되었다. 따라서 김영삼 정권이 다시금 문제를 제기하려고 하는 12.12와 5.18사건은 이미 정치적으로나 법률적으로 완전히 종결된 상태였다.

5.18특별법에 따라 검찰이 공소제기한 데 대해 변호인단의 이양우, 석진강 변호사는 정승화 연행의 불법성 여부와 관련해 정승화에 대한 내란방조죄의 유죄판결이 확정됐으므로 기판력에 의해 정승화의 내란방조 사실은 다툴 수 없는 것이고, 12.12 당시 취한 병력 동원 등 일련의 행위도 그 정당성은 다툴 수 없는 것이라면서 다음의 요지로 검찰 주장을 반박했다.

검찰은 이 사건의 공소사실에서 정승화에 대해 혐의 없음이 밝혀졌다고 기재하고 있는데, 이것은 정승화의 유죄판결에 의해서 바로잡혀졌고, 이 확정판결의 기판력은 구속력을 발생하는 것이다. 명확한 근거도 제시하지 못한 채 혐의가 없음이 밝혀졌다고 함으로써 정승화에 대한 유죄판결과 모순되는 것이 아니냐는 반론이 나오는 것이다 … 정승화 총장에 대한 내란방조 확정판결이 존재하는 이상 그 인정사실을 번복하기 위해서는 이를 번복하기 위한 확고한 다른 증거들이 새로이 제출되어야 한다. 그러한 사실들이 없는데도 불구하고 이 확정판결을 배척한다는 것은 우리의 경험칙에 위반하는 것으로 채증 법칙 위반이 된다. 정승화의 내란방조 사건에 관해서 당시 현출된 여러 가지 증거가 있다. 또 정승화의 행적에 관해서는 정승화의 진술 및 여러 가지 인적 증거가 있다. 유죄판결의 확정 사실의 존재는 그 판결의 기초가 된 내란방조의 사실에 대한 수사-공소 제기가 모두 정당했음을 인정하는 것이니까 논리적으로 더 이상 설명할 필요 없이, 그 유죄판결이 존재하는 이상 그것을 다른 특단의 사유 없이 위법하다고 단정한 것은 모순이 되는 것이다. 따라서 그 기판력의 효과로서 정승화의 내란방조의 사실관계는 더 이상 다툴 수 없는 만큼, 더 이상 다툴 수 없는 정승화의 내란방조 사실을 혐의로 하여 정승화를 연행한 행위는 정당한 것이다.

이에 대해 검찰은 "… 기판력의 주관적 범위는 공소가 제기된 피고인에 한하고, 그 객관적 범위는 공소제기된 당해 공소사실 및 그와 단일하고 동일한 관계에 있는 사실 전부에 한하는 것이다. 기판력의 주관적 범위를 보면 이 사건의 피고인들과 정승화는 별개의 사람이다. 뿐만 아니라 객관적 범위를 살펴보더라도 위 내란방조 사건의 심판 대상은 1979. 10. 26 저녁에 발생한 세칭 10.26사건 시 정승화 총장의 행위인 반면 이 사건의 심판 대상은 1979. 12. 12부터 그달 13.까지 계엄사령관 겸 육군참모총장인 정승화를 강제 연행하고 이어서 무단으로 병력을 동원한 피고인들의 행위로서 두 심판 대상은 전혀 별개인 것이다. 즉 정승화 총장에 대한 내란방조 사건과 피고인들에 대한 반란 사건은 피고인 범죄사실 면에서 서로 달라 정승화 총장에 대한 내란방조 사건 기판력이 이 사건에는 전혀 미치지 않는다…"고 주장했다. 하지만 검찰의 이러한 주장은 12.12가 10.26사건의 연장선상에서 발생한 사건이라는 사실을 외면하고 있는 것이다. 이 문제와 관련해서 1심 재판부는 다음 요지로 검찰 주장에 손을 들어주었다. 항소심 재판부의 판단도 1심 때와 같았다.

### 대통령 재임 중의 시효정지와 소급입법

5.18특별법과 관련한 법리 문제에 있어 가장 논쟁적인 사안은 '소급입법은 가능한 것인가' '과연 5.18특별법은 소급법인가' 하는 것이었다. 5.18특별법이 소급법이고, 소급법의 입법은 위헌이라는 판단이 내려지면 12.12, 5.18과 관련한 모든 사법적 절차가 원천적으로 진행될 수 없게 되는 것이다. 그리고 5.18특별법이 소급법인가 하는 논란은 '대통령 재임 중에는 형사시효가 정지되는가' 하는 논의를 제기했다. 대통령 재임 중에도 시효가 진행되는 것이라면 이미 시효가 끝난 혐의에 대해 처벌하려는 것이 된다. 소급법의 입법이 위헌인가의 여부는 차치하고라도 대통령 재임 중에는 형사시효의 진행이 정지되는지의 여부에 관한 논란은 1심과 항소심, 대법원의 최종심은 물론 헌법재판소의 심판에서도 가장 이견이 첨예하게 대립한 쟁점이 되었다.

대통령 재임 중에는 공소시효의 진행이 정지된다는 주장의 논지는 이렇다.

공소시효 제도나 공소시효 제도의 본질에 비춰볼 때, 헌법이나 형사소송법 등의 법률에 대통령의 재직 중 공소시효의 진행이 정지된다고 명백히 규정되어 있지는 않다고 하더라도, 대통령의 재직 중 형사상의 소추를 할 수 없는 범죄에 대한 공소시효의 진행은 정지되는 것으로 해석하는 것이 원칙일 것이다. 헌법이 대통령에 대하여 재직 중 형사상의 소추를 유예한다는 특권을 부여했다면 그로 인한 일반 국민과 대통령 사이의 불평등을 해소하기 위한 조치로 형사상의 소추가 유예되는 동안은 공소시효의 진행이 정지된다고 보는 것이 오히려 헌법상의 국민주권주의와 평등주의에 합치하는 해석이 될 것이다 … 결론적으로 피의자 전두환全斗煥에 대한 군형법상의 반란죄 등에 관한 공소시효는 대통령으로 재직한 기간은 진행이 정지됐다고 할 것이므로, 2001년 이후에야 완성된다.

1995년 1월 헌법재판소는 정승화 등이 12.12에 대한 검찰의 기소유예 조치와 관련해 제기한 헌법소원 평결에서 검찰의 처분은 정당하다는 내용과 함께 대통령 재임 중에는 반란죄의 시효가 정지된다는 평결 결과를 발표했다. 이에 따라 12.12와 관련해 나의 공소시효는 7년 5개월 24일이 연장되어 2002년 4월에, 노태우 전 대통령의 경우는 1999년 12월까지로 5년이 연장되었다. 따라서 전직 대통령을 제외한 나머지 12.12 관련자들의 공소시효는 1979년 12월 12일을 기산점으로 군 형법상 반란죄의 시효 15년인 1994년 12월 11일로 이미 종료되었다고 결정한 것이다.

그 헌법소원 사건에서 논란이 있었던 것은 '헌법 제84조에 의해 대통령 재직 중에는 공소시효의 진행이 당연히 정지되는가'라는 것이었다. 헌법 제84조는 '대통령은 내란 또는 외환外患의 죄를 범한 경우를 제외하고는 재직 중 형사상의 소추를 받지 아니 한다'고 규정하고 있다. 1995년 1월 24일 헌법재판소는 다수의견으로 '헌법 제84조의 규정상 공소시효의 진행을 정지

한다고 명백히 규정되어 있지는 않다고 하더라도 위 헌법 규정의 근본 취지를 대통령의 재직 중 형사상의 소추를 할 수 없는 범죄에 대한 공소시효의 진행은 정지되는 것으로 해석하는 것이 원칙일 것이다. 즉 위 헌법 규정은 바로 공소시효 진행의 소극적 사유가 되는 국가의 소추권 행사의 법률상 장애사유에 해당하므로, 대통령의 재직 중에는 공소시효의 진행이 당연히 저지되는 것으로 보아야 한다'는 의견을 내놓았다.

이에 대해 재판관 김문희金汶熙, 황도연黃道淵 등은 다음과 같이 요지의 반대 의견을 냈다.

그 혐의기 내린의 죄에 해당하면 군형법 위반의 쇠에 해당하는 공소시효의 기간은 모두 15년이고 또한 범행은 1979년 12월 12일 또는 그 다음날인 12월 13일에 각 종료되었다고 인정하므로 그로부터 15년이 경과된 1994년 12월 11일 또는 그 다음날인 12월12일에 각 공소시효가 완성되었다 할 것이다. 다수의견은 대통령으로 재직한 기간 동안 이들 범행에 대한 공소시효의 진행이 정지된다는 것이고 우리의 견해는 정지되지 않는다는 것이다. 우리는 현행 제84조의 뜻은 글자 그대로 대통령은 내란 또는 외환의 죄를 범한 경우를 제외한 다른 범죄에 대하여는 재직 중 형사상의 소추를 받지 아니한다는 것을 밝힌 것일 뿐, 위 헌법조항으로 말미암아 소추가 금지된 범죄에 대하여 대통령으로 재직한 기간 동안은 공소시효가 정지되는 것인지의 여부에 관하여는 아무런 답을 하고 있지 않다고 풀이한다. 우리 형사소송법은 공소의 제기가 바로 공소시효의 정지사유임을 밝히고 있을 뿐 법률상의 장애사유로 말미암아 공소를 제기할 수 없는 경우를 공소시효의 정지사유로 규정하고 있지 아니하다는 것이다. 현행 제84조는 공소시효의 정지에 관한 명문 규정이라고 할 수 없다.

변호인도 "공소시효 제도의 실질은 형의 시효와 마찬가지로 실체법적實體法的 성격을 갖고 있는 것이므로 공소시효가 정지된다는 법률의 명문 규정이 없음에도 불구하고 다른 제도에 관한 헌법 또는 법률 규정을 유추 적용하여 공소시효의 정지를 인정하는 것은, 법률상 근거 없이 형사 피의자의 법적 지위의 안정을 침해하는 것이 되고, 나아가서는 죄형법정주의, 적법절차주의에 반하여 기소하고 처벌하는 결과가 되는 것."이라고 반론을 제기했다.

서로 충돌하는 위의 두 개의 논리를 요약하면 다수의견은 헌법 제84조 '대통령은 내란 또는 외환의 죄를 범한 경우를 제외하고는 재직 중 형사상의 소추를 받지 아니한다'는 규정의 반대 해석으로 '내란 또는 외환의 죄를 범한 경우에만 재직 중 형사상의 소추를 받는다'고 주장했었다. 이 반대 해석에 따라 대통령으로 재직했던 기간만큼 공소시효 기간이 더 길어져야 된다고 판단한 데 대해 소수의견은 헌법 제84조는 공소시효정지 규정이 아니므로 대통령으로 재직한 기간과 관계없이 이미 두 가지 혐의에 대한 공소시효는 완료되었다고 판단했던 것이다.

그런데 헌재의 판단이 나온 15년 뒤인 2010년 재야 헌법학자(조문숙趙文淑)은 제헌국회의 회의록을 찾아내서 그 자료를 근거로 헌법 제84조에 대한 위의 헌법재판소의 다수의견이 잘못된 해석임을 지적했다. 그 제헌헌법안 제1독회 과정을 기록한 국회 회의록에는 이원홍李源弘 제헌국회의원의 질의에 대해 유진오兪鎭午 전문위원이 이 조항을 어떻게 해석하고 있는가를 설명한 내용이 기록되어 있다. 유진오 위원의 해석을 따르면 헌법 제84조의 규정이 국가의 소추권 행사의 장애사유가 아닌 것이다. '대통령으로 재직하는 동안에는 내란 또는 외환의 죄를 범했을 때에만 형사상 소추가 가능하고, 그 이외의 다른 범죄를 범한 경우에는 대통령이 임기를 마치고 물러날 때까지 기다렸다가 형사소추를 할 수 있다'고 보는 것은 논리상 수긍하기 어려운 것이다. 그렇다면 헌법 제84조는 대통령으로 재직하고 있는 동안에는 공소를 제기할 수 없다는 뜻이 아니므로 재직기간만큼 공소시효 기간을 연장해야 한다는 주장은 논리적으로 성립하지 않는 것이다. 그런데도 헌법재판소는 헌법 제84조의 규정에 근거하여 내란 혐의에 대해서는 이미 시효가 완성되었지만 군 형법 위반 혐의에 대해서는 대통령 재직기간 동안 공소시효가 정지되었으므로 나와 노태우에 대해서는 시효가 남아 있다고 판단한 것이다. 그 시점에서 헌법재판소의 재판관들이 제헌국회 당시의 해당 조항에 관한 전문위원의 해석이 실린 기록을 보았는지, 그런 자료가 있다는 사실을 알고 있었는지 의문이 든다.

그런데 이보다도 더 의아한 것은 1995년 1월 30일로 예정되어 있던 결정 선고일을 앞두고 어떤 경로인지는 모르지만 헌법재판소의 평의 내용이 외부로 누출되었다는 사실이다. 헌재가 '5.18 내란 혐의의 공소시효 기산점을 최규하 전 대통령의 하야 시기인 1980년 8월 16일로 잡아 그때부터 15년이 되는 1995년 8월 15일로 공소시효가 만료되었고 군 형법 위반에 대해서는 새로운 헌정질서가 정착된 경우에도 법적 책임을 물을 수 있다는 쪽으로 평의가 이루어졌다'는 보도가 나온 것이다. 헌재의 평의 내용이 공식 발표 이전에 언론에 보도된 경위에 의혹이 있을 수밖에 없는 것이다.

그러자 이 헌법소원을 제기했던 측에서는 선고 예정일 하루 전에 돌연 심판청구를 취하해버렸다. 헌재의 평의가 내려지면 내란죄의 공소시효가 이미 만료된 것으로 되는 만큼 나에게 내란 혐의를 뒤집어씌워 처벌하려는 기도가 무산되기 때문에 헌재에 제기했던 심판청구를 서둘러 취하해버린 것이다. 그리고는 내란 혐의와 군 형법 위반 혐의를 포함하여 소급효를 인정하는 특별법 제정을 강행한 것이다.

법정에서 변호인들은 12.12 사건 공소 사실은 1979년 12월 12일에 발생해 다음 날인 12월 13일에 종료된 것으로서, 15년이 경과된 1994년 12월 12일에 공소시효가 완성되고, 그 공소시효가 완성된 뒤인 1995년 12월 21일과 1996년 2월 28일에 공소가 제기됐으므로 면소 판결해야 하며, 5.17 및 5.18 사건 내란죄의 공소시효는 비상계엄 전국확대가 선포된 1980년 5월 17일의 다음날 개시되어 15년이 경과한 1995년 5월 17일에 완성됐으므로 1996년 1월 23일과 1996년 2월 7일에 제기된 공소는 시효가 완성된 이후에 제기된 것으로서 면소판결되어야 한다고 주장했다.

다음으로 내란죄의 공소시효가 언제 완성되는가 하는 문제에 대한 검찰 주장의 논지는 다음과 같다.

비상계엄이 선포되어 유지되는 동안에는 언제든지 계엄군을 출동시키고 국민들의 기본권을 제한하는 조치를 취할 수 있다는 위협적인 요소가 있으므로 비상계엄의 선포, 유지 행위는 협박 행위로 평가되는 것이다 … 따라서 1981년 1월 24일 비상계엄의 해제와 더불어 폭동 행위가 종료된 것이기 때문에 시효가 끝나지 않은 것이다 … 내란죄에 있어 폭동이 한 지방의 평온을 해할 정도에 이른 최초의 시점에 그 내란 행위는 기수旣遂에 도달하지만, 그와 같은 정도의 폭동이 그 이후에도 계속 반복된다면 그 폭동의 종료시점은 달라지게 되는 것이다 … 따라서 장기간에 걸쳐 다양한 폭동 행위를 계속해온 이 사건에서 범행의 기수시기와 종료시기가 달라지는 것은 당연하다.

이에 대해 변호인은 "최규하 대통령은 1980년 8월 16일까지 대통령으로 재임했고, 전두환 대통령은 1980년 9월 1일 대통령으로 취임했는데, 1981년 1월 24일 비상계엄이 해제될 때까지 폭동이 계속됐다는 검찰의 주장대로라면 전 대통령은 물론 최 대통령의 통치행위까지 폭동행위로 규정하고 있는 셈인데, 대통령의 통치·외교 행위를 폭동이라고 할 수 없다 … 내란죄의 종료시기와 기수시기는 구별하되, 내란죄가 이미 기수되었다면 그 이후의 일련의 행위는 내란죄에 흡수되어 별도의 죄를 구성하지 않는 것이고 그 행위의 종료시기를 공소시효의 기산점으로 삼을 수는 없다 … 따라서 광주사태가 진압된 1980년 5월 27일, 그렇지 않으면 늦어도 전두환 대통령이 취임한 1980년 9월 1일부터 15년이 경과한 1995년 5월 26일이나 늦어도 1995년 8월 31일에 그 공소시효가 완성된 것."이라고 반론했다.

김영삼 대통령은 나를 포함한 5.18 관련자들을 처벌하는 데 있어 이미 시간을 놓쳤거나 아니면 거의 시일이 얼마 남지 않았다는 것을 짐작하고 있었던 것으로 보였다. 그런데 이 처벌할 수 있는 시한이 정확히 언제까지인지에 대하여 의견이 구구했다. 수사를 하여 재판에 회부할 수 있는 시한이 아직 남아 있다고 할지라도 그 짧은 시간으로는 도저히 치명타를 가할 수 없기 때문에 확실한 보복을 할 수 있도록 하기 위해서는 남아 있는 시한이 더 이상 진행되지 않도록 묶어두는 방법이 없을까 하는 생각에 미친 것으로 보였다.

공소시효에 대한 논란은 5.18특별법이 소급입법이라는 것과 직결되는 논란으로 검찰이 이미 공소시효가 완료되어 기소할 수 없는 사건을 내란의 시기를 늦추어 잡아 기소하였다는 것이 그 주요 내용이 되는 논쟁이었다. 즉 1980년 5월 17일 비상계엄의 확대로부터 내란의 시작으로 잡아 내가 대통령으로 취임해 정상적인 국가 기능이 회복된 1980년 9월 1일에 내란 상황이 종료되었다고 한다면 15년이 공소시효로 되어 있는 내란죄의 공소시효는 이미 완료된다. 때문에 김영삼 정부는 5.18특별법을 무리하게 만들어 사건을 성사시켰던 것이다. 하지만 5.18특별법에 근거해 내란의 시기를 나의 대통령 재임기간까지 늘려 잡은 검찰의 주장은 참으로 많은 무리를 안고 있을 수밖에 없었다. 만약 나의 대통령 재임기간까지 내란 상황에 포함시킨다면 그동안 유지해 온 헌정질서의 붕괴는 물론 국가 정통성에 대한 심각한 훼손이 되기 때문이었다.

변호인은 '집권 이후에도 내란행위가 계속된다는 검찰의 견해를 유지한다면, 반란에 의해 성립된 정권에 의해 이루어진 모든 공권력 행사가 국법 행위로서 인정받지 못하는 모순에 빠지게 되고, 그 기간 동안 반정부 폭력 행사는 적법한 반면 이를 진압하는 모든 공권력 행사가 모두 내란행위로 해석되어야 한다는 결론에 이르게 된다. 또 형법 25조는 범죄의 실행에 착수해 행위가 종료되거나 결과가 발생한 때에는 기수旣遂가 된다고 규정하고 있는데, 검찰 주장대로 비상계엄 확대 선포가 정권 장악을 위한 폭동이라고 하더라도 1980년 9월1일 대통령에 취임함으로써 정권 장악이라는 결과가 발생하여 폭동 행위도 종료한 만큼 공소시효가 그때부터 진행되어 1995년 8월 31일 완성됐다고 봐야 한다'고 검찰 측 주장을 논박했다.

"기록이 기록으로 남아 있는 한 훗날 역사가 정당한 평가를 해줄 것 아닌가. 이

제 더 무엇을 바라고 재판을 계속할 것인가. 나라가 위기에 처했을 때 국정을

믿아 최신을 다해 나라를 구하고 많은 일을 할 수 있었던 것은 나에게는 행운이

었다. 재판을 계속해가며 구차하게 목숨을 건지느니 웃으며 죽는 길을 택하자

고 결심을 굳혔다."

변호인들은 나에게 돈을 주었다고 진술한 기업인들을 증인으로 요청해 2,205억 원이라는 금액이 정략적 목적에 의해 턱없이 부풀려진 것이라는 사실을 밝혀내야 한다고 나를 설득하려고 했다. 하지만 나는 변호인단의 요청을 받아들일 수 없었다. 불과 한 달 전 노태우 비자금 사건 수사와 관련해 검찰에 불려 다니며, 취재진들과의 몸싸움으로 인해 부상까지 입어야 했던 기업인들에게 내 문제 때문에 다시 똑같은 수모와 고통을 안겨줄 수는 없다고 생각했다. 더욱이 유죄로 인정될 경우 사형선고가 정해진 죄목으로 재판을 받고 있는데 정치자금 액수의 많고 적음을 따진다는 것은 아무런 의미가 없다고 생각됐다.

# 천형天刑 아닌 천형, 추징금

# 정치자금과 뇌물

■

## 도덕성에 흠집을 내기 위한 정치자금 수사

김영삼 정권이 스스로 역사의 평가에 맡기자고 했던 12.12와 5.18사건에 대해 방침을 바꿔 수사를 재기再起하며 사법처리에 나선 것은 느닷없는 결정이었다. 사전에 아무런 정치적, 법적 검토와 준비가 없었던 것이다. 5.18특별법 제정이 헌법 규정에 어긋난다는 지적이 있자 부랴부랴 헌법을 개정한다고 했다가, 개헌이 현실적으로 불가능하다는 판단이 서자 이번에는 위헌 시비에도 불구하고 소급입법을 강행하기로 하는 등 갈팡질팡했던 사실만 보더라도 김영삼 대통령의 만용이라고 할, 무모한 독단의 산물임을 알 수 있다. 노태우 비자금 사건이 터져 자신이 노태우 대통령한테서 받은 자금까지 추궁 당할지 모르는 궁지에 몰리자 비상 탈출수단으로 삼은 것이 5.18특별법 제정인 것이다. 정치부 기자들은 김영삼의 이러한 정치행태를 두고 '정치 9단'이니 '승부사 기질'이라고 논평하기도 하는데, 역사적 가치판단을 배제한다면 '정치꾼'으로서는 탁월한 능력을 보여줬다고 할 수 있을 것이다. 어쨌든 김영삼 정권은 5.18특별법 제정과 나의 구속이 정치보복극이라는 국내외의 비판에 직면하자 다시 한 번 '정치 9단'의 수완을 발휘한 것이 나에 대한 느닷없는 '정치자금 수사' 착수였다.

내가 구속 수감된 다음 날인 1995년 12월 4일 신문들은 서울지검 고위 관계자가 "전두환 전 대통령의 집에 왜 사람들이 모이는지 곧 그 이유를 알게 될 것."이라고 말한 것으로 보도했다. 신문들은 이 말이, 검찰이 12.12와 5.18사건뿐만 아니라 정치자금 문제로도 수사의 손길을 뻗치고 있다는 사실을 시사한 것으로 풀이했다. 이 발언의 의도는 말하자면 사람들이 나를 찾아오는 목적이 자금 지원을 받기 위한 것이라는 인식을 갖도록 하는 것이었다. 5.18특별법 입법 강행에 대한 국내외의 비난 여론을 호도하고 나를 도덕적으로 흠집 내려는 의도를 드러낸 것이다. 12월 9일 서울지검장 최환崔桓은 나의 비자금에 대한 수사가 진행 중이라는 사실을 밝혔다. 검찰은 다음날인 10일부터는 대기업 총수들을 상대로 조사에 착수했는데 검찰 청사가 아닌 하얏트호텔 등에서 조사가 진행됐다고 했다. 검찰이 원하는 답변을 얻어내기 위해 재벌들을 언론에 노출되지 않도록 하는 등 특별 배려를 한 셈이다. 아울러 은행 등 금융기관을 상대로 계좌 추적 작업도 벌였는데, 뒤에 다시 언급하겠지만 12월 16일 나와 관련된 것으로 보이는 180여 개 계좌에 대한 압수수색영장을 청구하면서 최규하 전 대통령 영부인 홍기洪基 여사의 계좌를 끼워 넣기까지 했다. 홍기 여사의 동의를 받지 않았음은 물론 영장 발부 판사에게도 그 사실을 숨겼다.

노태우 전 대통령이 1995년 11월 구속 기소된 것은 박계동朴啓東 의원이 국회 본회의의 대정부 질문 때 은행의 입금조회표를 증거물로 제시하며, 노 전 대통령이 4,000억 원을 은닉하고 있다고 폭로했기 때문이었다. 나중에 12.12, 5.18과 관련된 피의사실이 추가됐지만, 그것은 5.18특별법이 급하게 제정된 뒤의 일이었다. 노 전 대통령과 달리 나는, 앞서 5.18특별법에 따라 구속된 뒤 정치자금 수수를 뇌물로 간주해 추가 기소됐다. 김영삼 정권이 처음부터 나의 정치자금을 문제 삼으려고 했었는지는 알 수 없는 일이지만, 일이 진행된 과정만을 놓고 볼 때에는 정치자금 문제는 나중에 덧붙여진 것으로 생각된다.

검찰은 정치자금에 관한 우리 현실 정치의 뿌리 깊은 관행을 완전히 도외시했다. 내가 대통령 재임 중에 받은 모든 헌금의 성격을 무조건 이권利權을 주고 그 대가로 받은 '뇌물'로 단정했다. 기업인들이 성금을 낼 때 대통령이 잘 봐주겠지 하는 기대심리로 내거나, 내지 않을 경우 불이익을 당할지도 모른다는 걱정 속에 헌금했을 수도 있기 때문에 대가성代價性이 인정된다는 주장이었다. 검찰은 나와 관련된 정치자금 총액을, 먼저 기소한 노태우 대통령의 정치자금 총액과 꿰맞춰나갔다. "5년간 재임한 노태우 대통령이 A기업으로부터 50억 원을 받았으니 7년 반을 재임한 전 대통령은 70억 원을 받았을 것 아니냐" 하는 식으로 노 전 대통령이 모금한 총액, 추징할 금액 등을 고려해 나의 정치자금 총액을 맞춰나간 것이다. 검찰은 또 안현태安賢泰 전 경호실장 등이 나를 대신해 기업인들로부터 자금을 받은 사실을 시인했다며 진술서에 서명하라고 해서 나는 기억이 없음에도 안 실장 등이 거짓 진술을 할 리가 없다고 생각해 그대로 서명했는데 나중에 확인해 보니 그런 진술을 한 일이 없다고 했다. 검사가 사술詐術을 부린 것이었다. 뿐만 아니라 검찰은 5공화국 당시 기업으로부터 기탁 받은 금액 전부를 '비자금'이라 규정하며 내가 그 많은 금액을 개인적으로 은닉한 것처럼 언론을 통해 흘렸는데, 그러한 언론 보도는 매번 12.12재판이나 5.17, 5.18 재판이 열리기 하루이틀 전에 나왔다. 나에 대한 사법처리가 '정치재판'이 아니라 '비리非理 단죄'라는 인식을 심기 위한 언론플레이였다. 노 전 대통령에 이어 나 또한 2,205억 원이나 되는 엄청난 돈을 감춰놓았다는 보도를 접한 국민의 심정은 격앙될 수밖에 없었다.

법정에서는 내가 대통령 재임 중 기업으로부터 받은 헌금이 정치자금이냐, 아니면 뇌물이냐를 둘러싸고 검찰과 변호인 간에 치열한 논쟁이 벌어졌다. 검찰은 내가 대통령으로 재직하던 기간에 2,205억 원의 돈을 특정이익을 약속해주고 기업인들로부터 받았다고 주장하면서 대가성이 인정된다며 뇌물이라고 몰아갔다. 나는 많은 기업으로부터 대통령, 집권 여당 총재로서 필요한 용처에 쓸 수 있도록 지원받아 정치자금으로 사용했을 뿐 특정기업에게 이권을 주고 후원받은 것이 아니었다는 점을 강조했다.

그러사 검찰은 내가 받은 정치자금이 내가정 있는 뇌물이라고 규정하기 위해 수십 명의 기업인이 돈을 건넨 이유를 ①공여취지의 유형 I (금융 세제 운용 등 기업경영과 관련된 직무를 수행함에 있어서 다른 경쟁기업보다 우대하거나 최소한 불이익이 없도록 선처하여 달라는 취지) ②공여취지의 유형 II (정부 또는 정부투자기관 등이 발주하는 각종 국책사업의 사업자 선정, 금융, 세제운용 등 기업경영과 관련된 직무를 수행함에 있어서 다른 경쟁기업보다 우대하거나 최소한 불이익이 없도록 선처하여 달라는 취지)라는 모호한 개념을 만들어내 이른바 '포괄적 뇌물'이라고 한 것이다. 서로 경쟁관계일 수밖에 없는 수십명의 기업인이 모두 "잘 봐달라."는 뜻으로 돈을 건넸다면 나는 '잘 봐줄' 생각이 있는 기업인한테서만 받아야 하는 것 아닌가. 잘 봐달라는 취지의 돈을 건네지 않은 기업에 대해서는 상대적으로 불이익을 줬어야 검찰의 주장이 일말의 설득력이라도 가질 수 있다. 그런데 나는 정치자금을 내지 않았다는 이유로 어떤 기업인에게도 불이익을 준 일이 없다. 구제금융을 받은 처지이면서도 방만한 자금운영을 하다가 경영권을 박탈당한 국제그룹 사건이 정치자금을 내지 않아 '괘씸죄'에 걸린 대표적인 사례라는 주장이 있었지만 내용을 아는 재계에서는 아무도 그 주장에 동의하지 않았고 국제그룹 총수는 동정조차 받지 못했다. 나는 재임 중 기업들을 많이 도와주었다. 중소기업들을 집중적으로 지원해 중견기업이 되도록 해주었고, 대기업들도 오늘날 우리나라가 세계 10위권의 무역대국으로 성장하는 데 견인차역할을 할 수 있도록 최선을 다해 지원했다. 중견기업은 물론 중소기업들이 가장 사업하기 좋았고 크게 성장할 수 있었던 시기가 5공화국 때였다는 사실은 업계에서 더 잘 알고 있다. 대기업들의 횡포를 정부에서 견제해주었던 것이다. 내가 정치자금을 받으며 대가를 주려고 생각했다면 그럴 수는 없는 것이었다. 나는 정치자금을 수수할 때 대가의 개념은 아예 없었던 것이다. 실제로 정치자금을 건네는 자리에서 기업인들이 경제계의 일반적인 어려운 사정을 말하는 경우는 있었지만 이권과 관계된 무슨 일을 어떻게 도와달라고 청탁하는 등의 일은 없었다. 기업인이 대통령에게 돈 보따리를 들고 와서 이권 문제를 부탁한다는 것은 당시에는 상상도 할 수 없는 일이었다. 아마 그 뒤의 정권에서도 그러한 일은 없었을 것이다. 대통령과 기업 총수간의 관계가 '거래 관계'일 수는 없는 것이다.

변호인들은 정치자금의 사용처를 완전히 공개함은 물론 나에게 돈을 주었다고 '진술'한 기업인들을 증인으로 요청해 2,205억 원이라는 금액이 정략적 목적에 의해 턱없이 부풀려진 것이라는 사실을 밝혀내야 한다고 나를 설득하려고 했다. 하지만 나는 변호인단의 요청을 받아들일 수 없었다. 불과 한 달 전 노태우 비자금 사건 수사와 관련해서 검찰에 불려 다니며, 취재진들과 몸싸움까지 하다가 부상을 입기도 했던 기업인들에게 나의 일 때문에 다시 똑같은 수모와 고통을 안겨줄 수는 없다고 생각했다. 더욱이 유죄로 인정될 경우 사형선고가 정해진 죄목으로 재판을 받고 있는데 정치자금 액수의 많고 적음을 따진다는 것은 의미가 없다고 생각됐다. 또한 대통령을 지낸 사람이 법정에서 기업인들과 대질하면서 "50억 원을 주었다." "아니다. 30억 원밖에 안 받았다." 하는 식으로 다툼을 벌인다는 것은 참으로 할 짓이 아니라고 생각했다. 따질 것을 따지지 않아서 형량이 늘어난다거나 추징금액이 많아진다고 해도 차라리 그 고통을 감내하는 쪽을 택해야지 기업인들과 대질한다는 것은 도저히 생각할 수도 없는 일이었다. 그러나 이러한 나의 결심이 그 후 재앙처럼 나의 여생을 괴롭히는 천형天刑이 될 줄은 그 당시에는 전혀 생각지도 못했다.

또한 내가 받은 정치자금이 대가성이 없었다는 사실을 증명하려면 이미 계좌번호까지 확보된 노 전 대통령의 경우와는 달리 나의 경우는 기업을 상대로 다시 철저한 조사가 진행되어야 한다. 조사가 진행되는 동안 우리나라 유수의 대기업이란 대기업 전부를 대상으로 7년 반 동안의 모든 회계장부가 압류되고 기업인들은 출국정지를 당하고, 금융거래가 제한을 받게 될 텐데 그렇게 되면 개별 기업들이 어려움을 겪게 되는 것은 물론 국가경제 전반에 막대한 악영향을 주게 되는 것이다. 나 혼자 고통을 감수함으로써 국가경제에 미칠 악영향을 막을 수 있다면 그 길을 택해야 한다고 생각했다.

그즈음 나는 위헌요소를 간과한 채 특별법을 소급해서 만든 김영삼 대통령에 항의하기 위해 28일간의 단식을 강행한 후였다. 사형을 각오하고 있는 마당에 부풀려진 정치자금 액수를 줄여보겠다고 기업인들과 다퉈야 한다는 것이 여간 자존심이 상하는 것이 아니었다. 더구나 당시 김영삼 정권이 취하고 있는 행태에 비추어 기업인들을 어려움에 빠뜨려가면서까지 검찰과 다툰다 해도 결과는 결코 달라지지 않을 것이라는 판단도 있었다. 변호인들은 내 말에 수긍을 하면서도 만약 법정에서 2,205억 원이 뇌물로 인정되어버리면 그 금액을 즉시 추징하려 할 텐데 그 엄청난 금액을 어떻게 납부할 수 있겠느냐는 걱정이었다. 그때 변호인들의 그러한 우려가 결코 기우杞憂가 아니었음을 깨닫는 데에는 오랜 세월이 걸리지 않았다.

나는 당시 변호인들에게 "김영삼 대통령은 정략적인 필요 때문에 5, 6공 세력을 제거하기 위해 5.18특별법까지 만들었지만 재판부만은 내가 받은 헌금의 대부분이 정치자금으로 사용됐다는 사실을 확인할 수 있을 테고 뇌물로 받았다는 그런 비합리적인 판단은 절대로 하지 않을 것이니 걱정하지 말라."고 했는데, 놀랍게도 나에게는 사형선고와 함께 재임 중 사용한 정치자금 전체를 변상하라는 선고가 떨어지고 말았던 것이다. 당시의 정치 현실이나 수십 년 간의 관행 등에 비추어 생각할 수도 없는 결과였다.

## 퇴임 후 남아 있던 정치자금

지금 돌이켜 생각해보면 나의 정치자금 문제는 그로 인해 지금까지 내가 당해온 과정과 결말 모두가 피할 수 없는 것이었음을 깨닫게 된다. 앞에서 살펴봤던 것처럼 김영삼 정권이 노태우 전 대통령의 비자금 사건과 관련해서 자신의 대선자금 문제가 불거질 위기에 직면하자 느닷없이 12.12, 5.18사건을 들고 나와 소급법인 5.18특별법으로 나를 옭아매려 했고, 그 일이 비겁한 정치보복이라는 지적을 받게 되자 나의 도덕성에 상처를 주어 자신의 비겁함을 상쇄하고자 나의 정치자금 문제를 캐내게 된 것이다. 노태우 전 대통령은 2010년에 발간한 회고록에서 1993년 대통령선거 때 김영삼 후보 측의 요청에 따라 3,000억 원을 선거자금으로 지원해준 사실을 밝히고 있는데, 노태우 비자금 사건을 철저히 수사하면서 사용처를 추궁하다 보면 그 사실이 드러나지 않을 수 없었던 것이다. 그러니까 노태우 비자금 사건이 자신의 선거자금 문제로 비화되는 것을 차단하기 위해 느닷없이 수사가 종결된 12.12와 5.18 사건을 다시 꺼내든 것이다.

이제 상세히 설명하겠지만, 어쨌거나 내가 대통령 재임 중 정치자금을 거두어 사용한 것이 사실이고, 과거에는 관행이었던 정치자금 모금에 대해 '포괄적 뇌물 수수'라는 새로운 판례가 만들어졌고, 또 내가 퇴임하면서 남은 정치자금을 갖고 나온 것도 사실인 만큼 지금까지 내가 정치자금 문제로 겪었던 모든 일의 책임이 나에게 있고 그 허물은 다른 누구도 아닌 나의 잘못임을 통절히 반성하게 된다.

내가 기업인들한테 정치자금을 받은 시기는 1984년과 1987년에 집중되어 있는데 그것은 1985년 2월의 국회의원 총선거와 1987년 12월의 13대 대통령선거에 막대한 자금이 소요되었기 때문이었다. 대통령직을 수행하는 데에는 당 운영, 선거 등 외에 국정운영과 관련된 통치자금도 필요했다. 군 장병과 경찰, 벽지 및 오지에 근무하는 공무원과 불우한 국민에게 줄 격려금도 필요하고, 특수임무를 수행하는 공직자와 중요한 국가적 연구과제를 맡은 과학기술인, 올림픽의 성공적 개최를 위한 지원활동 등에 쓰였다. 이러한 일에 필요한 자금이 모두 정부예산에 충분히 반영되어 있지 않았기 때문에 기업인으로부터 받은 정치자금으로 충당했던 것이다.

내가 이 글의 결말을 짓는 대목에 와서 특히 후회스러운 것은 퇴임할 때 정치자금을 남겨놓은 일이다. 앞에서 설명했지만 1988년의 13대 국회의원 총선거는 1987년 12월의 13대 대통령선거 후 이른 시일에 치를 생각이었다. 나의 임기가 1988년 2월 25일에 끝나니 그 전인 2월 초쯤에 총선거를 실시하면 되는 일이었다. 대통령 선거 후 1개월여의 시간이 있으므로 선거 준비에 시간이 촉박하다고 할 수도 없었다. 대통령선거에서 승리했으니 그 여세를 몰아 총선에 임하는 것이 유리하다는 것은 선거를 해보지 않은 사람도 누구나 알 수 있는 선거 전략의 상식이다. 그러니까 나는 내가 대통령으로 재임하는 기간에 총선을 치르게 되고, 그러면 내가 당의 총재는 아니지만 당의 명예총재인 현직 대통령으로서 총선에 필요한 자금을 어느 정도 감당해야 할 사정이었다.

내가 임기를 마치고 청와대를 떠날 준비를 하던 때 내가 보유하고 있었던 정치자금은 1,600여 억 원이었다. 13대 총선이 나의 퇴임 전에 실시될 것으로 생각해서 준비하고 있던 자금이었다. 그런데 노태우 당선자 측에서 총선을 내가 퇴임한 후인 4월에 실시하자고 요청해왔다. 집권여당의 총재이고 곧 대통령에 취임할 당선자 측의 요청을 받아들이지 않을 수 없었고 나는 13대 총선의 후보자 공천 등 총선거 실시와 관련된 일에서는 한 걸음 뒤로 물러 서 있어야 했다. 그래서 나는 2월 25일 대통령 취임식장으로 출발하기 전 청와대에서 노 대통령에게 총선 때 쓰라며 550억 원을 인계했다. 노태우 대통령이 대통령으로서, 또 여당 총재로서 사용할 자금이니까 용처에 관해서는 아무 말을 하지 않았지만, 취임 초부터 기업인에게 정치자금을 받게 되면 아무래도 부담을 갖게 되니까 한동안은 인계받은 자금으로 충당하는 게 좋겠다는 당부의 말을 했던 것으로 기억된다. 13대 총선 준비가 당선자와 당 중심으로 진행되고 있었지만, 선거일이 임박하자 민정당의 후보자들이 당의 명예총재인 나에게 개별적으로 지원을 요청해왔다. 나는 4월의 13대 총선이 중반전에 들어 간 3월 하순, 미리 예정된 레이건 미국 대통령의 방미 초청 일정에 따라 미국을 방문 중이어서 생각했던 만큼 민정당 후보들을 지원해 주지는 못했지만 이들에게 상당액을 보태주었다. 그래서 내가 퇴임 무렵 보유하고 있었던 1,600억 원 가운데 600여 억 원은 '5

공 청산' 소동이 벌어지던 시점에도 남아 있었다.

### 전직 대통령으로서의 소임

내가 청와대를 떠나면서, 남아 있던 정치자금을 가지고 나온 또 하나의 이유는 앞에서 설명했듯이 내가 퇴임 후 전직 대통령으로서 보다 적극적인 활동을 하려고 마음먹고 있었기 때문이다. 뒤에 구체적인 사례들을 언급하겠지만 나는 대통령의 임기를 마치고 청와대를 떠나면, 그것으로써 대통령으로서의 책임은 벗어나지만 국가원로로서의 역할과 소임은 따로 있는 것으로 생각했다. 먼저 국가원로자문회의 의장을 맡게 되는데, 국가원로자문회의는 헌법기관인 만큼 정해진 예산이 있어서 사용하면 되는 것이지만, 국고에서 지원받는 예산이란 것은 넉넉할 리가 없다. 나도 재임 중, 최규하 대통령이 의장을 맡았던 국정자문회의가 단체 또는 개별적으로 외국을 방문한다거나 하는 등의 특별한 일이 있을 경우에는 별도로 지원해드리고는 했다. 나의 경우 후임 대통령으로부터 그러한 지원을 받을 수 있을지 알 수 없을 뿐만 아니라, 나는 최규하 국정자문회의 의장보다는 나이도 젊고 그래서 보다 적극적이고 활발하게 일을 하려고 했던 것이다.

국가원로자문회의 의장 자격으로서가 아닌 전직 대통령 또는 개인신분에서 재임 중 친분을 맺은 외국의 정상이나 지도급 인사들과 교유하게 될 때에도 국가예산에서 그 소요를 감당하게 할 수는 없는 일이고, 기업인들한테 신세를 질 수도 없는 일이다. 어차피 내가 개인적으로 마련해서 써야 한다고 생각한 것이다. 지금 와서는 후회가 되지만, 그때 나는 전직 대통령이 되는 것은 은퇴하는 것이 아니고, 새로운 자리에서 새로운 임무를 맡아 내가 평생 살아온 대로 적극적이고 활동적인 전직 대통령의 삶을 살아야 한다고 굳게 믿었던 것이다.

임기를 마치고 청와대를 떠나던 때 내가 가지고 있던 공식 직함은 국가원로자문회의의 의장직과 민주정의당 명예총재 두 가지였다. 국가원로자문회의의 기능과 관련한 논란에 관해서는 앞에서 언급한 바 있지만, 나는 이 기구에 대해 정치권, 특히 나의 후임자인 노태우 대통령 측에서 그처럼 예민한 반응을 보일 줄은 전혀 예상하지 못했다. 직전直前 대통령이 의장을 맡는 대통령 자문기구는 이미 나의 전임인 최규하 대통령 시절부터 설치 운영되어 왔다. 최규하 대통령은 1980년 2월 '국정의 주요사항에 관한 대통령의 자문에 응하기 위하여 국가원로로 구성되는 기구'인 '국정자문회의'를 구성했다. 국정자문회의는 각계 원로 23명으로 구성되어 있었다. 5공화국이 출범하자 국정자문회의는 1981년 4월 최규하 전 대통령이 의장을 맡아 각계 원로 25명으로 재편되었는데, 그 구성이나 성격 등은 거의 변화가 없었고, 5공화국 기간 내내 정상적으로 기능했다. 그러다가 1987년 10월 개정헌법에 따라 국정자문회의가 국가원로자문회의로 바뀌게 된 것이다. 이때 명칭이 바뀌고, 사무처 정원이 다소 늘어났지만 종전까지 대통령 비서실의 지원을 받다가 독립기구로 발족하게 됨에 따라 새로 일반 사무직과 보조직원이 충원된 데 따른 증원이었다. 주요 정책사항에 관해 정부가 보고를 하도록 하는 등 기능이 강화됐는데, 기본적으로 대통령이 자문을 요청하는 경우 의견을 내는 것이 주요 기능이어서 권력 행사와는 거리가 먼 자문기구에 불과한 것이었다. "마치 상왕부上王府 같다."고 하는 등의 비판이 있었는데, 의장을 맡게 된 나를 정치적으로 무력화시키려는 의도에서 나온 얘기였을 뿐이다. 훗날 실제로 그렇게 되었듯이, 이 기구의 의장인 직전 대통령과 현직 대통령이 반대당 소속이거나 정적政敵일 경우가 얼마든지 있을 수 있는데 그런 상황에서 자문기구의 의장이 '상왕' 행세를 하려고 할 것이라는 주장은 시비를 걸기 위한 시비였던 것이다. 어쨌거나 내가 국가원로자문회의의 기능과 그리고 이 기구의 의장을 맡게 되는 나의 역할에 관해 시비 논란이 일어날 것이라는 점까지 생각하지 못했던 것은 나의 불찰이었다.

### '자립정당'에 대한 구상

내가 대통령에 취임해서 처음 대통령직을 수행하기 시작했을 때 나는 의욕에 넘쳐 참 겁이 없었다는 생각이 든다. 정치자금에 대한 오랜 관행을 깨려 했으니 말이다. 나는 자립정당을 꿈꿨던 것이다. 그러나 그러한 나의 무모한 시도는 겨우 2년을 넘기지 못하고 깨졌다. 의욕은 좋았지만 그 당시 여건에선 무리였던 것이다. 국정을 운영하고 당을 운영해야 하는 입장에서 선거를 치르는 데 적지 않은 자금이 소요된다는 것을 알게 되었고 또 선거에서 반드시 승리하기를 원했기 때문에 나는 차선책을 찾아내야 했다. 청와대로 정치자금 창구를 단일화함으로써 정치 비용을 줄여보려 한 것이다. 그때의 그 선택이 내가 정치자금에 대해 무한책임을 지게 된 단초가 되었으니 누구를 원망할 수도 없는 일이다. 취임 초 내가 정치자금과 관련해 갖고 있던 구상을 변호인과 주고받는 신문과 답변의 기회를 이용해 설명한 법정 진술이 있어 여기 소개하려 한다. 1996년 4월 15일 정치자금 2차 공판 때의 증언 내용이다.

"1980년 9월 1일 대통령에 취임한 이후 민정당을 창당한 것은 우리나라의 헌법이 정당정치를 전제로 할 뿐만 아니라 내가 국정지표로 실현코자 하던 '선진조국의 창조'를 위해서도 정당정치의 정착이 반드시 필요해서였다. 민정당 창당에서 가장 역점을 두었던 것이 과거 정당의 병폐인 특정인물 중심의 파벌정당으로부터 벗어나 남북통일에 대비, 북한 노동당을 이길 수 있는 자유민주주의를 기본이념으로 하는 강력한 이념정당을 창당하는 것이었다. 나는 대한민국이 건립된 이래 우리나라의 정당정치가 실패한 것은 정당의 운영을 부정한 정치자금에 의존하는 붕당정치朋黨政治에 연유하는 것으로 보았기 때문에, 민정당이 진정한 이념정당이 되기 위해서는 정당의 운영이 당원의 당비로 운영되는 자생, 자립정당이 되어야 한다고 생각했다. 따라서 민정당의 운영은 당원의 당비만으로 유지하고 정치인은 지위의 고하를 막론하고 정치자금을 모금하지 못하도록 조치했다. 물론 나도 기업인들로부터 정치자금을 받지 않았고 기업인들이 종래의 관례에 따라 정치자금을 제공해도 이를 거절했다.

또 당원의 부패를 예방하기 위해 민정당의 기간요원 전원을 유급당원으로 충원하는, 정당사에 있어 처음 있는 조치도 실행했다. 그러나 이와 같이 창당 과정에서 당원의 당비만으로 충당되는 자립정당을 구상했던 민정당을 실제로 운영해 보니 갹출되는 당비는 연간 100억 원에도 못 미치는데 중앙당과 지구당의 운영비는 약 300억 원 가량이 소요되어 연간 200억 원 가량의 당 운영비 부족현상이 일어났다. 게다가 내가 평소 정치부패의 근원이라고 생각하던 과열선거 풍토도 근절되지 않아 국회의원선거에서도 엄청난 선거자금이 소요된다는 것을 알게 되었다. 이를 시정하기 위해 제5공화국 헌법에 1지역구 2인 당선제인 중선거구제를 도입하여 선거비용이 적게 들고 정책 대결이 깨끗하게 이뤄지는 국회의원 선거제도를 정착하고자 했지만, 역시 우리나라 특유의 정치풍토로 막대한 선거자금이 소요되는 것은 여전했다. 이러한 어려움을 극복하기 위해 나는 정당 운영비의 국고보조 제도도 한때 구상했지만 당시의 국가재정 상태 때문에 실행하기가 어려웠고 국민의 공감대도 얻을 수 없어 포기해야 했다. 또 정당 후원회 제도도 검토했지만 그 역시 당시의 미숙한 정치 환경에서는 도입이 불가능했다.

나는 우리나라 정치 현실에 대해 잘 알지 못하는 상태에서 대통령이 되어 합리적인 정치제도를 도입해보고자 했으나, 우리나라의 정당 정치사 40여 년 동안 역대 여야 지도자들이 만들어낸 정치자금과 정당정치의 연결 고리를 단절하는 일은 대통령으로서도 역부족이라는 것을 절감하게 되었다. 그래서 한때는 엄청난 민정당의 당 운영비와 4년마다 치러야 하는 국회 의원 선거의 선거자금 모금의 어려움을 극복하기 위해 민정당을 탈당해 초당적 입장에서 국정을 운영하는 방안까지도 심각하게 검토한 바 있다. 그러나 정당의 기반이 없이는 강력한 국정운영이 불가능하다는 것을 실감했다. 그 결과 내린 결론이 정당정치를 위해 필요불가결한 정치자금을 내가 기업인들한테서 받는 자금으로 충당할 수밖에 없다는 것이었다.

나는 당시의 정치 속성과 정치 여건 때문에 할 수 없이 과거의 관행을 답습하기는 했지만 그런 가운데에서도 정치자금과 관련한 부작용을 최소화하려는 노력을 기울여왔다. 정치자금 수수에 있어서는 3대 원칙을 정해 정치자금을 모금하였다. 내용은 이렇다. 첫째, 정치자금은 결코 강요하지 않으며 둘째, 특정 이권의 대가로서 정치자금을 수수하지 않으며 셋째, 정치자금의 모금창구를 대통령 한 사람으로 단일화한다는 것이었다. 내가 정치자금을 직접 관장하려고 결심한 이유는 이렇다. 전 정권은 정치자금 조성에 여러 사람이 참여했기 때문에 정치부패가 지나칠 정도로 발생하여 정치부패가 사회 각 분야의 부정부패로 확산되었다고 생각했다. 나는 이런 부정부패를 방지하기 위해 대통령인 내가 중간관리자를 배제하고 직접 관장하는 것만이 정치부패를 최소화하고 정치자금을 둘러싼 여러 가지 정치적 의혹사건을 없애는 길이라고 생각했다.

정치자금의 모금을 단일화해 당의 총재이자 대통령인 내가 책임지고 당이 필요로 하는 자금을 마련하여 조달하겠다는 원칙을 민정당의 모든 당직자와 당원들은 잘 따라주었다. 나의 재임 중에는 물론 퇴임 후에도 당과 정부, 청와대 관계자 가운데 정치자금과 관련해서 개인적인 비리를 저지른 사례가 단 한 건도 드러난 것이 없는 사실은 매우 고맙고 다행스러운 일이 아닐 수 없다. 정치자금 모금 창구를 나 한 사람으로 단일화한 결정이 결국은 퇴임 후 나에게 닥친 모진 추궁과 수모의 단초가 되었지만, 한편으로는 정치자금을 둘러싼 공직자와 당 간부의 부패를 방지한 결과가 된 셈이다.

## 정치자금 모금의 관행

정치자금을 거두려고 하니 과거의 실례를 참고할 필요가 있었다. 박정희 대통령 시절 정치자금 모금 문제에 관해서는 내가 대통령이 되기 전에 박종규 전 경호실장한테 들은 얘기가 있었다. 박종규 전 경호실장이 박 대통령 시절 18년간의 정치자금 모금 실상 전모를 다 알고 있지는 않았겠지만, 그가 경호실장에서 물러난 1974년까지의 사정은 비교적 정확하게 알 수 있는 위치에 있었다. 그에 따르면 청와대의 대통령 비서실장과 경호실장이 따로 거뒀고, 정치자금의 주요 수요처需要處인 여당(공화당)에서도 따로 모금해서 당의 운영비와 선거자금 등에 충당했다고 했다. 당에서도 창구가 이원화되어 있어서 사무총장과 재정위원장이 별도로 모금했다는 것이다. 청와대와 당에서 거둔 총액이 1년에 얼마나 되는지 알 수는 없지만, 현대그룹 등 재벌한테서 5억 원 등 주요 대기업으로부터 매달 40억 원씩 정치자금을 모았고, 이와 별도로 대통령 비서실장이 따로 1년에 40억~50억 원의 정치자금을 거뒀을 것이란 얘기였다.

박정희 대통령 시절의 김정렴金正濂 비서실장실 권숙정權肅正 보좌관은 2013년 한 주간신문에 기고한 글에서 "분기별이나 두 달에 한 번씩 대통령으로부터 자금을 타와서 금고에 보관해두고 월정 지출과 지시에 따른 지출을 했다."고 밝혔다. "통치자금은 정부 시책에 힘입어 이익을 많이 낸 매출 순위 30대 기업으로 한정." 등의 원칙을 정해놓고 기업인들의 헌금을 받았다고 했다.

2000년대에 들어온 이후의 상황에 대해서는 알 수 없는 일이지만 최소한 그 이전까지는 우리나라에서 정치를 한 사람 치고 정치자금과 관련해서 한 점의 티도 없이 깨끗하다고 장담할 수 있는 사람은 없다고 해도 지나친 말은 아닐 것이다. 15대 대통령선거가 한창 진행 중인 1997년 10월 폭로된 김대중 후보의 비자금 의혹이 검찰 수사로까지 번질 위기에 처하자 김대중 씨는 "여야 정치인 한 사람도 빼놓지 않고 정치자금을 받았지만 우리나라 관행상 죄가 안 된다. 수사를 하면 모두 해야 할 것이며, 김영삼 대통령 비사금까지 선무 공개하면 나도 공개하겠다."고 반발했다. 자칫 사법처리되거나 대통령이 될 수 있는 마지막 기회를 놓칠지도 모를 상황에서 배수진을 치느라고 한 말이기는 하지만, 그 당시까지의 우리나라의 정치자금에 관한 실상을 솔직하게 털어놓은 것일 터였다. 노무현 16대 대통령도 2000년 총선을 치른 후 "원도 한도 없이 돈을 써봤다."고 술회한 것으로 보도된 일이 있다. 선거를 치르는 데 소요되는 엄청난 자금이, 법에 정해진 절차와 한계 내에서 조달되고 사용되었다면 그런 말이 나올 수 없다. 노무현 전 대통령의 그 말은 2000년대의 선거에서도 정도의 문제일 뿐 떳떳하지 못한 정치자금의 수수가 있었다는 얘기일 것이다.

관행이라고 해서 위법이 아닌 것으로 되지는 않지만, 시대적 상황과 여건을 고려할 필요는 있는 것이다. 김영삼 대통령 시절인 1994년 3월 4일 '공직선거 및 부정선거 방지법' '정치자금법 개정안' '지방자치법 개정안' 등 정치 관련 개혁 법안이 통과됨으로써 정당 운영비와 선거비용 등을 국고에서 지원받을 수 있게 되었다. 5공화국 시절에는 국가재정 형편상 불가능했던 일이 실현된 것이다. 그러니까 나의 후임 대통령들은 정치자금과 관련해서 나보다는 훨씬 좋은 여건 속에 있었던 것이다. 그럼에도 불구하고 후임 대통령들 역시 정치자금과 관련한 의혹에서 자유롭지 못한 것이 사실이다. 정치자금과 관련한 관행에 대해서는 앞에서 언급한 김대중 전 대통령의 발언도 있지만, 청렴 정치인의 상징처럼 평가받는 이광요李光耀 싱가포르 전 총리도 정치자금과 관련해 내가 구속된 일을 놓고 그의 회고록에서 "… 전두환 씨와 노태우 씨는 그들이 집권했던 시기에 통용되던 그 당시의 기준에 따라 행동했고, 그러한 기준에서 판단한다면…"이라고 썼다. 관행이라는 것은 그 시대적 여건과 환경에 따라 통용되고 관용되는 것이다.

# 죽어도 완납完納이 불가능한 추징금

■

## 이미 사용한 징치자금까지 물어내라

1997년 4월 17일 대법원은 검찰이 공소제기한 2,205억 원에 대해 '포괄적 뇌물죄'를 적용함으로써 검찰의 손을 들어주었다. 정치자금에 대해 뇌물죄를 적용한 것은 건국 이후 처음이었다. 5공화국의 정치자금을 '포괄적 뇌물'로 인정한 대법원의 판결 이유는 이렇다.

> 대통령은 모든 행정업무에 직접, 간접적인 권한을 행사한다. 그런 이유에서 기업체의 활동에 사실상의 권한을 주는 권한을 행사할 수 있다. 따라서 기업이이 어떠한 대가의 요구를 하지 않았고, 대통령이 금품을 받고 금품제공자에게 어떤 이들을 제공하지 않았다 하더라도 뇌물수수죄는 성립된다.

대법원은 또 5공화국 당시의 정치자금 총액 2,205억 원 전액을 전두환 개인으로부터 추징한다고 판결했다. 당시의 정치 현실이나 수십 년 간의 관행 등을 전혀 고려하지 않은 판결이었다. 대법원에서 2,205억 원을 전액 추징한다는 판결이 나오자 많은 사람들은 그 금액이 내가 퇴임 때 가지고 나온 비자금으로, 대법원 판결이 나온 그때까지 소유하고 있던 것으로 알게 된 것 같다. 그런데 변호인에 따르면 2,205억 원이 뇌물이라고 판단되면, 그 돈을 정치자금으로 사용하고 남은 것이 없다고 하더라도 2,205억 원 전액을 추징하는 것이 형법의 규정이라는 것이다. 그러니까 내가 제11대 대통령에 취임한 1979년 9월 1일부터 제12대 대통령의 임기를 마친 1988년 2월 25일까지의 7년 5개월 동안 받은 정치자금은, 내가 정치자금으로 이미 사용했는지 여부와 상관없이, 내가 가지고 있건 없건 간에 전액을 추징한다는 것이다.

정치자금의 투명성을 높이기 위해 '정치자금 창구를 단일화'한 나의 결정이 결과적으로는 내가 재임 중 받은 정치자금 전액을 나 개인이 물어내야 한다는 부담을 안겨준 것이다. 내가 금고에 돈을 쌓아두고 있는 것도 아닌데, 재벌처럼 개인 재산이 많은 것도 아닌데, 이미 정치자금으로 다 사용했는데, 받았던 사람들에게 다시 내놓으라고 할 수 있는 것도 아닌데, 무슨 수로 그 돈을 감당할 수 있는 것인가. 대법원 판결과 추징금의 성격에 관한 변호인의 설명을 듣는 순간 나의 남은 생애에 엄청난 고통과 수모가 뒤따를 것이란 예감이 들었다.

### '전 재산 29만 원'과 경매장의 진돗개 두 마리

추징금 환수는 법원 판결에 의해 추징금액이 확정된 뒤 적법절차에 따라 집행되는 것이 원칙일 것이다. 그러나 검찰은 과거부터의 관행이라는 것은 아예 무시하고, 내가 구속되자마자 마치 기다리고나 있었던 듯 즉각 추징에 나섰다. 나를 구속한 지 20여 일이 지난 1995년 12월 27일 나의 큰아들을 불러 "얼마를 가지고 있는지 다 알고 있으니 모두 내놓으라."고 으름장을 놓았던 검찰은 대법원 판결이 있자 그때까지 내가 가지고 있었던 금융자산 모두(312여억 원)를 추징해 갔다.

김대중 대통령 때에는 승용차 등을 경매에 붙여 추징했고 노무현 대통령이 당선된 직후인 2003년 2월에는 돌연 나에 대한 '재산명시명령신청'을 법원에 제출하도록 요구했다. 그리고는 변호인을 통해 "미납 추징금 가운데 의미 있는 금액을 자진 납부하라."고 통보해왔다. 나는 내 명의의 금융자산을 이미 전부 자진 납부한 상태여서 변호인을 통해 나의 명의로 되어 있는 부동산을 포함한 모든 재산을 헌납하겠으니 검찰은 이를 매각해서 추징금에 충당해달라고 요청했다. 하지만 검찰은 이마저 거부했고, 법원은 나에게 재산목록을 제출하도록 통보해왔다. 나는 내가 살고 있는 사저 의 별채를 비롯해 값이 나갈만한 유체동산有體動産 등 일체의 재산목록을 제출했다. 이 목록에는 1997년도에 추징이 집행된 금융자산의 휴면계좌에서 발생된 이자 29만 1,680원도 포함되어 있었다. 그런데 일부 언론이 마치 내가 "전 재산이 29만 원뿐."이라고 기재한 것처럼 왜곡보도함으로써 본의 아니게 국민들의 오해를 사게 되었던 것이다.

법원의 명령에 따라 제출한 재산목록에 기재된 자산은 그해(2003년) 10월 경매에 붙여져 18억 168만 원이 추징됐다. 아침부터 저녁 늦은 시간까지 진행된 경매는 역시 경매에 붙여진 재산인 나의 사저 별채에서 이루어졌다. 피아노, 찬장, 에어컨, 책상, 회전의자 등 우리 가족의 손때가 묻은 가재도구들이 망라되어 있었다. 낯선 사람들이 하루 종일 서성거린 정원 한편에는 역시 검찰에 압류되어 경매에 내놓아진 진돗개 두 마리가 영문을 모른 채 웅크리고 있었다. 이 모습을 지켜본 이웃 주민 한 분이 다른 물건들과는 달리 유정물有情物인 진돗개의 처지가 안됐는지 경매에 참여해서 진돗개가 계속해서 우리 가족과 함께 지낼 수 있게 해주었다. 그 뒤 유체부동산과 사저 별채 등 부동산을 경매한 대금을 포함해 모두 696억 원 가량을 추징했다.

### 아내의 재산 자진 대납

그동안 우리 가족 모두와 친인척들에 대한 강도 높은 세무조사와 금융추적을 벌이던 검찰은 노무현 대통령 재임시절인 2004년 120억 원 상당의 채권을 찾아냈다. 그리고는 사실 확인도 없이 그 채권이 숨겨 놓은 비자금이라고 언론에 흘렸다. 여론이 악화되자 집사람은 체면을 버리고 검찰청에 출두했다. 마침 1983년 공직자 재산등록 당시 떼놓았던 사본을 가지고 있었기 때문에 소명하면 바로 의혹이 풀릴 것이라 생각했던 것이다.

그런데 뜻밖에도 아내가 자신이 보유하고 있던 채권만 자진 헌납해주면 나의 비자금 추징 문제를 종결시키겠다고 하는 검찰의 약속을 믿고 선뜻 대납하기로 약속해버린 것이다. 아내는 피난 시절 껌을 책상 밑에 붙여뒀다 다시 씹던 궁핍했던 시절을 상기하며 껌 하나도 통째로 씹는 법이 없었다. 밤에 화장실에 가야 할 때도 불을 켜지 않으려고 곳곳에 발광테이프를 붙이는 엄청난 짠돌이기도 하다. 그런 그녀가 나를 추징금이라는 이름의 족쇄로부터 구해내기 위해 자신이 20여 년에 걸쳐 모은 재산을 아낌없이 헌납한 것이다.

### 한 사람을 겨냥해 만들어진 법률

추징금을 징수하기 위한 검찰의 노력은 김영삼 정부에 이어 김대중 정부, 노무현 정부, 이명박 정부로 이어지며 16년 동안 끊임없이 계속되었지만 법원이 결정한 추징금 전액을 환수할 수는 없었다. 검찰이 능력이 없어 그랬던 것이 아니고, 의지가 없어서 그랬던 것도 물론 아니다. 김영삼, 김대중 대통령 때 각각 현직 대통령의 아들들을 구속한 검찰이 나를 봐주기 위해 추징금 환수를 소홀히 했다고 생각할 수는 없는 일이다. 내가 정치자금 중 많은 부분을 이미 재임 중 정치적 목적으로 사용했기 때문에 추징이 한계에 부딪칠 수밖에 없었다.

검찰은 할 수 없이 나의 생활용품이라고 할 유체자산까지 압류해 공매 처분하기에 이르렀고, 집사람에게서 내가 받은 정치자금과는 전혀 관계가 없는 재산까지 대납 받은 것이다. 말하자면 "과거 정권들은 무엇을 했기에 아직까지 추징금을 전액환수하지 못했는가?" 하는 힐난을 낭해야 할 이유가 없었다. 그런데 박근혜 대통령의 공개적인 질책에 직면한 검찰로서는 과거 정권의 검찰이나 현 정권의 검찰이나 한몸이니 "검찰은 무엇 하고 있느냐?"는 힐난을 모면하기 위해 무슨 수를 써서라도 나한테서 재산을 환수해야 했다. 나의 재산은 없으니 나의 사돈의 팔촌까지 뒤져서라도 추징하지 못한 금액을 채워 넣어야 하는 것이다. 나의 사돈의 팔촌들의 재산이 나의 정치자금에서 유래된 재산이라는 사실을 검찰이 입증해야 하지만, 그러한 법리는 차후에 따지게 되면 따지는 것이고 우선은 나와 내 주변을 압박해서 어떤 성격의 재산이건 추징금 액수에 맞는 재산을 받아내면 되는 것이 검찰의 입장인 것이다.

2013년 6월 27일 국회 본회의를 통과한 특별법, 이른바 '전두환법'의 제정은 그러한 수순을 밟는 첫걸음이었다. '공무원범죄에 관한 몰수 특례법'은 그 입법 문제가 제기되던 시점부터 위헌성 논란이 제기됐다. 황교안黃敎

安 법무장관은 6월 13일 국회에서 '전두환 추징법'의 위헌성 여부를 묻는 질문에 "가족에게도 책임을 물리는 것은 종전의 연좌제에 해당할 수 있고, 자기책임주의에 반하지 않느냐는 이론적 논란이 있다."라고 답변했다. 이 법안을 심의한 6월 25일 국회 법사위의 법안소위에서는 촌극이 벌어졌다고 한다. 이날 법안소위에 제출한 법무부의 문건에는 '전두환'이라고 내 이름이 명시되어 있었다. 그러자 법조인 출신인 새정치민주연합의 박범계朴範界 의원은 황급히 "잠깐만, 문건 전부 회수해요. 지금 실명을 써놨는데, 통과돼도 특정인을 겨냥한 위인설법爲人設法이라 다 위헌 나요."라고 했다. 그러자 국민수鞠敏秀 법무차관이 "예, 회수하겠습니다."고 대답했는데 새누리당 권성동權性東 의원이 혼잣말처럼 "위인설법 맞지, 뭐."라고 했다는 것이다.

그러나 선동적 언론보도와 여과되지 않은 '국민정서'를 등에 업은 국회는 거침없이 위헌 법률을 통과시켰다. 연좌제 금지, 무죄추정의 원칙, 국민 재산권 보호, 형벌불소급의 원칙에 반하는, 명백한 헌법 위반이라는 지적은 무시되었다. 공소시효도 10년 연장했다. 이 안이 국회를 통과해 추징금 환수를 위한 압수수색이 벌어지던 7월 17일 박범계 의원은 한 방송에 출연해 "전두환 전 대통령이 위헌을 제기할 가능성이 있다."고 말했다. 이러한 예측은 틀리지 않았다. 그로부터 1년 6개월이 지난 뒤 이 '전두환 추징법'이 헌법재판소의 심판대에 오르게 된 것이다. 그런데 위헌 여부를 헌법재판소에 물어보자고 나선 것은 나나 나의 가족이 아니라 법원이었다. 서울고등법원 형사20부(민중기 수석부장판사)는 2015년 1월 27일 '공무원범죄에 관한 몰수특례법' 9조 2항이 위헌인지 심판해달라고 헌법재판소에 제청했다. 나의 조카한테서 땅을 산 사람이, 그 땅이 나의 불법재산이라며 압류한 검찰의 처분에 불복해 제기한 이의신청 사건의 재판 과정에서 낸 위헌법률심판제청을 받아들인 것이다. 대한변호사협회 입법평가위원회가 2015

년 2월 16일 발간한 '2015년 입법평가 보고서'는 '전두환 추징법'이 "헌법적, 법적으로 여러 문제점을 안고 있어 앞으로 헌법재판소가 위헌결정을 선고할 가능성도 존재한다."고 평가했다.

　　1995년 '5.18특별법'이라는 위헌적 소급입법으로 내가 대통령이 되기 이전에 취득한 재산까지 다 몰수해놓고도 모자라 또다시 위헌 법률을 만들어 나의 가족 친인척, 지인들은 물론 사돈의 팔촌의 재산에 대해서도 압수수색을 벌일 수 있는 법을 만든 것이었다. 7월 16일 검찰은 이른 아침 우리집을 급습함과 동시에 형님(전기환)댁, 동생(전경환)집, 처남(이창석)의 집과 사무실, 큰아들의 집과 사무실, 딸의 아파트, 둘째 아들집과 사무실, 막내 아들의 장인의 회사들과 사저, 심지어는 둘째아들과 이혼한 전처의 집까지 들이닥쳐 압수수색을 했고, 내 비서관을 지냈던 손삼수 사장의 회사 사무실과 사저, 큰누님의 아들이 운영 중이던 회사와 집까지 철저하게 압수수색을 한 후 돈이 될 만한 것에 대해서는 모두 압류조치를 했다. 금속탐지기까지 동원된 압수수색을 끝낸 검찰은 가족과 친인척 명의로 된 대여금고를 뒤져 그 안에 있던 아이들의 약혼, 결혼 패물들마저 압류해 갔다. 검찰은 또 큰아들 회사와 허브빌리지 등을 뒤져 미술관을 건립해 전시하기 위해 모아두었던 미술품과 조각품들을 압류해 갔다. 장인 장모님의 초상화로부터 둘째 아들이 미국 유학 중 그린 그림 40점, 내가 조카 원근에게 써준 글씨, 김대중 전 대통령이 대통령이 되기 전 우리 큰아들 내외와 민정기 비서관에게 써준 휘호 등 재산 가치와 무관한 개인적 물건까지 닥치는 대로 쓸어갔다. 그리고는 압류한 물품들이 내가 대통령 재임 때 받은 정치자금과 관련 있는지 여부를 실사하는 과정과 절차마저 생략한 채 경매에 부쳐버렸다. 압류된 재산 중에는 부모님이 잠들어 계신 고향의 선산, 장인어른이 1960년대에 마련해서 나무를 심고 가꾸어 온 야산과 농장, 역시 장인

어른이 1970년대 경기도 광주군에 속해 있던 땅을 사두었던 서초동의 시공사(장남의 출판사), 장인장모님이 네 딸에게 물려주신 안양의 땅 등 비자금과 관계를 지으려야 지을 수 없는 것들까지도 포함되어 있었다. 증여·상속 등의 절차를 거친 것은 1980~90년대지만 취득 시기는 그보다 훨씬 전인 것들이다.

나는 군 시절이나 대통령 재임 때 부하들에게 격려금을 줄 일이 있으면 용처를 분명히 가려서 주었다. 부대나 부하장병들을 위해 쓸 돈과 개인에게 주는 몫을 별봉으로 만들어서 준 것이다. 매사에 공公과 사私를 엄격히 가리는 것은 내가 평생을 지켜온 생활수칙이다. 공적인 용도를 위해 마련한 정치자금을 우리 아이들에게 빼돌린다는 것은 생각할 수도 없는 일이다. 아이들의 사업 활동에 종잣돈으로 사용된 자금이 상속·증여 등으로 조성되었다면 그것은 나의 장인이나 처남, 아내의 개인재산에서 나온 것이지, 나의 정치자금에서 흘러들어간 것은 아니다. 내가, 나 자신과 아이들이 평생을 돈 걱정 없이 살기를 바랐다면 아마도 대통령 재임 시절 대재벌들과 사돈을 맺었을 것이다. 실제 당시 그러한 계제들이 없지 않았다. 그러나 나는 권력과 금력의 결합에 대해 강한 거부감을 갖고 있었다. 우리 아이들 스스로도 그러한 혼인을 원치 않았다.

가족들 중에는 비록 무소불위無所不爲의 힘을 가진 특별법이라 해도 비자금과 관계가 없는 것은 몰수할 수 없도록 되어 있는 만큼 법적으로 다퉈야 한다는 의견이 많았다. 하지만 1988년도 상황을 뼈저리게 경험했던 아내는 생각이 다를 수밖에 없었다. 모든 언론매체로부터 거액을 감춰놓고도 추징금을 내지 않는다고 매도되고 있는 상황에서 재판인들 제대로 진행되겠느냐는 생각이었고, 두 번째는 악화된 여론을 의식한 검찰은 정치자금과 관계없는 별건수사를 통해서라도 결국은 자신들이 지목한 자산을 반드시 추징하려 할 것이라는 생각을 했던 것 같다. 평소 자식사랑이 남달랐던 아내는 자식을 모두 전과자로 만든 후라면 재산이 다 무슨 의미가 있느냐며 검찰이 지목한 재산을 모두 포기하겠다고 선언하는 것이 좋겠다고 말했다.

나는 깊은 장고 끝에 결론을 내렸다. 그리고는 가족회의를 열어 우리 부부의 뜻을 밝혔다.

"이 아버지 때문에 표현할 수 없는 고통을 안겨주게 되어 정말 미안하다. 하지만 일이 이렇게 되어버린 이상 너희들이 이 아비와 나라를 위해 재산을 포기하는 쪽으로 방향을 틀어주는 것이 현명한 선택이 될 것 같다. 너희들이 대납한 추징금이 좋은 일에 쓰일 것이라 믿고 자진 헌납하도록 하자."

추징금 완납을 위해 협조하는 것이 바람직하다는 나의 간곡한 의사표시에 반대하는 사람은 한 사람도 없었다. 앞으로 살아갈 걱정을 입 밖에 내어놓는 사람도 없었다. 다만 누군가 입을 열어 검찰과 언론이 지목한 재산을 다 내놓아도 추징금이 완납될 수 없는 처지이니 죽기 전에는 벗어날 수 없는 천형 아닌 천형을 살아야 하는 것 아니냐며 한탄했다. 결국 2013년 9월 10일 가족을 대표해서 장남이 검찰청사 앞에서 검찰과 언론이 지목한 재산에 대한 권리를 포기하겠다고 선언했다.

올해는 내가 청와대를 떠난 지 30년이 되는 해인데 그동안 모질다고 해야 할 핍박이 이어지는 가운데서도 내가 그 모든 수모와 고통을 담담히 받아낼 수 있었던 것은 우애로운 이웃들이 나를 따뜻하게 감싸주었기 때문이었던 것 같다. 내가 청와대에 있을 땐 가깝고도 먼 존재였던 이웃들은 내가 빈 몸이 되어 황야에 홀로 서게 되었을 때, 사납게 몰아치는 험한 세파世波에 쓰러지지 않게 버팀목이 되어주었다. 사람들이 모두 외눈박이는 아니라는 것을, 세상이 전부 그처럼 매몰차기만 한 것은 아니라는 것을 나의 이웃들은 보여주고 싶어 했다.

제
10
장

# 사라진
# '전직 대통령 문화'의 꿈

# 청와대를 떠난 대통령의 삶

■

## '전직 대통령 문화'를 꿈꾸다

지금와서 돌이켜볼 때, 내가 전직 대통령으로서의 삶을 구상하면서 그렸던 그림들은 너무도 단순했다. 그 이유는 내가 원래 '정치적'인 인물이 아니었기 때문이기도 하지만, 보다 큰 이유는 내가 참고할만한 선례先例나 롤모델이 없었기 때문이다. 사실 퇴임한 대통령은 어떤 삶을 살아야 하고 무슨 일을 해야 하는지에 대해서는 외국의 경우에도 정답이 있는 것 같지는 않다. 정권의 정상적이고 원만한 순환이 오랜 전통으로 자리 잡은 미국의 지미 카터 전 대통령도 1998년 가을 펴낸 자서전 『아름답게 늙는 법』에서 "56세에 퇴임하면서 '이제부터 무엇을 하고 살지?'라는 생각에 허둥댔다."고 썼다. 나 역시 퇴임하던 때의 나이가 57세였다. 그러나 나는 청와대를 떠나더라도 국가를 위해 해야 할 일이 분명히 있고, 그것이 무엇인지에 대한 구체적인 구상도 있었다.

나는 대통령을 지낸 사람은 퇴임한 뒤에라도 마땅히 재임 중 얻은 국정 경험을 살려서 국가에 보탬이 되는 역할을 해야 하는 것이고, 대통령의 자문에 응하는 일이야말로 그것을 위한 가장 자연스러운 방안이라고 믿고 있었던 것이다. 대통령은 만기친람萬機親覽(임금이 온갖 정사를 친히 보살핀다는 말)을 하지 않았더라도 국정의 구석구석까지 파악할 수 있는 기회를 갖게 되고, 사안에 따라서는 관련 공직자나 전문가 못지않게 해당 분야에 통달할 수도 있다. 특히 대소고처大所高處에서 국정을 다루는 만큼 실무 분야에서 일하는 사람들보다 높은 안목을 지닐 수 있고 깊은 경륜을 쌓을 수 있다. 대통령으로서의 이러한 국정 경험은 개인의 자산이 아니고 국가의 자산이다. 이 자산을 국가를 위해 활용할 수 있다면 마땅히 그래야 한다. 대통령이 재임 중 얻은 국정 경험을 퇴임한 후에 국가에 보탬이 되도록 활용하는 것도 일종의 자산의 사회환원이라고 해야 할 것이다. 임기를 마치고 물러나면 신분상으로는 한 사람의 시민으로 돌아가는 것이지만 전직 대통령, 국가원로로서의 역할과 소임은 하기 나름으로 얼마든지 국가에 소중한 기여를 할 수 있다고 나는 믿었다. 더욱이 5년 단임제인 우리나라의 경우, 1988년 이후의 경험에서 알 수 있듯이 대통령이 제대로 일을 배워 어느 정도 일을 할 만하면 바로 임기 말을 맞게 되는 실정이다 보니 전임자의 조언이 매우 유용할 수 있다.

이런 생각은 나만이 할 수 있는 것이 아니고, 매우 상식적이고 보편성 있는 의견이다. 『동아일보』는 2015년 1월 17일자에 실린 '전직 대통령을 국가 자산으로'라는 기획기사에서 •전직 대통령이 재임 기간 만든 국제적 네트워크를 사장死藏시키지 말고 '특사'로 적극 활용하고 •전직 대통령은 특정 정파를 위한 정치적 발언을 삼가야 하고 국민통합에 기여해야 하며 •국내 문제보다는 평화와 빈곤 퇴치, 저개발국가 발전 등에 관심 갖는 등 인류 보편적 가치를 추구하는 활동을 해야 하고 •현직도 5년 뒤 전직이 된다는 생각을 잊지 말고 수시로 전직 대통령에게 조언을 구해야 하며 •전직 대통령이 공功은 공대로 인정함으로써 전직 대통령의 업적을 계승 발전시키는 문화가 필요하다는 의견을 제시했다. 내가 '전직 대통령 문화'의 꿈을 품었던 퇴임 때의 생각과 다름이 없는 것이다. 미국의 대통령학 전문가인 저스틴 본 교수는 2015년 5월 『뉴욕타임스』에 기고한 '위대한 전직 대통령이 되는 방법'이라는 글에서 "건강하게 오래 살고, 후임자를 비판하지 말고, 정쟁政爭이 아닌 국익과 보편적 가치에 집중하라."고 주문했다.

나는 퇴임 후의 삶을 생각하면서, 퇴임과 동시에 국가원로자문회의 의장을 맡아 나의 후임자이자 개인적으로 친구이기도 한 노태우 대통령에게 필요한 일에 조언해준다는 것은 너무도 자연스런 일로 생각한 것이다. 그러니까 이미 여야 간의 합의 아래 개정한 헌법에도 규정되어 있는 국가원로자문회의의 의장을 맡아 응분의 역할을 하자는 것은 내가 퇴임 후의 삶을 생각하면서 여러 가지 선택지 가운데에서 결정한 일이 아니고, 말하자면 당연지사當然之事로 여겼던 것이다.

국가원로자문회의 의장은 직전 대통령이 맡게 되어 있으니 이번에는 내가 의장이 되지만, 5년 후에는 노태우 대통령이 그 자리에 오게 된다. 나의 전임인 최규하 전 대통령도 물론 참여하게 되고 단임제인 우리의 대통령들이 5년마다 새로 원로회의에 참여하게 되면 원로회의를 중심으로 새로운 '대통령 문화'가 이루어지게 될 것이라는 기대가 있었던 것이다. 정파가 다른 대통령의 당선으로 정권이 바뀌더라도 전직 대통령들과 국가의 지도급 인사들로 구성된 국가원로자문회의가 잘 기능하면 국민의 화합을 이루고, 국론을 조정하고, 통일을 기할 수 있게 됨으로써 현직 대통령의 국정수행에도 힘을 보탤 수 있는 것이다.

내가 퇴임 후의 삶을 적극적으로 생각하게 된 데에는, 대통령으로 재임하면서 얻게 된 국정 경험은 내가 국가로부터 받은 혜택인 만큼 나라에 되돌려주어야 한다는 생각 때문이었지만, 그러한 생각의 바탕에는 내 나이가 '뒷방 노인'으로 살아가기에는 너무 젊다는 생각이 깔려 있었던 것 또한 사실이다. 임기를 마치고 청와대를 떠나던 때 내 나이는 환갑에도 미치지 못하고 있었다. 그 한 달 전 대통령으로서 마지막으로 받은 나의 생일상 위에는 '축 58회 생신'이란 글자가 새겨진 케이크가 놓여 있었다. 만으로 따지면 57세이니 3년을 더 지내야 회갑을 맞게 되는 것이다. 요즘에 이르러서는 '백세시대百歲時代'를 운위하게 되었지만, 그 시절에도 58세는 은퇴해 집에 들어앉아 있기에는 세월이 아까운 나이였다. 그러니 나이만을 놓고 볼 때 퇴임 후의 삶을 단지 '여생餘生'으로만 여길 수는 없었다.

어느 날엔가는 열악한 주거환경 속에 사는 사람들에게 집을 지어주는 '해비타트 운동'에 참여해서 손수 망치를 들고 못질을 하고 있는 지미 카터 전 미국 대통령의 모습이 문득 떠오르기도 했다. 대통령을 지내지 않았다 하더라도 공직에서 은퇴한 뒤 어려운 처지의 사람들을 위한 봉사활동에 땀 흘리는 모습은 누가 보더라도 따뜻하고 보기 좋은 광경이다. 그러나 그 생각은 언뜻 스쳐 지나갔을 뿐 머리에 남아 있지는 않았다. 미국 사회와 우리의 현실은 그 풍토가 이질적인 점이 많을 뿐만 아니라, 무엇보다도 카터 전 대통령의 처지와 퇴임 후 나의 입지는 그 환경이 달라도 너무 달라서 나란히 놓고 볼일이 아니었다.

### 전현직 대통령 간의 거리

2014년 9월 미국의 빌 클린턴 전 대통령과 조지 부시 전 대통령이 공동으로 '대통령 리더십'이란 연구프로그램을 진행하기로 했다는 보도가 있었다. 소속 정당이 다르고 한때 서로 간에 불편한 관계였던 것으로 알려져 있었지만, 이 공동프로그램을 시작하면서 부시 전 대통령은 "클린턴의 소통 능력을 배워야 한다."고 추켜세웠고, 클린턴 전 대통령은 부시가 '경청의 달인'이라고 평가했다. 부시는 재임 중 1년에 두 차례 이상 퇴임한 클린턴 전 대통령에게 전화를 걸어 의견을 묻고는 했다는 것이다. 2009년 1월 미국의 오바바 대통령이 지미 카터, 조지 부시(아버지), 빌 클린턴, 조지 부시(아들) 등 네 명의 전직 대통령을 백악관으로 초대해 화기애애한 분위기 속에 담소하는 모습의 사진이 국내 언론에 보도되었다. 그 사진의 설명엔 "생각은 달라도 죽은 권력에 대한 보복은 일상적이지 않은가보다."라고 적혀 있었다. 2013년 12월 남아프리카공화국 만델라 전 대통령의 장례식이 열린 요하네스버그로 향하는 미국 대통령 전용기 안에 오바마 대통령과 부시 전 대통령이 동석하고 있었다.

미국에는 '대통령 클럽'이라는 모임이 있다고 한다. 전현직 대통령들이 멤버다. 법적 기구도 아니고 제도적으로 특별한 권한이나 기능이 보장된 모임은 아니지만, 미국 사회와 국민들에게 주는 영향력은 그 어느 모임에 못지않다고 한다. 미국의 전현직 대통령들이 사이좋게 회동하는 모습이 가끔씩 보도될 때마다 "우리나라에서는 왜 그런 정경을 볼 수 없는가?" 하며 아쉽다는 논평들이 뒤따랐다. 사실 이런 보도들을 접할 때마다 나는 아쉬움과 회한에 잠기고는 한다. 우리 헌정사에서 임기를 마치고 퇴임한 최초의 대통령으로서, 평화적 정부 이양의 선례를 만든 전직 대통령으로서 나는 '전직 대통령 문화'의 전통을 만들어나갈 책임이 있었는데, 그 소임을 다하지 못한 데 대한 자책감을 느끼는 것이다. 퇴임하자마자 온갖 잘못의 원흉으로 몰려 유폐생활과 옥고를 치르느라 퇴임할 때 지녔던 '전직 대통령 문화'의 꿈은 글자 그대로 꿈에 그치고 말았다. 그리고 어떤 곡절이 있었던 간에 그 책임은 나의 부덕不德과 불민不敏함에 물을 수밖에 없는 것이다. 국정을 책임지고 있는 대통령과 그러한 경험을 공유하고 있는 전직 대통령들이 나라에 중요한 일이 있을 때 한자리에 모여 의견을 나눈다면 그러한 모습을 보여주는 것만으로도 국민에게 용기와 희망을 주고 통합을 이루는 데 기여한다고 나는 믿는다.

내가 대통령으로 재임하던 때에는 전직 대통령이 두 분 계셨다. 윤보선 전 대통령, 최규하 전 대통령이다. 두 분에 대해 나는 내 나름으로는 충분히 예우를 갖춰 모셨다고 생각한다. 두 분 모두 훌륭한 인품을 지닌 분들이셨기 때문이기도 하지만, 나에 대해 섭섭해한다는 어떤 얘기도 흘러나온 적이 없었다. 내가 외국에 나가 정상회담을 하고 귀국한 뒤라든가 그밖에 중요한 일이 있을 때에는 두 분을 청와대로 모셔 상세히 설명해드렸고, 6.29선언을 준비하는 과정에서도 그분들의 의견을 경청했다.

노태우 대통령 때에는 내가 2년 넘게 백담사에 유폐되어 있었고, 그 뒤에도 정치적 상황이 복잡해 최규하 전 대통령이 한두 번 청와대를 방문한 일이 있을 뿐이었던 것으로 알고 있다. 김영삼 대통령은 대통령 선거전이 한창일 때 나를 찾아와 지원을 요청한 일이 있고, 당선된 뒤에도 인사하러 왔었다. 대통령 취임 후인 1994년 1월 전직 대통령들을 청와대로 초청했다. 이 자리에서 김영삼 대통령은 북방외교에 대한 의견을 물었는데 최규하, 노태우 전 대통령은 의견이 없다고 했지만, 나는 "미국이 우리 어깨 너머로 북한과 직접 대화하는 일이 없도록 해야 한다."는 점과 "북한이 반대한다고 팀스피리트 훈련을 하지 않아서는 안 된다."는 점 등을 한 시간 동안 얘기해줬다.

박정희 대통령 시절 정부와 치열하게 맞섰던 윤보선 전 대통령은 5공화국에 대해서는 협조적이었다.

국정자문회의 의장인 최규하 전 대통령이 주재한 회의에 참석.

전두환 회고록 3권. 황야에 서다

그 뒤 나와 노태우 전 대통령은 느닷없는 5.18특별법 제정과 그에 따른 재판을 통해 2년이 넘는 옥중 생활을 해야 했으니 전현직 대통령들의 모임이 있을 수가 없었다. 1997년 12월 김대중 후보의 대통령 당선 후 나와 노태우 전 대통령이 사면복권되고. 대통령 취임식을 앞둔 1998년 2월 초 퇴임을 3주일 정도 남긴 시점에서 김영삼 대통령이 '화해 차원에서' 나와 노태우 전 대통령을 청와대 오찬에 초청할 것이라는 보도가 있었다. 김영삼 대통령이 임기 말에 아들 김현철이 비리로 구속되고, IMF의 구제금융을 받는 최악의 상황을 맞아 다소나마 여론의 호전을 노려 그런 아이디어를 냈다고 언론들은 분석하고 있었다. 2월 5일『동아일보』는 내가 김영삼 대통령의 초청이 있으면 참석할 것이라고 보도했다. 이양우 변호사가 찾아와 조홍래趙洪來 청와대 정무수석비서관을 면담한 내용을 보고했다. "2월 5일 조홍래 정무수석의 요청으로 면담했는데 김영삼 대통령이 곧 전직 대통령이 되는 입장에서 전두환 전 대통령과의 인간적 화해 필요성을 말하면서 전 전 대통령이 동의한다면 초청할 생각."이라고 했다는 것이다.

 내 생각은 분명했다. 나는 청와대 측에 전하라며 내 생각을 밝혔다. "개인감정을 떠나 참석해야 한다. 개인적 감정으로 보면 김영삼 대통령은 나에게 더 이상 나쁜 사람이 없다고 할 만큼 안 좋지만, 대통령을 지낸 입장에서 현직 대통령이 초청하는데 가지 않을 수는 없다. '대통령직의 권능'을 존중해야 하고, 그래야 '대통령 문화'도 정착될 수 있는 것이다. 대통령직의 인수인계가 이번으로 세 번째 이루어지는데 이제는 바람직한 '대통령 문화'를 만들어나가야 하지 않겠는가. 김영삼 대통령에 대한 나의 개인적 감정이 어떠하든 초청에 응해야 한다. 대통령의 권위는 그의 정치적 입지가 약화됐거나 임기 말이라고 해도 퇴임하는 날까지 존중되어야 한다. 퇴임 대통령이 불행한 처지에 놓이는 일이 더 이상 없어야 한다. 김영삼 대통령의 대선자금 문제로 시끄럽다는데 김 대통령이 돈을 해외로 빼돌린 게 아니라면 더 이상 거론하지 않는 것이 좋을 것이다."

나의 생각을 알게 된 이양우 변호사는 조홍래 수석에게 "초청이 있으면 참석할 용의가 있다. 그러나 의례적 만남이나 덕담을 나누는 모양이 되어서는 안 되고 김영삼 대통령이 어떻게 생각하고 있든지 간에 1995년 12월 5.18특별법 제정 이후의 상황에 대해 유감 표명이 있어야 한다."고 말했다고 보고해왔다. 이양우 변호사는 청와대에서 2월 7일 전화로 "12일 12시 청와대 오찬에 초청한다."고 통보해왔다고 보고했다.

그런데 이 회동은 결국 무산됐다. 노태우 전 대통령이 조홍래 수석에게 "청와대에 초청하려면 먼저 '전직 대통령 예우'를 회복시켜야 하는 것 아닌가." 하고 요청했는데 청와대 측은 "예우 회복은 곤란하다."고 회답했고 노태우 전 대통령은 불참하겠다고 했다는 것이다. 함께 초청받은 최규하 전 대통령도 "생각해보고 추후 통보하겠다."는 반응이어서 이 일은 없던 일이 되고 말았다.

6.25 이후 최악의 국난이라고까지 불리는 IMF 사태의 와중에 취임한 김대중 대통령은 국가적 위기 극복을 위해서는 당연히 당파를 초월한 정치권의 협조와 국민 모두의 참여를 호소하는 행보를 보였다. 전직 대통령들을 초청해서 조언을 요청했다. 나의 후임 대통령이 그동안 여섯 분이 나왔는데, 김대중 대통령은 전직 대통령들과의 회동을 가장 많이 가진 대통령으로 기억된다. 일부에서는 소수파 집권자였기 때문에 정권의 안정을 위해 그런 제스처가 필요했다는 식으로 큰 의미를 두지 않으려고 하지만, 나는 그렇게 생각하지 않는다. 김대중 대통령으로서는 청와대에 초청한 최규하, 나, 노태우, 김영삼 등 전임 대통령들과는 이런저런 악연도 있을 것이고, 개

인적으로 감정적 호불호好不好도 없지 않을 것이지만 그런 문제들을 떠나 '대통령 문화'의 전통을 세우려는 충정이 있었다고 나는 믿는다.

김대중 대통령 취임식에 참석한 네 명의 전직 대통령.

노무현 대통령 취임식 때에도 전직 대통령들이 참석했다.

김대중 대통령은 1998년 7월 31일에는 전직 대통령들을 동부인으로 만찬에 초청했다. 부부동반도 그렇고, 오찬 아닌 만찬 초청도 그동안에는 없었던 일이다. 분위기도 부드러워질 것이고 해서 나는 환영할만한 일이라고 생각했다. 그런데 실제는 기대에 미치지 못했다. 좌석은 재임 순서인 최규하, 나, 노태우, 김영삼 전 대통령의 순서로 배치했다. 김대중 대통령은 전직 대통령들이 편하게 느낄 수 있도록 화제를 이끌어가려고 노력하는 모습이었다. 그래서 나는 김 대통령에게 "나와 노태우 전 대통령은 모르겠지만 장세동, 정호용 등 12.12, 5.18 관련자들에 대해서는 지역감정 해소를 위해서도 복권 조치가 있었으면 한다."는 건의를 하기도 했다. 김 대통령은 즉석에서 "법무장관에게 알아보도록 하겠다."고 대답했다. 그리고 장세동, 정호용은 그 보름 뒤인 8월 15일 광복절 특사로 복권됐다. 그런데 처음부터 굳은 표정인 채 아무 말도 않고 있던 김영삼 전 대통령은 모임이 끝날 분위기가 아닌데 불쑥 "그만 가시죠."라고 한마디 했다. 그즈음 김영삼 전 대통령의 대선자금 문제를 둘러싸고 정치권에서 공방이 벌어지고 있어 영 심기가 불편했던 것 같았다. 내가 김영삼 전 대통령에게 "너무 걱정하지 마시오. 별일 있겠습니까?"고 하자 김 전 대통령은 "걱정 안 합니다."고 대답했지만, 분위기는 어색해질 수밖에 없었다. 만찬을 끝낸 후 김대중 대통령은 수석비서관들에게 "전두환 전 대통령이 없었더라면 만찬을 망칠 뻔했다. 전 전 대통령이 적절한 때 좋은 말씀으로 대화를 이끌어줘 분위기가 유지될 수 있었다. 전 전 대통령이 김영삼 전 대통령을 어떻게 대하나 유심히 봤는데 과연 대인답게 감정 표현 없이 잘 대해주더라."는 소감을 측근들에게 털어놨다고 훗날 전해 들었다.

　1999년 2월 22일, 김대중 대통령의 김정길金正吉 정무수석비서관이 신임 인사차 찾아왔다. 나는 평소 생각하고 있던 '대통령 문화'에 대한 소견을 얘기해줬다.

"임기를 마치고 나올 때 '전직 대통령 문화'를 창조하겠다는 희망을 갖고 있었다. 2월 8일 별세한 후세인 요르단 국왕을 조문하러 클린턴 대통령이 전직 대통령들과 같은 비행기로 함께 조문하러 가는 모습을 보고 부러운 생각이 들었다. 대통령이 잘 돼야 국민도 편하고 나라도 안정되는 것이니 전직 대통령은 현직 대통령이 국정을 잘 돌볼 수 있도록 적극 협조해야 한다. 전직 대통령은 정부여당에 대해 비판적 기능을 수행해야 하는 야당이나 언론과는 그 입장이 다르다고 생각한다. 나라가 망하게 됐거나 국가적 정체성이 파괴되는 상황이라면 전직 대통령이 아니더라도 국민의 한 사람으로서도 좌시할 수만은 없겠지만, 대통령직을 수행하는 데 따르는 고충과 어려움을 스스로 경험해 속속들이 알고 있는 입장에서 대통령이 하는 일에 전직 대통령이 일일이 참견하고 주막강아지처럼 시끄럽게 해서는 안 될 것이다. 김영삼 전 대통령이 김대중 대통령에 대해 해서는 안 될 소리를 막 해도 김 대통령이 발칵 하지 않고 점잖게 대응하는 것은 좋은 모습이다. 남아프리카공화국의 만델라 대통령은 과거 집권자들에 대해 일절 보복하지 않았는데 그건 부처님, 예수님도 하기 어려운 일이었다."

그런데 청와대 측에서는 이날 김정길 수석이 나를 방문했던 사실을 언론에 브리핑하면서 "주막강아지 운운…" 한 나의 발언이 김영삼 전 대통령의 언동을 지칭한 것이라고 설명했던 것 같다. 전직 대통령이 필요할 경우 현직 대통령에게 조언을 할 수 있으면 해야 하고, 그러나 사사건건 시비를 거는 식이 되면 안 된다는 일반론을 얘기한 것인데 마침 그즈음 김영삼 전 대통령이 김 대통령에게 험한 말을 했던 일이 있었기 때문인지 내 말이 그 일을 빗대서 말한 것으로 받아들였던 같다. 어쨌든 김영삼 전 대통령 측은 이 보도에 발끈해 나에 대한 험담으로 대응했다.

김대중 대통령은 그 뒤에도 1999년 9월과 12월, 그리고 2000년 3월과 4월, 6월, 9월, 12월 등 분기별로 한 번 이상 오찬과 만찬자리를 마련해 전직 대통령들을 청와대로 초청했다. 김영삼 전 대통령은 1999년 2월 모임에서 불편해하는 모습을 보이더니 그 뒤에는 김대중 대통령의 전직 대통령 초청 모임에 참석하지 않았다. 1999년 12월에는 "독재자들 모임에는 참석하지 않겠다."는 말을 언론에 흘리기도 했다. 우리 정치 풍토에서는 바람직한 '대통령 문화'가 뿌리내리기는 참으로 어렵다는 생각에 새삼 마음이 씁쓸했다.

2000년 3월 초청모임 때 나는 만찬에 앞서 30분간 김대중 대통령과 단독 면담을 가진 자리에서 노태우 전 대통령의 사돈인 동방유량 신명수申明秀 회장에 대한 선처를 부탁했는데 김 대통령은 지체하지 않고 신 회장의 구속을 풀어주었다. 같은 해 12월 모임 때 나는 "서영훈徐英勳 민주당 대표가 보안법의 개정 필요성을 강조했는데 북한이 변하지 않고 있는데 우리만 일방적으로 풀어서는 안 된다."고 강조했고, 김 대통령이 전력회사의 민영화 방침을 설명한 데 대해 나는 한전은 해외에 매각하지 말고 '국민주'國民株로 하면 어떻겠냐는 의견을 내놓기도 했다.

전현직 대통령들이, 특히 정파가 다르고 한때 경쟁자이기도 했던 대통령들이 나라에 큰일이 있을 때 한 자리에 만나 지혜와 경륜을 모으는 모습은 그 일 자체가 국민의 화합과 국론 통일에 기여하게 된다. 중요한 국사를 의논하는 기회가 아니고 또 그 자리에서 무슨 구체적인 결과물이 나오지 않는다고 하더라도 대통령을 지낸 국가원로들의 회동 모습을 보게 되는 국민들은 마음 든든해진다. 내가 생각했던 '대통령 문화'라는 것도 바로 그런 것이다. 우리의 헌정사가 짧기도 하지만, 그동안 파란이 많았던 탓에 그러한 전통이 세워지지 않았다. 내가 처음으로 임기를 마치고 퇴임한 대통령이라는 점에서 '대통령 문화'의 싹을 키워놓고 싶은 바람이 있었던 것이다. 이를 위해서는 전직 대통령 각자의 태도가 중요하지만 무엇보다도 현직 대통령이 전임 대통령에 대해 어느 정도 거리를 두고 있는 것인지가 관건이 된다는 점이 그동안의 경험에서 드러났다. 그런 점에서 그 후 노무현, 이명박, 박근혜 대통령으로 이어지면서 전현직 대통령 모임을 위한 환경이 오히려 나빠진 점은 아쉽게 생각된다. 이명박 대통령은 당선자 시절 "전임자를 잘 모시는 전통을 만들겠다."고 다짐하기도 했는데, 전임인 노무현 전 대통령은 스스로 죽음을 선택하는 상황을 맞기까지 했다. 그 책임이 누구에게 있는지, 두 분 모두가 책임져야 할 일인지 알 수 없으나 우리나라에서 '대통령 문화'가 뿌리내리기는 어렵다는 사실을 다시 한 번 일깨워줬다.

### 신구정권新舊政權 간의 갈등

신구 권력 사이의 갈등과 알력은 동서고금東西古今 어느 시대, 어느 나라에서나 볼 수 있는 일이다. 권력은 부자父子 간에도 나누어 가질 수 없다는 사실은 인류의 역사가 생생히 보여주고 있다. 그것이 권력의 속성일 것이다. 새 집권자가 권력을 철저히 장악하고 독점적으로 행사할 수 있기 위해서는 먼저 전임자에게 남아 있을지 모르는 권력의 잔영을 없애야 하고, 그 빠른 길은 구정권을 격하하는 일일 것이다. 과거 소련과 중국, 유고슬라비아에서는 강력한 통치자였던 스탈린과 모택동毛澤東, 티토가 사망한 뒤 각각 '격하 운동'이 벌어졌다. 그러한 중국에서도 '문화대혁명'을 겪은 뒤 등소평鄧小平은 모택동에 대해 '공칠과삼功七過三'의 평가를 내리며 비호했다.

우리나라의 경우를 그들 공산독재국가의 예를 들어 언급하는 것은 적절한 일이 아니겠으나, 4.19를 겪은 뒤 집권한 민주당 정부는 자유당 정권의 선거 부정을 비판은 했지만 '격하 운동'이라고 할 움직임을 정권 차원에서 벌이지는 않았다. 5.16혁명으로 집권한 박정희 대통령 정부도 민주당 정권의 무능과 부패를 지적했지만 지난 정권의 정통성을 문제 삼지는 않았다. 나의 대통령 취임으로 출범한 5공화국에서는 앞에서 상세히 언급한 바와 같이 경제·사회 정책면에서 안정, 개방, 자율의 국정기조를 추구함으로써, 그리고 특히 단임 실천을 강조함으로써 박정희 대통령 시대와의 차별화를 진행시켜나갔지만 박정희 대통령에 대한 정치적, 인간적 격하 움직임 같은 일은 전혀 일어나지 않았다.

건국 70주년을 맞게 되는 이제 우리나라의 헌정 체제는 '6공화국'이라고 한다. 법률적으로 또는 학술적으로 엄밀한 구분 기준이 있는지 알 수 없지만 헌법이, 전문을 포함해 통치 구조를 변경하는 등 전면적으로 개정된 후 새 정부가 출범하면 공화국의 차수次數를 높여가는 것 같다. 그동안 아홉 차례의 개헌이 있었지만 1차~4차와 6차 개정은 일부 개정이어서 공화국 차수에 변화가 없었다. 헌법이 바뀌었다고 해도 국가의 영속성이나 정통성에 변화가 있었던 것은 아니었던 것이다. 10.26 후 유신헌법이 개정된 뒤 내가 대통령에 취임한 때로부터 5공화국이고, 나의 임기 말인 1987년 6.29선언에 따른 직선제 개헌 후 출범한 노태우 대통령 정부 이후는 6공화국이다. 그 뒤 헌법이 바뀐 일이 없으니 지금까지 그대로 6공화국이 이어져오는 것이다. 노태우 정부는 6공화국 1기, 김영삼 정부는 6공화국 2기, 김대중 정부는 6공화국 3기 … 박근혜 정부는 6공화국 6기라고 백과사전 등에서는 기술하고 있는 것 같다.

노태우 정부는 당연히 스스로 6공화국이라고 불렀고 정치권이나 학계,

언론 등에서도 그렇게 호칭했다. 그런데 노태우 정권과의 합작을 통해 집권할 수 있었던 김영삼 정부는 스스로 '문민정부'라고 불렀다. 아마도 그 이전 박정희 대통령과 나 그리고 노태우 대통령이 군 출신이었으니 그 정부는 '군사정부'였다고 못 박으려는 뜻이었을 것이다. 그 다음 김대중 정부는 '국민의 정부'라고 했다. 야당 후보로서는 처음 대통령에 당선됨으로써 국민의 주권적 참여에 따라 최초로 정권 교체를 이루었다는 점을 부각하려는 뜻이었던 것 같다. 단임제에 따라 5년마다 새로 출범하는 정부가 스스로 별칭을 만든 것이 관례처럼 되어 그 다음 노무현 정부는 '참여정부'라고 칭했다. 국정 운영에 국민의 참여가 핵심 역할을 한다는 뜻에서 붙인 이름이라고 한다. 그러한 관례가 이명박 대통령 때 없어졌다. 이명박 정부도 처음에는 '실용정부'라는 별칭을 검토했지만 과거와 같은 패턴을 되풀이하는 것은 구태의 느낌을 수고 '실용정부'라는 말이 국민에게 누렷한 인상을 수지 못한다는 판단에 따라 대통령의 실명을 정부 이름으로 사용하기로 했다고 한다. 박근혜 정부에서도 처음에는 '민생정부' '국민행복정부' 등의 별칭을 검토하다가, 같은 헌법 아래 구성된 정부인데 별칭을 붙일 이유가 없다는 판단에 따라 대통령의 실명을 그대로 정부 명칭으로 부르기로 했다고 한다.

새로 출범하는 정부가 국정 책임자의 국정철학이나 새 정부가 추구하는 핵심 가치를 담은 별칭을 만들어 사용하는 것은, 외국에 그러한 사례가 있는지의 여부를 살필 필요도 없이 있을 수 있는 일이라고 할 수 있다. 특히 전임 정부의 반대당 후보가 대통령이 됐을 경우 전 정권과의 구분을 분명히 하고 차별화하려는 욕구는 자연스러운 일이라 하겠다. 그러나 혁명이나 정변을 통해 정권 교체가 이루어진 것도 아닌데 후임 정부가 전 정부의 정통성을 부정한다면 신구정권新-舊政權 간의 갈등, 나아가 권력투쟁으로 번지면서 정치적 안정을 해치고 국민 분열을 초래하게 된다. 앞에서 언급한 김영삼 정권의 '역사바로세우기'나 김대중 정권, 노무현 정권하에서 '제2의 건국' 운위하며 1948년 대한민국 건국 이후의 역사를 부정, 폄훼한 일 등은 국민적 공감과 정당성을 얻지 못했다. 뿐만 아니라 국가적 정체성과 국가의 영속성에 대한 문제를 제기하는 것이어서 스스로의 입지를 허무는 역사왜곡이었다고 생각한다.

### 박정희 대통령, 박근혜 대통령 그리고 나

항간에서는 "박정희 없는 전두환은 없다."는 말들을 한다고 한다. 맞는 말이다. 그 말에 이어서 나는 "전두환 시대가 없었다면 박정희 시대도 없었다."고 말하고 싶다. 10.26 이후 1980년대 초에 우리가 직면했던 국가적 위기는, 앞에서 언급했듯이 박정희 대통령이 18년간 애써 닦아놓은 도약의 토대가 자칫 유실될 수도 있는 상황이었다. 역사에 가정假定은 무의미한 것이므로 그때, 자신의 집권만이 '민주화'라는 아집에 사로잡혀 있던 사람들이 국정을 맡게 되었다면 그 뒤 우리나라는 어떤 길을 걸어왔을까 하는 물음을 내놓을 생각은 없다. 그러나 어쨌든 나는 재임 중 우리 경제가 '단군 이래의 호황'을 누릴 수 있게 만들었고, 아시아 국가 중 두 번째 올림픽 개최국이 되게 했으며, 6.29선언으로 '민주화'로의 순조로운 이행을 실현했고, 헌정 사상 최초로 평화적 정권 이양의 선례를 만들어냈다. 그러니까 나는, 박정희 대통령 그 어른이 5.16혁명의 기치를 올리던 때 품었던 꿈을 가장 충실하게 이루어놓았다고 말할 수 있는 것이다. 말하자면 박정희 대통령이 미완으로 남긴 조국 근대화의 과업을 내가 완성시킨 것이다. 박정희 대통령이 저 세상에서 이 땅을 내려다 보신다면 나에게 치하와 감사의 말씀을 하시면 하셨지 자신의 믿음을 배신했다고 하실 일은 없다고 나는 굳게 믿고 있다.

내가 박정희 대통령을 배신했다는 말을 퍼뜨리는 사람들이 있다는 얘기를 들었다. 그 사람들이 그 말을 뒷받침할 구체적인 사례들을 제시하지는 않는다고 한다. 내가 박정희 대통령을 격하하는 말을 한 일이 없고, 그 어른을 욕되게 하는 그 어떤 일도 한 일이 없으니 꾸며내서 얘기할 수도 없을 것이다. 나는 다만 "단임을 실천함으로써 대통령이, 헌법과 국민이 정해준 임기를 마치면 물러난다는 당연한 원칙을 지키는 선례를 우리 헌정사에 처음으로 기록해놓겠다."는 말을 아마 수천 번은 몰라도 수백 번은 되풀이해 강조했을 것이다. 이 말이 상대적으로, 박정희 대통령이 3선 개헌과 유신헌법 개정을 통해 18년간 장기집권한 사실을 빗대서 하는 얘기가 아니냐고 지적한다는 것이다. 억지도 그런 억지가 있을 수 없다. 단임 실천을 강조한 것은 뒤를 돌아보며 전임자를 헐뜯으려고 한 것이 아니라 미래를 향한 나 스스로의 다짐이었다. 과거와의 투쟁에 골몰했던 몇몇 나의 후임자들의 행태와는 그 성격이 전혀 다른 것이다. 부정적 역사를 극복하고 미래로 나아가자는 결의를 표명한 것이지 과거에 대해 시비를 걸고 비난한 것이 아니다. 나를 두고 박정희 대통령에 대한 '비판적 계승자'라고 할 수는 있겠지만 박 대통령을 배신했다고 하는 것은 얼토당토 않은 얘기다. 나는 박정희 대통령에 대한 추모 분위기를 정치적으로 이용하려던 사람들, 내가 그러한 자신들의 욕망 실현에 도움을 줄 것으로 생각했던 사람들의 기대를 배신했는지는 모르지만, 박 대통령 그 어른을 배신한 일은 없다고 확신한다.

나는 전임 대통령들에 대해 내 나름대로는 예의를 차리고, 예우를 해드리려고 노력했다고 생각한다. 이승만 건국 대통령께는 그럴 기회가 아예 없었지만, 미망인 프란체스카 여사를 퇴임 후 이화장으로 찾아뵈었다. 이승만 대통령의 양자인 이인수李仁秀 박사와 조혜자曺惠子 여사 내외는 정초에 인사를 오기도 했다. 윤보선 대통령은 중요한 계기가 있을 때마다 청와대로 초청해 조언을 청해 듣고는 했다. 돌아가셨을 때는 내가 백담사에 유폐된 상태여서 찾아뵙지 못했는데, 서울에 돌아온 뒤 미망인 공덕귀孔德貴 여사를 찾아뵈었고 그 뒤 추도식에도 참석했다. 윤보선 전 대통령은 박정희 대통령과 두 차례나 대통령 선거에서 치열한 접전을 벌인 끝에 낙선했으나 재야에 머물면서도 반정부 투쟁을 멈추지 않았다. 그런 분이 나와 5공화국에 대해서는 매우 긍정적으로 협조를 해주셨는데, 그런 일 때문에 재야세력에서는 윤보선 전 대통령에 대해 배신감까지 갖게 됐다고 한다. 최규하 전 대통령을 내가 어떻게 모셨는지는 앞서 상세히 밝힌 바 있다. 나는 최규하 전 대통령이, 내가 5.18특별법 때문에 곤경에 빠져 있을 때 진실을 밝히는 한말씀을 해주시지 않은 채 세상을 뜨신 데 대해 애석한 마음이 없지 않으나, 그 어른 또한 나에 대해 서운해하시는 부분이 없지 않아 있을지 모른다고 생각된다. 그렇지만 어쨌거나 나는 그 어른을 전임자로서, 또 인생의 선배로서 예우를 다해 모셨다.

박정희 대통령이 돌아가셨을 때 영부인 육영수陸英修 여사는 이미 이 세상에 계시지 않았고, 유가족으로는 세 자녀가 남아 있을 뿐이었다. 나는 재임 중 근혜權惠 양 자매를 몇 차례 청와대로 식사 초청한 일이 있고 그밖에 간접적으로나마 그저 섭섭지 않게 내 진정을 표현하고는 했던 것으로 기억된다. 박 대통령께서 남기신 재산 내역 같은 것은 자세히 기억하지 못하지만 그 중 영남대학교는 내가 대통령 되기 전부터 이미 분쟁이 생겼었다. 박 대통령이 돌아가시자 영남대학교와 관계가 있는 사람들이 박 대통령 자녀들을 상대로 분쟁을 일으켰던 것이다. 합수본부장 시절 나는 그 문제를 김옥길金玉吉 문교부장관에게 직접 의논을 드렸었다. 그때 김 장관은 교육자답게 내게 명확한 입장을 얘기해주었다. 대학의 소유권 같은 문제는 법의 판단에 맡겨야지 장관 재량으로 할 수 있는 일이 아니라는 것이다.

분쟁의 내용을 알아보니 청와대 비서실장으로서 영남대학교 설립 과정부터 직접 관여했던 이후락李厚洛 씨가 가장 잘 알고 있다고 했다. 그때 이후락 씨는 신병치료를 이유로 미국에 체류하고 있었는데 나의 부탁을 받고 귀국했다. 나는 이후락 씨에게 박 대통령 유가족이 억울한 일을 당하지 않는 방향으로 해결되도록 도와주기를 부탁했다. 이후락 씨의 중재로 분쟁이 수습되고 박근혜 씨가 이사장을 맡는 것으로까지 진전됐다고 들었다. 그런데 이사장이 되기 위해선 일정기간 이사직으로 있어야 한다는 규정 때문에 당장 이사장에 취임하지는 못하고 이사로 2년 정도 있다가 이사장에 취임한 것으로 기억하고 있다. 그 외에 박 대통령이 남기신 MBC의 지분, 육영재단 같은 것들은 모두 그대로 박 대통령 자녀들이 맡도록 해준 것으로 기억된다. 나로서는 대통령 재임 중 박 대통령 자녀들에게 내가 해줄 수 있는 일들은 성의껏 해결해준 것으로 생각한다. 퇴임한 뒤에 있었던 일들은 어떻게 됐는지 알지 못한다.

박 대통령 자녀들의 재산과 관련해 오해와 논란이 많았던 건 10.26 직후 청와대 비서실장실에서 나온 9억 5천만 원의 성격과 그 처리 과정에 관한 문제인 것 같다. 사실 이 문제는 시끄럽게 논란이 될 문제가 아닌데, 박근혜 씨가 정치를 시작하고 대통령 선거에까지 뛰어들자 정치적 반대자들에 의해 공격 소재로 이용됨으로써 불거지게 된 것이다. 10.26 직후 당시 합동수사본부는 10.26사건 공범 혐의자인 김계원 대통령 비서실장의 방을 수색하는 과정에서 금고를 발견하고 합수부의 우경윤禹慶允 범죄수사단장 등 3명의 입회하에 이 금고를 관리하던 권숙정權肅正 비서실장 보좌관으로 하여금 금고를 열도록 했다. 금고 안에서는 9억 5천만 원 상당의 수표와 현금이 발견되었다. 이 돈은 정부의 공금이 아니고 박정희 대통령이 개인적으로 사용하던 자금이었다는 권 보좌관의 진술에 따라 합수부는 이 돈에 일절 손을 대지 않고 권 보좌관이 유가족에게 전달하도록 하였고, 권 보좌관은 전액을 서류가방에 넣어 그대로 박근혜 씨에게 전달했다는 것이다.

얼마 후 박근혜 씨가 10.26사건의 진상을 철저히 밝혀달라는 부탁과 함께 나에게 수사비에 보태달라며 3억 5천만 원을 가져왔다. 나는, 당시 격무로 고생하고 있는 것은 합수부 말고도 계엄사령부도 마찬가지라고 생각돼 이 3억 5천만 원 가운데 일부를 정승화 계엄사령관과 노재현 국방장관한테도 갖다드렸다. 그런데 5.18특별법 제정과 함께 수사를 재개한 검찰은 1996년, 청와대 금고에서 나온 그 돈을 내가 임의로 사용하였고, 박근혜 씨도 마치 합수부로부터 깨끗하지 못한 돈을 받은 것으로 오해를 받을 수 있는 내용으로 발표했다. 그처럼 왜곡된 내용은 1989년 검찰이 이른바 '5공비리' 수사 결과를 발표할 때 처음 나온 얘긴데, 권숙정 보좌관이 사실대로 바로잡아줬음에도 불구하고 김영삼 정권의 검찰은 나의 도덕성에 상처를 내기 위해 고의로 이를 묵살해버리고 왜곡되게 발표한 것이다. 1996년은 박근혜 씨가 아직 정치를 시작하지 않았을 때였다. 정치검찰은 나에 대한 김영삼 정권의 정치보복극에 봉사하는 길이라면 수단 방법을 가리지 않았다.

10.26 이후 나는 박정희 대통령 시절 영애 근혜 양과 함께 구국봉사단, 새마음봉사단 등을 주도해왔던 최태민崔太敏 씨를 상당 기간 전방의 군부대에 격리시켜놓았다. 최태민 씨는 그때까지 근혜 양을 등에 업고 많은 물의를 빚어낸 바 있고 그로 인해 생전의 박정희 대통령을 괴롭혀온 사실은 이미 관계기관에서 소상히 파악하고 있었던 것이다. 나는 최태민 씨가 더 이상 박정희 대통령 유족의 주변을 맴돌며 비행을 저지르는 일이 없도록 하기 위해 격리를 시켰으나 처벌을 전제로 수사하지는 않았다. 최태민 씨의

행적을 캐다보면 박정희 대통령과 그 유족들의 명예에 큰 손상을 입히게 될 것을 우려했던 것이다. 나의 이러한 조치가 근혜 양의 뜻에는 맞지 않았을지 모른다. 그 뒤 최태민 씨의 작용이 있었는지는 알 수 없지만 구국봉사단 등의 활동을 계속할 수 있도록 해달라고 요청해왔지만 나는 받아들이지 않았다. 시대 상황에 비춰볼 때 적절치 않다고 판단했기 때문이다. 2002년경 당시 야당이었던 한나라당(총재 이회창李會昌)에서 떨어져 나와 새로 '미래연합'이란 정당을 만들어 이끌던 박근혜 의원은 나에게 사람들을 보내 자신의 대권 의지를 내비치며 힘을 보태줄 것을 요청해왔다. 나는 생각 끝에 완곡하게 그런 뜻을 접으라는 말을 전하라고 했다. 박 의원이 지니고 있는 여건과 능력으로는 무리한 욕심이라고 생각했다. 나는 박 의원이 대통령이 되는 데는 성공할 수 있을지 모르겠지만 '대통령직'을 성공적으로 수행하기는 어렵다고 보았고 실패했을 경우 '아버지(박정희 대통령)를 욕보이는 결과가 될 수도 있다'는 우려를 전하라고 했다. 나의 이러한 모든 선의善意의 조치와 충고가 고깝게 받아들여졌다면 나로서는 어찌 할 수 없는 일이다.

# 우애로운 이웃들과 함께하는 삶

■

## 국민 화합을 위하여

내가 사면복권 조치에 따라 연희동 집으로 돌아온 뒤 제일 먼저 찾아간 곳은 불교 조계종 총무원이 있는 조계사였다. 1997년 12월 30일의 조계사 방문은 불교계가 나의 사면을 위해 범종단적으로 서명운동을 전개해준 데 대한 감사의 인사를 전하기 위해서였지만, 그와 함께 IMF의 구제금융을 받아야 하는 미증유의 환란換亂으로 고통과 절망에 빠져 있는 국가적 위기 극복을 위한 백일기도 입재入齋 때문이었다. 나는 1998년 4월 8일 백일기도 회향법회 참석을 위해 다시 조계사를 찾았는데, 불교계는 사흘 전인 4월 5일부터 각 종단이 순차적으로 '국난 극복을 위한 참회대법회'를 열기로 하고 그 첫 법회를 조계종 주관으로 설악산 신흥사에서 개최했다. 나는 이 법회에 참석한 뒤 백담사에 들러 하루를 묵으며, 유폐 생활 때의 결심들을 반추해봤다.

2000.10.3 홍은사 통일기원대법회.

나는 신흥사 법회 참석을 시작으로 7월 5일, 서울 관문사(천태종), 9월 23일 부산 정각사(총지종), 10월 16일 서울 총지원(진각종), 11월 16일 순천 선암사(태고종), 11월 29일 목포 보현정사에서의 회향법회까지 국난 극복을 위한 불교 각 종단의 참회대법회에 두루 참석해 우리나라가 하루 빨리 당면한 위기를 이겨내고 다시 안정과 번영의 길로 나아갈 수 있기를 모든 불자들과 한마음이 되어 기도했다. 그 후 2000년대에 들어 불교계에서는 '민족 화합' 그리고 '남북 평화통일'을 기원하는 법회를 주요 사찰에서 개최했는데 나는 특별한 사정이 없는 한 모두 참석했다.

그해 성탄절인 12월 25일에는 침례교의 세계적 지도자인 김장환 목사의 초청으로 수원 중앙침례교회의 성탄 예배에 참석했고 그 후에도 성탄절이나 추수감사절 예배에 참석했다. 김장환 목사는 내가 백담사에 머물고 있을 때에도 찾아와 기도해주었고, 극동방송국의 행사에도 가끔 나를 초청해주었다. 서울 명성교회의 김삼환金三煥 목사도 틈틈이 찾아와 기도도 해주고 교회로 초청을 해서, 2009년과 2014년, 2015년, 2016년 성탄절이나 부활절에 명성교회의 예배에 참석했다.

천주교의 지학순池學淳 주교는 내가 백담사에 있을 때 찾아와 위로해주었다. 그 뒤 건강이 좋지 않아 만나지 못했는데 병환이 깊다고 해서 서울 성모병원으로 문병을 갔으나 말씀을 나눌 수는 없었다. 천주교 수원교구장을 지낸 김남수金南洙 주교의 초청으로 수원의 성당을 방문해 국민의 화합을 이루는 문제에 관해 의견을 나눈 일도 있었다.

전직 대통령으로서 내가 국민의 화합과 번영, 민족 통일을 위해 현실적으로 할 수 있는 일은 사실 종교행사에 참석하는 일 이외에는 달리 있지도 않았다. 정당의 행사는 차치하고라도 일반 사회단체의 활동이나 행사에 참여하는 것은 곧 정치활동으로 간주될 것이고, 그렇지 않아도 IMF 사태 수습에 매달려야 할 정부나 국민들의 노력에 도움이 되지 않을 것이 분명했다. 나의 존재와 움직임에 대해서는 정치권에서 필요 이상으로 민감한 반응을 나타내고 있어 나는 본의 아니게 오해를 불러일으킬 언행은 최대한 자제하지 않을 수 없었다. 그럼에도 불구하고 2000년 총선을 1년 가까이 앞둔 1999년 봄, 정당 출입기자들이 내가 지방의 사찰 행사에 참석할 때 10여 명씩 수행 취재하자 김대중 대통령과 대립각을 세우고 있던 이회창 총재의 한나라당에서 성명을 내고 나를 비방하기까지 했다. "전두환 전 대통령이 정부의 방조 아래 정치활동을 하고 있다."고 했고, 일부 신문에서는 "TK지역에서 전두환 전 대통령을 지지하는 분위기다. 정치 세력화할 가능성이 있다."고 썼다. 기자들의 질문을 받은 민정기 비서관은 "불교계 행사에는 과거 김영삼 정부 때부터 계속 참석해왔다. 불교계가 김대중 정부의 방조 아래 전두환 전 대통령을 초청한다는 얘긴가?" 하고 반문했는데, 어쨌든 나의 거동이 정치활동으로 비친다면, 국민의 화합을 도모한다는 행사 취지에도 반하는 것인 만큼 그 뒤로는 불교 사찰을 방문은 하되 행사 참석은 가급적 삼가게 되었다.

### 전현직 외국 정상들과의 교유交遊

내가 대통령으로 재임하면서 만났던 외국의 대통령과 수상을 비롯한 지도자들은 내가 대통령이 아니었으면 만나보기도 어려운 사람들이다. 그들을 만난 것은 우리나라의 외교적 필요성 때문이었지만, 정상회담 등을 통해 만나다보니 개인적 친분이 생기는 경우도 있었다. 특히 미국의 레이건 대통령, 일본의 나카소네 총리, 싱가포르의 리콴유 총리, 영국의 대처 총리, 말레이시아의 마하티르 총리와 아마드 샤 국왕 등은 나의 재임 중 그리고 퇴임 후 상호 교환 방문이 이루어져 여러 차례 만날 기회가 있어서 친분을 갖게 되었다. 나의 일방적인 우정이 아니라 서로 마음이 통하는 느낌을 가질 수 있었다.

이들 가운데에는 나의 대통령 임기와 상관없이 퇴임 후에도 교분을 갖기를 희망하는 사람들이 있었고, 또 실제 그러한 친분은 유지되었다. 외국 지도자들과의 친분은 나 개인의 사교적社交的 자산이 아니고, 내가 대통령이었기 때문에 얻게 된 혜택인 만큼 할 수 있는 한 나라에 보탬이 되도록 활용해야 한다.


1997년 일본은 우리나라가 외환 부족 상태를 빚는 상황에서 130억 달러를 회수했고, 11월과 12월에는 83억 달러를 집중적으로 회수함으로써 우리나라는 결정적 위기에 몰리게 됐다. 그때 일본은 우리의 지원 요청을 쌀쌀맞게 외면했다. 그 결과가 IMF 환란이었다. 그 2년 전인 1995년 11월, 김영삼 대통령은 중국에서 강택민 중국 주석과 가진 공동 기자회견 때 '일본의 버르장머리를 고쳐놓겠다'는 비외교적 언사를 사용함으로써 한일 관계를 냉각시켜놨다. 이 두 가지 사실 사이에 인과관계가 있는지는 알 수 없는 일이다. 그런데 당시 외무부 출입기자였던 『문화일보』의 이병선 기자는 2005년 3월 칼럼에서 "나는 김영삼 전 대통령이 일본의 버르장머리를 고친 부분을 알지 못한다. 오히려 일본이 김영삼 전 대통령의 그 발언을 조용히 가슴에 묻어두고 있다가 1997년 외환위기 때 복수를 한 것으로 보인다."고 썼다. 이 기자는 1998년 4월 'IMF 내막'이란 글에서 "박정희, 전두환 대통령 시절에 이런 위기가 발생했다면 긴밀한 한일 친선 관계를 기반으로 하여 일본으로부터 결정적인 도움을 받았을 가능성이 높다. 전두환 전 대통령은 '한국이 일본의 안보까지 담당해주고 있다'는 논리를 개발하여 미국 레이건 행정부의 지원을 받아 일본으로부터 약 40억 달러의 경제협력을 고 자세로 뽑아낸 적이 있었다. 전두환식 실리외교에 비교해서 김영삼의 대일 對日 외교는 감정의 낭비가 초래한 굴욕적인 것이었다."고 평가하기도 했다.

    IMF 사태로 인한 위기감이 여전히 우리를 짓누르고 있던 1999년 1월 31 일 나는 일본 방문길에 나섰다. 나카소네 전 총리의 초청을 받아 이뤄진 방일 일정은 우리의 외환위기 수습 문제와는 상관 없이 짜여졌다. 일본에 머무는 동안 나는 나카소네 전 총리 외에 다케시다 전 총리, 일본의 경단 련經團聯 회장, 세지마 류조 전 이토쥬상사 고문 등 일본 정부와 재계에 큰 영향력을 갖고 있는 고위 인사들을 만나 김영삼 전 대통령 시절에 형성된 일본 지도층의 반한反韓 분위기가 완화될 수 있도록 부탁했다. 방문 4일째 인 2월 3일 나는 일본의 세계평화연구소 주최의 강연회에서 동북아 정세 와 한반도 문제를 주제로 강연을 했다.

재임 중 맺어진 나카소네 총리와의 친교는 30년의 세월이 지난 지금까지도
이어지고 있다(나카소네 전 총리는 사저로 우리를 초청해주었다).

이듬해인 2000년 2월, 나는 중소기업협동조합 대표단과 함께 캄보디아를 방문했다. 훈센 캄보디아 총리의 초청이 있었기 때문이다. 훈센 총리는 나의 재임 중에는 아무런 교류가 없었다. 만난 일도 없었는데 나의 재임 중 우리나라가 이룩한 발전에 감명을 받아 나를 만나 그 경험을 듣고 싶다는 뜻을 보내온 것이다. 훈센 총리는 나의 방문 일정을 7박 8일로 조정했다. 재임 기간을 포함해서 내가 외국을 방문했던 일정 가운데 가장 긴 기간이었다. 훈센 총리는 내가 캄보디아의 곳곳을 충분히 둘러보고 시찰 소감을 포함해 캄보디아의 발전을 위한 조언을 해주기를 원했다. 훈센 총리는 캄보디아가 야심차게 개발하고 있는 관광도시 시아누크빌을 시찰할 수 있도록 우리 일행에게 군용기까지 내줬다. 그때까지만 해도 치안이 불안했던 앙코르와트를 관광할 때는 총리 경호요원과 경찰들을 50미터 간격으로 배치해서 경호해줬다.

훈센 총리는 도착 이튿날인 2월 16일에는 나와 함께 골프 라운딩을 한 뒤 저녁에는 내가 묵고 있던 로열호텔에 환영 만찬장을 마련해줬다. 훈센 총리는 이날 나에게 '각하께서 캄보디아의 총리라면 어떻게 통치할 것인가를 가르쳐달라'면서 그 조언을 듣기 위해 출국 전날인 21일 자신의 사저에 다시 만찬을 마련하겠다고 했다. 나의 캄보디아 방문이 단지 친선 방문이나 관광 여행이 아니었고, 훈센 총리가 나와 한국으로부터 하나라도 더 배우겠다는 열의가 강했던 만큼 나도 캄보디아에 도움이 될 조언을 성의껏 마련하지 않을 수 없었다. 나는 시찰하면서 느낀 점과 캄보디아가 지닌 문제들 그리고 그 대책들에 관한 수행원들의 의견을 틈틈이 취합해 민정기 비서관에게 문서로 정리하도록 했다.

훈센 총리는 1980년대 한국의 경제발전 경험에 관해 조언을 구했다.

야심차게 개발 중인 시아누크빌 방문을 위해 군용기까지 지원해줬다.

우리 일행이 본 바로는 캄보디아의 산업화가 아직 초기 단계여서 산업 기반시설이 미약하다는 점을 감안하더라도 농업마저 낙후되어 있는 점이 눈에 띄었다. 땅이 넓고 강수량도 많아 3모작도 가능할 것 같은데 정작 농작물이나 과실수 등이 잘 보이지 않고 밀림지대도 넓지 않은 것 같았다.

가장 큰 문제점은 오랜 전쟁과 가난 때문인지 국민들이 지쳐 있고 잘 살아보겠다는 의욕이 미약한 것으로 느껴졌다. 새로운 정부가 출범했다는 활기 같은 것이 느껴지지 않았다. 이와 같은 시찰 소감을 토대로 나는 21일 총리 사저에서의 만찬 때 몇 가지 조언을 해주었고 문서로 정리된 자료를 우리 대사관에 주어 번역을 해서 전달하도록 했다.

나는 우리의 경험을 말해주면서 우리가 경제개발 초기 단계에서부터 '새마을운동'을 통해 정신교육을 하는 한편, 환경 개선, 소득증대 사업을 병행해 범국민적인 공감과 참여를 유도했다는 점을 설명했다. 특히 도로 건설과 포장, 주거환경 개선, 농업과 경공업 기반시설 확충사업에 국민들을 참여시키고 노임을 주게 되면, 각자가 소득이 늘어나고 주변 환경이 개선되는 사실을 피부로 느낄 수 있게 됨으로써 의욕이 살아나고 미래에 대한 희망을 갖게 될 것이라는 점을 강조했다. 그밖에 외자유치 문제, 관광산업 육성책, 군과 경찰병력 감축 계획에 따른 실업 인력을 잘살기 운동에 동원하는 방안 등을 얘기해줬는데, 요점은 우리나라의 새마을운동을 배우라는 것이었다. 그 뒤 캄보디아는 정부와 민간 차원에서 우리나라의 새마을운동을 본받아 각종 새마을사업을 활발히 펼치고 있다는 소식이 들려왔고 훈센 총리도 우리나라를 방문해서 새마을운동 중앙본부를 찾아갔다는 보도를 봤다. 15년 전 나의 캄보디아 방문이 보람을 거두는 것 같아 기쁜 마음이다. 2008년 2월 25일 훈센 총리가 방한했을 때 나는 따로 환영 만찬 자리를 마련했다.

 2000년의 캄보디아 방문길에 나는 싱가포르를 방문해 리콴유 전 총리를 만났다. 리콴유 전 총리는 1995년 5.18특별법에 의한 나의 투옥이 잘못된 것이라며 나를 위로해줬는데 리콴유 전 총리는 자신의 회고록에도 같은 내용의 글을 실은 바 있다. 이어 2월 25일 말레이시아를 방문했는데 내가 대통령 재임 중 말레이시아를 방문했을 때 국왕이었던 아마드 샤 파항 주왕<sub>州王</sub>이 쿠알라룸푸르로 와서 만찬을 베풀어주었다. 아마드 샤 주왕은 2002년 7월 자신의 차남 결혼식에 참석해달라고 초청했는데 쿠알라룸푸르에 전용기까지 보내주었다. 2월 29일에는 마하티르 총리를 면담했다. 마티르 총리는 자신의 고향이자 새로운 휴양지로 개발하고 있는 랑카위를 방문해볼 것을 권유해 귀국길에 늘렀다.

싱가포르의 리콴유 전 총리는 내가 대통령을 퇴임한 뒤에도 나에게 각별한 관심과 호의를 보여줬다.

말레이시아의 마티르 총리는 자신의 고향인 랑카위 방문을 주선해주었다.

　나의 대통령 재임 때는 중국과 수교가 없었다. 중국 정부나 중국의 고위
층 인사들과 교분을 쌓을 기회도 물론 없었다. 그런데 나는 2001년, 2007
년 그리고 2011년 세 차례 중국을 방문했다. 중국인민외교학회의 초청 덕
분이었다. 임기를 마치고 퇴임한 지 오래 된 전직 대통령이었지만 중국의
당과 정부는 국빈 수준의 예우로 맞아주었다. 북경의 조어대釣魚臺의 국빈
관을 비롯해 가는 곳마다 영빈관에 숙소를 마련해주었고 의전과 경호 등
외형적인 면에서뿐만 아니라, 중국 측 인사들의 말과 표정에서는 나에 대
한 진정 어린 호의와 존중의 뜻이 읽혀졌다.

　2007년과 2011년 방중 때에는 북경에서 중국의 권력 서열 4위인 가경림
賈慶林 정치협상희의 주석을 면담했고, 그밖에도 강소성의 양주시와 남경
시, 중경시, 광서성의 계림, 흑룡강성의 대경시와 하얼빈시, 산동성의 위해
시 등 가는 곳마다 당서기와 성장, 시장 등이 호스트가 되어 우리 일행을

환대했다. 이들은 두 나라의 국교수립과 수교후의 양국 관계 발전에 관해 언급하면서 '중국 인민들은 물을 마실 때에는 잊지 않고 그 우물을 판 사람을 생각한다'飲水思源는 말을 빼놓지 않았다.

중국의 고위 인사들이 그 말을 하는 것은 앞에서 설명한 바 있듯이 두 나라가 수교한 것은 내가 임기를 마치고 퇴임한 지 4년 후의 일이지만, 두 나라의 수교를 위한 씨앗은 나의 재임 때 이미 뿌려졌고, 그 씨앗이 1992년의 정식 국교 수립으로 열매를 맺은 것이라는 뜻을 담고 있는 것이다. 2011년 방중 때 중국 측이 고위층 인사 가운데 나를 접견할 대상자를 선정하는 데 가경림賈慶林 정치협상회의 주석이 그 사실을 알고는 자신이 만나고 싶다고 자청했다고 한다. 2007년 방중 때 면담한 바 있지만 한 번 더 만나기를 희망했나는 것이다. 중국인민외교학회 회원이나 한중지도자포럼, 한중여성지도자포럼 회원 등이 방한하면 이들은 으레 나를 예방하는 것이 정해진 일정처럼 되어 있다.

흑룡강성 대경시의 하립화夏立化 시장의 경우도 일행과 함께 나의 집을 방문한 적이 있는데, 내가 다시 중국을 방문하게 되면 대경시를 꼭 찾아달라는 요청에 따라 약속을 했고 그래서 2011년 방중 때 나는 평소 가보고 싶었던 여러 도시들을 다 제쳐놓고 하립화 시장이 있는 대경시를 방문했다. 전현직을 통틀어 외국의 국가원수가 대경시를 방문한 것은 내가 처음이라고 했다.

2007년 광서성 계림에 들렀는데 월남에 출장 중이던 광서성 정치협상회의 장문학 부주석은 나를 위한 만찬 시간에 맞출 수 있는 항공편이 없어 자동차로 10시간 넘게 걸리는 육로로 달려오기도 했다. 나와 구면인

상해임시정부청사의 김구 선생 흉상 앞에서.

중국 권력 서열 4위인 가경림 정치협상회의 주석은 나와의 면담을 원했다.

장문학張文學 부주석은 나를 다시 만나는 날을 학수고대했다는 것이다. 나를 만났던 중국 측 인사들은 거의 모두 연령상으로 한참 아래지만 친형제처럼 다정하게 덕담을 나누고 술잔을 주고받음으로써 짧은 만남 가운데서도 인간적 신뢰와 우정을 쌓아놓았다. 이들과의 친분이 두 나라 사이의 공식적인 외교관계를 증진하는 데 구체적이고 뚜렷한 기여를 하지는 않겠지만, 나의 행보가 전직 대통령이라는 신분을 떠나서라도 '민간외교'의 한 몫을 하고 있다는 보람을 느끼게 된다.

## 따뜻한 정을 보여준 고마운 분들

내가 1990년 2년여의 백담사 유폐에서 벗어나 연희동 옛집으로 돌아왔을 때, 또 1997년 사면복권돼 2년여 만에 가족의 품으로 돌아왔을 때 나를 따뜻하게 맞아준 것은 이웃 주민들이었다. 낯익은 골목길에는 환영 플래카드도 걸려 있었다. 골목을 가득 메운 환영 인파 속에 이웃 주민 외에도 반가운 얼굴들이 눈에 띄었다. 멀리 합천에서 올라온 고향 분들, 대구공고 동문들이 어려운 세월을 보내고 돌아오는 나를 기다리고 있었다. 세밑의 차가운 날씨였지만 연희동 골목엔 온기가 가득했다. 지난날 내가 대통령으로 재임하던 때 청와대와 정부, 당에서 함께 일했던 분들, 퇴임 후 인연을 갖게 된 몇몇 스님들의 모습도 보였다.

돌이켜 생각해보면 올해는 내가 청와대를 떠난 지 30년이 되는 해인데 그동안 모질다고 해야 할 핍박이 이어지는 가운데서도 내가 그 모든 수모와 고통을 담담히 받아낼 수 있었던 것은 이들 우애로운 이웃들이 나를 따뜻하게 감싸주었기 때문이었던 것 같다. 내가 청와대에 있을 땐 가깝고도 먼 존재였던 이웃들은 내가 빈 몸이 되어 황야에 홀로 서게 되었을 때, 사납게 몰아치는 험한 세파世波에 쓰러지지 않게 버팀목이 되어주었다. 사람들이 모두 외눈박이는 아니라는 것을, 세상이 전부 그처럼 매몰차기만 한 것은 아니라는 것을 나의 이웃들은 보여주고 싶어 했다.

나는 월남 파병 근무를 마치고 귀국한 때부터 줄곧 연희동 집에 살았지만 1970년대까지만 해도 그곳엔 지금과 같은 동네가 형성되어 있지 않았다. 그러니까 나는 연희2동 2통 3반 동네의 터줏대감인 셈이다. 새로 이사 오는 이웃 주민들과 가급적 교류하려고 노력했다. 연희동 집을 떠나 있었던 사단장 시절을 빼고는 대통령이 되기 전까지 반상회에도 열심히 참석했다. 다른 동네도 마찬가지였겠지만 우리는 돌아가며 반상회를 열었기 때문에 이웃 간에 서로 집안 사정도 알게 되어 '이웃사촌'이란 말이 우리를 두고 하는 말 같았다. 청와대로 이사한 뒤 첫 번째 반상회 날에는 일부러 연희동 2통 3반 반상회를 찾아가기도 했다. 연희동은 나에게 그만큼 정이 든 동네다.

내가 백담사에 있을 땐 첫 해 겨울을 지나 방문객을 맞을 수 있게 되자 이웃 주민들이 음식을 마련해 찾아와주었고, 다시 서울로 돌아온 뒤에는 돌아가며 나를 집으로 초청했다. 내가 대통령 재임 중 이웃 주민들에게 식사 한 번 대접하지 못 했던 일이 미안하게 느껴졌다. 우리는 선거일에는 함께 모여 투표하러 갔고 식목일엔 뒷산에 가서 식목 행사도 했다. 경조사가 있으면 모두 자기 집안일처럼 돌봐주고는 했다. 지금은 작고한 분도 있고 이사 간 분도 있지만 문창순文昌淳, 이원규李元奎, 민병소閔丙昭, 이종호李宗湖, 민경갑閔庚甲, 위진호魏珍鎬, 이희종李熹鍾(작고), 하영진河英珍 회장(작고) 그리고 얼마 전 이사 온 김영동金英東 목사 등이 담을 맞대고 이웃에 살면서 정답게 지내온 분들이다.

친구 가운데 평생을 같이하며 가장 오래 기간 우정을 나누게 되는 것은 중고교 동창이라고들 한다. 나이가 들어 학창시절을 추억하게 될 때에도 가장 먼저 머리에 떠오르는 장면들은 중고교 때의 모습이다. 초등학교 친구들은 졸업 후 같은 상급학교로 진학하는 경우가 아니면 소원해지기 쉽다. 더욱이 타지他地의 상급학교로 진학하게 되면 방학 때나 고향에 돌아와 만나게 되니 세월이 지나면서 자연히 거리가 생긴다. 대학에 들어와 만나게 되는 친구들은 동아리 활동 등을 통해 특별히 친밀해지는 경우도 있지만, 개성이 굳어지고 자의식自意識도 강해진 때여서 속을 터놓고 사귀기 쉽지 않다. 그에 비해, 꿈도 많고 고민도 많은 사춘기를 함께 겪으며 자란 중고교 시절의 친구들은 서로 흉허물 없는 사이가 되어 평생 우정을 이어가게 된다. 배우자에게 할 수 없는 얘기도 털어놓을 수 있는 것이 그 시절의 친구다. 그런 친구 한두 명만 있어도 노년老年이 외롭지 않다고 한다. 노년이 외롭지 않아야 행복한 삶이다.

아흔을 바라보는 나이가 된 지금 내가 가장 아쉽게 생각되는 것은 지금 내 곁에 흉허물 없이 지내는 소싯적 친구가 없다는 사실이다. 노태우 전 대통령은 육군사관학교에 들어가면서 알게 된 동기생이지만, 나에게는 그 어떤 중고교 동창보다 깊은 우정을 쌓아온 친구다. 사실 알고 보면 노 전 대통령은 육사 동기생이기 이전에 나하고는 대구공고 동문이다. 그는 1945년 대구공립공업학교 전기과에 입학했고, 나는 1947년 기계과에 들어갔다. 나이는 내가 한 살 많지만 중학교 진학이 늦은 탓에 학년은 내가 두 해 아래다. 노태우는 1948년 경북중학교로 전학을 갔기 때문에 고교 시절엔 서로 알지 못하고 지냈다. 노 전 대통령은 나의 절친한 친구이자 국가관, 가치관이 같은 평생의 동지였다. 그러나 1988년 2월 대통령 자리를 인수인계한 이래 갈등이 생겼고, 금이 간 옛정을 되찾지도 못한 상태에서 노태우 전 대통령이 건강을 잃고 말았다. 벌써 10여 년째 병상에 누워 있다. 안타까운 마음에 기별도 없이 찾아갔지만 눈 한 번 마주칠 수 없었다. "나를 알아보시겠는가?" 했지만 아무런 반응이 없었다. 한 마디 말도 나누지 못한 채 안타까움만 더해졌다. 그로부터 벌써 2년이 또 지나갔다. "눈을 떴다."는 기약 없는 소식을 기다리고 있을 뿐이다.

학창시절부터 지금까지 우정을 이어오는 동기생이 없는 아쉬움을 잊게 해주는 분들이 대구공고의 동문들이다. 몇몇 선배와 수많은 후배 동문들이 고교 시절의 단짝친구가 없는 나의 허전함을 메우고도 남을 우애를 보여주고 있다. 나는 대통령 재임 중 모교인 대구공고에 특별한 배려나 혜택을 주지 못했다. 모교에 대한 관심과 애정은 마음뿐이었지, 실제로 표시할 수는 없었다. 공직자로서 당연히 그래야 했던 일이었으나, 한편으로는 미안한 마음을 갖게 되는 것 또한 어쩔 수 없는 일이다. 그럼에도 우리 동문들은 나에게 각별한 관심과 동문 선배에 대한 존경을 보여주었다. 내가 퇴임하자마자 정치권과 여론의 한풀이식 공격의 대상이 되어 어려움을 겪게 된 것이, 아마도 동문의식同門意識을 자극했던 것 같다. 내가 백담사에 있을 때에는 동문들이 가족 동반해서 전세버스로 주말마다 찾아와주었다. 설악산 골짜기까지 멀고 험한 산길을 오가던 버스가 사고를 당해 동문들이 목숨을 잃기도 했는데, 그 일을 생각하면 지금도 가슴이 아프다.

대구공고 동문들은 내가 5.18특별법으로 영어의 몸이 되어 있을 때 사면복권을 위한 서명운동에 앞장을 섰다. 나는 1997년 12월 사면이 된 뒤 날이 풀리자 1998년 4월 대구를 찾아 모교를 방문하고 동문들을 만나 감사한 마음을 전했다. 그해 10월에는 모교 운동장에서 열린 총동문회 체육대회에 아내와 함께 참석했다. 동문들이 자녀들을 동반해서 참가한 자리였는데 나와 아내도 줄다리기, 피구 경기에 함께 어울렸다. 그 후 20년 가까운 세월이 지나는 동안 나는 총동문회 체육대회에 한두 번을 빼고는 매년 참석해왔다. 체육대회 외에도 후배 동문들이 졸업 30주년이 되는 해에 사은師恩 행사를 겸해서 여는 홈커밍 행사에도 초청을 받아 특별한 사정이 없는 한 매년 참석해왔다. 부부동반으로 1,000명 이상 참석해 열리는 홈커밍 행사는 여흥 프로그램도 있는데 나는 아들뻘인 후배들의 밴드 반주에 맞춰 노래를 부르기도 했다. 노년에 이른 뒤 내가 흥에 겨워 노래를 불렀던 것은 그 모임에서가 유일했다.

대구공고 동문들은 총동문회의 사업으로 학교 구내에 역사관歷史館을 지으면서 국가 및 사회 발전에 공헌한 동문들과 관련한 자료실을 만들었는데, 그 한편에 나를 위한 공간을 곁들였다. 2012년 5월 개관 행사에는 나도 참석했었다. 그 후 특정단체와 지역사회 일각에서 논란이 제기돼 역사관은 당초 기대했던 기능을 다하지 못하게 됐다고 들었다. 좋은 뜻에서 다수의 동문들이 큰 돈을 모아 이뤄놓은 사업이었지만 나로 인해 차질을 빚게된 것 같아서 미안한 마음뿐이다. 내가 부덕한 탓으로 생각할 수밖에 없는 일이다.

5만 명이 넘는 졸업생을 배출한 사실도 그렇지만, 대구공고는 동문회의 조직과 활동 면에서도 다른 학교들과 비교할 때 두드러지게 뛰어난 것 같다. 공업학교라는 특성 때문이겠는데, 우리나라 주요 공업단지가 있는 곳에는 대구공고의 동문회가 빠짐없이 구성되어 있다. 그 어떤 친목단체들보다 규모가 크고 회원 간의 우애가 끈끈한 것으로 소문나 있어 지역사회에서는 무시 못 할 영향력을 갖고 있다는 것이다. 기업체를 운영하는 동문들의 초청을 받아 그동안 구미의 대영자재백화점(이기웅李起雄)과 세아메카닉스(김찬한金燦漢), 경산의 삼일방직(노희찬盧喜燦), 경주의 버섯공장(권사영權四榮), 예천의 한맥CC(임기주林基珠), 성주의 청진ENC(박명진朴明鎭) 등을 방문해 임직원들을 격려해주기도 했다.

동문회가 이처럼 단단한 조직으로 성장한 데에는 총동문회 임원들의 지도력과 남다른 열성이 그 힘이 되었을 것이다. 특히 근년에 오랜 기간 총동문회와 장학회 등의 일을 맡아 헌신적으로 봉사해온 박규하朴奎夏 박무인朴茂寅 동문의 공로가 크다. 류찬우柳纘佑, 김종환金鍾奐, 유배근兪培根, 서창균徐昌均, 홍종현洪鍾鉉, 박해충朴海充, 권사영權四榮, 최순달崔順達, 김병채金炳採, 전우성全遇成, 여일균呂日均, 전복석全福碩, 도승회都升會, 김종규金鍾圭, 김문상金汶上, 김영호金永鎬, 전종식田鍾植, 정환성鄭煥晟, 김인상金仁相, 손만수孫萬壽, 노희찬盧喜燦, 도상기都相基, 강경곤姜炅坤, 박진표朴鎭杓, 오상두吳相斗, 임병해林炳海, 송방차랑宋芳次郎, 박대현朴大鉉, 황보유皇甫裕, 양동목楊東穆, 정성관鄭聖寬, 이동연李東演, 박무인朴茂寅, 김진해金鎭海, 김찬한金燦漢, 신동출申東出, 이기웅李起雄, 이종성李鍾聲, 장준혁張埈赫, 이진호李眞鎬, 박명진朴明鎭, 김동찬金東讚, 임기주林基珠 동문 등이 그동안 총동문회의 기틀을 만들고 조직을 활성화하는 데 물심양면의 노력을 기울여주었다. 이 가운데 이미 여러 분이 우리 곁을 떠나갔지만 후배 동문들은 그 이름을 오래 기억할 것이다. 졸업 30주년 행사에 나를 초청해준 40회 이하 각 기의 박장묵朴章默, 곽봉기郭鳳基, 신대화申大和, 장용기張龍基, 조동희趙東熙, 유홍렬兪洪烈, 이진호李眞鎬, 권오광權五光, 이두형李斗炯, 신종구申鍾九, 김종석金鍾碩, 성백철成百鐵, 도병무都秉武, 황보학皇甫學, 장주현張柱鉉, 김광일金光鎰, 신동식申東湜 회장에게 이 자리를 빌어 고마운 마음을 전하고 싶다.

2006년 1월의 생일날에는 생각지도 않았던 단체 하례객을 맞게 되었다. '전사모' 회원들이었다. 주로 젊은이들이었는데 낯익은 사람은 없었다. 그 전해인 2005년 여름에는 '전두환 대통령을 사랑하는 모임'이란 단체에서 합천의 나의 생가를 방문했다는 얘기를 듣고는 있었다. 5.18단체를 비롯해 나를 반대하는 모임들이 있어 무슨 일이 있을 때마다 우리 집으로 몰려오고는 했는데, 나를 지지하는 단체가 있다는 소식은 의외였다. 나의 생가를 찾은 데 이어 내 생일을 축하하러 온다기에 고마운 마음으로 맞이했다.

'전사모'의 출발은 2003년 이종필이라는 젊은이가 '전두환 대통령을 사랑하는 모임'이라는 인터넷 카페를 개설한 것이 계기가 되었다고 한다. 이 카페를 중심으로 활동하던 네티즌 60여 명은 2005년 정식으로 단체를 결성하고 매년 네 차례의 모임을 정례화하는 등 본격적인 활동에 나섰다. 합천군에서 조성한 '일해공원'의 명칭을 두고 5.18단체들의 극렬한 반대에 맞서 싸우기도 했고, 일부 영화나 교과서 등에 나와 관련된 사실들이 왜곡 표현된 사항들을 찾아내 시정을 요구하는 노력을 기울이고 있다고 한다. 그동안 전사모의 활동에는 장준혁張埈赫, 이승연李承然, 김성업金成業, 김구수金嬌洙, 황인오黃仁五, 이승훈李承勳, 전진환全진煥, 황상구黃相九, 오삼영吳森榮, 김광호金光浩, 오이근吳二根, 신하섭申夏燮, 김혜순金惠順, 김정순金貞順, 박찬수朴燦洙, 김연옥金蓮玉, 김성원金成元, 이기영李箕榮, 임진현林辰炫, 박문수朴文洙 회원 등이 앞장서왔는데 이분들 외에도 2만 명을 헤아리는 회원들이 인터넷 카페를 중심으로 활동하고 있다고 한다. '전사모' 회원들은 시류에 영합하거나 세간의 평가에 흔들리지 않고 오로지 왜곡된 역사를 바로잡음으로써 나와 5공화국이 뒤집어쓴 누명을 벗겨내야 한다는 한마음으로 뭉쳐 있다는 것이다. 회원들 모두에게 일일이 고마움을 전할 수 없어 아쉬울 뿐이다.

1998년 봄이 됐을 때, 나는 김영삼 정권의 '역사바로세우기' 광풍이 밀려들던 1995년 가을 중단됐던 산행山行을 다시 시작했다. 마음이 맞아 함께 산행에 나서는 이 모임의 이름을 내가 사는 동네 이름을 따서 '연희산악회'라고 지었지만 본격적인 산악 등반을 하는 것은 아니었고, 서울 근교의 높지 않은 산을 찾아 능선을 따라 걷는 정도였다. 6~70대의 나이에 하는 운동으로서는 적당했다. 우리가 산을 찾는 것은 물론 건강을 생각해서였으나, 무엇보다도 마음을 평온하게 다스리고자 하는 뜻이 맞았기 때문이다. 산악회 회원 가운데 많은 분들이 나를 겨냥했던 '역사바로세우기'로 인해 옥고를 겪고 상처받은 분들이었다. 함께 산행을 하며 서로 간에 위로를 나눌 수 있었다. 나는 1주일에 한 번씩이라도 만나 따뜻한 말 한 마디로 미안함을 덜어버리려 했고, 그분들은 나에 대한 변함없는 우애를 보여주려고 했다.

이규호李奎浩, 박영수朴英秀, 황영시黃永時, 차규헌車圭憲, 이상희李相熙, 이원홍李元洪, 안무혁安武赫, 장세동張世東, 안현태安賢泰, 박근朴槿, 염보현廉普鉉, 최열곤崔烈坤, 김주호金周浩, 정관용鄭寬溶, 허문도許文道, 이양우李亮雨, 박희도朴熙道, 김재명金在明, 이종구李鍾九, 이은수李銀秀, 김상태金相台, 서동렬徐東烈, 최세창崔世昌, 송응섭宋膺燮, 이상규李相圭, 박희모朴熹模, 고명승高明昇, 김상구金相球, 유흥수柳興洙, 허화평許和平, 허삼수許三守, 김진영金振永, 이학봉李鶴捧, 신극범愼克範, 황선필黃善必, 정구호鄭九鎬, 박봉식朴奉植, 김민하金玟河, 오일랑吳一郞, 신윤희申允熙, 김기도金基道, 민정기閔正基, 서정희徐政熙, 김정근金正根, 박종규朴琮圭, 김승환金昇煥, 안병렬安秉烈, 장해석張海錫, 손삼수孫杉洙, 송춘석宋春錫, 이진문李珍文, 전광필全光必, 김용진金溶鎭, 이진욱李珍旭, 이택수李宅洙, 조병두趙炳斗, 김철기金喆基, 이관성李觀成 등 여러분이 나와 함께 부부동반으로 산행을 하기도 하고, 이런저런 계기에 모임을 갖고 우애를 나누었다. 이 가운데 여러 분이 벌써 우리 곁을 떠났고, 건강이 안 좋거나 하는 사정 때문에 지금은 자주 만나지 못하는 분들도 있지만 내가 퇴임 후 어려운 시절을 보낼 때, 인연과 의리를 잊지 않고 나에게 위안과 우애를 보여준 분들이다.

나는 퇴임 후 지금까지 경호를 받고 있다. 전직 대통령에 대해 경호를 하는 것은 '예우' 차원이 아니라 국가적 필요성 때문이다. 국가의 최고 기밀 사항을 알고 있는 전직 대통령의 신변이 위험한 상황에 빠지는 일이 없도록 국가가 보호할 필요가 있는 것이다. 나는 1988년 2월 퇴임한 뒤 백담사에 유폐되어 있던 기간을 포함해 1995년 2월까지 7년간은 대통령 경호실의 경호를 받았다. '대통령 등의 경호에 관한 법률'의 규정에 따라 재임했던 기간만큼은 대통령 경호실의 경호를 받은 것이다. 이 기간 동안 나를 경호하기 위해 연희동 사저와 백담사에 파견 근무했던 대통령 경호실 요원들은 단지 근무 위치가 달랐을 뿐 같은 대통령 경호실 소속이었음에도 불구하고, 마치 서자庶子와 같은 처우를 받았다. 업무 수행을 위한 지원도 제대로 받지 못했다. 내가 현직 대통령과 불편한 관계였다고 생각한 때문이었는지 복귀 문제 등 인사상 불이익을 받은 경우도 있다고 들었다. 그들을 생각하면 지금도 고맙고 미안한 마음이다. 이제는 세월이 많이 흘러 모두 현직을 떠났지만, 지금도 매년 새해가 되면 잊지 않고 찾아오고는 한다.

1995년 2월 이후에는 나에 대한 경호 임무를 경찰이 맡고 있다. '전직 대통령 예우에 관한 법률'에 따른 것이다. 5.18특별법에 의한 재판으로 내가 유죄판결을 받게 되어 전직 대통령으로서의 모든 예우를 받을 수는 없게 되었지만 경호만은 계속 받고 있다. 경호는 '예우' 때문에 하는 것이 아니기 때문이다. '전직 대통령 예우에 관한 법률'은 7조에서 '필요한 기간의 경호 및 경비警備'라는 예외 규정을 두고 있는 것이다. 경찰이 수행하는 직무 가운데 어렵고 힘들지 않은 일이 없겠지만, 전직 대통령 경호대 역시 누구나 선호하는 근무처는 아닐 것이다. 나의 경우 퇴임 후 줄곧 정치권과 언론으로부터 핍박을 받아왔고 나의 연희동 사저에는 특정단체들의 시위대가 몰려오는 일들이 이어졌다. 경호 경찰들의 노고가 많을 수밖에 없다. 그럼에도, 임무 교대가 있을 때면 자원자들이 많다는 얘기를 들었다. 고마운 일이다.

고향 합천의 향우회 벗들도 내가 태어난 곳, 떠나온 곳, 돌아갈 곳을 생각하게 해주는 분들이다. 합천은 나의 생가가 있고 세상을 떠나신 부모님이 누워계시는 곳이다. 하지만 군대에 들어간 뒤에는 1년에 한 번 고향을 찾는 일도 쉽지 않았다. 고향 분들은 내가 청와대를 떠난 뒤 성묘를 위해 선산을 찾아갈 때마다 먼 곳 가까운 곳을 가리지 않고 구름같이 몰려와 동향인으로서의 정분을 보여주었다. 고향을 떠나 서울에 살고 있는 향우회 회원들은 매년 빼놓지 않고 체육대회를 비롯한 친목 모임을 갖고 있는데 나의 가족과 측근들까지 초청하고는 한다. 재경향우회를 이끌어온 김병조金秉祚, 김영호金永鎬, 정찬우鄭贊宇, 이동수李東洙, 김명렬金明烈, 송위용宋偉用, 이종화李鐘和, 노정철盧正哲, 유길수柳吉洙 회장 등이 고향의 발전에 도움을 주기 위해 애쓰고 있다.

나의 종친들도 내가 퇴임 후 어려운 시간을 보낼 때 위로를 보내주었다. 어쩌다 지방에라도 가게 되면 종친들이 촌수가 멀고 가까운 것을 따지지 않고 찾아와 자리를 함께하고는 한다. 평소 만날 기회가 없었는데도, 부산 종친회(회장 전상기全相基)와 대구종친회(회장 전무일全茂一)의 종친들은 가까운 친척을 만난 듯 친밀감을 준다.

아흔을 바라보게 된 이 나이까지 내가 건강을 유지할 수 있었던 데는 무슨 특별한 비결이 있었던 것은 아니다. 나는 젊은 시절부터 집안에서 맨손으로 할 수 있는 내 나름의 운동법을 만들어서 하루도 빠짐없이 실천해왔다. 하지만 나이 들어가면서 얻게 되는 성인병 같은 질환을 모르고 살아갈 수 있는 것은 주치의 한용철韓鏞徹, 김노경金潞經 박사 덕분일 것이다. 김노경 박사는 내가 백담사에 있을 때에도 그 먼 길을 찾아와 내 건강을 챙겨주었다. 또 내가 교도소에서 단식을 하다 실려 갔던 경찰병원 이권전李權鈿 원장에게 큰 신세를 졌다. 병원에 가서도 단식을 계속하다가 28일이 되는 날 탈진해서 쓰러지고 말았는데 이권전 박사가 세심하게 돌봐줘서 후유증을 최소화할 수 있었다.

근년에는 내가 외부 행사에 참석하는 일이 없이 주로 집에 머물고 있는데, 적적할까 생각하는지 집으로 찾아오거나 식사에 초대해주는 분들이 있다. 따르는 신자들이 많은 김장환金章煥 목사, 김삼환金三煥 목사는 성탄절이나 부활절에 자신들의 교회에 나를 초청하기도 하고 따로 식사에 초대해주고는 한다. 그런데 기독교에 귀의하라는 등 '전도傳道'의 말씀을 하는 일은 없다. 백담사 시절 내가 신세를 졌던 도후度吼 스님도 우리 집으로 찾아오거나 자신이 주지로 있는 사찰에 며칠 쉬다 갈 수 있도록 배려를 해주고는 한다. 김장환 목사와 도후 스님은 2013년 여름 추징금 환수 문제로 내가 가택수색을 당하는 등 힘든 시간을 보낼 때 함께 찾아와 기도를 해주기도 했다. 근자에는 나의 육사 동기생인 정호용鄭鎬溶 전 국방장관 내외, 한철수韓哲洙 한미우호협회장 내외가 가끔 찾아와 말동무가 되어준다. 이심李沁 회장을 비롯한 대한노인회 임원들, 사업을 하는 장현수張鉉洙, 이건수李健洙 회장 등도 이런저런 인연을 찾아 자리를 마련해주고는 한다. 내가 대통령 재임 중에는 만난 일도 없는 분들인데, 나의 노년을 외롭지 않게 해주는 고마운 분들이다.

## 글을 마치며

　글로써 나의 일생을 정리해오던 일도 이제 이 책을 펴냄으로써 마무리
지었다. 남겨놓아야 할 이야기, 하고 싶었던 말을 다 털어놓았다. 무거운 짐
을 내려놓은 듯, 가슴에 맺혀 있던 멍울이 풀어진 듯 느껴진다. 이제 나는
지닌 것도 없고, 붙들고 있어야 할 그 무엇도 없다. 기쁨과 슬픔도, 미움과 애
착도 사라졌고, 아쉬움조차 남아 있지 않다. 추운 겨울 깊은 산속의 한 그루
자작나무 같은 모습이 아닐까. 이 기회를 빌어 그간 힘들었던 시기를 함께하
며 묵묵히 작업을 도와준 많은 이들에게 감사의 마음을 전하고 싶다.

　지내놓고 돌아보니 조국이 걸어온 길도 그랬고, 나의 삶도 순탄하지는
않았다. 각박하고 험난한 세월이었다. 나라의 처지가 어렵고, 세월이 힘겨
웠던 만큼 위기를 수습하고 국정을 바로잡아야 할 책임을 떠맡은 나의 일
하는 방식이 거칠었던 것 같다. 나를 역사의 전면에 불러낸 10.26 이후의
상황과 나의 대통령 재임 중의 일에 대한 오해, 그리고 나의 허물로 인한 분
노와 증오가 국민의 화합을 해치고, 국민 모두의 희생과 노력으로 이룬 성
취를 빛바래게 한 데 대해 나로서는 변명할 말이 없다. 나의 허물은 덮어버
릴 수도 없는 것이고, 나는 국민의 채찍도 피할 생각이 없다. 나의 허물마
저 후대를 위한 거울이 될 수 있다고 믿기 때문이다. 지난 30년간 침묵을
지켜온 이유이기도 하다. 이 땅을 지키고 이 나라를 일으켜 세우느라 피와

땀을 바쳐온 모든 분들에게 넓은 이해와 관용을 구하고자 한다. 나로 인해 생겨난 증오와 분노가 한때의 증오와 분노로 사라지고 그 자리에 관용과 진실에 대한 믿음이 채워지기를 바라는 마음 간절하다. 나는 오직 역사적 진실이 그 모습 그대로 드러나기를 바랄 뿐이다. 나는 그러한 진실의 순간이 멀지 않았다고 믿는다.

이제 육신은 시들고 정신도 예전 같지 않다는 점을 자각하게 된다. 어느 날 삶의 여정에 지친 나는 스스로에게 물어볼 때가 있다. 지금 무엇을 위해 또 하루의 삶을 살아가고 있는가 하고… 늘 무언가를 위해 분주하게 달려온 나에게 목표가 사라져버린 삶은 낯설다. 아흔을 바라보는 노병老兵에게 남아 있는 삶의 의미는 무엇일까.

문득 내 가슴속에 평생을 지녀온 염원과 작은 소망이 남아 있음을 느낀다. 저 반민족적, 반역사적, 반문명적 집단인 김일성 왕조가 무너지고 조국이 통일되는 감격을 맞이하는 일이다. 그날이 가까이 왔음을 느낀다. 건강한 눈으로, 맑은 정신으로 통일을 이룬 빛나는 조국의 모습을 보고 싶다. 그 전에 내 생이 끝난다면, 북녘 땅이 바라다 보이는 전방의 어느 고지에 백골로라도 남아 있으면서 기어이 통일의 그날을 맞고 싶다.

또 한 가지 작은 소망은 숱한 어려움과 고통을 참으며 내 곁을 지켜준 아내에게 삶의 작은 기쁨 하나를 더해주고 싶다는 것이다. 젊어서 일에 대한 열성과 삶에 대한 패기밖에 가진 것이 없는 나를 평생의 반려로 선택해서 헌신적인 사랑과 보살핌을 베풀어준 아내. 그녀가 없었다면 나의 인생은 알 수 없는 어느 고비에서 좌절하고 말았을지도 모른다. 그런 아내에게 마음 편한 여행 한번 시켜주고 싶다. 이제 우리에겐 남은 시간이 많지 않겠지만, 함께 할 수 있는 동안 갈 수 있는 곳 어디라도 함께 가고 싶다.

2017년 3월

日海

책임 정리

**민정기 閔正基**

· 1942년 황해도 사리원 출생.
· 서울고등학교−서울대학교(철학과) 졸업. 대학 재학 중 공군 사병으로 복무(1963년∼1966년)
· 대한일보, 중앙일보, 동양통신 기자(1967년∼1976년)
· 최규하崔圭夏 대통령의 국무총리 시절부터 대통령 퇴임 때까지 공보비서관(1976년∼1980년)
· 전두환全斗煥 대통령의 취임 초부터 퇴임 후까지 공보비서관(1980년∼1997년)
· 국민대학교, 한양대학교 겸임교수(2002년∼2006년)
· (社)대한언론인회 부회장(2016년∼  )

전두환 회고록
## 3권. 황야에 서다

**초판 1쇄 발행** | 2017년 4월  5일
**초판 3쇄 발행** | 2017년 4월 14일

**지은이**    전두환
**책임정리** 민정기
**펴낸이**    전재국
**펴낸곳**    자작나무숲

**출판등록** 제406-2017-000008호
**주소** 경기도 파주시 문발로 171(북시티)

**전화** 편집 031)955-2792 주문 031)955-1486
**팩스** 031)955-2794

ISBN 979-11-960528-3-6 04810
    979-11-960528-0-5 04810(전3권)

ⓒ Doowhan Chun, 2017